FOLIO POLICIER

Graham Hurley

Une si jolie mort

Une enquête
de l'inspecteur Faraday

Traduit de l'anglais
par Valérie Bourgeois

Gallimard

Titre original :

NO LOVELIER DEATH

Première publication : Orion, Londres.

Né en East Anglia, Graham Hurley a longtemps vécu à Portsmouth. Il a produit et réalisé de nombreux films documentaires et écrit plusieurs thrillers avant de commencer la série de « l'inspecteur Faraday », typique des romans dits « de procédure » tels que les écrivent Rankin, Mankell ou Connelly.

Plusieurs enquêtes de Faraday ont été adaptées à la télévision sous le titre « Deux flics sur les docks ».

À Jack et à Hannah,
avec toute mon affection

Cette Angleterre qui avait coutume de
conquérir les autres
A fait une indigne conquête d'elle-même[1].

Richard II,
WILLIAM SHAKESPEARE

1. Shakespeare, *La Tragédie du roi Richard II*, trad. par Jean-Michel Déprats, *in* Shakespeare, *Histoires*, II (*Œuvres complètes*, t. IV), Paris, Gallimard, 2008.

I

Dimanche 12 août 2007, 2 h 29

Craneswater est la meilleure adresse que l'on puisse se payer à Portsmouth. Nichée au sud de la presqu'île, avec à la clé le code postal de Southsea et la venue régulière du service de livraison à domicile de chez Waitrose, la rue offre de l'intimité, un bon voisinage et une certaine tranquillité d'esprit. D'élégantes demeures édouardiennes derrière de hauts murs en brique. De la place plus qu'il n'en faut pour un break Volvo et la Porsche de madame. Des invitations aux tournois de tennis, et la promesse ensuite d'un barbecue au bord de la piscine. Craneswater, pensait Faraday depuis toujours, était un coin de Pompey[1] qui semblait faire partie d'une autre ville. Un coin respectable. Civilisé. Sûr.

L'inspecteur arrêta sa Mondeo rouillée. Il était 2 h 30 du matin. Derrière le ruban NE PAS FRANCHIR, au

1. Pompey : surnom de la ville de Portsmouth. *(Toutes les notes sont de la traductrice.)*

bout de Sandown Road, il aperçut une rangée de minibus blancs. De l'autre côté de la rue, deux voitures de patrouille et trois Ford Transit blancs. Deux des fourgons, équipés de lourdes grilles métalliques, appartenaient aux forces de l'ordre de la ville. Le troisième, un nouveau venu, affichait le logo de l'Unité d'appui de la police.

La présence de renforts de police prouvait clairement que l'inspecteur-chef Gail Parsons ne lui avait pas raconté de bobards au téléphone. Quand elle l'avait tiré d'un sommeil bien mérité, sa supérieure hiérarchique directe à la Section des crimes graves avait paru secouée, affolée, même. Pas de doute, ça avait chauffé quelque part.

Il y avait des flics partout : des gars de l'Unité d'appui au look total ninja, des petits groupes d'officiers au regard tourné vers une grande maison sur la gauche, un inspecteur en uniforme, visiblement stressé, qui marmonnait dans un portable. Plus loin, un type accompagné d'un berger allemand agité était en pleine conversation avec deux techniciens de scène de crime en tenue de travail.

Faraday sortit sa carte pour la montrer à l'un des policiers derrière le ruban. En baissant sa vitre, il fut assailli par la musique, un mélange de percussions et de basses pilonnées qui résonnèrent douloureusement jusque dans ses os. L'agent se pencha vers lui. Il était déjà difficile de stationner, mais il trouverait peut-être une place au coin de la rue. Faraday hocha la tête, les yeux toujours rivés sur le spectacle devant lui. La grande baraque à gauche, pensa-t-il. C'était la fête à la maison.

Une fois garé, il rejoignit Parsons, qui s'entretenait avec Jerry Proctor à l'angle de Sandown Road. Proctor était l'officier qui coordonnait le travail de la police scientifique[1] et il se déplaçait rarement pour moins qu'un homicide. À si faible distance de la maison, la musique devenait assourdissante et les basses trépidantes étaient dominées par les hurlements enivrés et les acclamations des fêtards.

— Que se passe-t-il ? articula Faraday en silence.

Les rideaux de toutes les fenêtres étaient tirés et des filets de lumière encadraient parfois brièvement des visages qui scrutaient l'extérieur.

Proctor lui épargna un salut de bienvenue et se pencha de nouveau vers Parsons pour capter ce qu'elle essayait de lui dire. Parsons était une petite femme trapue dotée d'une forte poitrine et d'une présence très affirmée. Faraday ne s'était pas encore fait sa propre opinion, mais elle avait débarqué aux Crimes graves avec la réputation d'une arriviste impitoyable. Trente-cinq ans, c'était jeune pour avoir déjà le grade d'inspecteur-chef.

Il revint dans la rue. Un enquêteur de la Scientifique passa près de lui d'un pas pressé, portant quelques lampes sur pied. Faraday le regarda s'enfoncer dans une allée un peu plus loin. La propriété, tout aussi majestueuse, jouxtait la maison où avait lieu la fête et quelque chose de familier dans les lourdes grilles métalliques titilla sa mémoire. Il les fixa un moment

1. Unité scientifique et technique spécialement affectée à la scène de crime, chargée de la recherche médico-légale, c'est-à-dire de l'analyse des traces laissées par un acte criminel.

en incriminant l'heure tardive et son esprit embrumé par une bouteille presque entière de côtes-du-rhône. Puis il comprit.

— Bazza. Notre bon vieux copain. Quelle surprise, hein ?

Faraday reconnut cette voix bourrue et se tourna vers la silhouette familière qui se dressait près de lui. Imposant, un tantinet intimidant par sa carrure, Jerry Proctor était un vétéran en matière de scène de crime. Faraday le tenait en très haute estime et se fiait à son jugement. Parsons avait entre-temps disparu.

— C'est quoi, le topo ? cria-t-il par-dessus le vacarme. Que se passe-t-il ?

— Une bande de gamins. Des petits merdeux par centaines. La fête a commencé tôt et n'a pas arrêté de dégénérer. Si je retrouvais ma maison dans cet état en rentrant chez moi, je péterais un câble.

— Qui est le proprio ?

— Un juge. Le pauvre gars est en vacances.

— Et c'est tout ?

Faraday examina la rangée de véhicules de police, les techniciens de la Scientifique, les têtes penchées sur les portables. Même une émeute n'aurait pas justifié un tel déploiement de moyens.

— Personne ne t'a rien dit ? Au sujet de Baz ?

— Non.

Proctor le dévisagea, puis lui fit signe de le suivre vers les grilles restées ouvertes. Là où ils seraient plus au calme, pour discuter normalement.

Faraday lui emboîta le pas en se faufilant au milieu de la cohue des agents. Bazza Mackenzie était un criminel professionnel qui avait transformé son monopole sur le trafic de coke en un véritable empire économique. La Section des crimes graves avait tenté de le faire chuter lors d'une occasion mémorable, mais l'opération Tumbril*, largement clandestine, avait été flinguée par Mackenzie lui-même, et Faraday comptait parmi les officiers du CID[1] qui n'en étaient pas sortis indemnes.

Des années avaient passé et Bazza n'avait fait que prospérer, tirant vingt millions de livres du trafic de came, blanchies dans une myriade d'entreprises allant des instituts de bronzage et des hôtels en bord de mer aux sociétés de promotion immobilière à Dubai et en Espagne. Faraday n'avait jamais cru au triomphe inévitable de la vertu et de la justice, mais dans son nouveau rôle d'homme d'affaires, Bazza Mackenzie prouvait bien que le crime payait.

Ils se tenaient en face du numéro 13, dont l'accès était barré par des rubans de police supplémentaires. L'enquêteur de la police scientifique devait avoir installé ses lampes dans le jardin, parce qu'une lumière bleutée aveuglante illuminait l'arrière de la maison. Faraday leva les yeux vers le toit en terrasse, ceint d'une balustrade en verre fumé. La plage et le Solent se trouvaient à moins de huit cents mètres. Depuis son château de Craneswater, songea-t-il, Mackenzie était le roi de la ville.

— Il vit toujours ici ?

* Voir *Les quais de la blanche* (Folio Policier n° 518).

1. *Criminal Investigation Department* : police judiciaire.

— Ouais. Mais en ce moment, il est en garde à vue.

— On l'a coincé ?

— Et comment.

— Pour quel motif ?

— Suspect dans une affaire d'homicide. On a deux corps. Les deux à côté de sa piscine.

Winter dormait quand son portable sonna. Il le chercha à tâtons sur le sol à côté du lit et s'appuya péniblement sur un coude pour vérifier qui appelait. La douce Marie. La femme de Bazza.

— Paul ? Tu es là ? Dis quelque chose.

— Il est deux heures du matin, répliqua-t-il en se frottant les yeux. Qu'y a-t-il ?

— C'est Baz. Il a été arrêté. En fait, on l'a été tous les deux.

— Où es-tu ?

— Au poste. Je ne l'ai pas encore vu et je n'ai pas le droit de lui parler, mais il est là, c'est certain.

— Au poste ?

Winter eut une vision soudaine de la salle de garde à vue du siège de la police, sur Kingston Crescent. Un samedi soir, à une heure pareille, c'était le chaos assuré, entre les soûlards sortis des boîtes de nuit, les gosses épinglés pour trafic de drogue et les psychos prédateurs qui s'amusaient à tabasser le premier venu dans la rue. La plupart des week-ends, la queue devant le sergent de permanence s'étirait jusqu'au coin de la rue. Qu'est-ce que son nouvel employeur fabriquait là ?

— C'est compliqué, Paul. Baz a téléphoné à Nelly.

Elle arrive de Petersfield. Mais on a besoin de toi aussi.

Nelly Tien était l'avocate de Bazza. Une Chinoise de Hong Kong du genre coriace.

Le tremblement dans la voix de Marie indiqua à Winter qu'elle ne plaisantait pas. Cela faisait pratiquement un an qu'il était au service de son époux et, à sa grande surprise, il avait noué une véritable amitié avec elle. Marie était une femme forte, et il fallait l'être pour gérer quelqu'un comme Bazza Mackenzie. Peu importe ce qui les avait menés tous les deux au poste, cela méritait toute son attention.

— J'y serai dans dix minutes, dit-il, avant d'essayer de lui arracher un sourire. Mets l'eau à chauffer pour le thé.

Le bon vieux temps, pensa Winter. Il gara sa nouvelle Lexus devant le tribunal et parcourut vivement les cinquante mètres jusqu'au poste de police attenant. Un minibus blanc venait d'arriver et quelques gars en uniforme escortaient une bande d'adolescents plutôt propres sur eux. Un coup d'œil suffit à Winter pour comprendre que la plupart étaient bourrés. Il observa la scène jusqu'à ce que le dernier d'entre eux, un jeune dégingandé en short de surf et en tongs, ait disparu à l'intérieur du bâtiment. Qu'est-ce qui, chez ces gamins de la classe moyenne, avait bien pu attirer l'attention de l'élite policière de Pompey ? Ils n'avaient l'air ni violents ni menaçants. Depuis quand une soirée arrosée à la bière bon marché vous valait-elle d'être embarqué ?

Winter attendit une minute que les jeunes aient

libéré le bureau à l'accueil avant d'entrer. Il n'avait pas mis les pieds dans un poste de police depuis plus d'un an — depuis le soir où on l'avait arrêté pour conduite en état d'ivresse —, mais dès l'instant où la porte se referma, il sentit son ancienne vie l'encercler. Même odeur de corps sales et de café trop infusé, même queue devant la tablette servant à relever les empreintes digitales, mêmes poivrots insolents protestant de leur innocence dans les cellules le long du couloir, mêmes corbeilles à papier débordant d'exemplaires du *News* et d'emballages alimentaires graisseux. L'un de ses indics, un vieux récidiviste avec un casier long comme le bras, lui avait dit un jour que passer un samedi soir en détention au poste donnait un bon avant-goût de la vie derrière les barreaux. À en juger par le surveillant en nage derrière le bureau, il ne s'était pas trompé.

L'officier de garde à vue était un vétéran d'une quarantaine d'années du nom de Frank Summers. La dernière fois que Winter l'avait croisé, c'était dans un bar, quand l'un des inspecteurs de la Section des crimes graves, auteur d'un joli coup de filet, avait payé une tournée générale.

— Tiens, tiens.

Peut-être souriait-il, mais Winter n'en était pas sûr.

— Y a pas moyen de t'empêcher de revenir, hein ?

Summers s'approcha du PC posé sur le bureau et il fallut une seconde ou deux à Winter pour saisir qu'il allait être coffré.

— Pas moi, Frank.

— Non ? Dommage. Bon, qu'est-ce qu'on peut faire pour toi ?

Winter lui expliqua la situation de Marie Mackenzie. Elle avait apparemment été arrêtée et il était là pour lui filer un coup de main.

— À quel titre ?

— Conseil juridique.

— Mais tu n'es pas avocat, du moins aux dernières nouvelles.

— En tant qu'ami, alors. Ou assistant auprès des mineurs. Tout ce que tu veux, Frank. Mais lâche-moi la grappe et laisse-moi lui parler. Juste deux ou trois minutes. Après, je ne t'emmerderai plus.

— Pas possible, Winter. Tu le sais très bien.

Winter soutint son regard un moment, conscient que Summers disait vrai. Les gars ne lui feraient jamais de cadeau.

— La réponse est donc non ?

— J'en ai bien peur.

— Leur avocate est arrivée ? Nelly Tien ? Une Chinoise.

— Elle est en route, il me semble.

— Que s'est-il passé ? Pourquoi tout ce cirque ?

Frank Summers secoua la tête et le congédia d'un geste de la main. Derrière lui, Winter reconnut un autre visage qui émergeait d'un bureau utilisé par les avocats de l'assistance judiciaire.

— Jimmy ! appela-t-il.

Le constable Jimmy Suttle s'arrêta. C'était un grand gaillard proche de la trentaine, avec une tignasse poil de carotte et des joues parsemées de taches de rousseur. Il portait quelques dossiers et paraissait préoccupé. Apercevant Winter, il s'avança vers le bureau. Lui aussi supposait le pire à son sujet.

— Encore une conduite en état d'ivresse ?

— Très drôle, dit Winter avant de pointer le menton vers la rue. Tu as une minute ?

Suttle consulta sa montre d'un air contrarié. Puis, sentant le regard de Summers dans son dos, il accompagna Winter dehors.

— Brave garçon.

Une fois sur le trottoir, ils se dirigèrent vers la voiture de Winter.

— C'est la tienne ? La Lexus ?

— Ouais.

— Tu as le droit ?

— Pas de souci. On a contesté le retrait de permis et on a obtenu qu'il soit réduit à un an.

— Un coup de bol ?

— L'argent. Une putain d'avocate. Une Chinoise. Travaille pour Baz et tu auras le top du top.

— Je vois, dit Suttle en contemplant la Lexus. Bon, de quoi tu veux me parler ?

Winter prit son temps. À l'époque où il était enquêteur, il avait enseigné tout ce qu'il savait à Suttle, et quand un scanner avait révélé sa tumeur au cerveau, trois longues années plus tôt, le gamin lui avait rendu tout ça au centuple*. Travailler avec Jimmy Suttle avait été l'expérience la plus proche de la paternité qu'il puisse imaginer, et l'un de ses rares regrets en rejoignant Mackenzie avait été la perte d'une relation qu'il jugeait précieuse.

* Voir *Du sang et du miel* (Folio Policier n° 595).

— Tu vas bien, fiston ? demanda-t-il en appuyant une main sur son épaule. La vie est belle pour toi ?

— Oui, je vais bien, répondit Suttle avec ce qui ressemblait à une pointe d'impatience. Qu'est-ce que je peux faire pour ton service ?

— Baz et Marie sont là-dedans. Ils ont été arrêtés ce soir et j'ai besoin de savoir pourquoi. Ça te pose un problème ?

Suttle répugnait visiblement à lui répondre. Winter comprit soudain en quoi il avait changé. Il avait vieilli et les années s'étaient accompagnées chez lui d'une circonspection toute nouvelle, que jamais il n'aurait associée au jeune homme impulsif, doué et infatigable, qu'il s'était fait une joie d'initier aux arcanes de l'investigation criminelle.

— J'ai réussi mes examens pour monter en grade, il y a quelques mois. Là, je suis sergent par intérim aux Crimes graves.

— Bien joué.

— Merci. C'est en gros mon avis, à moi aussi.

— Tu attends qu'un poste se présente ?

— Ouais. Il n'y en a pas des masses en ce moment. Du coup, obtenir des résultats ne me ferait pas de mal. Il ne s'est pas passé grand-chose ces derniers temps.

Le silence entre eux fut brisé par le hurlement d'une voiture de police qui freinait à l'approche du rond-point. Quelques secondes plus tard, une ambulance suivit. Les deux véhicules se dirigeaient vers l'est, ce qui pouvait très bien les mener à Craneswater. Suttle fit de nouveau face à Winter.

— Eh bien, fiston ? dit celui-ci.

— Je sais que dalle, sauf qu'on a un boxon pas possible à côté de chez Bazza, et deux corps au bord de sa nouvelle piscine.

— Des corps ? Tu déconnes ?

— Non.

— Et Bazza a été arrêté pour ça ?

— Aucune idée, chef, mais si j'étais toi, je rentrerais à la maison.

Pour la première fois, Suttle afficha son bon vieux sourire.

— Qui sait, la prochaine adresse sur notre liste pourrait bien être la tienne.

Faraday coinça l'inspecteur-chef Gail Parsons alors qu'elle s'engouffrait dans son Audi. Elle venait de s'entretenir longuement sur le trottoir avec l'inspecteur de permanence et un agent d'âge mûr en combinaison noire et avait des appels à passer. Elle lui fit signe de monter à l'avant.

— Ne baissez pas les vitres, dit-elle. On ne s'entend pas penser ici.

En dix minutes, elle en eut terminé avec ses coups de fil. Le premier fut pour Willard, le superintendant en chef qui dirigeait le CID. Parsons perdait rarement son temps à papoter pour rien et ce soir-là ne fit pas exception à la règle. Faraday comprit que le type en combinaison noire était le conseiller tactique pour les questions d'ordre public, ce qui expliquait en partie la présence des fourgons Transit. Son conseil, sembla-t-il, s'était résumé à contenir la situation.

À l'étage, des gamins braillaient depuis les fenêtres

ouvertes et narguaient la masse confuse des silhouettes en contrebas en faisant des gestes obscènes et en jetant des bouteilles de vin vides. Le trottoir devant le numéro 11 était jonché de verre brisé.

— Et comment contient-on la situation ? ne put s'empêcher de demander Faraday.

— On joue la montre, Joe. Les gosses du rez-de-chaussée ne sont pas un problème. On a entamé une évacuation contrôlée il y a une demi-heure et on a emmené une première fournée au poste. Le mieux, c'est de dégager d'abord le premier niveau en faisant partir un fourgon après l'autre. Ensuite, les gars de l'Unité d'appui entreront en action. Vous savez comment ils procèdent.

— À une échelle pareille ? Jamais de la vie.

— Je n'y crois pas non plus. Signe des temps.

Les forces de sécurité, continua-t-elle, se tenaient prêtes à intervenir et attendaient qu'on leur en donne l'ordre. Elle examina la maison où les jeunes faisaient la fête. La propriété était cernée par des hommes en uniforme. Parler d'évacuation contrôlée n'avait rien d'exagéré.

Les rideaux à l'une des fenêtres de l'étage avaient été arrachés. Dans la rue juste au-dessous, un couple de jeunes déambulait.

— D'après Jerry Proctor, la maison appartient à un juge, c'est ça ? s'enquit Faraday.

— Exact. Un certain Ault. Sa femme et lui naviguent dans le Pacifique Sud en ce moment. Ils vont avoir un sacré choc en rentrant, les pauvres.

Parsons ôta ses lunettes et se frotta les yeux.

— Vous connaissez Ault ? ajouta-t-elle.

Faraday opina. Peter Ault était un juge de la Crown Court[1]. Ses conclusions intransigeantes — et largement rendues publiques — dans un certain nombre d'affaires récentes lui avaient valu des partisans dévoués parmi les lecteurs conservateurs des pages Courrier du *News*, le quotidien de la ville. Il était également très apprécié dans les bureaux du CID, en grande partie parce qu'il avait peu de temps à consacrer aux travailleurs sociaux.

L'inspecteur jeta un œil à sa montre. 2 h 37.

— Dans quel état sont les lieux ?

— Bien saccagés, je crois. Et ce n'est pas tout. L'un des deux corps retrouvés est celui de la fille des Ault.

— Merde.

— Exactement. On nage en plein cauchemar.

Faraday essaya d'imaginer l'accueil qui attendait le malheureux couple. Un jour, les mers les plus bleues ; le lendemain, la pire nouvelle au monde.

— Les corps étaient près de la piscine de la maison voisine ?

— Ouais. On pense que le second est celui d'un certain Gareth Hughes. A priori, le petit ami de la fille.

— Des blessures ?

— D'après un gars de la Scientifique, il y a des ecchymoses et des écorchures sur les deux corps, plus des plaies multiples infligées à l'arme blanche sur celui de la fille, plus du sang à côté de la piscine. Mais il est tôt. Jenny n'est pas encore là.

1. Cour chargée de juger les délits les plus graves et les crimes.

Jenny Cutler était le médecin légiste de garde. Elle vivait dans une ferme au fin fond du Somerset, d'où le temps qu'elle mettait à arriver.

Faraday contempla de nouveau la maison. La porte d'entrée était ouverte sur deux agents en uniforme qui parlaient à une bande de gamins.

— Et maintenant ? On les coffre ou on les considère comme des témoins ? Quoi qu'on fasse, Jerry a l'air de penser qu'il faudra mobiliser tellement d'hommes que ça va être l'horreur.

— Il a raison. On a affaire à une centaine de gamins environ. Apparemment, l'invitation a été publiée sur Facebook et la moitié de la ville a rappliqué. La fille prévoyait une soirée tranquille. À la place, elle s'est retrouvée avec une émeute sur les bras.

— La fille ?

— Rachel. Celle près de la piscine.

Faraday hocha la tête. À mesure que les choses s'éclaircissaient, il en mesurait sans peine les conséquences. Deux corps, cela voulait dire une grosse enquête pour homicide et ils n'avaient pas moins d'une centaine de gamins dans la maison d'à côté qui faisaient figure soit de suspects, soit de témoins. Dans les deux cas, ils devraient les emmener au poste, leur faire subir un examen médical et les garder durant la nuit en attendant qu'ils soient interrogés dans la matinée.

— On les arrête, alors ?

— Pas tout de suite, non. On leur demande de coopérer et de nous remettre leur téléphone portable. Au moindre souci, on les coffre.

— Pour quel motif ?

— On n'a pas eu à en chercher pour l'instant. Quelques-uns se sont rebellés quand on a saisi leur appareil, mais il fallait s'y attendre. Au pire, M. Willard suggère d'invoquer un trouble à l'ordre public ou un acte de vandalisme. On n'est pas difficile, l'un ou l'autre prétexte suffira.

— Et pour le transport ? Jerry a dit qu'il faisait pression pour obtenir un nettoyage complet.

— Normal, c'est son boulot. Mais étant donné la situation, il peut toujours courir. J'ai parlé aux entreprises de nettoyage il y a quelques heures. On serait coincé ici tout le week-end si on se lançait là-dedans, alors on s'est rabattu sur des minibus avec peu de kilomètres au compteur. Comme ça, ils seront peut-être à moitié propres. J'ai peur qu'on ne puisse pas faire mieux.

Faraday acquiesça. Chaque passager étant un suspect potentiel, la procédure exigeait que tous les véhicules soient nettoyés au préalable par des spécialistes pour prévenir toute contamination croisée des indices. Les services du procureur seraient ainsi blindés contre les futures objections de la défense au tribunal. Mais Parsons avait raison : sélectionner une flotte de minibus qui réponde aux exigences de Jerry Proctor stopperait net toute l'opération.

Le mobile de l'inspecteur-chef sonna de nouveau. Pendant qu'elle répondait, Faraday s'efforça de lister ce qui les attendait encore cette nuit-là. Le processus d'enregistrement dans les centres de garde à vue, surtout un week-end, pourrait à lui seul prendre près d'une demi-heure par personne. Tous les témoins ou suspects devraient avoir accès à un avocat. S'ils avaient seize ans ou moins, la présence d'un adulte chargé de leur expliquer la situation serait obligatoire. S'ils étaient étrangers, ce serait celle d'un interprète. Il faudrait aussi procéder sur eux à des prélèvements ADN, prendre leurs empreintes, les faire examiner par un médecin de la police. Leurs vêtements seraient saisis, empaquetés, étiquetés et mis de côté pour être éventuellement dispatchés vers les services médico-légaux.

Chaque étape avait un coût ou nécessitait des moyens humains. Y aurait-il assez de place dans les cellules du comté ? Et suffisamment d'habits de rechange ? Et qui réglerait la note des examens de laboratoire ? Pas plus tard que la semaine précédente, Faraday avait contresigné une facture envoyée par la Scientifique. Une analyse ADN effectuée sur seulement cinq vêtements leur était revenue à 3 460 livres. En multipliant ça par cent, on arrivait à plus de trois cent mille livres. Comme disait Parsons, ils nageaient en plein cauchemar.

L'inspecteur-chef avait raccroché. Willard s'était entretenu avec le directeur adjoint de la police responsable du CID. La soirée du samedi avait été agitée et le centre de commandement opérationnel n'avait localisé pour le moment que trente-sept cellules de garde à vue disponibles dans tout le comté. Un appel avait été lancé pour abandonner toute nouvelle arrestation qui ne serait pas jugée absolument nécessaire. Au vu du manque de place, le directeur adjoint n'avait pas le choix : il fallait faire jouer les dispositifs d'entraide. Les employés du centre de contrôle avaient donc commencé à prendre contact avec les forces de l'ordre des alentours. Les gamins qui avaient débuté la soirée en sirotant du cidre blanc sur la grande pelouse publique de Southsea risquaient de la terminer dans une cellule de Reading. Ou de Dorchester. Ou de Worthing. Cela en disait long sur les moyens dont disposait la police.

Parsons fixait la maison de l'autre côté de la rue. Une autre douzaine de fêtards étaient escortés vers un minibus garé en attente. L'un d'eux trébucha et tomba. Ultra-gominé, il portait un pantalon de jogging Adidas et un haut Henri Lloyd. Il resta étalé sur le trottoir, face contre terre, et ne tarda pas à vomir. Les autres contournèrent prudemment la mare qui s'élargissait autour de lui. Aucun ne s'arrêta pour l'aider.

Faraday se retourna vers Parsons. Elle paraissait épuisée.

— Que s'est-il passé ?

— Trop tôt pour le dire. Le bruit a visiblement circulé qu'il y avait une soirée. Cette ville n'est pas tendre. Des gentils gamins de Craneswater ? De quoi picoler sur place ? Des affaires faciles à piquer ? Qui sait…

Faraday observa de nouveau les jeunes et se rangea à l'avis de sa supérieure. Dans une ville aussi étouffante et peuplée que Portsmouth, le scénario coulait de source. L'invitation avait dû se répandre comme une traînée de poudre. Dans le coin, tout était à proximité de tout. Qui est tenté par une virée à Craneswater ? Chez les petits snobinards ? Ce serait cool, hein ?

— Une sorte de vengeance sociale, alors ? L'alcool ? La drogue ? Une occasion de bien se bastonner ?

Parsons ne répondit pas. À la place, elle lui expliqua comment elle voulait gérer les prochains jours. Le superintendant de garde prendrait les choses en mains durant le week-end. Elle-même lui servirait d'adjointe jusqu'à ce que Martin Barrie, qui dirigeait la Section des crimes graves, rentre de congé. En tant que responsable, Jerry Proctor s'occuperait de la partie médico-légale. Le sergent Glen Thatcher superviserait les Enquêtes extérieures tandis que le sergent par intérim Jimmy Suttle prendrait en charge la Cellule de renseignement. Jenny Cutler insisterait sans doute pour que les autopsies soient pratiquées à Winchester dès le dimanche matin et les équipes scientifiques commenceraient à travailler sur les multiples scènes de crime au lever du jour. L'enquête avait déjà un nom de code. L'opération Mandoline.

— Et les jeunes à l'étage ? demanda Faraday.

— Les gars de l'Unité d'appui ont repéré une entrée à l'arrière de la maison. Dès qu'on aura fini d'embarquer les autres, ils pensent ne rencontrer aucune difficulté.

Rien d'étonnant à ça, songea Faraday. Une confrontation avec l'Unité d'appui pouvait se révéler une expérience terrifiante. Les hommes travaillaient par deux, allant de pièce en pièce et coinçant les individus les plus récalcitrants, le tout avec beaucoup de bruit, d'injures et d'agressivité, et une claque si nécessaire avant de sortir les menottes. Dans les grandes occasions, comme celle-là, ils pouvaient même être accompagnés d'un chien ou deux — les « requins terrestres », ainsi qu'ils les surnommaient.

Pendant que Parsons griffonnait une note, Faraday regarda deux agents en uniforme menotter le jeune sur le trottoir et le traîner sans ménagement dans le minibus. Des visages blafards se tournèrent vers lui alors qu'il tentait de s'essuyer la bouche sur la manche de sa chemise. La portière claqua ensuite et le véhicule s'éloigna en direction du front de mer.

— Et moi, qu'est-ce que je dois faire, chef?

— Occupez-vous des interrogatoires, Joe. Il y a je ne sais combien de centres de détention à visiter. Dans la Thames Valley. Dans les comtés du West Sussex, du Dorset. Citez-m'en un, on l'a forcément sur la liste. On a besoin d'une stratégie. D'une structure de commandement et de contrôle. Il faut qu'on saisisse les témoignages à mesure qu'ils sont livrés, qu'on mette tout ça en ordre, qu'on y ajoute les infos fournies par les légistes et la Cellule de renseignement et tout ce qu'on aura récolté d'autre, qu'on reconstitue la soirée, qu'on établisse une chronologie des faits, qu'on détermine ce qui s'est passé au juste. Qui sait si on n'aura pas un peu de chance. Peut-être même que quelqu'un crachera quelque chose avant midi. Mais ne rêvons pas, ce truc a déjà pris des proportions démentielles.

Elle leva les yeux de son calepin.

— On doit assurer sur ce coup-là, Joe. Et on ne va pas s'amuser. J'ai cru comprendre que le superintendant me refilerait le bébé si tout n'est pas réglé la semaine prochaine. Dans ce cas, vous serez responsable en second de cette enquête. Je vous l'avais dit, ça ?

Faraday la dévisagea. Puis, de manière inexplicable, il fut de retour dans son lit, à côté du corps chaud de Gabrielle, à se demander qui pouvait bien l'appeler à 1 h 30 du matin.

— Merci, dit-il d'un ton sec. Ce sera du gâteau.

II

Dimanche 12 août 2007, 4 h 23

Résistant à la tentation de retourner se coucher, Winter se dirigea vers le front de mer. Il était curieux de savoir ce qui restait des festivités de la soirée. Une émeute et deux corps, cela paraissait très prometteur. Toute la garde et l'arrière-garde allaient être convoquées sur place : les techniciens de scène de crime, les agents en uniforme, sans compter une armée d'inspecteurs. Un an plus tôt, lui-même aurait déjà commencé à cumuler les heures sup.

Dans la lueur froide de l'aube, le bord de mer était désert. Une marée pas tout à fait haute grignotait le banc de galets qui passait pour une plage. En ralentissant à l'approche de la jetée, Winter parvint tout juste à distinguer la silhouette d'un pêcheur solitaire qui se découpait à l'extrémité sur le ciel rosissant.

Craneswater s'étalait au-delà de la roseraie de Portsmouth et des courts de tennis adjacents. Winter arrêta la Lexus, heureux de pouvoir se dégourdir les jambes. Quelques cygnes patrouillaient parmi les pédalos de Canoe Lake et il farfouilla dans une poubelle jusqu'à ce que son regard soit attiré par un emballage. Il en sortit les restes d'un sandwich bacon, laitue, tomate. Les cygnes étaient-ils allergiques au vieux bacon et à la mayonnaise ? Il n'en avait aucune idée.

L'eau du lac était d'un vert vaseux, la couleur d'un gros rhume, et Winter la contempla un moment en attendant que les cygnes lui témoignent un peu d'intérêt. En un sens, la nouvelle de l'arrestation de Bazza ne l'étonnait pas. Lui-même était au courant que la voisine de son patron projetait d'organiser une fête — Marie y avait fait allusion l'autre jour en lui confiant que c'était une mauvaise idée selon elle. Bazza et le juge — un nouveau venu à Sandown Road, ou quasiment — étaient devenus les meilleurs amis du monde et Baz avait promis de surveiller sa maison en son absence. Comment allait-il concilier cet engagement avec une émeute et un éventuel double meurtre, ça, c'était un mystère, mais Winter savait que Baz serait intervenu si la situation l'avait exigé, et surtout s'il avait estimé que la fille courait le moindre danger. Était-ce ce qui s'était passé ? Avait-il fait de son mieux pour défendre la gamine et la maison de son nouveau copain ? Était-il allé trop loin pour ça ?

D'une certaine manière, Winter en doutait. Une année au service de Bazza Mackenzie lui avait montré combien l'homme s'était calmé. Il avait toujours été intelligent, futé même, mais cette qualité était désormais tempérée par quelque chose qui ressemblait à de la maturité. Le temps où Baz saisissait la vie à la gorge était révolu. Il ne faisait presque plus rien sans avoir une bonne raison et sans y avoir mûrement réfléchi.

La violence ne lui était pourtant pas étrangère, bien au contraire. Ses années de service au sein des 6.57, une faction de hooligans de Pompey, lui avaient valu une réputation de gros castagneur. Un jour, n'ayant peur de rien, il avait affronté une demi-douzaine de fans de Millwall presque à lui seul. La bagarre avait éclaté au sud de Londres, où les 6.57 s'étaient trouvés pris dans une embuscade, mais Bazza avait envoyé trois de ses assaillants à l'hôpital avant d'être tabassé et laissé pour mort. Le week-end suivant, il avait bu gratuitement l'équivalent de son poids en bière Stella dans des bars de Pompey, et même les flics l'avaient salué d'un hochement de tête. Pas mal pour un type de ta taille, avaient-ils dit.

Après en avoir terminé avec les cygnes, Winter remonta la fermeture de son blouson en cuir tout neuf pour se protéger du froid matinal et sortit du parc. Il arrivait en vue de Sandown Road et, déjà, il avait repéré un agent en uniforme avec son gilet jaune fluo qui montait la garde au bout de l'avenue. Anticipant une nouvelle rebuffade, il renonça à entamer la conversation. Il passerait sans s'arrêter en faisant un petit signe au gars, verrait quelles infos il pouvait glaner et en tirerait ses propres conclusions.

Mais l'agent avait l'air bien jeune pour être dehors à une heure pareille. À coup sûr, il n'avait jamais entendu parler de l'ex-constable Winter.

— Pourquoi tout ce remue-ménage ? Enfin, si ce n'est pas indiscret.

— Pas du tout, monsieur. Il y a eu quelques incidents.

Winter hocha la tête. En vingt ans, il avait rarement vu autant de véhicules réunis au même endroit. Voitures de police. Skoda du CID. Fourgonnettes de ninja. Minibus. Une ambulance. Le Transit de luxe aménagé sur mesure pour la Scientifique. Des fourgons Peugeot remplis de matériel technique.

— Que s'est-il passé ?

— Désolé, je ne peux pas vous répondre.

— Des gamins, hein ? Une soirée qui a un peu dérapé ?

— Quelque chose du genre.

— Mais ça en fait du monde, rien que pour ça. Ils n'ont pas dû boire que ces saloperies de prémix.

— Non, monsieur.

Winter se lassait de n'arriver à rien. Il s'apprêtait à interroger l'agent sur les rumeurs de décès lorsque le calme du petit matin fut brisé par des éclats de voix tonitruants et des pas lourds au loin. Il eut l'impression qu'ils émanaient de la maison du juge, située après celle de Bazza. Bingo. Quelques secondes plus tard, un groupe compact de types en tenue anti-émeute émergea de l'arrière de la propriété en traînant deux jeunes menottés. Ces derniers disparurent dans l'un des Transit garés à proximité. Le même vacarme s'éleva de nouveau, encore plus fort, et trois autres jeunes — dont l'un était couvert de sang — firent une apparition tout aussi brève. Le plus imposant, encore très énervé, voulut donner un coup de pied à une femme agent de police. Winter entendit le bruit sec d'une matraque télescopique, puis un cri de douleur et une bordée de jurons, avant que le gamin ne soit lui aussi jeté dans le Transit.

— Je croyais que le quartier était sympa. Du genre tranquille, sans problème, dit Winter. Et on voit ça un dimanche, en plus ?

— Oui, monsieur. Circulez, maintenant. Je suis désolé, mais je ne peux pas vous en dire plus.

Congédié par un gamin, rumina Winter. Il salua l'agent d'un signe de tête, jeta un dernier regard sur la rue et s'éloigna. Non loin de là, sur le trottoir d'en face, un vieux passant, richelieus cirés aux pieds, promenait un scottish-terrier aussi âgé que lui. Reconnaissant l'un des voisins de Bazza, Winter traversa vivement la rue. Une poignée de main pouvait toujours servir dans une telle situation.

— Et vous êtes… ? s'enquit l'homme, désarçonné.

— Paul Winter. Je suis un ami des Mackenzie. Vous m'avez sûrement déjà vu.

— Vraiment ?

— Oui. Dites-moi, c'est quoi, tout ce cirque ?

Un bref instant, le vieil homme parut troublé, comme s'il ne savait pas quoi penser de cet étranger. Il lui demanda quels rapports il entretenait au juste avec les Mackenzie.

— Je suis leur associé en affaires. Un ex-flic, au cas où cela vous aiderait à me remettre.

— Policier ?

— Inspecteur au CID. Pendant plus de vingt ans.

— Ah…

L'homme sourit, visiblement soulagé, et raconta que sa femme et lui étaient restés debout presque toute la nuit dans leur chambre à l'étage, à observer les événements. Son épouse ne se sentait pas très bien. Ils avaient quitté Gunwharf pour emménager à Craneswater, où ils espéraient une vie plus calme, et voilà le résultat. Il l'avait bordée dans son lit une heure plus tôt avant d'aller promener le chien.

— J'habite à Gunwharf, dit Winter. Je suis bien d'accord avec vous. Dès qu'on laisse entrer la racaille, tout est foutu.

— Vous trouvez ?

— Et comment. Ça tient à la situation du logement. La moitié des appartements sont en location, et on peut dire ce qu'on veut, mais les gens ne respectent plus rien. Et les jeunes, ce sont les pires.

— Vous le pensez vraiment ?

— Oh, oui !

L'une des leçons que Winter avait apprises au cours de l'année écoulée, c'était que bon nombre de gens étaient parvenus à cette conclusion. Quand il bossait dans la police, il avait toujours eu conscience de ce que ses supérieurs nommaient « les troubles mineurs », mais une fois à son compte, il avait vite pigé combien la vie dans les quartiers défavorisés pouvait être pénible. C'était comme une rage de dents collective. On avait beau tout faire pour les ignorer et se faire poser une porte bien épaisse, les petits merdeux étaient toujours là, sous votre nez.

— Que s'est-il passé, alors ? reprit-il en montrant Sandown Road.

— Un cauchemar ! Le bruit, la musique, c'était insupportable.

Les ennuis, ajouta le vieil homme, avaient commencé vers 22 heures. Tout le monde dans la rue savait que les Ault étaient en voyage et on ne pouvait pas reprocher à la jeune Rachel d'en avoir profité, mais il ne fallait pas être bien dans sa tête pour inviter autant de gens à une soirée.

— Autant de gens… c'est-à-dire ?

— Des gamins par centaines ou presque. On ne les a pas comptés, bien sûr, mais il en arrivait sans cesse de nouveaux.

— Quel genre de gamins ?

— De toutes sortes. Certains étaient très jeunes, treize, quatorze ans. Il y en avait partout.

— Venus à pied ?

— Oui. La plupart étaient bien éméchés, précisa le vieil homme avec un sourire las.

La musique, continua-t-il, avait démarré peu après. Des chansons correctes au départ, avec une mélodie, des airs entraînants. Mais elles avaient ensuite cédé la place à des titres plus grossiers, beaucoup plus laids, et surtout beaucoup plus forts.

— À mon avis, le problème vient de la fréquence à laquelle ils passent ces trucs-là. Ce n'est pas du tout raisonnable. Ça vous tape sur les nerfs. Ça vous secoue complètement. À la fin, on a appelé la police.

Il fronça les sourcils et tira sur la laisse pour éloigner son chien des débris de verre qui jonchaient le sol. Winter aperçut l'étiquette sur le goulot d'une bouteille. De la vodka bon marché.

— Qu'a dit la police ?

— Qu'ils viendraient faire un tour. Ils nous ont demandé s'il y avait un autre problème à part la musique, et on a répondu que non.

C'était une heure avant l'arrivée d'une voiture de

patrouille. Deux agents, dont une femme, avaient frappé à la porte des Ault. Après un court échange, ils étaient repartis.

— Et la musique ?

— Ça n'a rien changé. Pour être honnête, ils ont un peu baissé le son pendant une minute ou deux, mais après, ils l'ont remonté, et encore plus qu'avant, même.

Un voisin plus courageux que les autres avait perdu son calme et traversé la rue. Quand quelqu'un s'était enfin décidé à lui ouvrir, la maison était visiblement en voie d'être saccagée. Les jeunes sur le pas de la porte lui avaient dit de foutre le camp et de retourner se pieuter. Comme ça. « Fous le camp. » Ils étaient brutaux, selon ce monsieur. Très brutaux. Après, la police avait reçu un nouveau coup de fil.

— Et ?

— Ils ont répondu qu'ils allaient revenir.

— Votre voisin a mentionné les dégâts ?

— Oui.

— Que s'est-il passé ?

— Pendant une demi-heure, rien du tout. Et puis les Mackenzie sont arrivés. Ma femme a reconnu leur Range Rover. Je dois avouer qu'on a été soulagés. Mackenzie a sa réputation, mais au moins il parle le langage de ces gens-là. Contrairement à nous autres.

Ils avaient arrêté leur voiture devant chez eux et étaient restés dans la rue une minute ou deux, jusqu'à ce que Mackenzie aille frapper à la porte des Ault. Au bout d'un moment, elle s'était ouverte et il avait disparu à l'intérieur. Sa femme l'avait attendu sur le trottoir.

— Quand il est ressorti, il avait du sang partout sur sa chemise. Sur son visage, aussi.

— Vous pouviez distinguer ça ?

— On a des jumelles. Pour la vue sur la mer.

— Et ensuite ?

— Sa femme l'a renvoyé chez lui et elle a pris son téléphone portable. Dieu seul sait ce qu'elle a dit, mais une voiture de police a surgi au bout de quelques minutes à peine. Et une autre encore peu de temps après.

— Elle a peut-être mentionné le nom du juge.

— Peut-être, oui. Si c'est le cas, Dieu la bénisse. Mais c'est là que les choses se sont compliquées.

Les policiers, raconta-t-il, s'étaient contentés de regarder la maison sans bouger. Ils n'avaient pas tenté d'intervenir et n'avaient pas non plus frappé à la porte des Ault. Très vite, un fourgon blanc rempli d'autres hommes les avait rejoints.

— À ce moment-là, Mme Mackenzie est rentrée chez elle — sans doute voulait-elle voir ce que faisait son mari. Elle a franchi leur grand portail, mais elle est réapparue moins d'une minute après. Cette fois, elle courait.

— Dans quelle direction ?

— Vers les policiers. Ils étaient plus d'une douzaine à ce moment-là. Deux sont repartis avec elle. Puis l'un d'eux est revenu en parlant dans son téléphone. En moins d'une demi-heure, la rue a été envahie de voitures de police. Il y en avait partout. C'est là qu'on a compris qu'il s'était produit quelque chose de grave. De très grave, même.

— Vous savez quoi ?

— Non, toujours pas. Mais on a vu arriver des types en tenue bizarre. Ceux avec les petits fourgons blancs. Ma femme dit que cela faisait penser à un épisode d'*Affaires non classées*.

— Des enquêteurs de la Scientifique ?

— Je suppose.

Le vieil homme baissa les yeux et repéra une tache de sang sur le trottoir. Son chien s'était coupé la patte sur le verre brisé.

— Mince, jura-t-il doucement en sortant un mouchoir.

Winter lui demanda s'il avait la moindre idée de l'heure à laquelle les Mackenzie étaient rentrés chez eux.

— Eh bien, oui.

Toujours penché sur son chien, il leva les yeux.

— À 0 h 37. Ils avaient dû se rendre à une soirée.

— Vous en êtes sûr ? 0 h 37 ?

— J'en suis absolument certain. J'avais déjà commencé à tout noter à ce moment-là. C'est une habitude, j'en ai peur. J'ai travaillé dans la marine marchande en tant qu'officier de pont. J'ai senti que la situation devenait incontrôlable et que s'il devait y avoir des… euh… des conséquences, il serait peut-être utile de disposer d'une chronologie précise des événements.

— Mais vous n'avez pas la moindre idée de ce qui a pu se produire ? Chez les Mackenzie ?

— Hélas non.

Winter mit fin à la conversation et souhaita une très bonne journée au vieillard. Poursuivant sa route, il prit la première rue à gauche et fit de même une fois parvenu au bout, curieux de découvrir le spectacle qui l'attendait de l'autre côté de Sandown Road.

Il faisait grand jour à présent et les rayons dorés du soleil levant jetaient des ombres longues autour de lui. Soudain, Winter se figea. La silhouette barbue et grisonnante qui s'avançait vers lui était reconnaissable entre toutes. Faraday.

Il se cacha dans un jardin et observa l'inspecteur chercher ses clés de voiture dans ses poches. La même foutue Mondeo hors d'âge, constata-t-il. Le même autocollant de la RSPB, la Société royale de protection des oiseaux, dans le coin supérieur du pare-brise. Après avoir ouvert sa portière, Faraday ôta son blouson et s'étira, le visage face au soleil. Winter nota combien il semblait avoir vieilli. Son ancien collègue affichait des rides qu'il ne lui avait jamais vues, et lorsqu'il baissa la tête, tout son corps parut s'affaisser.

Au cours de ses dernières années de service, Winter s'était pris d'une certaine affection pour Faraday. Ils n'avaient jamais été copains et ne le seraient jamais, mais il repérait sans peine un solitaire quand il en avait un en face de lui, et il savait aussi que dans ce métier qui devenait de plus en plus impossible, Faraday ne ferait jamais rien pour se faciliter la tâche.

Les inspecteurs plus jeunes qui visaient une promotion étaient assez futés pour payer des coups à boire aux bons supérieurs. À l'occasion, les plus âgés empruntaient aussi de tels raccourcis. Mais pas Faraday. Il conservait une indépendance ombrageuse qui lui valait plus de respect que d'amitiés. Avec sa passion pour les oiseaux et son fils sourd-muet, il s'était plus ou moins taillé une réputation d'excentrique, et Winter se souvenait qu'une nouvelle petite amie s'était ajoutée à cet étrange tableau avant que lui-même ne quitte la police. Pas une divorcée retapée de partout et originaire du coin — le choix standard des inspecteurs de cet âge —, mais une jeune anthropologue. Française, par-dessus le marché.

Il observa Faraday vérifier qu'il n'y avait personne derrière lui, puis effectuer un demi-tour laborieux et s'éloigner en accélérant. Il est lessivé, pensa-t-il. Et ça commence à se voir.

À 5 h 15, Faraday avait regagné la grande salle de la Section des crimes graves. Il remplit une bouilloire dans le minuscule coin cuisine au bout du couloir, inspecta le frigo vide en quête de lait et gratta une cuillère de café instantané au fond d'un pot de Nescafé. Après quoi, il se réfugia dans les toilettes juste à côté. Le miroir au-dessus du lavabo lui en apprit long sur les effets d'une nuit de travail après une soirée passée à boire. Il avait les yeux injectés de sang, le visage bouffi par la fatigue. S'asperger d'eau froide aidait certainement, mais il avait avant tout besoin d'ibuprofène. Ces cachets devenaient une habitude, il s'en rendait compte. Il buvait trop et trop souvent, tous les soirs pour être honnête, mais il préférait encore l'automédication au martèlement nauséeux d'un mal de tête au petit matin.

De retour à son bureau avec son café sans lait, il avala deux comprimés et s'installa avec un bloc-notes et un crayon. Parsons avait raison. Pour franchir avec succès le cap des prochaines vingt-quatre heures, il leur fallait impérativement une sorte de schéma directeur, de quoi apporter un semblant d'ordre au chaos du 11, Sandown Road. Cela supposait d'abord de déterminer les interrogatoires à mener en priorité, d'essayer de dresser une première liste de suspects potentiels et d'affecter à cette liste les meilleures équipes d'enquêteurs.

Faraday détenait déjà les notes griffonnées par l'inspecteur de garde qui avait supervisé l'évacuation des fêtards. En tout, il avait relevé quatre-vingt-quatorze noms et adresses, et ceux des jeunes présentant des traces de sang visibles sur leurs vêtements avaient été surlignés. Ces derniers, dix-neuf au total, avaient rejoint les autres dans les salles de garde à vue de quatre comtés.

À cette heure-ci, les procédures devaient être terminées — y compris le relevé des empreintes et les vérifications d'usage sur le PNC, le fichier informatique national de la police. Avec un peu de chance, Faraday aurait bientôt entre les mains des documents indiquant si oui ou non ces jeunes avaient un casier judiciaire. Bien sûr, cela ne révélait rien en dehors d'un goût précoce pour les activités délictueuses, mais des années d'expérience lui avaient appris combien un profil PNC pouvait être utile si on y ajoutait les informations livrées par la propre base de données de la police du Hampshire. Tout le monde appartenait à un réseau ou à un autre. Copains. Complices. Ex-petites amies. Et dans une ville comme Pompey, ce genre de renseignement ouvrait parfois toutes sortes de portes.

Nom après nom, la liste qu'il retranscrivait à partir des notes de l'inspecteur de garde prenait forme. Curtis. Jason. Damian. Carl. Certains, il le savait, étaient des élèves de lycées plus ou moins élitistes, des amis de Rachel Ault, des rejetons de la classe moyenne argentée de la ville. D'autres, souvent étiquetés par leur prénom, étaient nés de l'autre côté de la barrière. La manière dont toutes ces destinées avaient pu se croiser et s'imbriquer au 11, Sandown Road serait le sujet d'innombrables interrogatoires, mais à première vue, un tel mélange social avait dû se révéler explosif. Quand on réunissait une bande de bourges joueurs de rugby et des jeunes des quartiers défavorisés, tout pouvait arriver.

Faraday s'adossa à son siège et tenta d'imaginer ce qui avait mis le feu aux poudres. Une partie du charme de Portsmouth résidait pour lui dans le nombre incalculable de gens qui s'entassaient sur ce petit bout de terre marécageux de la côte du Hampshire. Il ne voyait aucune autre ville où des quartiers très pauvres — Portsea, Buckland, Landport, Somerstown — côtoyaient de si près des enclaves relativement riches. En achetant une villa de quatre chambres à Southsea ou un appartement à un demi-million de livres dans la partie récemment réhabilitée de Gunwharf, vous vous retrouviez — souvent littéralement — à un jet de pierre des tours construites dans les années 1960, là où vivaient quelques-unes des familles les plus éprouvées et les plus éprouvantes de la ville.

Les lignes de démarcation entre ces zones étaient souvent difficiles à détecter, mais les enfants mesuraient toujours mieux que quiconque les conséquences de ces différences sociales et territoriales. Au fil de ses enquêtes, Faraday avait eu affaire à des gamins de douze ans qui avaient rarement mis les pieds hors de leur propre enchevêtrement de rues, a fortiori hors de la ville. Se promener dans Somerstown quand on venait de Buckland s'apparentait à une dangereuse expédition. Aller jusqu'à Craneswater, réputé tellement snob, revenait à entrevoir une autre planète.

Faraday baissa les yeux sur la liste. Il n'était pas surpris que tant de gosses soient apparemment venus en bande. Puis il s'aperçut qu'il devait faire une place en haut de la page pour Bazza Mackenzie.

Mackenzie était le meilleur exemple à Pompey de ce que les politiciens appelaient désormais la mobilité sociale. Partie des coins malfamés de Copnor, sa trajectoire l'avait mené jusque dans l'immobilier. Contrairement à ses compagnons, il avait évité de se salir les mains sur un chantier et préféré tenter sa chance en travaillant pour une agence immobilière. Sur ce marché florissant, il avait constaté que des types amassaient des fortunes en achetant de vieilles maisons mitoyennes pour trois fois rien et en les rénovant vite fait afin de les revendre. C'était de l'argent facile qui n'attendait que d'être ramassé et Bazza n'avait vu aucune raison de ne pas se servir.

Le trafic de drogue lui avait fourni les fonds nécessaires — d'abord l'ecstasy, puis la cocaïne. En quelques années, il avait placé, dépensé ou réinvesti plus de cash que son père n'en avait eu sous les yeux durant toute sa vie. La roue tournait et tournait : la drogue rapportait, il achetait des propriétés, la drogue lui rapportait encore, il achetait de plus belle, jusqu'à ce que son comptable devienne plus ambitieux et élabore un projet d'empire commercial tout à fait légal, comprenant non seulement des biens immobiliers, mais aussi diverses entreprises : cafés-bars, hôtels, parts dans une société de taxis, instituts de bronzage, bars à ongles, investissements à l'étranger, et, plus récemment, une agence de conseil en matière de sécurité qui proposait divers services. Ce dernier exemple ne manquait pas de sel, mais Mackenzie lui-même s'en moquait royalement. C'était une occasion de se faire de l'argent… une de plus. Parce que, de nos jours, les gens avaient vraiment peur des voyous.

La nouvelle était déjà parvenue à Faraday que Mackenzie s'était laissé coffrer presque sans protester. En soit, c'était une surprise, ainsi que l'avait fait remarquer l'officier de garde à vue. Faraday avait cherché à en savoir plus, mais Mackenzie ne s'inquiétait que pour sa femme, Marie. Après avoir passé environ une heure en détention, elle avait été transférée à Fareham, à quinze kilomètres de là, et Bazza voulait qu'elle soit traitée avec un minimum d'égards. En dehors de ça, il avait été sage comme une image. Son avocate avait pris une chambre au Holiday Inn, dans la vieille ville. Elle serait de retour au poste tôt le dimanche matin pour la notification des faits précédant l'interrogatoire. Bazza ne doutait apparemment pas qu'il serait rentré chez lui avant l'heure du déjeuner.

Au premier abord, Faraday comprenait pourquoi. Mackenzie avait clairement débarqué au milieu de la fête et tenté de ramener un peu d'ordre, mais il avait été vaincu par le nombre. D'où le sang — le sien et celui des autres. Cela lui donnait un mobile évident pour régler ses comptes avec une ou deux personnes, mais Faraday doutait qu'il ait fait ça là, sur-le-champ. Tout ce qu'il avait appris sur le Bazza Mackenzie nouveau cru — magnat des affaires, pilier de la communauté — indiquait que celui-ci prendrait son temps pour administrer quelques paires de baffes, et qu'il le ferait probablement par l'intermédiaire d'un homme de main, au moment de son choix. Il était impensable qu'il ait agi durant la soirée, entouré d'une petite armée d'ados bourrés.

Vers qui d'autre cette liste allait-elle les mener ? Faraday recopiait les derniers noms lorsqu'il entendit des pas dans le couloir. Alertée par la lumière qui filtrait sous la porte de son bureau, la personne s'arrêta. Puis la porte s'ouvrit sur Jerry Proctor et sa silhouette si caractéristique. Il paraissait encore plus épuisé que Faraday.

— Comment ça va ? dit ce dernier en l'invitant à s'asseoir.

Proctor lorgna la tasse abandonnée. Lorsque Faraday lui annonça que le pot de café au bout du couloir était vide, il s'affaissa sur le siège.

— Génial, marmonna-t-il.

Proctor avait un penchant pour les missions difficiles. Des années plus tôt, il était parti six mois en détachement au Kosovo afin de déterrer des corps ensevelis à la hâte et de rassembler des preuves de crimes de guerre destinées à la Cour pénale internationale de La Haye. Plus récemment, il avait passé quelque temps à Bassorah, où il avait enseigné aux forces de police irakiennes les rudiments des procédures scientifiques applicables dans les affaires criminelles. Mais rien de ce qu'il avait fait jusqu'alors ne pouvait se comparer aux événements de Sandown Road.

— J'ai compté toutes les scènes de crime et les divers éléments associés, dit-il. Tu veux te marrer ?

— Vas-y.

— Très bien, fit Proctor en se penchant sur sa chaise. Un, il y a les victimes. La jeune Rachel et ce gamin, Gareth. Deux, le bord de la piscine, chez Bazza. Trois, l'intérieur de sa maison. Quatre, sa Range Rover. Cinq, le bout de trottoir qui mène chez ses voisins. Six, la maison du juge, ou ce qu'il en reste. Et pour finir, quatre-vingt-quatorze petits cons qui auraient dû être au lit avec leur iPod à l'heure où tout ça s'est produit. Ce qui nous fait très exactement cent un éléments à analyser. Tu vois le problème en matière de personnel. Le temps nécessaire. Les cadavres. Les factures. J'espère juste que quelqu'un dispose d'un portefeuille bien garni.

Faraday eut un rire étouffé. C'était surréaliste, et Proctor était le premier à en convenir. Si une simple fête dans le quartier vert de Craneswater pouvait remplir les salles de garde à vue de Dorchester et de

Reading et conduire la police scientifique au bord de l'implosion, que se passerait-il si jamais deux fêtes avaient lieu le même week-end ? Ou trois ? Ou quatre ?

— On porte la croix qu'on a nous-mêmes fabriquée, conclut Proctor. On est trop prudents.

Faraday sentit qu'il était sérieux. Les enquêtes criminelles étaient plombées par la peur qu'inspiraient des mois à l'avance les avocats de la défense — à supposer que l'enquête aboutisse à un procès. Un tout petit détail négligé dans le feu de l'action pouvait tout faire capoter. D'où la collecte méticuleuse des indices sur plus d'une centaine de lieux et de personnes. D'où les réunions sans fin qui s'enchaîneraient dans les prochains jours. D'où la perspective de voir l'inspecteur-chef Parsons se plonger dans le Code des procédures policières et consigner chaque décision par écrit pour éviter qu'une torpille juridique ne vienne un jour saborder le fragile bateau de l'opération Mandoline. Chaque année, lui semblait-il, il devenait de plus en plus stressant et compliqué de faire en sorte qu'à un crime donné corresponde un châtiment donné. Ils essayaient de mettre toutes les chances de leur côté au tribunal en prenant le moins de risques pendant l'enquête, mais cela, il ne le savait que trop bien, avait parfois pour conséquence de mener celle-ci à la vitesse d'un escargot.

— On n'a pas le choix, Jerry. À moins que tu ne sois plus courageux que moi.

Conscient que Faraday disait vrai, Proctor réprima un bâillement. Le silence fut rompu par le bruit d'une porte qui s'ouvrait au bout du couloir.

Des pas retentirent, rapides cette fois. Parsons, à coup sûr.

Quelques secondes plus tard, elle se tenait devant eux. Elle avait dû se changer dans son bureau parce qu'elle portait un ensemble noir bien coupé qui lui dessinait presque une taille. Proctor était trop fatigué pour masquer son sourire.

— Vous êtes superbe, chef. Vous allez dans un endroit sympa ?

Elle ignora la pique.

— Comment allez-vous, Joe ? demanda-t-elle.

— Bien.

— Vous avez constitué des équipes pour les interrogatoires ?

— C'est la prochaine tâche sur ma liste.

— Parfait. Montrez-moi ça quand vous aurez fini. En attendant, souhaitez-moi bonne chance, dit-elle en agitant un bout de papier.

Il provenait de la maison des Ault et comportait une série de chiffres.

— On a retrouvé ça sur un tableau en liège dans leur cuisine, ajouta Parsons.

— Qu'est-ce que c'est ?

— Un numéro où joindre le juge et sa femme. On ignore où ils sont, mais ils ont apparemment un téléphone satellitaire sur leur yacht.

III

Dimanche 12 août 2007, 8 h 15

Faraday dormait lorsque Willard surgit à la porte de son bureau. Il se réveilla et, à la vue du chef du CID qui s'adressait à quelqu'un dans le couloir en criant, se frotta les yeux et se pencha pour ouvrir la fenêtre. Ce somme d'une heure n'avait rien arrangé à son état, bien au contraire.

— Monsieur ?

Willard était entré dans la pièce. Il était aussi imposant que Jerry Proctor, de sorte que le petit espace parut soudain étriqué. Il voulait savoir où était passée Parsons.

Faraday fit de son mieux pour s'en souvenir. La dernière fois qu'il l'avait aperçue, elle sortait de son bureau après avoir appelé les Ault.

— Elle est partie à Netley, monsieur. Après, elle devait se rendre à Winchester pour l'autopsie.

Le centre d'entraînement des forces de l'ordre, situé à Netley, hébergeait aussi les services de la Scientifique. Quant à l'autopsie, elle était prévue à

10 heures au Royal Hants County Hospital de Winchester. Si tout allait bien, Parsons serait de retour pour le déjeuner avec les résultats de l'examen préliminaire.

— Elle est au courant pour les gars de la télé ?

— Aucune idée.

— Elle n'y a fait aucune allusion ?

— Pas à ma connaissance.

Willard grogna en baissant les yeux sur les listes rédigées rapidement par Faraday. Il portait un costume trois pièces sobre avec une cravate aux couleurs de la Royal Yachting Association. Un gilet en plein mois d'août, c'était le signe d'une interview imminente.

— Dites-lui que je m'en occupe, d'accord ? Sky News et la BBC ont installé leurs caméras au bout de Sandown Road. Je file là-bas. Qu'est-ce que je dois leur raconter ?

C'était une bonne question. Faraday lui énuméra les faits connus. La fête qui avait dégénéré. Des tas de gamins placés en garde à vue dans toute la région. Deux corps retrouvés près de la piscine du voisin. Deux suspects arrêtés.

— Mackenzie ?

— Oui, monsieur. Lui et sa femme.

— On a des chances de le coincer ?

— Ce serait très étonnant. Même fou de rage, il n'aurait pas été aussi stupide.

— Entièrement d'accord. Mais ce serait sympa de pouvoir jeter un œil chez lui. Vous avez le mandat de perquisition ?

— Suttle s'en charge. Jerry mettra ses gars sur le

coup une fois qu'ils en auront terminé avec la piscine.

— Il paraît qu'un des voisins d'en face a consigné tout ce qui s'est passé pendant la soirée. Il a même un historique des événements. C'est vrai ?

La nouvelle surprit Faraday. Il n'en savait rien, répondit-il. La nuit avait été longue. Vingt-quatre heures sans dormir ou presque, ce n'était pas la meilleure préparation qui soit pour mener une telle enquête.

Mais Willard ne l'écoutait pas. Il venait de découvrir la liste des agents qui mèneraient les interrogatoires — celle que Faraday avait griffonnée avant de piquer doucement du nez sur son bureau.

— C'est quoi, le plan ? Vous avez pris contact avec tout ce monde-là ?

— Ç'a été ma priorité il y a quelques heures. Les gars doivent me faire un compte rendu à 8 h 30. J'ai envoyé Yates et Ellis au poste central. Les autres sont répartis dans les environs.

— Et la Thames Valley ? Le West Sussex ? Le Dorset ?

— J'ai programmé plusieurs conférences téléphoniques à partir de 9 heures. Tous les agents sont partis avec des inspecteurs qui font office de coordinateurs. Ils nous ont franchement bien aidés jusqu'ici, que ce soit pour les saisies de drogue, les appels aux médecins de la police, les vérifications sur le PNC et tout le bazar. Je sais que ça n'a l'air de rien, mais on est au taquet. On essaie de faire le tri entre les simples témoins et les autres et d'établir une sorte de chronologie. Les suspects probables seront rapatriés ici. À moins bien sûr qu'on ne trouve tout de suite le coupable.

— N'y comptez pas.

Quelque chose dans la voix de Willard amena un léger sourire sur les lèvres de Faraday. Il veut que l'enquête avance, pensa-t-il. Il est assuré de faire la une des journaux et il exige des résultats pour compenser tous les trous dans son budget.

Willard consulta sa montre. Il passerait un coup de fil plus tard dans la journée. Faraday devait le sonner s'il avait besoin de lui pour faire davantage pression sur les forces de l'ordre des comtés voisins.

En sortant, le superintendant heurta une employée civile du Bureau des incidents graves. Lequel était en pleine effervescence depuis une heure, et son personnel contraint de venir faire du rab. Faraday se leva. Le café de la fille dégoulinait à présent sur le mur d'en face. Elle avait dû trouver un nouveau pot de Nescafé, songea-t-il. Loué soit le Seigneur.

Willard se retourna. Il avait une dernière question avant de partir.

— Le juge… Ils vont m'interroger.

— C'est Peter Ault, répondit Faraday.

— Je sais, mais où est-il ?

— Au milieu du Pacifique Sud. Parsons l'a réveillé il y a quelques heures.

— Et ?

— Sa femme et lui sont sur le yacht d'un ami. Ils ont fait demi-tour pour regagner leur dernière escale et prévoient d'arriver à l'aéroport de Heathrow jeudi matin.

— D'accord, Joe, mais quel est son sentiment à propos de tout ça ?

— Son sentiment, monsieur? dit Faraday en observant la fille qui essuyait le café. À mon avis, il est complètement retourné.

Ce furent les infos télévisées qui poussèrent Winter à quitter le balcon où il prenait le soleil. À contrecœur, il s'extirpa de son nouveau fauteuil inclinable et regagna la fraîcheur du grand salon. Par-delà les fenêtres panoramiques, un jet-ski de la patrouille portuaire dessinait des cercles paresseux sur la mer à marée montante. Winter le suivit des yeux un instant en pensant au frère décédé de Bazza, puis alla s'asseoir sur le canapé devant son écran géant. Les projets de création d'un Grand Prix de jet-ski en hommage au défunt n'avaient abouti à rien, mais il savait qu'il devait sa vie actuelle à l'accident de Mark Mackenzie. Chaque médaille a son revers, médita-t-il en prenant la télécommande.

BBC News 24 promettait de faire le point en direct sur les événements survenus à Southsea au cours de la nuit. Quelques secondes plus tard, une jolie journaliste asiatique prit l'antenne devant les villas cossues de Sandown Road.

Les enquêteurs de la police scientifique avaient investi deux des propriétés situées derrière elle, déclara-t-elle. Dans celle où la fête avait eu lieu, ils évoquaient déjà des dégâts considérables et un pillage en règle. Des pièces entières avaient été dévastées, les meubles renversés, les tableaux et les bibelots détruits, les tapis sérieusement abîmés. Personne n'avait encore fait d'estimation, mais la facture pouvait facilement atteindre une somme à cinq chiffres.

Le plus tragique était cependant la mort de deux jeunes, tués non pas dans la maison elle-même, mais dans le jardin de la propriété voisine. Si la police n'avait pas encore dévoilé leur identité, elle semblait partir de l'hypothèse que la fête et le double meurtre étaient liés. Au cours d'une vaste opération menée durant la nuit, les forces de l'ordre avaient sollicité leurs homologues des juridictions limitrophes pour accueillir et interroger près d'une centaine de fêtards, dont beaucoup étaient ivres. Ce matin, continua la journaliste, le réveil s'annonçait douloureux et empreint d'un immense sentiment de perte. Quelle direction allait maintenant prendre cette enquête hors norme ?

Le cadre de l'image s'élargit pour révéler la présence de Willard à ses côtés. Ses verres teintés s'étaient assombris au soleil, accentuant la pâleur de sa peau. Il ignora la question qui lui était posée et contesta d'emblée l'emploi du mot « pillage ». Le pillage, dit-il, était associé aux catastrophes naturelles, aux tremblements de terre, aux inondations. Ici, ils avaient affaire à quelque chose de totalement différent, quelque chose qui résultait d'une action humaine. Une bonne partie des jeunes présents lors de la fête n'avaient apparemment pas été invités. Cela signifiait donc qu'il y avait eu violation de propriété, entrée par effraction, vandalisme et peut-être vol. Si on y ajoutait les morts tragiques qui venaient d'être mentionnées, les conséquences se révélaient profondément déstabilisantes. Pas seulement pour les amis et la famille des victimes, mais pour nous tous.

Flairant une bonne déclaration, la journaliste le pria de s'expliquer. Willard ne pouvait pas dire non à pareille invite. Il passait en direct à la télévision, un dimanche matin, à l'heure où la moitié des banlieusards britanniques devaient être devant leur poste. Il résista à la tentation de se tourner directement face à la caméra et pointa les véritables dommages causés par ces jeunes. Deux morts inutiles, c'était déjà terrible, mais ce que les gens garderaient peut-être le plus en mémoire, c'était le spectacle d'une ville entière pratiquement livrée à elle-même, pendant que des policiers faisaient de leur mieux pour gérer une bande de voyous fêtards.

De son point de vue, cette population-là représentait la partie visible d'un iceberg très dangereux. La scène à laquelle on avait assisté la veille relevait pratiquement de l'anarchie. Seul un travail de police patient — et générateur de dépenses considérables — avait permis de restaurer un semblant d'ordre. Le personnel dont ils disposaient avait été poussé au bout de ses capacités. Encore une fête similaire et les braves gens, les gens honnêtes, pourraient s'attendre à vivre en état de siège.

Une telle franchise étonna même Winter. Il balaya son appartement des yeux. Était-il temps de changer les serrures de sa porte d'entrée ? De s'acheter un rottweiler ? D'emprunter à Bazza quelques-uns de ses gros bras ? Il se tourna de nouveau vers son téléviseur, mais Willard avait terminé et le sourire de la journaliste prouvait qu'elle tenait son scoop. UN HAUT RESPONSABLE DE LA POLICE MET EN GARDE CONTRE UN RISQUE D'ANARCHIE. LES GAMINS FONT LA LOI, COMPRIS ?

À l'interview succéda un montage d'images filmées une heure plus tôt environ. Deux enquêteurs de la Scientifique vêtus de combinaison entraient chez Bazza avec du matériel technique. Winter reconnut la mallette gris acier qui renfermait un Crimescope. Ce merveilleux appareil utilisait une fréquence lumineuse particulière pour faire ressortir des indices latents — sang, fluides, empreintes digitales — invisibles à l'œil nu. Cela voulait dire que Bazza était peut-être plus dans le pétrin qu'il ne l'avait cru. Et s'il avait traîné quelques merdeux chez lui pour leur infliger une correction ? Et si cette leçon avait dérapé ? Et si Marie avait sorti ses gants de vaisselle pour nettoyer le sang, mais laissé une infime trace ou deux que ne manquerait pas de repérer l'homme équipé du Crimescope ?

Winter envisagea cette possibilité un instant, en regardant à la télé un agent balayer des débris de verre sur le trottoir de la maison voisine. Puis il la chassa de son esprit. Il ignorait qui serait responsable de l'enquête, mais à la place de cette personne, il sauterait sur l'occasion pour obtenir un mandat de perquisition spécifique aux activités frauduleuses graves et fouiller la propriété de Bazza Mackenzie. L'échec de l'opération Tumbril devait être encore cuisant et traîner comme une mauvaise odeur dans certains bureaux de la brigade criminelle. Les gars ne laisseraient pas filer cette chance de prendre leur revanche. Ils chercheraient des documents susceptibles de leur donner accès à l'empire en expansion de Bazza. Des relevés bancaires contenant des preuves de fraude ou de corruption. Ou même juste quelques grammes de drogue de classe A. Rien qui ait le moindre rapport avec les événements de la veille, mais quelle importance ? Tout était bon pour faire tomber Bazza de son perchoir. Pour ébranler ce salaud suffisant.

La journaliste ayant enfin rendu l'antenne, Winter se dirigea vers sa cuisine. Il savait déjà que toute expédition au 13, Sandown Road serait un fiasco. Après presque un an au service de Bazza, il mesurait combien l'homme était devenu discipliné et prudent. L'époque où il trempait directement dans le trafic de drogue était bel et bien révolue et, s'il aimait encore garder un œil bienveillant sur quelques-uns des jeunes acteurs du milieu, il était trop occupé à s'enrichir par des voies légales pour mettre un tant soit peu en péril sa renommée grandissante.

Au lendemain de son recrutement, à l'automne de l'année précédente, Winter avait été envoyé dans un complexe résidentiel de la Costa Dorada, au sud de Barcelone. Marie avait toujours tenu davantage que Bazza à ce projet. Elle l'avait racheté pour une bouchée de pain à la suite de la faillite d'une société immobilière espagnole et elle avait mené le chantier à son terme dans le but d'attirer des couples retraités relativement aisés. En plus du soleil et de l'alcool bon marché, elle leur vendait une tranquillité d'esprit, et le boulot de Winter avait consisté à régler les problèmes de sécurité sur place.

Il était resté là quelques mois, dans un bureau de fortune glacial près de la piscine vide. Mais après avoir noué des liens avec un ex-inspecteur de la Policia Municipal ravi de lui fournir quelques gros bras, il s'était vite lassé des sexagénaires pleurnichards à court de sauce barbecue et des anciens bidasses bourrés en quête d'un nouveau meilleur pote. À Noël, son rôle était devenu celui d'un assistant social — job qui ne correspondait pas du tout à la vie trépidante qu'il avait laissée derrière lui. Quelques minutes après avoir reçu un mail où il s'en plaignait, Marie avait tenté d'en plaisanter avec lui au téléphone. Elle avait fini par lui présenter ses excuses. Bazza, avait-elle dit, avait une autre petite idée en tête. Moins d'une semaine plus tard, Winter prenait l'avion du retour et devenait directeur de Mackenzie Confidential.

Ce titre à lui seul l'avait fait chavirer. La société passait pour « la meilleure agence de renseignement » et sa brochure sur papier glacé proposait divers services, parmi lesquels des vérifications approfondies préalables au recrutement d'un employé, des analyses complètes de la concurrence, un éventail d'informations sur les fournisseurs et des profils de clients dressés sur mesure. En signant un contrat de deux ans, les entrepreneurs locaux — petits et grands — paraient à tous les risques de leur statut. Chaque fois qu'un hôtelier avait des doutes sur les capacités d'un nouveau chef, ou sur une réservation groupée, ou sur le sérieux du constructeur qui lui avait fait une offre pour une extension prévue à l'arrière de son bâtiment, il n'avait qu'à appeler Mackenzie Confidential.

Le service n'était pas donné, Mackenzie était le premier à le reconnaître, mais dès le départ Winter avait adoré relever les défis de son nouveau travail. Il avait passé l'essentiel de sa vie professionnelle à être payé pour fourrer son nez dans les affaires des autres et ce boulot-là, par nature, ne le changeait guère. Sauf qu'il n'était pas submergé par la paperasse, qu'il n'y avait personne au bout du couloir pour lui pourrir l'existence et qu'il pouvait toujours compter, dans le pire des cas, sur un ou deux anciens compagnons de Mackenzie pour exercer quelques pressions supplémentaires là où il fallait.

Il sourit en prenant la bouilloire. Il savait avant même de commencer qu'il était très facile d'obtenir des informations privées sur quelqu'un. Il suffisait de trouver le bon gars, de le payer correctement, et il n'y avait rien qu'on ne puisse apprendre sur un individu. Il avait débuté en février et le bouche-à-oreille avait très vite fonctionné. Paul Winter. Ex-flic. Beaucoup de relations bien placées. Très intelligent. Et avec de l'humour, par-dessus le marché.

Bazza avait été ravi de voir les contrats affluer. Au début de l'été, Mackenzie Confidential avait donné naissance à Mackenzie Sunrise (« achetez-vous une nouvelle vie à l'étranger »), Mackenzie Poolside (« déménagez sans risque hors de nos frontières ») et Mackenzie Courier (« la distance n'est pas un problème »). Cette dernière société était le fruit des amours de Mackenzie avec le trafic de drogue dans les années 1990 — quand il chargeait des intermédiaires d'importer de grosses quantités de cocaïne depuis les Antilles néerlandaises — et Winter s'était retrouvé à employer des types qu'il avait croisés au tribunal. Cette fois cependant, ils manipulaient des objets précieux totalement légaux, livrés par porteur aux quatre coins du globe, et même si certains vieux de la vieille se plaignaient de s'ennuyer sur les vols long-courriers, les profits réalisés — de même que la paie — compensaient tous les inconvénients.

Sunrise et Poolside avaient naturellement impliqué de nombreux voyages à l'étranger. Winter commençait à se lasser du trajet jusqu'à l'aéroport de Gatwick, mais il avait découvert que sa dureté naturelle et son affabilité apparente formaient une combinaison parfaite pour un businessman novice qui croyait en ses chances de réussite. Son succès étonnait Bazza lui-même — ce dont il se réjouissait. La Lexus était un cadeau de remerciement et il s'était laissé dire qu'il pourrait bientôt être invité chez Misty Gallagher à Hayling Island. Dans tous les cas, les prochains mois s'annonçaient prometteurs.

Il sucra son thé en gardant un œil sur le téléviseur par-delà la porte de la cuisine. Les commentaires de Willard avaient déjà suscité une petite controverse sur BBC News 24. Une femme qui s'occupait de jeunes délinquants dans une organisation caritative londonienne évoquait leurs problèmes familiaux. On récolte ce qu'on a semé, disait-elle. Nous vénérons l'argent, le pouvoir, les gains faciles. Nous vivons dans une société où chacun se sert tout seul et nous mesurons le bonheur à l'épaisseur de nos portefeuilles. Et comment ! songea Winter en souriant.

Faraday arriva en retard au poste central pour le premier des interrogatoires. Les conférences téléphoniques avaient duré plus longtemps que prévu et la première session avec Bazza Mackenzie était déjà bien avancée lorsqu'il se glissa dans la salle de contrôle.

Assis à une table, un conseiller tactique pour les interrogatoires griffonnait une note. Le visage abîmé de Mackenzie occupait l'écran relié à une caméra dans la pièce adjacente. Son avocate, Nelly Tien, avait pris place à côté de lui.

Mackenzie s'était un peu enrobé depuis la dernière fois que Faraday l'avait vu et il avait dû se rendre récemment dans un pays chaud parce qu'il avait le teint très bronzé sous sa barbe naissante. Un bandage autour de sa tête masquait le plus gros de ses blessures, mais un hématome lui fermait pratiquement l'œil gauche et d'autres encore étaient visibles sur une partie du cou. Il n'était pas très grand, un mètre soixante-dix tout au plus, et Faraday se demanda si l'officier de garde à vue avait fait preuve d'une malveillance délibérée en lui donnant un survêtement beaucoup trop grand pour lui. Les habits que portait Bazza lors de son arrestation, copieusement éclaboussés de sang, avaient déjà été étiquetés et mis sous scellés en attendant d'être analysés.

— Comment ça se passe ? demanda Faraday en s'asseyant.

— Mal, chef. Mackenzie ne pourrait pas se montrer plus serviable. Il nous a fourni des noms, des heures, la totale.

— Des noms ?

— Les gosses dans la maison de ses voisins. Il se trouve qu'il en connaît la moitié.

— Et que dit-il ?

— Qu'ils avaient perdu la tête. Selon lui…

Le conseiller consulta ses notes.

— … ces petits branleurs faisaient honte à voir.

Mackenzie affirmait être revenu d'une soirée peu après minuit avec sa femme. Il avait bu quelques verres et c'était elle qui conduisait. Sitôt sorti de la Range Rover, il avait compris la situation. Il n'avait jamais été fan des projets de fête de la jeune Rachel et voilà que les choses tournaient au vinaigre. Marie lui avait dit de ne pas s'en mêler, mais pour lui, c'était inconcevable. Il avait donné sa parole à son copain. Il fallait faire le tri parmi les fêtards.

— Son copain ?

— Ault. Apparemment, ils sont comme cul et chemise, tous les deux. Avant que le juge ne parte en vacances, Baz lui a promis de surveiller sa maison. Normal, en somme.

Mackenzie était donc entré chez ses voisins.

— C'était déjà, je le cite, un « bordel monstre ». Les gosses avaient ouvert la cave où Ault gardait quelques très bons vins rouges. La moitié était renversée sur les tapis. Le reste, ils l'avaient emporté ou ils étaient en train de le boire. Baz n'en revenait pas.

— Et après ?

— Il a cherché quelques têtes qu'il connaissait. Comme je vous l'ai expliqué, il n'a pas eu à aller bien loin. Ceux qui avaient causé le plus de dégâts venaient de Somerstown. L'un d'eux l'a traité de vieille pute et cela a apparemment suffi à le faire disjoncter.

Selon ses propres termes, Bazza avait pété un câble. Il avait fait le coup de poing presque toute sa vie, mais il avait perdu de son mordant et ce qu'il avait bu durant la soirée n'arrangeait rien. Après avoir démoli deux ou trois gars, il s'était pris une bouteille de whisky en plein sur la tête.

— Et ?

— Elle s'est brisée. Une chance pour lui que les entailles n'aient pas été plus profondes. Et comme la bouteille était pleine, je suppose que l'alcool a eu un effet antiseptique efficace. Vous devriez lire les notes de l'officier de garde à vue. Ce matin encore, Mackenzie empestait l'alcool.

— Et c'est tout ? Il ne s'est rien produit d'autre dans la maison ?

— En gros, non. Mackenzie est allé au tapis, si bien qu'il a reçu quelques coups de pied en prime, mais un des jeunes est venu à son secours.

— On a son nom ?

— Oui, chef.

Le conseiller tourna les pages de son carnet.

— Matt Berriman.

— Où est-il ?

— À Newbury. Mackenzie le connaît semble-t-il depuis longtemps. Ce qui expliquerait son intervention.

— C'est à ce moment-là que Mackenzie a quitté la fête ?

— Oui. Il dit que sa femme nous avait appelés

entre-temps. J'ai vérifié avec Charlie One. Son coup de fil a été enregistré à 0 h 39.

Charlie One était le centre de commandement opérationnel de la police, situé à Netley.

— Et alors ?

— En résumé, elle nous demandait de venir à Sandown Road et de nous magner le cul. La maison appartenait à un juge de la Crown Court et la situation était grave selon elle.

— Elle avait raison. Probablement plus qu'elle ne l'imaginait.

Faraday s'interrompit pour observer Mackenzie. L'un des agents qui l'interrogeaient le pressait de questions sur ce qui s'était passé après que Marie l'avait renvoyé chez lui.

— Je suis allé me coucher. Vous aussi, vous…

— Vous ne vous êtes pas nettoyé ? Même pas un petit peu ?

— Si, sûrement, mais pour tout vous avouer, je me sentais merdeux, j'étais complètement naze et j'avais un mal de crâne comme vous ne pouvez même pas imaginer. J'ai pris quatre ibuprofènes, deux-trois gorgées de scotch et hop, fini, il n'y avait plus personne.

Faraday fixait l'écran. La déclaration de Mackenzie impliquait plusieurs choses, et l'une d'elles lui sauta soudain aux yeux. Il se tourna vers le conseiller.

— On l'a arrêté dans son lit, n'est-ce pas ?

— Exact.

— Et sa femme l'a été à l'extérieur ?

— Oui, dans la rue.

— Ils ne se sont donc pas parlé ni croisés après qu'il est revenu de chez les Ault ?

— Tout à fait.

— En clair, il ignore que l'un des corps est celui de Rachel ? C'est bien ça ?

— Oui. Il a été arrêté comme suspect dans une affaire de meurtre, mais aucun nom ni aucun détail ne lui ont été communiqués.

— Et son avocate ? demanda Faraday en faisant un signe de tête vers l'écran. La Chinoise ?

— Elle est au courant. On a dû l'informer.

— Elle le lui a dit ?

— Pour ce que j'en sais, non. Je pense qu'elle joue la montre. On finira par parler de Rachel — ça ne va sans doute pas tarder, d'ailleurs — et elle veut que Baz réagisse sincèrement. Il ne sera pas ravi et cela signifiera qu'il ne peut être coupable d'un tel homicide. C'est un bon calcul de sa part. Foutrement bon, même.

Faraday opina. Le conseiller avait raison. C'était très bien vu.

Il semblait y avoir un problème avec les cassettes audio dans la pièce à côté. L'un des agents interrompit l'interrogatoire pendant que le second tentait de trouver une solution. Mackenzie se concerta avec son avocate. Quelques instants plus tard, la porte de la salle de contrôle s'ouvrit sur l'agent Dawn Ellis. Elle tenait une cassette à la main et demanda au conseiller d'appeler un technicien.

Faraday leva les yeux vers elle. Il travaillait avec cette femme depuis tant d'années qu'il en avait perdu le compte et il se fiait entièrement à son jugement.

— Ton avis, Dawn ?

— Rien à espérer, chef. Les choses se sont passées comme Mackenzie les a décrites. J'en mettrais ma main au feu.

— Tu vas lui annoncer la nouvelle concernant Rachel ?

— On y arrive. Ne ratez pas la suite, ajouta-t-elle en désignant l'écran.

Le conseiller revint avec un technicien. Quelques minutes plus tard, l'interrogatoire reprenait. L'autre agent était Bev Yates, un vétéran lui aussi.

— Monsieur Mackenzie, deux corps ont été découverts au bord de votre piscine. Savez-vous comment ils sont arrivés là ?

— Non.

— Vous n'en avez aucune idée ?

— Absolument aucune.

— Vous ne les avez pas vus quand votre femme vous a renvoyé chez vous ?

— Impossible. Je suis passé par la porte principale et la piscine est à l'arrière de la maison.

— Vraiment ? dit Yates, dont le débit s'accélérait. Alors pourquoi votre femme n'a-t-elle pas suivi le même chemin, quand elle est rentrée voir comment vous alliez ?

— Parce que j'avais fermé la porte à clé. J'ai probablement mis la chaînette de sécurité, aussi. Pour être franc, je n'avais pas les idées nettes. Un soir comme celui-là, ça peut se comprendre, non ?

Mackenzie se pencha en avant.

— Vérifiez vous-même, ajouta-t-il. Allez jeter un œil.

— Nous n'y manquerons pas.

Yates écrivit quelques mots sur un carnet, puis s'adossa à sa chaise.

— Pour en revenir à ces corps, monsieur Mackenzie, reprit Ellis.

— Quoi ?

— Voyez-vous de qui il pourrait s'agir ?

— Comment voulez-vous que je le sache ?

— Ce n'est pas une réponse. Je vous demande si vous avez le moindre soupçon, la moindre… petite idée.

Nelly Tien voulut protester, mais Mackenzie la fit taire d'un simple regard. Quelque chose sur son visage indiqua à Faraday qu'il flairait une mauvaise nouvelle. Il voulait les noms. Tout de suite.

Le silence fut rompu par Yates.

— Le premier corps était celui d'un certain Gareth.

— Gareth Hughes ? Je le connais, je l'ai déjà vu chez les Ault.

Mackenzie avait incliné la tête. Une lueur brillait dans son œil resté intact.

— Et l'autre ? s'enquit-il.

— Rachel.

— Rachel Ault ?

— Oui.

Il fixa Yates un long moment avant de secouer la tête.

— Merde. Merde. *Merde !*

Il se tourna vers Nelly Tien.

— Tu étais au courant ?

— Oui.

— Putain, pourquoi tu ne m'as rien dit ?

— À ton avis ?

— Je ne sais pas, ma belle. Je ne suis pas payé pour réfléchir. C'est ton boulot de le faire. Et aussi de me tenir informé. Cette fille était sous ma responsabilité. C'est la fille de mon voisin, merde. Son unique fille. Son unique *enfant*. C'est simple, il y tient comme à la prunelle de ses yeux, et bientôt il va rentrer à Sandown Road en se demandant ce qui est arrivé à la belle vie qu'il menait jusqu'ici. Et on ne parle pas là que de sa maison ou de sa putain de cave remplie de putains de grands vins, mais de sa *fille*, bordel ! Sa fille qui a été retrouvée près de *ma* piscine ! Qu'est-ce qu'on dit à un type qui a tout perdu ? Qu'est-ce qu'on dit quand on est celui qui avait promis de veiller à ce qu'il n'y ait pas de pépin en son absence ?

Il se leva, l'air complètement égaré.

— Je sors, déclara-t-il, rouge de colère. Et vous, ajouta-t-il à l'intention de Yates, réglez-moi cette affaire, compris ?

Dans la pièce voisine, le conseiller coula un regard en coin vers Faraday. Puis il se pencha et referma son bloc-notes.

IV

Dimanche 12 août 2007, 11 h 31

Alerté par l'interphone, Winter découvrit trois petits visages qui fixaient la caméra de surveillance de la copropriété. Guy, Lucy et Kate, les petits-enfants de Bazza — sa joie et sa fierté.

— Ezzie ? Vous êtes là ?

Les gamins s'écartèrent et Esme apparut à l'écran, vêtue d'un dos-nu rapporté de son dernier séjour aux Maldives. C'était la fille de Bazza, une avocate qualifiée qui habitait une propriété de trois hectares et demi dans la campagne du Hampshire avec son mari et leur progéniture. À sa mine contrariée, Winter devina qu'elle avait suivi les infos sur BBC News 24.

Il appuya sur le bouton pour leur ouvrir la porte. Les enfants émergèrent de l'ascenseur quelques instants plus tard. Il les entendit courir en riant dans le couloir menant à son appartement. Âgés de trois, quatre et six ans, ils vivaient encore dans un monde à eux, songea-t-il. Il était leur oncle préféré, ainsi qu'ils le lui avaient dit eux-mêmes. Oncle Paulie. Celui avec le frigo bien rempli. Comme ils adoraient les smoothies à la banane, il en gardait en réserve rien que pour ces visites.

À peine eurent-ils déboulé chez lui que Guy se dirigea vers la cuisine. Winter perçut un bruit sourd lorsqu'il ouvrit le frigo pour y prendre les boissons fruitées. Les chamailleries habituelles éclatèrent ensuite pour savoir qui grimperait sur le tabouret afin d'attraper les tasses en plastique jaune à l'effigie du Roi Lion.

Il ne se trompait pas au sujet d'Esme. Elle avait besoin de parler de son père. Grand besoin, même.

— Qu'est-ce qu'il a encore fait ?

Winter éclata de rire. Ses rapports avec Esme avaient été tendus au début. Elle n'avait pas caché ses craintes à l'idée de laisser un ex-flic se mêler des affaires de la famille, mais ils étaient peu à peu parvenus à une sorte de trêve. Esme était le genre de fille à toujours dire ce qu'elle pensait, et Winter appréciait ce trait de caractère.

— Je doute qu'il ait quoi que ce soit à se reprocher.

— Alors pourquoi tout ce cirque ? demanda-t-elle en montrant la télé. Nelly m'a appelée dès qu'elle a été prévenue. Et maman aussi a été arrêtée ?

— C'est la routine, Esme. Il n'y a aucune subtilité là-dedans. Montrez une scène de crime à des flics et ils ramasseront tout ce qui leur paraîtra flagrant. Quant à Baz… Ces derniers temps, je crois qu'il cherchait à entrer au Rotary Club, mais ce n'est pas la première chose dont la police va se souvenir à son sujet.

— Nelly m'a dit qu'il avait pris part à une bagarre.

— C'est plus que probable.

— Et qu'on avait retrouvé deux cadavres près de sa piscine.

— Exact.

— Comment cela se fait-il ?

— Bonne question. Vous voulez un café ?

Ils discutèrent dans la cuisine, pendant que les enfants jouaient dans le salon. Du point de vue de Winter, Esme n'avait pas à s'inquiéter — sauf s'il avait mal évalué la situation. Bazza et Marie resteraient sans doute en garde à vue jusqu'à ce que les gars de la Scientifique aient fini d'inspecter la maison, mais cela ne devrait pas leur prendre très longtemps. Il serait même étonné que le couple passe une nuit de plus en prison. Les deux cadavres le laissaient en revanche perplexe, comme tout le monde.

— Les gamins étaient complètement bourrés. Il se peut qu'ils aient bu trop de vodka et que tout ait déraillé.

— Dans le jardin de papa ?

— Oui. Rachel a dû leur dire qu'il y avait une piscine chez ses voisins. Ni une ni deux, ils ont sauté par-dessus le mur, avancé en titubant… Peut-être que l'un d'eux est tombé dans l'eau et qu'un autre l'a sorti de là, et ensuite…

Il haussa les épaules.

— Je ne sais rien de rien, conclut-il.

— Dans ce cas, pourquoi la police en fait-elle toute une histoire ?

— Un cadavre reste un cadavre. Les flics ne plaisantent pas avec ça. C'est leur boulot.

— Si je vous suis bien, il ne s'agit peut-être pas d'un meurtre ?

— Peut-être, oui. Juste quelques gamins qui ont saccagé une maison. Qu'a dit Nelly ?

— Elle n'était pas au courant. Pas la première fois que je lui ai parlé.

— Bien. Détendez-vous, on joue sur du velours, là. Baz n'a pas pu commettre de bourde. Il va patienter dans sa cellule jusqu'à ce que les enquêteurs n'aient plus aucune question à lui poser, et après, il rentrera chez lui.

Esme hocha la tête, pas convaincue. Puis elle découvrit sa plus jeune fille qui se tenait sur le pas de la porte. Son petit visage était couvert de Post-it orange portant chacun le logo de l'hôtel Burj al-Arab — l'un des nombreux trophées que Winter avait rapportés d'un voyage à Dubai offert par Bazza.

— C'est Guy qui a fait ça, maman, dit-elle d'une voix flûtée. Il est toujours méchant avec moi.

À 14 h 30, l'inspecteur-chef Gail Parsons était de retour à Portsmouth. Elle avait appelé Faraday avant pour le prévenir et lui demander de convoquer une première réunion sur l'opération Mandoline à 14 h 45. Elle avait emprunté le bureau de Martin Barrie et voulait que les principaux intéressés soient présents, y compris la fonctionnaire sous pression en charge des relations avec les médias, une ex-journaliste.

Faraday s'était exécuté. C'était étrange de voir l'inspecteur-chef occuper le vieux fauteuil de Martin Barrie. Parsons y semblait d'instinct à sa place, comme si cela faisait des mois qu'elle rangeait son sac à main derrière. L'odeur des cigarettes que Barrie se roulait malgré l'interdiction de fumer flottait encore dans l'air vicié et elle avait ouvert les deux fenêtres avant que l'équipe ne se rassemble autour de la table de conférence à l'autre bout de la pièce.

Toujours très directe, elle attaqua avec un compte rendu de l'autopsie. Marie Mackenzie, dit-elle, avait retrouvé deux corps étendus de tout leur long près de sa piscine. L'un était celui de Rachel Ault, l'autre celui de Gareth Hughes. Rachel avait reçu plusieurs coups de couteau et était visiblement morte. Marie avait tenté de ranimer Gareth en pensant qu'il était peut-être inconscient, mais elle avait vite compris qu'on ne pouvait plus rien pour lui non plus.

Quelques heures plus tard, le médecin légiste qui examinait Hughes avait remarqué un certain nombre de blessures sur son visage, dont une sorte d'empreinte sur sa joue gauche. Il y avait du sang sous sa tête et l'arrière de son crâne présentait une blessure du côté droit, compatible selon Jenny avec une chute.

— Une empreinte ? s'étonna Jimmy Suttle.

Parsons feuilletait ses notes. Elle leur montra un cliché pris la nuit précédente près de la piscine. Hughes avait le teint laiteux et des cheveux blond-roux fixés par du gel. Il reposait la joue contre les dalles qui bordaient le bassin. Sa bouche ouverte révélait une rangée de dents tordues et du sang avait séché autour d'une blessure à son œil gauche. Son tee-shirt blanc en était maculé.

Faraday observa l'image un moment avant de la faire passer. La marque sur la joue de la victime était clairement visible et constituait un indice tombé du ciel, mais ce qui retint son attention fut la pointe de vulnérabilité, et même de surprise, qu'il lisait dans ses yeux écarquillés. Les attentes de Gareth concernant cette soirée n'avaient certainement pas inclus un tel dénouement.

Suttle examina brièvement l'empreinte. Le motif évoquait une chaussure de sport. En temps voulu, le service d'imagerie de Netley leur fournirait des tas de photos, mais celle-là primait sur toutes les autres.

— Joli, dit-il. Je m'en occupe.

Parsons énuméra les découvertes faites sur le corps de Hughes : hématome péri-orbital au niveau de l'œil gauche et lacérations sous le sourcil. Égratignures superficielles sur le front. Des contusions dans la bouche et une fracture partant de l'arrière de la tête. C'était à peu près tout.

— Des traces d'autodéfense ? demanda Proctor.

— Jenny n'en a relevé aucune.

— Il n'a pas eu de chance, si je comprends bien. Soit on lui a réglé son compte en quelques secondes, soit il ne s'est pas beaucoup débattu.

Parsons acquiesça. Le médecin légiste estimait qu'une chute en arrière sur les pavés avait pu être fatale au garçon.

— Il s'agirait donc d'une sorte d'affrontement ? intervint de nouveau Jimmy Suttle.

— L'hypothèse tient la route, à mon avis.

Il y eut des hochements de tête autour de la table. Proctor voulut ensuite en savoir plus sur Rachel Ault.

— Elle aussi était près de la piscine, à quatre mètres de Hughes, répondit Parsons. Elle présente des blessures au niveau du visage et du cou, ainsi qu'au bas de la cage thoracique. Jenny a noté de multiples coups de couteau sur sa poitrine et son abdomen. L'aorte a été gravement touchée et le sang qu'elle a perdu a sans doute suffi à causer son décès. La largeur et la profondeur des entailles suggèrent une lame de dix centimètres. Peut-être un couteau de cuisine, de chasse, ou bien un cran d'arrêt, ou que sais-je encore.

— On n'a retrouvé aucune arme ? demanda Faraday.

— Pas encore.

Faraday se concentra sur une autre photo produite par Parsons. Le flash de l'appareil n'était pas flatteur, mais Rachel Ault avait été d'une beauté stupéfiante. Bien qu'ensanglanté, son visage laissait transparaître une force et une volonté que sa mort brutale n'avait pas effacées. Ses lèvres pleines étaient rétractées sur ce qui ressemblait à un cri. Il était très facile de se représenter la scène, le caractère étrange et inimaginable de la lame entrant dans sa chair, la chaleur soudaine qui l'avait inondée tandis que son ventre s'emplissait de sang. Il contempla encore la photo. Les yeux ouverts de la jeune fille étaient d'un vert étonnant.

— Une partie du sang près de la piscine est le sien, je suppose ? s'enquit-il.

— Possible. Il y en avait à deux endroits. Les échantillons sont partis au labo ce matin. On sera fixés d'ici à une semaine environ.

Faraday opina et se pencha de nouveau sur le cliché. Même à cet instant, après des années aux Crimes graves, il restait fasciné par la manière dont un laborantin travaillant à plus de cent cinquante kilomètres de là pouvait soutirer à quelques gouttes de sang les premiers éléments d'un scénario.

Parsons n'avait pas encore terminé.

— Jenny a effectué des prélèvements sur le corps des victimes près de la piscine et d'autres encore avant le début de l'autopsie. Elle a trouvé du sperme dans le vagin et la gorge de la fille. Elle a également mentionné une forte odeur d'alcool.

— Et le garçon ? Il avait bu lui aussi ?

— Le résultat des analyses toxicologiques ne nous parviendra pas avant plusieurs semaines et Jenny ne veut pas s'avancer sur l'heure exacte du décès, mais la fête devait avoir commencé depuis un moment quand c'est arrivé. On peut donc supposer que Hughes avait pris quelques verres. Sans doute plus que ça, même.

Faraday passa la photo de Rachel à son voisin. En briefant les équipes d'enquêteurs, ce matin-là, il avait souligné l'importance des témoignages relatifs à Rachel et Gareth. Quand avaient-ils été vus pour la dernière fois ce soir-là ? Avec qui étaient-ils ? Que s'apprêtaient-ils à faire ?

Parsons en avait cette fois terminé avec l'autopsie. Le rapport complet du médecin légiste devrait être disponible d'ici à trois semaines, dit-elle, mais elle voulait à présent se concentrer sur les interrogatoires et les dépositions. Elle n'avait le souvenir d'aucune autre enquête comprenant autant de témoins potentiels. Cela lui évoquait les suites d'un accident ferroviaire ou d'une attaque terroriste : ils disposaient de multiples points de vue qui s'imbriquaient pour former une seule histoire complexe.

— Joe ?

Faraday leva les yeux. Il avait eu une brève conversation téléphonique avec l'un des enquêteurs de la Scientifique qui travaillaient dans la maison des Ault. L'image d'une attaque terroriste évoquée par Parsons se révélait juste à bien des égards : du sang et des dégâts qui défiaient presque l'entendement, et des répercussions à très long terme pour certaines personnes. Leur vision d'ensemble des événements de la veille demeurait chaotique. Il fallait avant tout des faits, pensait-il.

— On détient quatre-vingt-quatorze individus, dont la plupart ont accepté de témoigner, répondit-il. Nous avons rempli les quatorze centres de garde à vue à notre disposition, plus huit autres en invoquant les accords d'entraide. Les interrogatoires menés hors du comté sont gérés par le personnel local. Nous, on s'occupe du reste.

— Quelles priorités avez-vous définies ? demanda

Parsons avec un brin d'impatience, en femme active très occupée.

— J'ai établi un schéma directeur. Un tri s'impose parmi les jeunes. Tous ceux qui présentent des traces de blessures ou du sang sur leurs chaussures ou leurs vêtements figurent en haut de la liste. De même que les détenteurs d'un casier judiciaire. Idéalement, j'aurais préféré qu'on rassemble ces œufs-là dans le même panier, mais c'était impossible hier soir. On a dispatché les fêtards dans l'ordre où ils sortaient, ce qui signifie que les suspects possibles ou probables ont été dispersés partout. À cette heure-ci, la plupart des gamins ont dû être relâchés. Ceux qui nous intéressent seront rapatriés au poste central.

— Ils sont combien ?

Faraday vérifia ses notes. Il avait anticipé la question.

— Dix-neuf, répondit-il prudemment. Je suppose que le ou les auteurs de ces crimes se sont sauvés, mais ils avaient forcément des complices. Et c'est à eux qu'on va parler.

— Il y en a qui se démarquent des autres ?

— À ma connaissance, pas encore, mais Jimmy et moi, nous n'aurons les déclarations que cet après-midi.

Suttle hocha la tête. Il lui reviendrait de les étudier et de les confronter entre elles. Parsons croisa son regard.

— Vous avez quelque chose à ajouter, Jimmy ?

— Seulement que j'ai reçu un appel de la Thames Valley, avant la réunion. Ils ont une fille à Reading. Samantha Muirhead. La meilleure amie de Rachel.

Elle est un peu plus âgée qu'elle et vit à la campagne. Elle avait acceptée d'être CD.

— CD ?

— Chauffeur désigné. En clair, elle était sobre.

— Et ?

— Elle est bouleversée, c'est évident, mais si on veut un témoignage correct, l'inspecteur présent sur place pense qu'on ferait bien de commencer par elle.

— Vous voulez la réinterroger ? demanda Parsons à Faraday.

— Et comment.

— Elle est disposée à le faire, Jimmy ?

— D'après l'inspecteur, oui. Ses parents l'ont rejointe à Reading et ils vont la ramener ici. Je lui ai dit qu'il y aurait quelqu'un au poste central…

Suttle vérifia l'heure.

— … à peu près maintenant.

Il avait prévenu l'officier de garde à vue afin qu'il les attende. Faraday décida qu'ils parleraient à la fille ensemble. L'inspecteur de la Thames Valley avait raison. À ce stade, ils avaient besoin d'une vision globale de la soirée.

Parsons fut d'accord. Déjà briefée par Faraday, elle avait pratiquement renoncé à considérer Mackenzie comme leur principal suspect — non sans regret. Tout indiquait qu'il avait joué les bons voisins, et rien de plus. Elle adressa un signe de tête à Faraday afin qu'il poursuive.

L'Unité de scène de crime, dit-il, avait trouvé du sang dans la cuisine des Mackenzie. Il y avait des traces sur le bord d'un verre au-dessus de l'évier, sur un gant de toilette et une serviette dans la salle de bains, à l'étage, et sur l'un des oreillers dans la chambre.

Sommé de s'expliquer, Mackenzie avait affirmé que le sang était le sien. Pour être honnête, il ne se rappelait pas être allé dans la cuisine, mais il avait dû avoir envie d'un verre d'eau. Comme il saignait encore, une fois arrivé à l'étage, il s'était essuyé la figure avec un gant dans la salle de bains. Marie rangeait de l'ibuprofène dans l'armoire au-dessus du lavabo. Il en avait avalé quatre avant de s'endormir.

Pendant son interrogatoire, Faraday, qui écoutait tout depuis la salle de contrôle, avait appelé l'enquêteur de la Scientifique présent chez Mackenzie. Quelques instants plus tard, le gars lui avait confirmé les affirmations de Bazza dans les moindres détails. Le sang suivait le trajet qu'il avait effectué jusqu'à sa chambre. Après ça, l'homme s'était écroulé sur son lit, sans cesser de saigner.

Son avocate faisait pression pour qu'il soit relâché rapidement, expliqua Faraday. Les échantillons de sang seraient transmis au labo, mais les résultats complets des tests ADN ne seraient pas connus avant la fin de la semaine. Dans ces circonstances, il était inutile d'espérer prolonger sa garde à vue. Sa femme avait par ailleurs corroboré toutes ses déclarations.

Parsons se tourna vers Suttle pour l'interroger sur les téléphones portables. Soixante-sept mobiles avaient été saisis, l'informa-t-il, et quatorze autres récupérés dans la maison ou le jardin. Les numéros avaient été relevés afin d'obtenir les factures correspondantes et le tout avait été envoyé à l'Unité de renseignement et de traitement des communications de Netley. Il escomptait des tas de photos et quelques vidéos. À cela s'ajoutaient trois caméscopes ramassés sur place — un autre coup de chance pour l'enquête.

Faraday rassembla ses notes en réfléchissant à cette nouvelle. Suttle avait raison. Les gamins étaient obsédés par les images et les infos récupérées dans leurs téléphones pourraient bien leur permettre de boucler l'enquête. Mobile ta vie, songea-t-il au souvenir d'un slogan publicitaire. Et mobile ta mort aussi.

Parsons s'était déjà levée. Elle voulait une autre réunion à la fin de l'après-midi pour savoir où en était la police scientifique avant de convoquer de nouveau toute l'équipe. Dans l'intervalle, elle allait faire son rapport au superintendant par intérim. Y avait-il quelque chose qui ne puisse pas attendre 17 heures ?

Un bref silence accueillit sa question. Puis le sergent Glen Thatcher prit la parole. Les équipes d'agents chargés des enquêtes extérieures faisaient déjà du porte-à-porte dans Sandown Road et au-delà en quête du moindre indice qui pourrait les aider à y voir plus clair.

— On reçoit beaucoup de plaintes de la part des résidents, avoua-t-il. Pour être franc, ils pensent qu'on a été nuls. Certains ont des relations haut placées. Vous devriez peut-être faire passer le mot, chef.

Parsons gratifia d'un sourire la journaliste responsable des relations avec les médias, qui était assise au bout de la table. La fille avait autrefois travaillé comme reporter pour BBC South.

— C'est pour vous, ça, Debbie. Il nous faudrait peut-être une stratégie dans ce domaine. Je suis ravie que vous ayez trouvé le temps de venir.

Nelly Tien appela Winter au moment où il cherchait son pantalon. Après le départ d'Esme et des enfants, il avait décidé de piquer un somme.

— M. Mackenzie est sur le point d'être libéré, annonça-t-elle d'une voix tracassée. Il veut savoir où vous êtes.

— À Gunwharf. Dans mon appart.

— Très bien. Je vous l'amène.

— Et Marie ?

— Elle est à côté de moi. Elle est sortie il y a une heure.

Nelly coupa la communication sans dire au revoir, encore plus laconique qu'à l'accoutumée. Ça n'augure rien de bon, pensa Winter, qui se demanda s'il avait intérêt à enfiler une chemise propre.

Bazza et Marie arrivèrent vingt minutes plus tard. Chose inhabituelle, Bazza avait enroulé un bras protecteur autour des épaules de sa femme, qui paraissait nerveuse et distraite sous son bronzage estival. Une question de Winter sur le poster annonçant la dernière fête de Noël du CID près des cellules de garde à vue de Fareham, ne la fit même pas sourire. Sa nuit en détention l'avait clairement affectée. Elle voulait rentrer à la maison, confia-t-elle. Elle voulait une longue douche bien chaude, un bon café et du temps pour réfléchir à ce qu'elle allait dire aux Ault. Mais tant que la Scientifique n'aurait pas vidé les lieux, même ça, ça ne serait pas envisageable.

— Où irez-vous ?

— À l'hôtel, bien sûr, répondit Bazza. Où veux-tu qu'on aille ?

Le Royal Trafalgar donnait sur le bord de mer. L'argent de la drogue avait permis à Bazza de lui faire retrouver son lustre d'avant-guerre. À ce jour, c'était son plus gros investissement en ville.

Ignorant le café et le beignet que lui offrait Winter, il lui ordonna de s'asseoir. Son visage avait commencé à désenfler et il avait ôté son bandage, révélant des traces de sang séché autour de la blessure sur son crâne. Les jointures des doigts de sa main gauche étaient plus abîmées encore. C'est un gaucher, se rappela Winter.

— Écoute, Paul, on est tous dans la merde. Ce qui s'est produit hier soir était complètement ingérable. Plus j'y pense, pire c'est. J'ai dû allonger un paquet de fric pour habiter une adresse pareille, alors il n'est pas question qu'une bande de connards vienne tout saccager. Et je n'accepte pas qu'un crétin sème des cadavres près de ma piscine. Ni que ma femme soit obligée de passer une nuit dans une cellule. C'est une question de respect, voilà tout. Peter Ault est un type bien. Je lui ai donné ma parole d'honneur. Je lui ai dit que je veillerais sur sa maison et j'ai tout foiré. Le pauvre sera de retour d'un jour à l'autre. D'ici là, mon vieux, je veux un nom. *Comprende ?*

— Un nom, Baz ?

C'était nouveau, ça. Bazza qui admettait sa responsabilité. Bazza qui rendait la justice.

— Ouais, un nom. Ou des noms, peut-être. Je n'en sais foutre rien, mais règle-moi ça, OK ? Tu m'as dit un jour que tu étais le meilleur flic que cette ville ait jamais vu, que tu avais plus de scalps à ton compteur que tous les autres. Voilà une occasion de le prouver. Tu n'as qu'à commencer par Matt Berriman. Il m'a débarrassé des petites frappes qui me sont tombées sur le dos. J'ai connu sa mère, autrefois. Elle doit vivre à Somerstown, sauf si elle a déménagé depuis.

Quelque chose échappait à Winter et il le savait. Il fixa la télé un moment. Peut-être avait-il été mal inspiré en retournant se coucher.

Marie s'agita. Elle se tenait près de la fenêtre, d'où elle contemplait le port.

— L'un des corps était celui de Rachel, dit-elle tranquillement. On pensait que tu étais au courant.

V

Dimanche 12 août 2007, 16 h 03

Sam Muirhead et ses parents arrivèrent en retard au poste central. Faraday et Suttle attendaient depuis un quart d'heure lorsqu'ils se présentèrent. L'officier de garde à vue les conduisit dans le bureau qu'il avait réservé pour eux et Suttle alla chercher des chaises supplémentaires pendant que la mère de Sam s'excusait.

— On s'est arrêtés en cours de route pour grignoter quelque chose. Ces événements nous ont bien secoués.

Le père était un homme à la carrure massive, à la poigne ferme et aux traits marqués par le grand air. Il voulut savoir pourquoi sa fille devait subir une nouvelle fois tout ce cirque. Elle s'était montrée aussi serviable que possible et sa déclaration avait satisfait les inspecteurs de Reading. On pouvait quand même lui épargner un nouvel interrogatoire, non ?

Faraday les pria tous de s'asseoir.

— Votre fille est au courant, pour Rachel ?

— Oui, on a entendu la nouvelle aux infos. Pour être honnête, Sam est bouleversée.

Il y eut un silence, rompu à la fin par Sam elle-même. C'était une grande fille au visage allongé et pâle, qui tenait de sa mère ses cheveux auburn. Faraday sentit qu'elle avait pleuré.

— Je ferai ce que vous me demanderez, dit-elle posément.

Faraday expliqua que l'interrogatoire aurait lieu dans une salle spéciale de l'autre côté du couloir. Sam refusa l'assistance d'un avocat et secoua la tête lorsque Suttle suggéra que sa mère ou son père l'accompagne.

— Allons-y, le coupa-t-elle. Ensuite, on pourra rentrer chez nous.

Dans la salle, Suttle donna le signal pour démarrer l'enregistrement audio et vidéo. Après un bref échange avec l'inspecteur de Reading, Faraday savait exactement par où commencer.

— J'ai cru comprendre que tu connaissais bien Rachel ?

— C'était ma meilleure amie.

— Depuis longtemps ?

— Oui. Des années et des années.

Elle renifla et inclina la tête en arrière.

— On était comme des sœurs. C'est ce que les autres disaient de nous et, d'une certaine façon, c'était vrai.

— C'était quel genre de fille ?

— Une fille super. Comme amie et comme élève aussi. Super-gentille. Super à tout point de vue.

Faraday consulta ses notes.

— Tu as mentionné un club de natation, ce matin. Tu peux nous en dire plus ?

— C'est quelque chose qu'elle a démarré très jeune. On était à l'école primaire ensemble et, déjà à l'époque, elle nageait, mais vraiment, vous voyez. Elle ne faisait pas que barboter dans l'eau. Elle a été repérée par une entraîneuse de Northsea. Je crois qu'elle a signé un contrat avec le club, mais je n'en suis pas sûre.

Le Northsea Club faisait la fierté de Pompey. Installé dans la piscine Victoria, il se couvrait de gloire à tous les niveaux et avait fourni une ribambelle de compétiteurs à l'équipe nationale britannique. Rachel allait s'entraîner deux fois par jour, six jours par semaine, expliqua Sam. Il fallait voir comme elle prenait ça au sérieux, c'était dingue. Pareil que Matt.

— Matt qui ?

— Matt Berriman.

— Celui qui était à la soirée ? Le garçon qui est venu en aide au voisin ?

— Oui, répondit Sam, l'air surpris. Rachel et lui sont sortis ensemble pendant des années. Depuis leur entrée au club, en fait. Désolée, je pensais que vous étiez au courant.

— Non, on l'ignorait. Dis-nous-en plus.

Sam fit un effort pour se rappeler.

— Eh bien… Il était un peu plus âgé qu'elle. Je crois qu'il était déjà au collège quand ils se sont rencontrés. À St Mark.

St Mark était un établissement à problème qui chevauchait la ligne de démarcation entre Portsmouth et

Southsea. D'un point de vue social, Matt et Rachel appartenaient donc à deux mondes différents. De plus, les vérifications effectuées à Newbury sur le fichier informatique de la police révélaient que Berriman avait été récemment condamné pour infraction au code de la route, après avoir été flashé sur la M27 à plus de 210 kilomètres à l'heure au volant d'une BMW empruntée.

— Tu connais Matt ?

— Bien sûr. On le connaît tous.

— Comment est-il ?

— Grand. Costaud. Trop un BG, quoi.

Faraday jeta un coup d'œil à Suttle.

— Ça veut dire un beau gosse, chef.

— Merci, répliqua Faraday, avant de se tourner de nouveau vers Sam. Ils s'entraînaient donc ensemble ? Deux fois par jour ? Ils se voyaient beaucoup, alors ?

— Oui. Et en grandissant, ils ont commencé à partir tous les deux. Il y a un endroit dans le nord — Sheffield, il me semble — où les meilleurs nageurs suivent des entraînements spéciaux le week-end. Rachel et Matt étaient tous les deux en équipe nationale. Ils allaient à Londres, aussi. Rachel ne vivait que pour ces week-ends. Elle disait que c'était génial.

— Ils sortaient ensemble ?

— Oui.

— Quel âge avait-elle à ce moment-là ?

— Quinze ans. Rachel nageait sur des longues distances — je ne sais pas quelles courses au juste. Matt était un sprinter, lui, et ça lui convenait bien, croyez-moi. Il se donnait toujours à fond. Une force de la nature ! Une nuit qu'on était tous sur la plage, quelqu'un l'a défié de contourner la jetée à la nage. Eh bien il l'a fait. Il s'est déshabillé complètement et il l'a fait.

Faraday fronça les sourcils. Le tour de la jetée ne représentait pas plus de deux cents mètres. Ce n'était sûrement rien pour un nageur comme lui.

— On était en décembre. La veille de Noël.

— Ah !

Pour la première fois, Sam esquissa un sourire qui s'élargit bientôt. Ses souvenirs du jeune Matt Berriman l'avaient ranimée.

— Combien de temps ça a duré, entre eux ?

— Jusqu'à il y a six semaines.

— Vraiment ? Que s'est-il passé ?

— Elle a rencontré Gareth.

— Gareth Hughes ?

— Oui. Lui, je le connais depuis un moment. On est dans la même classe de première à PGS. Enfin, on était…

Faraday griffonna une note. La Portsmouth Grammar School, comme le lycée de filles, était une école payante.

— Parle-moi de Gareth.

— Il était différent de Matt. Pas du tout aussi sportif. Pas du genre lourdaud, et pas un intello non plus, mais… euh… c'était quelqu'un de beaucoup plus *raisonnable*. Il y avait eu des tensions entre Rachel et Matt. Elle préparait l'examen d'entrée à Oxford et il ne l'aidait pas.

— Comment ça ?

— Il achetait par exemple des billets pour un gros

festival qui durait tout un week-end, des billets hors de prix qu'il ne pouvait pas s'offrir, et quand Rachel lui disait qu'elle n'avait pas le temps, il réagissait… enfin, vous voyez, quoi… très mal. Il avait le chic pour la faire culpabiliser, et au bout du compte, elle finissait toujours par céder et par le regretter après.

— Pourquoi ?

— Parce que Matt devenait de plus en plus incontrôlable. Il faisait plein de trucs. Il fallait toujours qu'il essaie tout, et ça rendait les choses difficiles pour Rachel.

— Et la natation ? Leurs entraînements ?

— C'était l'autre problème. Matt y avait pratiquement renoncé. Rachel aussi, mais pour des raisons différentes.

— Elle a été admise à Oxford ?

— Oui. En fait, elle a obtenu une bourse. Son père lui a payé une voiture, en récompense.

Sam se mit à renifler et chercha un Kleenex.

— Merde, c'est dur à avaler…

Faraday lui accorda un moment. Puis il l'interrogea sur la soirée. Qui en avait eu l'idée ?

— Rachel. Elle voulait juste réunir quelques potes, des gens qui ne connaissaient peut-être pas très bien Gareth.

— Comment a-t-elle choisi les invités ? demanda Suttle.

— Elle a une page Facebook. Avec ça, on peut se créer une liste de meilleurs amis, dire à tout le monde si on est célibataire ou pas. On peut faire des tas de trucs. Elle a juste prévenu tous ses copains.

— Y compris Matt ?

— Forcément. Il en faisait partie. Rachel était super-intelligente, comme je vous l'ai dit, mais je crois qu'elle a oublié de le virer de ses contacts. Ou alors, elle n'a pas supporté de le faire. Elle était parfois un peu bête sur ces questions-là, un peu trop gentille.

— Si je te suis bien, c'est par ce biais qu'il a été informé de la soirée ?

— Oui, je suppose.

— Comment l'invitation était-elle formulée ? Tu le sais ?

— Je ne m'en souviens pas. Vous pouvez regarder vous-même, c'était une actu que Rachel avait postée sur son nouveau mec. Elle en plaisantait. Elle voulait une soirée sans chichi, histoire que les gens puissent s'éclater. Vous voyez le tableau. Une grande maison ancienne, plein de place, des DVD, de la musique, de quoi boire. Rien d'extraordinaire, franchement…

— Tu penses que Matt a pu faire circuler l'info ? À cause de Gareth ?

— Vous voulez dire, par jalousie ? Aucune idée. Possible, j'imagine, mais ça m'étonnerait quand même parce qu'il n'est pas très organisé. Avec Matt, tout se décide toujours à la dernière minute… sur un coup de tête… vous comprenez ?

— Mais est-ce que Rachel lui manquait ? À ta connaissance.

Pour la première fois, l'hésitation se lut sur le visage de Sam.

— Oui, répondit-elle enfin.

— Il voulait renouer avec elle ?

— Oui.

— Elle te l'a dit ?

— Je le savais.

— Comment ? s'enquit Faraday.

Encore une hésitation prudente. Un silence plus long.

— Parce qu'il me l'a dit.

Une semaine plus tôt, expliqua-t-elle, elle était tombée sur lui à Gunwharf. Il était avec quelques copains et il les avait tous renvoyés avant d'insister pour lui payer un café. Il venait de se faire choper pour un stupide excès de vitesse et la femme à qui il avait emprunté la voiture avait pété les plombs.

— Pourquoi ?

— Il n'était pas assuré.

Faraday nota l'information. L'incident sur la M27, se rappela-t-il.

— Vous avez pris un café ensemble et… ?

— C'est là que Matt m'a dit qu'il voulait se remettre avec Rachel. Il était très remonté à ce sujet. D'après lui, elle était la meilleure chose qui lui soit jamais arrivée et il comptait bien… enfin… ne pas tout foirer la prochaine fois.

— Il pensait qu'il y aurait une prochaine fois ?

— Oui. Mais c'est Matt tout craché, ça. Il provoque les événements.

Il provoque les événements. Faraday se recula sur sa chaise et leva les yeux au plafond.

— Revenons-en à la soirée. Rachel a rangé la maison avant ?

— On l'a fait toutes les deux, oui. Gareth nous a aidées. On a fermé les chambres à l'étage, on a mis des petits mots sur les portes, on a caché les affaires qu'on ne voulait pas voir traîner.

— Quel genre d'affaires ?

— Des objets de famille, des consoles de jeu. Le père de Rachel est amateur de bons vins. Comme il avait des tonnes et des tonnes de bouteilles hors de prix, Gareth est allé acheter un cadenas et l'a fixé à la porte en haut de l'escalier qui mène à la cave.

— Qui vous inquiétait, au juste ?

— Personne en particulier. Personne de notre connaissance. Mais à chaque soirée ou presque, il y a des gens qui débarquent de nulle part. Il vaut mieux être prudent, surtout dans une maison pareille.

— Mais vous n'imaginiez pas que tant de monde… ?

— Pas du tout.

La fête avait démarré vers 21 heures, continua Sam. Des amis étaient arrivés de la grande pelouse publique de Southsea. Il faisait doux et la plupart buvaient depuis 18 ou 19 heures.

— Ils étaient ivres ?

— Non, joyeux. Gareth avait préparé une sorte de punch avec plein de fruits et je ne sais pas quoi d'autre, et on avait aussi des réserves de vodka. Des gars de l'équipe de rugby se sont pointés, dont trois avec des caisses de Stella. C'était cool. L'ambiance était bonne, tout se passait nickel.

— Et ensuite ?

— Comme je vous l'ai dit, tout allait bien au début. L'un des joueurs de rugby avait apporté des gaz hilarants et des ballons gonflables. On a déconné avec, mais rien de méchant. Et puis Matt a débarqué.

— À quelle heure ?

— Difficile de vous répondre. Peut-être vers 22 heures. Peut-être un peu plus tôt.

— Il était seul ?

— Non. Il y avait d'autres types avec lui. Des amis, je suppose. Personne ne savait qui ils étaient.

— Quel genre de types ?

— Des types chelous, ça, c'est clair. Peut-être des élèves de St Mark, je n'en ai aucune idée.

— Pas tes fréquentations habituelles, si je comprends bien. Ni celles de Rachel ?

— Non… mais il n'y avait pas de problème, pas à ce moment-là. L'un d'eux était même venu avec des cannettes de Carling. Il ne pouvait pas avoir plus de quatorze ans. Je me souviens qu'il a souhaité un bon anniversaire à Gareth.

— C'était son anniversaire ?

— Non, mais le gamin était bourré. Pas énervé, juste… vous voyez… stupide. Un peu comme tous les autres. Une situation pareille, on peut simplement espérer qu'elle ne dégénère pas.

— Et ça n'a pas été le cas ?

— Non. D'autres jeunes sont arrivés. Et d'autres encore, toujours plus nombreux. Je sentais bien que la soirée dérapait, mais j'avais l'impression de ne rien pouvoir y faire. J'ai essayé plusieurs fois de fermer la porte à clé, au moins pour empêcher de nouvelles personnes d'entrer, mais quelqu'un de l'intérieur venait toujours la déverrouiller. Pour être honnête, ça fichait les jetons. On ne maîtrisait plus rien.

— Et les rugbymen ?

— Quelques-uns ont tenté de faire le tri. Ils ont demandé aux plus âgés de partir et d'emmener les gamins avec eux. Sauf que ça ne servait à rien parce qu'ils se faisaient insulter. Certains de ces jeunes étaient franchement infects. À un moment, c'est devenu évident qu'il allait y avoir une bagarre, mais j'ai réussi à calmer le jeu.

— Toi ?

— Oui.

— Et Rachel ?

— Elle planait complètement. Elle avait dû picoler une bonne partie de la journée, et quand elle a vu ce qui se passait, elle est partie en vrille. Elle avait surtout bu de la vodka. Avec de la limonade.

Le premier gros problème avait surgi quand une bande de garçons que Sam ne connaissait pas avaient sniffé des rails de coke sur le palier à l'étage.

— Il y avait un dealer avec eux. Un gars qu'ils appelaient Danny. Je ne sais pas si c'était son vrai nom ou pas, mais apparemment, il distribuait sa came presque gratos. Les gamins en réclamaient toujours plus. J'ai essayé de prévenir Gareth, mais il était bien pété, lui aussi. Quand il a enfin percuté, il m'a fait promettre de ne pas appeler la police. Il s'inquiétait à l'idée que le père de Rachel l'apprenne. Il était sûr que ce serait elle qui trinquerait pour tout le monde.

La maison était alors remplie d'étrangers, poursuivit Sam. C'était là que les ennuis avaient vraiment commencé.

— J'ai entendu un cri horrible. Puis il y a eu des

coups et un bruit de verre brisé. Rachel aussi l'a entendu. Ça venait du cabinet de travail de son père, au premier étage. On l'avait fermé à clé, mais quelqu'un avait défoncé la porte. Son père a un grand bureau recouvert de cuir et quelques-uns des gamins dansaient dessus. Ils avaient empilé toutes les photos de famille qu'ils pouvaient trouver, des jolis clichés encadrés, et ils les piétinaient. Il y avait une fille parmi eux. C'est elle qui leur a dit de… enfin…

Sam fit un geste vers ses genoux.

— Quoi ?

— De pisser dessus.

— Et ils l'ont fait ?

— Oui. Juste sous nos yeux. Rachel a flippé. Vous imaginez la scène… Je ne crois pas qu'elle ait vraiment mesuré ce qui se passait. Elle a fait de son mieux pour les arrêter, mais ils se sont foutus d'elle et lui ont crié de se barrer. Heureusement, Matt est arrivé.

Il avait pris la situation en main. Les gamins semblaient le connaître. Voyant qu'ils se rebellaient, Matt les avait sortis un par un. Deux d'entre eux avaient essayé de s'en prendre à lui, mais il les avait jetés dans le couloir, avant d'emmener Rachel à l'écart.

— Où ?

Une fois de plus, Faraday sentit une réticence chez la jeune fille. Il répéta la question et elle haussa les épaules.

— Dans la salle de bains.

— Et ?

— Je pense qu'il voulait la raisonner. Quand je

l'ai revue, elle avait de l'eau sur son tee-shirt et elle paraissait avoir les idées un peu plus claires.

— Ils sont restés longtemps dans cette pièce? demanda Suttle.

— Assez, oui.

— Et la porte était fermée?

— Comment voulez-vous que je le sache?

— Parce que je serais étonné que tu n'aies pas tenté de l'ouvrir.

Sam fixa longuement Suttle, puis hocha la tête.

— En effet, avoua-t-elle.

— Et?

— Elle était bien fermée à clé.

— Pourquoi, à ton avis?

Sam refusa de répondre. Suttle se tourna vers Faraday.

— Que s'est-il passé après ça? demanda celui-ci. Tu lui as parlé?

— Oui. Juste pour m'assurer que ça allait. Elle m'a dit que oui. Que Matt avait été… enfin… génial.

— Et son petit ami, Gareth? Où était-il?

— Aucune idée. On nageait en plein chaos. Il y avait des jeunes partout et l'un d'eux taguait toutes les surfaces avec une bombe de peinture noire — les murs, les lambris, les portes. Les tableaux, aussi. C'était impensable de voir ça.

— Et pourtant, personne ne disait rien? Personne n'a levé le petit doigt pour les arrêter?

— Non. C'est dur à expliquer. Presque tout le monde était torché. Nos amis. La racaille. Les copains de Matt. Ils se foutaient tous de tout. On le voyait sur les visages. Les gens qu'on croyait connaître, ceux à qui on était persuadé de pouvoir faire confiance… on aurait brusquement dit des étrangers. *C'étaient* des étrangers. Ça dépassait l'entendement. J'ai vraiment beaucoup de mal à mettre des mots là-dessus.

— Et toi ? Comment te sentais-tu ?

— J'avais peur.

— De quoi ?

— De tout. La situation était carrément… bizarre, on se serait cru sur une autre planète. Dans un cas pareil, on se sent… je ne sais pas… impuissant. Il n'y a rien qu'on puisse faire.

— Tu aurais pu nous appeler.

— J'y ai pensé, mais vous nous auriez tous embarqués. Et Gareth avait raison, Rachel aurait été tenue pour responsable. Elle s'entendait bien avec son père, mais je savais qu'il pouvait être très, très strict.

— Donc, tu n'as rien fait ?

— J'ai essayé d'intervenir, d'apaiser les choses.

— Et toujours aucun signe de Rachel ?

— Non.

— Matt ?

— Non plus.

— Gareth ?

— Pour autant que je m'en souvienne, non.

Il était bien plus de minuit quand le voisin avait débarqué. Elle l'avait rencontré deux ou trois fois auparavant, chez Rachel. Un ancien voyou, apparemment, mais plein aux as. Il avait une femme très sympa qui s'était liée d'amitié avec Mme Ault.

— Qu'a-t-il fait ?

— Il a voulu virer quelques types. Il avait pigé la

situation. Pour être honnête, je l'ai trouvé vachement courageux. Il a repéré les plus costauds et il leur a sauté dessus.

— Ensuite ?

— Il n'avait aucune chance de s'en tirer. Ils étaient trop nombreux. Ils l'ont fait tomber par terre et ont commencé à lui filer des coups de pied. Il y en avait un avec une bouteille. Je crois qu'elle s'est brisée. Le type avait du sang partout sur la figure. Toutes les filles hurlaient, c'était la panique totale. C'est là que Matt a réapparu.

Il avait éloigné quelques-unes de ces brutes et fait sortir le voisin. Après, elle n'était pas sûre du reste.

Faraday tentait d'établir une chronologie. À la suite de l'appel de Marie, enregistré à 0 h 39, le centre opérationnel avait émis une alerte prioritaire à l'intention des unités de Portsmouth. Marie Mackenzie avait ensuite renvoyé son mari blessé chez eux et attendu la police dans la rue. La première patrouille avait signalé son arrivée sur les lieux à 0 h 51. Quelques minutes plus tard, alertés par Marie, les agents contemplaient les corps près de la piscine de Mackenzie.

— Revenons-en à la dernière fois où tu as vu Rachel, déclara Faraday. Je sais que c'est difficile pour toi et que la maison était sens dessus dessous. On ne te demande pas une heure exacte, mais grosso modo, c'était quand, selon toi ?

— Je ne sais pas.

— Essaie, Sam.

— C'est dur... Des trucs comme ça, on ne...

Elle baissa la tête en croisant les doigts sur ses

genoux. Suttle se pencha pour appuyer une main sur son épaule.

— Une heure plus tôt ? suggéra-t-il.

Elle fit signe que non et se moucha.

— Plus longtemps ?

— Je crois.

— Beaucoup plus ?

— Je ne sais pas. Je ne sais vraiment pas.

Elle redressa la tête, les yeux brillants de larmes.

— Ce n'est pas très important, si ?

— J'en ai bien peur, répondit Faraday.

— Alors je suis désolée, dit-elle en ouvrant et en refermant sa main sur son Kleenex roulé en boule. Je ne vous suis pas très utile, hein ?

Winter obtint l'adresse et le numéro de téléphone de Matt Berriman quelques minutes après que Mackenzie eut quitté Gunwharf. Bazza lui avait cité quelques rues où il pouvait tenter sa chance à Somerstown et un coup de fil aux renseignements téléphoniques avait fait le reste.

Margate Road était une petite rue incurvée bordée de maisons mitoyennes, non loin du centre du quartier. L'une de ses extrémités accueillait désormais des familles ambitieuses avec assez d'argent en poche pour accrocher des jardinières aux fenêtres et un bouton en cuivre tout pimpant sur leur nouvelle porte d'entrée. Les autres maisons avaient été envahies par des étudiants, des Asiatiques et des marginaux solitaires fuyant leur armée de démons habituels.

La mère de Matt Berriman avait investi dans de jolis fuchsias. En sortant de la Lexus, Winter la découvrit qui arrosait, du haut de ses marches en bois, un panier de fleurs suspendu.

— Madame Berriman ?

— C'est moi.

— Je suis Paul Winter. Un ami d'ami.

— Quel ami ?

— De votre garçon.

— Matt ? dit-elle en baissant les yeux sur lui. Un gars de votre âge ?

C'était une grande femme, très belle, avec une masse de boucles grisonnantes. Elle portait un caftan délavé et était sortie pieds nus de chez elle. Un simple anneau en argent ornait l'un de ses orteils.

Lorsque Winter lui demanda si Matt était à la maison, elle secoua la tête.

— Non.

— Savez-vous où il est ?

— Aucune idée. Je ne l'ai pas vu depuis hier matin, déclara-t-elle avec un accent londonien. Il a des ennuis ?

— Pourquoi en aurait-il ?

Elle le dévisagea d'un air amusé, sans répondre. Puis elle lui tendit son arrosoir et descendit sur le bout de chemin pavé qui menait à sa porte ouverte.

— Entrez. J'ai une casserole sur le feu.

Winter la suivit dans la pénombre d'un étroit couloir. Il sentit un parfum d'encens, doux et entêtant. Un escalier montait à l'étage, d'où lui parvenait le bruit d'une radio. Des commentaires sportifs. Du cricket, pensa-t-il. Peut-être le mari.

La cuisine-salle à manger se trouvait à l'arrière de la maison. Les meubles paraissaient neufs et l'angle le plus éloigné de la pièce était occupé par un énorme frigo-congélateur. Des pinceaux d'artiste remplissaient un pot de confiture près de l'évier et quelque chose de blanc bouillonnait dans une grosse casserole sur la gazinière. Mme Berriman remua le tout avec une cuillère en bois et baissa le feu.

— Des couches-culottes, dit-elle.

Des couches-culottes ? Winter examinait les photos posées sur les étagères en face de la fenêtre. Elles étaient montées dans des cadres en plastique et coincées pêle-mêle entre des livres de cuisine, de la vaisselle et des pots d'épices. Partout le même jeune visage, le même sourire rayonnant.

— C'est Matt ?

— Vous devriez le savoir.

— J'ai dit que j'étais un ami d'ami, répliqua-t-il avec un sourire engageant. Moi, je n'ai jamais eu le plaisir de le rencontrer, madame Berriman.

Elle ne le crut pas, il le vit dans son regard. À l'étage, des pas résonnèrent.

— Vous êtes flic, n'est-ce pas ?

— Qu'est-ce qui vous fait dire ça ?

— À force, on apprend à les repérer. Les gens ne sont jamais aussi gentils qu'ils en ont l'air. Vous ne vous en êtes jamais rendu compte, dans votre boulot ?

Winter cilla. C'était la première fois qu'on le perçait à jour aussi rapidement.

— Je ne suis pas flic, madame Berriman.

— Vous ne l'avez jamais été ?

— Autrefois, oui. Mais plus maintenant.

— Retraité ?

— En quelque sorte.

— Un privé, alors ? Une sorte de flic particulier ?

Winter sourit franchement cette fois. Une sorte de flic particulier. Il aimait ça.

Mme Berriman avait croisé les bras.

— Qui c'est, cet ami ? Ou peut-être que vous n'êtes pas censé me le dire ?

— Il s'appelle Mackenzie.

— Baz ? s'exclama-t-elle avec une joie sincère. Je ne l'ai pas vu depuis des années !

— Mais vous l'avez connu ?

— Oui, bien sûr. C'était une sale teigne quand on le contrariait et un chic type quand on avait vraiment besoin de quelque chose.

— Et vous ?

— J'avais vraiment besoin de quelque chose.

Winter la scruta. Il aurait aimé en savoir plus, mais elle secoua la tête. Il lui montra de nouveau les photos. Au cours de l'année écoulée, il avait suivi le conseil de son médecin et s'était risqué deux ou trois fois à faire des longueurs dans la piscine Victoria. Il reconnaissait les grandes fenêtres tout au bout et la vue depuis les gradins.

— Il nage, votre garçon ?

— Il nageait. Et il était doué. En fait, il était mieux que ça. Pourquoi cette question, si ça ne vous ennuie pas ?

— Pas du tout. Cela concerne Rachel Ault.

— Rachel ? répéta Mme Berriman, qui parut flairer une mauvaise nouvelle. Qu'est-ce qu'elle a ?

— Vous n'êtes pas au courant ?

— Non, dites-moi.

Winter s'apprêtait à le lui expliquer quand des pas lourds retentirent dans le couloir derrière lui. Vêtu d'un survêtement gris pâle et d'une paire de chaussons bleus, le garçon qui arrivait devait peser dans les cent kilos, peut-être plus. Il était difficile de lui donner un âge, mais il ne se rasait sûrement pas depuis longtemps, parce qu'il avait appliqué une boule de coton sous son petit nez. Sa tête énorme semblait vaciller sur ses épaules et il avait les bras enroulés autour de lui comme s'il essayait de contenir sa masse.

Il grogna un commentaire que Winter ne saisit pas et les fixa tous deux derrière les verres épais de ses lunettes.

— Voici Richard, mon benjamin.

Winter le salua d'un signe et respira une odeur âcre. Encore des couches trempées, pensa-t-il. La pauvre femme.

— Qu'est-ce que tu cherches, Ricky ? Ton père travaille.

Elle avait posé la question très lentement, en articulant bien.

Nouvelle série de grognements.

— Je ne sais pas, mon chéri, répondit-elle avec l'air de comprendre. Remonte dans ta chambre. J'irai le chercher plus tard.

— Maintenant, protesta son fils de façon plus intelligible.

— Plus tard. Obéis.

Le garçon dévisageait Winter. Celui-ci ne bougea pas lorsqu'il s'approcha de lui à le toucher.

— Ça va, petit ? dit-il en lui tendant la main.

Ricky l'examina un long moment. Peut-être souriait-il, mais Winter n'en était pas sûr. Puis il sentit Mme Berriman le frôler. Elle intercepta son fils au moment où il se jetait sur la main tendue.

— Il vaut mieux que je le remette au lit. Il mord un peu quand il s'énerve.

Winter la regarda entraîner son garçon vers l'escalier, à force de cajoleries. Il criait à présent, mais rien de ce qu'il disait n'avait de sens. Ils gravirent les marches. Une porte s'ouvrit, des pas se firent entendre. Quelques instants plus tard, la radio retentit de nouveau, plus fort cette fois. Winter ne s'était pas trompé. Du cricket.

Mme Berriman revint quelques minutes plus tard. Elle n'offrit aucune explication sur son fils et, à la place, questionna Winter sur Rachel Ault.

— Elle est malheureusement morte, madame Berriman.

— Rachel ? s'exclama-t-elle, incrédule. Rachel Ault ?

— Oui. Je supposais que vous étiez au courant. La télé et la radio ne parlent que de ça.

Elle secoua la tête, choquée, en essayant d'assimiler la nouvelle.

— Comment ?

Winter lui raconta la fête à Craneswater. Il y avait eu de la bagarre, les choses avaient dérapé.

— Et Rachel ? Elle s'est retrouvée au milieu de tout ça ?

— Il semblerait, oui.

— Et Matt ?

— Il était là, lui aussi.

— Il s'est battu ?

— Il a aidé.

— Aidé dans le bon sens ?

— Selon nous, oui.

— Qui ça, « nous » ?

— Moi, dit Winter en se risquant à sourire. Et Bazza.

Elle le croyait à présent. Elle alla remplir la bouilloire posée sur la gazinière, tourna un bouton et jura quand le brûleur refusa de s'allumer. Winter la regarda chercher une allumette.

— Est-il rentré à la maison cette nuit ?

— Non, répondit-elle, la mine soucieuse. Mais ce n'est pas inhabituel.

— Il n'a donné aucune nouvelle ? Il ne vous a pas appelée ?

— Non. Là encore, ce n'est pas inhabituel. J'aime penser que cette maison est la sienne, mais cela doit en dire plus long sur moi que sur lui.

— Où vit-il, alors ?

Elle garda le silence. Au bout d'un moment, Winter l'interrogea sur la relation de son fils avec Rachel Ault.

— C'est terminé. Depuis des semaines maintenant. Voilà pourquoi je suis surprise d'apprendre que Matt était à cette soirée.

— Il ne vous en a pas parlé ?

— Pas à moi, en tout cas.

— Pourquoi y est-il allé, à votre avis ?

Elle secoua la tête, dit qu'elle n'en avait aucune idée. La rupture avec Rachel avait été un traumatisme dans la vie de Matt. Il avait tenté de jouer au gros dur, de prétendre que tout allait bien, mais elle savait qu'il était dévasté — raison sans doute pour laquelle il faisait n'importe quoi depuis quelque temps.

— Par exemple ?

— Boire trop. Emprunter la voiture d'une amie et conduire comme un dingue.

Il s'était fait arrêter pour excès de vitesse sur la M27, dit-elle. Il avait écopé d'une grosse amende et d'une suspension de permis d'un an.

— Et pour vous, tout ça est dû à sa rupture ?

— Forcément. Rachel et lui sortaient ensemble depuis des années. Elle le stabilisait. Elle lui donnait un point d'ancrage. Et personne n'en avait plus conscience que Matt.

Winter réclamant plus de détails, Mme Berriman prépara du thé, trouva des gâteaux secs et lui parla de la natation, des premières années, des entraînements sans fin, des départs à l'aube, du sentiment de plus en plus ancré en elle d'avoir donné naissance à un prodige.

— Il s'est pris de passion pour ce sport en grandissant. Plus il le pratiquait, plus il faisait d'efforts, et meilleur il devenait. Moi, je le regardais changer. Physiquement, il a commencé à en jeter, mon garçon, et ça l'a transformé intérieurement aussi. Il s'est mis à croire en lui-même. Il avait toujours été du genre culotté, un peu grande gueule, mais là, c'était quelque chose de très différent. À partir du moment où il a remporté ses premières grandes compétitions, il a vraiment eu de quoi se vanter, et vous savez quoi ? Il s'en foutait. Il laissait les coupes, les médailles et tous les articles dans les journaux du week-end parler d'eux-mêmes. C'était une forme d'arrogance, en réalité, mais ça avait l'air de convenir à la personne qu'il était désormais. C'est dingue. Parfois, je n'arrivais pas à croire que j'avais toujours le même enfant en face de moi.

— Et Rachel avait sa place dans tout ça ?

— Complètement. Je vous le répète, elle le stabilisait. Elle avait un caractère très différent de celui de Matt. C'était une fille saine. Raisonnable. Patiente. Gentille. Matt n'a jamais compris quelle chance il avait.

— Jusqu'à ce que leur relation s'achève.

— Exactement.

— Était-il trop tard, alors ? C'était vraiment terminé entre eux ?

— Vous me posez la question à moi ?

— Oui.

— Je n'en suis pas sûre.

Elle fronça les sourcils en réfléchissant.

— Vous dites qu'il était à cette soirée hier ? demanda-t-elle enfin.

— Oui.

— Dans ce cas, je suppose que la réponse est non.

Winter quitta la maison quelques minutes plus tard, laissant la mère de Matt s'occuper de son autre fils à l'étage. Il cherchait ses clés de voiture sur le bord du trottoir lorsque son attention fut attirée par une Skoda blanche qui se garait en marche arrière sur une étroite place de parking de l'autre côté de la rue. Le visage sur le siège passager lui était familier, c'était celui d'un agent chevronné des Crimes graves. Quant au conducteur, il appartenait lui aussi au CID.

Ils avaient déjà repéré Winter. Planté près de sa nouvelle Lexus, il les salua alors qu'ils traversaient la rue.

— Vous arrivez un peu tard, les gars, dit-il en montrant la maison des Berriman. Le thé refroidit.

VI

Dimanche 12 août 2007, 18 h 19

La deuxième réunion était terminée. Pendant que les principaux acteurs de l'opération Mandoline sortaient en file indienne du bureau de Martin Barrie, prêts à enchaîner avec le rassemblement de l'équipe au grand complet, Faraday s'attarda avec Jerry Proctor près de la longue table. Une série de photos lui avaient été envoyées sur son ordinateur, depuis Sandown Road, et il voulait les réexaminer. Les clichés, pris à peine une heure plus tôt, montraient les pièces du rez-de-chaussée de la maison des Ault. Proctor les étudia rapidement en expliquant la disposition des lieux à l'aide d'un plan posé près de lui :

— Voici l'entrée et le spectacle que nos gars ont découvert.

Faraday fixa l'écran. La moquette était jonchée de débris : de la porcelaine brisée, des bouts de verre, des paquets de chips vides, des boîtiers de DVD, des vêtements, une demi-douzaine de bouteilles, des canettes écrasées, et même les restes d'un bouquet de fleurs. Dans un coin, un extincteur gisait renversé, un filet d'écume pendant de l'embout du tuyau. Quelques tableaux de la cage d'escalier avaient été tagués de noir, puis lacérés au couteau, et quelqu'un avait entaillé les lambris qui couraient le long du couloir.

— Qu'est-ce que c'est ? demanda-t-il en montrant une flaque jaune sur la moquette.

— Du vomi. Apparemment, il y en a partout. Et regarde ça aussi.

Proctor fit apparaître une autre série de photos. Celles-là avaient été prises dans le salon, supposa Faraday. Il tenta de se représenter ce dernier avant la fête : le long canapé incurvé, quelques tables basses çà et là, les piles de journaux et de magazines, le petit téléviseur, les appliques murales réparties avec soin, la lumière qui se réfléchissait sur les bouteilles dans une armoire vitrée, les tulipes fraîches dans un vase cannelé, la table aux airs d'antiquité dans le renfoncement du bow-window ; tout cela témoignait de vies façonnées par la retenue et le bon goût. Désormais, la pièce était dévastée, les meubles renversés, les tissus d'ameublement tailladés, et les coussins éventrés déversaient leurs plumes sur la moquette ruinée. Quelqu'un avait attaqué le téléviseur avec ce qui ressemblait à un maillet en bois et une grande partie du mur du fond avait servi de toile au tagueur à la bombe aérosol. *Pute, tu l'as cherché*, disait l'un des graffitis, *Pute, tu l'as eu*, proclamait un autre.

— Pute ?

— Rachel, j'imagine. Mais ce n'est qu'une supposition.

— Et ça, qu'est-ce que c'est ? reprit Faraday en montrant une substance marron étalée autour de la poignée de la porte.

— De la merde, j'en ai bien peur. Je t'avais prévenu, Joe. C'est une porcherie.

Tandis que Proctor faisait rapidement défiler les photos, Faraday se rassit en essayant d'imaginer l'ambiance et l'odeur qui régnaient dans la maison. La comparaison avec une porcherie était gentille, songea-t-il. Aucun animal n'infligerait de tels dégâts, de telles insultes. Même Gail Parsons était à côté de la plaque avec son discours sur les accidents ferroviaires et les attentats à la bombe. Cet endroit avait été le théâtre de quelque chose de mauvais, quelque chose de très personnel qu'il n'avait jamais associé auparavant à la ville qu'il pensait connaître. Ce n'était pas qu'une histoire de drogue ou de gamins défoncés n'ayant rien de mieux à faire. Ils étaient confrontés à l'expression frénétique d'une violence extrême, à la première salve de Dieu sait quelle guerre. Les auteurs de ces actes se moquaient de tout. La maison qu'ils avaient occupée sans la moindre gêne témoignait de vies honnêtes, menées décemment, et ils l'avaient entièrement saccagée.

Faraday se leva en se demandant si ce mépris des conséquences, cette irrationalité terrifiante s'étendaient aux corps près de la piscine. Rachel et Gareth avaient-ils été victimes de cette rage ? Avaient-ils été deux cibles opportunes de plus dans une sorte de lutte des classes grotesque ? Était-ce un règlement de comptes orchestré par des défavorisés ? Le résultat d'une simple anarchie ? L'œuvre du parti des « je vous emmerde, vous et le reste du monde » ? Ou y avait-il un mobile plus personnel — plus intime ?

Il aurait aimé en débattre avec Proctor, mais celui-ci secoua la tête. Parsons serrait la vis à tout le monde. Il valait mieux ne pas la faire attendre.

La première réunion de toute l'équipe affectée à l'opération Mandoline eut lieu dans la salle des Incidents graves, au bout du couloir desservant les pièces du premier étage. Les postes de travail — chacun doté d'un PC — s'alignaient le long du mur et une zone séparée était réservée au sergent responsable des Enquêtes extérieures. La salle fonctionnait à plein régime, si bien que les postes étaient essentiellement occupés par des employés en civil qui ne cessaient d'entrer de nouvelles informations extraites du flot des interrogatoires, des dépositions et des enquêtes de voisinage. C'étaient les pièces de ce puzzle en expansion, imbriquées entre elles et croisées par le logiciel HOLMES, qui étaient censées donner à l'équipe un premier aperçu des pistes à explorer dans ce marécage d'indices. En théorie, une ou plusieurs de ces pistes aboutiraient au tribunal. Dans la pratique, Faraday le savait bien, les choses étaient rarement aussi simples.

Il trouva une place près de la porte et s'adossa au mur en étudiant les visages autour de lui. Le fait que l'inspecteur-chef ait réussi à mettre la main sur autant d'agents prouvait à la fois ses liens étroits avec Willard et l'onde de choc causée par les événements survenus la veille dans le très résidentiel quartier de Craneswater.

En temps normal, l'équipe des Crimes graves s'appuyait sur un noyau dur d'inspecteurs qui travaillaient à temps plein pour la brigade. D'autres équipes, à l'ouest et au nord de leur secteur, leur fourniraient des renforts si nécessaire. Cette fois-ci, cependant, Parsons avait insisté pour disposer de quelques hommes supplémentaires — des agents de Pompey à l'écoute du terrain —, et Willard avait visiblement pris le risque de hérisser la hiérarchie pour essayer de vite boucler cette enquête. Le regard de la nation était rivé sur Craneswater, l'heure n'était pas au pinaillage.

Le superintendant par intérim, qui à ce stade était encore responsable de l'opération Mandoline, fit quelques commentaires pour débuter. L'enquête était clairement en bonne voie, déclara-t-il. Parce que ses propres obligations l'empêchaient de s'en occuper, M. Willard avait pris la décision de la confier à l'inspecteur-chef Parsons jusqu'au retour de Martin Barrie. Dans ces circonstances, il était ravi de lui laisser la parole.

Sans même consulter ses notes, Parsons exposa brièvement les dernières avancées de l'enquête. Pour l'heure, dit-elle, le pillage du 11, Sandown Road et le double meurtre étaient considérés comme des crimes liés. Traiter autant d'indices serait très difficile, mais l'étendue des dégâts était telle que l'opération Mandoline pourrait bien figurer un jour dans les manuels de la police. Chaque détail devait être isolé, insista-t-elle. Elle ne voulait pas d'excuse ni de travail bâclé. Un public considérable surveillait leurs moindres faits et gestes, ils n'avaient pas droit à l'erreur.

Elle invita Jerry Proctor à leur communiquer les dernières découvertes faites sur les lieux du crime. Faraday savait que Proctor détestait ces présentations. C'était un type bourru, qui ne s'intéressait qu'aux résultats et qui n'avait pas de temps à perdre avec des simagrées ou des drames inutiles. Les abords de la piscine, confirma-t-il, leur avaient fourni du sang et d'autres indices. La marque sur la joue de Gareth était en train d'être comparée avec des empreintes de chaussure figurant dans une base privée de données médico-légales. Des détails sur la marque et le type de basket devraient être disponibles le lendemain à midi. La chasse au couteau utilisé pour tuer Rachel Ault se poursuivait par ailleurs.

— Qu'en est-il de la vidéosurveillance ? demanda Willard, qui était entré dans la salle pendant que l'attention était rivée sur Proctor. Mackenzie avait des caméras ?

— Non, monsieur. Il a apparemment pensé à faire installer un système, mais il y a renoncé en se disant que si quelqu'un était assez stupide pour s'en prendre à lui, il aurait des moyens moins coûteux de régler le problème.

Des rires fusèrent dans la salle.

— Quelle honte, grogna Willard. Continuez.

Proctor enchaîna avec la propriété des Mackenzie. Quelques-uns de ses hommes avaient passé la journée là-bas, mais pour le moment ils n'avaient rien trouvé qui puisse remettre en cause la version des faits livrée par Bazza : aucun dégât, aucun signe de lutte. Selon toute probabilité, ils quitteraient les lieux le lendemain.

Pendant ce temps, une autre équipe s'occupait de la maison voisine. Les gars avaient déjà inspecté quatre pièces en partant du rez-de-chaussée. L'endroit avait été saccagé et, en matière d'indices potentiels, ils croulaient sous les prélèvements. Sang, sperme, merde, vomi, traces d'ADN sur des verres, mégots de cigarette, empreintes digitales à foison, et tous les restes que l'on pouvait associer à une centaine de jeunes fêtards. Tirer quelque chose de tout ça supposerait des centaines d'heures d'analyse et de discussion, mais pour l'instant, en l'absence d'un improbable aveu, ils n'avaient pas d'autre choix que de passer lentement la maison au peigne fin, sans rien omettre.

— Vous avez une estimation du délai, Jerry ? demanda Parsons.

— Difficile à dire. Jeudi au plus tôt. Ça dépendra.

Elle griffonna une note, puis se tourna vers Willard.

— Les Ault ont réservé des places sur un vol de la compagnie Qantas qui partira de Sydney mercredi après-midi. Ils arriveront à Heathrow à 6 heures le lendemain matin et je fais en sorte qu'un officier de liaison avec les familles soit disponible. Ils auront besoin de beaucoup de soutien.

Willard opina. Même si le juge Ault avait l'habitude des crimes graves, l'officier essaierait d'atténuer les chocs auxquels sa femme et lui seraient confrontés.

Proctor reprit son exposé. Les téléphones portables et les caméras numériques seraient la clé de l'enquête. Les mobiles saisis attendaient d'être analysés. Il anticipait des centaines de photos et peut-être des heures de prises de vue. Des recherches menées sur la propriété des Ault avaient permis de récupérer neuf téléphones supplémentaires, ce qui leur donnait encore un peu plus de grain à moudre.

— Et les PC ? Les ordinateurs portables ? s'enquit Willard.

— Pour ce qu'on en sait, il y en avait deux dans la maison, mais ils se trouvaient à l'étage et les techniciens n'en sont pas encore là. Ault a un PC et sa fille, un portable.

— Vous croyez qu'ils sont toujours sur place ?

— Aucune idée, monsieur. Le portable a sans doute disparu, en même temps que des tas d'autres choses. Il est impossible de le dire tant que les Ault ne sont pas rentrés.

La réunion se poursuivit. Lorsque Parsons demanda à Faraday de faire le point sur les interrogatoires, il s'efforça de simplifier une situation embrouillée au possible.

Dans leur ensemble, les fêtards rechignaient à livrer le moindre témoignage digne de ce nom. Certains d'entre eux étaient sans doute ivres morts au point qu'ils ne se souvenaient de rien. Les autres, en particulier les amis de Rachel, avaient peur. Ayant vu ce dont étaient capables les jeunes les plus violents, ils ne tenaient pas du tout à devenir la cible de représailles.

Une troisième catégorie — la majorité, en fait — ne disait absolument rien. Ils étaient venus à Craneswater en profitant de l'obscurité et avaient bu ou chipé tout ce qu'ils pouvaient. Dans l'ensemble, ils s'étaient bien amusés. Sommés de justifier leur présence, ils avaient marmonné deux ou trois mots sur une invitation — une explication qui avait plus à voir avec Facebook qu'avec une violation de domicile. Toute la ville semblait avoir été au courant de la fête à Sandown Road. Du coup, ils s'étaient pointés, voilà tout.

Faraday jeta un œil à ses notes. La liste des suspects comptait désormais dix-sept personnes. Ces jeunes — principalement des garçons, et presque tous des Blancs — subiraient un autre interrogatoire dans la soirée. Faute de preuve matérielle ou de dénonciation, ils seraient relâchés d'ici minuit, mais avec l'obligation de revenir si la police l'exigeait. Faraday se préparait à comparer dès le lendemain les quatre-vingt-quatorze déclarations, si brèves soient-elles. Entre les photos que leur enverrait la Scientifique et les informations apportées par l'enquête, il espérait établir une chronologie fiable des faits en l'espace de quelques jours.

— Autre chose, chef, dit-il à Gail Parsons. Nous avons interrogé la meilleure amie de Rachel cet après-midi. Si on cherche un mobile, on ferait bien de s'intéresser au jeune Berriman.

Il renseigna brièvement l'équipe sur la relation à laquelle Rachel avait mis fin peu de temps auparavant. Gareth Hughes avait pris la place de Matt Berriman et celui-ci n'avait pas été ravi, loin de là.

Une main se leva au fond de la salle. C'était l'un des agents qui avaient saisi l'ordinateur de Berriman à Margate Road.

— J'avais oublié un détail, chef. Devinez qui sortait de chez Berriman quand on est arrivé ?
— Qui ?
— Paul Winter.

Il fallut un moment à Winter pour trouver l'adresse du petit ami décédé. L'annuaire de Pompey comptait des dizaines de Hughes et il finit par appeler un de ses contacts au *News*. Lizzie Hodson était une copine de Jimmy Suttle. Winter l'avait rencontrée à deux ou trois reprises et il savait qu'elle s'interrogeait sur ce qui avait bien pu faire basculer un flic vieillissant du côté obscur de la force. En échange de la promesse d'un verre plus tard dans la semaine, elle accepta de se rencarder pour lui.

Le téléphone de Winter sonna quelques minutes après. Hughes avait vécu avec sa famille à Hayling Island. Impressionné par une telle efficacité, Winter demanda à Lizzie comment elle avait fait.
— Jimmy me l'a dit.
— Vous avez mentionné mon nom ?
— Bien sûr que non.

Hayling Island se trouvait de l'autre côté du port de Langstone. Cette bande de terre de la taille de Portsmouth, plate, monotone et zébrée de rangées de petits pavillons pour retraités, avait toujours fait l'effet à Winter d'une invitation à mourir avant l'âge. Le sud de l'île accueillait en revanche des propriétés plus riches, protégées des prédateurs du continent par des systèmes d'alarme coûteux.

Orchard Lodge, sur Sinah Lane, se dressait derrière une épaisse haie de laurier. Au volant de la Lexus, vitre baissée, Winter entendit le tic-tic d'un arroseur automatique. Une vague d'applaudissements provenant d'une foule quelconque lui parvint plus faiblement.

Il poussa les battants de l'imposant portail en s'armant de courage à la vue d'un labrador noir. Mais le chien n'était encore qu'un chiot et il se contenta de le suivre en se trémoussant à ses pieds. La maison, une construction massive qui paraissait avoir été édifiée avant guerre, était entourée d'un jardin de deux cent cinquante mètres carrés environ, recouvert en quasi-totalité de gazon fraîchement tondu. Winter frappa à la porte en observant l'arc décrit par le jet d'eau de l'arrosoir.

— Puis-je vous aider ? lança une voix féminine depuis une fenêtre à l'étage.

Il mit une main en visière face aux derniers rayons du soleil. La femme ne semblait pas du tout pressée de descendre.

— C'est au sujet de Gareth…

— Qui êtes-vous ?

— Winter. Paul Winter.

— Vous êtes journaliste ?

— Non.

— Alors que faites-vous là ?

Bonne question. Winter cherchait encore une réponse quand la porte s'ouvrit sur un homme corpulent, d'âge mûr, en jean et tee-shirt rose pâle.

— Qu'est-ce que vous voulez ?

Winter respira son haleine imprégnée d'alcool. Le type avait le regard vitreux.

— Vous croyez pas qu'on a eu notre compte pour aujourd'hui ?

— Je suis désolé. Je tombe au mauvais moment.

— Putain, oui ! Alors, qu'est-ce que vous voulez ?

Winter sortit un iPod de sa poche et le lui tendit. L'homme fixa l'appareil. Voyant qu'il ne comprenait toujours pas, Winter le retourna. Au dos, deux smileys avaient été dessinés en bleu.

— C'est à Gareth, ça. Où vous l'avez trouvé ?

— Il m'a été confié par une très bonne amie, Marie Mackenzie. Elle a déposé Gareth et Rachel à la gare il y a quelques jours et Gareth a oublié son iPod dans la voiture.

— Mackenzie… les voisins des Ault ? La maison avec la piscine ?

— Oui.

— Et vous dites que ce sont vos amis ?

— Oui.

— Bon. Je suppose que vous feriez mieux d'entrer, alors.

Winter s'avança dans la fraîcheur de la maison. Par-delà le vestibule parqueté s'étendait le salon. Un écran plasma accroché au mur diffusait un match de cricket de l'équipe d'Angleterre et Winter regarda le batteur envoyer la balle vers la limite du terrain. De nouveaux applaudissements retentirent.

— Vous devez être monsieur Hughes, dit-il.

— Oui, répondit l'homme en se servant un verre de vin. Le père de Gareth.

Il examina de nouveau les visages souriants dessinés sur l'iPod. Il avait le même teint que son fils, les mêmes taches de rousseur, mais sa peau pâle était marbrée par l'alcool.

— C'est un cauchemar. Désolé d'être aussi brutal, mais on en a ras le bol des journalistes. Vous savez quoi ? Ils ne vous lâchent pas. Et ceux de la télé sont les pires. Ils s'imaginent que la terre entière leur appartient.

Des équipes étaient venues de Londres, expliqua-t-il. Elles avaient campé dans la rue, installé des antennes satellites et les avaient harcelés de coups de fil sur leurs portables pour obtenir une interview. Au début, il leur avait dit de dégager, il ne voulait pas avoir affaire à eux, mais sa femme lui avait fait remarquer les nuisances que subissaient leurs voisins. Donne-leur ce qu'ils veulent, avait-elle dit. Comme ça, ils nous ficheront la paix.

— Ils l'ont fait ?

— Oui, mais d'autres sont arrivés, d'autres journalistes, des gens sans aucune éducation, ni aucune imagination d'ailleurs. Toujours les mêmes questions. « Vous éprouvez quoi, monsieur ? » À ton avis, ducon ?

Il avala une gorgée de vin.

— Sans blague, un vrai cauchemar !

Winter compatit. Lui-même avait souvent été confronté aux médias. Le tact n'était pas leur fort.

— Le tact ? rugit M. Hughes. Comme s'ils savaient ce que ça veut dire ! Tout ce qu'ils veulent, c'est le chagrin des gens. Pas des infos, mais une foutue bonne femme qui pleure toutes les larmes de son corps.

— Tu parles de moi ?

Ils n'avaient pas entendu Mme Hughes descendre l'escalier. Pieds nus sur la moquette, elle portait un peignoir en soie et avait les cheveux mouillés au sortir de la douche. Winter lui trouva l'air absent. Comme une étrangère dans sa propre maison.

— Madame Hughes ?

— Oui.

Il s'excusa encore de faire intrusion chez eux et répéta qu'il était désolé pour Gareth. Il était venu rapporter l'iPod de leur fils et présenter ses condoléances de la part des Mackenzie. M. Mackenzie avait été le seul adulte à s'efforcer d'endiguer le chaos chez ses voisins. Son intervention lui avait valu d'être blessé — assez gravement même —, mais au moins avait-il tenté quelque chose.

— Je l'ignorais, déclara Mme Hughes d'une voix basse et atone. Je croyais que la police…

— Elle est intervenue après. Mais il était trop tard.

— Je vois.

Mme Hughes pria Winter de s'asseoir. Son mari, lui, s'était détourné pour se resservir un verre et regarder le match de cricket. La douleur vous isole de tout, pensa Winter. Il ne comptait plus le nombre de fois où il avait pu le constater.

— Parlez-moi de cette fête, demanda Mme Hughes en s'installant dans un fauteuil en face du canapé. Dites-moi ce que vous savez.

Winter s'exécuta. Sa conversation avec Bazza lui avait permis de se représenter dans quel état on avait mis la maison des Ault et le reste ne fut pas dur à inventer. Une invasion de gamins venus des quartiers difficiles. Trop d'alcool. Trop de drogues. Une situation devenue incontrôlable. Tout coulait de source, conclut-il.

— Sauf que deux jeunes sont morts.

— Exactement.

— Ils ne sont pas morts, Helen, ils se sont fait tuer. Il y a une différence.

C'était Hughes, les yeux toujours rivés sur l'écran de télévision. Sa remarque provoqua la colère de sa femme.

— À t'entendre, on croirait que c'était leur faute.

— En un sens, oui.

Elle le dévisagea, incrédule. L'alcool, supposa Winter. Et la rage. La douleur. Il ne pense pas ce qu'il dit. Il ne sait simplement plus quoi dire d'autre.

Hughes se tourna vers eux et tendit la main vers la bouteille de vin.

— Dites-moi que je me trompe, articula-t-il en fixant Winter, le visage couvert de sueur. Dites-moi que le monde n'est pas devenu fou. Dites-moi que ce n'est pas la jungle là-bas. Dites-moi…

Il baissa les yeux sur son verre en luttant pour se contenir.

— … que mon gamin va rentrer à la maison ce soir.

Il se mit à sangloter si fort que tout son corps trembla. Sa femme se leva pour s'approcher de lui. Il la repoussa, mais elle enroula un bras autour de ses épaules et l'entraîna hors de la pièce. Winter entendit leurs pas dans l'escalier, le doux murmure de sa voix à elle, puis le bruit d'une porte qui se refermait. Quelques gouttes de vin rouge avaient taché la moquette. Il suivait le match de cricket à la télé lorsque Mme Hughes revint.

Elle se rassit sans un mot, le regard dirigé vers la fenêtre. Le silence entre eux s'épaissit. Pour finir, Winter déclara qu'il ferait mieux de la laisser tranquille.

— Non.

Elle se redressa et alla chercher un verre dans un meuble. Supposant qu'elle avait besoin d'un remontant, Winter attrapa la bouteille.

— C'est pour vous, dit-elle. Vous connaissiez Gareth ?

— Je n'ai jamais eu le plaisir de le rencontrer, madame Hughes.

— Mais Rachel ? Vous la connaissiez, elle ?

Elle semblait contente d'avoir quelqu'un à qui parler.

— Un peu, répondit-il en vidant la bouteille. Sa relation avec votre fils était assez récente, non ?

— Très récente, même.

— Mais ils se côtoyaient déjà avant ?

— Pas vraiment. Ils étaient de la même année, dans la même école, alors ils n'étaient pas non plus des étrangers l'un pour l'autre, mais franchement, je crois que cette histoire a pris Gareth par surprise. Non pas qu'il n'ait pas été… attiré… par Rachel. N'importe qui l'aurait été. Elle était séduisante.

Brillante. C'était une fille super. Mais je ne pense pas qu'il ait jamais vraiment saisi pourquoi elle l'avait choisi, lui.

— Choisi ?

— Oui.

Elle prit la télécommande et éteignit la télé.

— J'ai l'impression que c'est elle qui lui a couru après.

Rachel, continua-t-elle, sortait d'une longue relation. Des amis de Gareth la considéraient comme presque mariée. Et puis brusquement, un dimanche, elle s'était retrouvée à table avec eux, avec une petite pile de morceaux de gigot d'agneau poussée sur le côté de son assiette.

— C'était une végétarienne ?

— Oui. Et une fille qui savait très bien ce qu'elle attendait de la vie. Gareth m'a semblé un peu déboussolé au début. Il n'était pas sûr de la manière de se comporter avec elle. Son père lui a donné un seul conseil : profite.

— Le temps que ça durerait ?

— Gagné. Ce sont exactement les mots qu'il a employés.

Il y eut un mouvement à l'étage, puis de nouveau le silence. Winter se demanda combien de temps au juste Gareth avait profité de cette relation.

— Ils étaient mordus l'un de l'autre, alors ?

— Oui. Je connais Gareth. C'était un garçon timide. D'une certaine façon, Rachel l'écrasait. Je suppose que j'aurais dû m'inquiéter, mais je ne l'ai pas fait. À tort ou à raison, je pense qu'il avait besoin d'un peu de ça.

— Un peu de quoi, madame Hughes ?

— Un peu de punch. D'aventure. De passion. Ne vous méprenez pas. Gareth était un garçon adorable, gentil, raisonnable. Il avait de bons amis et il travaillait dur. Mais avec le recul, je ne crois pas qu'il ait jamais pris le moindre risque dans sa vie.

— Et Rachel en était un ?

— Oui. Parce que c'était le genre de fille dont on tombe amoureux. Et Gareth n'avait jamais pris ce risque-là.

Le genre de fille dont on tombe amoureux.

— Vous avez mentionné quelqu'un d'autre. Un ancien petit ami.

— De Rachel, vous voulez dire ?

— Oui.

— En effet. Il s'appelait Matt.

— Gareth parlait de lui ?

— Une ou deux fois…

— Dans quelles circonstances ?

— Pour répéter des propos tenus par Rachel. Combien il était différent de ce Matt. Combien la vie pouvait être simple.

— Ils se sont rencontrés ? Gareth et Matt ?

— Pas à ma connaissance. La semaine dernière, pour être honnête, c'est à peine si on a vu notre fils.

— Pourquoi ?

— Il avait emménagé chez Rachel.

— Dans la maison des Ault ?

— Oui. Ils ne s'en cachaient pas. En fait, Terry et moi, on était contents qu'il puisse garder un œil sur elle. J'imagine que les parents de Rachel auraient été ravis aussi qu'ils soient deux à tenir le fort.

Mme Hughes adressa un faible sourire à Winter.

— Quelle bonne blague, n'est-ce pas ? Vu ce qui s'est passé...

Il répéta combien il était désolé. Ce genre d'incident se produisait dans tout le pays. C'était comme un virus qui se répandait de ville en ville. Aujourd'hui Pompey. Demain le monde entier.

— Et c'est censé nous aider à aller mieux ?

— Non, bien sûr.

— Vous croyez qu'il existe un moyen quelconque de nous réconforter ?

Winter l'examina un instant. La mort de sa propre femme avait laissé en lui un vide qu'il n'aurait jamais cru possible.

— Non. Pas avant longtemps.

— Mais à terme, oui ?

— Oui. Il se produit un événement. Ou bien quelque chose survient.

— Toujours ?

— Toujours.

— Vous essayez d'être gentil ou vous savez de quoi vous parlez ?

— Je ne sais rien, madame Hughes. Sauf que vous allez devoir attendre un moment.

Elle ramassa l'iPod, le soupesa dans sa main.

— Que faites-vous dans la vie, monsieur Winter ?

— Je travaille pour Mackenzie.

— Et avant ça ?

— J'étais flic.

— Inspecteur ?

— Oui.

— Un bon ?

— Le meilleur.

— Ça ne m'étonne pas, dit-elle avec un sourire froid. C'est votre manière de poser les questions, n'est-ce pas ? Et que faites-vous des réponses ?

VII

Dimanche 12 août, 19 h 02

Le second round d'interrogatoires débuta peu après 19 heures. Faraday avait constitué les équipes présentes dans les salles de garde à vue de Fareham, Havant, Waterlooville et Portsmouth, et il avait briefé les conseillers techniques afin qu'ils soutirent un maximum de détails aux suspects. Il exigeait en particulier des explications précises sur les taches de sang qui maculaient leurs vêtements, ainsi que les noms des individus avec qui ils avaient passé la majeure partie de la soirée. En comparant ensuite les déclarations, il espérait découvrir des incohérences qui permettraient de faire avancer l'enquête, une fois qu'il aurait un tableau plus complet des événements.

Sur les dix-sept suspects, six avaient été envoyés à Portsmouth. Chacun d'eux s'était entretenu avec un avocat de l'assistance judiciaire avant l'interrogatoire. Épuisé, Faraday avait mis Matt Berriman en haut de la liste et il comptait bien observer comment le jeune homme résistait à la pression. Il était encore trop tôt pour parler de principal suspect, mais en raison de ses possibles mobiles, Berriman allait devoir répondre à quelques questions évidentes.

Le constable Bev Yates ferait de nouveau équipe avec Dawn Ellis dans la salle d'interrogatoire. Faraday leur avait rapporté la teneur de son entretien avec Samantha Muirhead et, aidés d'un conseiller technique, ils s'étaient mis d'accord sur la marche à suivre durant les heures suivantes. Yates et Ellis étaient des vétérans dans ce domaine : attentifs, très expérimentés et maîtres dans l'art de tendre le genre de piège qui menait parfois un adolescent arrogant à se vanter imprudemment. Ellis surtout, avec son visage poupin et son goût pour les tee-shirts décalés, était souvent sous-estimée.

Faraday s'installa dans la salle de contrôle. Ce matin-là, c'était Bazza qu'il avait regardé sur l'écran vidéo. À présent, il contemplait un jeune homme de grande taille, bien charpenté, au crâne rasé et aux yeux d'un bleu saisissant. Il portait encore la tenue grise que les officiers de la Thames Valley lui avaient fournie. Le haut, beaucoup trop petit pour lui, soulignait la largeur de son torse et de ses épaules. Il avait un scorpion tatoué dans le cou et à une oreille un petit bijou en argent en forme de yin-yang.

Même par caméra interposée, il était impossible d'ignorer la présence physique de Berriman. Il devait attirer l'attention partout où il allait, songea Faraday. Le sourire qu'il décocha à Dawn Ellis parut emplir l'écran.

Yates avait discuté un peu plus tôt avec l'agent

de Newbury qui s'était chargé de questionner Berriman et il avait pris ses notes avec lui.

— Vous ne nous avez pas beaucoup parlé de Rachel, ce matin, commença-t-il.

— Parce qu'on ne m'a pas interrogé sur elle.

— Faux, monsieur Berriman. Nous avons demandé à toutes les personnes interpellées si elles connaissaient Rachel ou pas. C'était une question standard.

— Et j'ai répondu oui. C'était sa soirée et elle m'avait invité. Ça vous pose un problème ?

— Pas du tout. Mais vous ne nous avez pas dit que vous étiez sorti avec elle pendant cinq ans.

— C'est vrai, mais je vous le répète…

Il haussa les épaules avant de finir sa phrase :

— Le sujet n'a jamais été abordé.

— Mais vous avez bien eu une relation avec elle ?

— Ouais.

— Durant toutes ces années ?

— Ouais.

— Et jusqu'à récemment ?

— Ouais.

— Il ne vous est pas venu à l'esprit que cela pourrait nous intéresser ?

— Je n'y ai pas pensé. Je n'ai appris sa mort que plus tard.

Berriman soutint le regard de Yates. Une pointe d'accusation avait filtré dans sa voix. Ma copine, l'imagina dire Faraday. Ma Rachel.

Ellis prit le relais. Elle voulait tout savoir sur cette relation : comment elle avait commencé, quelle importance elle avait eue pour lui, pourquoi elle avait explosé en plein vol. Berriman cilla à ces mots.

Faraday sentit que Sam Muirhead avait eu raison. Derrière son masque d'indifférence, Berriman avait souffert de la perte de sa petite amie. Énormément. Il avait voulu la récupérer.

Yates l'avait compris, lui aussi.

— Qui a rompu, monsieur Berriman ?

— Elle.

— Comment ?

— *Comment ?* On a eu une putain d'engueulade, voilà comment.

— Continuez.

— Continuer quoi ? Vous voulez que je vous rejoue la scène ?

— Je veux que vous m'expliquiez où vous en étiez tous les deux — pourquoi Rachel a brusquement décidé de rompre, ce qui s'est passé au juste.

— Qui a dit que c'était arrivé brusquement ?

— Ce n'était pas le cas ?

— Ça ne vous regarde pas.

Appuyé contre le dossier de sa chaise, Berriman souriait de nouveau, imperturbable. Il avait repris le contrôle de la situation et était déterminé à ne pas se laisser déstabiliser.

— Elle est morte, Matt, déclara Dawn Ellis d'une voix douce, comme si elle voulait l'aider. Quelqu'un l'a tuée. Vous comprenez bien qu'il s'agit d'une affaire très grave. Rachel mérite qu'on fasse tout notre possible pour elle. Vous ne trouvez pas ça normal ?

— Bien sûr que si.

— Alors pourquoi refuser de nous dire tout ce que vous pouvez ?

— À quel sujet ?

— Rachel et vous.

Il réfléchit un instant en pianotant sur la table, jusqu'à ce qu'il donne l'impression de se décider.

— D'accord. Vous voulez savoir si elle comptait pour moi ? La réponse est oui. Elle comptait beaucoup. Maintenant, comme vous dites, elle est morte. On fait quoi, à partir de là ?

— Nous l'ignorons, Matt. Raison pour laquelle nous sommes ici.

— Mais vous estimez que je peux vous être utile ?

— Oui.

— Parce que j'étais présent à la soirée ?

— Oui.

— Et quelqu'un l'a tuée, selon vous ?

— Oui.

— Comment ?

— Comment quoi ?

— Comment a-t-elle été tuée ?

Il y eut un long silence. Matt Berriman avait le regard incroyablement fixe. Le regard de quelqu'un de bien plus âgé, pensa Faraday.

— Venons-en à la soirée, reprit Ellis. Que s'est-il passé, au juste ? Racontez-nous ça comme si on n'était au courant de rien.

Berriman fit la moue, avant de se lancer : il avait appris qu'il y aurait une fête grâce à une invitation postée sur la page Facebook de Rachel. Il en avait touché un mot à un copain ou deux en se disant que ce serait sympa qu'ils y aillent ensemble.

Yates l'interrompit :

— Mais Gareth Hughes aussi était invité. Son nouveau petit ami. Vous le saviez forcément.

— « Forcément » ?

— Oui. Cela faisait partie de l'invitation. *Mon nouveau mec.* Vous voulez nous faire croire que vous ne l'aviez pas remarqué ?

— OK… oui, je l'avais vu.

— Et pourtant, vous y êtes quand même allé.

— Ouais.

— Pourquoi ?

— Parce que…

Berriman inclina la tête en arrière et contempla le plafond.

— Parce que j'étais curieux, je suppose. Je voulais voir à quoi ressemblait ce type. Je voulais découvrir ce qu'elle lui trouvait. Voilà… je vous le dis, j'étais curieux.

— Et plein d'espoir ?

— Toujours, répliqua-t-il en souriant. Toujours.

Yates prit quelques notes pendant qu'Ellis demandait à Berriman s'il était arrivé seul chez les Ault.

— Non. Des copains m'accompagnaient.

— Qui étaient-ils ?

— Je ne m'en souviens pas.

— Vous ne vous en souvenez pas ou vous refusez de nous le dire ?

— Je ne m'en souviens pas. J'ai des potes partout, des tas…

— Ils étaient invités ?

— Probablement pas.

— Ça vous gênait ?

— Probablement pas.

Il y eut un nouveau silence. Ellis consulta ses notes et Yates s'agita.

— On arrête le foutage de gueule, Matt. Répondez-nous.

— Non, ils n'étaient pas invités.

— Alors pourquoi les avoir amenés ?

— Je ne les ai pas amenés. Ils sont venus avec moi, ce n'est pas pareil.

— En clair, vous n'avez pas pu les en empêcher ?

— La question n'est pas là. On avait bu et on n'était plus très nets. Je vous le répète, on voulait s'amuser. Ces types-là n'ont pas l'occasion d'aller à Craneswater tous les jours.

— On dirait à vous écouter qu'il s'agissait d'une expédition.

— C'en était une. Plus ou moins.

— Mais pas pour vous, si ?

— Pourquoi ?

— Parce que vous connaissez la maison. Parce que vous étiez déjà venu avant. Et même souvent, j'imagine.

— Vous voulez dire, quand j'étais avec Rachel ? Non, pas vraiment. La plupart du temps, c'était elle qui venait chez moi.

— Mais vous connaissez bel et bien la maison ? Vous savez vous repérer à l'intérieur ?

— Ouais.

— Cela vous plaçait dans une position particulière vis-à-vis de vos copains, non ? Une baraque pareille… Celle d'une ex-petite amie, en plus. Vous leur avez fait faire la visite ?

— C'est des conneries.

— Pourquoi ?

— Parce que vous sous-entendez qu'ils étaient impressionnés par toute cette merde.

— Ils ne l'étaient pas ?

— Évidemment que non. C'est pour ça que vous racontez des conneries.

— Très bien, dit Yates, acceptant la rebuffade. Alors quel intérêt de les amener ? Vous ne faites pas le fier-à-bras, mais vous allez là-bas en bande, en sachant que le nouveau copain de Rachel sera là. Vous vous doutez bien que la situation sera gênante. Pourquoi agir ainsi ?

— Je vous l'ai dit, je pensais qu'on s'amuserait.

— Je ne vous crois pas, monsieur Berriman. À mon avis, il n'y a pas que ça. Vous étiez sûrement plus près de la vérité tout à l'heure quand vous nous avez expliqué que vous vouliez jauger Gareth Hughes. Peut-être le rendre un peu nerveux. Et c'était plus facile en débarquant avec des amis, n'est-ce pas ?

— Croyez ce que vous voulez.

— Ce n'était pas le cas ?

Berriman secoua la tête et refusa de répondre. Une conversation à voix basse s'ensuivit avec son avocate, qui se tourna vers Yates.

— M. Berriman est disposé à parler des événements de la soirée, déclara-t-elle, mais pas à vous aider à faire des spéculations. Pour ce que j'en sais, il est ici en tant que témoin, pas en tant que suspect.

Ellis opina aussitôt. Yates paraissait moins convaincu, lui.

— Quand avez-vous senti que la fête dégénérait ? demanda Ellis.

— Au bout d'une heure environ. Des tas de mecs étaient arrivés entre-temps.

— Vous les connaissiez ?

— Certains, ouais.

— Aviez-vous évoqué la soirée avec eux ?

— Non. Avec un ou deux, peut-être, mais pas autant que ça.

— Que faisaient-ils là, alors ?

— La nouvelle avait circulé. Il y avait des gars vissés à leur téléphone dans toute la maison. C'est la fête. Rappliquez tous. Servez-vous.

— Servez-vous… c'est-à-dire ?

— Prenez tout ce qui vous passe sous le nez.

— Avez-vous remarqué la drogue qui circulait sur place ?

— Ouais. Pas mal de blanche. Ne me demandez pas sa provenance, je l'ignore.

— Vous pensez qu'elle avait été apportée par les amis de Rachel ?

— Rachel ne se droguait pas. Pas si elle pouvait l'éviter. N'oubliez pas son vieux. Il pouvait être infernal, croyez-moi.

— La drogue ne venait donc pas de ses amis ?

— J'en doute.

— Tous ces gens…, intervint Yates. Quand les choses ont-elles commencé à mal tourner ?

— Vous voulez une heure précise ? Impossible de vous en donner une. À un moment, un type m'a dit que des gamins étaient en train de foutre en l'air le bureau du vieux. Je suis monté. Il n'avait pas menti.

Il raconta les gosses qui dansaient sur le bureau en piétinant des photos et en pissant dessus.

— Des noms ?

— Aucune idée. Mais ils étaient jeunes, très jeunes. Des crétins finis.

— Il y avait quelqu'un d'autre avec eux ?

La question parut prendre Matt au dépourvu.

— Une fille, répondit-il au bout d'un moment. Un peu plus âgée qu'eux.

— Qui était-ce ?

— Je ne sais pas.

— Vous ne l'aviez jamais vue ?

— Jamais.

— Description ?

— Tatouages. Piercings. Crâne rasé.

Yates griffonna quelques mots et examina ses notes.

— Vous avez mentionné Rachel…

— Ouais. Elle flippait complètement. C'était la première fois que je la voyais dans un état pareil. Elle essayait de les arrêter, comme l'aurait fait n'importe qui, mais c'était mission impossible.

— Que s'est-il passé ensuite ?

— Je me suis occupé d'eux.

— Vous avez réussi à les maîtriser ?

— Oui. Ils débloquaient complètement. Tous des branleurs…

— Et Rachel ?

— J'ai tenté de la calmer, elle aussi.

— Comment ?

Nouveau silence. Berriman fixa Ellis d'un air incertain, puis son avocate, qui lui assura qu'il pouvait répondre.

— Je l'ai emmenée dans la salle de bains. Elle avait besoin de s'asperger d'eau froide. De retrouver ses esprits.

— Était-elle contente de vous voir ?

— Ouais.

— Et reconnaissante ?

— Ouais, forcément.

— Combien de temps êtes-vous restés dans la salle de bains ?

— Un moment, répondit-il en haussant les épaules. Je ne me rappelle pas bien. Rachel était vraiment paniquée.

— Vous avez discuté ?

— Ouais.

— De quoi ?

— De trucs. Je ne me souviens pas.

— Avez-vous parlé de Gareth ? Vous avez interrogé Rachel à son sujet ?

— Ouais, possible.

— Qu'a-t-elle dit ?

— Ça ne vous regarde pas.

— Mais vous vous en souvenez, de ça ? Vous vous souvenez de ce qu'elle a dit sur lui ?

— Ouais, répliqua Berriman sans pouvoir masquer son sourire. Évidemment.

— Avez-vous eu une relation sexuelle avec elle ensuite ?

— Ça ne vous regarde pas non plus.

— Mais vous ne le niez pas ?

Il y eut un long silence. Dawn Ellis se résolut à y mettre fin en demandant ce qui s'était produit après que Berriman et Rachel avaient quitté la salle de bains.

— Aucune idée. Je crois que je suis redescendu au rez-de-chaussée. Tout partait en vrille à ce moment-là. C'était le chaos absolu.

— Et Rachel ?

— Je ne sais pas où elle est allée.

— Quand l'avez-vous revue ?

— Je ne l'ai pas recroisée après ça.

— Jamais ?

— Non. Je vous l'ai dit, c'était le foutoir complet, il y avait des types complètement pétés. De la folie furieuse.

Un voisin avait débarqué, continua-t-il. Il était évident que les fêtards cherchaient les ennuis parce que la musique résonnait de plus en plus fort. On l'entendait probablement depuis l'île de Wight.

— Vous connaissiez cet homme ?

— Ouais. Il s'appelle Mackenzie. Ma mère le fréquentait autrefois. Il ne fait pas toujours dans la dentelle et il a chargé quelques gars dès qu'il est entré. Comme ils ne se sont pas laissé faire, il s'est vite retrouvé pris dans la mêlée. Quelqu'un lui a fracassé une bouteille sur le crâne. Le genre de truc inacceptable. Du coup… je l'ai aidé.

— En vous interposant ?

— Ouais.

— Une nouvelle fois ?

— Ouais.

Berriman expliqua qu'il avait traîné Mackenzie

dehors. Sa femme l'attendait dans la rue. Il se doutait bien qu'elle avait appelé les flics et il ne se trompait pas : avant que personne comprenne ce qui se passait, une armée de policiers s'était massée à l'extérieur : des fourgons, des types en tenue de ninja, la totale. Mais cela n'avait fait qu'aggraver la situation, évidemment.

— Comment ça ? s'enquit Yates, l'air sincèrement intéressé.

— Parce que ça voulait dire être remarqué. La gloire. C'est ce qu'on veut tous, non ? Les gars prenaient des photos avec leur portable pour les envoyer à leurs copains et à la terre entière. On savait qu'on allait faire la une des journaux, devenir célèbres. Affrontements à Craneswater. Et nous, on y était.

Il secoua la tête.

— C'est super-bizarre, quand on y pense.

L'interrogatoire s'acheva quelques minutes plus tard, après que Berriman leur eut dit qu'il était monté dans un fourgon pour être conduit à Newbury. Faraday nota sur une feuille que les vêtements et les chaussures confisqués au jeune homme devaient être analysés en priorité. Puis il perçut des voix dans le couloir. Berriman demandait à Dawn Ellis de le ramener chez lui. Le constable se mit à rire.

— Vous me prenez pour votre chauffeur ou quoi ?

— Bien sûr que non. Mais ça coûte rien de poser la question, hein ?

Il faisait presque nuit lorsque Faraday quitta le poste. Relâché avec l'obligation de répondre aux convocations de la police, Berriman était parti à pied dans le crépuscule, avec à peine un regard en arrière. Les équipes chargées des autres interrogatoires annonçaient des résultats mitigés. Si quelques suspects s'étaient montrés très loquaces, la plupart n'avaient pas ajouté grand-chose à leur première déclaration et deux ou trois avaient même refusé de parler. Le lendemain matin, Faraday commencerait à examiner toutes ces dépositions avec Suttle pour tenter d'en tirer un récit plus ou moins ordonné. Dans l'intervalle, il avait besoin de s'évader.

Évitant les axes encore un peu encombrés du dimanche soir, il sillonna le dédale des rues de Southsea au volant de sa Mondeo et rejoignit le front de mer juste à l'ouest de la jetée. Les derniers feux d'un coucher de soleil spectaculaire se déversaient sur le Solent et des lumières picotaient l'ombre douce et grise de l'île de Wight. La veille à la même heure, Gabrielle et lui vivaient un week-end parfait. Désormais, il était presque trop fatigué pour trouver une place de parking.

Il coupa le moteur et se demanda s'il avait encore assez d'énergie pour se promener. Il avait besoin de s'éclaircir les idées, d'emplir ses poumons de la fraîcheur légère du vent nocturne, d'ériger un barrage contre les images qui ne cessaient d'affluer dans son esprit : la vie saccagée des Ault, le regard aveugle et perdu dans le vague de leur fille, le branle-bas de combat à la Section des crimes graves, où ses collègues et lui luttaient pour venir à bout de cette affaire monstrueuse. Ce n'était pas qu'une question de sang versé, de vies emportées inutilement. Il y avait là quelque chose d'autre, quelque chose qui relevait du cauchemar, et plus il y pensait, plus il se décourageait. Berriman avait qualifié cette expérience de bizarre. Bizarre, c'était bien le mot. Mais ce n'était que le début.

Près d'une heure plus tard, de retour chez lui, à Bargemaster's House, il tenta de partager son sentiment avec Gabrielle. Elle avait capté des bribes d'informations à la radio au cours de la journée, assez pour anticiper un dîner tardif, et elle remuait maintenant un cassoulet sur le feu. Une autre bouteille ouverte de côtes-du-rhône était posée sur la table de la cuisine. La maison sentait l'ail et la graisse d'oie.

— *Combien* ?* s'écria-t-elle, incrédule.

— Plus de cent gamins. On a réussi à en choper quatre-vingt-quatorze. Les autres sont partis avant qu'on n'arrive.

— Y compris *les coupables* ?

— C'est presque sûr, oui. Qu'est-ce que tu ferais si tu venais de tuer quelqu'un ? Tu traînerais sur place ? Tu le crierais à tout le monde ? Tu attendrais qu'on t'arrête ? Non…

Il prit la bouteille et remplit leurs verres avant de poursuivre :

— Voilà ce que je vois, moi : on tient quatre-vingt-quatorze témoins et on n'a absolument aucun indice qui nous indique de quel côté chercher. On finira par y arriver, par obtenir un résultat quelconque, mais la

* En français dans le texte, comme toutes les répliques en italique de Gabrielle.

vie ne devrait pas être comme ça. On est ce qu'on est parce qu'on a encore un brin de respect les uns pour les autres. C'est ce qui fait de nous des êtres civilisés. C'est ce qui nous a sortis de la fange. La nuit dernière me donne à penser qu'on approche peut-être de la fin. Dieu seul sait ce qui va se produire maintenant.

Faraday faisait rarement de tels discours. Il se méfiait des émotions aussi vives que celle-là. Il allait imputer cette effusion à la fatigue quand Gabrielle se détourna de la cuisinière. Elle avait eu assez de tact pour masquer sa surprise.

— *Merci*, dit-elle en inclinant son verre pour porter un toast. *À la justice !*

Faraday avala une grande gorgée de vin et se sentit tout de suite mieux. Au cours des mois précédents, quelle que soit la pression, il avait tenté de protéger sa nouvelle vie avec Gabrielle. Il discutait rarement de ses enquêtes, de ses collègues ou de la manière dont les affaires semblaient toujours se succéder sans interruption. Autrefois, près de trente ans plus tôt, il avait signé pour ce travail de forçat, sans bien mesurer à l'époque où cela le mènerait. Les choses empiraient-elles vraiment ? Les gens étaient-ils plus mauvais aujourd'hui qu'ils ne l'avaient toujours été ? À vrai dire, il n'en avait pas la moindre idée, mais le toast ingénu de Gabrielle ne pouvait sûrement pas lui faire de mal.

— À la justice, répéta-t-il. Quelle qu'elle soit.

Plus tard, luttant contre le sommeil, il entraîna Gabrielle vers le canapé. La chaîne hi-fi passait la *Cinquième Symphonie* de Mahler. Les passages les plus doux laissaient entendre le murmure grave de la marée montante qui s'infiltrait par les portes-fenêtres ouvertes. Il s'était mis à pleuvoir — une fine bruine qui brouillait la vue sur le port.

Ils restèrent allongés un moment, Gabrielle la tête sur la poitrine de Faraday. Cela faisait des mois à présent que, grâce à une bourse d'une université française, elle explorait la culture des gangs dans les quartiers défavorisés de Portsmouth. Anthropologue de profession, elle avait davantage l'habitude de mener des recherches sur des tribus montagneuses aux confins du monde civilisé, mais d'emblée elle avait été frappée par les parallèles qu'elle avait pu établir entre Portsea et Buckland. La même confiance dans les amis et une famille étendue. Les mêmes réactions instinctives dans les périodes fastes comme dans celles de disette.

Faraday s'était toujours tenu à distance de son travail — une façon pour lui de lui témoigner son respect et de reconnaître son indépendance —, mais il ne put s'empêcher ce soir-là de lui demander comment avançait son étude.

— Bien. J'étais à Somerstown aujourd'hui. Juste quelques heures. Je devais voir deux gamins.

— Et ?

— Il n'y en a qu'un qui est venu.

— Où était l'autre ?

— Tu l'as arrêté.

Elle s'appuya sur un coude et lui effleura la joue.

— Je devrais t'en vouloir, *n'est-ce pas* ? Mon précieux planning, fichu en l'air par un policier ronchon…

— Tu dis qu'il était à la soirée ? À Craneswater ?

— Oui. Comme la plupart de ses amis.

— Tu as parlé à certains de ces gamins ?

— Bien sûr que non. Tu les as coffrés.

— Mais tu leur parleras ? En temps utile ?

— Oui. C'est mon boulot. C'est en ça qu'il consiste.

Faraday baissa les yeux sur elle, en proie à une première petite pointe d'appréhension. Il y avait là quelques problèmes potentiels. Des questions de chasse gardée. De protocole. À qui appartenaient ces gosses ? Étaient-ils la matière première d'un traité anthropologique français sur la culture des gangs britanniques ? Ou la chair fraîche dont se nourrissaient les tribunaux ?

— Peut-être qu'on devrait se prévoir régulièrement des réunions, suggéra-t-il. Peut-être qu'on devrait comparer nos notes.

— Oui, dit-elle en souriant. Et peut-être pas.

VIII

Lundi 13 août 2007, 9 h 12

Encore Willard. Il ne peut pas se tenir à l'écart, rumina Faraday.

— Joe ? appela le chef du CID en lui faisant signe d'entrer dans le bureau de Martin Barrie. Il n'y en aura pas pour longtemps.

Gail Parsons était encore là comme chez elle, ainsi que le prouvaient les documents de travail étalés sous ses yeux. Elle semblait se considérer sur un pied d'égalité avec Willard, désormais, à la manière de deux adultes partageant la même envie de presser le citron de l'opération Mandoline jusqu'à en extraire la dernière goutte. Lorsque Faraday franchit le seuil de la pièce, ce fut elle qui l'invita d'un geste à s'asseoir sur le siège vide. La loi des squatters, songea Faraday. S'il tardait trop, Martin Barrie se découvrirait banni dans le couloir, à son retour.

— C'est encore plus sérieux qu'on ne le croyait, Joe, dit Parsons.

— Comment ça ?

— Le conseil municipal ne lâche pas la Haute Autorité de police[1]. Ils ne sont pas ravis. Et le directeur de la police non plus.

— En quoi est-ce que cela nous concerne ?

— Cela pourrait nous concerner si on ne se remue pas un peu. Vous connaissez les bureaucrates. Avant qu'on puisse dire ouf, ils exigeront une enquête officielle. Comme si on n'avait pas assez de boulot.

Faraday afficha une mine perplexe. Le descriptif de sa fonction suggérait qu'il était inspecteur. Les malheureux occupants de Sandown Road avaient dû se plaindre d'une faillite de l'ordre et de la loi et il ne pouvait guère leur en vouloir après la soirée de samedi.

— Mais quel rapport avec nous ? Maintenir l'ordre, ce n'est pas la mission du CID. Pas aux dernières nouvelles.

— Ne faites pas l'idiot, Joe, intervint Willard. Gail a raison. Que ça nous plaise ou non, on est sous le feu des projecteurs. Dans un monde parfait, on ferait profil bas, mais dans ce boulot, ce n'est pas possible.

Faraday opina sans rien dire. Les commentaires de Willard sur Sky News avaient fait la une de la presse nationale. Cité dans un assez long article du *Guardian* de ce matin-là, le chef de la brigade criminelle du Hampshire avait refusé de retirer un mot de sa précédente interview. En fait, il était même allé

1. *Police Authority* : organisation indépendante chargée de contrôler le travail de la police et de veiller à ce qu'il soit aussi efficace que possible.

plus loin. Le Royaume-Uni, selon lui, faisait face à un véritable risque d'anarchie. Maintenir la paix s'apparentait à un jeu arithmétique. Il n'y avait pas assez de policiers, il n'y avait pas assez de ressources. Dès que les gamins flairaient leurs chances de réussite, la partie était terminée. Pas seulement à Craneswater, mais partout ailleurs. Ceux qui se croyaient en sécurité, ceux qui s'imaginaient qu'ils n'auraient jamais affaire à ce type de comportement, avaient intérêt à bien reconsidérer la question.

Gabrielle, qui avait repéré l'article la première, l'avait montré à Faraday au petit déjeuner.

— Un jeu ? s'était-elle étonnée.

À présent, assis dans le bureau de Martin Barrie, Faraday se demandait encore où cette discussion était censée le mener. Willard n'aurait jamais ouvert la bouche sans l'accord de sa hiérarchie, ce qui signifiait que ses propos exprimaient l'avis du directeur de la police. En un sens, leur stratégie sautait aux yeux : c'était une tentative pour étouffer les cris de protestations de l'Association des riverains de Craneswater et consorts. D'un autre côté, le risque était énorme. Sous un gouvernement accro à la manipulation médiatique, rien n'était plus dangereux que la vérité.

— Nous faisons de notre mieux, dit-il enfin.

— Je n'en doute pas, Joe. Je n'en attendais pas moins de vous.

— Alors… ?

Willard jeta un coup d'œil à Parsons. Ce qui allait suivre était son idée à elle, sentit Faraday.

— Les dépositions des témoins, Joe, commença-t-elle en examinant la liste de noms qu'il lui avait fait parvenir la veille. Elles sont fiables ?

— Pas toutes, comme on peut s'en douter. La plupart des gamins n'ont rien fait pour nous aider. Ils savaient qu'ils encouraient des accusations de violation de domicile ou de vandalisme, et la dernière chose dont ils avaient envie, c'était d'avouer leur implication.

— Et les autres ?

— Ce sont surtout des amis de Rachel.

— On a des détails ?

— Beaucoup.

— Des trucs gores ?

— Par moment, oui.

— Et les photos ?

— Les téléphones sont à Netley. On a rendez-vous là-bas ce matin. Il semblerait qu'on croule sous les clichés.

— Qui en est propriétaire ?

— Chacun appartient à celui ou celle qui l'a pris. Les portables aussi, bien sûr.

— Vous avez rempli les formulaires RIPA pour toutes ces personnes, au moins ? intervint Willard.

— Bien sûr, monsieur.

La loi RIPA, ou *Regulation of Investigatory Powers Act*[1], les obligeait à obtenir une autorisation formelle pour accéder aux messages et aux images des téléphones saisis. Remplir les papiers requis était

1. Loi de régulation des pouvoirs d'enquête des services de police et de renseignement, adoptée en 2000.

une plaie. Un grain de sable supplémentaire dans les rouages de l'enquête.

Willard s'était de nouveau tourné vers Parsons. Elle se pencha en avant, l'air concentré, sérieux, et regarda Faraday bien en face.

— Les fêtards ont envoyé une grande partie de ces photos à leurs copains avant qu'on récupère leurs portables, n'est-ce pas ?

— Je suppose que oui.

— Nous pourrions retrouver les numéros concernés à partir des téléphones ?

— Oui.

— Dans ce cas…

Elle fixa Willard en haussant un sourcil.

Faraday commençait enfin à comprendre. Il ne s'agissait pas de l'opération Mandoline. Il était là question de politique.

— Vous voulez que nombre de ces photos se promènent dans la nature, déclara-t-il. Vous voulez des visages, des histoires, des détails, des images. Vous voulez que tout ça soit diffusé dans les journaux. À la télévision. Bref, vous voulez faire peur aux gens. J'ai raison ?

— En effet, Joe, répondit Parsons. Nous ne pouvons pas communiquer les dépositions des témoins, bien sûr, et nous ne le ferons pas.

— Des noms et des adresses ? Des numéros de portable ?

— Hors de question. Pas venant de nous. Pas directement.

Elle marqua une pause.

— Vous travaillez avec le jeune Suttle sur ces

dépositions. M. Willard m'a dit qu'il était proche d'une journaliste du *News*. C'est exact ?

Faraday hocha la tête. Un an plus tôt, alors que leur enquête sur l'assassinat d'un agent immobilier piétinait, Lizzie Hodson leur avait été plus qu'utile*.

— Que suggérez-vous ? demanda-t-il à Willard.

— Rien du tout, Joe, répondit celui-ci en souriant. Cette conversation n'a jamais eu lieu.

Winter arriva à la piscine Victoria en milieu de matinée. Il paya le prix d'un billet spectateur et emprunta l'escalier menant aux sièges en gradins qui dominaient le grand bassin. Déjà, il entendait les cris de jeunes enfants. Il devait y avoir là un bus entier d'écoliers, pensa-t-il.

Il s'assit. Il ne s'était pas trompé : la partie peu profonde du bassin, séparée du reste par une barrière amovible, était noire d'enfants. Une poignée d'autres faisaient des longueurs. Au milieu d'eux, dans un couloir délimité par une ligne d'eau, se trouvait Matt Berriman. Une demi-heure plus tôt, sa mère avait dit à Winter où il pourrait le rencontrer. Matt avait fait un saut à Margate Road très tôt ce matin-là et téléphoné à quelqu'un à la piscine. Elle n'avait pas plus de détails, mais elle supposait qu'il avait besoin d'espace pour s'entraîner sérieusement.

Winter l'observa qui se préparait à effectuer une pirouette au bout du bassin. Son corps long sculptait un sillon fluide dans l'eau et se mouvait sans effort

* Voir *L'autre côté de l'ombre* (Folio Policier n° 673).

apparent. Le moment venu, il roula sur lui-même et prit appui sur la paroi pour se propulser d'une simple poussée des jambes. La manœuvre fut accomplie en un clin d'œil. Déjà, il lançait ses bras puissants vers l'avant, la tête tournée pour prendre une première inspiration, l'eau glissant devant sa bouche ouverte. Winter était fasciné par la manière dont il s'appropriait la piscine.

Deux filles parmi les plus âgées du couloir voisin s'étaient arrêtées pour le regarder. Elles gloussèrent lorsqu'il passa près d'elles, puis l'une d'elles tenta quelques brasses brouillonnes, mal coordonnées, inefficaces. Elle reposa les pieds sur le sol et s'essuya les yeux juste à temps pour voir Matt refaire demi-tour à l'extrémité opposée du bassin, seul dans sa bulle, totalement inaccessible.

Une femme surgit d'une porte au bout de la piscine. Ignorant le chahut des écoliers, elle se dirigea vers la ligne occupée par Berriman. Elle était grande, avec des cheveux bruns coupés court et un survêtement siglé *PN* dans le dos. Elle s'accroupit au bord de la piscine et attendit que Berriman fasse une pause. Deux longueurs plus tard, il s'approcha d'elle et croisa les bras sur le rebord. Une conversation s'ensuivit. La femme lui montra un mouvement. Ses membres étaient aussi longs que ceux du jeune homme. Puis elle se pencha et lui pressa l'épaule avant de se redresser.

Berriman se remit à nager, plus vite cette fois, en faisant bouillonner l'eau dans son sillage. La femme l'observa un moment en souriant, avant de lever les yeux. Winter agita la main. Il ignorait qui elle était, mais, soupçonna-t-il, elle valait la peine qu'il discute avec elle. Lorsqu'elle disparut par la même porte que précédemment, il quitta son siège et regagna l'accueil.

Il la trouva près des distributeurs de boissons, où elle essayait de stabiliser un gobelet en plastique sous le mince filet de café noir qui s'écoulait de la machine.

— Vous êtes ? demanda-t-elle sans se retourner.

— Winter. Paul Winter. Vous avez une minute ?

Pour la troisième fois en deux jours, il regretta son badge de policier. Avec son ancien boulot, gérer une rencontre comme celle-là aurait été un jeu d'enfant. Il aurait invité la femme à s'asseoir, lui aurait expliqué pourquoi il était là et ils auraient bavardé. Mais pour quelqu'un qui opérait seul, aborder de parfaits inconnus n'avait rien d'aussi évident.

Ne complique pas les choses, se dit-il. Tiens-t'en à la vérité.

— Je travaille pour un dénommé Mackenzie. Deux jeunes sont morts au bord de sa piscine, la nuit dernière.

— Je sais. Rachel Ault était l'un d'eux. J'étais son entraîneuse, avant. Vous voulez un café ? ajouta-t-elle en montrant son gobelet.

Elle l'entraîna ensuite dans un bureau à l'arrière du bâtiment. Au mur, un tableau quadrillé de bleu faisait apparaître une liste de noms. Les séances du matin débutaient à 5 h 30 et il fallait être de retour à la piscine à 16 h 30. Un panneau en liège derrière la porte croulait sous les coupures de presse et les photos prises sur le vif. Sur l'une d'elles, Winter reconnut Rachel Ault plus jeune, qui fixait l'objectif au moment où elle sortait de l'eau. Son maillot Speedo aplatissait les contours de son corps, mais elle affichait un sourire qui aurait fait tourner les têtes dans n'importe quel pub. Veinard, pensa-t-il au souvenir de la torpille qui nageait à cet instant dans son couloir de natation.

Il avala une gorgée de café. Le breuvage était brûlant.

— Vous l'entraînez lui aussi ? Matt Berriman ?

— Je l'ai entraîné. C'est du passé maintenant. Il a tout laissé tomber il y a quelques mois.

— Après qu'il a rompu avec Rachel ?

— Avant. Je crois qu'elle avait vu venir le coup. Moi en tout cas, je l'avais senti.

Elle examina Winter.

— Que cherchez-vous au juste, si ce n'est pas indiscret ?

— Ce n'est pas indiscret. Et si je le savais, je vous le dirais. Encore une fois, je travaille pour M. Mackenzie. Il…

— Je connais Mackenzie.

— Vraiment ?

— Oui. La mère de Matt en parlait autrefois. Vous devriez vous mettre en contact avec elle si vous voulez en savoir plus sur ce garçon.

— Je viens de le faire.

— Et ?

— Elle s'est montrée très serviable. Tout n'a pas dû être facile pour elle, avec son autre fils.

— En effet.

Winter attendit plus de détails — en vain. Il

l'interrogea alors sur Mme Berriman et Mackenzie. Comment se faisait-il qu'ils aient un jour été amis ?

— Elle ne vous a pas raconté ?

— Non.

Elle le scruta un long moment, puis haussa les épaules.

— Quand ses gamins étaient très jeunes, elle a eu toutes sortes d'ennuis avec leur père. Il la battait régulièrement. Elle pense aujourd'hui que cela avait un rapport avec Ricky. Il était déjà bizarre à l'époque. Quoi qu'il en soit, son mec lui rendait la vie infernale.

— Et Mackenzie ?

— Il s'est occupé de lui. Alice Berriman est une ancienne camarade de classe de Marie. Ils faisaient la fête tous ensemble, prenaient les pilules d'ecstasy que Bazza leur fourguait, fréquentaient les mêmes endroits. Bazza la connaissait bien.

Winter hocha la tête. Il commençait à comprendre. *C'était un chic type quand on avait vraiment besoin de quelque chose*, lui avait dit Alice.

— Bazza lui est donc venu en aide ? C'est ça ?

— Oui. Elle lui a téléphoné un jour qu'elle était paniquée. Il a débarqué tout de suite et a envoyé le type à l'hosto. Après, Alice n'a plus eu de problème. Elle lui en a été reconnaissante, comme vous pouvez l'imaginer.

— Matt est au courant de cette histoire ?

— Aucune idée. Peut-être. Mackenzie assistait parfois à des compétitions de natation, quand Matt n'en était encore qu'à ses débuts, mais cela fait des années que je ne l'ai pas vu.

Winter se rappela l'intervention de Bazza le samedi soir. C'était Matt qui l'avait sauvé d'un lynchage. Comme une dette de sang réglée une demi-génération plus tard. Typique de Pompey.

— Que savez-vous sur la fête d'avant-hier ?

— Seulement ce que Matt m'en a dit.

— Il est resté après le départ de Mackenzie ?

— Oui.

— Et il était encore là quand les flics sont arrivés ?

— Oui. Il a fini dans une cellule paumée Dieu sait où.

Normal, songea Winter. Ses anciens collègues avaient dû être débordés par une fête d'une telle ampleur.

— Ils l'ont coincé ?

— Ils lui ont demandé de les suivre en tant que témoin, mais je suppose que ça revenait au même. S'il avait refusé, il aurait été arrêté.

Dans sa tête, Winter était de retour aux Crimes graves. Il devinait l'état d'esprit qui devait y régner et il se représentait des inspecteurs comme Faraday essayant de calmer des bus entiers de jeunes ivres morts pour établir une liste des principaux suspects. On partait toujours de ce qui paraissait le plus évident. On saisissait la chance au vol. Et après, on cherchait un mobile.

— Comment s'est passé l'interrogatoire ?

— Je ne sais pas, mais il en a eu deux. Un hier matin à Newbury, et l'autre dans la soirée, ici cette fois.

— Ça ne m'étonne pas. Il est dans une position délicate, n'est-ce pas ? C'est l'ex-petit ami de la victime, il était jaloux comme un pou de son nouveau copain et la violence ne lui est pas étrangère.

— Vous y allez un peu fort, non ?

— Pas quand on est flic. Et pas s'il a déjà un casier.

— Vous êtes au courant ?

— Sa mère me l'a dit. Excès de vitesse sur la M27 au volant de la BMW d'une amie.

— Il devait être contrarié.

— Sûrement. Mais au tribunal, l'excuse ne tient pas.

Elle en convint d'un hochement de tête et termina son café. Winter entendait encore les cris des écoliers résonner dans la piscine.

— Je n'ai pas saisi votre nom, au fait, dit-il.

— Nikki. Nikki Dunlop.

— Vous travaillez ici ?

— Je suis employée du Northsea Club. J'ouvre l'œil pour repérer d'éventuelles recrues parmi les écoliers et les aider à progresser.

— Des gamins comme Matt et Rachel ?

— Absolument. Mais eux, ils sortaient vraiment du lot.

— Vous connaissez bien Matt, alors ?

— J'aime à le croire.

— Comment va-t-il ? demanda Winter en cherchant le mot juste. Il supporte bien… la pression ?

— Quelle pression ?

— Des flics qui le font asseoir, qui lui posent des questions sans ménagement, qui le provoquent. Il s'agit d'une enquête sur un meurtre. Les gars ne sont pas là pour rigoler.

Elle réfléchit un instant, les yeux baissés sur son gobelet. Elle avait des mains immenses, nota-t-il. Enfin, elle redressa la tête.

— Vous pensez que Matt serait déstabilisé par ça ?

— Possible. J'ai été flic. La plupart des gosses n'ont que de la gueule, même de nos jours.

— Et selon vous, Matt est comme eux ?

— Aucune idée. Raison pour laquelle je vous demande s'il supporte bien la pression.

— Bien sûr.

Elle fixait à présent un sac de sport fourré sous le bureau.

— Il y a deux choses à savoir sur Matt. La première, c'est qu'il n'aurait jamais levé le petit doigt sur Rachel. Il ne l'aurait jamais touchée, a fortiori tuée.

— Vous en êtes certaine ?

— Oui, affirma-t-elle en soutenant son regard avec une lueur de défi.

— Et la deuxième chose ?

— Matt était un spécialiste du sprint. Il voulait être le meilleur, le plus rapide. Des types dans son genre disputent des courses de cinquante mètres. Ce n'est rien, ça ne dure que le temps d'un éclair, ou presque. Je l'ai mené jusqu'à l'équipe nationale. L'année dernière, avant qu'il abandonne la compétition, il était à ça du record de Grande-Bretagne.

Elle montra deux doigts écartés d'un millimètre.

— Cette unique course a exigé de lui cinq années de préparation, cinq années d'un entraînement que vous n'imaginez même pas, cinq années à ne se consacrer qu'à la natation. Cinq années pour une course de 22 secondes 3 dixièmes. C'est un homme qui s'est posé quelques sérieuses questions. Encaisser deux interrogatoires n'a pas dû être un souci pour lui. Pas s'il savait qu'il n'y était pour rien.

Winter résista à l'envie d'applaudir. Ce n'était pas du défi qu'il avait perçu dans ses yeux, mais de la fierté. Tout de même, un mot le titillait.

— Un « homme » ?

— Oui, répliqua-t-elle en souriant enfin. Cela vous dit tout sur Matt.

Elle se leva et expliqua qu'elle avait encore quelques nageurs à voir. Peut-être ferait-il mieux de parler à Matt en personne.

— Ici ?

— Oui. Faites comme chez vous. Je vais lui dire de se changer.

Profitant d'une pause entre deux réunions, Faraday demanda à Jimmy Suttle de venir dans son bureau. Le jeune sergent par intérim le rejoignit quelques minutes plus tard, prit le siège qui lui était proposé et posa les comptes rendus des interrogatoires devant son supérieur.

— Il n'y en a que la moitié, chef. Et même moins, en réalité. Je vous ai épargné le rebut.

Faraday contempla les documents. Gail Parsons avait raison. Cette enquête était monstrueuse.

— Tu as tout lu ?

— De A à Z. Quatre-vingt-quatorze déclarations. Si vous espériez une réelle avancée, vous pouvez faire une croix dessus. Les enquêteurs ont suivi nos instructions. Ils ont cherché à déterminer à peu près ce qui s'est passé, et dans quel ordre. Quand Rachel ou son copain Gareth étaient cités, ils ont essayé d'en savoir plus, mais le tout reste assez chaotique. Personne ne veut se mouiller. Soit les gamins disent qu'ils étaient trop bourrés, soit ils ont quelque chose à cacher, soit ils ne nous aiment pas.

— Cela vaut aussi pour les amis de Rachel ?

— La plupart, oui. Je n'ai pas eu le temps de regarder les enregistrements vidéo des interrogatoires ni d'écouter les cassettes audio, mais à lire ces pages, on a l'impression qu'ils ont juste envie de tout oublier. À mon avis, il y a de la culpabilité là-dedans. Peut-être qu'ils auraient pu se bouger davantage. Peut-être qu'ils auraient *dû* le faire.

— Pour lui sauver la vie ?

— Pour foutre les voyous dehors.

— Pourquoi n'ont-ils pas essayé ?

— Bonne question. Quelques-uns des gars les plus costauds, les joueurs de rugby, se sont rassemblés pour intervenir ensemble, mais Samantha, la fille qu'on a interrogée, les en a visiblement dissuadés. Après coup, on peut juger qu'elle a eu tort.

— Pourquoi ?

— Parce que, à ce moment-là, les jeunes n'étaient pas encore trop nombreux. Il est difficile de retracer la chronologie des événements, mais je dirais qu'il était environ 22 h 30. Après, c'était fichu. Regardez…

Quelques-unes des pages étaient marquées par un Post-it. Suttle les tourna rapidement jusqu'à ce qu'il parvienne à celle qu'il cherchait. Il indiqua un passage surligné au feutre vert. Faraday remarqua le nom en haut de la page. Jeremy Manningham. Chose inhabituelle, il s'agissait d'une citation directe.

« C'était dingue, avait-il déclaré aux agents qui le questionnaient. De nouvelles têtes se pointaient sans arrêt. À un moment, il y avait peut-être une douzaine de cailleras grand max, et l'instant d'après, ça grouillait de partout. Il y avait tellement de Stone Island et de Lacoste qu'on ne pouvait plus circuler. L'horreur… »

— Stone Island ?

— Des fringues très appréciées des petits branleurs. On les achète pour trois fois rien à Gunwharf.

— Et cailleras ?

— Des racailles. Mais ce n'est pas le sujet, chef. Il se trouve que ce Manningham a vu juste. Beaucoup des amis de Rachel disent en gros la même chose. Après 22 h 30 environ, la maison était envahie de jeunes munis de téléphones portables. Une armée de jeunes. Avec des renforts qui arrivaient en continu. À minuit, certains quartiers ont dû être bien déserts.

— Et les gamins qu'on a arrêtés ? Ceux qu'on a embarqués pour les interroger… ?

— Ils ne représentent que la partie visible de l'iceberg. Les casseurs dans leur grande majorité avaient déjà filé.

— Les mains vides ?

— Pas vraiment, non. Personne ne donne de nom, mais beaucoup d'affaires appartenant aux Ault ont foutu le camp. Littéralement.

Faraday se renfonça sur son siège et se tourna vers les toits par-delà le parking. Tant que le juge et sa femme ne seraient pas rentrés, il serait impossible de faire une évaluation précise, mais Suttle avait sûrement raison. La fête avait dû se transformer en une sorte de buffet à volonté, de Noël féerique. Servez-vous. Tout est cadeau.

— Donc, les responsables sont ces voyous ?

— Ils sont l'élément déclencheur, oui. Ils avaient une occasion de piller une maison riche, d'exercer une vengeance sociale — ça ne fait aucun doute. En ce qui concerne Rachel et Gareth, je n'ai pas d'explication.

— Et Rachel elle-même ? On a plus d'éléments ?

— Plein. Tout le monde est d'accord pour dire qu'elle était ivre. Ivre morte, en fait. Mais personne ne suggère qu'elle se comportait comme une traînée. Apparemment, elle a commencé à boire très tôt, comme nous l'a expliqué sa copine, et je suppose qu'elle n'a pas arrêté. À mesure que la fête dégénérait, elle semble avoir perdu les pédales. Quelques filles ont raconté qu'elle était en larmes et bouleversée, surtout à cause des dégâts que risquait de subir la maison. D'après l'une d'elles, Rachel avait une peur panique de son père et elle redoutait particulièrement sa réaction si la police s'en mêlait. Cela peut paraître exagéré, mais quand la situation est devenue ingérable, elle s'est retrouvée dans une position peu enviable. Tous ces jeunes foutaient en l'air des tas de trésors familiaux sans qu'elle puisse rien y faire. Pas cool.

— Et l'incident au premier étage ? Les gamins qui sautaient sur le bureau du juge ?

— La plupart des fêtards n'ont rien vu. Le bruit

a circulé, bien sûr, mais c'est surtout Berriman qui était au centre des récits. L'une des filles a dit qu'il avait fait honte aux joueurs de rugby.

— Ils considéraient Berriman comme une racaille ?

— Curieusement, non. Mais je crois que c'est parce que beaucoup d'entre eux le connaissaient. Il était sorti des années avec Rachel. Ça le rendait humain en quelque sorte. Ça lui donnait un droit de visite.

La phrase fit rire Faraday. Lors d'une enquête sur un autre double meurtre, à peine un an plus tôt, Suttle avait réussi un joli coup, dans la collecte de renseignements. Il paraissait bien parti pour recommencer.

Faraday avait beaucoup songé à Rachel. Elle avait quitté la fête dans la soirée pour se rendre chez ses voisins et, selon lui, quelqu'un l'avait forcément vue.

— En effet, chef. Enfin, ses amis pensent l'avoir vue. Et l'heure qu'ils indiquent colle avec le reste.

Vers 23 h 30, lui apprit Suttle, les casseurs avaient débarqué dans la cuisine des Ault. Quelques proches de Rachel s'y trouvaient, essentiellement des filles. Elles les avaient regardés avec stupéfaction se livrer à une bataille rangée avec des aliments. Des œufs sortis du frigo. Des paquets de farine. Des bouteilles de sauce tomate. Des pots de pickles. Tout ce qu'ils pouvaient attraper.

— Il y en avait partout, semble-t-il. De la mayonnaise, du vinaigre balsamique, du pesto. Tout y passait.

Faraday avait observé les photos sur l'ordinateur

de Proctor. L'un des murs de la cuisine évoquait un tableau de Jackson Pollock à ses débuts.

— Et Rachel ?

— Deux des filles disent qu'elle est entrée dans la cuisine. Elles se souviennent qu'elle était hystérique, et surtout d'un détail. Rachel portait une main à son visage comme si on l'avait frappée. L'une des nanas a tenté de lui parler, mais elle n'a rien voulu savoir. À un moment pourtant, elle a baissé sa main et les autres ont remarqué du sang autour de sa bouche.

— Elle a dit quelque chose ?

— Rien que les filles n'aient répété aux enquêteurs.

— Et ensuite ?

— Elle est partie.

— Partie ?

— Par la porte de service. Jerry m'a filé un plan de la propriété. Tenez…

Suttle prit une feuille de papier dans la poche de son blouson et la déplia. Le 11, Sandown Road était entouré par un assez grand jardin. La porte de la cuisine donnait sur le côté qui jouxtait le numéro 13. Il était impossible d'entrer chez les Mackenzie par la rue parce que leurs grilles électriques étaient fermées.

Cela signifiait que Rachel était passée par-dessus le mur mitoyen.

— C'est possible, ça ? demanda Faraday en étudiant le plan.

— Jerry affirme que oui. Il y a une pile de bois appuyée contre le mur, près d'une petite gloriette. Juste ici.

Quelqu'un avait dessiné une croix au crayon à l'endroit en question.

— Selon lui, continua Suttle, il est facile de grimper sur la pile et de sauter par-dessus le mur. Surtout pour quelqu'un qui connaît bien les lieux.

— Ce qui était le cas de Rachel.

— Évidemment.

— Et Hughes ? Le petit ami ?

— Apparemment, il la cherchait, à ce moment-là. L'un des joueurs de rugby dit qu'il a eu une conversation avec lui. Hughes était bien pété, lui aussi.

— Et après ?

— Le témoin n'en sait rien.

— Les filles dans la cuisine ?

— Elles avaient quitté la pièce.

— Personne n'a vu Hughes sortir ?

— A priori non, répondit Suttle en contemplant la pile de retranscriptions.

Faraday écarta sa chaise du bureau pour faire passer une crampe dans ses jambes. Rachel et son copain avaient tenu la maison durant presque deux semaines. Hughes avait donc eu le temps d'apprendre à se repérer et de noter le raccourci menant chez les voisins. Devant le chaos qui régnait chez les Ault et son incapacité à retrouver Rachel, il avait très bien pu supposer qu'elle avait franchi le mur du jardin. Au milieu d'un bazar pareil, personne n'y aurait prêté attention. Il était par conséquent tout à fait possible qu'il l'ait suivie.

— Quelqu'un d'autre est parti ?

— Personne ne dit rien à ce sujet.

— Berriman ?

— Difficile d'en être certain.

— Qu'est-ce que ça signifie ?

— Une fille a mentionné un grand type qui est sorti par la porte principale. Elle s'en souvient parce qu'un voisin ou elle ne sait qui d'autre est venu se plaindre du bruit et que quelques-uns des casseurs ont essayé de se barricader. Le grand type ne voulait pas de ça.

— Elle connaît Berriman ?

— Ce n'est pas très clair.

— C'était une amie de Rachel ?

— Elle prétend que oui, mais l'un des agents a laissé un mot sur la retranscription de l'interrogatoire. Il la soupçonne de mentir. Pour se couvrir.

— Ce n'était peut-être pas Berriman, alors ?

— En effet.

— Il était quelle heure ?

— Ce n'est pas clair non plus.

Faraday fronça les sourcils. Une autre pensée venait de lui traverser l'esprit.

— Comment se fait-il que les filles dans la cuisine soient si sûres de l'heure ?

— Facile. Il y avait une horloge murale. Elle est tombée pendant que les casseurs se battaient entre eux et elle s'est arrêtée sur 23 h 35.

Faraday saisit un carnet et commença à tracer une frise chronologique. Arrivée des premiers invités autour de 21 heures. Une heure plus tard environ, Berriman débarque avec une poignée de copains. Suit une petite armée d'intrus et, peu de temps après, les véritables ennuis commencent.

Vers 23 heures, les jeunes dévastent le bureau du

juge. Matt Berriman intervient. Il emmène ensuite Rachel dans la salle de bains et s'enferme avec elle. Ils s'envoient peut-être en l'air — ou peut-être pas. Dans tous les cas, elle est aperçue pour la dernière fois une demi-heure après, lorsqu'elle s'échappe dans le jardin. Son petit ami, Gareth Hughes, semble la chercher. Matt Berriman sort — ou pas — par la porte principale.

Aux alentours de minuit et demi, les Mackenzie rentrent d'un dîner. Il est évident que les événements à côté de chez eux ont pris une mauvaise tournure. Bazza s'interpose, déclenchant de nouvelles réactions de violence, pendant que Marie appelle la police. L'appel est enregistré à Netley à 0 h 39. Chez les Ault, Matt Berriman vient à la rescousse de Bazza et le traîne dans la rue, où sa femme le renvoie chez lui avant d'attendre la cavalerie.

À 0 h 51, les premières unités se présentent sur place. À 1 heure, Marie est suffisamment rassurée pour retourner chez elle vérifier comment va son mari. Quelques minutes plus tard, elle resurgit dans la rue, en quête d'un policier. Il y a deux corps près de sa piscine. Tous les deux morts.

Faraday reprit la séquence depuis le début en soumettant chaque point à Suttle. Puis il se tourna vers les retranscriptions.

— Quoi d'autre ?

— Pas grand-chose, chef.

— Et la drogue ? D'où venait-elle ?

— Personne n'en est sûr, mais quelques amis de Rachel ont cité un certain Danny. Aucun n'a le courage de le désigner sur photos, mais on a au moins un nom. J'ai passé un coup de fil à la brigade des stups et j'attends leur réponse. Il y a des places à prendre sur le marché de la coke à l'heure actuelle, d'après ce que j'ai entendu dire.

Faraday se leva et s'approcha de la fenêtre. Jusqu'à ce que Suttle apparaisse avec ses chemises cartonnées pleines à craquer de dépositions, il s'était senti remarquablement reposé après ce week-end cauchemardesque. Désormais, confronté de nouveau à l'ampleur démesurée de l'enquête, il savait à peine quoi faire.

Gravés dans sa mémoire, les visages livides des deux victimes dominaient tout le reste. Plus tard, les dépositions se révéleraient peut-être cruciales, mais à ce stade elles ne formaient qu'un kaléidoscope d'impressions, un prisme qui leur laissait entrevoir fugacement les dernières heures de la jeune Rachel Ault. Elle avait été ivre. Désorientée. Incapable de comprendre ce qui se passait. Était-ce là une façon de finir ? Dans un brouillard de vodka ? Errant de pièce en pièce dans une maison qu'elle croyait connaître ? Réduite à se réfugier chez ses voisins pour trouver un peu de réconfort, de paix et de calme ? Brisée de manière indescriptible ?

Pour la énième fois, il tenta d'imaginer la succession d'événements qui avait pu mener Rachel chez les Mackenzie, provoquer une confrontation, pousser quelqu'un à lui planter un couteau dans le ventre. À vrai dire, il y avait une multitude d'explications. La jalousie. La vengeance. Une colère aveugle. L'alcool. Un compte à régler. Peu importe. Mais par où commencer ?

Faraday ferma les yeux. Depuis quelque temps, il en avait conscience, son travail le minait. Son sentiment d'inadaptation s'était aiguisé et avait évolué vers ce qui ressemblait beaucoup plus à du désespoir. Il revit le visage de Rachel, ses yeux, ses lèvres entrouvertes par la mort. Et cette question muette : pourquoi est-ce que cela m'arrive à moi ?

— Encore une chose, chef.

— Quoi ?

— Il y avait une fille parmi les casseurs. Elle est mentionnée dans plusieurs des dépositions — une demi-douzaine environ. Personne ne connaît son nom et personne ne semble l'avoir croisée avant, mais le même commentaire revient sans cesse à son sujet.

— À savoir ?

— Elle foutait les jetons, et pas qu'un peu. Crâne rasé. Piercings. Tatouages. La totale. Même sa bande paraissait avoir peur d'elle.

— On parle là de ses copines ?

— Des gars aussi. Tout le monde évitait de s'approcher d'elle.

Faraday hocha la tête. Matt Berriman avait évoqué une fille semblable, au crâne rasé et tatouée de partout. C'était elle qui avait incité les gamins à pisser sur les photos de famille des Ault.

— On l'a identifiée ?

— Non. Elle était apparemment accompagnée d'un gamin plus jeune. Celui qui a tagué tous les tableaux.

— Avec une bombe de peinture noire ?

— Oui. Ils avaient un couteau aussi.

— Un *couteau* ?

— Exactement. Le gamin s'occupait des graffitis et elle s'est chargée du reste.

— Avec le couteau ?

— Oui.

— De quel type ?

— On n'a aucune info.

— Dommage.

Faraday se remémora les photos de Jerry Proctor, les lambeaux de toile qui pendaient des œuvres d'art accrochées aux murs des Ault. La plupart de ces tableaux étaient des portraits. Des visages lacérés, songea-t-il. Des vies défigurées.

— Il nous faut les vidéos, dit-il en réfléchissant à voix haute. Tu veux bien appeler Netley ?

IX

Lundi 13 août 2007, 10 h 59

Winter attendait depuis presque une demi-heure lorsque Matt Berriman entra dans le bureau de Nikki Dunlop. À bout de patience, il leva les yeux d'un exemplaire du *News* vieux de près d'un mois.

— Tu en as mis du temps, gamin ! Tu traversais la Manche à la nage ou quoi ?

Ignorant la remarque, Berriman se baissa et fourra sa serviette et son déodorant dans le sac fourre-tout sous le bureau. Winter en avait déjà inspecté le contenu. Les numéros du *Sun* et du *Daily Mail* traitant de la soirée du samedi. Un paquet de feuilles à rouler, un sachet de tabac Virginia Gold et un petit carré de cannabis enveloppé dans du papier aluminium. Un demi-litre de lait. Une version poche du *Roi Lear*. Et, glissé entre les pages du livre, un bout de papier sur lequel figurait une série de chiffres. Par habitude plus que par espoir, Winter les avait recopiés. On aurait dit un numéro de téléphone, mais il ne reconnaissait pas le préfixe. Il essaierait peut-être d'appeler plus tard.

Berriman se tenait près de la porte à présent. Winter ne s'était pas rendu compte en le regardant nager qu'il était si grand.

— Nikki t'a prévenu que j'étais là ?

— Ouais. Elle a dit que vous vouliez me parler.

— En effet. Où as-tu envie d'aller ? Rien que l'odeur du chlore me pique les yeux.

Ils se rendirent dans un café voisin, La Parisienne, coincé sur un bout de trottoir à côté du flot des voitures du centre-ville. Berriman prit une table au soleil pendant que Winter allait chercher des cappuccinos et quelques pâtisseries à l'intérieur. On était en milieu de matinée, mais l'endroit était déjà bondé.

De retour dehors, Winter desserra le col de sa chemise. Il faisait plus chaud que prévu et il commençait à transpirer.

— Un repaire d'étudiants, hein ? dit-il en scrutant les autres tables. Ça me dépasse. Où trouvent-ils l'argent pour venir ici ?

— La plupart sont étrangers.

— Tout ce monde-là ?

— Ouais. D'après Nik, vous êtes flic ?

Berriman avait englouti un premier pain au chocolat et tendait la main vers le deuxième.

— Je peux ? demanda-t-il.

— Vas-y, répondit Winter en s'asseyant. Après un tel effort physique… Nik s'est trompée. J'*étais* flic. Ça fait toute la différence.

— Ah ouais ? Comment ça ?

— Parce que je sais ce qu'il faut chercher. Et parce que quelqu'un d'autre me verse mon salaire.

— Nik dit que c'est Mackenzie.

— Oui.

— C'est une sorte de légende, ce type. Il aime pas qu'on se foute de lui. Ça vous ennuie si je l'appelle ? Il a essayé de me joindre pendant que je nageais.

Sans attendre la réponse, Berriman sortit son portable et composa un numéro. Quelques secondes plus tard, il parlait à Mackenzie. Winter perçut la voix rauque de Bazza par-dessus le grondement proche d'un camion de livraison.

Berriman écouta Mackenzie lui présenter ses condoléances. Ils avaient tous eu un week-end pourri. Rachel était une fille bien. Ça devait lui faire un mal de chien de la perdre comme ça.

— C'est vrai. Merci, j'apprécie.

— Ta mère m'a raconté que tu avais été interrogé par les flics. Te laisse pas miner par ces connards. Parles-en à mon copain Paul. Il connaît la plupart d'entre eux mieux que leur propre mère.

— Ce ne serait pas Paul Winter, par hasard ?

— Ouais. Un gros plein de soupe. Il faut qu'il perde quelques kilos, celui-là, mais il n'écoute jamais rien.

— Il est juste devant moi.

— Ah ouais ?

La nouvelle fit rire Bazza.

— Veille à ce que cet enfoiré paie l'addition. Ce n'est pas lui qui régale.

La ligne fut ensuite coupée. Berriman souriait.

— Respect, dit-il, avant de contempler son assiette vide. Si on reprenait des pains au chocolat ?

Faraday était au téléphone avec Gail Parsons quand Suttle passa dans son bureau à la Section des crimes graves. L'inspecteur-chef était à Londres avec Willard, où elle assistait à une réunion d'urgence au ministère de l'Intérieur. La couverture médiatique des événements de Sandown Road avait alarmé Downing Street et l'un des conseillers spéciaux de Brown voulait un rapport complet sur le bureau du nouveau Premier ministre avant la fin de la journée. Des bruits circulaient sur la création d'un groupe de travail chargé d'explorer ce que Parsons appelait « l'interface urbaine ». Faraday ne voyait pas du tout de quoi elle parlait, mais il supposait que cela ne nuirait pas aux ambitions professionnelles de sa supérieure. À l'instant même, elle avait besoin de savoir s'il y avait des nouvelles croustillantes à servir au ministre.

— Pas grand-chose, j'en ai peur.

Il lui résuma les informations récoltées sur le départ de Rachel de la soirée. L'hypothèse était que Hughes avait lui aussi trouvé le moyen de se rendre chez les voisins.

— C'est tout ? Quatre-vingt-quatorze interrogatoires, et on n'a que ça ?

Elle paraissait déçue. Faraday se demanda quelles promesses elle avait faites. Tous les renforts qu'elle avait obtenus de Willard avaient sûrement un prix.

— Il est encore tôt. Si on a du nouveau, vous serez la première au courant.

— Vous n'avez pas l'air très optimiste.

— J'espère que j'ai l'air réaliste.

— Le réalisme, c'est très bien, Joe. Il a sa place dans l'histoire. Mais ici, ils veulent monts et merveilles et vous le savez très bien.

Tout en faisant signe à Suttle de s'asseoir, Faraday se mit à rire. Jusqu'alors, il n'avait pas soupçonné Parsons d'avoir de l'humour. Elle avait dû s'enfermer quelque part, pensa-t-il. Et elle devait être désespérée.

— Je vous bipe dès qu'on a du nouveau.

Elle protesta encore en lui ordonnant de mieux chercher, de passer des appels, de parler avec Jerry Proctor, de déterrer *n'importe quoi*, pour l'amour de Dieu, afin qu'on lui lâche la grappe. Pendant ce temps, Faraday contempla une photo que Suttle avait glissée sur son bureau. La résolution n'était pas parfaite et un coin du cliché était inexplicablement noir, mais la fille dessus était parfaitement reconnaissable. La dernière fois qu'il l'avait vue, elle était morte près d'une piscine. Et maintenant ça.

Il avisa les chiffres inscrits au bas. 23 h 08, 11/08/2007.

Parsons l'exhortait toujours à se reprendre. Levant les yeux vers Suttle, il la pria de patienter une minute.

— D'où sort cette photo ?

— Elle vient d'un téléphone que la Scientifique a découvert dans la chambre de Rachel. Jerry l'avait fait expédier à Netley en demandant un traitement prioritaire. Il s'avère que l'appareil appartenait à Gareth Hughes.

Faraday examinait toujours la photo. Un pénis

emplissait la bouche de Rachel. Elle avait les yeux fermés et semblait sourire, encore que cela fût difficile à dire. La photo avait été prise d'en haut, vraisemblablement par celui à qui elle faisait plaisir. La lumière se reflétait sur les carreaux du mur derrière eux.

— C'est Gareth Hughes ?

— Je ne pense pas, chef. Hughes était roux.

Faraday scruta le cliché de plus près. Suttle avait raison. Les poils pubiens étaient clairement noirs.

— Qui, alors ?

— On cherche, mais une copie de cette photo a été envoyée aux techniciens qui travaillent dans la maison des Ault. Ils ont comparé l'arrière-plan avec la salle de bains à l'étage et l'image correspond parfaitement.

Faraday réfléchit. Le bureau du juge. Les gamins qui pissaient sur les précieux portraits de famille. Matt Berriman qui les virait de là, puis emmenait Rachel dans la salle de bains, pour parler avec elle.

— Comment cette photo est-elle arrivée sur le portable de Hughes ?

— Elle a été envoyée par mail depuis un autre appareil.

— On a saisi le téléphone de Berriman ?

— Non. J'ai vérifié. Mais on a le numéro de l'expéditeur et Netley a fait appel au service d'identification téléphonique. Ils devraient nous obtenir un nom.

— En clair, Berriman aurait pu confier son téléphone à quelqu'un d'autre ? Quelqu'un qui serait parti tôt ? Juste au cas où ?

— Possible. À moins qu'il ne l'ait caché après l'arrivée de la police. Il connaît la maison, rappelez-vous. Dans tous les cas, c'est un type qui pense à tout. Ce qui, pour moi, le rend suspect.

— En effet.

Parsons était restée en ligne. Faraday reprit sa conversation avec elle, la mine rayonnante cette fois :

— J'ai une petite surprise pour vous, chef. Vous êtes bien assise ?

Winter était intrigué par les choix de lecture de Berriman. Celui-ci venait de se rouler un joint et son sac fourre-tout gisait encore ouvert sur le trottoir près de leur table.

— Shakespeare ?

— Ouais.

— Pour le plaisir ?

— Non.

Berriman sortit un briquet, puis exhala un nuage de fumée. Les têtes autour d'eux se tournèrent dans le sens du vent.

Winter voulut en savoir plus. Un gamin de Somerstown sagement plongé dans *Le Roi Lear* ? Une telle association n'allait pas de soi.

— Vous devriez sortir un peu plus, monsieur W. Je connais des types qui lisent ce genre de bouquin tous les jours de la semaine.

— Tu te fous de moi.

— Pas du tout. Pourquoi moi ? Pourquoi maintenant ? Parce que c'était une idée de Rachel.

— Elle t'a poussé à le faire ?

— Elle a dit que je devrais reprendre mes études

et m'a suggéré un diplôme de manageur sportif. Elle ne voulait pas se montrer condescendante, mais c'est comme ça que je l'ai ressenti.

— Et tu as choisi Shakespeare ? Histoire de te compliquer la tâche ?

— Ouais, répondit Berriman en ignorant la pique. C'est une formation diplômante. Études théâtrales comparatives. Shakespeare. Ibsen. Arthur Miller. Tous les plus grands.

— Ici ? À l'université ?

— Ouais. Je me suis adressé au bureau des admissions et on m'a dit que j'avais un an pour me botter le cul. Une mention à peu près correcte dans quelques A Levels[1], et ce serait bon. Étudier ici revient moins cher. Et Oxford n'est pas si loin que ça.

— Ça remonte à quand, ça ?

— Quelques semaines.

— Tu n'avais pas renoncé à Rachel, alors ?

— Jamais.

— Parce que tu savais que tu pouvais la faire changer d'avis ?

— Oui, affirma Berriman, sans en dire plus.

Winter baissa les yeux sur le livre en essayant d'évaluer le chemin que le jeune homme allait devoir parcourir pour passer de quelques cours de niveau GCSE[2] à des études à plein temps. Était-ce une chimère ? Une tentative foireuse pour retrouver sa place

1. A Levels : cours suivis généralement entre 16 et 18 ans et dont la validation conditionne l'entrée à l'université.

2. GCSE (*General Certificate of Secondary Education*) : examens validant la première partie des études secondaires et permettant ensuite de préparer les A Levels.

dans le lit de Rachel ? Ou entendait-il vraiment suivre les cours jusqu'au bout ? Il redressa la tête et regarda Berriman passer un autre appel. 22 secondes 3 dixièmes, pensa-t-il. Après cinq années à faire des longueurs à n'en plus finir dans ce putain de bassin.

Il finit par ramener la conversation sur la soirée. Son patron, Bazza Mackenzie, n'était vraiment pas ravi et son boulot à lui, Winter, consistait à lui apporter des réponses. De préférence avant le jeudi suivant.

— Pourquoi jeudi ?

— Parce que c'est ce jour-là que les parents de Rachel doivent rentrer. Baz les a appelés hier soir. Le juge est anéanti.

— Je sais. Je les ai appelés moi aussi. Mais je ne suis pas sûr qu'il cherche des réponses. Ce qu'il veut, c'est qu'on lui rende sa fille, et comment résout-on un tel problème ?

— On ne le résout pas, on tire un trait dessus, répliqua Winter en s'efforçant d'imaginer l'échange entre Berriman et Ault. Que lui as-tu dit ?

— Que j'étais vraiment, vraiment désolé. J'étais sincère. J'ai dit que Rachel était une fille adorable… Ouais… carrément top.

Pour la première fois, Winter perçut une fêlure dans sa voix. Il se souvint du numéro qu'il avait trouvé dans le livre de poche. Berriman devait l'avoir obtenu auprès de Bazza.

— Bazza veut des noms, déclara-t-il. Et étant donné l'endroit où Rachel est morte, je dirais même que c'est dans son intérêt.

— Évidemment. Mais j'espère qu'il est patient.

— Si tu crachais le morceau ?

— Cracher quoi ?

— La manière dont tu vois les choses.

Winter fit signe à Berriman de se rapprocher de lui. Devant son refus de bouger, il se pencha sur la table.

— Tu aimes encore cette fille. Elle compte plus que tout pour toi. Tu passes la moitié de tes nuits à lire *Le Roi Lear* et le reste du temps à te demander ce que tu pourrais faire d'autre pour qu'elle revienne. Et puis, boum, elle meurt. Elle ne s'est pas enfuie. Elle n'est pas partie en Australie. Quelqu'un l'a tuée. Un type comme toi ne reste pas indifférent dans ce genre de situation. Pas alors que tu étais là-bas.

— Où ça ?

— À la soirée. En ayant toujours des sentiments pour elle.

— Je vois, répliqua Berriman, les yeux rivés sur Winter. Continuez.

— Dis-moi à quoi tu as pensé. Dis-moi ce que tu ferais à ma place, sachant que Mackenzie n'est pas du tout d'humeur à se montrer patient.

— Je laisserais tout tomber.

— Sérieusement ?

— Ouais. Vous voulez des noms et il est exclu que je vous aide.

— Pourquoi ?

— Ça ne se fait pas chez nous. Pas dans le quartier d'où je viens.

— Parce que je pose des questions qui dérangent ? Parce que j'ai été flic ? Tu trouves que ce serait balancer ?

— Ouais. Flic un jour…

Berriman haussa les épaules.

— Et Mackenzie ? insista Winter.

— Mackenzie, c'est différent. Mais la règle s'applique à lui aussi. Cette histoire me regarde, moi et quelques autres types. Vous n'avez pas à foutre le nez dedans et Mackenzie non plus. On règle nos affaires à notre façon. Il devrait le savoir. De son temps, ç'aurait été exactement pareil pour lui.

Berriman se fendit d'un sourire indolent.

— Ou est-ce que je me trompe ? ajouta-t-il.

— Pas du tout, mais ce n'est pas comme si personne n'était mort dans son jardin.

— Et alors ? rétorqua Berriman avant de se lever et de s'étirer. Les merdes, ça arrive.

Il se pencha pour ramasser son sac, le balança sur son épaule et remercia Winter d'un petit geste pour le café et les croissants. Winter nota son numéro de portable au dos de l'addition et la lui tendit.

— Tu en auras besoin une fois que tu auras réfléchi un peu.

Berriman fourra le papier dans la poche de son jean et s'éloigna. Deux filles assises à une table voisine le suivirent des yeux jusqu'à ce qu'il eût disparu à l'angle de la rue. Le klaxon d'une voiture résonna à cet instant. Winter se retourna et vit une conductrice qui attendait que le feu passe au vert. Elle lui fit signe, et il mit un moment à percuter. C'était Nikki Dunlop. Au volant d'une BMW.

X

Lundi 13 août 2007, 13 h 10

Ce fut Jimmy Suttle qui, lors d'une réunion organisée à la hâte, les informa de la nouvelle page publiée sur Facebook. Son arrivée tardive lui valut une réprimande sèche de l'inspecteur-chef, mais il lui accorda à peine un regard.

Il distribua une série de photocopies. Même Parsons ne put masquer sa curiosité.

— C'est sorti ce matin, annonça-t-il. Vers 10 h 30.

Faraday avait devant les yeux une photo de Rachel Ault. Appuyée contre la rambarde d'un bateau, dans le port de Portsmouth, la tête encadrée par l'étendue bleue de la mer, elle avait le soleil dans les yeux et quelqu'un avait dû raconter une blague parce que son sourire avait quelque chose de spontané et de totalement naturel. Son amie Sam avait raison, songea-t-il. C'était une très jolie fille.

La page était intitulée « La fête de Rachel » et Suttle fut obligé de leur montrer ce qui sautait aux yeux.

— Pensez à l'expression « repose en paix ». Pensez en termes de mémorial. C'est la manière qu'ont ces jeunes de lui dire au revoir.

En effet. La page était remplie d'hommages rendus à Rachel par ses amis. Certains étaient maladroits. D'autres trop sincères. Quelques-uns ployaient sous le poids de la douleur. Mais chacun était entouré d'une guirlande de baisers. « Tu étais une crème », avait écrit une dénommée Maddie. « À jamais dans nos mémoires, à jamais dans nos rêves », avait pondu un autre. « JE T'M A Jamé », disait un troisième, « DOR B1 ».

Autrefois, médita Faraday, on exprimait tout ça avec des fleurs. Désormais, on se rassemblait entre copains, on trouvait un petit coin sur Internet et on érigeait un autel à la victime.

Un autre hommage attira son attention au bas de la page.

Tu es une âme bienheureuse, mais moi je suis lié
Sur une roue de feu, en sorte que mes propres larmes
Me brûlent comme du plomb fondu[1]…

Faraday articula ces mots en goûtant les vers blancs.

— *Le Roi Lear*, dit Suttle, qui l'avait aussi repéré. Acte IV, scène 7.

Les têtes se tournèrent vers lui.

1. Shakespeare, *Le Roi Lear*, trad. par François-Victor Hugo, *in* Shakespeare, *Théâtre complet* (t. III), Paris, Classiques Garnier, 1964.

— Putain, Jimmy, lâcha Proctor. Comment vous savez ça ?

— J'ai googlé la citation.

— Impressionnant. Je croyais que les gamins n'ouvraient jamais un livre, de nos jours.

— Faux. Ceux-là viennent des beaux quartiers, n'oubliez pas. Ils fréquentent de bonnes écoles. Ils ont un peu de classe, un peu de style. On se rapproche d'un deuil national, là. Après, ce sera le tour des loubards. Quel suspense…

— Vous attendez quoi ?

— Des tee-shirts. Je mise sur *Craneswater 2007, le Club des survivants de l'émeute*. En vente sur eBay d'ici à la fin de la semaine. Enchères à partir de dimanche.

Le regard noir de Parsons ne réussit pas à étouffer les rires. Puis elle sollicita une minute de silence en mémoire de Rachel Ault et Gareth Hughes et chacun autour de la table se recueillit. Même Proctor ferma les yeux.

La réunion reprit. Parsons demanda à Faraday de résumer les résultats obtenus après le dépouillement de toutes les retranscriptions d'interrogatoires. Il s'exécuta et pointa les pistes évidentes suivies par l'enquête.

— Tout d'abord, nous avons établi une chronologie des faits. Elle n'est pas parfaite — elle est même bien bancale par moments —, mais c'est un début. Nous savons quand tout a commencé, et cet après-midi, une fois qu'on aura les photos prises avec les portables, on arrivera peut-être à associer une partie des dégâts à certains individus. Ils feront l'objet d'une enquête distincte pour vandalisme qui devrait être vite bouclée à mon avis. En ce qui concerne Rachel, nous estimons qu'elle a assisté à la fête jusqu'aux alentours de 23 heures. C'est à ce moment-là que le bureau de son père a été saccagé. Après ça, elle s'est enfermée dans la salle de bains à l'étage avec Matt Berriman. Elle a été revue dans la cuisine une demi-heure plus tard environ, alors qu'elle se dirigeait vers le jardin. Elle était bouleversée et elle avait une sorte de blessure qui saignait au niveau du visage. L'hypothèse est donc qu'elle est allée chez ses voisins. Elle en avait assez. Hughes l'a forcément rejointe parce que la femme de Mackenzie les a retrouvés tous les deux près de la piscine. Mais nous ignorons quand il l'a fait et comment. Ce qu'on a en revanche, c'est ça. Jimmy ?

Suttle distribua une demi-douzaine de photocopies. La vue de Rachel à genoux dans la salle de bains plongea la salle dans le silence.

— Merde, lâcha Glen Thatcher, le sergent chargé des Enquêtes extérieures.

Il se fit rabrouer à son tour par Parsons. Il fallait surveiller son langage. Et montrer un peu de respect.

Thatcher marmonna une excuse. Mais d'où sortait une photo pareille ?

Suttle les informa de la découverte du portable de Hughes. Une série de photos lui avaient été envoyées à 23 h 08. Celle-là était la plus trash. Après enquête, il s'avérait que l'expéditeur avait utilisé un téléphone à carte prépayée, mais la Scientifique avait formellement identifié les carreaux à l'arrière-plan de la photo comme étant ceux de la salle de bains. La seule personne qui avait accompagné Rachel Ault dans cette pièce semblait être Matt Berriman. Son ex-petit ami.

— On en est sûr ? demanda Thatcher.

— De quoi, de leur ancienne liaison ?

— Non, qu'il a été la seule personne avec qui elle s'est enfermée dans la salle de bains ?

— Non, ce n'est pas certain. Mais à moins qu'elle n'ait sucé tous ceux qui passaient par là, c'est une hypothèse raisonnable, Berriman venait de lui rendre un grand service dans le bureau de son père. Peut-être qu'elle voulait le remercier.

— Berriman l'aurait donc photographiée avant d'envoyer les images à Hughes ?

— Bien sûr.

— Pour l'énerver ?

— Pour lui dire ce qu'il en était. Imaginez un chien et un réverbère.

Faraday frissonna. La métaphore de Suttle était d'une précision brutale.

— Une revanche, alors ?

— Une façon de dire « ceci m'appartient ». Telles que je vois les choses, il prévient Hughes que c'est fini pour lui. Rachel est rentrée au bercail. Et si vous voulez des preuves, il suffit de regarder ça.

— Il faut donc se représenter la réaction de Hughes. C'est là que vous voulez en venir ?

— Exactement.

Chacun hocha la tête. Jerry Proctor sortit une note de son dossier. L'un de ses enquêteurs lui avait transmis de nouvelles informations concernant la chambre de Rachel. Le moment était peut-être venu de les exposer.

— OK, chef ?

Il marqua une pause assez longue pour que Parsons lui donne le feu vert.

— On a des traces de sang sur la couette de Rachel. Pas beaucoup, et on ne sait pas depuis combien de temps elles étaient là, mais ça suffit pour qu'on s'interroge. Surtout maintenant. Au vu de ça.

Sa grosse main se posa brièvement sur la photo de Suttle.

Parsons comprit aussitôt les implications.

— Vous suggérez que Hughes était dans la chambre avec Rachel ? Après qu'il a découvert ce qu'elle venait de faire ?

— Je suggère que c'est plausible, répondit Proctor. Sauf si on pense qu'elle était ailleurs durant la demi-heure précédant son départ.

Suttle fit signe que non.

— Personne ne semble l'avoir aperçue. En tout cas, ça ne figure nulle part dans les déclarations des témoins.

— Cela ferait sens, alors, vous ne trouvez pas ? Rachel fait ses petites affaires avec Berriman, puis va dans sa chambre. Pendant ce temps, Hughes, son nouveau copain, était peut-être au rez-de-chaussée, ou bien à l'étage, en train de l'attendre. Il pouvait être n'importe où. Son mobile sonne. Il voit les photos prises dans la salle de bains et devient fou. Ils sont tous les deux bourrés. Ils se disputent. Il la frappe. Elle se tire de là, s'enfuit dans la nuit, saute par-dessus le mur et atterrit chez les voisins. Elle en a marre. Elle veut un peu de paix et de calme. Elle veut réfléchir. Au bout d'un moment, Hughes la suit.

Proctor marqua un temps d'arrêt pour sonder les visages autour de lui.

— C'est moi ou bien tout coule de source ?

Les têtes pivotèrent vers Parsons. L'espace d'un instant, Faraday crut qu'elle allait demander une salve d'applaudissements. Mais une autre voix s'éleva. Jimmy Suttle.

— Super, Jerry. Sauf qu'ils ont fini morts tous les deux. Ça nous mène où, tout ça ?

Les Mackenzie avaient regagné leur domicile depuis à peine une heure quand Winter s'engagea dans Sandown Road. Il gara la Lexus dehors et resta assis un moment au volant. Un tapis de fleurs recouvrait le trottoir devant chez Bazza et la maison des Ault. Il sortit et se pencha pour lire quelques-unes des cartes. *Rachel, nous t'aimions*, disait l'une d'elles. *Disparue, mais à jamais présente dans nos cœurs*, clamait une autre. *Notre Candle in the Wind*[1], dixit une troisième.

Winter enjamba un bouquet de roses joliment enveloppées et franchit le portail. La porte d'entrée étant fermée, il se dirigea vers l'arrière de la propriété en contournant la piscine. En dehors d'une ou deux

1. *Candle in the Wind* (« Une bougie dans le vent ») : allusion à une chanson d'Elton John, composée à l'origine en mémoire de Marilyn Monroe et reprise lors de la mort de Lady Diana.

traces de pas dans les parterres de fleurs, rien n'indiquait que la police scientifique était venue là.

La cuisine donnait sur un patio. Winter découvrit Mackenzie à l'intérieur, où il passait un savon à l'un de ses larbins au téléphone. À côté, dans le salon, Marie s'affairait, poussant un fauteuil, tapotant des coussins, ramassant des bouts de papier, réaffirmant sa présence chez elle. Même avec les fenêtres ouvertes, la cuisine sentait les produits chimiques utilisés par les techniciens de scène de crime. Ils avaient cherché des empreintes latentes, comprit Winter. Du sang. N'importe quoi.

Enfin, Mackenzie raccrocha. Son visage couvert d'hématomes jaunes et violacés présentait toutes les couleurs d'un coucher de soleil.

— Jolies fleurs, Baz, commenta Winter en montrant la route. Tu devrais en rapporter quelques-unes ici.

Mais Mackenzie se préoccupait davantage de la police scientifique.

— Ces connards ont fouillé mon bureau. Les secrétaires, les tiroirs, tout. Je le sais.

— Et alors ? C'est une perte de temps, non ? Maintenant que tu es monsieur Respectable.

— Putain, ça oui. Et M. Énervé, aussi. Tu veux que je te dise ce qu'on prépare ce soir, Marie et moi ? On invite les voisins. Toute cette putain de rue. Il y a un moment où on a envie que nos impôts locaux servent à quelque chose et ce moment est venu. Devine qui d'autre sera là.

— Vas-y.

Mackenzie cita leur député local, un libéral-démocrate élu de longue date et réputé pour savoir taper du poing sur la table. Lui aussi allait bientôt devoir justifier ses émoluments.

— Je veux que le sujet soit abordé au Parlement, dit-il en saisissant un numéro du *Daily Telegraph*. Tu as lu ça ?

Winter s'installa à la table de la cuisine, dont la surface était restée collante. La faute aussi aux produits chimiques, pensa-t-il.

Mackenzie avait ouvert le journal à l'une des pages à thèmes. L'article était intitulé « Le matin après la nuit d'avant ». Winter le parcourut rapidement, conscient de la présence de Mackenzie près de lui. La bouilloire n'était toujours pas branchée. Dommage.

— Alors ?

— Il n'a pas tort, Baz.

— Elle, mon vieux. *Elle* n'a pas tort. En fait, elle a foutrement raison. Cette fille est mère de famille, elle a des gamins, elle vit dans un joli coin friqué du Surrey, son mec va bosser en ville tous les matins et ramène plein de pognon. Une vie pépère, tranquille. Les gosses fréquentent l'école privée. Ils viennent juste de s'acheter un petit château en France. Ils s'en sont vachement bien sortis. Et maintenant ? Elle allume la télé un dimanche matin et *bam*, elle voit une baraque pareille à la sienne, les mêmes lambris, les mêmes hauts plafonds, le même foutu bon goût dans le choix des papiers peints — enfin, pour ce que j'en sais. Sauf que le Blitz a l'air d'être passé par là. Comme si un connard avait lâché une bombe sur la maison. Pourquoi ? Parce qu'on ne tient plus les gamins. On a baissé les bras. Drapeaux blancs. Portes ouvertes. Servez-vous, les jeunes. On n'est pas dans un trou à rats de Salford ou de Birmingham, on est à Craneswater. Il faut lâcher près d'un million de livres pour vivre dans cette partie de l'Angleterre, autant dire qu'on attend quelque chose en retour. Une foutue tranquillité d'esprit, pour commencer. Ou est-ce que je me fourre le doigt dans l'œil ?

Winter se tourna vers Marie, qui mimait des applaudissements près de la cuisinière. Au cours des dernières vingt-quatre heures, songea-t-il, elle avait dû entendre ces propos un nombre incalculable de fois. Quand il était lancé, Bazza pouvait remplir un journal entier à lui tout seul, et plus la ligne éditoriale était à droite, mieux c'était. À ce rythme-là, il envisagerait bientôt de se présenter aux législatives.

— Écris-leur une lettre, Baz, dit Winter en tapotant le journal. Soulage-toi.

— Non, mais regarde ça, par contre…

La mine concentrée, Mackenzie chercha un passage de l'article.

— « La violence, lut-il, c'est comme une éruption cutanée. Une violence irrationnelle. Une violence idiote. Une violence née de l'ennui, de la jalousie, de la simple avidité. Elle se répand toujours plus. À moins d'être endiguée, elle nous infectera tous. L'heure est venue pour les honnêtes gens de prendre parti. Sinon, nous pourrions bien être confrontés à la mort lente de milliers de Craneswater. Et à ce moment-là, croyez-moi, il sera trop tard. »

Il leva les yeux, ravi.

— Là, tu vois ? En plein dans le mille. Je n'aurais pas pu mieux l'écrire.

— C'est une politicienne, Baz, objecta Winter, qui avait repéré le nom de la femme à la fin de l'article. Une conservatrice. Elle ne dit pas ça sans arrière-pensée. Elle bat le tambour.

— Évidemment, mon vieux. Mais a-t-elle tort pour autant ? Non, cent fois non. Ce pays part en couille et il faut que quelqu'un réagisse.

Il chercha sa femme du regard.

— Pas vrai, ma chérie ?

— Parfaitement, répondit-elle en consultant sa montre. Dis, tu étais sérieux au sujet du jeune Danny, ou est-ce qu'on prend d'abord un café ?

Quelques minutes plus tard, Winter partit avec Mackenzie à la recherche d'un jeune dealer du nom de Danny Cooper. Grâce à quelques-uns de ses plus vieux lieutenants, à qui il versait toujours de modestes gages, Bazza avait été informé que la brigade des stups locale faisait du porte-à-porte dans certains coins avec l'espoir de mettre la main sur le garçon.

Le bruit courait qu'il s'était pointé à la fête avec une jolie quantité de cocaïne de très bonne qualité. Il l'avait vendue pour trois fois rien, versant ainsi encore plus d'huile sur la tempête de feu qui dévastait le 11, Sandown Road. Des rumeurs circulaient sur des gamins de Portsea âgés de treize ans et complètement shootés, et sur une fille qui avait tellement sniffé de blanche qu'elle avait atterri aux urgences. Certaines de ces histoires avaient été reprises dans le

News, qui suivait de près ces événements à l'ampleur désormais nationale.

— Peter va lire toutes ces foutaises, dit Mackenzie, contrarié. Et ce type n'est pas con.

En tant que juge à la Crown Court, Peter Ault savait sans aucun doute comment Baz avait fait fortune, mais comme bon nombre de figures de l'establishment, il éprouvait à l'évidence un curieux frisson d'excitation à habiter à côté d'un ancien baron de la drogue. Seulement ça, c'était avant que sa précieuse fille soit retrouvée morte près de la piscine de ce dernier.

— On dirait qu'il y a beaucoup de choses en jeu, hein, Baz ?

— Putain. Et comment.

— Et Danny Cooper ? Je croyais que c'était un de tes protégés. Ce n'est pas lui le jeune apprenti ? Le p'tit nouveau ?

— Des conneries, tout ça.

— Non, Baz. Tu me l'as dit toi-même.

— Ah ouais ?

Mackenzie jeta un bref regard à Winter. Le moteur de sa Range Rover avait de sérieux ratés.

— Oui. Selon toi, c'était un bon gamin. Fiable. La tête sur les épaules. Tu disais qu'il comprenait bien le marché et qu'il ne prenait pas de risques inutiles.

— J'entendais par-là le marché de l'immobilier.

— Non, c'était celui de la blanche.

— Tu n'y es pas du tout, mon vieux. Est-ce que je mentionne encore la blanche, de nos jours ? C'est plus la peine, pas vrai ?

Winter savait que cette question n'appelait aucune réponse. Quand il était acculé, Bazza avait l'habitude de se parler à lui-même. Et si les faits n'étaient pas à son goût, il en inventait de nouveaux. Cela lui permettait de toujours avoir une longueur d'avance.

La Range Rover ralentit et s'arrêta en laissant un fin nuage de fumée bleue dans son sillage. Winter découvrit une construction du bord de mer récemment reconvertie en immeuble.

— C'est ici qu'habite Westie, dit-il en se mettant à rire. On ne plaisante plus, à ce que je vois.

Westie était l'un des gros bras les plus inventifs de Bazza. Après s'être appuyé pendant dix ans sur des types violents et expérimentés issus de la communauté des gens du voyage de Pompey, Mackenzie avait finalement engagé un ancien footballeur professionnel des West Midlands pour maintenir la discipline parmi la racaille.

Westie était un grand Black qui s'exprimait avec l'accent de Birmingham et passait plus ou moins pour un dingue. Il avait développé un talent impressionnant en matière de persuasion, semblait prendre un réel plaisir à faire souffrir les gens et laissait rarement une victime sans prendre une ou deux photos d'elle. Il se murmurait même qu'il gardait un carnet rempli de ses plus beaux clichés — mais Winter ne l'avait jamais vu. Aujourd'hui, heureusement, Mackenzie ne faisait plus appel à lui qu'en de rares occasions.

Il apparut sur le trottoir peu de temps après que

Bazza eut klaxonné avec insistance. Quelle impatience, songea Winter.

Devant la fumée qui s'échappait du capot de la Range Rover, Mackenzie annonça qu'il fallait changer de voiture. Il avait un problème avec son radiateur, il demanderait à sa compagnie d'assurances d'envoyer quelqu'un plus tard. L'Alfa Romeo noire de Westie, qu'il briquait tous les jours avec amour, était garée de l'autre côté de la rue. Ils montèrent tous les trois dedans et prirent la direction du nord en suivant le dédale des rues bordées de maisons mitoyennes pour éviter les axes plus fréquentés. Après avoir traversé le quartier de Somerstown, Westie bifurqua vers ceux de Fratton et Copnor, plus à l'est. Danny Cooper créchait chez sa tante Maddie, dans une maison sur les hauteurs de la ville, où il essayait de se faire discret. Les flics frappaient aux mauvaises portes, expliqua Bazza.

Westie avait son iPod vissé sur les oreilles. Ces derniers temps, il portait un long imperméable blanc avec des épaulettes, un jean noir et une chemise assortie sans col. Il s'était laissé pousser un bouc qu'il entretenait soigneusement et exhibait une grosse Rolex en or devant tous ceux que cela pouvait impressionner. L'homme n'avait jamais vraiment cultivé le second degré, pensa Winter, mais cela commençait à se voir.

Le 98, Tennyson Road était une maison mitoyenne devant laquelle un minuscule jardin rectangulaire accueillait une poubelle à roulettes pleine à ras bord. Une affiche de l'Église spiritualiste pendait à la fenêtre.

Tante Maddie devait s'attendre à leur visite parce qu'elle leur ouvrit presque tout de suite. Elle sourit à Mackenzie et expliqua qu'elle n'avait pas vu le jeune Danny depuis ce matin. Elle supposait qu'il était parti faire des courses. Il reviendrait probablement plus tard.

Bazza lui retourna son sourire et la poussa pour entrer. D'un signe, il envoya Westie dans le salon. L'homme de main inspecta ensuite la cuisine et revint en secouant la tête. Pas de Cooper en vue.

Bazza et Winter le suivirent à l'étage. Cooper était en fait dans une petite chambre à l'arrière de la maison, où il faisait semblant de dormir sous une couette violette. Lorsque Westie le secoua, il roula lentement sur le dos en se frottant les yeux. Winter observa la couette avec attention.

— Monsieur M., marmonna Cooper. Ça fait plaisir de vous voir.

— Tu es malade, c'est ça ? Au beau milieu de l'après-midi ?

— J'suis claqué.

— Trop claqué pour me passer un coup de fil ce matin comme je te l'avais demandé ? Trop claqué pour te rappeler les bonnes manières ?

Mackenzie recula afin de laisser à Westie la place dont il avait besoin. Il n'y eut aucun geste, aucun ordre. Seulement cet espace libéré entre le mur et le lit. Westie se baissa et attrapa Cooper. Le gamin était nu et, à côté de lui, roulée en position fœtale, se trouvait une gamine qui ne devait pas avoir quinze ans — une gamine si menue, si petite, que seul Winter s'était aperçu de sa présence. Elle aussi était nue.

Westie hésita, jusqu'à ce que Bazza lui dise de la jeter dehors. Il la souleva dans ses bras et la laissa tomber sur le palier en étouffant ses cris avec la couette.

— Ta gueule ! lui cria-t-il. Ferme-la, compris !

Les cris cessèrent. Cooper était terrifié, Winter le voyait à ses yeux. Il se tenait recroquevillé sur le lit, le dos au mur, les genoux ramenés sous le menton. C'était un gamin costaud, à peine sorti de l'adolescence, qui arborait un tatouage chinois sur un biceps et à qui un bon rasage n'aurait pas fait de mal.

— Écoutez-moi, répétait-il. Putain, mais écoutez-moi, merde !

— Bien sûr, dit Bazza en s'asseyant près de lui. À ton avis, combien de temps faudra-t-il à Westie pour faire bouillir de l'eau ? Parce que c'est pile le temps dont tu disposes.

— Pour faire quoi, monsieur M. ?

— Pour m'expliquer ce qui s'est passé pendant cette foutue fête de samedi soir. Tu étais là-bas, Danny. Je le sais, n'essaie pas de prétendre le contraire. On se comprend, toi et moi. *Comprende ?*

— Ouais, ouais.

— Alors vas-y, gamin. Raconte.

— Je ne suis au courant de rien.

— Oh si !

— Non, je vous jure ! J'ai reçu un texto. Quelqu'un de confiance. J'ai rappelé le type et il m'a dit que c'était soirée portes ouvertes à Craneswater. *Craneswater ?* que je lui ai répondu. Tu te fous de moi. Mais il m'a assuré que non, ce n'était pas une blague. Il m'a donné l'adresse et c'était juste à côté de chez vous, monsieur M. Le numéro 13.

— Et tu y es allé à cause de ça ? À cause de *moi* ?

— Ouais. Je me suis dit que vous deviez être au courant et j'ai voulu apporter ma petite contribution.

— Avec des sachets de coke à moitié prix ?

— Ouais, articula Cooper avec peine en levant les yeux vers le visage tuméfié de Mackenzie. Deux pour le prix d'un, quoi. Une sorte de remerciement. Pour tous les services que vous m'avez rendus.

Bazza le dévisagea, puis se pencha pour coller sa bouche contre l'oreille gauche de Cooper.

— Écoute-moi bien, petit con, murmura-t-il d'une voix à peine audible. Tu m'entends ?

— Oui, monsieur M.

— Il n'y a jamais eu de services rendus. Jamais. Ils n'ont jamais eu lieu. On ne s'est jamais rencontrés, on ne s'est jamais parlé, pas même au téléphone. Je n'ai jamais levé le petit doigt pour t'aider, en aucune façon, à aucun moment, et tu veux que je te dise pourquoi ? Parce que tu n'es qu'une merde.

Il se redressa. Winter entendit des pas dans l'escalier. Ce devait être Westie.

Bazza n'en avait pas fini. Il voulait plus de détails sur la fête et il exigeait en particulier un ou deux noms.

— Les noms de qui ?

— Qu'est-ce que j'en sais, moi ? Je ne te poserais pas la question si je connaissais la réponse, ducon.

— Mais quel genre de nom ?

— Le genre qui pourrait donner une chance à

mon ami ici présent, répondit Bazza en montrant Winter.

— Une chance ?

— Une chance de retrouver l'enculé qui a semé deux cadavres dans mon jardin. Ne me dis pas que tu n'es pas au courant ? Tu ne lis pas les journaux ?

Cooper hocha la tête. Bien sûr que si, il lisait les journaux. Toutes les chaînes de télé avaient évoqué le sujet et la ville entière ne parlait que de ça. Il avait entendu dire que Sandown Road disparaissait littéralement sous les fleurs. Que les gens portaient des tee-shirts commémoratifs. Un truc de ouf.

Westie réapparut avec une bouilloire. De la vapeur s'en échappait en volutes, prise dans le courant d'air venu du palier. Winter était de plus en plus mal à l'aise. Bazza laissait parfois ces situations aller trop loin.

— Eh bien ? Tu vas me le dire, oui ou non ?

— Je n'ai rien d'autre à dire, monsieur M.

— Tu mens, ducon. Tu es informé de tout ce qui se passe en ville. Tu sais.

— Je sais quoi ?

Bazza perdait patience, Winter s'en rendait bien compte.

— Réponds-moi, gamin. Tu t'épargneras bien des souffrances.

— Écoutez..., supplia Cooper, les larmes aux yeux.

Il avait assez d'expérience pour deviner ce qui l'attendait. Il serra les genoux en repliant les bras autour de lui. Les jointures de ses doigts étaient devenues toutes blanches et son corps oscillait d'avant en arrière. Il fit un signe de tête en direction de Westie.

— Dites à votre singe de repartir dans son arbre. Ensuite, je parlerai.

— Ben voyons.

Bazza se tourna vers Westie. Personne ne le traitait de singe, et surtout pas un petit merdeux tremblotant. Il s'avança en tenant haut la bouilloire et l'inclina doucement. L'eau brûlante se répandit sur les genoux de Cooper, qui cria et attrapa une serviette à proximité. Ce faisant, il s'exposa davantage. Westie renversa de nouveau de l'eau sur lui. Beaucoup d'eau. Toute la bouilloire.

— Parle, gamin. Donne-moi juste quelques noms. Westie aime tout faire en trois temps.

Cooper avait les yeux écarquillés. De la vapeur s'élevait de son entrejambe et son cri se mua en gémissement. C'était là une douleur qu'il n'avait jamais envisagée. Il tenta de faire sortir les mots de sa bouche — sans succès. Westie s'avançait de nouveau vers lui, armé cette fois d'un couteau Stanley, quand Bazza le stoppa.

— Parle, gamin. Prends ton temps.

Cooper respira plus lentement, les joues baignées de larmes. Il avait l'air d'un gosse, songea Winter, qui se sentait souillé rien que d'être dans la même pièce que ces brutes.

Mackenzie attendait toujours une réponse. Enfin, à la grande surprise de Winter, il obtint ce qu'il voulait.

— Elle se fait appeler Jax, déclara Cooper, les yeux fermés à présent.

— Jax comment ?

— Jax Bonner.

— Elle était à la fête ?

— Ouais. Mais faites gaffe, monsieur M., elle se balade toujours avec une lame. C'est une folle. Elle se fout de savoir qui elle taillade.

Cooper rouvrit les yeux en semblant prier pour que ce cauchemar s'arrête.

— Où peut-on la trouver ?

— Je n'en ai aucune idée.

— Oh, si !

— Non. Vous vous trompez, monsieur M.

— Alors comment fait-on pour mettre la main sur elle ?

— J'en sais foutre rien. Demandez à tout le monde. Allez voir les services sociaux. Ils la connaissent tous. Jax Bonner.

Un visage apparut à la porte. C'était la fille sur le palier. Elle fixait les taches d'humidité sur le lit et les cuisses rougies de Danny Cooper.

Bazza était sur le point de partir, sentit Winter. Mais avant cela, il se pencha de nouveau vers Cooper et lui tapota l'épaule.

— Tu te souviens de ce que t'ai dit sur nous deux ? demanda-t-il en souriant. Il n'y a jamais rien eu, compris ?

— Oui, monsieur M.

— Dans le cas contraire, on reviendra te voir. Et là, Westie pourrait bien rester toute la nuit.

XI

Lundi 13 août, 17 h 25

Sur ordre de Faraday, Jimmy Suttle partit tôt, pour une fois. L'enquête n'avançait pas et chacun en avait conscience. Les heures dorées, ainsi qu'on appelait ces précieuses vingt-quatre premières heures de toute investigation, étaient passées sans qu'on soit plus près d'identifier les meurtriers. Pire, tous les faits et gestes de la brigade étaient scrutés avec une extrême attention. La presse et la télévision se massaient déjà à leur porte. Leurs supérieurs à Winchester — y compris Willard, d'ordinaire imperturbable — ne cessaient d'appeler pour exiger de nouveaux comptes rendus. Des rumeurs circulaient à propos d'une sérieuse empoignade avec l'Association des riverains de Craneswater. Seul le nouvel inspecteur-chef semblait garder la tête froide.

Suttle quitta le parking et s'inséra dans le flot des voitures en direction de Gunwharf. Il venait de passer une heure avec Faraday, à regarder un DVD sur lequel l'Unité de renseignement et de traitement des communications avait regroupé les meilleures images provenant des portables saisis chez les Ault.

Cela avait été pour lui une expérience bizarre. Il avait consacré les douze heures précédentes à lire des centaines de pages retranscrivant les dépositions des témoins. La prose sèche que la plupart des agents employaient dans ces formulaires était rarement à la hauteur de la réalité. On écoutait quelqu'un décrire six heures d'ivresse et de folie furieuse, on faisait de son mieux pour saisir ce qui s'était produit et tout mettre dans l'ordre, on ajoutait une citation verbatim ou deux et on demandait aux gens de signer à la fin. Mais on comprenait rarement ce que signifiait d'avoir participé à une telle soirée.

Les documents envoyés par Netley — photos et films — changeaient complètement la donne. C'était en quelque sorte l'adaptation en images du livre. Un simple coup d'œil à ce tourbillon de visages, à ces angles de prise de vue ahurissants et à tous ces corps qui surgissaient de telle ou telle pièce vous plongeait dans la scène. En contemplant ces images, en écoutant la bande-son, Suttle respirait l'odeur de la marijuana, sentait les basses de la musique techno jusque dans ses os, mesurait à quelle vitesse on abandonnait toute retenue dans ces circonstances.

Il tenta de se mettre à la place d'un ami de Rachel, de deviner ce qu'il aurait éprouvé en voyant cette armée d'inconnus surgir de nulle part. D'abord, il aurait flippé. Peut-être même aurait-il perçu une vague menace. Mais ensuite, l'alcool aidant — et Dieu sait quoi d'autre —, il se serait dit que tout le monde était là pour s'amuser. Il aurait peut-être flashé sur quelques filles. Certains des gars lui auraient peut-être paru drôles. Très vite, tous seraient devenus des potes.

Il aurait regardé des types déjantés qui dansaient en cercle, une canette à la main. Il aurait admiré la poitrine d'une fille à qui son petit ami surexcité avait enlevé son haut rouge. Il aurait souri pendant qu'un autre jeune l'arrosait de mousse après avoir secoué sa bière. Lorsque Faraday avait repassé la séquence où les gamins saccageaient le bureau du juge, il avait commencé à comprendre que même cela faisait en quelque sorte partie d'une soirée tip-top. La fête, au bout du compte, se résumait à un abandon. Pas de règles. Pas d'adultes casse-couilles pour réprimander. Juste te pisser à la raie, le juge.

Faraday n'avait pas vu les choses ainsi, évidemment. Lui, il voulait extraire de ces images des indices, des preuves, des visages, des noms. Il en avait besoin, même. Il voulait confronter les séquences entre elles, confirmer une chronologie à partir des indications horaires enregistrées par les appareils, arracher un semblant d'ordre à cette nuit de chaos.

Le lendemain, Suttle devait prendre des dispositions pour que Samantha Muirhead visionne le DVD. Elle avait été là. Elle connaissait la plupart de ces gens et pouvait mettre des noms sur certains visages. Mais en attendant, Faraday et lui s'étaient accordé une avant-première.

Repérer Rachel avait été leur priorité. Quelques-uns des téléphones portables avaient appartenu à ses amis et les images du début de soirée ne manquaient pas : Rachel aspirant de l'alcool avec une paille dans un plat en verre, Rachel dansant avec une copine, Rachel pointant ses fesses vers la caméra au moment de mettre un DVD dans le lecteur sous la télé. Un peu après, quelqu'un d'autre l'avait surprise dans la cuisine, en train d'embrasser Gareth. Suttle avait reconnu les cheveux roux du garçon et la chemise bleu pâle qui serait plus tard photographiée par la Scientifique au bord de la piscine. Hughes semblait un peu perdu, et à le voir plaquer Rachel contre le frigo, Suttle s'était demandé ce qui les avait attirés l'un vers l'autre. Rachel était trop fougueuse pour lui, trop naturelle, trop pleine de vie. Dans la cuisine, elle avait léché son visage, puis collé sa langue dans son oreille en faisant un clin d'œil à l'objectif pendant qu'il tentait de se dégager. En clair, ce nouveau petit ami faisait à Suttle l'effet d'un couillon.

Faraday aussi l'avait remarqué, mais son attention avait été davantage attirée par des vidéos plus tardives. À ce moment-là, il ne faisait aucun doute que Rachel était ivre morte. Elle tenait un verre différent à chaque plan, et jamais il n'était vide. Le plus souvent, elle apparaissait avec le même groupe d'amis, parmi lesquels Gareth. Devant les autres, elle donnait l'impression de le materner.

Suttle avait aperçu deux fois la haute silhouette imposante de Matt Berriman qui fendait la foule des casseurs à l'arrière-plan. Dans ces deux occasions, il était évident que Rachel aussi l'avait repéré. Faraday avait appuyé sur « Pause » et s'était penché pour scruter l'écran. Il y avait une certaine tristesse, avait-il dit, dans la façon dont elle regardait son ex-petit ami. Elle était présente et absente en même temps. Elle était devenue un fantôme à sa propre soirée.

Cette phrase résonnait encore aux oreilles de Suttle. Un fantôme. Oui, Faraday avait raison, mais c'était un mot qu'il n'aurait jamais pensé utiliser un jour. Il avait appris à bien connaître l'inspecteur au cours de l'année écoulée et il avait fini par voir à quel point cet homme était différent de ses collègues de la brigade. Quand il travaillait avec Paul Winter, Suttle avait laissé la ville le prendre à la gorge. Winter fonctionnait ainsi, il aimait être au contact de la rue, toucher des mains, plier des bras, rappeler des services rendus, tendre de sales petits pièges. Il parlait le langage des voyous qu'il entubait avec tant d'habileté et prenait son pied en les coffrant. Mais Faraday n'était pas du tout comme ça. C'était un observateur. Il se tenait en retrait. Il analysait. Il réfléchissait longuement. Et, par-dessus tout, il tentait de comprendre ce que c'était que d'*être* quelqu'un d'autre. Suttle ne comptait plus le nombre de fois où il l'avait vu agir ainsi — cette tentative pour rentrer dans la tête des gens, dans leurs vies —, et cela avait été de nouveau le cas cet après-midi-là, avec Rachel. Un fantôme. Il avait trouvé le mot juste. Lequel, d'une certaine façon, s'appliquait aussi à Faraday.

Suttle pianota sur son volant. Le feu près de l'entrée des docks mettait un temps fou à passer au vert.

Il regarda sa montre. 17 h 55. Merde.

Lizzie Hodson s'apprêtait à partir lorsque Suttle arriva enfin à Gunwharf. Il l'avait appelée un peu plus tôt, dans les locaux du *News*, et elle avait accepté de le rejoindre au Customs House, un pub situé près du canal qui longeait le nouveau quartier.

Il l'aperçut dès l'instant où il passa l'angle de la place principale, petite ombre légère en jean et veste en lin. Elle était assise à une table au soleil et repliait un exemplaire du *Guardian* dans son sac en toile. Encore essoufflé, il marmonna des excuses et montra son verre vide.

— Un autre ?

Il connaissait Lizzie depuis un moment et il l'avait appréciée dès leur première rencontre. Elle avait compté parmi les rares journalistes invités à une présentation du travail de la Section des crimes graves — un exercice de transparence que le Département des relations publiques avait vite regretté. Avec son diplôme en sciences politiques et sa volonté têtue de faire la distinction entre les foutaises qu'on leur racontait et la vérité, elle était parvenue à la conclusion que cette section générait des dépenses d'argent considérables pour des crimes qui n'affectaient qu'une toute petite partie de la population de la ville.

La plupart d'entre nous, avait-elle écrit dans un numéro du *News*, n'étaient jamais confrontés à un homicide, à un kidnapping ou à un violeur en série. Personne n'oserait contester le choix de l'expression « crimes graves » pour décrire de tels faits, mais demandez aux gens dans la rue ce qui les gênait vraiment et la réponse serait le vandalisme, la racaille et sa « culture », l'égoïsme irréfléchi qui caractérisait de plus en plus d'aspects de la vie quotidienne. Lizzie ne s'était pas fait beaucoup d'amis au sein des forces de police avec cette conclusion, mais elle avait dit oui quand Suttle l'avait appelée pour lui proposer d'aller boire un verre, et la brève liaison qui en avait découlé n'avait mis que quelques semaines à se transformer en amitié. Avec sa franchise habituelle, elle avait toujours affirmé que, au plus profond d'elle-même, elle était en réalité lesbienne, mais Suttle en doutait encore à ce jour.

Il revint vers elle avec leurs verres. Lizzie regarda l'heure.

— J'ai une demi-heure, annonça-t-elle. C'est ma soirée yoga.

Suttle opina. Il n'avait pas beaucoup réfléchi et s'aperçut qu'il ne savait pas par où commencer. Willard veut faire connaître son avis personnel sur les événements de samedi soir, lui avait dit Faraday. Selon lui, ce n'est que la partie visible de l'iceberg. On est tous à bord du *Titanic* et on est tous condamnés. Tâtez le terrain du côté de Lizzie. Si elle est curieuse, on verra ce qu'on peut faire pour l'aider.

— C'est au sujet de Sandown Road…

— Sans blague…

— Mes chefs pensent que le fond du problème mérite d'être mis sur le tapis.

— Tes chefs ?

— Willard.

— Je l'aurais parié.

Suttle la dévisagea. Elle ne lui facilitait pas la tâche.

— Ça t'intéresse, oui ou non ?

— Bien sûr. Mon boulot fait que ça m'intéresse

forcément. Mais depuis quand est-ce que tes chefs se servent de toi pour gérer leur plan média ? Occupe-toi de ton boulot, Jimmy. Les relations publiques, ça craint.

— Ma démarche est si évidente ?

— Oui.

— Dans ce cas, je m'excuse.

— Très bien.

Il se risqua à sourire.

— Si je te filais quelques numéros de téléphone ? Des gamins qui seraient ravis de parler de ce qui s'est passé ? Des gamins qui pourraient avoir envoyé des photos à leurs potes avant qu'on saisisse leur portable ? Tu aurais accès aux images. Tu serais libre de les utiliser.

— C'est déjà fait, Jimmy. Des images, on en a tellement qu'on ne sait plus quoi en faire. Les gosses nous les envoient à la pelle et le reste est à la disposition du premier venu de toute façon.

— Où ?

— La page Facebook créée en hommage à Rachel, répliqua-t-elle, amusée. Ne me dis pas que tu ne l'as pas vue.

— Si, évidemment.

Suttle contempla son verre. Willard pouvait aller se rhabiller, avec ses petits stratagèmes…

— Bon, il n'y a vraiment rien qu'on puisse faire pour toi ?

— Je n'ai pas dit ça.

Elle se pencha pour lui caresser la joue — signe qu'elle était désolée — et lui demanda comment ça se passait pour lui au boulot. Il lui apprit qu'il avait réussi ses derniers examens pour monter en grade. Il ne lui restait plus qu'à attendre qu'un poste se libère.

— C'est-à-dire quand ?

— Mystère. Les places sont rares en ce moment. Cela pourrait prendre des mois. Peut-être même plus longtemps encore. Je préférerais ne pas quitter les Crimes graves, mais je serais foutrement verni si j'y arrivais.

— Ou foutrement doué.

— En effet.

Il voulut en revenir à la fête. Si les photos prises avec les téléphones portables et les détails fournis par les témoins ne l'intéressaient pas, en quoi pouvait-il l'aider ?

Elle le dévisagea. La fête elle-même, c'était déjà de l'histoire ancienne, selon elle. Le sujet avait été traité en long, en large et en travers dans toute la presse du jour. Quelques articles de fond étaient encore prévus le lendemain, mais d'ici à mercredi, un autre événement se produirait et le monde oublierait Craneswater.

Suttle n'était pas d'accord.

— Tu te trompes. Willard pense qu'il y a beaucoup plus de choses en jeu. D'après lui, on est au bord du gouffre et je suis bien placé pour lui donner raison. Tu veux que je te dise quel a été l'un de nos plus gros problèmes, samedi soir ? Trouver assez de techniciens de scène de crime pour pouvoir commencer à travailler à peu près correctement à partir du dimanche matin. Et tu sais pourquoi ? À cause d'une directive européenne sur le temps de travail. Les gars avaient déjà fait toutes leurs heures. Et ça vaut aussi pour les agents en uniforme et pour chacun d'entre nous. Si on avait deux fêtes comme celle-là le même soir, on serait obligé d'appeler l'armée en renfort. Trois, et on commencerait à penser à l'OTAN. Les gens ne se rendent pas compte, Lizzie. Ils tiennent le calme et la tranquillité pour acquis. Ils ne devraient pas.

— Oui, oui, Willard a raison, là. Mais le problème, c'est qu'il l'a déjà dit. Hier à la télé et ce matin dans tous les journaux. Ses propos sont cités partout. La fin de la civilisation, c'est très vendeur, mais pas si c'est du réchauffé.

— D'accord. Alors qu'est-ce que je peux t'offrir d'autre ?

— Tu es sérieux ?

— Vas-y.

— Si on parlait de Paul Winter ?

— Winter ? répéta-t-il, surpris. Pourquoi lui ?

— Parce qu'il travaille pour Mackenzie. Parce que celui-ci est furax après ce qui s'est passé samedi et parce qu'il ne laisse pas ce genre de problème irrésolu.

Elle sourit.

— Du moins à ce qu'il paraît, ajouta-t-elle.

— C'est Winter qui t'a dit ça ?

— Non, et même s'il l'avait fait, je ne te l'avouerais pas. Mais réfléchis, Jimmy. Un ex-flic au service d'une figure du milieu local. Un ex-flic comme Winter au service de *la* figure du milieu local. Pour toi, ce doit être un cauchemar, non ?

Suttle garda le silence et posa les yeux sur les immeubles de l'autre côté du canal. Winter vivait dans l'une de ces copropriétés. Avant qu'il ne rejoigne Mackenzie, Suttle s'était souvent rendu là-bas. Une vue époustouflante. Un appart génial. Des Stella plein le frigo. À l'époque, Winter se remettait d'une lourde opération du cerveau subie en Amérique et Suttle avait veillé sur lui de bon cœur. Récemment, bien sûr, cette amitié avait pris fin, mais il avait conscience que le bonhomme lui manquait. Winter lui avait appris tout ce qu'il savait, et notamment la différence entre remplir de la paperasse et coffrer les voyous. Leur boulot avait radicalement changé et c'était triste à dire, mais les gars comme lui avaient disparu.

Lizzie Hodson avait raison. Ce que la brigade avait perdu, pensa-t-il, Mackenzie l'avait gagné.

— Tu crois qu'il y a deux enquêtes menées en même temps ?

— Oui, répondit Lizzie.

— Et tu crois que je suis assez stupide pour le confirmer ?

— Oui.

Suttle soutint son regard un moment, puis sourit et se leva. Il n'avait pas touché à son verre.

— Bon courage pour le yoga, dit-il en se penchant pour l'embrasser. Et appelle-moi la prochaine fois qu'il te contactera.

— Qui ça ?

— Winter.

Originaire du Tyneside, Carol Legge était une joyeuse petite quinquagénaire qui nourrissait une passion pour les mini-cupcakes. Elle travaillait au bureau de l'Aide sociale à l'enfance de la ville et la dernière fois que Winter l'avait vue, elle l'avait rencardé sur un dealer et père à temps partiel du nom de Karl Ewart, déclenchant par là une série d'événements qui avaient envoyé Jimmy Suttle à l'hôpital avec une sérieuse blessure à l'arme blanche*. Deux ans plus tard, Legge avait toujours des tas de dossiers sous le bras. Apprendre que Winter ne travaillait plus pour les hommes en noir ne parut pas la déranger.

— Alors, mon grand, qu'est-ce que je peux faire pour toi ?

— Tu as entendu parler d'une certaine Jax Bonner ?

Tous deux étaient assis dans un café au cœur de Fratton. Winter avait commandé deux thés au comptoir et acheté un paquet de gâteaux dans une supérette au coin de la rue. Carol le renvoya chercher une assiette et un couteau, puis trancha le papier qui protégeait les cupcakes.

— Assez grande ? Le crâne toujours rasé ? Un casier long comme le bras ?

— Ce pourrait bien être elle.

— C'est une cinglée, celle-là. Complètement psychotique. Vaut mieux ne pas trop s'en approcher.

Cette idée fit sourire Winter. Il prit l'un des gâteaux et essuya les miettes autour de sa bouche.

— Tu t'es déjà occupée d'elle ?

— Non, je n'ai jamais eu à le faire. Elle était suivie quand elle était gosse, mais c'était avant que j'arrive.

* Voir *Sur la mauvaise pente* (Folio Policier n° 624).

Depuis, elle est devenue une sorte de légende. Mes collègues affectés à la délinquance des mineurs parient sur le moment où elle fera une grosse connerie.

— Par exemple ?

— Aucune idée. Brûler une maison ? Voler une voiture et foncer sur un groupe de mamans devant une école ? Tuer quelqu'un ? Ce n'est qu'une question de temps. Enfin, d'après ce qu'ils disent.

— Où habite-t-elle ?

— Aucune idée. Je te l'ai dit, son dossier n'est pas chez nous.

— À qui je peux m'adresser, alors ?

— Je ne sais pas vraiment, mon grand. Tu risques de galérer. Si elle est encore en âge d'être scolarisée, tu la trouveras dans l'une de nos unités d'éducation spécialisée. On les appelle les écoles Harbour, maintenant. Il est impossible que cette fille soit dans le circuit éducatif classique.

Winter humecta un doigt pour récupérer les dernières miettes dans son assiette. Les unités d'éducation spécialisée étaient le dépotoir de la dernière chance pour les gamins exclus du système scolaire. Il avait déjà eu affaire à ces centres, quand il était encore flic. Le personnel s'efforçait de remettre les élèves dans le droit chemin, mais la plupart des gamins les plus difficiles ne se donnaient même pas la peine d'y mettre les pieds.

— Elle a de la famille ?

— Tout le monde a de la famille. Est-elle digne de ce nom ou pas, c'est ça la vraie question. Dans son cas, je dirais non, mais c'est une supposition. Il te faudrait vraiment son dossier.

Winter opina. Après un silence, Legge voulut savoir ce qui rendait Jax Bonner soudain si importante.

— Tu es au courant de la fête de samedi soir à Sandown Road ?

— Tu te fous de moi. Elle y était ?

— Peut-être, ma belle, je n'en suis pas certain, juré !

— À *Craneswater* ? Ça me paraît bien loin de son terrain de chasse, commenta Legge en fronçant les sourcils. Comment se fait-il que tu sois concerné ?

— J'ai un ami. Un client, dirons-nous. Il me paie pour découvrir certaines choses. Samedi soir, en rentrant chez lui, il a découvert deux cadavres près de sa piscine.

— La maison d'à côté ?

— Oui.

— C'est celle de Mackenzie.

— En effet.

— Tu travailles pour lui ? Pour Mackenzie ?

— Oui.

— Merde alors ! jura-t-elle, stupéfaite. C'est le choc des cultures, non ? Tu fricotes avec l'ennemi ?

— Pas l'ennemi, chérie. Plus maintenant. Il s'est calmé. Il dirige une entreprise, il distribue l'argent autour de lui, il emploie du monde, il fait de bonnes actions. Si tu t'adresses à lui gentiment, je suis sûr qu'il financera tous les petits projets que tes copains et toi vous avez envie de monter.

— Tu es sérieux ?

— Oui. Et tu as en face de toi l'homme grâce à qui ce rêve peut devenir réalité.

Il chercha un stylo et griffonna un numéro dans un coin de son journal.

— Mon nouveau numéro de portable, dit-il avant de prendre le dernier des gâteaux. Demande Robin des Bois.

Il y avait des soirs où Faraday savait avec une certitude dérangeante qu'il allait se soûler, et celui-là en était un. L'opération Mandoline était devenue un événement médiatique qui secouait tout le pays et dont l'onde de choc se ressentait jusqu'à l'autre bout de la planète. Quelques minutes avant de partir, Jimmy Suttle était passé avec une coupure du *Sydney Morning Herald*. DOUBLE MEURTRE LORS D'UNE SOIRÉE, titrait le journal. MISE EN GARDE DU PREMIER MINISTRE CONTRE UN RISQUE D'ANARCHIE.

Il y avait d'autres articles similaires, lui avait dit Suttle. En Europe, en Amérique du Nord, en Extrême-Orient. Si le traitement du drame restait factuel, le sous-texte charriait des allusions à une vengeance, à des dettes sociales attendant depuis longtemps d'être réglées. Un commentateur du *Monde*, dans un billet cruel, se demandait si de tels incidents n'allaient pas devenir la norme dans une société qui ne se reconnaissait plus. Après deux décennies de thatchérisme, et même sous un gouvernement travailliste, les Anglais récoltaient ce qu'ils avaient semé.

Une société qui ne se reconnaissait plus. En rentrant chez lui, Faraday approuva ce constat. Cela faisait des années et des années que la famille et la foi subissaient les assauts d'un vent mauvais qui avait pris des allures de tempête. Quel que soit le marqueur choisi pour mesurer le phénomène — le taux de divorces, la téléréalité, les violences conjugales, les bataillons d'adolescents ivres morts qui envahissaient les urgences le week-end —, la société se désagrégeait. Le respect avait disparu. Pas seulement celui que les gens se portaient mutuellement, mais aussi celui que suscitait tout effort accompli pour mener une vie honnête. L'échec, par un cruel retournement logique, était devenu un signe de réussite. Pour des milliers de gosses rendus tous semblables par des émissions pourries et des marques de sapes vulgaires, il était bien vu de rabaisser tout ce qui s'apparentait à un effort. On s'imposait en traînant dehors. On se réconfortait en bandes. On s'accordait des petits plaisirs partout où on le pouvait. Et il n'y avait aucune dispute qui ne puisse se régler avec un coup de pied ou de couteau. Bienvenue en Cool-Britannia.

Une fois chez lui, il déboucha une bouteille de merlot et tenta de partager sa colère avec Gabrielle, qui retranscrivait des notes sur son ordinateur à la table de la cuisine. Elle l'écouta un moment sans cesser de taper, mais s'arrêta lorsqu'il lui répéta la phrase qui avait sonné le tocsin dans son crâne endolori.

— Ne plus se reconnaître ? *Qu'est-ce que ça veut dire ?*

— Il y a une rupture. C'est une question de rythme. Si on était soldats, on ne marcherait plus au pas. Si on était sur une piste de danse, on se vautrerait par terre. Un type a utilisé cette expression dans le *Monde* de ce matin. *La société anglaise ne se reconnaît plus.* Et il a raison. On ne sait plus qui on est. On n'entend plus la musique. On l'a perdue. Elle est partie. On est dans le pétrin.

Gabrielle médita ses propos. C'est son domaine, ça, songea Faraday. Essayer de déterminer comment des groupes d'individus en arrivent à former une tribu.

— La musique, c'est une bonne image, dit-elle. *Ça accroche.*

— Tu trouves ?

— Oui. Parce qu'elle nous relie, parce qu'elle agit comme de la colle. Quand elle s'arrête…

Elle haussa les épaules.

— On tombe, conclut Faraday.

— *Exactement.* On voit ça partout dans le monde. On est obligé d'appartenir à un groupe. On le constate au Cambodge, au Vietnam, chez les peuples des montagnes. Les croyances, la foi, le comportement, les mœurs — tout ça, c'est pareil. C'est de la colle, de la musique. On se sent parmi les siens quelque part. On signe. On obéit. Ici aussi. Surtout ici.

— Où ça ?

— Ici, répéta-t-elle en montrant une pile de feuilles à côté de son ordinateur. Somerstown. Portsea. Buckland. Tous ces quartiers. Peut-être qu'on y entend une musique différente, mais au fond, c'est la même chose. On fait partie d'une tribu, d'un gang. Encore une fois, on se sent parmi les siens.

— Et c'est important ?

— *Oui, absolument.* Les gamins à qui je parle, la plupart n'ont rien. La famille ne leur apporte rien, l'école non plus. Ils n'ont pas d'examens, pas de bouts de papier. Tout ce qu'ils ont, c'est le temps. Le temps et la faim.

— Une faim de quoi ?

— D'être intégré. Le plus gros club, le plus gros gang qui soit, c'est ta *société anglaise*. Mais pour y entrer, il faut les bons vêtements, les bonnes baskets, tu vois ? Et cela suppose de l'argent. Sauf que ces gamins-là n'en ont pas. Ils ne peuvent compter que les uns sur les autres. Alors, voilà : ils forment leur propre petite bande, leur propre petite tribu. Elle représente tout pour eux. C'est leur famille, leur Église, tout. Ils se prennent par le bras et ils marchent au pas.

Faraday se demandait où menait cette conversation.

— Tu décris des symptômes, dit-il prudemment. Moi, je te parle de la maladie.

— Mais la maladie est tout autour de nous. Tu as raison, *chéri*. Les gamins deviennent difficiles parce que notre société l'est devenue elle aussi. Ça se vérifie partout. Il y a plus de distance entre les gens — une distance émotionnelle. C'est là que les gamins se perdent, pile dans cet espace. Tu sais ce qui manque toujours dans leurs appartements ? Dans leurs petites maisons ? Une table. Un endroit où les gens mangent ensemble. Manger, c'est vivre. Ici, les gens ne font souvent ni l'un ni l'autre. Voilà pourquoi les gamins rejoignent des gangs. Voilà pourquoi ils traînent devant des supérettes toute la nuit. Le plus important dans cette histoire, c'est de se sentir *à sa place*. Et les jeunes n'éprouvent pas autre chose quand ils sont dans la rue, avec leurs copains.

— Et tu veux me faire croire qu'ils ont des règles ?

— Bien sûr qu'ils en ont. Brise-les et le gang te punit. Recommence trop souvent et le gang t'exclut. C'est ce qui peut t'arriver de pire.

Gabrielle quitta sa chaise et se percha sur le bord de la table, face à Faraday. Elle s'était enflammée et avait cette posture voûtée, tendue, qu'il lui avait déjà vue en quelques occasions. Peu de sujets la touchaient autant que son travail. Comme lui, elle s'investissait beaucoup trop.

Elle lui parlait à présent d'un jeune de quatorze ans particulièrement difficile issu d'une famille de Portsea. Sa mère avait un nouveau bébé et enchaînait les mecs à problèmes. Certains d'entre eux se servaient de ses allocations familiales pour se procurer de la coke. D'autres la battaient. Elle était si amochée et si préoccupée par son nouveau-né que toute communication verbale avec son fils adolescent avait cessé. Si le garçon voulait un truc, il lui laissait un mot. Les bons jours, cela marchait. La plupart du temps, il devait faire sans.

— Que s'est-il passé ?

— Un beau matin, il décide d'aller pêcher. Il s'est déjà rendu sur la petite jetée de la vieille ville et il a observé les hommes avec leur canne à pêche. Il se fabrique une ligne avec de la ficelle. Ces gars, ils se connaissent, ils forment un petit groupe, une petite famille, un petit gang, *n'est-ce pas* ? Ils lui expliquent qu'ils ont besoin de maquereaux pour appâter des bars et ils lui montrent comment faire avec un crochet et une plume. Le gamin commence à en attraper, reçoit cinquante pence en échange de chaque maquereau et met de côté assez d'argent pour s'acheter une vieille canne à pêche et prendre des bars, cette fois. Les restaurants chinois les paient deux livres l'unité, peut-être trois. Mais il lui faut un sac étanche pour les conserver. À Portsea, les livreurs transportent les journaux dans des sacs jaunes qui les protègent de la pluie. Alors il se trouve un boulot de livreur. Au bout de deux jours, il démissionne, mais garde le sac. Maintenant, il a trois choses. Un joli sac étanche. L'argent que lui ont rapporté ses bars. Et un nouveau gang, une nouvelle famille. *Courage, chéri.* La vie pourrait être pire.

Faraday savait pertinemment que cette petite parabole était comme une infime poussée sur son gouvernail, un rappel que le noir était une couleur avec laquelle on ne pouvait vivre. Au bout d'un moment, il inclina son verre vers sa compagne.

— À la tienne, dit-il en regardant son écran d'ordinateur et les lignes de texte soigneusement retranscrites. Tu as interviewé de nouveaux gamins aujourd'hui ?

— *Oui, j'en ai rencontré cinq.*

— Cinq ? Vraiment ? Et que leur as-tu demandé ?

— Aujourd'hui, c'était différent. Je n'ai rien demandé. Ce sont eux qui ont parlé.

— De quoi ?

— De quoi ? répéta-t-elle en riant. *Quelle question.* De ta soirée. Et tu sais pourquoi ? Parce que la plupart y étaient. Ils ont tout vu. Ils sont célèbres maintenant. Ils se sont bien amusés.

— Ils ont tout vu ?

— Bien sûr. Ils ne sont pas stupides. Ils observent. Ils écoutent. Et la plupart d'entre eux se souviennent.

— De quoi ?

— Combien c'était facile. *Quelle rigolade.*

Une rigolade ? Faraday secoua la tête. Puis il attrapa la bouteille et remplit son verre vide.

XII

Mardi 14 août 2007, 10 h 47

Esme, la fille de Bazza Mackenzie, vivait à l'intérieur des terres, sur un flanc verdoyant de la vallée de Meon, et elle avait pour habitude le mardi de conduire ses enfants à Southsea afin qu'ils passent la journée avec leur grand-mère.

Marie attendait ces visites avec impatience. Si le temps le permettait, les enfants adoraient jouer toute la journée près de la piscine et Bazza s'était pris au jeu de ces sorties en leur achetant une paire de brassards gonflables à chacun, un petit canot et un crocodile gonflable lui aussi, pour les moments où ils s'ennuyaient. Marie veillait à ce que le frigo soit toujours rempli de glace au chocolat et de grandes bouteilles de Coca-Cola, et elle gardait aussi un tube de crème solaire indice 30 dont elle enduisait les petits par beau temps. Lorsque Bazza suggéra de remettre cette visite à une autre fois, elle refusa d'en entendre parler. Plus vite la vie reprendrait son cours normal au 13, Sandown Road, mieux elle se porterait, déclara-t-elle.

Esme arriva plus tôt que d'habitude. Ses amies ne cessaient de lui vanter les robes de cocktail des années 1920 vendues par une boutique de Gunwharf. Un modèle violet à sequins, soldé à – 70 %, c'était une affaire, et elle voulait y aller avant que toutes les tailles 40 disparaissent.

Guy, son aîné, était un explorateur-né. Chez lui, il ne pensait qu'à patrouiller seul le vaste terrain clôturé en chassant les chevaux de sa mère. À Sandown Road, une fois passé l'attrait de la piscine, il faisait le tour du jardin.

À l'arrière de ce dernier, une haie séparait la propriété de Bazza du numéro 15. La maison était vide depuis quelques mois et la haie avait connu des jours meilleurs. Au printemps, après avoir percé un tunnel dans l'enchevêtrement des branches mortes, Guy avait découvert un bac à sable de l'autre côté. L'une de ses possessions les plus précieuses était une collection de petits soldats qui avaient appartenu autrefois à Bazza et, désormais, le mardi, il se faufilait dans le tunnel, les mains pleines de troupes d'assaut nazies, afin de mettre en scène des batailles complexes dans l'intimité de ce terrain de jeu.

Les petits soldats de Bazza s'accompagnaient de deux modèles réduits de canons anciens que l'on chargeait avec des allumettes cassées. Celles-ci s'enfonçaient parfois profondément dans le sable, et c'est ainsi que le jeune Guy trouva le téléphone portable.

Le premier indice qui alerta Marie fut les rires en

provenance du jardin. Guy avait rapporté son trophée et l'exhibait devant ses sœurs. Grâce à Esme, les trois enfants savaient se servir d'un téléphone, et ce qui les fascinait le plus était les photos que contenait l'appareil.

Par la fenêtre de la cuisine, Marie vit les deux petites se presser autour de leur frère. Guy tenait le portable à l'abri du soleil et il n'en pouvait plus de rire. Elle posa des beignets sur un plateau et les rejoignit sur le patio, où le garçon lui montra sa trouvaille.

— Qu'est-ce que c'est ? demanda-t-il.

Marie prit le téléphone. Sans ses lunettes, elle eut un moment d'incertitude, mais un examen plus attentif à l'ombre d'un arbre voisin confirma ses pires craintes.

— Où as-tu déniché ça, mon chéri ?

— Là-bas, répondit-il en montrant la haie, tout fier de lui. Il était très enfoncé dans le sable. J'ai dû creuser.

— Tu parles de la maison d'à côté ?

— Oui.

— Dans le bac à sable ?

— Oui.

— Très bien. J'imagine que vous devez avoir faim.

Ignorant leurs questions, elle leur tendit les beignets et se retrancha ensuite dans la cuisine. Bazza était à son bureau à l'hôtel. Il décrocha dès la première sonnerie. Marie tenait toujours le portable dans sa main et elle souffla sur les grains de sable collés au petit écran.

— J'ai une photo de Rachel Ault sous les yeux, annonça-t-elle. La bouche remplie d'une bite.

Winter reçut le coup de fil de Bazza alors qu'il était chez lui, à Gunwharf. Il avait passé la moitié de la matinée à réfléchir au moyen de retrouver Jax Bonner. Quelques minutes plus tard, il prenait la direction de Craneswater.

Bazza était rentré entre-temps à Sandown Road. Guy était reparti jouer dans le bac à sable des voisins pendant que ses sœurs regardaient des dessins animés sur le petit téléviseur portatif que Marie avait installé près de la piscine. Bazza se tenait assis à la table de la cuisine, où il avait recopié les numéros enregistrés sur le téléphone.

— Bonz ? Sans Peur ? Jersey K. ? lança-t-il à Winter lorsque celui-ci arriva.

— Jamais entendu parler.

— Pete ? Dudie ? Sprocket ?

— Je passe.

— Rakka ? Maman ? Nikki ?

— Essaie d'appeler maman.

— Je viens de le faire. Ça ne répond pas.

Winter demanda à voir l'appareil et vérifia l'un des numéros avant de le composer. Deux secondes s'écoulèrent avant qu'il affiche un large sourire.

Il rendit le téléphone à Bazza.

— Alors ?

— Elle s'appelle Nikki Dunlop. Elle bosse comme entraîneuse, à la piscine. Je te parie dix livres qu'elle est maquée avec Matt Berriman.

— Ce serait donc son portable à lui ?

— À mon avis, oui.

— Et sa queue à lui aussi ?

— Envoie la photo à Nikki. Elle la reconnaîtra peut-être.

Même Marie éclata de rire. Lorsque les enfants lui avaient demandé une explication, elle leur avait dit que la fille sur la photo avait joué à un jeu pendant une fête. Et lorsqu'ils avaient voulu savoir si c'était un jeu sympa ou pas, elle avait répondu oui.

Bazza ignora la plaisanterie.

— Marie dit que le portable vient du bac à sable de nos voisins. Je croyais que tes anciens collègues avaient fait leur boulot correctement !

— Ils ont seulement fouillé ton jardin et celui des Ault, Baz. Il leur aurait fallu un mandat distinct pour entrer au 15.

— Tu en es sûr ? Tu ne penses pas qu'ils ont planté eux-mêmes ce machin à côté ?

— J'en doute. Ils ne sont pas aussi intelligents.

— Intelligents, mon cul. Que fait-on de Berriman, maintenant ? Je me disais que j'avais une dette envers lui et voilà que je découvre sa queue fourrée dans la bouche de Rachel et la preuve dans le jardin de mon autre voisin. Pour aller dans ce bac à sable, il a dû franchir la haie. Cela signifie qu'il est passé chez moi, n'est-ce pas ? Ou est-ce qu'un truc m'échappe ?

Winter ne répondit pas. Le beignet qui restait sur la table était trop tentant pour qu'il le laisse là. Après avoir avalé quelques bouchées, il lécha le sucre sur ses doigts.

— Je lui ai parlé hier, dit-il enfin. Il a des idées un peu vieillottes, ce garçon.

— Par exemple ?

— Il ne veut pas balancer ses copains.

— Les balancer ? À nous ? Ça rime à quoi, ça ?

— À rien, Baz. C'est ce que je lui ai expliqué. J'ai l'impression qu'il veut mener l'enquête en free-lance, gérer ça tout seul.

— C'est idiot.

— Je suis bien d'accord.

— J'appelle Westie ?

— Ce garçon t'a peut-être sauvé la vie, protesta Winter, l'air peiné. En tout cas, il t'a évité d'être tabassé.

— Ce n'est pas une réponse, mon vieux. On est mardi et les Ault rentreront après-demain. Il nous faut des résultats, un nom, peut-être deux ou trois même, quelque chose qui prouve que je n'ai pas tout foiré. Le dîner d'hier a été une réussite et le député va passer un savon aux flics, mais Ault exigera plus que ça. Il voudra savoir qui a tué sa fille. Je ne peux pas lui serrer la main sans avoir rien à lui apprendre, non ?

— Non, Baz.

— Je ne plaisante pas.

— Je sais.

— Et la fille dont Danny a parlé ? Cette Jix ?

— Jax. Elle nous pose un petit problème, elle aussi.

— Résous-le, mon vieux. Je te paie pour ça. *Comprende ?*

Faraday n'émergea de sa gueule de bois qu'en fin de matinée. Deux comprimés d'ibuprofène avalés dès les premiers symptômes n'avaient pas suffi à calmer la douleur lancinante dans son crâne et deux autres pris en arrivant au bureau ne l'avaient pas soulagé davantage. Un assistant alla lui chercher un sandwich au bacon dans un café. Ajouté à trois tasses de thé, cela lui mit quelque chose de solide dans l'estomac, si bien que le pire de sa nausée était passé lorsque Suttle frappa à sa porte.

— Vous avez une sale tête, chef.

— Merci. N'essaye jamais de boire plus que les Français. Ils ont le foie blindé.

C'était vrai. Le temps qu'il s'écroule sur son lit, Gabrielle avait dû descendre au moins une bouteille à elle seule. Après quoi, elle avait repris son travail.

Il lorgna le dossier à l'épaisseur prometteuse que portait Suttle.

— Qu'est-ce qu'on a ?

— Juste une mise à jour, chef. Jerry Proctor m'a appelé depuis Netley. Ses hommes sont en train d'inspecter les chambres du dernier étage chez les Ault. D'après Samantha Muirhead, Rachel avait un ordinateur portable, mais ils n'arrivent pas à le trouver.

— Volé, selon toi ?

— Jerry le suppose. Ils ont ratissé la chambre et regardé dans les autres pièces. Sam dit que Rachel gardait tout sur son ordi. Des mails. Des documents pour alimenter sa page Facebook. Des poèmes. Des photos. Des fragments de journal intime. La totale.

— Merde.

— Exactement.

— Et l'autre ordinateur ?

— C'est le PC dans le bureau du juge. L'écran a été massacré, mais la tour est en bon état. À mon avis, elle était trop vieille pour mériter d'être cassée. Netley l'a récupérée. Ils vont étudier le contenu du disque dur en priorité, au cas où Rachel s'en serait servie.

— On a quoi d'autre ?

— De multiples échantillons. Il y en a des litres, selon Jerry. Il doit vouloir parler de sperme.

— Où ça ?

— Dans la salle de bains, mais on était déjà au courant. Sur le palier à l'étage. Dans la chambre des Ault — sur le lit, un peu sur la moquette et le petit fauteuil. On a ramassé de la merde là aussi. Étalée sur l'un des oreillers.

— Sympa.

Faraday commençait à regretter d'avoir mangé son sandwich, d'autant que Suttle n'avait pas fini.

— Proctor aimerait des consignes. Vous voulez tout faire analyser ou attendre un peu ?

— C'est à Parsons de prendre la décision. Les échantillons sont sous scellés ?

— Bien sûr. Et conservés au frigo à Netley. Ils n'attendent que nous.

Faraday avait déjà vu les gros frigos en question. Jerry y rangeait aussi du lait. Il leva les yeux vers Suttle en essayant de mettre de l'ordre dans ses idées.

— Du sperme a été retrouvé dans la gorge de Rachel à l'autopsie, n'est-ce pas ?

— Oui, chef. Jenny a également effectué des prélèvements sur son corps à l'endroit même du crime.

Les analyses indiquent du sperme dans la gorge et le vagin.

— Les résultats ?

— Vendredi. Au mieux.

Suttle marqua une pause.

— Que fait-on des autres échantillons, alors ?

— Vois ça avec l'inspecteur-chef.

— Je viens de le faire. Elle voulait votre avis.

Faraday grimaça. La dernière chose dont il avait besoin à cet instant, c'était un tête-à-tête avec Gail Parsons. Quelques secondes plus tard, il entendit ses pas pressés dans le couloir. Elle ne se donna pas la peine de frapper.

— Joe ? Vous avez une minute ?

Il l'accompagna dans le bureau de Martin Barrie, où il eut la surprise de découvrir un bouquet sur le rebord de la fenêtre. Les fleurs étaient disposées avec soin dans un grand vase en verre et, l'espace d'un instant, il s'interrogea : était-ce Willard qui les avait envoyées ?

— Une petite touche féminine, Joe, dit Parsons, qui avait suivi son regard. De quoi égayer nos journées.

Elle s'assit et fit défiler rapidement une série de mails en attente dans sa messagerie. L'un en particulier attira son attention. Elle tourna l'écran de l'ordinateur vers Faraday. Le message venait de Jimmy Suttle. Parsons avait dû le charger de jeter un œil aux images prises par les caméras de vidéosurveillance, lors de la soirée du samedi, et il demandait d'un ton acerbe par où il devait commencer.

— Il n'est pas très coopératif, vous ne trouvez pas, Joe ?

Curieusement égayé par le bon sens provocant de Suttle, Faraday se surprit à le défendre.

— Il n'a pas tort, chef. Il n'y a pas de caméras à Craneswater. Le réseau municipal ne s'étend pas jusque-là. S'il y avait eu une fête dans un quartier difficile, on aurait des images à ne plus savoir qu'en faire, mais les braves gens ne causent pas d'émeutes.

— Je m'attendais à ce qu'il cherche ailleurs.

— Chercher quoi ?

— Des bandes de jeunes. Des gamins qui auraient quitté la soirée de bonne heure. Des visages qui nous auraient échappé jusqu'à présent.

Faraday essayait de saisir les implications d'une telle recherche. Le samedi soir, Pompey grouillait de jeunes. Il y en avait des centaines, des milliers. Où fallait-il regarder en premier ?

— J'ai l'impression d'entendre Suttle.

— C'est parce qu'il a raison.

Parsons le fixa d'un air pincé et réprobateur, puis s'enquit des images récupérées à Netley sur les téléphones portables. Elle avait cru comprendre qu'ils attendaient une visite de la meilleure amie de Rachel. Quand devait-elle arriver ?

— À 11 h 30. Elle s'appelle Samantha Muirhead.

— Qu'est-ce qu'on espère ?

— On veut mettre des noms sur des visages.

— Parce que ça n'a pas encore été fait ?

— On a les photos d'identité prises pendant les gardes à vue, mais ça concerne seulement les gamins qu'on a réussi à attraper. Il faut qu'on s'intéresse aux autres, maintenant, ceux qu'on n'a pas encore rencontrés. Sam pourrait nous y aider.

Parsons le regarda droit dans les yeux. Elle savourait la confrontation.

— On n'avance pas, hein, Joe ? Personne ne supposait que cette enquête serait facile, et moi encore moins que les autres, mais on perd notre élan.

Elle pointa le menton vers le téléphone.

— J'ai reçu un coup de fil de M. Alcott à la première heure ce matin. Il venait d'avoir un appel de Mike Hancock. Comme vous pouvez l'imaginer, il est impatient d'apprendre une bonne nouvelle, quelle qu'elle soit. Il a employé le mot « sous-performance ».

Mike Hancock était le député de Portsmouth South, et Terry Alcott l'adjoint du directeur de la police, chargé du CID et des opérations spéciales. C'était lui l'ultime responsable de Mandoline.

— Sous-performance ?

Faraday sentit le sang affluer douloureusement dans sa tête. Vingt-quatre heures sans dormir pendant le week-end. Une succession incessante d'appels et de réunions. Des espoirs soulevés, des fausses pistes, une montagne d'indices — la plupart sans valeur. Et maintenant ça : une responsable d'enquête qui semblait accorder beaucoup trop d'attention au brouhaha ambiant. Peut-être que la performance, c'était bien. Peut-être que la presse, la télévision, Facebook et tout et tout les avaient menés en territoire inconnu. Peut-être que cela n'était pas une enquête. Peut-être que Mandoline était devenue une pièce de théâtre.

Parsons le dévisageait toujours en attendant une explication. Agacé au-delà de toute mesure, Faraday ne prit pas la peine de protester. De son point de vue, toute l'équipe se défonçait. Comme tout le monde, Parsons voulait des résultats immédiats, mais il était déjà clair qu'ils n'y arriveraient pas en trois jours. Il n'y aurait pas de raccourcis, pas de coup de baguette magique, pas d'arrestations soudaines à l'aube avec des photographes présents sur place et une conférence de presse dans la foulée. Au bout du compte, ils avaient affaire à un petit nœud serré de circonstances, de motivations, de revanches. Défaire ce nœud prendrait du temps. Si Parsons n'était pas capable de le piger, si elle tiquait devant le rythme de plus en plus régulier de l'enquête, alors tant pis.

— Il faut être patient, murmura-t-il. J'ai peur de ne pas pouvoir faire mieux.

Ce n'était pas la réponse que voulait Parsons. Elle ramena l'écran de son ordinateur à sa place et se pencha sur le clavier. Elle était toujours directe, au moins.

— Martin Barrie revient lundi, Joe. Je pense qu'il reprendra la direction de l'enquête et j'aimerais avoir quelque chose de substantiel à lui présenter d'ici là.

Jerry Proctor attendait Faraday dans son bureau. Après avoir bu deux verres d'eau fraîche, l'inspecteur se sentait un peu mieux.

— On a du nouveau concernant la marque sur la joue de Gareth, dit Proctor en lui rendant son fauteuil. J'ai pensé qu'il valait mieux t'expliquer ça.

Des photos avaient été envoyées à Napier Associates, une base de données privée basée à York. La société conservait les détails de centaines de motifs de semelles. Plus tard, si nécessaire, ils pourraient comparer une paire de baskets spécifiques avec l'empreinte dont ils disposaient.

— Et ?

— On cherche une paire de Reebok Classic.

— Ça n'a pas l'air de te réjouir.

— Et comment. C'est la Ford Mondeo des baskets, Joe — sans vouloir t'offenser. Tout le monde en a.

— Quelle pointure ?

— 43 à 45.

Faraday savait qu'il n'existait que trois tailles distinctes de semelles. C'était la partie supérieure de la chaussure qui changeait de pointure en pointure.

— Combien en a-t-on saisi chez les Ault ? Tu as regardé ?

— Une bonne vingtaine. Plus de la moitié rentraient dans la tranche qui nous intéresse.

— Y compris celles de Berriman ?

— Non. Il portait des Nike Air Max 95.

— Merde. Tu es sûr que ce sont des Nike ?

— Certain. J'ai vérifié deux fois.

Proctor voulait qu'une décision soit prise sur les Reebok saisies. Devait-il toutes les envoyer pour un examen complet ? À six cent livres l'analyse, avec un délai de trente jours, la facture serait salée. Le service premium, qui permettait un résultat plus rapide, coûterait mille quatre cents livres de plus par objet.

— Vois avec Parsons, répondit Faraday, qui pensait toujours à Berriman. C'est de son ressort, pas du mien.

Quelqu'un frappa à la porte. Suttle venait annoncer que Samantha Muirhead était arrivée. Faraday souhaitait-il assister à sa séance de visionnage ? Faraday répondit que oui.

Suttle alla chercher la jeune fille au rez-de-chaussée. Elle attendait depuis un moment à la réception et était stressée par un entretien d'embauche qu'elle devait passer ensuite dans un café de Southsea. Il lui promit de la conduire là-bas dès qu'ils auraient terminé.

Faraday les rejoignit dans le bureau de la Cellule de renseignement. Suttle avait arrêté le DVD au moment de la première apparition de Rachel. Sam se pencha vers l'écran en le scrutant intensément, ce qui fit prendre conscience à Faraday qu'elle n'avait peut-être vu aucune image de la soirée. Son propre téléphone ne figurait pas dans la playlist du DVD. Peut-être que le sien n'avait pas de fonction vidéo.

Ils découvrirent d'abord Rachel au pied de l'escalier, où elle repoussait un jeune vêtu d'un polo de rugby rayé. La séquence suivante avait été filmée dans le salon. Rachel était cette fois affalée sur le canapé, la tête sur les genoux d'un autre garçon. Puis elle surgit dans la cuisine avec Gareth et adressa un clin d'œil à l'objectif par-dessus son épaule pendant qu'il l'entraînait vers le frigo. Des visages allaient et venaient à l'arrière-plan.

— C'est moi.

Effectivement. Appuyée contre la table de la cuisine, Sam mangeait une part de pizza. Suttle appuya sur « Pause ».

— Les deux premiers garçons qu'on a vus avec elle, vous savez qui c'est ?

— Oui. Il y a celui qu'on surnomme Tête à claques. Il fait partie de l'équipe de rugby. L'autre est un type très gentil, et doué aussi. Il veut devenir acteur.

— Ils sont susceptibles de nous intéresser ?

— C'est-à-dire ?

— Est-ce qu'ils plaisaient à Rachel ? Ou l'inverse ?

— Non, ce sont des potes, rien de plus. Et Tête à claques est toujours bourré.

Suttle cochait les séquences sur une liste posée près de son coude. Il redémarra la lecture de l'enregistrement. Toutes les scènes montraient Rachel en compagnie de divers groupes d'amis. Nouveaux noms, nouvelles pistes sans issue. Vint ensuite une séquence montée dans laquelle des gamins s'employaient à détruire tout ce qu'ils pouvaient. Dans un tribunal, cela aurait constitué un début de preuve pour étayer une accusation de vandalisme, mais, à chaque fois, Samantha se révéla incapable d'identifier les personnes concernées.

Au bout d'un moment, elle consulta sa montre. Le temps filait.

— Une dernière question…, intervint Faraday. Les gens nous ont parlé d'une fille à cette soirée. D'après ce qu'on entend dire, elle ne passait pas inaperçue.

Il lui décrivit le crâne rasé, les anneaux dans le

nez, le piercing sur la langue, les tatouages sur les bras. Curieusement, elle n'était encore apparue sur aucune des images qu'ils avaient visionnées.

Sam hocha la tête. Elle voyait très bien de qui il parlait.

— Une fille qui fait peur, dit-elle. Vous pouvez le constater par vous-mêmes.

— On peut ?

— Oui, répondit-elle, l'air surpris. C'est sur Facebook. La fête de Rachel.

— Depuis quand ?

— Ce matin. Vous devriez regarder.

Les deux hommes échangèrent un coup d'œil et Suttle retourna au bureau se connecter au site. La page rendant hommage à Rachel était en libre accès.

Sam se pencha par-dessus son épaule. Il suivit ses instructions et l'écran afficha de nouvelles images provenant de téléphones portables. Faraday se raidit. Il y avait une vidéo notamment, filmée en contre-plongée depuis le bas de l'escalier. En haut, sur le palier du premier étage, deux jeunes buvaient des canettes de Foster. L'un portait une casquette de base-ball de travers et l'autre se grattait, accroupi dos au mur. Entre eux et l'objectif de l'appareil, au milieu des marches, la fille au crâne rasé lacérait un tableau en le lardant de grands coups de couteau en diagonale, du haut vers le bas. L'angle de vue masquait le tableau lui-même, mais Faraday ne pouvait détacher les yeux du couteau que tenait la fille. La bonne dimension, songea-t-il. Avec un manche noir.

— Merde, lâcha Suttle, qui l'avait aussi repéré.

Faraday voulut savoir ce qu'il fallait pour télécharger ce genre de fichiers sur Facebook. Sam ne comprit pas la question.

— On est obligé de s'inscrire quelque part ? D'être membre ?

— Bien sûr.

— C'est facile ?

— Vous avez juste besoin d'une adresse mail, d'un nom d'utilisateur et d'un mot de passe. Il n'y a rien de plus simple.

— Et il peut s'agir d'une adresse liée à une messagerie web comme Hotmail ou Yahoo, chef, déclara Suttle. Obtenir des renseignements sur le détenteur de cette adresse ou mettre la main sur la personne qui a posté ces images, c'est un cauchemar. Cela pourrait prendre des mois — et encore, à condition d'avoir de la chance.

— Et remonter jusqu'à l'ordinateur qui a été utilisé ?

— Impossible. Je vérifierai avec Netley, mais des millions de données sont postées chaque jour sur Facebook. Capturer chaque adresse IP ? À mon avis, ça ne vaut même pas la peine d'essayer.

— L'expéditeur est donc invisible ? demanda Faraday en fixant l'écran. C'est ce que vous voulez dire ?

— En gros, oui. On aura peut-être de la chance, mais j'en doute.

Faraday se pencha en avant. La vidéo avait enchaîné sur un gros plan de la fille au couteau. Elle avait un visage osseux au teint pâle et son crâne rasé ne laissait pas voir l'ombre d'un cheveu. Elle était frappante par son physique. Belle, même. Elle se rua vers le téléphone portable qui la filmait et tira la langue. Un petit piercing argenté brilla à la lumière d'une applique murale à proximité. Son sourire s'élargit et se transforma en rictus, puis elle se mit à lécher l'objectif du bout de la langue, brouillant ainsi la blancheur de sa peau.

Le portrait lacéré emplit ensuite l'écran. Quelqu'un l'avait déjà attaqué avec une bombe de peinture, mais derrière les arabesques noires, on devinait le visage d'un homme dont le sourire pensif avait été réduit en lambeaux de toile. Faraday reconnut la photo que lui avait montrée Jerry Proctor sur son ordinateur. Le technicien de scène de crime avait été sur place vingt-quatre heures après les faits.

— C'est le père de Rachel, dit Sam, choquée. Quelle horreur, hein ?

XIII

Mardi 14 août 2007, 15 h 57

Winter avait mis cinq minutes pour trouver l'adresse de Nikki Dunlop dans l'annuaire. Elle vivait dans une petite maison toute simple à Eastney, à huit cents mètres à peine de Craneswater. Il était passé deux fois au début de l'après-midi, et comme personne ne lui avait ouvert, il avait décidé de se garer là et d'attendre qu'elle rentre.

Près d'une heure plus tard, la BMW tourna à l'angle au bout de la rue et s'arrêta au bord du trottoir. Nikki Dunlop était au volant. Une grande silhouette à côté d'elle parlait au téléphone. Le temps que son passager raccroche et sorte de la voiture, elle cherchait ses clés devant sa porte. Winter suivit la scène des yeux, tout sourire. La patience payait toujours.

Il leur laissa le temps de brancher la bouilloire, puis traversa la rue. Ce fut Berriman qui lui ouvrit. Il avait un chiot dans les bras et son visage était rosi par l'effort physique. Encore la natation, pensa Winter.

Nikki surgit derrière lui. La porte donnait directement sur le séjour.

— Fais entrer ce monsieur, Matt. Il ne te mordra pas.

Berriman s'écarta, referma la porte derrière Winter et relâcha le chiot avant de prendre une tablette de chewing-gum dans sa poche. L'animal bondit sur un coussin et commença à le traîner dans la pièce.

— Un thé ? proposa Nikki avec un sourire glacial.

La cuisine, minuscule, se trouvait au fond de la maison. Un poster pour des épreuves internationales de natation à Düsseldorf occupait tout un pan de mur. Ailleurs, des étagères abritaient un assortiment de photos — dont certaines de Berriman —, de cartes postales et de souvenirs. Cela rappela à Winter la cuisine de la mère du garçon, à Somerstown. Où qu'il aille, où qu'il vive, Matt semblait laisser une carte de visite.

Il s'installa sur un tabouret d'où il pouvait observer le jeune homme. Étendu sur le canapé en faux cuir, Matt regardait un jeu télévisé dans le salon. Le chiot ne cessait de vouloir grimper sur ses genoux. Berriman le caressait parfois, mais le repoussait la plupart du temps.

— Tu ne m'as pas rappelé, dit Winter. C'est dommage.

— Pourquoi ?

— J'aurais pu t'éviter le coût d'un nouveau portable.

— Ah ouais ? répliqua Berriman en coupant le son de la télévision. Et comment ?

— Avec ça. Regarde.

Winter sortit le téléphone que Guy avait ramassé dans le bac à sable. Il l'alluma et repéra l'icône de l'appareil photo. Berriman n'avait pas bougé, mais Winter sentait la présence de Nikki Dunlop derrière lui. Les photos prises dans la salle de bains commencèrent à défiler. Il baissa une épaule pour offrir une meilleure vue à la femme, puis lui jeta un coup d'œil. Elle n'avait pas l'air du tout amusée.

— La question est de savoir à qui il appartient, dit Winter en montrant le petit écran. Il faut qu'on en soit sûr. Et je ne parle pas du téléphone, là.

— C'est comme ça que vous avez eu mon numéro ? demanda Nikki.

— Oui.

— C'est donc vous qui avez appelé ce matin ?

— J'en ai bien peur.

Berriman se leva enfin. Lorsqu'il aperçut le téléphone, Winter nota une pointe d'alarme dans son regard.

— C'est à moi, dit-il simplement. Où l'avez-vous trouvé ?

— Tu le sais très bien. Je l'ai trouvé là où tu l'as laissé. Estime-toi heureux que ce soit moi qui l'aie, et pas un crétin d'inspecteur.

Nikki fixait durement Berriman et l'expression sur son visage en disait long sur leur relation. Elle avait protégé Matt durant des années. Sur le chemin qui menait à l'équipe nationale, elle avait dû le tirer d'un nombre incalculable de mauvais pas. Son excès de vitesse sur l'autoroute n'était sans doute que le dernier en date. Et maintenant ça.

— Où l'as-tu laissé, Matt ? l'interrogea-t-elle.

Berriman ignora la question. Il avait tendu la main pour récupérer son téléphone.

— Désolé, fiston. Il est à celui qui l'a découvert.

— C'est la dernière fois que je l'ai vue. Ces photos sont à moi. Elles m'appartiennent.

— Très bien. Je te les enverrai. Mais je garde le téléphone.

Winter le rangea dans sa poche, puis écarta les doigts et sourit pour montrer qu'il ne voulait pas d'ennui, pas de bagarre. La dernière fois que Berriman et lui s'étaient parlé, le garçon n'avait pas caché qu'il comptait bien découvrir qui avait tué Rachel. Et que c'était son affaire à lui et à lui seul. Il avait dû progresser depuis, fit remarquer Winter. Poser des questions autour de lui, prendre contact avec de vieux potes, obtenir un tuyau ou deux, peut-être même un nom.

— J'ai pas raison ?

— Continuez.

— Il y a une fille. Jax Bonner.

— Ah oui ?

— Ouais. Et à moins d'être stupide, tu dois tout savoir sur elle maintenant. Pourquoi ? Parce qu'elle était à la soirée. Elle se promène avec une lame. Et d'après ce que j'ai entendu dire, c'est une folle qui pète les plombs pour un rien. Je chauffe ?

Berriman détourna les yeux un instant, un sourire aux lèvres. Nikki l'observait avec attention.

— Matt ? le pressa-t-elle.

— Je ne rentrerai pas dans ce jeu-là.

— Pourquoi pas ? Ce type n'est pas flic. Tu peux l'aider, Matt. Tu peux lui dire.

— Hors de question.

— Pourquoi ?

— Parce que ça ne se fait pas. Je le lui ai déjà expliqué. On ne balance pas. Pas là d'où je viens, en tout cas.

— Balancer ? Tu débloques, Matt. Rachel est morte. Ce n'est pas un jeu. Elle est *morte*. Disparue. C'est bien pour ça qu'on a le chien, merde. Tu ne crois pas qu'on lui doit ça ?

Winter observait l'animal lorsque son portable se mit à vibrer.

— C'était le chien de Rachel ?

— Ouais, répondit Berriman.

Winter s'accroupit près du chiot et le gratta derrière les oreilles avant de regarder qui l'avait appelé. Marie. Il rangea son téléphone et leva les yeux vers Matt.

— Je connais des gens très influents, Matt. Des gens capables de faire bouger les choses. Dans cette ville, on peut s'en prendre à n'importe qui, n'importe quel gus que tu voudras bien nommer.

— Je n'ai pas besoin de ce genre d'aide.

— Tu es cinglé, intervint Nikki, exaspérée. Tu t'imagines que tu peux tout faire toi-même ? Tout ?

Winter se redressa pendant que le chiot aboyait en réclamant son attention.

— Écoute, mon garçon. Quand je dis que je peux te filer un coup de main, je suis sincère. Tu as eu le temps de chercher cette fille, Jax. Tu as forcément déterré quelque chose sur elle. Je le sais. Donc… la balle est dans ton camp.

Il y eut un long silence. Winter tendit l'oreille. À travers les fines cloisons lui parvenaient les pleurs d'un bébé dans la maison d'à côté. Il fit à nouveau face à Berriman.

— Tu comptes nous aider et faire ce qu'il convient, oui ou non ? Je te préviens, le gars pour qui je bosse a peut-être un avis particulier sur la question. Et il n'est pas du tout aussi accommodant que moi.

— Vous parlez de Mackenzie ?

— Ouais.

— Vous déconnez ? Après ce que j'ai fait pour lui samedi soir ?

— Pas du tout. Je sais que vous vous connaissez depuis longtemps et que tu lui as rendu service, mais il a la mémoire courte parfois, et il se trouve que pour le moment, il veut des infos sur Jax Bonner. Moi, je pense que tu les détiens, ces infos. Y compris l'endroit où elle crèche. On se comprend ?

— Ouais.

— Tu vas me le dire, alors ?

— Non.

— Comme tu voudras.

Winter se dirigea vers la porte. Berriman se dressait devant lui et il ne bougea pas.

— Mon téléphone, dit-il en tendant la main, le visage tout contre le sien.

Winter sentit l'odeur de menthe de son haleine. Il le fixa un moment, puis lui donna une tape sur l'épaule.

— Dans tes rêves, mon garçon, dit-il. Ça ne marche pas comme ça.

De retour au volant de sa voiture, il rappela Marie. Elle était chez elle.

— Il faut qu'on parle, Paul, dit-elle d'emblée. Tu peux venir ?

— Baz est avec toi ?

— Non.

Sandown Road était à deux minutes de là. Esme était passée chercher les enfants une demi-heure plus tôt et Winter trouva Marie dans la cuisine, où elle équeutait un gros tas de haricots d'Espagne. Il refusa le café qu'elle lui proposait et demanda ce qui la tracassait.

— C'est au sujet de samedi soir. Il y a deux ou trois choses que j'aurais dû mentionner.

— Lesquelles ?

— Quand je suis revenue de chez nos voisins, la première fois… J'attendais la police dans la rue. Baz avait été blessé et je l'avais envoyé chez nous. Une fois les flics arrivés, je suis allée voir comment il allait. Il avait verrouillé la porte d'entrée, alors j'ai fait le tour de la maison, et c'est là que j'ai découvert les deux corps.

— Et ? dit Winter, perplexe. Quoi d'autre ?

— La porte de la cuisine… Elle était grande ouverte et la lumière était allumée.

— Comment ça se fait ?

— Aucune idée. Sauf que Rachel savait où on cachait le double de la clé. Elle a dû rentrer pour une raison ou pour une autre. Ne me demande pas laquelle.

— Tu l'as dit à la police ? Quand tu étais à Fareham ?

— Non.

— Pourquoi ?

— Pourquoi ? répéta Marie en le dévisageant. Est-ce que tes copains nous ont jamais fait la moindre fleur ? Baz était à l'étage, bien amoché, il y avait deux cadavres dans notre patio, et pour couronner le tout, la porte de la cuisine était grande ouverte. Vous essayez de nous coincer depuis des années. Quelque chose me dit que vous auriez cru à un cadeau de Noël avant l'heure.

— Pas moi, Marie. *Eux.*

— Désolée. Tu comprends ce que je veux dire.

— Bien sûr. Qu'est-ce que t'as fait, après ?

— J'ai éteint la lumière et refermé la porte.

— À clé ?

— Oui.

— Dans quel état était la cuisine ?

— Tout était en ordre, pour ce que je pouvais en voir.

— Aucune trace de lutte ? De bagarre ?

— Non.

— Très bien. Et Baz ? Une fois que vous avez tous les deux été relâchés ?

— Je l'ai averti, bien sûr.

— Qu'est-ce qu'il a dit ?

— Il m'a dit de garder ça pour moi et j'ai suivi son conseil.

— Alors, pourquoi me le dire, maintenant ?

— Parce que je viens juste de comprendre ce qui a disparu.

— Disparu ?

— Dans la cuisine. J'aurais dû regarder plus tôt. J'aurais dû faire une inspection en bonne et due forme. Mais je ne sais pas pourquoi, j'ai tardé.

— Et ?

— Il y a un couteau que j'utilise beaucoup. Pour les légumes notamment, précisa-t-elle en montrant les haricots. Il n'est plus là, Paul.

— Baz est au courant ?

— Non, mais je vais le lui dire. Et je lui dirai aussi que je t'ai prévenu. C'est très grave, Paul. S'il s'avère que ce couteau est celui qui a tué Rachel, on sera dans la merde jusqu'au cou.

Jimmy Suttle avait contacté le directeur d'un programme visant les jeunes délinquants de la ville, un dénommé Bruce Marr. Il s'était rendu récemment à une présentation de son travail et avait été impressionné. Il lui expliqua qu'il s'intéressait à une fille à laquelle ses employés avaient peut-être eu affaire. Elle apparaissait dans une vidéo tournée avec un portable et téléchargée sur Facebook. Il donna l'adresse Internet à Marr et lui suggéra d'y jeter un œil. Cinq minutes plus tard, Marr le rappelait. Il était presque 17 heures.

— Il faudrait qu'on se voie, dit-il. Je me déplacerais volontiers, mais c'est un peu chaud en ce moment. Vous voulez venir ici ?

Le Programme pour la prévention de la délinquance juvénile occupait un bureau dans une villa édouardienne de brique rouge au bas de Portsdown Hill. Parmi les employés œuvrant en première ligne se trouvait un type originaire de Birmingham, à la voix douce, aux cheveux mi-longs et au regard espiègle.

— Voici Paul, déclara Marr. Il suit Jax Bonner par intermittence depuis des années. Franchement, votre visite ne nous surprend guère.

Suttle nota le nom de Jax. Il faudrait qu'il vérifie son casier judiciaire en rentrant.

— Jax ? répéta-t-il. D'où vient ce prénom ?

— C'est la contraction de Jane Alexandra, expliqua Paul. Elle est unique en son genre, croyez-moi.

Bonner, dit-il, était le nom de jeune fille de sa mère. Elle s'était mariée jeune avec un lieutenant de vaisseau du nom d'Andy Giles et avait eu deux enfants. Le premier était un garçon, Scott. Jane était née quatre ans plus tard. Le couple semblait très solide, mais Andy était ensuite tombé amoureux de la femme d'un autre et il s'était fait la malle. La mère, Stéphanie, avait tenté au mieux de faire face. Sauf que c'était trop dur pour elle. Dépressive, elle avait avalé tous les cachets qu'elle avait pu trouver. À sa sortie de l'hôpital, elle avait mis le feu à la maison familiale. Seule l'intervention rapide d'un voisin avait permis de sauver les enfants.

— Et elle ?

— Elle avait descendu la moitié d'une bouteille de gin et s'était enfermée dans sa chambre. Il y a sûrement des morts plus horribles.

Les enfants, continua Paul, avaient d'abord été confiés à un parent. Jane avait sept ans à l'époque et son frère onze. Cette solution s'était révélée un échec. Les services sociaux avaient bien contacté le père, mais il était heureux avec sa nouvelle femme et la dernière chose dont il avait envie, c'était deux enfants de plus à charge.

— Et ?

— Les gamins ont été placés dans une famille d'accueil. Parfois, ça se passe bien, et parfois non. Avec eux, ça s'est mal passé.

Ce n'était pas une vie facile, reconnut Paul, mais au moins étaient-ils tous les deux sous le même toit. À mesure qu'ils grandissaient, le lien entre eux s'était resserré et ils étaient devenus inséparables. À l'école. Pendant les vacances. Les week-ends. Le temps qu'ils soient portés à l'attention du Programme, la situation était très claire : c'était Scotty et Jane contre le monde entier.

Suttle commençait à mettre cette histoire en doute. Des comptes rendus de ce genre comportaient rarement autant de détails.

— Que faisaient-ils ?

— Tout et n'importe quoi. Ce sont des gamins intelligents, issus de la classe moyenne, mais ils ont beaucoup morflé. Le garçon, Scott, était probablement le plus sournois des deux. Il manigançait des tas de trucs, mais en faisant profil bas. La fille, Jax, était juste en colère. Et elle se défoulait sur le premier venu.

— Comment, par exemple ?

— De façon violente essentiellement. En cognant les gens. Dans des cas pareils, tout est souvent question de limite. Elle, elle n'en avait pas. Quand elle a quitté l'école primaire, elle était à deux doigts d'envoyer d'autres enfants à l'hôpital.

Moneyfields était un grand établissement d'enseignement général de Copnor. Les enseignants avaient perçu le potentiel de Jax et fait de leur mieux avec elle, avant de comprendre que c'était au-dessus de leurs forces. Les exclusions s'étaient succédé. À quatorze ans, Jax semait déjà le chaos dans son unité d'éducation spécialisée.

— Que lui reprochait-on ?

— Des vols à l'étalage. Des agressions. Un penchant pour les incendies. Vous n'avez qu'à consulter son dossier. Elle a suivi un PICS et a séjourné dans un institut pour jeunes délinquants, mais je ne me rappelle pas quand exactement.

— Un PICS ?

— Programme intensif de contrôle et de suivi. Elle a dû être surveillée, fichée. Le traitement habituel.

— Et son frère ? Scott ?

— Il était toujours scolarisé, lui. En fait, il s'en sortait très bien. Je vous l'ai dit, ce sont des gosses intelligents. Mais son truc à lui, c'était l'argent. Il voulait faire son trou, tenir le monde à distance, et il a décidé que le meilleur moyen d'y parvenir était de devenir riche. Vu sa situation, je ne suis pas sûr de pouvoir le lui reprocher. Il en avait vraiment bavé jusque-là.

— Quelle voie a-t-il choisie ? Pour devenir riche ?

— La drogue, bien sûr. Vous feriez quoi d'autre, vous ?

Suttle hocha la tête. Paul avait raison. Après une

vie pourrie, le trafic de drogue avait pu représenter un nouveau départ pour Scott.

— Et ça a marché ?

— Oui. Il était carrément doué. On le suivait de loin, comme vous, mais il était évident qu'il faisait de bonnes affaires. Il avait quitté l'école à ce moment-là, après avoir validé un bon nombre de matières du GCSE, et il vendait de la came de bonne qualité. Il n'était pas idiot non plus. Il ne flambait pas tout en se payant des grosses caisses et des voyages à Dubai. Il a investi.

— Dans quoi ?

— Des box. Des garages. Vous connaissez cette ville, il est impossible de s'y garer. Il a compris de quoi les gens avaient besoin et il le leur a fourni. La dernière fois que quelqu'un les a comptés, il en possédait une douzaine. Si vous voulez un garage, allez voir Scott Giles.

— Il n'a pas gardé le nom de Bonner ?

— Non. Son père et lui s'étaient entre-temps réconciliés et fait un gros bisou. Il a repris le nom de Giles pour enterrer le passé.

— Et la drogue ? Il a arrêté aussi ?

— Non. Elle lui donnait les moyens d'acheter de nouveaux garages. Je crois que c'est ce qu'on appelle le capitalisme.

La remarque fit sourire Suttle. Cet homme lui plaisait. Il prenait les choses avec du recul, contrairement à certains travailleurs sociaux qu'il avait connus.

— Où est-il maintenant ? Ce Scott Giles ?

— En taule à Winchester. Il a pris cinq ans pour

détention de drogue. C'est tout récent, ça. Je suis surpris que vous ne soyez pas au courant.

Une jolie réserve de cocaïne avait été découverte dans l'un des garages vides du garçon. Durant tout le procès, Scott avait juré de son innocence. Il n'avait jamais acheté cette came, il ne l'avait jamais laissée là. Il avait contesté toutes les preuves présentées par l'accusation. De nombreuses personnes présentes au procès — avocats, journalistes — l'avaient cru, mais ensuite le juge avait fait la synthèse des débats à l'intention du jury, et le verdict de ce dernier n'avait plus été qu'une formalité, après ça.

— Et le juge était… ? demanda Suttle en comprenant enfin où menait cette histoire.

— Ce salopard de Peter Ault, répondit Paul. Vous avez deviné.

Suttle rentrait à la Section des crimes graves lorsqu'il reçut un appel de Lizzie Hodson. C'était l'heure de pointe et les voitures n'avançaient plus sur la M27.

— Tu m'as dit de te prévenir si Winter prenait contact avec moi.

— Et ?

— Il m'a téléphoné cet après-midi.

— À quel sujet ?

— Des bricoles.

Lizzie s'interrompit un instant, puis reprit la communication :

— Il m'a laissé son numéro aussi, au cas où tu l'aurais oublié. Vous devriez vous réunir tous les deux et comparer vos notes.

— Pourquoi ferais-je une chose pareille ?

— Dans l'intérêt de la justice, Jimmy, répliqua-t-elle en riant. Et de ce nouveau job dont tu m'as parlé.

— Et toi ? Pourquoi est-ce que tu te montres si serviable ?

— Parce que je suis curieuse, Jimmy. J'ai peur que ce ne soit mon boulot qui veuille ça.

De retour à la section, Suttle trouva Faraday au téléphone. Hilare, son supérieur lui fit signe de s'asseoir.

— Dis-lui que c'est quand il veut. Il peut faire comme chez lui.

Il écouta la réponse et son sourire s'élargit.

— Aucun problème, le plus tôt sera le mieux. *Et toi aussi**.

Il raccrocha. Son fils, J-J, allait arriver de Londres. Il avait envie d'un week-end au bord de la mer et voulait en profiter pour revoir un ou deux amis. Il apporterait son appareil photo et un gros téléobjectif en prévision d'une excursion dans les marais.

— Mais je croyais qu'il était sourd ? s'étonna Suttle.

— Il l'est, mais il communique avec Gabrielle par mail. Ils s'entendent très bien tous les deux. Ils s'échangent des messages presque toutes les semaines et elle me tient *au fait**. Comme maintenant.

Faraday examina le calendrier sur son bureau.

— Elle parlait du week-end prochain. Il faut qu'on ait bouclé cette enquête d'ici là. Tu crois pouvoir le faire ?

— Aucun problème, chef.

Voir Faraday d'aussi bonne humeur devenait quelque chose de rare.

— Vous voulez une autre bonne nouvelle ? ajouta Suttle.

Il lui répéta ce qu'il avait appris sur Jax Bonner et son frère. Selon l'assistant social avec qui il s'était entretenu, lacérer des photos était tout à fait dans le style de cette fille : un acte théâtral, vicieux et très, très public.

— Elle est du genre menaçant. Montrez-lui des règles à respecter et elle les enfreindra toutes. Rendez-lui service et elle vous fera un coup tordu. Passez un peu de temps avec elle et elle vous fera tourner en bourrique. Pourquoi ? Parce qu'elle déteste le monde entier. C'est le gars de l'association qui le dit, pas moi.

— Sait-on où la trouver ?

— Il pense qu'elle a habité un moment avec son frère. Mais c'était avant qu'il plonge. Il a un appartement quelque part dans le North End. Peut-être qu'elle y est encore.

— Tu as consulté le PNC ?

— Pas encore eu le temps, chef.

— Tu t'en occupes ?

— OK.

Quelques ordinateurs de la section possédaient un accès sécurisé au fichier national de la police, dont celui de Suttle. Il revint quelques minutes plus tard avec l'adresse de Scott Giles : 91, Merrivale Road.

— Quand est-ce qu'on l'a coffré ?

— Le 15 juin.

— De cette année ?

— Oui.

— Il louait l'appartement ou il en était propriétaire ?

— Propriétaire, je crois. Apparemment, il se débrouillait bien question fric. Il a fait un tas d'investissements.

— Et la fille vivrait là-bas ?

— Selon le gars à qui j'ai parlé, oui. Jax a été confiée à un foyer pour enfants, après que sa famille d'accueil a renoncé à s'occuper d'elle. Elle a séjourné ensuite dans un institut pour jeunes délinquants, puis s'est s'installée chez son frère. Ils étaient restés très proches. Il lui a rendu visite dans son institut et c'est son adresse à lui qu'elle a indiquée sur son formulaire de sortie. Ça, c'était l'année dernière.

— Elle pourrait donc être là-bas. Chez lui.

— Probablement. Le type m'a aussi renseigné sur les activités du frangin. Jax semblait l'aider à gérer ses box et ses garages.

— Une entreprise familiale, hein ?

— Exactement. Peut-être qu'elle en vit encore aujourd'hui.

Suttle marqua une pause.

— Vous voulez qu'on fouille l'appart ? Parce qu'il nous faut un mandat pour ça.

— À Parsons d'en décider, répondit Faraday en cherchant Merrivale Road sur la grande carte accrochée au mur. Mais d'abord, il faut qu'on trouve cette foutue fille.

Suttle partit mettre quelques agents sur le coup. Jax Bonner n'accepterait jamais de témoigner, mais les vidéos postées sur Facebook leur donnaient largement de quoi l'arrêter pour vandalisme. Lorsque le sergent Glen Thatcher s'enquit des risques, Suttle réfléchit un instant.

— C'est une folle, déclara-t-il enfin. Et elle a peut-être tué Rachel Ault.

— On sort les gilets, si je comprends bien ?

— Oui, répondit Suttle. Plutôt deux fois qu'une.

Parsons faisait route vers Winchester lorsqu'elle reçut le coup de fil de Faraday. Encore une réunion prévue avec Willard, pensa-t-il.

— Bonne nouvelle, chef. On envisage une première arrestation.

Il la briefa sur Jax Bonner et la laissa prévenir Willard. Lorsqu'elle le rappela, il nota le débit plus rapide de sa voix. Sans doute jouait-elle le rôle d'un fox-terrier auprès de leur patron, auquel cas elle avait maintenant un os à déposer à ses pieds.

Faraday voulut connaître sa décision au sujet du 91, Merrivale Road. Si la fille n'y était pas, que devaient-ils faire ?

— Procurez-vous un mandat, répondit-elle aussitôt. Envoyez les techniciens de scène de crime là-bas. On cherche des affaires rapportées de la fête de samedi soir, en particulier des vêtements. Je vous rappelle plus tard.

La communication fut coupée. Levant les yeux, Faraday découvrit Suttle sur le pas de sa porte.

— Vous voulez que je m'occupe de ça aussi, chef ? Je ferais bien un break, moi.

— Non, répondit Faraday. Si on la coince, j'aurai besoin de toi pour l'interrogatoire, mais ce sera pas avant un moment. Un rencard important ?

— Non, chef. Juste un vieux copain.

XIV

Mardi 14 août 2007, 19 h 35

Winter reçut un appel de Baz alors qu'il sortait de Blake House pour se rendre au pub. Il s'arrêta sur le port de Gunwharf pour répondre. Il avait compté les minutes depuis son départ de Sandown Road et la seule chose qui l'étonna fut le temps que Baz avait mis pour décrocher son téléphone.

— Marie t'a parlé du couteau qui a disparu ?

— Oui.

— Ça t'inspire quoi ?

— Je pense qu'elle a raison.

— Raison de t'avoir prévenu ?

— Raison sur le fait que vous pourriez bien avoir un problème.

— Vous ? Comment ça, *vous* ?

— Nous, Baz. Je voulais dire nous.

— Bien. Et comment est-ce que *nous* allons régler ce problème ?

C'était une excellente question, à laquelle Winter avait beaucoup réfléchi.

— Il y a un an, cela aurait été simple, dit-il. Quelqu'un est entré dans la cuisine. Peut-être plus d'une personne. Il faut qu'on sache qui et il faut qu'on sache pourquoi. Marie semble penser qu'il s'agit de Rachel. Peut-être, oui, mais on doit en être sûr. Il y a un an, j'aurais pu activer des tas de leviers. Je te parle d'expertise médico-légale, Baz. De base de données. Tous ces trucs-là.

— Génial, mon vieux. Sauf que tu n'es plus flic.

— En effet, répondit Winter, amusé. Laisse-moi m'occuper de ça, tu veux ?

C'était Winter qui avait choisi le Cardigan. Au téléphone, cet après-midi-là, Suttle avait tout de suite compris le message. Le pub était situé dans la vieille ville, à deux pas de la cathédrale. On y servait des bières correctes, des repas copieux, et parmi les habitués qui se tiendraient au bar, Suttle s'attendait à voir plusieurs connaissances de Bazza Mackenzie. Le Cardigan avait toujours été le repaire de Winter, son troquet attitré.

Lorsqu'il franchit l'entrée avec un quart d'heure de retard, il sentit que quelque chose avait changé. Le brouillard engendré par la fumée des cigarettes, le brouhaha dense des conversations, les regards abrutis par la bière, tout cela avait disparu. Deux hommes âgés suivaient une partie de billard à la télévision. Un troisième était penché sur une grille de mots croisés et la fille derrière le bar se mettait du vernis à ongles. On est mardi soir, pensa-t-il.

Winter était assis à une table à l'autre bout du bar.

Il avait lu le *Daily Telegraph* jusqu'à la page deux et le verre près de son coude était presque vide.

— Une Stella, dit-il sans lever les yeux.

Suttle alla chercher les boissons. Winter plia le journal, termina sa pinte et fit de la place sur la table pour la suivante.

— Les autres sont au courant que tu m'as rejoint ici ?

— Tu plaisantes ?

— C'est une entrevue non officielle, si je comprends bien. Un petit secret entre nous, hein ? À la tienne, fiston. À ton nouveau job. C'est dans le sac — et je ne me fous pas de toi.

Suttle l'ignora. Winter n'était jamais plus dangereux que lorsqu'il se présentait sous ce jour-là : un bon pote joyeux, faussement ingénu.

— Quelque chose me dit que je devrais te déconseiller d'entraver le cours de la justice. Mais je perds mon temps, peut-être ?

— Moi ? répliqua Winter, l'air peiné. Pourquoi une telle accusation ?

— Tu fourres ton nez partout et tu fais ce pour quoi nous, on est payés.

— Comment le sais-tu ?

— Parce que deux de nos gars t'ont croisé devant chez Berriman à Margate Road. Et parce que tu te mêles de ce qui ne te regarde pas.

Winter parut amusé. Puis vexé.

— Mon patron vient juste de découvrir deux corps à côté de sa piscine et une bande de petits merdeux a donné mauvaise réputation à son quartier.

De son point de vue, cela le regarde — et moi aussi par conséquent, non ?

— Non ! Ce sont nos affaires. Il y a un an, tu m'aurais tenu exactement le même discours, alors tiens-toi à carreau, mon vieux.

— Tu me lances un avertissement ? C'est pour ça qu'on est ici ? Mais c'est toi qui m'as contacté, rappelle-toi. Pas moi.

Suttle ne répondit pas. Déjà, l'année écoulée semblait envolée. En quelques minutes, il était redevenu un simple constable, assis au pied de Winter. C'était du Winter tout craché, ce don pour vous retourner comme un gant. Et malgré tout on se retrouvait assis là, à apprécier sa compagnie.

Il changea de sujet.

— Comment ça va ? Ta nouvelle vie ?

— Ça va très bien, fiston. Si tu veux la vérité, ça me gonflait un peu au début. Je n'avais pas signé pour m'occuper d'un groupe de retraités en Espagne, Mais c'est fini maintenant — heureusement, putain !

Suttle se montra curieux. Winter lui raconta la Playa Esmeralda, le petit projet de Marie et la ruse dont elle avait fait preuve au moment de lui vendre ce boulot. Il était parti là-bas en tant que directeur de la sécurité et il avait fini par organiser des jeux de bingo au bord de la piscine.

— Et Mackenzie dans tout ça ?

— Il a toujours un nouveau projet en tête. Il s'ennuie vite et il a la capacité d'attention d'un moucheron. Dès que quelque chose est en place, il pense à sa prochaine aventure. Tout est légal, crois-moi. Cela peut paraître douteux parce qu'il y a son nom partout, mais au bout du compte il ne brasse que de l'argent. C'est un homme d'affaires maintenant. Et tant que tout se passe bien, il est on ne peut plus charmant.

— En quoi consiste ton boulot, alors ?

— Veiller à ce qu'il le reste.

— On ne peut plus charmant ?

— Tout juste, répliqua Winter en avalant une gorgée de bière. La vie est cool pour moi depuis que j'ai envoyé promener ce foutu job en Espagne. J'ai une jolie caisse. Un bon salaire. Personne pour m'emmerder au sujet des formulaires RIPA. Je te le dis, moi, c'est de la balle.

— Jusqu'à samedi soir.

— Exactement. Et tu sais pourquoi ? Parce que, pour une fois, ce cher vieux Baz a agi correctement. Il a voulu se comporter comme un type bien, jouer les bons voisins. Il s'est jeté dans la mêlée, il a fait de son mieux pour virer ces teignes, et qu'est-ce qu'il a récolté ? Une bouteille de whisky sur la tête et un tas de petits branleurs sur le dos qui ont essayé de l'envoyer à l'hosto. Tu as vu Berriman ? Le jeune qui fait de la natation ? Bazza a une dette envers lui. Une très grosse dette.

— C'est ce que j'ai cru comprendre.

— Tu l'as donc rencontré ? Berriman ?

Suttle hocha la tête.

— C'est quoi, le topo ? Tu en penses quoi ?

Ils s'aventuraient en terrain miné et Suttle en avait conscience. Il n'était pas là pour rencarder Winter. Il jeta un œil par-dessus son épaule. Les vieux qui regardaient la télévision étaient partis. Le pub était quasiment désert.

— Rien qu'en venant ici, j'ai franchi la ligne jaune, commença-t-il. Tu devrais le savoir.

— Sauf si on t'a envoyé en mission.

— Pas du tout. Je peux te le garantir. Si mes chefs l'apprenaient, je serais tout de suite rétrogradé, ou même bon pour réendosser l'uniforme.

Winter grimaça. Il n'avait jamais fait l'effort de cacher le mépris que lui inspiraient les agents en uniforme — l'une des raisons pour lesquelles aucun n'était venu à son pot de départ.

— Si c'est ça, pourquoi tu m'as appelé ? Pourquoi t'as pris ce risque ?

— Tu veux la vérité ?

— Vas-y.

— Parce que je serais fou de ne pas le faire. On a donné le nom de Mandoline à cette opération. Moi, je dirige la Cellule de renseignement. Tu sais comment elle fonctionne. C'est souvent dans la rue qu'on trouve les meilleurs tuyaux. Je suis censé aller sur le terrain, passer voir quelques contacts, solliciter une faveur ici ou là, mettre un peu la pression à certaines personnes. Tout ça m'amène à côtoyer des gens comme toi.

— Tu me prends pour une balance ? s'insurgea Winter, l'air choqué. Tu veux ajouter mon nom au PIMS ? Me filer quelques billets pour la peine ?

Le PIMS était le fichier qui recensait les indics — autant dire un générateur de paperasse. Winter, qui s'était appuyé sur une armée d'informateurs lorsqu'il était dans la police, l'avait toujours détesté.

Suttle sourit à son tour. L'idée de traiter Winter comme un indic rémunéré était séduisante.

Mais l'ex-flic n'en avait pas fini. Il lui fit signe de se rapprocher.

— Il y a un truc dont il faut qu'on parle, toi et moi.

— Quoi donc ?

— Tu sais ce qui s'est vraiment passé l'année dernière ? Quand tes copains et toi vous couriez en rond après l'assassinat du pasteur ?

Déstabilisé, Suttle fit signe que non. L'assassinat de Goldsmith Avenue avait poussé les Crimes graves au bord du burn-out. À l'époque, il travaillait avec Faraday sur un autre meurtre, celui d'un agent immobilier à Port Solent, et c'était lui qui avait trouvé le principal indice qui leur avait permis de boucler les deux enquêtes.

— Dis-moi.

— Je faisais partie de l'équipe de Bazza à ce moment-là. J'étais en période d'essai.

— Oui, c'est la dernière fois qu'on a bu un verre ensemble. Au Buckingham. À l'angle de la rue. Tu t'en souviens ?

— Bien sûr. Tu m'as fait assaisonner ! « Déçu », c'est le mot que tu as employé, je crois. À moins que ce ne soit « ordure ».

— Exact. Tu en étais une.

— Merci, rétorqua Winter en soutenant son regard. Vraiment, merci.

— Quoi, tu veux me faire croire que je me suis planté ? Que tu ne t'étais pas bourré la gueule ? Que tu n'as pas été arrêté pour conduite en état d'ivresse ?

Que Mackenzie n'est pas venu te sortir de ce pétrin — et nettoyer la merde autour, tant qu'il y était ?

— Bravo, fiston. Belle analyse. Quand je pense que je te considérais quasiment comme un inspecteur. Génial. Putain, génial.

Suttle comprit que Winter ne bluffait pas, pour une fois. Il était contrarié. Très contrarié, même.

— Vas-y, alors. Dis-moi où je me suis planté.

— Tu veux vraiment le savoir ?

— Je viens de te le demander, non ?

— Très bien. Je te le dirai une fois, et une fois seulement. Et je te le dirai parce que, crois-le ou pas, tu comptais beaucoup pour moi. Tout ce binz médical en Amérique, ce merdier dans lequel j'étais… Tu m'as soutenu jusqu'au bout. Tu ne t'en es peut-être pas aperçu à l'époque, mais tu as vraiment assuré.

— Oui, oui. Merci. Parle-moi de Mackenzie maintenant.

— C'était un piège, fiston. Une idée de Willard. La conduite en état d'ivresse était un coup monté, même si la flicaille n'était pas au courant. J'ai fait trois excès de vitesse et on m'a foutu dehors. Tu avais raison au sujet de Bazza. C'était plus fort que lui. Je n'avais qu'une chose à faire : attendre que le téléphone sonne.

— Quel était le plan ?

— Ça n'a aucune importance. Tout ce que tu as besoin de savoir, c'est que Willard a tout foiré. Et pas qu'un peu. Lui et cette conne des Opérations secrètes qui me commandait.

— Qui ?

— Une nommée Parsons. J'ai failli y rester, et

avec le genre de personnes que je fréquentais, on n'a pas droit à une seconde chance.

— Que s'est-il passé ?

— J'ai dit à Willard d'aller se faire foutre. Ça a été la plus douce conversation de toute ma vie. Elle a duré dix secondes environ.

— Et après ?

— Je me suis senti beaucoup mieux. Parsons et lui ont manqué de me faire tuer. Ils le nieraient sans doute en bloc, mais c'est vrai. Se mettre pour de bon au service de Bazza, c'était une décision raisonnable, quand on pense à ma situation l'année dernière à la même époque*.

Il appuya son propos d'un hochement de tête et tendit la main vers son verre.

Suttle prit le temps de digérer cette conversation.

— Comment je peux être sûr que tu n'es plus un infiltré ?

— Tu ne peux pas, mais c'est une sacrée bonne question. Elle prouve que tu as encore quelques neurones. Il se trouve que je ne le suis pas. Je suis sincèrement corrompu et je travaille pour un type qui me rend très heureux. Si tu supportes ma compagnie, je t'offre un curry. Au crime ! dit-il en levant son verre. Santé.

Quelques instants plus tard, Winter s'éclipsa vers les toilettes. Suttle appela Faraday sur son portable et lui demanda où en était leur intervention à Merrivale Road. Faraday répondit que personne ne leur avait ouvert au rez-de-chaussée. Les occupants

* Voir *L'autre côté de l'ombre* (Folio Policier n° 673).

de l'appartement du dessus avaient confirmé qu'une fille au crâne rasé vivait là, mais ils ne l'avaient pas vue depuis le samedi. Il tâchait d'obtenir un mandat de perquisition. Parsons estimait que cela ne servait à rien de placer l'appartement sous surveillance, au cas où Bonner reviendrait. Pour elle, la fille avait probablement quitté la ville.

Voyant revenir Winter, Suttle raccrocha. Un curry, avait-il décidé, c'était une bonne idée. De préférence à emporter.

— Dans ce cas, allons chez moi, dit Winter en finissant son verre.

Ils parcoururent à pied les huit cents mètres qui les séparaient de Gunwharf. En entrant dans l'appartement de Winter, Suttle éprouva un étrange sentiment de déjà-vu, de télescopage avec le passé. Jamais il n'avait vu Winter aussi émotif, autant à fleur de peau qu'au pub. Quelque chose l'avait profondément blessé, comprit-il, et ce quelque chose avait un rapport avec leur ancienne relation.

Pendant que Winter s'affairait dans la cuisine, Suttle se planta devant la grande baie vitrée pour observer le crépuscule qui tombait sur le port. Il avait toujours respecté Winter. Plus que ça, même, il avait eu de l'affection pour lui — surtout après la découverte de sa tumeur au cerveau. Il n'avait jamais rencontré quelqu'un d'aussi seul, et qui avait si peu besoin des autres. Winter n'était pourtant pas un solitaire comparable à Faraday. Au contraire, il était extrêmement doué pour se faire des copains, pour amener les gens à lui faire confiance. Mais travailler un an à ses côtés avait révélé à Suttle une autre facette de sa personnalité, un vide intérieur qui ressemblait fortement à de la solitude, et il avait pris plaisir à devenir pour lui une sorte de fils. Il avait veillé sur le bonhomme. Ils s'étaient souvent marrés tous les deux. En retour, Winter lui avait beaucoup appris.

Il donnait à présent des ordres à un traiteur, par téléphone. Joannie, sa femme, était morte des années plus tôt. Il avait vendu leur pavillon à Bedhampton et il n'avait pas d'enfant. Peut-être que Mackenzie comblait ce manque. Peut-être était-ce pour cette raison que Winter avait basculé du côté obscur de la force, pensa Suttle.

Winter revint dans le salon.

— Du poulet jalfrezi ? Du riz pilaf avec un curry d'épinards et de pommes de terre à part ? J'ai bien tout retenu ?

— Parfait, chef, répondit Suttle en acceptant une canette de Stella. Parle-moi de Matt Berriman.

Winter s'installa sur le canapé et ôta ses chaussures.

— Il est longtemps sorti avec la fille des Ault. Tu dois le savoir.

— Rachel, tu veux dire ?

— Ouais. Baz était proche de la mère de Berriman autrefois. Rien d'intime, c'était juste des amis. Il lui a rendu service un jour. Il connaît le garçon, mais pas très bien.

— Et tu crois… ?

— Je crois que Berriman était très énervé d'avoir perdu sa copine. Je crois qu'il voulait la récupérer et que c'est en grande partie pour cette raison qu'il s'est pointé à la soirée. Mais l'a-t-il tuée pour autant ? S'est-il dégoté un couteau et l'a-t-il lui-même poignardée ? En s'assurant que personne d'autre ne passerait par là ? Impossible.

— Pourquoi ?

— D'abord parce qu'il est resté chez les Ault. Baz a débarqué, s'est fourré dans un pétrin pas possible… et qui l'a sorti de là ? Matt. À ce moment-là, Rachel et son petit copain étaient probablement dans la maison d'à côté, en train de refroidir.

— Comment le sais-tu ?

— Je ne le sais pas, je le suppose. Telles que je vois les choses, Berriman n'était pas là. Il faisait la fête chez les Ault et il a continué jusqu'à ce que Baz arrive.

Suttle lui concéda ce point. Il avait encore en tête l'image de Berriman pendant son interrogatoire. Le jeune homme avait écrasé la petite salle par sa présence physique et son assurance.

— Concernant Berriman, que donnent les analyses ? demanda Winter. Vous avez saisi ses vêtements ?

— Évidemment.

— Et ?

— Il est encore trop tôt pour avoir des résultats. Berriman est prioritaire, mais il faut toujours compter un délai de cinq jours. Rien n'a changé à ce niveau-là, déclara Suttle, avant de marquer une pause. Selon toi, il faut donc écarter Berriman ? Du moins en ce qui concerne Rachel ? C'est ça que tu veux dire ?

— Oui.

— Parce que ?

— Parce qu'il n'était pas chez Mackenzie. Et parce qu'il est impossible qu'un type comme lui ait fait une chose pareille. Pas à Rachel. Pas quand on sait ce qu'il éprouvait pour elle.

— Tu lui as parlé ?

Winter le dévisagea un instant, puis leva son verre. Un whisky, à ce qu'il semblait.

— À ton avis, fiston ?

— Je pense que oui.

— Tu as raison. Et moi aussi. Il n'est pas mêlé à cette histoire.

Suttle avala une gorgée de bière. La tentation était grande de toucher un mot à Winter des photos prises dans la salle de bains, de lui donner une tape sur l'épaule et de lui demander pourquoi, une heure à peine avant sa mort, Rachel était à genoux en train de remercier en privé son ancien petit ami et pourquoi le même Matt Berriman avait aussitôt envoyé une preuve de cette gratitude sur le téléphone portable de Gareth Hughes. C'était le genre de situation qui pouvait facilement mener à une confrontation lourde de conséquences.

Winter sentit sa réticence. Comme Suttle ne disait rien, il lança un autre nom dans la conversation :

— Il y a une fille, Jax Bonner. Tu en as forcément entendu parler.

— Pourquoi ça ?

— Me charrie pas. Tu sais qui elle est.

— Ah oui ?

— Bien sûr. Sinon, tu devrais jeter un œil à la

page Facebook créée pour Rachel. Jax Bonner se promène avec le crâne rasé et un couteau à la main. Et elle s'amuse à réduire les tableaux en lambeaux. Rien de très subtil.

Suttle ne réagit pas. Il se doutait qu'en fin de compte, ils allaient échanger des infos, mais il voulait rester maître de la situation.

— On est tombé sur un autre nom, dit-il enfin. Scott Giles, ça t'évoque quelque chose ?

— Continue.

— Tu le connais ?

Winter secoua la tête, mais Suttle savait que cela ne voulait rien dire, avec lui.

— C'est le frère de Jax Bonner. Il a pris cinq ans il y a quelques mois. Pour détention de drogue destinée au trafic.

— *Cinq ans ?*

— Il avait un demi-kilo de came dans un box. Il a toujours affirmé que quelqu'un l'avait piégé. Je me demandais… étant donné tes fréquentations…

Suttle laissa sa phrase en suspens. Elle était pleine de sous-entendus. Il chargeait Winter de se renseigner, de fouiner. Ils se reverraient sans doute encore et encore, après ça. Cela ne serait pas facile, et il brisait certainement toutes les règles déontologiques, mais peut-être trouverait-il ainsi une autre piste menant à Jax Bonner.

L'interphone bourdonna. Winter se leva. Le poulet jalfrezi, devina Suttle, qui perçut un échange étouffé dans l'entrée, avant que Winter ne revienne avec leurs currys.

— Tes gars ont inspecté la cuisine de Bazza, hein ?

lança ce dernier. La Scientifique ? Toute la cavalerie ?

— En effet.

— Vous avez déjà eu un retour ?

— Non. Netley est débordé. Les types chargés d'analyser les empreintes parlent d'embouteillage.

— Quel dommage, répondit Winter avec un large sourire. Tu veux un peu plus de chutney ?

Faraday découvrit le message appuyé contre un cabat à légumes dans la cuisine. Lorsqu'elle était pressée, Gabrielle envoyait promener la langue anglaise. « Chéri, je dois sortir. Rentrerai tard. Ne sais pas quand. Les pommes de terre et les tomates sont parfaites. Sers-toi. Bisous. »

Faraday inspecta le contenu du sac. Les pommes de terre nouvelles, encore terreuses, arrivaient droit du jardin, tout comme les tomates. Il en croqua une, mesurant soudain combien il avait faim. Gabrielle avait raison. *Parfaites.* Il était presque 22 heures déjà et il se demanda s'il devait préparer une petite salade et attendre son retour. Elle sortait rarement seule le soir et se montrait toujours pointilleuse sur les horaires, ce qui rendait son message d'autant plus surprenant. *Rentrerai tard ? Ne sais pas quand ?*

Il avisa son ordinateur portable, rangé dans une sacoche sur la table de la cuisine. En temps normal, l'idée de fouiner dans ses affaires, de lire ses mails, de consulter ses dossiers d'entretiens ne l'aurait jamais effleuré, mais quelque chose dans leur conversation de la veille avait semé en lui un petit doute. Gabrielle rencontrait des gamins des quartiers difficiles et certains d'entre eux avaient clairement des infos à livrer sur la fête du samedi. Il serait bien dans la nature de sa compagne de leur demander plus de détails, d'incliner la tête en leur décochant un grand sourire et de rire d'anecdotes amusantes. Elle savait s'y prendre avec les gens — la preuve avec lui.

Il se rappela leur première rencontre au nord de la Thaïlande, dans les montagnes près de la frontière birmane. Elle était montée dans son bus. Le véhicule était bondé, mais elle avait trouvé une place devant lui et s'était perchée de côté sur son siège, son bras bronzé enroulé autour du dossier tandis qu'ils avançaient cahin-caha. En moins d'une heure, lui semblait-il, il lui avait raconté sa vie. Elle avait un appétit vorace pour les autres, pour les chemins qu'ils avaient suivis, pour les conclusions auxquelles ils étaient parvenus, et elle rendait ce moment de partage très agréable. Sur le coup, Faraday avait senti qu'il pourrait continuer indéfiniment à lui parler, et la suite lui avait prouvé qu'il ne se trompait pas.

Il prit une bouteille de vin encore à moitié pleine dans le frigo et se servit un verre en s'efforçant de ne pas imaginer ce qu'elle pouvait bien être en train de faire. Certains des gamins qu'elle voyait lui paraissaient jeunes, à peine adolescents. Où pouvait-on les rencontrer à une heure pareille ? Comment gagnait-on leur confiance ? Et quelles interprétations tirait-on à la fin de tous ces entretiens ?

Il savait que Gabrielle cherchait des schémas, une sorte de grille de lecture qu'elle pourrait appliquer à d'autres groupes sociaux aux confins de la planète. Elle avait travaillé avec les Inuits dans le haut Arctique, avec des tribus berbères au Maghreb, avec des Pathans dans les contrées les plus sauvages d'Afghanistan, et elle était revenue de ses expéditions avec des centaines de pages de notes et des tas de photos. À ce jour, elle avait rédigé une demi-douzaine d'études universitaires et un ouvrage publié l'année précédente. Dans ce long essai, elle avait cherché à appliquer les leçons de ses voyages aux sociétés urbaines occidentales, ce qui lui avait valu des critiques élogieuses de *Libération* et du *Nouvel Observateur*. L'un des rares exemplaires qu'elle possédait s'était frayé un chemin jusque sur l'étagère que Faraday réservait à ses ouvrages les plus précieux, et le voir à côté des *Oiseaux du Paléarctique occidental* lui procurait toujours un frisson de plaisir.

Elle avait réussi sans qu'il sache comment à structurer un monde qui défiait de plus en plus toute analyse. Dans une société désormais atomisée, elle avait démontré avec rigueur le réconfort complexe et chaleureux apporté par les liens de parenté. Oser relever un tel défi supposait non seulement de l'intelligence, mais aussi un optimisme d'autant plus rare qu'il était chez elle si naturel, si spontané. Tout ce qu'il faut faire, lui avait-elle confié un jour, c'est protéger la bougie contre les courants d'air. Il sentait combien elle avait changé sa vie. Elle était la flamme, décida-t-il à cet instant. Et lui, la bougie.

Son regard se posa de nouveau sur l'ordinateur. Le simple fait de l'allumer serait une transgression.

S'installer et aller plus avant, une trahison. Et pourtant. Et pourtant.

Il secoua la tête, vida la bouteille et commença à préparer les pommes de terre en se forçant à se concentrer sur l'opération Mandoline. Le magistrat de permanence leur avait délivré un mandat de perquisition pour Merrivale Road. Faraday avait brièvement inspecté l'appartement avec quelques agents. À sa grande surprise, les lieux étaient propres et à peu près bien rangés. L'une des deux chambres avait visiblement été celle du frère, et l'autre celle de Jax. Sur le mur au-dessus du lit, elle avait accroché la photocopie d'une photo d'elle. Il y avait aussi quelques lettres à son nom, laissées non ouvertes au bord d'une toute petite table sous la fenêtre, une pile de vêtements au pied du grand lit et des CD à côté d'un lecteur, dans un angle de la pièce. À la vue d'un poster du groupe Achtung Everybody, le plus jeune des enquêteurs avait plaint les occupants de l'appartement du dessus. Sa petite sœur avait des goûts musicaux similaires et cela rendait leur mère complètement folle.

Avant de quitter la chambre, le même constable avait avisé la pointe d'une écharpe aux couleurs de l'équipe de foot de la ville qui dépassait d'un tiroir. Dans ce dernier, il avait découvert des chaussettes et des sous-vêtements, tous masculins. Une inspection de la salle de bains attenante leur avait ensuite dévoilé une bombe de mousse à raser et quelques lames usées dans la poubelle sous le lavabo. Faraday s'était dit qu'il lui faudrait revoir quelques-uns des jeunes qui avaient remarqué Jax Bonner lors de la soirée. Qui sait si elle n'était pas venue accompagnée ? Peut-être par la personne qui avait filmé la scène dans l'escalier ? Il se rappela la pâleur de la fille lorsqu'elle s'était tournée face à l'objectif, et la traînée de bave laissée dessus par sa langue. Peut-être qu'elle connaissait celui ou celle qui tenait l'appareil. Peut-être même qu'elle vivait avec, qu'ils avaient tout prévu ensemble : ce raid en territoire ennemi, cette occasion de venger son frère ; et que cette vengeance s'était étendue à Rachel Ault.

À présent, courbé dans le jardin en quête de menthe pour relever les pommes de terre, Faraday se demandait ce qu'une fouille en bonne et due forme leur apporterait. Un agent en uniforme montait la garde devant la maison de Merrivale Road pendant la nuit et les gars de Jerry Proctor entreraient en action à la première heure le lendemain matin. Avec un peu de chance, ils trouveraient de quoi identifier celui qui partageait l'appartement avec Bonner. Sinon, l'ADN prélevé sur les lames de rasoir ou éventuellement sur une brosse à dents parlerait peut-être, d'ici à une semaine environ. Dans tous les cas, disposer de deux noms doublerait leur chance de mettre rapidement un terme à l'enquête.

Il sourit en songeant au week-end qui approchait, à J-J et à la journée qu'ils comptaient passer sur l'île de Wight. Un busard des roseaux avait été signalé dans l'une des réserves de la Société royale de protection des oiseaux. Ils pourraient prendre le ferry tous les trois jusqu'à Ryde, explorer les marais au sud de Bembridge Harbour, dîner ensuite dans l'un de ses pubs préférés à Seaview. Et pourquoi pas dormir sur place en prenant deux chambres d'hôtel de façon à s'offrir un véritable break. Réconforté par cette idée, Faraday arracha encore un brin de menthe et revint vers la cuisine. Ce faisant, il remarqua des phares qui s'avançaient dans le cul-de-sac menant à Bargemaster's House. Un taxi s'arrêta et deux personnes en sortirent. L'une était le chauffeur. L'autre, plus menue, avait l'air de boiter.

Faraday les observa un instant, puis contourna la maison pour les accueillir avant qu'ils n'arrivent à la porte. La lumière des réverbères lui dévoila le visage de Gabrielle, maculé de sang séché.

— Elle revient de loin, mon vieux, dit le chauffeur en la tenant fermement par le bras. J'ai proposé de l'emmener aux urgences, mais elle a refusé.

Faraday le remercia. Il prenait le relais et s'occupait de tout. Gabrielle murmurait quelque chose. Il se pencha vers elle.

— L'argent, *chéri*. Il veut son argent.

— Le prix de la course ?

Elle acquiesça et ferma les yeux.

— S'il te plaît…, ajouta-t-elle. Paie-le.

Le chauffeur expliqua qu'il l'avait prise à Cosham, sur le continent. Il l'avait vue avachie sous un abribus et s'était arrêté pour l'aider. Faraday lui demanda son nom et son numéro de téléphone et attendit pendant que l'homme cherchait une carte de visite.

— Merci, mon vieux, dit le chauffeur en fourrant dans sa poche le billet de vingt livres que Faraday lui donna. J'irais voir la police, si j'étais vous.

Après son départ, Faraday conduisit lentement Gabrielle dans la maison et l'installa sur le canapé.

Elle avait un œil enflé et une entaille encore sanguinolente sur le haut de la joue, mais à part ça, ses blessures semblaient superficielles. Elle secoua la tête lorsqu'il voulut savoir si elle avait mal quelque part. Il alla dans la salle de bains diluer un antiseptique dans un bol d'eau chaude, revint vers elle et s'agenouilla pour tapoter doucement son visage avec un gant de toilette. Ce n'est qu'au moment où elle le pria de lui servir à boire qu'il posa la question la plus évidente :

— Que s'est-il passé ?

Elle secoua de nouveau la tête, les yeux toujours fermés.

— Ce n'est rien. *Rien du tout.*

— S'il te plaît… Dis-moi.

— Je ne peux pas.

— *Tu ne peux pas ?*

— Impossible, Joe. Il y a des situations comme ça. Ce n'est pas si facile.

La brûlure de l'antiseptique la fit grimacer.

— Je l'ai cherché, reprit-elle. Si ça se trouve, c'était ma faute. *Tant pis.*

— Tu as cherché quoi ?

— S'il te plaît, non. On verra plus tard, demain peut-être, mais pas maintenant.

Il prépara du thé en veillant sur elle par la porte ouverte de la cuisine. Quand il lui demanda si elle avait mangé, ou si elle avait faim, elle fit signe que non. Elle tâta sa bouche du bout des doigts. Au bout d'un moment, elle réclama un miroir.

— *Merde*, jura-t-elle devant son reflet en passant la langue sur ses dents.

— Une agression ?

— Non.

— Mais on t'a volé tes affaires ? C'est pour ça que tu n'avais pas d'argent ?

— J'ai perdu mon sac à main.

— Perdu ?

Elle sirota son thé sans répondre. Faraday tenta encore de l'interroger — en vain. Elle en avait assez. Son visage lui faisait mal. Sa tête aussi. Elle avait envie de se coucher. *Tant pis.*

Tant pis ? Faraday l'aida à monter l'escalier. Elle refusa qu'il la déshabille et dit qu'elle le ferait elle-même. Elle frissonnait à présent. Parce qu'elle avait la peau glacée, Faraday lui dénicha une robe de chambre et la serra dans ses bras. Elle appuya la tête contre son torse avant de le repousser doucement. En quittant la chambre, il entendit le matelas soupirer sous son poids.

De retour dans la cuisine, il ferma la porte, puis ouvrit l'ordinateur et le brancha avec le câble d'alimentation trouvé dans une pochette de la sacoche.

XV

Mercredi 15 août 2007, 10 h 13

Winter rejoignit Mackenzie au Royal Trafalgar Hotel. Jusqu'à une époque récente, Bazza avait occupé un simple bureau du rez-de-chaussée, dans un angle ensoleillé du bâtiment, mais son empire grandissant exigeait plus d'espace, si bien qu'il avait déménagé à l'étage, dans une suite privée offrant une vue quasi parfaite sur l'île de Wight. Clin d'œil au temps où il côtoyait les 6.57, il avait surnommé son ancien bureau le Fratton End[1]. Son nouveau quartier général, beaucoup plus chic, était devenu la suite Steve Claridge, du nom d'un célèbre footballeur.

Winter s'assit et attendit que Mackenzie achève sa conversation téléphonique. Un énorme agrandissement de l'ancien buteur de Pompey dominait la pièce. Le photographe l'avait pris dans une surface de réparation encombrée, alors qu'il s'apprêtait à

1. Nom de l'une des tribunes de Fratton Park, le stade de football de Portsmouth.

pivoter pour envoyer le ballon dans les filets. Winter ne connaissait presque rien au football, mais il comprit d'emblée pourquoi Steve Claridge avait toute sa place dans ce bureau. Les chaussettes descendues sur les chevilles. Les genoux boueux. Une coupe de cheveux qui ne ressemblait à rien. De même que Bazza, Claridge gagnait à ne pas être pris au sérieux. Quiconque sous-estimait cet homme risquait de finir le cul par terre, comme tant de défenseurs de la *Premier League* qui avaient écouté rugir la foule des supporteurs de Pompey, pensa vaguement Winter.

— Alors, coco ? Tu l'as trouvée ?

Bazza semblait avoir oublié le couteau de Marie. Winter supposa qu'il parlait de Jax Bonner et répondit par la négative. Après le départ de Suttle, la veille au soir, il s'était rendu en voiture à Merrivale Road.

— Elle se terre, Baz. Elle a un appart dans le North End, mais un agent montait la garde devant, cette nuit, et il y avait une voiture de patrouille de l'autre côté de la rue, ce qui signifie qu'ils ne s'attendent pas à la voir revenir.

— Pourquoi s'intéressent-ils à elle ?

Winter l'informa des vidéos postées sur Facebook. La fille qui faisait office d'administrateur du site avait retiré celles montrant Jax en train de lacérer les tableaux, mais elles avaient été visibles la veille durant une bonne partie de la journée — assez longtemps en tout cas pour que même ses anciens collègues puissent les voir.

— Ils l'ont dans le collimateur, alors ?

— C'est certain. Je ne connais pas ses antécédents,

mais j'ai cru comprendre que la piaule appartenait à son frère. Scott Giles, ça te dit quelque chose ?

Bazza secoua la tête. Winter devina tout de suite qu'il mentait. Son geste de dénégation avait été trop rapide, trop instinctif, presque comme un tic.

— Un jeune, tout juste la vingtaine ? Un type qui s'est fait récemment un nom sur le marché de la coke ?

— Je passe.

— Tu es sûr ? J'ai discuté avec quelques-uns de mes anciens indics ce matin et ils m'ont dit que Giles s'était sérieusement frité avec Danny Cooper. Même marché, même clientèle, même territoire. Il n'y avait pas assez de place pour deux et le jeune Danny a décidé qu'il était temps de faire le ménage.

— Ah ouais ? dit Mackenzie en observant attentivement Winter. Et comment aurait-il pu réussir un coup pareil ?

— Aucune idée, Baz. Tout ce que j'ai, ce sont des rumeurs. Des bruits qui courent. Tu sais ce que c'est avec la drogue. On ne peut se fier à aucun de ces petits merdeux.

— Qu'est-ce qu'on t'a raconté ?

— Que Danny avait mis la main sur une belle quantité de coke, qu'il l'avait coupée avec toutes sortes de saloperies avant de l'envelopper dans du film alimentaire et de déposer ça dans l'un des garages de Giles. On m'a parlé aussi d'un sandwich que Giles aurait acheté dans le North End. Lui aussi était enveloppé de film alimentaire et il semblerait que cet emballage ait fini autour d'un demi-kilo de cocaïne avec les empreintes de Giles dessus.

Les restes du sandwich ont même été récupérés dans la poubelle où il l'avait jeté. Eux aussi, on les a retrouvés dans son garage. Des empreintes, des traces d'ADN provenant du sandwich... Le compte est bon.

— Pas bête.

— En effet.

— Ça tient la route, selon toi ?

— Facilement. Réfléchis, Baz. De quoi a-t-on besoin ? D'un type chargé de filer Giles, de noter comment il passe ses journées, de repérer où il s'achète à manger. Le garçon est très occupé. Il va de l'avant, il achète et revend de la marchandise, il loue des garages. Résultat, il déjeune sur le pouce, mange vite fait la meilleure partie de son sandwich et jette le reste. Il suffit d'attendre qu'il soit parti pour aller se servir dans la poubelle. Avec des gants, l'opération est sans risques. Ça coule de source, non ?

— Ah ouais ? demanda Bazza d'un air pensif. Ce Giles s'est fait pincer, n'est-ce pas ? Je me souviens de cette affaire maintenant. Il a pris cinq ans.

— Exact.

— Et c'est le frère de cette fille ?

— À ce qu'on m'a dit, oui. Ils étaient très proches — ils le sont toujours d'ailleurs. Giles a été enfermé à Albany. Toutes les semaines, elle prend le ferry pour lui rendre visite. Réglée comme une horloge.

Albany était une prison de haute sécurité sur l'île de Wight. Mackenzie voulut savoir pourquoi le frère et la sœur ne portaient pas le même nom de famille.

— Je n'en sais rien.

— Bon, et ça nous mène où, tout ça ?

— On joue aux flics, Baz. On s'interroge sur le mobile. Sur le moment. Sur le mode opératoire. On se démène pour retrouver Jax Bonner et on découvre qu'elle est à moitié amoureuse d'un frère qui vient d'être envoyé en taule sur la foi de preuves douteuses. Jax est certaine qu'elles sont douteuses parce qu'il le lui a dit et qu'elle lui fait confiance. C'est une folle qui cherche maintenant un coupable. Elle estime que le juge n'a pas fait du super-boulot lors du procès et, bon, elle n'a pas forcément tort. Elle a un peu réfléchi à la question. Et puis un jour elle entend parler d'une fête. Craneswater, c'est une autre planète pour elle, mais ce n'est pas grave. Elle n'a besoin que d'un nom. Et devine quoi ?

— Ault.

— Exactement.

— Merde. Tu crois que c'est elle, alors ? Tu crois qu'elle les a tués tous les deux ? Avec ce couteau qui a disparu de ma putain de cuisine ?

— Aucune idée, Baz. Mais il y a un an, j'aurais souhaité à coup sûr avoir une longue conversation avec elle.

— Et les flics ? Ils suivent cette piste ?

— Ça ne fait aucun doute. Tu penses qu'ils risquent de nous poser problème ?

Jimmy Suttle n'arriva à la Section des crimes graves qu'à l'heure du déjeuner. L'arrestation de Scott Giles avait été l'œuvre de la brigade antigang de Havant et il avait passé la moitié de la matinée là-bas à éplucher le dossier transmis à la justice, avec un constable qui avait travaillé sur cette affaire.

L'opération Fiddler, avait-il expliqué à Suttle, n'avait pas été une partie de plaisir. D'abord, personne ne comprenait vraiment ce que Giles avait fait pour justifier qu'on mobilise autant de moyens. La coke semblait lui avoir beaucoup rapporté, mais une part croissante de ses profits provenait de ses garages et ces opérations-là paraissaient légales. Aux yeux de beaucoup de travailleurs sociaux, Giles était même le parfait exemple d'une mauvaise graine qui se démenait pour pousser droit. Alors pourquoi se donner la peine de gâcher cette petite histoire qui aspirait à bien finir ?

— Bonne question, dit Faraday en invitant Suttle à entrer dans son bureau. Et quelle est la réponse ?

— Elle reste à trouver, chef. À vrai dire, les enquêteurs s'interrogeaient sur la quantité exacte de coke que Giles revendait au plus fort de son activité, mais là aussi, ils avaient un problème. Essentiellement parce que personne ne savait rien. D'après les indics de l'agent à qui j'ai parlé, le gamin traficotait, rien de plus. Mais un autre gars a eu des infos contradictoires, selon lesquelles Giles guettait le moment où il pourrait frapper un grand coup. Au final, c'est lui que les enquêteurs ont écouté.

— Qu'est-ce qui a fait la différence ?

— En partie l'envie de se couvrir. Dès lors que quelqu'un dénonçait Giles comme étant un gros trafiquant, les stups ne pouvaient pas se permettre de l'ignorer. Mais ensuite, ils l'ont un peu surveillé et il s'est avéré que le petit enfoiré était très actif. Ils ont mis la main sur une liste de clients qui avait l'air crédible. Giles passait régulièrement des appels. Souvent dans les beaux quartiers de la ville.

— D'où venait cette liste ?

— D'un autre novice. Danny Cooper.

— Il roule pour Bazza, lui. Il est censé garder un œil sur les joyaux de la couronne.

— Exactement.

— Il connaissait ces clients parce que Giles les lui avait piqués ?

— Évidemment, chef. Ou vice-versa. Une fois Giles à l'ombre, Cooper a le champ libre. Il prend le pouvoir. Ces clients deviennent les siens. C'est comme ça que ça marche, non ?

Faraday voulut en revenir au procès. Comment évaluer le dossier monté par l'accusation ?

— Il était bancal. Faible, en fait. La moitié de la brigade pensait même que ça ne servait à rien d'aller au tribunal.

— Pourquoi ?

— Soit Giles a eu vent de quelque chose, soit il avait vraiment renoncé au trafic de drogue, mais quand les flics ont fouillé son appart, sa caisse, ses garages, il n'y avait que dalle.

— Excepté un demi-kilo de cocaïne.

— Oui. Mais ça s'est produit une semaine plus tard, à un moment où il n'était pas en ville. Il s'était accordé des petites vacances en Espagne. Aussitôt après son départ, les enquêteurs entendent parler d'un paquet de blanche dans un garage, un box isolé de Copnor, même pas dans un quartier industriel. De tous les biens de Giles, c'est le seul qui n'est pas équipé d'un système de vidéosurveillance.

Naturellement, les gars se pointent pour inspecter les lieux, mais ils constatent un autre truc bizarre…

— Quoi ?

— Le garage est déjà grand ouvert. Quelqu'un est passé là. Sans prendre de gants, en plus. Au pied-de-biche. D'après ma source, les flics n'ont eu qu'à regarder sous une pile d'affaires tout au fond, rien de très compliqué, et devinez ce qu'ils ont découvert ? Un demi-kilo de blanche avec tout plein d'empreintes de Scott Giles dessus. Et à côté, la moitié d'un sandwich. Thon-salade, si vous voulez tout savoir. Ils remontent jusqu'à une petite échoppe du North End, saisissent les vidéos de surveillance, font expertiser le sandwich et bingo… Ils ont la tête de Giles sur les bandes, son ADN partout sur le sandwich. Coup double. Avec ça, le garçon a un gros problème. Il a été arrêté à l'aéroport de Gatwick à son retour de vacances. Il n'a pas retrouvé la liberté depuis.

— Sauf qu'il n'est pas coupable.

— C'est très probable. Pendant le procès, son avocat a taillé en pièces les preuves du garage. Quel trafiquant de drogue ne peut même pas se payer un rouleau de film alimentaire ? Pourquoi mêler des bouts de thon à toute cette coke ? Et pourquoi partir en vacances en laissant la porte de son garage grande ouverte ? Giles n'y rangeait pas que sa came. Il avait aussi une bagnole, putain, plus un tas d'outils et une Harley-Davidson qu'il comptait bricoler. Quelques-uns des enquêteurs pensaient que les preuves étaient si minces que Giles porterait plainte contre eux pour détention arbitraire. Mais ensuite, le juge a présenté la synthèse des débats et là, Giles a eu de la chance de ne pas être condamné à perpète.

L'agent, continua Suttle, avait été présent au procès. Étonné par ce coup de théâtre, il avait pris des notes. Le juge Ault ne s'était pas attardé sur les indices. À la place, il avait attiré l'attention du jury sur le fléau des dealers, petits et grands, qui fondaient sur les jeunes de la ville comme sur des proies. En fait, la plupart des clients supposés de Giles étaient d'âge mûr et fortunés. Des descentes effectuées simultanément à de multiples adresses avaient permis de découvrir de modestes quantités de coke et d'herbe, mais personne ne disait rien et il avait été impossible d'établir un lien entre ces saisies et Giles. Ce n'était pourtant qu'un détail. L'accusé, avait dit le juge, était éduqué, intelligent, et sans aucun doute intéressé par l'argent. Pour en gagner, il fallait en avoir, et son capital pouvait très bien venir du trafic de drogue. Sans ce petit faux pas, M. Giles opérerait encore sur un marché très lucratif.

— Un petit faux pas ? répéta Faraday en souriant.

— Oui. Une porte de garage laissée grande ouverte avec plus de mille livres de coke à l'intérieur. Sans parler de la caisse, de la Harley et de tout le reste.

— Et la fille ? On sait si elle a assisté au procès ?

— Tous les jours. J'ai posé la question. J'ai montré la vidéo de Facebook à l'agent de Havant et il me l'a confirmé. Elle n'est pas dure à repérer.

— Et après le verdict ?

— Elle s'en est prise à Ault et a failli être accusée d'outrage.

— Qu'a-t-elle dit ?
— Elle l'a traité de juge de merde.
— Des menaces ?
— Non.
Faraday imaginait très bien la scène. Presque toutes les familles de Portsmouth auraient vécu comme une attaque personnelle la condamnation d'un de ses membres, qu'elle soit justifiée ou non.
— Ton impression à toi, Jimmy ?
— À quel sujet ?
— Scott Giles. Tu penses qu'il a été piégé ?
— Je dirais qu'il y a des chances, oui. Le gamin manipulait clairement de grosses quantités de coke, mais les enquêteurs ne l'ont jamais prouvé. Il reviendra probablement dans quelques années avec toutes sortes de nouvelles combines dans sa manche. Et les garages ne l'intéresseront plus, cette fois.
— Mais où cela nous mène-t-il ? En ce qui concerne la fille ?
— Jax Bonner ? Elle est déjà furax. L'incarcération de son frère dans de telles conditions doit confirmer toutes les idées pourries qu'elle ruminait dans sa petite tête. Elle a sûrement pris son pied en lacérant le portrait du juge et on ne peut pas exclure qu'elle se soit attaquée à sa fille aussi.
Suttle conclut avec un mince sourire :
— Non ?
Faraday se tourna vers la fenêtre. Toutes les forces de police du pays avaient désormais la photo de Jax Bonner. Les Relations publiques étaient en discussion avec des tabloïds au sujet de leurs publications du lendemain et il avait entendu dire que *Newsnight*

cherchait à récupérer des vidéos tournées avec les portables lors de la fête. C'était bizarre, mais Rachel Ault et le désastre qu'elle avait laissé derrière elle étaient devenus la propriété de la nation. Regardez ce que nous nous sommes infligés. Regardez vers quoi on se dirige.

— Les Ault rentrent demain, dit-il doucement. Vous parlez d'un accueil.

En regagnant la Cellule de renseignement, Suttle fit un détour par le bureau que Jerry Proctor avait réquisitionné au bout du couloir. Il avait remarqué sa Volvo dans le parking.

— Jerry… ? dit-il sur le pas de la porte.

Il était venu le voir dès son arrivée, ce matin-là, pour lui demander en privé comment accélérer l'analyse des empreintes relevées dans la cuisine des Mackenzie. Proctor avait naturellement voulu savoir pourquoi, avant de respecter le signe de tête négatif que lui avait opposé Suttle.

Le problème était réglé, annonça-t-il. Le responsable du département concerné, à Netley, lui devait un service et il avait volontiers accepté de revoir ses tâches prioritaires.

Suttle le remercia.

— Qu'est-ce que ça donne, alors ?

— Je me suis renseigné il y a une heure. La plupart des empreintes correspondaient à celles de Mackenzie et de sa femme. On en a un paquet d'autres, plus petites, mais ce sont celles de leurs petits-enfants. Apparemment, ils vont là-bas toutes les semaines.

Netley s'intéresse de près maintenant à deux autres relevés.

Le premier, dit-il, était une série de traces provenant d'un verre retrouvé à côté de l'évier et dont les bords présentaient des traces de sang.

— Et le second ?

— Deux empreintes de paumes, sur le frigo, à environ quarante-cinq centimètres l'une de l'autre. Comme ça…

Proctor se leva et tendit les bras, les paumes à plat.

— Comme si la personne s'était s'appuyée contre le frigo ?

— Il semblerait, oui.

— Elles ont été identifiées ?

— Non. Netley m'appellera plus tard.

Suttle réfléchissait à toute vitesse. Peut-être que les Mackenzie faisaient venir une femme de ménage pendant la semaine, ou que le frigo s'était détraqué et qu'un réparateur s'était démené pour le remettre en place après avoir travaillé dessus. Il pouvait y avoir des tas d'explications.

Proctor se retourna. Dans le même temps, son regard fut attiré vers la gauche. Faraday se tenait dans le couloir et il devait avoir tout entendu.

Il y eut un moment de silence. Suttle savait très bien ce qui allait suivre.

— Pourquoi cet intérêt pour la cuisine de Mackenzie ? s'enquit Faraday. Et qu'y a-t-il de si important que tu n'aies pas pu m'en informer en premier ?

Winter retrouva Lizzie Hodson en début d'après-midi. Elle l'avait appelé depuis le musée de la Mary-Rose, sur les quais. Elle venait d'y terminer une interview et pouvait s'accorder une demi-heure avant de repartir au *News*. C'était une belle journée. Cela lui disait-il de venir au Hard ?

Le Hard était une portion du port très animée, flanquée par le HMS *Warrior*, bâtiment de guerre transformé en musée. Intrigué, Winter fila la rejoindre. Lizzie l'interrogea d'abord sur Jimmy Suttle :

— Vous vous êtes vus, tous les deux ?

— Oui, ma belle.

— Une rencontre fructueuse, j'espère ?

— Très. J'ai un faible pour ce gamin. Je dois me faire vieux.

Évoquer Suttle en ces termes était quelque peu embarrassant pour lui. Avait-elle eu une autre raison de le contacter ?

— On a reçu un appel en salle de rédaction hier, expliqua-t-elle. J'ai pensé que ça pourrait vous intéresser.

— Qui ?

— Une certaine Jax Bonner. Elle voulait nous parler de la fête de samedi soir. L'un de nos secrétaires de rédaction avait rassemblé tous nos reportages sur le sujet et c'est avec lui qu'elle a fini par discuter.

— Que voulait-elle ?

— De l'argent. Elle a dit qu'elle nous livrerait son témoignage en échange de dix mille livres. À ce moment-là, on était déjà informés des derniers posts sur Facebook. Vous avez vu ça ? La vidéo avec le couteau et le portrait ?

Winter hocha la tête.

— Ça nous a posé un problème. D'un côté, elle avait sans doute une histoire à vendre. De l'autre, elle est recherchée pour vandalisme. Et la police fait circuler sa photo. Il y a des règles pour ce genre de situation, que nos patrons respectent à la lettre. Même si on finissait par verser une somme raisonnable, on prendrait un mégarisque. On ne lâche jamais plus que des clopinettes, de toute façon.

— Donc, il n'y a pas eu de deal ?

— Aucun. Dans ces cas-là, on arrive parfois à rafler une info gratos, parce que la personne veut surtout se faire connaître, mais même si ç'avait été possible, je ne crois pas qu'on y aurait touché.

— C'était une perte de temps, alors ? C'est ça ?

— Pas du tout. Le secrétaire de rédaction a eu la bonne idée de faire le 1471 pour savoir d'où venait l'appel. Il m'a dit que la fille l'avait recontacté ce matin. Depuis le même téléphone.

Lizzie sourit.

— Un numéro local, précisa-t-elle. Il vous intéresse ?

Faraday se persuada qu'il ne faisait que son devoir en repassant chez lui en milieu d'après-midi. Gabrielle n'était plus seulement son amour et sa muse. En raison des gamins qu'elle rencontrait, des choses qu'ils lui confiaient, elle représentait désormais une source d'informations potentiellement indispensable à l'opération Mandoline. Un officier diligent comme lui avait besoin de s'assurer qu'elle allait bien.

La veille, il avait fait défiler ses notes durant

presque deux heures, déchiffrant avec peine son français, page après page, pour tenter de comprendre l'enchaînement d'événements qui l'avait conduite à l'arrière d'un taxi, contusionnée et ensanglantée.

Aucun de ses entretiens ne citait de noms ou d'adresses. À la place, Gabrielle utilisait des lettres capitales pour désigner les personnes auxquelles elle s'était adressée. K, par exemple, avait l'air d'une adolescente assez jeune de Portsea. Elle lui avait dit combien son père lui manquait, combien elle s'inquiétait pour sa mère, combien il était dur d'aller à l'école le matin quand on avait passé la moitié de la nuit à sniffer l'essence d'un briquet.

F, lui, se montrait plus franc. Sous le coup d'une série d'ordonnances pour incivilités, il avait l'interdiction de fréquenter un puzzle de rues réparties dans toute la ville et, pour lui, voler dans Commercial Road était devenu un cauchemar. Les types qui suivaient les images filmées par les caméras de surveillance avaient votre profil dans leur fichier et, s'ils vous repéraient dans une zone où vous n'aviez pas le droit de mettre les pieds, vous vous faisiez choper en quelques minutes avec votre butin. Rentrer chez soi en un seul morceau était un vrai défi. La dernière fois qu'il avait essayé, en se cantonnant aux rues où il pouvait aller, il avait dû parcourir près de seize bornes. Sans déconner. Les ordonnances judiciaires, ça vous maintenait en super-forme.

Il y avait d'autres interviews dans ce style, des pages et des pages entières, un montage de jeunes existences capturées sur les cassettes audio de Gabrielle. Collectivement, ainsi qu'elle le lui avait déjà expliqué, elles exprimaient un sens presque tribal d'appartenance à un clan. La plupart de ces jeunes parlaient de leurs copains, de la manière de s'en sortir sans argent, de l'aide qu'ils s'apportaient mutuellement, des fêtes dans un parc avec un pack de Carlsberg volé après une descente en bande dans un petit magasin quelconque. La vie, semblaient-ils dire, était une partie de rigolade dès lors qu'on ne la prenait pas trop au sérieux.

D'autres étaient moins convaincus. Ils décrivaient les dangers encourus à traîner trop longtemps dans la mauvaise rue au mauvais moment. Ils dessinaient une carte des tribus de Pompey, des lignes de faille entre les quartiers qu'il valait mieux ne pas franchir, des coins chauds où on était quasi certain de se faire tabasser. Une fille en particulier avait évoqué le bref effet réconfortant de l'alcool ou de la drogue, une relation avec un gars de Buckland qui avait presque marché, des portes entrouvertes et brutalement refermées. Elle voulait partir de là, avait-elle avoué à Gabrielle, mais c'était si dur…

Laissant la Mondeo garée en plein soleil, Faraday entra chez lui. Il n'y avait aucun signe de Gabrielle au rez-de-chaussée. À l'étage, le lit était vide. Il se pencha sur l'oreiller, lissant les creux, s'arrêtant pour contempler les traces ocre de sang. Les vêtements qu'elle avait portés la veille s'empilaient près de la fenêtre. Il les souleva un par un, découvrit de nouvelles taches de sang sur son jean, sur son tee-shirt préféré de Georges Brassens. Il n'avait jamais pensé à elle comme à une scène de crime et trouvait cette image très perturbante. Était-ce lui qui, plus ou moins inconsciemment, l'avait incitée à se lancer dans un tel projet ? L'avait-elle regardé partir au boulot tous les matins ? Avait-elle observé ce même visage, fatigué par une journée de travail, essayer de rassembler l'énergie de faire durer leur relation ? Avait-elle décidé de voir par elle-même les vies brisées et chaotiques qui menaçaient parfois de submerger leur petite embarcation ?

Au bout du compte, il chassa cette idée. Il avait rarement rencontré quelqu'un d'aussi intrépide, d'aussi indépendant que Gabrielle. Elle avait survécu seule dans tous les coins du monde civilisé et des dizaines de tampons sur son passeport le prouvaient. À ses yeux, les quartiers difficiles de Pompey étaient probablement aussi exotiques et étrangers que tous les autres endroits où elle s'était rendue, et les heures d'interviews consignées sur son ordinateur n'étaient qu'un sentier de plus dans la jungle.

De retour au rez-de-chaussée, il chercha un message en vain. Il s'apprêtait à regagner sa voiture lorsqu'il songea à inspecter le jardin. Il la trouva dans le hamac qu'il avait installé pour les beaux jours, oscillant paisiblement dans la brise venue du port, le visage éclaboussé de soleil, les yeux fermés. Il la contempla un long moment. L'hématome autour de son œil commençait à virer au jaune sur les bords. Il allait s'éloigner à pas feutrés, soulagé, lorsqu'il sentit la caresse de sa main.

— Tu devrais être *au travail*, Joe, dit-elle d'une voix ensommeillée.

Elle l'appelait rarement Joe.

— J'y suis.

— Moi ? Je représente du boulot pour toi ? Tu es sérieux ?

Elle s'assit avec peine en agrippant le hamac. Pour la première fois, Faraday nota les ongles cassés de sa main gauche. Elle avait dû se débattre.

Il la poussa doucement et elle se laissa retomber en arrière, parvenant à sourire.

— Tu ressors ce soir ? demanda-t-il. Il serait peut-être sage de réserver une ambulance, cette fois.

— Ce n'était pas ce que tu crois.

— Ah non ?

— *Non.* Il faut être prudent. Certains de ces gamins sont…

Elle fronça les sourcils en cherchant le mot juste.

— … *instables* ? hasarda-t-elle.

— D'humeur changeante.

— *C'est ça.*

— Que s'est-il passé alors ?

— Je n'ai pas eu de chance.

— On parle de beaucoup de gamins, là ?

— Cinq ou six. Peut-être plus. Je ne les ai pas comptés.

— Tu les connaissais ?

— Certains, oui. Mais il était tard et il faisait nuit.

— C'était où ?

— À Cosham.

Cosham était une banlieue sur le continent, une zone où le quartier sensible de Paulsgrove s'infiltrait dans les rangées de pavillons individuels qui recouvraient le bas de Portsdown Hill. Une autre ligne de faille, un autre *no man's land.*

— Que s'est-il passé ? demanda-t-il de nouveau.

— On discutait. Je cherchais un bus et l'un des gamins voulait des sous. Il était jeune, quatorze ans environ. Cinglé, aussi. Il répétait sans cesse qu'il voulait récupérer son argent. Et il n'arrêtait pas de rire.

— Récupérer son argent ?

— *Oui. Vraiment.* Je crois qu'il essayait d'être *philosophe*. Comme s'il avait rejoint un club. Comme s'il avait payé son dû à l'entrée. Comme s'il n'aimait pas ce qu'il découvrait à l'intérieur. Alors… il voulait récupérer son argent.

— Le tien ?

— *Oui.*

— Et tu lui en as donné ?

— Non. Je ne leur donne jamais d'argent. De la nourriture, oui. Du thé, du café, un Coca-Cola, *sans problème*. Mais de l'argent ? *Jamais.*

— Alors il te l'a pris ?

— *Oui.*

— Tout ?

— *Oui.* Je n'avais pas de cartes bancaires, juste du liquide. Dix livres, peut-être. Pas grand-chose.

— Et tu le lui as donné comme ça ?

— *Non*, dit-elle en portant une main à son visage. *Il y a eu une bagarre.*

Faraday la crut sans hésitation.

— Et les autres gamins ?

— Ils se sont enfuis. Après, j'ai trouvé un coin où m'asseoir. Et puis le taxi s'est arrêté. Tu connais la suite.

D'une certaine façon, elle avait eu de la chance, pensa-t-il. Les gamins en bande avaient l'habitude de tous se jeter dans la mêlée. Peut-être s'étaient-ils sauvés parce qu'ils avaient honte. Parce qu'elle n'était pas une étrangère pour eux.

— Celui qui t'a volée, tu l'avais déjà rencontré lui aussi ?

— Non.

— Description ?

— Grand. Mince. Et cinglé. *Fou.* Les autres avaient peur de lui. Ça se voyait. Peut-être... qu'il planait. Je ne sais pas.

Il planait. Faraday marqua une pause, frappé par une idée soudaine.

— Il t'a pris autre chose ? À part ton argent ?

— Oui. Mon téléphone.

Winter résista à l'envie d'appeler jusqu'à son retour chez lui. Avant de quitter le bar, Lizzie Hodson l'avait de nouveau interrogé sur Jimmy Suttle. Elle voulait savoir s'ils comptaient poursuivre leur nouveau partenariat, tous les deux — à tel point qu'il s'était demandé si elle se servait de lui comme d'un moyen de communication informel. Parmi les journaleux, seuls les salopards filaient des infos directement aux flics. Peut-être était-il un pis-aller.

Il sortit sur son balcon avec son téléphone sans fil et s'installa confortablement dans son nouveau fauteuil, un cadeau surprise de Marie. Il vérifia le numéro qu'il avait composé et pressa la touche d'appel.

La sonnerie s'éternisa. Sur le port, au loin, trois canoéistes luttaient contre la marée montante. Il les observa un moment en suivant les vagues créées dans le sillage d'un ferry, puis laissa tomber son coup de fil. Le préfixe 02392 indiquait qu'il s'agissait d'un numéro sur le continent. Mais pourquoi Jax Bonner prendrait-elle le risque de semer un indice aussi énorme ?

Il resta assis au soleil en savourant sa situation. Grâce à Rachel Ault, il retrouvait un boulot qui avait fait de lui ce qu'il était. Titiller les gens, chercher des tuyaux, vérifier des intuitions, épingler des petits bouts d'infos jusqu'à ce qu'un schéma clair et net apparaisse. Il était doué pour ça. Il le savait.

D'un autre côté, agir en free-lance avait ses inconvénients. Un an plus tôt, il lui aurait suffi de s'adresser à la fille qui gardait l'annuaire inversé dans la grande salle de commandement de Netley pour découvrir à qui appartenait un numéro de téléphone. Elle lui aurait fourni tout de suite une adresse. Une simple frappe sur un clavier. Tout était là, sur son ordinateur. Simple comme bonjour. Désormais, ce n'était plus possible. Du moins plus aussi rapidement.

Il sourit en saluant tranquillement une blonde entre deux âges sur le front de mer, puis reprit son téléphone.

Il ne lui avait pas fallu longtemps pour mémoriser le nouveau numéro de portable de Jimmy. Il tomba sur sa messagerie.

— C'est moi, fiston, dit-il en réprimant un bâillement. Rappelle-moi, tu veux ?

Suttle avait été convoqué dans le bureau de Faraday. À son grand soulagement, l'inspecteur semblait de meilleure humeur. Quelques heures plus tôt, il s'était montré si préoccupé que Suttle s'était interrogé sur sa santé. À présent, l'ombre d'un sourire éclairait même son visage.

— Jerry a du nouveau pour nous, chef. Les empreintes dans la cuisine de Mackenzie ont parlé.

— Et ?

— Celles sur le verre appartiennent à Rachel. Et les traces de paumes sur le frigo sont celles du garçon, Gareth Hughes.

L'un des techniciens de scène de crime avait relevé les empreintes digitales des deux corps avant l'autopsie, expliqua Suttle. La correspondance dans les deux cas était irréfutable.

Faraday observait le jeune homme. Il ne lui avait pas proposé de s'asseoir.

— Et qu'est-ce que ça nous apprend ? C'était ton idée, après tout.

— Ça nous apprend qu'ils étaient tous les deux dans la cuisine de Mackenzie.

— Mais quand ? Plus tôt ce jour-là ? Avant tous ces événements ?

— Non. Il y avait des traces de sang sur le verre près de l'évier. J'ai vu le rapport du technicien. Si les empreintes sont celles de Rachel, il y a des chances pour que le sang soit aussi le sien. Elle saignait quand elle est sortie de chez elle, vous vous rappelez ?

Faraday opina. Quelques-uns des amis de Rachel, témoins d'une bataille de nourriture dans la cuisine, l'avaient vue quitter la maison par la porte de service, bouleversée, avec une main devant sa bouche. Ils avaient remarqué le sang, aussi.

— Donc, elle se rend chez ses voisins ?

— Oui. Sûrement en passant par-dessus le mur.

— Et elle entre dans la cuisine des Mackenzie ?

— Oui.

— Comment ?

— Aucune idée.

— Et Hughes ?

— Il la suit. À moins qu'il ne soit déjà là-bas.

Suttle plissa le front.

— Non, elle arrive la première, se reprit-il. Gareth la suit. Peut-être qu'elle avait accès à la maison ou que la porte de la cuisine n'était pas fermée. Ou peut-être que les Mackenzie ont un chat et qu'ils ont confié leur clé à Rachel pour qu'elle le nourrisse en leur absence. Peu importe.

— Et ?

— Elle a besoin de boire un verre. De l'eau, probablement. Elle a conscience d'être ivre morte. Il y a un verre sur l'égouttoir, elle se sert. D'où les traces de sang.

— Hughes arrive à ce moment-là ?

— Oui.

— Et ensuite ?

— Je ne sais pas. Est-ce qu'ils se sont disputés ? Est-ce la raison pour laquelle elle est contrariée ? Est-ce qu'il a vu les photos que Berriman a prises dans la salle de bains ? Est-ce qu'il l'a giflée ? Est-ce pour ça qu'elle saigne ? Je trouve l'explication assez plausible.

— Mais que se passe-t-il alors, Jimmy ? Tu as dû y réfléchir, sinon tu ne serais pas allé voir Jerry.

Suttle hocha la tête. Il s'était excusé plus tôt auprès de Faraday pour avoir agi dans son dos. Il avait mis son initiative sur le compte de l'urgence. Là, il expliqua qu'il avait eu une petite idée en ce qui concernait la cuisine de Mackenzie, mais qu'il n'avait pas voulu l'ennuyer avec une nouvelle décision à prendre.

— C'est mon boulot, grogna Faraday. Le règlement est pourtant clair. C'était quoi, ta petite idée ?

— J'ai pensé aux prélèvements de sperme. Ils se sont visiblement envoyés en l'air.

— Rachel et Hughes, tu veux dire ? Dans sa chambre à elle ?

— Dans la cuisine de Mackenzie. Les gars de Jerry n'ont retrouvé que du sang dans la chambre de Rachel, ce qui suggère que Hughes l'a frappée. S'ils avaient baisé là, on parlerait de viol. À mon avis, ça s'est passé plus tard, dans la cuisine des Mackenzie. Hughes voulait se rabibocher avec elle. Il voulait avoir l'assurance que les photos de Berriman ne signifiaient rien. Il voulait laisser son odeur sur elle. D'où son sperme dans son vagin.

— On n'a pas encore le résultat des analyses ADN. On ne peut pas en être sûr.

— Je sais, mais ça tient la route, non ? S'ils ne l'ont pas fait dans sa chambre, alors ils n'ont pu le faire nulle part ailleurs chez les Ault. La maison était un champ de bataille. Donc…

Suttle haussa les épaules et conclut :

— … c'était forcément dans la cuisine de Bazza.

Hughes voulait se la taper. Elle était complètement à l'ouest. Ils tirent un coup. Mission accomplie.

— Et après ?

— Bonne question, répondit Suttle en se risquant à sourire. Cette fois, chef, je vous tiens au courant.

XVI

Mercredi 15 août 2007, 15 h 39

Le message apparut sur la page Facebook de Rachel au milieu de l'après-midi. Winter, qui se trouvait par hasard connecté sur le site, en quête de nouvelles images de Jax Bonner, fut le premier à le repérer.

Il appela Mackenzie.

— Tu es bien assis, Baz ?

Mackenzie grommela quelque chose. Il était en train de déjeuner au Trafalgar et avait la bouche pleine. Winter se pencha vers l'écran pour lire les quelques mots à voix haute. Ils étaient adressés à Jax Bonner.

— « Danny Cooper a piégé ton frangin. Tu ne me crois pas ? Demande-lui. »

— C'est ce qui est écrit ? demanda Mackenzie, tout ouïe à présent.

— Noir sur blanc, Baz. Avant, on trouvait ça sur les ponts au-dessus de l'autoroute ou sur les murs. Tu te souviens ?

— Mais d'où ça sort ? Qui l'a envoyé ?

— Mystère.

— Comment on peut le découvrir ?

— Tu me poses une colle. Ces trucs sont chiants au possible. La dernière fois que j'ai essayé de remonter jusqu'au détenteur d'une adresse Hotmail, quand j'étais encore chez les flics, les gars qui s'y connaissaient un peu en ont pissé de rire. Il y a tout plein d'endroits où se cacher maintenant.

— Mais c'est bien un message ? Destiné à cette fille, Jax ?

— Tout à fait. Et vu ses antécédents, tu ne voudrais pas être à la place de Danny Cooper, hein ?

Trente-cinq minutes de plus s'écoulèrent avant que la Section des crimes graves ne prenne connaissance de l'info. Jimmy Suttle reçut un appel de Samantha Muirhead. En tant qu'administratrice du site créé en mémoire de Rachel, elle avait d'abord voulu effacer le post, mais elle s'était dit ensuite que Suttle ou l'un de ses collègues devraient y jeter un œil.

Suttle se connecta. Sam Muirhead était toujours en ligne.

— Tu as raison, dit-il. C'est ce qui s'appelle ne pas tourner autour du pot.

Il lui demanda si elle avait des renseignements sur l'auteur du message. Sam répondit qu'il utilisait le nom de Calico. Il ou elle avait une adresse mail Yahoo. En dehors de ça, elle ne pouvait pas l'aider.

Suttle nota le nom d'utilisateur. Il avait contacté l'unité de renseignement et de traitement des communications à Netley, au sujet de Facebook. Ils avaient affaire à un double meurtre, mais à sa grande surprise, il y avait tout de même une procédure à respecter pour remonter d'un post donné à l'adresse IP d'un ordinateur.

Il reprit le téléphone. Sam voulait effacer tout de suite le message, mais il la persuada de le laisser jusqu'à nouvel ordre. Quelques instants plus tard, il était dans le bureau de Faraday pour l'informer de la nouvelle et lui dire qu'il s'était montré trop pessimiste au sujet de Facebook.

— Leur service juridique est en Californie, chef. Ils ont un truc qui s'appelle MLAT. Ne me demandez pas ce que ça veut dire, je sais juste que ça passe par les ambassades. Si on se manifeste maintenant, l'ambassade américaine à Londres contactera Facebook, qui isolera toutes les données IP pendant quatre-vingt-dix jours. Avec ça, on n'aurait peut-être pas de résultats avant des mois, mais si on se pointe à Palo Alto en leur présentant les bons documents fournis par notre réseau informatique, c'est faisable.

— Ils pourront nous donner un nom ?

— Une adresse IP. On aurait alors fait la moitié du chemin.

— Quel serait le délai ?

— Trois semaines. Au grand minimum. Vous voulez voir le message ? Il est sur mon écran d'ordinateur.

Faraday suivit Suttle le long du couloir. Parsons lui était tombée dessus au sujet des Ault. Ils atterrissaient à Heathrow le lendemain matin à une heure pas possible. Étant donné qu'il avait bien étudié les comptes rendus d'interrogatoires, elle pensait que ce serait un beau geste de sa part d'accompagner l'officier de liaison avec les familles. Elle avait parlé la veille à Peter Ault. Sa femme et lui étaient encore à Sydney et ils avaient volontiers accepté sa proposition de les ramener en voiture jusqu'à la côte. En attendant de retrouver leur maison, ils s'installeraient chez des amis à Denmead. Peut-être pourrait-on les déposer là.

La perspective d'un réveil à 4 heures du matin n'enchantait pas Faraday. Il avait désormais besoin de connaître tous les derniers rebondissements de l'enquête susceptibles d'adoucir sa conversation avec les Ault.

Il entra avec Suttle dans le bureau occupé par la Cellule de renseignement et lut le message concernant Danny Cooper.

— Quelqu'un cherche à lui faire porter le chapeau, déclara Suttle. Il n'y a rien de tel que de lire sa propre condamnation à mort, vous ne trouvez pas ?

Faraday acquiesça. Suttle avait raison. Si Rachel Ault avait payé pour le rôle joué par son père dans la condamnation de Scott Giles, Danny Cooper ferait mieux de fermer sa porte à clé la nuit. En supposant qu'il ait bien mis la cocaïne dans le garage de Giles.

— Comment fait-on pour retrouver Cooper ? On a le devoir de le protéger, non ?

— Je ne sais pas, chef.

Suttle se connecta à la base de données que Hantspol mettait à jour sur toutes les personnes ayant attiré son attention. Cooper était fiché pour quelques délits routiers et une suspicion de détention de drogue qui n'avait pas abouti.

— Son dossier indique le 67a, Lovett Road, à Copnor.

Mais c'était une adresse à laquelle Suttle avait déjà eu affaire sur une autre enquête.

— Elle est complètement obsolète. Ce sont des glandeurs de Waterlooville qui gèrent la base, maintenant.

Il se tourna vers Faraday.

— Cooper est lié à Mackenzie. Bazza disait qu'il promettait. Il n'utilise plus ce genre de formule, mais je parie qu'il sait où vit le gamin.

— Mackenzie ? Tu penses sérieusement qu'il serait prêt à nous livrer une adresse ?

— J'en doute.

— Faut-il voir ça avec quelqu'un proche de lui, alors ? Quelqu'un qui travaille pour lui ? Quelqu'un qui aurait l'oreille de ce grand homme ? Tu n'aurais pas une idée, Jimmy ? dit Faraday avec un sourire las.

Winter profitait du soleil sur son balcon. Dans ce type de situation, il partait du principe qu'il valait toujours mieux attendre. La sonnerie de son téléphone le surprit alors qu'il entamait une sieste tardive.

— Jimmy, dit-il à la vue du nom qui s'affichait sur l'écran. Merci de me rappeler.

— Te rappeler ?

— Je t'ai passé un coup de fil tout à l'heure. Tu n'as pas écouté tes messages ?

Suttle répondit qu'il avait été occupé. Il cherchait une adresse.

— Laquelle ?

— Celle de Danny Cooper.

— Consulte le fichier central.

— On vient de le faire. Il a besoin d'être mis à jour.

— Pourquoi me demander ça à moi ?

— Parce que tu bosses pour Mackenzie et qu'il a sûrement l'info.

— Je vais devoir lui poser la question.

— Bien sûr.

— Je te rappelle.

Winter marqua une pause, puis ajouta :

— J'ai un numéro qui pourrait t'intéresser.

— Ah ouais ? Qui ça ?

— Jax Bonner. Elle a contacté le *News*. Ta copine Lizzie a été très serviable.

— Jax Bonner ?

Le ton soudain pressant de Suttle fit sourire Winter.

— Elle-même. Je l'ai sous les yeux. Mais je pose une condition. Tu me donnes son adresse une fois que tu l'as trouvée.

Il y eut un silence à l'autre bout de la ligne. Winter essayait encore de se représenter la scène dans le bureau de la Cellule de renseignement lorsque Suttle lui répondit :

— Aucun problème. File-moi le numéro.

— Tu ne m'oublieras pas ?

— Évidemment.

C'était un test, Winter le savait. Ce serait un jeu

d'enfant pour Suttle de le baiser sur ce coup-là. Quelques minutes plus tard, à son plus grand plaisir, le garçon tint parole.

— C'est une cabine téléphonique, dit-il. À Cosham High Street. Tu as l'heure de l'appel ? On pourra saisir les enregistrements de la caméra de vidéosurveillance. Il y en a une juste un peu plus loin.

— Demande à Lizzie Hodson. Ils ont peut-être noté ça quelque part.

— Ah ouais ? Super. Et Mackenzie, qu'est ce qu'il a à dire au sujet de Danny Cooper ?

— Je ne sais pas encore, il va me biper d'une minute à l'autre.

La communication fut coupée. Winter retourna dans le salon et reposa le téléphone sur son socle. Jax Bonner n'avait pas été aussi stupide qu'il le croyait. Seuls les gens fauchés ou désespérés utilisaient encore les cabines téléphoniques, mais quand on était dans la situation de cette fille et qu'on voulait éviter de se faire repérer par les geeks de Netley, c'était une solution beaucoup plus sûre que le portable.

Il alla remplir la bouilloire dans la cuisine. Les propos de Suttle avaient une autre implication et il comprit qu'il avait été lent à la détente. Vérifier les enregistrements de vidéosurveillance ne se justifiait que si l'on supposait que Bonner était accompagnée. Et on ne faisait ça que si on avait des raisons de penser qu'elle vivait avec quelqu'un. La fête avait pu leur livrer des indices. À moins qu'ils n'aient fouillé à fond l'appartement de Merrivale Road et trouvé des preuves qu'une deuxième personne habitait là.

Il se prépara un thé et revint sur son balcon téléphoner à Suttle. Celui-ci décrocha presque aussitôt.

— Bazza dit qu'il est désolé, annonça Winter en se penchant vers le sucrier. Il a noté l'adresse l'autre jour mais il n'est pas fichu de se rappeler où.

Faraday était en réunion avec Parsons lorsque son portable sonna. Il avait récemment téléchargé une sonnerie si proche du chant d'un courlis que c'en était presque surnaturel. Même Parsons fut impressionnée.

— Joli, dit-elle. Vous voulez répondre ?

Il regarda le numéro qui s'affichait et le reconnut tout de suite. Celui du portable de Gabrielle.

— Vous voulez bien m'excuser, chef ?

Il se leva et quitta le bureau.

La voix était jeune, marquée par l'accent de Pompey, et ne plaisantait pas.

— Vous êtes un ami de Gaby ?

— Oui.

— Vous savez où elle est ?

— Aucune idée. Vous voulez que je lui transmette un message ?

L'interlocuteur s'éloigna. Faraday entendit un conciliabule en arrière-fond. Puis la conversation reprit.

— On veut la voir ce soir. Bransbury Park, OK ? À l'endroit habituel.

— Quelle heure ?

— 19 h 30. Et dites-lui qu'on est vraiment désolés, OK ?

Et il raccrocha. Faraday contempla son téléphone

un moment avant de retourner dans le bureau. La voix était celle d'un gamin, ça ne faisait aucun doute. Il avait dû trouver son numéro dans le répertoire de Gabrielle et ignorait visiblement à qui il avait eu affaire.

Parsons était en ligne. Faraday et elle avaient presque finalisé une stratégie concernant les Ault et elle était déjà absorbée par un tout autre sujet. Couvrant le combiné, elle lui dit qu'elle irait le voir plus tard. Elle fit ensuite un signe vers le portable qu'il tenait toujours dans sa main et leva un sourcil interrogateur.

— C'était personnel, chef. Rien pour nous.

Une fois dans son bureau, Faraday referma la porte et s'affaissa sur son siège. Il savait qu'il avait une décision à prendre et qu'une erreur de sa part serait catastrophique. Il rumina un moment en regardant par la fenêtre deux goélands qui s'en prenaient à une corneille. Il se revit dans sa chambre, la veille au soir, serrant Gabrielle dans ses bras et sentant la froideur de son visage ensanglanté contre sa chemise. Il n'avait rien pu faire pour l'empêcher de trembler. Et rien de ce qu'il avait dit ne l'avait vraiment réconfortée. Elle avait eu une peur bleue. Et maintenant ça.

Pour finir, il prit son téléphone. Parfois, pensa-t-il, il faut juste fermer les yeux et plonger.

— Jimmy ? J'ai besoin de toi. Dans mon bureau. Dès que tu le pourras.

Pour la deuxième fois en moins d'une semaine, Winter découvrit le visage d'Esme sur l'écran de son interphone. Il ouvrit la porte et l'attendit dans le couloir. Elle émergea seule de l'ascenseur.

— Où sont les enfants ?

— Chez ma mère.

— Vous auriez dû les emmener.

— Je voulais que ceci reste entre nous.

Winter la précéda dans l'appartement. Esme avait hérité de la beauté scandinave tout en jambes de sa mère et d'une partie de la fourberie de son père. Bazza l'avait envoyée à l'université suivre des études de droit, mais bien qu'elle eût un diplôme d'avocate, elle n'avait jamais exercé. Comme elle le disait toujours à Winter, trois gamins, trois hectares et demi de terrain et quatre chevaux lui suffisaient largement. Sans compter un mari.

— Un thé ? Quelque chose de plus fort ?

Esme secoua la tête. Elle ne voulait pas s'attarder. Elle lorgna la baie vitrée ouverte sur le balcon, puis s'assit sur le canapé. Winter comprit le message et alla pousser le battant.

— Que se passe-t-il ?

— Rien… Enfin j'espère.

Elle se mordilla un ongle, avant d'expliquer qu'elle avait reçu un appel de son père tard la veille au soir. Elle avait eu l'impression qu'il avait un peu bu, ce qui était inhabituel chez lui désormais.

— Que voulait-il ?

— Un service. Il m'a dit qu'il avait discuté avec un de ses copains. Au sujet de trucs qu'il voulait mettre sur Facebook.

— Facebook ? Baz ?

— Oui. J'ai eu la même réaction. Mais ensuite, il

a ajouté qu'il en avait sa claque de toute la tristesse à côté de chez lui et qu'il voulait agir. Pour être honnête, il n'était pas très cohérent. Je pense qu'au fond tout ça a un rapport avec les Ault. Il redoute de les voir demain. Il ne sait tout simplement pas quoi leur dire.

— Ils sont de retour ?

— Oui. D'après maman, ils atterrissent très tôt demain matin. Ils vont forcément passer chez eux à un moment ou à un autre. La police n'a pas fini son travail sur place, mais ils voudront quand même voir où elle en est. Et bien sûr, ils voudront aussi parler à papa.

— Que vous a-t-il demandé de faire, alors ?

— Poster un message.

— Sur Facebook ?

— Oui. Son copain a l'air d'être une sorte de geek. Apparemment, il existe des moyens de poster des messages sans que l'on puisse remonter jusqu'à leur auteur et c'était pour ça qu'il avait besoin de mon aide.

Il lui avait dit de s'inscrire sur le site du réseau social. Ça, c'était facile. Elle avait choisi le pseudo de Calico, du nom de son bar préféré en Martinique. Après, l'idée était de trouver un réseau wifi non protégé. À ce stade, elle ne comprenait plus rien, mais il s'agissait en fait de tourner en voiture dans les environs avec un peu de matériel prêté par le copain de son père. Bazza lui-même devait gérer cette partie-là. Sa fille, elle, se chargerait de conduire et de lui fournir un ordinateur portable.

— Bazza n'en a pas ?

— Il a renversé son thé dessus la semaine dernière.

— Vous avait fait ça ensemble ?

— Oui. Je suis venue ce matin, j'ai laissé les enfants à maman et je suis repartie avec lui. Il avait un gadget sur les genoux. Un truc qui émet un signal dès qu'on est à portée d'un réseau wifi non protégé. Il y en a partout. Vous n'imaginez pas le nombre de gens qui ne s'encombrent pas de mots de passe.

Au bout d'un moment, ils s'étaient garés devant une maison d'Essex Road, essentiellement parce que son père trouvait jolie une femme qui venait d'en sortir. Mais il fallait croire qu'elle n'avait rien dans le crâne : sa connexion Internet n'était pas du tout sécurisée et moins d'une minute leur avait suffi pour publier le post.

— Où l'a-t-il publié ?

— Je vous l'ai dit. Sur Facebook.

— Mais sur quelle page ?

— Celle qui a été créée en mémoire de Rachel.

Winter accusa le coup.

— Vraiment ? Et que disait le message ?

Esme le dévisagea. Ils étaient alliés à présent.

— Quelque chose au sujet d'un certain Danny Cooper. Je doute qu'il soit encore dans les petits papiers de mon père.

Bransbury Park était un terrain de jeux d'un hectare environ, bordé au nord et à l'est par des rues résidentielles. Langstone Harbour se trouvait à deux pas de là, et, installé à l'avant de l'Impreza de Suttle, Faraday avait vue sur deux vieilles dames qui jetaient du pain à une nuée de goélands. Les oiseaux grouillaient près du parking et se battaient pour des miettes. Faraday en observa un jeune qui volait un croûton à l'un de ses congénères plus gros que lui. Les goélands de Pompey, songea-t-il. Intrépides. Insolents. Et d'une maigreur à faire pitié.

Assis au volant à côté de lui, Suttle scrutait la pelouse avec la paire de jumelles que Faraday avait apportée. Un large sentier partait du parking vers le fouillis de maisons au loin. À gauche, des gamins tapaient dans un ballon. Plus près d'eux, à une centaine de mètres peut-être, se dressait un pavillon en brique qui abritait des vestiaires pour les équipes de foot en hiver. À cette heure-là, il devait être fermé, mais Faraday reconnaissait qu'il n'y avait pas d'autre point de rendez-vous évident.

Il était 19 heures passées. Suttle avait emprunté un appareil photo et un gros téléobjectif à un ami. En le briefant, Faraday ne lui avait confié qu'un minimum de détails. Sa compagne avait noué des liens professionnels avec des gamins des quartiers difficiles de la ville. Elle s'était attiré des ennuis le soir précédent. Ces mêmes gamins exigeaient maintenant de la rencontrer et elle avait accepté de venir. Faraday tenait naturellement à garder un œil sur elle tout en profitant de l'occasion pour imprimer un visage ou deux sur pellicule. Une pierre deux coups, avait-il ajouté avec lassitude.

Intrigué, Suttle avait demandé si cette sortie était officielle. Le mot avait arraché un sourire sans joie à Faraday. Avait-il informé l'inspecteur-chef de cette petite entreprise ? Non. Avait-elle sa place dans le puzzle en expansion de l'opération Mandoline ? Sans doute que non. Et Gabrielle avait-elle conscience que son compagnon s'apprêtait à l'espionner, assis dans une voiture ? Pour la troisième fois, hélas, non.

Alors pourquoi ne réglait-il pas ça lui-même ? avait demandé Suttle. Pourquoi l'impliquer, lui, dans cette histoire ? C'était une bonne question, exactement celle que Faraday attendait de la part d'un homme de sa trempe, et il lui avait répondu avec tout autant de franchise. Son propre appareil photo était chez lui et, pour l'instant, il ne voulait pas risquer de tomber nez à nez avec Gabrielle. Elle reconnaîtrait aussi tout de suite sa voiture, ce qui réduirait la mission à néant.

— Pourquoi ne pas le lui dire ? Pourquoi toutes ces cachotteries ?

— Parce qu'elle ne voudrait pas en entendre parler. Soit j'agis ainsi, soit elle rencontre les gamins toute seule.

— Je vous rends donc service, si je comprends bien ?

— J'en ai bien peur, Jimmy. Ça te pose un problème ?

— Pas du tout, chef, avait répondu Suttle en souriant. C'est un plaisir.

Deux gamins apparurent à vélo quelques minutes plus tard. Ils firent le tour du pavillon en inscrivant des traces de dérapage dans l'herbe, puis jetèrent leur engin par terre et tentèrent d'entrer dans le bâtiment. Constatant que la porte était fermée à clé, le plus petit des deux y donna un coup de pied.

Suttle saisit l'appareil photo.

— Ce sont eux ?

Faraday acquiesça. Il avait repris ses jumelles et se concentrait sur l'extrémité la plus éloignée du sentier, celle qui disparaissait dans le dédale des maisons, de l'autre côté du parc. Elle viendra en traversant le quartier, se dit-il. Bargemaster's House était à cinq minutes à pied. Tout autre chemin impliquerait un énorme détour.

D'autres gamins s'étaient rassemblés autour du pavillon. L'un d'eux avait dû aller sur la plage parce qu'il avait les poches pleines de galets. Les femmes qui jetaient du pain aux goélands étaient parties, mais les oiseaux tournoyaient toujours au-dessus d'eux. Le gamin en visa quelques-uns, avant de renoncer. Son copain, beaucoup plus petit que lui, se roulait une cigarette.

Faraday les observa en se demandant lequel l'avait appelé cet après-midi. Il y avait sept garçons au total. Douze-treize ans environ. En baskets, sweat-shirts à capuche et pantalons de jogging. Des visages maigres, creusés. Casquette baissée.

— Ça donne quoi ? dit Faraday en montrant l'appareil photo.

— Pas mal. Mais c'est dur d'obtenir un cliché correct à cette distance. Surtout des têtes. Tenez…

Faraday fit défiler les photos sur le petit écran de l'appareil. Suttle avait raison. Rien de décisif. Rien qui puisse déboucher sur l'un des albums de Jerry Proctor.

— Continue, marmonna-t-il. Le rendez-vous est forcément ici.

Il leva de nouveau ses jumelles. Que faisait Gabrielle ? Il était presque 19 h 45. En temps normal, arriver en retard était impensable pour elle. Il commença à envisager qu'elle ait décidé de ne pas venir, ou que l'état de son visage l'ait incitée à ne pas sortir. Mais il finit par chasser cette hypothèse. Quelques heures plus tôt, lorsqu'il lui avait transmis le message au téléphone, elle avait réagi de façon très terre à terre à cette soudaine convocation. Peut-être veulent-ils me rendre mon portable. Ou bien s'excuser. *Pourquoi pas ?*

Elle apparut peu après, petite silhouette vive émergeant du quartier au bout du sentier. Faraday avertit Suttle par un grognement alors que le jeune homme déviait la position du téléobjectif. Gabrielle portait une veste en jean sur un pantalon noir. Son tee-shirt de Médecins sans frontières pendait encore sur la corde à linge pas plus tard que la veille. Ma compagne, se répéta-t-il. Ma muse.

— Que lui est-il arrivé ? s'inquiéta Suttle en découvrant ses blessures.

— Elle a été attaquée. Hier soir.

— Par ces gamins ?

— Non. Du moins je ne crois pas.

— Vous ne croyez pas ?

— Je n'en sais rien. Continue à les mitrailler.

Suttle reprit l'appareil photo et effectua la mise au point pendant que Gabrielle se rapprochait.

Les jeunes l'avaient vue, eux aussi. L'un d'eux remonta sur son vélo. Les autres suivirent et tous la rejoignirent sur le sentier. Faraday les regarda l'assaillir. Le plus petit, celui qui fumait, semblait mener la conversation. Il ne cessait de la fixer et de toucher son propre visage. À la fin, l'un des plus grands plongea la main dans sa poche et en sortit un téléphone. Gabrielle l'examina, hocha la tête en guise de remerciement et le rangea dans son sac.

Quelques secondes plus tard, les gamins étaient partis, soufflés comme du pollen par la brise du soir. Ils longèrent le chemin à vélo, le jeune fumeur debout sur les pédales, son corps maigrelet tordu pour saluer Gabrielle d'un geste de la main. Faraday les entendait à présent s'interpeller en braillant. L'un d'eux se dirigeait vers la route qui menait au front de mer. Ils passèrent près de l'Impreza en zigzaguant entre les voitures et un gamin donna un coup de pied pour s'amuser dans une camionnette. Puis ils disparurent.

Gabrielle était restée sur le sentier, les yeux rivés sur eux. Au bout d'un moment, elle sortit le téléphone de son sac et appela un numéro. Le portable de Faraday se mit à sonner.

Suttle, qui l'avait vue faire, se mit à rire. Faraday répondit.

— J'ai récupéré mon téléphone, déclara Gabrielle d'une voix qui paraissait très lointaine. Tu m'entends ?

— À peine.

— Où es-tu ?

— Encore au boulot.

C'était un mensonge, pensa-t-il, mais un tout petit.

Il lui demanda si tout s'était bien passé avec les gamins.

— Bien sûr, *chéri*. Tu ne devrais pas t'inquiéter. Ils ne sont rien de plus que ça… des gamins.

Sa voix devenait de plus en plus faible. Faraday lui conseilla de vérifier la batterie. Peut-être avait-elle besoin d'être rechargée. Pas de réponse. Il la regarda examiner son téléphone, avant de baisser les jumelles lorsqu'elle fit demi-tour et s'éloigna.

Suttle l'observait toujours à travers le téléobjectif. Alors qu'il prenait une dernière photo, sa bouche esquissa un sourire.

— C'est carrément tordu, ce qu'on fait, chef, dit-il. Vous ne trouvez pas ?

Il fallut plus de temps que prévu à Winter pour retrouver la maison de Copnor et il commençait à faire sombre lorsqu'il eut la certitude d'être à la bonne adresse. Ce fut la tante de Danny Cooper qui lui ouvrit. Il comprit tout de suite qu'elle le reconnaissait parce qu'elle recula en tentant de lui claquer la porte au nez.

— Du calme. J'ai juste besoin de parler à Danny.

— C'est ce que vous avez prétendu la dernière fois et vous verriez dans quel état il est maintenant ! Vous devriez avoir honte ! Tous autant que vous êtes ! J'ai dit à Danny d'aller porter plainte. Les gens comme vous, il faudrait les enfermer.

Winter admira son cran. Lorsqu'elle lui apprit que Danny avait déménagé, il fut enclin à la croire.

— Vous savez où il est parti ?

— Je n'en ai aucune idée. Et si je le savais, je ne vous le dirais pas.

— Il est chez lui, c'est ça ?

Elle le fixa sans un mot, mais il sentit qu'il ne se trompait pas. Danny Cooper avait récemment acheté une maison, à moins de huit cents mètres de là. Winter avait mémorisé l'adresse quelques semaines plus tôt, quand Bazza lui avait demandé de trouver un plombier pour faire installer une nouvelle salle de bains chez le garçon.

Il remonta dans sa Lexus pour gagner Salcombe Avenue, une rue sans issue bordée de maisons mitoyennes. Derrière le mur qui en marquait l'extrémité s'étendait un demi-hectare environ de jardins ouvriers. Les maisons donnaient à l'arrière sur un terrain de foot près de la voie de chemin de fer. Une bonne planque, songea Winter en cherchant une place où se garer.

La maison de Danny Copper était la dernière de la rangée. La nuit tombait à présent et les rideaux étaient tirés à l'avant. Levant les yeux, Winter chercha en vain à apercevoir un rai de lumière. Il sonna. Pas de réponse. Frappa à la porte. Toujours rien. Il se pencha vers la boîte aux lettres pour regarder par la fente et distingua une petite entrée. Une odeur de moquette neuve flottait dans l'air. Il cria le nom de Cooper, mais rien ne vint briser le silence.

Il suivit le chemin qui contournait la maison, passant près d'un vélo et d'une citerne de récupération des eaux de pluie avant d'émerger dans un minuscule jardin. Une baignoire rouillée était appuyée contre le mur et il reconnut la forme d'un WC abandonné sous un vieux drap. La porte près de la fenêtre de la cuisine était fermée. Il jeta un œil par le carreau. Une bouteille de lait ouverte était posée sur l'égouttoir et il y avait deux assiettes dans l'évier. Sur la table, contre le mur du fond, il devinait tout juste la première page du *News*. Il avait vu le même article sur un panneau devant un kiosque à journaux un peu plus tôt. J'avais raison, pensa-t-il. Il est rentré chez lui.

Il revint vers la façade de la maison. Toqua encore. Toujours pas de réponse. Il cherchait ses clés de voiture lorsqu'il entendit une porte s'ouvrir de l'autre côté de la rue. Quelques instants plus tard, la silhouette d'un homme surgit de derrière une camionnette. Vêtu d'un jean couvert de plâtre et d'un maillot de corps, il traversa la rue pieds nus. Il semblait avoir la trentaine, peut-être plus, et ne s'était pas rasé depuis plusieurs jours.

— Je peux vous aider, vieux ? On n'est pas dans un quartier où les gens font du boucan comme ça !

Winter expliqua qu'il cherchait un copain. Danny Cooper.

— Un jeune ? Celui qui marche en boitant ?

— Ouais.

— C'est quoi le souci ?

— Il n'a pas l'air d'être chez lui.

— Ben évidemment qu'il est pas là. Ou alors, faudrait qu'il soit sacrément sourd.

L'homme fixa la Lexus.

— Jolie caisse. C'est à vous ?

Winter acquiesça. Il repasserait peut-être plus tard, dit-il. Juste au cas où Danny reviendrait.

— Ouais, pas de souci, faites comme chez vous. Mais moins de bruit, compris ?

Le type quitta Winter sur un regard réprobateur et disparut de nouveau derrière la camionnette. Une porte claqua. Winter consulta sa montre. Presque 21 heures.

Il faisait nuit le temps que Faraday rentre chez lui. Après sa virée à Bransbury Park, il était retourné aux Crimes graves et avait attendu dans son bureau pendant que Suttle transférait les photos sur son disque dur et imprimait les meilleures d'entre elles. Son copain voulait récupérer son appareil le soir même et il tenait à finir ce boulot avant que l'opération Mandoline ne l'absorbe de nouveau tout entier le lendemain matin.

Après un contretemps dû à un problème de port USB, il glissa les tirages dans une enveloppe et remit celle-ci à Faraday. D'après lui, il serait probablement possible d'identifier tous les gamins, sauf un.

Lorsque Suttle dévala l'escalier de service afin de regagner le parking, Faraday eut la section pour lui tout seul. Le bureau des Incidents graves à l'autre bout du couloir était vide et chacun était reparti chez soi. De l'avis de tous, les choses se calmaient enfin. À chaque enquête, la brigade mettait un moment à trouver ses marques. Parfois, c'était une question de jours, parfois davantage. Étant donné le chaos généré par la fête chez les Ault et la folie médiatique qui avait suivi, Faraday savait qu'ils avaient eu de la chance de garder le contrôle de la situation. Il y avait eu plus de frustrations que d'habitude et personne ne minimisait les difficultés à mettre la main sur Jax Bonner, mais les nerfs de toute l'équipe avaient tenu bon. Il y avait même une chance pour qu'il puisse s'accorder deux jours le week-end suivant.

Souriant à la perspective de ce break, il glissa l'enveloppe de Suttle dans un tiroir et se dirigea vers le parking. La circulation était fluide. Arrivé devant Bargemaster's House, il effectua un demi-tour et gara la Mondeo afin qu'elle soit prête pour son départ le lendemain matin. Puis il entra dans la maison. Dans les grandes occasions, Gabrielle cuisinait du bar avec du pastis et du fenouil. Justement, il en sentait l'odeur ce soir.

Il s'avança dans la cuisine, déterminé à tirer un trait sur cette soirée. Épier Gabrielle dans le parc lui avait paru un acte foncièrement mauvais. C'était comme si elle avait été une autre femme, une passante qu'il aurait trouvée séduisante. Il éprouvait un sentiment de culpabilité mêlé d'impuissance. Pourquoi n'avait-il pas fait ce que Suttle lui suggérait ? Pourquoi n'avaient-ils jamais discuté de ça ?

Gabrielle l'accueillit en levant son visage vers lui et en enroulant les bras autour de son cou. Elle sortait de son bain, il le devinait aux effluves des huiles parfumées qu'elle utilisait. Elle l'embrassait à présent, lui confiait combien elle se sentait mieux, plus solide. Elle avait puisé en elle le courage d'affronter les gamins, d'écouter ce qu'ils avaient à dire, de leur répondre que l'incident de la veille n'avait pas d'importance, qu'un jour elle tomberait sur la racaille qui lui avait volé son argent et que ce jour-là, elle lui soufflerait dans les bronches.

Faraday sourit et effleura son visage tuméfié du bout des doigts.

— Tu as le nom de cette racaille ?

— Oui. Son petit frère était là ce soir. Il m'a dit qu'il était désolé.

— La racaille ?

— Le petit frère. Et tu sais quoi, *chéri* ? J'ai failli te demander de venir.

Elle marqua une pause, les yeux écarquillés.

— Tu aurais accepté ? Tu serais venu au parc avec moi ?

Faraday réfléchit à la question.

— Cela aurait peut-être posé un problème. J'avais autre chose à faire.

— Quelque chose d'important ?

— J'en ai peur, dit-il en se tournant vers la cuisinière, pas certain que le bar puisse attendre encore.

Winter revint à Gunwharf quelques instants avant Misty Gallagher. Il s'était arrêté pour boire une pinte au Cardigan et envisageait d'en commander une deuxième lorsqu'elle l'avait appelé.

— Paul ? Il faut qu'on parle. Je suis à La Tasca. Baz vient juste de me planter là. Ça t'ennuie si je passe chez toi ?

La Tasca était un restaurant espagnol sur le front de mer, en face de Blake House. Il proposait une carte des poissons tout à fait décente et Winter savait que Misty appréciait d'y aller quand elle voulait fêter un événement. Il répondit qu'il serait chez lui dix minutes plus tard.

Dès qu'il aperçut son visage sur l'écran de l'interphone, il comprit qu'elle était ivre. Quelques années plus tôt, elle vivait dans un appartement du quartier voisin que Bazza avait acheté sur plan et dont il lui avait envoyé la clé le jour où les constructeurs avaient quitté le chantier. Après l'avoir rempli de canapés en cuir et de toute une ménagerie d'animaux en peluche, elle avait fait en sorte que Bazza s'y sente chez lui chaque fois qu'il daignait lui rendre visite. Désormais, tout en restant aussi obligeante envers lui, elle occupait une vaste propriété au bord de la mer, à Hayling Island — un autre investissement habile de Bazza pour mener une vie sexuelle digne de ce nom.

Elle sortit de l'ascenseur et longea le couloir d'un pas incertain. Winter l'embrassa sur le pas de la porte avant de la faire entrer. Un pantalon serré et un tee-shirt moulant seyaient généralement mieux aux corps plus jeunes que le sien, mais à quarante-trois ans, Misty Gallagher faisait toujours se tourner les têtes. Elle jouait les putains avec classe. Même Bazza ne pouvait se passer d'elle.

Le soir, elle ne buvait que du Bacardi. Winter en gardait une bouteille au frigo, mais cela faisait des mois qu'il n'avait pas eu à la sortir.

Le temps qu'il retourne dans le salon, elle s'était étalée sur le canapé. Son sac à main gisait ouvert par terre, là où elle l'avait laissé tomber. Winter compta trois préservatifs parmi le fatras de mouchoirs en papier, de Marlboro Light et de chewing-gums.

— Et Bazza ? demanda-t-il en s'asseyant à l'autre bout du canapé.

— Il est cinglé, Paul. Je ne l'ai pas vu dans cet état depuis que Marie a disjoncté à Noël.

Winter sourit. Marie avait croisé son mari dans

une boutique de lingerie au centre de Pompey, où il achetait quelques soutiens-gorge français hors de prix. L'ennui était que jamais sa propre poitrine, entretenue à coups de séances de gymnastique, n'aurait pu remplir un 95C.

— Quel était le problème ?

— Il n'a rien voulu me dire, pour commencer. Pas au début. Tchin, dit-elle avec un clin d'œil. Au bon vieux temps, hein ?

Un an plus tôt, lorsque Winter s'était décidé à tourner le dos à la brigade criminelle, Bazza avait fêté ça en lui prêtant sa maîtresse pour une nuit. Le cadeau relevait à la fois de la prime d'engagement et de la vantardise. Winter et Misty se connaissaient depuis des années, mais ce jour-là, pour la première fois, il avait compris l'attachement de Bazza pour cette femme. Une semaine plus tard, après avoir été bien amoché à Southampton dans un affrontement avec l'un des rivaux de son nouvel employeur, Winter était parti à Dubai pour une petite convalescence, et Misty avait été là, à l'attendre — une nouvelle marque de gratitude de la part de Bazza.

Elle l'interrogea sur le voisin de ce dernier. C'était un juge ou quelque chose du genre, non ?

— Il s'appelle Ault. Il a une grande baraque, comme Baz. Il avait une fille aussi. Tu ne lis jamais les journaux, Mist ? Tu ne regardes pas les infos à la télé ?

— Jamais.

C'était vrai. La vision que Misty avait du monde était presque exclusivement façonnée par les numéros du magazine *OK!* La célébrité, disait-elle toujours, était plus marrante que les attentats à la voiture piégée à Bagdad ou les enfants qui mouraient de faim en Afrique.

— Ce type est important pour lui ? Ce juge ?

— Ouais.

— Mais pourquoi, Paul ? Il n'a jamais eu de temps à accorder à ces gens-là, avant.

— Exact, Mist. Mais c'est parce qu'il n'avait jamais habité à côté de chez eux. Maintenant, ils sont tous comme cul et chemise. Lui, Aulty et le chirurgien au bout de sa rue. À ce rythme-là, il se mettra bientôt au golf.

— Il l'appelle Aulty ?

— Pas devant lui. Tu serais sidérée de voir à quel point Baz peut se montrer sous un jour respectable quand ils sont ensemble.

— Il se fout de lui, alors. Ça ne peut être que ça.

— Je le croyais aussi, Mist, mais je n'en suis plus aussi sûr. Marie est ravie, elle. Elle considère que Craneswater fait enfin de lui un être humain. Ils se rendent même à des dîners mondains. Tu imagines ?

— Ça ne m'étonne pas ! Elle essaie de le faire changer depuis des années. La peau de vache.

Misty joua avec son verre. Winter adorait ses ongles d'un rouge profond.

— Et ce soir..., reprit-il en bâillant. Que s'est-il passé ?

Baz, raconta-t-elle, lui avait téléphoné la semaine précédente. À cette période de l'année, il la bichonnait toujours ; en souvenir du temps où Trude, sa fille à elle, était encore bébé. Elle l'accompagnait parfois dans ces occasions, mais elle était aux Canaries, en train de se faire un nom au théâtre, si bien qu'ils s'étaient retrouvés tous les deux à la table favorite de Misty, La Tasca.

— Ah, leurs tapas, Paul… ces petits trucs aux crevettes sur des œufs de lump… c'était à tomber par terre.

Elle se pencha et l'attira vers elle. Elle n'était pas aussi ivre qu'il pensait.

— Et Baz ?

— Il n'a fait que parler du juge. Cet Aulty. Il est quelque part à l'étranger, c'est ça ?

— Dans le Pacifique. Sur un yacht.

— Et Baz a une dette envers lui ?

— Une dette énorme. Le juge et sa femme sont dans un avion à cette heure-ci. Ils rentrent demain matin.

Il la mit au courant des événements du samedi soir et des cadavres près de la piscine.

— Morts ? s'exclama-t-elle en se redressant péniblement sur un coude, Baz n'a jamais mentionné ça.

— Normal. Il a honte, à mon avis.

— Baz ? Jamais. Il ne sait pas ce qu'est la honte.

— C'était avant, ça, Misty. Aujourd'hui, les choses ont évolué. Ne me dis pas que tu ne t'en es pas rendu compte.

Elle songeait encore aux cadavres. Elle aussi avait une piscine — preuve supplémentaire de l'attachement indéfectible que lui vouait Bazza. Elle passait une grande partie de l'été à côté, étendue sur un transat, entourée de tubes de crème solaire et de magazines people.

— Il va devoir la vider et la remplir de nouveau, déclara-t-elle. Marie fera une crise, sinon.

— Vider quoi ?

— La piscine.

— Mais les corps n'étaient pas dans l'eau, Misty.

— Et alors ? À côté, ça suffit. Marie a déjà dû sortir la Javel. À coup sûr, elle voudra astiquer toutes les surfaces. Baz aussi, probablement.

Winter sourit. C'était une nouvelle façon d'appréhender la tragédie du samedi.

— Tu lui as fait la remarque ?

— Je n'ai pas pu. Encore une fois, il n'est pas entré dans les détails. Il n'y en avait que pour le juge. Qu'est-ce qu'il allait lui raconter, comment allait-il réussir à se racheter…

— Et tu ne l'as pas interrogé ? Tu n'as pas cherché à en savoir plus ?

— Impossible, mon chéri. Tu connais Baz, quand il est dans cet état, il devient de mauvais poil et après, tu peux toujours causer. Dans le meilleur des cas, il n'écoute rien. Ce soir, j'aurais tout aussi bien pu ne pas être là. Tu vois ce que je veux dire ?

Tout en parlant, elle desserra la ceinture de Winter et glissa une main dans son pantalon. Ses ongles…, pensa-t-il.

— Que s'est-il passé ensuite ?

— Il m'a plantée là. J'ai cru qu'il était parti aux toilettes, mais au bout d'une demi-heure, dans ce genre de situation, on commence à s'inquiéter. Il n'est plus si jeune. On le sent parfois. Il y a un jeune serveur sympathique à La Tasca. Enrique. Je lui ai demandé de faire un saut dans les toilettes pour hommes, Baz n'y était pas. Le salaud.

— Où est-il allé ?

— Aucune idée, mais il avait évoqué Westie un peu plus tôt.

— Westie ? répéta Winter, pétrifié.

— Un grand Black. Très costaud.

— Je sais qui est Westie, Mist.

Il ferma les yeux un instant, puis se laissa aller en arrière pendant qu'elle descendait son pantalon.

— Pourquoi voulait-il le voir ?

— Je ne prétends pas qu'il l'a vu. C'est juste le dernier truc qu'il a dit.

— Mais qu'est-ce qu'il a dit au juste ?

— Que ça ne servait à rien de lambiner. Et après, que ça ne servait à rien non plus de payer une fortune quelqu'un comme Westie et de ne pas en avoir pour son argent.

Elle inclina la tête. Winter adorait la chaleur de sa langue.

— Ça te plaît, Paulie ?

— C'est super, Mist.

— Plus vite ?

— Non.

— Plus lentement ?

— Oui. Tu te rappelles ce putain de lit, à Dubai ? À l'hôtel Burj ? J'ai encore les huiles que j'ai piquées là-bas. Elles sont dans la salle de bains. Tu veux que j'aille les chercher ?

Il ouvrit un œil en attendant sa réponse. Misty releva la tête, ôta son tee-shirt et détacha ses cheveux afin qu'ils tombent en cascade sur ses épaules nues. Puis elle lui décocha un grand sourire.

— On ira les chercher plus tard, mon chéri. Il ne faut jamais parler à une fille quand elle a la bouche pleine.

XVII

Jeudi 16 août 2007, 3 h 55

Faraday avait réglé l'alarme silencieuse de son portable. Déjà à demi éveillé, il sentit les vibrations à travers l'oreiller. Il se faufila sur le palier de l'étage et, une fois lavé et rasé, se prépara un thé au milieu des restes du repas de la veille.

À 4 h 30, il était sur la route.

L'officier de liaison avec les familles, le constable Jessie Williams, vivait à Fareham et Faraday avait prévu de passer la prendre sur le parking de l'hôtel Marriot, à la périphérie de la ville. Il la trouva debout près de sa Fiesta, en train d'admirer un spectaculaire lever de soleil. Après une année à la Section des crimes graves, elle s'était fait une solide réputation parmi les inspecteurs les plus expérimentés. Elle savait comment accompagner les gens, adoucir pour eux les nouvelles les plus horribles, et dans le même temps maintenir la distance nécessaire pour effectuer du bon boulot.

Ils firent route vers le nord. Même de si bon

matin, la circulation s'intensifiait déjà. À 6 heures, ils étaient sur la bretelle d'accès du Terminal 4 de l'aéroport de Heathrow. Jessie s'était procuré le plan de vol des Ault et elle avait contacté la compagnie Qantas pour obtenir des informations mises à jour. L'avion QF319 était légèrement en avance. Avec un peu de chance, les Ault franchiraient les contrôles dans la prochaine demi-heure.

Faraday se gara dans le parking à plusieurs niveaux. Les techniciens de scène de crime avaient ramassé quelques photos parmi les débris qui jonchaient le bureau du juge. La moins abîmée montrait un homme de grande taille, la cinquantaine, sur le ponton d'une marina. Il portait une chemise couleur fraise et un jean rapiécé. Sa masse de cheveux grisonnants était rejetée en arrière de son front haut. Des lunettes aux montures en écaille conféraient une certaine sévérité à son visage, même s'il était évident qu'il s'amusait. Un sac fourre-tout en toile dans une main et un gilet de sauvetage dans l'autre, il paraissait en forme, bronzé et visiblement heureux. Dieu lui vienne en aide, songea Faraday en rangeant la photo.

Un flot continu de passagers émergeait déjà dans le hall des arrivées. Des grands voyageurs aux allures de morts-vivants après une nuit passée dans l'avion, et qui poussaient des chariots chargés de piles de bagages. Faraday trouva une place derrière le cordon pendant que Jessie allait chercher un plateau de cafés au Starbucks tout proche. Lorsqu'elle revint, il était en pleine conversation avec un responsable de Qantas. Il semblait qu'il y ait eu un problème avec

M. Ault durant le vol. Il s'était plaint de douleurs à la poitrine et sa femme insistait pour qu'il soit examiné. Ils n'avaient pas encore franchi les contrôles et attendaient que le personnel prenne des dispositions pour qu'une ambulance emmène le juge à l'hôpital voisin de Hillingdon. Peut-être valait-il mieux que Faraday et sa collègue les récupèrent là-bas.

Faraday n'avait pas le choix. Il se fit indiquer le chemin et termina son cappuccino dans la voiture. L'hôpital se trouvait à un quart d'heure de là. Le temps qu'il repère les urgences, il était presque 7 h 30. La veille au soir, il avait accepté de rejoindre Jerry Proctor à Sandown Road au cas où les Ault voudraient jeter un premier coup d'œil à leur propriété. Les techniciens prévoyaient de leur rendre la maison en milieu de matinée et Jerry se tenait prêt à briefer le juge.

Faraday lui passa un coup de fil, mais tomba directement sur sa messagerie. Il expliqua la cause de leur retard à Heathrow et lui demanda de le recontacter.

— Voici Mme Ault, annonça Jessie alors qu'il rangeait son portable.

Elle lui montra une jolie femme svelte, vêtue d'un jogging froissé. Elle était plus jeune que Faraday ne l'avait imaginé et, sans grande surprise, l'épuisement se lisait sur son visage. Sa main était glacée.

— Appelez-moi Belle, dit-elle. J'ai peur que Peter n'en ait pour un moment.

La douleur, raconta-t-elle, avait surgi après leur départ de Singapour, d'abord dans la poitrine, ensuite dans le ventre. Personnellement, elle l'attribuait au stress, mais le bon sens exigeait qu'ils s'en assurent.

— Il est en forme. Je ne me souviens pas de l'avoir vu malade depuis très longtemps. C'est juste… tout ça…

Elle fit un geste qui les engloba tous les deux. Puis elle agrippa Faraday par le bras.

— S'il vous plaît, n'allez pas croire que nous ne vous sommes pas reconnaissants. Nous le sommes vraiment. Vous faire lever à une heure pareille… Mais c'est difficile de ne plus savoir à quoi s'attendre. Un jour vous nagez en plein bonheur dans le Pacifique Sud, et le lendemain…

Elle n'acheva pas sa phrase.

Jessie se proposa de nouveau d'aller chercher des cafés. Il y avait un distributeur à l'angle. Au même moment, une infirmière s'approcha. Quelqu'un de la compagnie aérienne devait avoir téléphoné parce qu'elle comprenait la situation. Une autre pièce avait été mise à leur disposition, dit-elle. Un endroit plus tranquille. Il y avait aussi une cantine à proximité s'ils avaient besoin de se restaurer.

Faraday mourait de faim. Mme Ault, elle, refusa d'un signe de tête. Jessie partit donc avec pour mission de rapporter des sandwichs au bacon pendant qu'ils suivaient l'infirmière vers une salle aménagée pour l'accueil des familles. Deux rangées de fauteuils en faux cuir se faisaient face de part et d'autre de quelques carrés de moquette tachés et des jouets s'empilaient dans les coins. Faraday fit de son mieux pour éviter à la mère de Rachel la vue d'un tas de pandas en peluche.

Gênée par le silence, elle commença à s'épancher. Leur voyage était le genre d'expérience que l'on ne connaît qu'une fois dans sa vie. Le yacht, baptisé *La Serenissima*, avait autrefois appartenu à Peter. Il l'adorait, mais l'entretenir coûtait une fortune, et il s'était résolu à s'en séparer quand ils avaient voulu acheter leur maison de Sandown Road. Les acquéreurs étaient de très bons amis à eux, tout aussi férus de voile, et le mari, un jeune retraité, avait décidé de consacrer presque un an à un voyage autour du monde.

— On était ravis pour eux, bien sûr. C'était quelque chose que Peter lui-même avait toujours voulu faire. Et puis nos amis ont organisé un dîner un soir et ils nous ont exposé leur idée. Ils avaient divisé leur voyage en une dizaine d'étapes. Chacune était notée dans une petite enveloppe blanche et, après le repas, tous les convives ont tiré au sort pour savoir à quel moment du périple ils les rejoindraient. La tête de Peter quand il a ouvert notre enveloppe… Des îles Fidji à Auckland, en passant par Vanuatu. Un rêve devenu réalité. On avait tellement de chance…

Le nom de Vanuatu éveilla l'attention de Faraday. Il n'y avait pas si longtemps, il avait eu une liaison avec une productrice vidéo australienne, Eadie Sykes. Cela n'avait pas collé entre eux, mais il avait gardé une grande curiosité pour sa terre natale.

— Êtes-vous passés par Ambrym ? Dans ce qu'on appelait autrefois les Nouvelles-Hébrides ?

— Oui. Un lieu magnifique. Enchanteur. On a jeté l'ancre dans la baie. Peter a attrapé un seau entier de mulets et on les a fait cuire au barbecue sur la plage, ce soir-là. Les étoiles. La chaleur. On était gâtés à mort…

Elle renversa la tête en arrière en regrettant aussitôt ses propos, et Faraday se demanda combien de pièges semblables l'attendaient dans les semaines à venir. Retrouver ses repères après un tel voyage serait difficile dans n'importe quelle circonstance, mais cela devenait tout simplement inconcevable lorsqu'on avait de surcroît perdu sa maison et sa fille unique en l'espace d'un simple appel téléphonique.

Mme Ault reprit la conversation sans entrain. Après Vanuatu, ils s'étaient dirigés vers le sud et la Nouvelle-Zélande. Ils avaient vu des poissons volants et des bancs de dauphins. Un albatros les avait suivis durant toute une journée et ils avaient surpris au loin le souffle d'une baleine. Le temps avait commencé à se rafraîchir. Ils avaient même parlé de dormir dans des sacs de couchage. Mais le téléphone avait sonné et il avait soudain été l'heure de rentrer chez eux. Chez eux — encore une expression douloureuse.

Elle chercha un mouchoir.

— Comment votre mari a-t-il réagi ? demanda Jessie.

— Mal, comme on pouvait s'y attendre. Rachel était tout pour lui. Je ne sais pas si vous êtes au courant, mais elle n'était pas sa fille. Je l'ai eue d'un précédent mariage. Seulement c'est Peter qui a toujours été là pour elle, Peter aussi qui a été le vrai père dans sa vie, qui l'a encouragée lorsqu'elle faisait de la natation, qui rêvait pour elle d'Oxford et de Cambridge. Tout ça a disparu maintenant. Disparu…

Elle posa un regard absent sur le mur, puis sur le mouchoir roulé en boule dans son poing.

— … à jamais. Pas étonnant que le pauvre ait des douleurs dans la poitrine. Vous imaginez, vous ? Qui peut imaginer ?

La question, sans réponse, flotta entre eux. Jessie finit par proposer de changer la disposition des fauteuils, d'en réunir deux pour former un lit de fortune et d'aller chercher une couverture afin que Belle puisse dormir un peu. Elle devait être épuisée. Mme Ault accepta. Le vol avait été long.

Faraday se leva et partit en quête de l'infirmière. Elle lui dénicha une couverture et l'informa que Peter Ault devrait pouvoir sortir en milieu de journée. Les examens n'avaient rien révélé. Faraday consulta sa montre. 9 h 56. En retournant dans la salle d'attente, il sentit son téléphone vibrer. Jerry, pensa-t-il.

Il se trompait. C'était Suttle.

— Chef ? C'est vous ? On a un autre corps. On a été prévenus il y a dix minutes. Je file sur place.

— Où ça ? Qui ? demanda Faraday, désorienté.

— Un certain Danny Cooper, chef. Comme celui du message.

Ce fut Proctor qui emmena Suttle à Salcombe Avenue. Une équipe de scène de crime était déjà en route et il devait leur donner des instructions avant qu'ils se mettent au travail.

— Que s'est-il passé ?

— Apparemment, ce type a une petite amie. Elle ne dort pas là toutes les nuits, mais elle s'est pointée tôt ce matin parce qu'ils devaient aller à Liverpool pour quelques jours.

La fille avait la clé de la maison, dit-il. Elle était entrée, avait préparé du thé et emporté une tasse à l'étage. Parvenue devant la chambre, elle avait compris que quelque chose clochait parce que la porte était ouverte et qu'elle avait aperçu un oreiller par terre. Un oreiller maculé de sang.

— Et ?

— Elle a découvert Cooper à moitié sur le lit, à moitié en dehors. Le corps lardé de coups de couteau. Il y avait du sang sur les murs, sur les draps, partout. Il avait la gorge tranchée, aussi. Un truc très gothique.

Paniquée, elle s'était précipitée chez une voisine. La femme était venue vérifier ses dires avant d'appeler le 999. Une voiture de patrouille était arrivée en premier, avait bouclé la rue et suivi la procédure. Les Crimes graves avaient été prévenus juste après 9 heures.

— Comment sait-on qu'il s'agit de Danny Cooper ?

— Grâce au permis de conduire dans son portefeuille. Du courrier au rez-de-chaussée laisse aussi penser que la maison était à lui. Ses cartes bancaires se sont envolées et on n'a pas retrouvé d'argent. On peut donc envisager un cambriolage, mais risquer une si lourde peine pour quelques livres, ça me paraît beaucoup.

Suttle en convint. Il pensait déjà à Jax Bonner.

— Comment est-on rentré dans la maison ? On a trouvé un couteau ?

— Trop tôt pour le dire. Les seules personnes à être montées à l'étage sont les deux femmes et l'agent de patrouille. Jenny Cutler est toujours de garde et on l'attend d'ici deux ou trois heures. Mes gars se mettront au boulot dès qu'ils auront enfilé leur tenue.

Jenny Cutler était le médecin légiste qui avait officié à Sandown Road. Un bon point pour la continuité, songea Suttle.

Il baissa sa vitre. Le virage juste avant Salcombe Avenue était barré d'un ruban bleu et blanc et il montra son insigne pour le franchir.

Proctor trouva une place pour sa Volvo. Une fourgonnette de la Scientifique était déjà garée à l'autre bout de la rue, ses portes arrière ouvertes, et deux enquêteurs appuyaient des dalles contre le mur de la dernière habitation. Ils les disposeraient ensuite par terre pour pouvoir marcher sans contaminer d'éventuels indices. Durant toute la journée, voire plus, ils seraient les seuls avec le médecin légiste à avoir accès à la propriété.

Proctor s'avança dans la rue. Suttle s'apprêtait à le suivre lorsqu'une autre silhouette émergea d'une Audi à proximité. L'inspecteur-chef Parsons était habillée comme pour une réunion au sommet et Suttle se demanda ce qui pouvait justifier le choix de ce tailleur pantalon à la coupe impeccable.

— Chef !

Parsons observait l'agitation au bout de la rue. Elle expliqua à Suttle qu'elle se rendait à un séminaire à Bramshill lorsqu'elle avait reçu un appel de

Willard. Il voulait savoir si ce meurtre était lié ou non à l'affaire Mandoline.

— Vous voulez que je m'en occupe, chef?

Elle accepta. Cela faisait des semaines qu'elle attendait ce séminaire, et le déjeuner qui allait avec, en présence d'un éminent criminologue américain dont elle avait été jusqu'à lire l'autobiographie récemment publiée. Et voilà que cette tuile lui tombait dessus.

Bramshill était le centre national de formation des forces de police — un pot de miel pour les officiers qui avaient autant d'ambition que Parsons.

— Prenez les choses en main le plus vite possible, je veux dire avant le déjeuner, dit-elle. Vous gérerez les renseignements. Adressez-vous à Faraday. Adressez-vous à qui vous voulez, mais réglez-moi ça. Je me contenterai d'une piste probable. Envoyez-moi un mail.

Elle remonta dans son Audi. Quelques secondes plus tard, elle était au téléphone. Suttle s'apprêtait à rejoindre Proctor et les enquêteurs derrière la fourgonnette lorsqu'il se rendit compte que cela ne servait à rien, Jerry avait raison. Tant que ses gars n'auraient pas inspecté la maison, personne n'y verrait plus clair.

Il resta au milieu de la rue un moment en se demandant s'il devait attendre que quelqu'un puisse le ramener à Kingston Crescent ou bien appeler un taxi. Puis l'un des agents en uniforme le héla. Roly. Suttle l'avait déjà rencontré auparavant. Il jouait à peu près correctement au foot et avait été invité à intégrer l'équipe du CID.

— Il y a une femme qui vit juste en face de chez la victime, dit Roly en montrant une maison au bout de la rue. Elle pense qu'on devrait parler à son mari.

— Pourquoi ?

— Apparemment, un type est venu hier soir frapper à la porte du gamin.

— Le gamin ?

— Cooper. Elle dit que cet homme faisait un boucan pas possible et que ça a énervé son mari. Il est sorti, a échangé quelques mots avec lui et a eu le temps de bien le voir.

— Où est-il ? Le mari, je veux dire.

— Au boulot. Il est plâtrier. Allez discuter avec elle, elle a un numéro où le joindre.

Il était près de 10 h 55 lorsque Faraday quitta l'hôpital de Hillingdon. Peter Ault avait terminé plus tôt que prévu sa série d'examens. Son électrocardiogramme était bon, son pouls et sa pression artérielle à peine au-dessus de la normale, et l'interne des urgences l'avait volontiers autorisé à partir après qu'il eut promis de consulter son généraliste pour un check-up plus complet.

Faraday s'était présenté à lui. Ault était encore plus grand qu'il ne le pensait. Sa taille lui donnait un air autoritaire légèrement menaçant, si bien qu'on l'imaginait facilement dans un tribunal ou aux commandes d'un yacht. Comme sa femme, il était très bronzé. Il portait des chaussures bateau et un blazer à rayures joyeuses, mais son regard un peu flou rappela à Faraday ceux des rescapés de graves accidents de la route.

Ils avaient pris l'autoroute en direction du sud, avec les Ault à l'arrière de la Mondeo. Jusque-là, le juge n'avait fait pour ainsi dire que contempler le paysage par la vitre en se détournant de sa femme. Elle lui tapotait le genou de temps à autre, sans qu'il réagisse. Une fois passé Guildford, elle s'endormit, la tête nichée sur son épaule.

À l'hôpital, Ault avait souhaité être informé en détail des événements qui s'étaient déroulés chez lui, mais un moment s'était écoulé avant que Faraday en finisse avec les appels aux Crimes graves. Le meurtre de Salcombe Avenue semblait lié à Mandoline. Suttle s'occupait des renseignements et Parsons discutait avec Willard de possibles modifications dans la structure de commandement. Les deux meurtres de Sandown Road avaient déjà mis le dispositif actuel à rude épreuve. Un troisième supposait peut-être de nommer un nouveau responsable d'enquête.

— Comment ma fille est-elle morte, inspecteur ?

Ils étaient arrêtés à un feu rouge à Hindhead. Faraday croisa le regard du juge dans le rétroviseur. C'était la question d'un juriste : précise, dénuée d'émotion.

— Elle a été poignardée, monsieur. Vous pourrez lire le rapport du médecin légiste.

— Merci. Mackenzie a eu la gentillesse de me passer quelques coups de fil. J'ai cru comprendre qu'elle avait été retrouvée près de sa piscine.

— Exact.

— L'hypothèse d'une noyade est donc inenvisageable ?

— Absolument. Elle n'est jamais entrée dans l'eau.

— Quel dommage.

La file de voitures se remit à avancer. Faraday se força à rester concentré sur la route.

— Pourquoi est-ce dommage ? Si ce n'est pas indiscret.

— Pas du tout. L'eau, c'était tout pour elle. Se noyer aurait été… approprié, je suppose, dit Ault en haussant les épaules.

C'était une étrange réflexion, mais il fallait croire qu'elle lui apportait un certain réconfort, songea Faraday. Il commença à parler de la fête en se demandant ce que Mackenzie avait raconté au juste à ses voisins. Peut-être rendrait-il service au juge et à sa femme en les préparant à ce qui les attendait, car la police scientifique laisserait la maison exactement dans l'état où elle l'avait trouvée.

— J'ai donc peur que ce ne soit le désordre, les prévint-il.

— J'imagine, répliqua Ault en fixant de nouveau le paysage. Qu'est-ce que le médecin légiste a constaté d'autre ?

Faraday hésita. Était-ce le moment ?

— Du sperme, déclara-t-il enfin.

— Où ?

— Dans son vagin. Et dans sa gorge.

Ault assimila l'information, la mine totalement impassible.

— Était-elle ivre ?

— Oui.

— À quel point ?

— Difficile à déterminer. Nous n'aurons pas les résultats des analyses toxicologiques avant deux ou trois jours.

— Mais vous avez des dépositions de témoins. Et en grand nombre.

— Bien sûr.

— Que disent-ils ? Sur son état d'ébriété ?

Faraday eut conscience de la grosse tête du magistrat qui se tournait de nouveau vers lui, de ses yeux dans le rétroviseur. Il avait l'impression de subir un contre-interrogatoire au tribunal.

— Elle avait beaucoup bu.

— Elle n'était plus en possession de ses moyens ?

— Je n'ai pas dit ça.

— Et Hughes ? Son nouveau petit copain ? Il était dans le même état ?

— Il avait bu, c'est certain.

— A-t-il été poignardé, lui aussi ?

— Non. Il avait une blessure au niveau du crâne. Le rapport d'autopsie n'est pas terminé.

Ault hocha la tête comme si ces réponses confirmaient un soupçon qu'il nourrissait depuis un moment. Il cherchait un responsable, comprit Faraday. Et il n'aimait pas beaucoup Gareth Hughes.

— Berriman était présent à la soirée, l'informa-t-il.

— Je sais. Il a eu la décence de m'appeler. Il nous a dit combien il était désolé. Pour Rachel.

— Vous appréciez ce garçon ?

— Beaucoup. Ma femme aussi.

— Et Rachel ?

— Elle était dingue de lui. Elle l'a été pendant des années. En un sens, ils ont grandi ensemble. Ma femme pense qu'ils étaient comme un frère et une sœur, mais elle se trompe. C'était bien plus fort que ça. J'adorais les voir ensemble. Ils étaient si proches, si *physiquement* proches. Croyez-moi, inspecteur, leur séparation a été une énorme déception.

— Pour Rachel ?

— Pour moi, corrigea le juge avec un sourire triste.

Ils continuèrent à rouler en silence. Ault était pensif, la tête inclinée en arrière. Sa femme dormait toujours contre lui. Pour finir, il demanda si de la drogue avait circulé durant la soirée.

— Oui.

— Quel genre ?

— Cannabis et cocaïne.

— En quantité ?

— Oui.

— Comment le savez-vous ?

— Grâce aux témoins, monsieur Ault.

— Et que vous disent-ils, ces témoins ?

Faraday se surprit à esquisser un geste de contrariété. S'il avait beaucoup de compassion pour les Ault, il commençait à en avoir assez de toutes ces questions.

— Qu'elle était bon marché, dit-il au bout d'un moment. En fait, presque donnée.

— Qu'est-ce qui était presque donné ?

— La cocaïne.

— Donnée… c'est-à-dire ?

— Vingt-cinq livres le gramme.

— C'est très bon marché en effet. Je crois que cela représente la moitié du tarif habituel. Et la source ?

— L'enquête se poursuit.

— Je vois.

Le juge ôta ses lunettes et se frotta les yeux.

— Savons-nous pourquoi cette cocaïne était ainsi bradée ? reprit-il.

— J'ai peur que non.

— Dommage.

Les doigts de Peter Ault trouvèrent le bouton de commande des vitres électriques. Le grondement de la circulation emplit l'habitacle et il renversa la tête en arrière, laissant le courant d'air soulever la masse de ses cheveux grisonnants.

Quelques minutes plus tard, Faraday mentionna Scott Giles.

— J'ai cru comprendre que vous aviez dirigé son procès, monsieur.

— En effet.

— Y a-t-il eu… euh… des réactions après coup ?

— Quel genre de réaction ?

Faraday chercha le mot juste. « Commentaire » était trop mou. Jax Bonner ne faisait pas de commentaires.

— Avez-vous eu des contacts avec sa famille proche ? Avez-vous reçu des menaces, par exemple ?

— Adressées à qui ?

— À vous.

— Pour quelle raison ? s'enquit Ault, désormais tout ouïe. Laissez-vous entendre que les jurés ont commis une erreur ? Qu'ils se sont trompés de verdict ?

— Je ne laisse rien entendre, monsieur. Dans ce genre de situation, nous cherchons un mobile. C'est notre boulot. Parmi les intrus à la fête se trouvait la sœur de Giles. Elle est connue pour des faits de violence et semble très instable. Nous avons des raisons de la supposer remontée.

— Contre moi ?

— Oui.

— À cause d'une erreur de justice ?

— De son point de vue à elle…

Faraday ralentit pour passer un rond-point.

— … oui, conclut-il.

— Et elle aurait tué ma fille ? Par vengeance ? C'est ça ?

Faraday opina. Ault était clairement secoué. Bientôt, il allait se reprocher la mort de Rachel.

Le juge rumina un moment en silence. Puis il secoua la tête.

— Je n'ai eu aucun contact avec sa famille. Comment s'appelle cette fille, inspecteur ?

— Jax Bonner.

— Jax, répéta-t-il avec un sourire glacial. Une personnalité haute en couleur. Vous lui avez parlé ?

— Elle s'est volatilisée.

— Je vois.

Était-ce le moment de lui décrire l'état dans lequel elle avait mis son portrait ? s'interrogea Faraday. Jax Bonner l'avait complètement lacéré. La preuve était incontestable. Plus tard, décida-t-il. Une fois que le juge aurait eu un peu de temps pour réfléchir.

— J'ai peur que des affaires ne vous aient été volées aussi, reprit-il. Nous n'avons pas pu établir de liste, mais une ou deux choses manquent visiblement à l'appel.

— Comme ?

— L'ordinateur portable de Rachel, pour commencer. En matière de preuve, il nous intéresse beaucoup. Nous arriverons peut-être à le retrouver avec le temps, mais je ne peux pas vous le garantir.

— Oubliez cet ordinateur.

— Pourquoi ?

— C'est moi qui l'ai. Il est dans mes bagages. Rachel me l'a prêté pour la croisière et je dois dire qu'il m'a été très utile.

Sa femme s'agita à côté de lui. Ault lui accorda à peine un regard avant d'incliner de nouveau la tête en arrière et de fermer les yeux.

— Avez-vous une idée de ce qu'ont été ces derniers jours ? Depuis que nous avons appris la nouvelle ? Pouvez-vous concevoir ce que les gens comme nous *font* dans une telle situation ?

— Non, monsieur Ault, dit Jessie. Ce doit être horrible.

— Le mot « horrible », malheureusement, n'est pas tout à fait à la hauteur. Irréel serait plus juste. Vous recevez un appel pareil, avec au bout du fil une voix que vous n'avez jamais entendue de votre vie, et vous essayez de prétendre que c'est un cauchemar. Vous essayez de vous persuader que rien n'est arrivé. Mais ensuite, vous vous connectez sur un site d'informations, la BBC, Sky News, et tout est là, votre maison, votre porte d'entrée, et vous comprenez que cela doit être vrai. Votre fille est vraiment morte. Ce n'est pas du tout irréel. C'est au-delà du réel.

Il n'avait pas dormi durant tout le trajet du retour jusqu'à Vanuatu, dit-il. Il avait enchaîné deux quarts, avant d'aller se coucher lorsque le skipper du yacht avait insisté pour qu'il se repose.

— Et vous y êtes arrivé ?

— Bien sûr que non. Dans ces cas-là, vous réfléchissez. Vous ruminez. Vous remuez les années passées. Cet ordinateur faisait office pour Rachel de journal intime, presque de meilleur ami. J'entendais sa voix. Je pouvais partager ses pensées. Je pouvais presque la *toucher*. Si proche, et pourtant disparue. Comme ça. Disparue à jamais.

Disparue, songea Faraday. Belle Ault avait utilisé les mêmes mots. Des mots simples. Si définitifs. Disparue.

Ils approchaient de Petersfield et allaient bientôt devoir prendre une décision au sujet de Sandown Road. Faraday accrocha le regard du juge dans le rétroviseur. Ault avait les yeux humides derrière ses lunettes.

— Nous pouvons pousser jusqu'à Southsea si vous le voulez, monsieur Ault. Un responsable de l'Unité de scène de crime est sur place. C'est lui qui vous expliquera la situation concernant votre maison.

Ault médita la proposition un instant.

— Non, répondit-il enfin. Pas maintenant, si cela ne vous ennuie pas.

XVIII

Jeudi 16 août 2007, 11 h 52

Jimmy Suttle trouva Winter caché à l'ombre d'un bâtiment abandonné du ministère de la Défense, sur la plage des nudistes — une longue étendue de galets qui s'incurvait vers l'embouchure du port de Langstone.

— Gare-toi là où tu verras d'autres voitures, lui avait dit Winter. Je serai le gros connard sur une chaise longue rouge.

Suttle fut soulagé de voir qu'il était habillé. C'était une très belle journée, presque sans un nuage dans le ciel, et il sentait la chaleur monter des galets sous ses pieds. Un couple âgé pique-niquait à proximité sur un plaid. La femme servit du thé d'un Thermos avant de donner un sandwich à son compagnon. Tous deux avaient la peau tannée comme du vieux cuir.

Suttle fut surpris de voir à côté de Winter un autre transat, avec une pile de vêtements débordant d'un sac de sport Jaguar vert.

— Tu as de la compagnie ?

— Yep, répondit Winter en finissant une glace.

— Un ami ?

— Le mot est un peu fort, fiston. Plutôt des associés.

— Au pluriel ?

— Oui, des personnes à qui je dois parler. L'une m'a raconté qu'elle aimait se foutre à poil avant de piquer une tête dans l'eau. Je me suis dit que j'allais passer et lui garder la place chaude pour quand elle en aurait marre.

— Elle est au courant que tu l'attends ?

— Non, pas encore. Aucun des deux, d'ailleurs.

Winter fit un signe en direction de la mer bleue miroitante. C'était la marée basse et Suttle cherchait encore un couple de baigneurs lorsque son ancien collègue lui montra la tache formée au loin par la jetée.

— D'ici à là-bas, aller et retour. Apparemment, ça leur prend environ une heure.

— À la nage ? Une distance pareille ?

Winter acquiesça. Qu'y avait-il de si important pour que Jimmy sorte de sa chère Cellule de renseignement ? s'enquit-il ensuite.

— Tu n'as pas appris la nouvelle ?

— Vas-y.

— Ça concerne Danny Cooper.

Winter tourna la tête. Ses lunettes Calvin Klein ne lui allaient pas du tout et Suttle se demanda s'il les avait empruntées.

— Quoi, Danny Cooper ?

— Il est mort. Sa copine l'a retrouvé ce matin. Tu ne le savais pas ?

— Pourquoi j'aurais dû le savoir ?

— Parce que tu étais là-bas hier soir. Et que tu le cherchais.

— Ah ouais ?

— Oui. Je suppose que son voisin d'en face ne s'est pas présenté, mais il s'appelle Mick.

— Il t'a filé une description ?

— Oui. Un type qui se dégarnit. Très gros. Avec un pantalon brillant. Et qui transpirait comme un malade. Tu veux que je continue ? Il t'a repéré, et surtout, il a repéré ta voiture. Ça arrive souvent que des caisses pareilles se pointent à Salcombe Avenue, à ton avis ?

— Il faisait chaud hier soir, répliqua Winter, sur la défensive. Assez pour que n'importe qui transpire.

— Donc, tu étais bien là-bas… n'est-ce pas ?

— Ouais.

— Pourquoi ?

— Pourquoi ? C'est le flic qui m'interroge ? Ou juste mon ex-pote qui se montre curieux ? Parce qu'il y a une différence.

— Tu trouves ?

— Putain, oui. Alors dis-moi. Tu es là à titre officiel ? Il faut que j'appelle mon avocat ? Que je remette mes sandales et que je te laisse me conduire au poste ? Ou est-ce qu'on papote ici, au soleil ?

Suttle le fixa un moment. Puis il drapa sa veste sur le dos du deuxième transat, déplaça le sac de sport et s'installa confortablement.

— Bonne décision, fiston. Je t'ai parlé de ta copine

Lizzie ? Elle m'a demandé de te transmettre un message. Elle en a assez du saphisme.

Il jeta un bref regard à Suttle et haussa un sourcil.

— Le saphisme ? Moi non plus, je connaissais pas. J'ai dû chercher dans le dico. Je crois que ça signifie qu'elle n'est plus lesbienne, du moins pas ce mois-ci. Tu pourrais bien avoir ta chance avec elle.

— En plus de jouer les indics, tu t'improvises maquereau, maintenant ?

— Très drôle. Dis-m'en plus sur Danny.

Suttle lui livra les faits sans rien lui cacher — avant tout parce qu'il détenait très peu d'informations. Cooper était mort poignardé. L'attaque avait été violente, l'œuvre d'un forcené. L'assassin s'était servi d'un couteau. Il y avait du sang partout.

— Le couteau a été retrouvé ?

— Aucune idée.

— Des témoins ?

— Je passe. Tu sais comment on fonctionne. On isole d'abord la scène. Ensuite, on fait du porte-à-porte.

— Mais c'est un cul-de-sac. Les gens vont et viennent. Ils ouvrent l'œil.

— Certes. Et l'un d'eux t'a aperçu. Raison pour laquelle je t'ai appelé.

— Quelle gentille attention. J'apprécie.

— Tu ne réponds pas à la question, Paul. Tu étais chez Cooper hier soir, il serait dans ton intérêt de m'expliquer pourquoi.

— Je lui devais une conversation. Il y avait un truc ou deux qu'on devait régler.

— Comme ?

— Je ne peux pas te le dire. C'était confidentiel, des histoires de business. Bazza a un comportement curieux dès qu'on aborde ces sujets-là. C'est un type très secret. Tu l'as peut-être remarqué.

— On enquête sur un meurtre, Paul. La machine est lancée. Que ça te plaise ou non, elle va cracher ton nom.

— Ce type, en face de chez Cooper, il a fait une déclaration en bonne et due forme ?

— Évidemment. Elle doit déjà être dans le fichier HOLMES. Je ne voudrais pas être lourd, mais on te repère facilement. Un homme qui se dégarnit ? Très gros ? Avec un bolide ? Le voisin a noté la plaque d'immatriculation, Paul. Pas en entier, mais assez pour te confondre. Sérieusement, tu devrais réfléchir.

— Merci.

— Je ne plaisante pas.

Suttle marqua une pause pour laisser au message le temps de faire son effet. Winter remonta ses lunettes sur son front et contempla la mer.

— Il faudra que cette démarche devienne officielle, dit-il. Tu ne pourras pas faire autrement.

— Exact. Ce ne sera peut-être pas aujourd'hui, et ce ne sera certainement pas moi, mais tu n'y couperas pas.

— Alors pourquoi maintenant ? Pourquoi m'avoir appelé ? Qu'est-ce que tu veux ?

— J'ai juste besoin d'un petit tuyau. Ça te paraît raisonnable ?

— Continue.

— Est-ce que la nuit dernière avait un rapport avec Sandown Road ?

— Tu veux dire, avec la fille ? Jax Bonner ?

— Je veux dire Sandown Road.

Winter ne se pressa pas.

— Je vais être sympa avec toi, déclara-t-il au bout d'un moment. Je ne peux pas le jurer. Et tes copains et toi n'obtiendrez rien de moi si je finis au trou. Mais en souvenir du bon vieux temps, Jimmy… la réponse est sans doute oui.

Suttle savait que Winter ne lâcherait rien de plus. Il regarda sa montre : 12 h 32. Parsons lui avait réclamé un rapport préliminaire au plus tard pour l'heure du déjeuner. Il se leva avec peine du transat et récupéra sa veste. Ce faisant, il aperçut deux silhouettes qui émergeaient de l'eau. Elles s'arrêtèrent près du bord, ôtèrent leurs maillots et se penchèrent pour les rincer avant de longer la plage. L'homme était grand, bien bâti, avec de larges épaules et un ventre plat. La femme était plus âgée. Leurs mains se touchèrent brièvement. Ils riaient.

Winter attrapait déjà une serviette, conscient de l'intérêt de Suttle pour le couple.

— Gagné, fiston. Matt Berriman.

Faraday arriva à Kingston Crescent pour 14 heures. À la vue du coupé Saab de Willard dans le parking, il se prépara à une nouvelle réunion.

Il trouva le chef du CID en compagnie de Gail Parsons. La chaleur commençait à faire faner les fleurs sur le rebord de la fenêtre et Faraday détecta une pointe de lassitude dans le geste de Parsons pour lui indiquer un siège vide. Elle n'avait presque pas touché à l'assiette de sandwichs posée à côté d'elle.

Willard interrogea Faraday sur les Ault.

— Nous les avons déposés à Denmead et ils iront chez eux demain. Je dirai à Jerry d'être sur place pour les rencontrer. Jessie Williams aussi.

— Comment ont-ils réagi ?

— Mal, comme vous pouvez l'imaginer.

— Pensez-vous qu'ils soient déçus ?

— Déçus ?

— Que nous n'ayons pas encore obtenu de résultat.

— Je ne sais pas, monsieur. Je ne crois pas qu'ils en soient déjà là. Pour le moment, ils tentent d'encaisser ce qui est arrivé et rien de ce que nous pourrons faire ne les y aidera, n'est-ce pas ?

— Vous croyez ? Il est juge, Joe. Ce n'est pas le premier venu. Il comprend le système. Il connaît son fonctionnement et il a forcément un avis sur la manière dont nous procédons.

— Impossible. Pas maintenant en tout cas.

— Comment pouvez-vous en être sûr ?

— Parce que le bonhomme est à côté de ses pompes. Ça se voit à sa tête, à son regard. Il est paumé.

— Ça ressemble aux effets du décalage horaire, objecta Parsons. Je pense que M. Willard a raison. On doit faire très attention où on met les pieds.

— C'est-à-dire ?

— Il va nous surveiller. À chacun de nos pas. Il est copain avec Richard Brooke. Cela vous aurait-il échappé ?

Brooke était le directeur de la Haute Autorité de police. Faraday se lassait de cette conversation. Ils avaient déjà eu la même quelques jours plus tôt. Encore et toujours la politique.

— On fait de notre mieux, chef. Comme vous le savez certainement.

Un silence pesant s'ensuivit et il se demanda combien de temps Parsons et Willard avaient passé à s'inquiéter au sujet du juge. Enfin, l'inspecteur-chef se pencha vers son PC. Jimmy Suttle venait juste de lui envoyer un rapport préliminaire sur le meurtre de Cooper. De son point de vue, il y avait un lien probable avec Mandoline.

— Fondé sur quoi ? s'enquit Faraday.

— Sur le message posté hier sur Facebook. Celui qui mentionnait le nom de Cooper. Il ne peut pas s'agir d'une coïncidence. La Scientifique a récupéré des notes personnelles dans l'appartement de Scott Giles. Certaines mentionnent aussi Danny Cooper et l'écriture semble être celle de Bonner.

— On la considère comme suspecte ?

— A priori, je dirais oui. Elle a un mobile. Suttle a découvert qu'elle avait passé plusieurs appels au *News* à partir d'un numéro local, ce qui suggère qu'elle traîne toujours dans les parages. Apparemment, Suttle a aussi consulté d'autres personnes.

— Qui ?

— Je n'en suis pas sûre, répondit Parsons en fixant son écran. Il ne le précise pas.

Willard intervint. Il avait fait un détour pour voir de ses yeux la maison de Cooper. Quand on cherchait un coin tranquille pour poignarder quelqu'un, dit-il, on ne pouvait pas trouver mieux. L'arrière donnait sur un terrain de foot et au nord s'étendaient quelques jardins ouvriers. En termes d'accès, ils n'étaient guère avancés.

— Mode d'intrusion ?

— Par la porte de la cuisine, répondit Parsons, qui tenait l'info de Jerry Proctor. Les techniciens ont constaté que la serrure avait été forcée. Ils pensent à un pied-de-biche, un démonte-pneu ou quelque chose de similaire.

— Ils ont retrouvé une arme ?

— Pas pour le moment. La maison n'est pas grande. J'ai l'impression qu'ils auront fini dans vingt-quatre heures. Ils inspecteront l'extérieur avant de partir et on a entamé des recherches sur le terrain de foot et les jardins ouvriers.

— Des empreintes ?

— Quelques-unes. J'attends des nouvelles de Netley.

Faraday hocha la tête. Les empreintes relevées sur place seraient envoyées par mail aux services *ad hoc*. Une fois celles de Cooper et de sa copine éliminées, les autres seraient confrontées à une énorme base de données.

— On privilégie quelle piste, alors ?

— On ne sait pas. Pas encore.

Parsons se tourna vers Willard avec l'air de guetter une sorte de signal. Avait-il décidé d'un changement dans la structure de commandement de l'opération Mandoline ? se demanda Faraday. Et était-ce le moment où il allait devoir accepter de nouvelles responsabilités ?

Il s'avéra qu'il avait deviné juste.

— On a déjà un nom, dit Willard. Et il soulève quelques problèmes.

En milieu d'après-midi, Jimmy Suttle eut un retour sur les photos qu'il avait envoyées un peu plus tôt par mail. Il cherchait à mettre des noms sur les visages de Bransbury Park et avait transmis ses clichés à un certain nombre d'agences de la ville. Certaines hésitaient parfois à livrer ce genre d'information, mais un coup de fil à l'inspecteur en uniforme qui faisait partie du Partenariat contre le crime et les atteintes à l'ordre public[1] semblait avoir réglé le problème.

— Le gamin s'appelle Edmonds, chef. Ses copains le surnomment Jersey. Personne ne sait pourquoi.

Faraday venait d'entrer dans le bureau et il examinait les meilleures photos prises par Suttle. Jersey Edmonds était le plus petit des gamins, celui qui avait fait signe à Gabrielle lorsqu'ils étaient tous partis à vélo en direction de la plage, celui aussi qu'elle avait mentionné la veille.

— Il a un frère aîné, ce Jersey ?

— Aucune idée. Vous voulez que je me renseigne ?

— S'il te plaît.

Pendant que Suttle griffonnait une note, Faraday alla fermer la porte. Ils avaient la Cellule de renseignement pour eux seuls.

1. Dans certaines villes, coopération institutionnelle entre différentes instances impliquées dans la lutte contre la délinquance.

— Il faut qu'on parle de Paul Winter, commença-t-il en s'asseyant sur une chaise près de la fenêtre.

— Je m'en doute.

— Tu as lu la déclaration du gars de Salcombe Avenue ?

— Je l'ai rencontré ce matin et j'ai transmis son nom au Bureau des incidents graves. Qui s'est chargé de lui ?

Faraday nomma un agent affecté à l'affaire Mandoline. Il avait interrogé le plâtrier sur un chantier du centre-ville, à moins de huit cents mètres de Kingston Crescent.

— C'est forcément Winter. Du moins Parsons le suppose.

— Elle a raison.

— Tu as vu Paul ?

— Ce matin. Il reconnaît être allé chez Cooper.

— Qu'a-t-il raconté d'autre ?

— Pas grand-chose. Il m'a dit qu'il voulait parler affaires avec le gamin, mais il a refusé de donner plus de détails.

— Il travaille toujours pour Mackenzie ?

— D'après ce que j'ai compris, oui.

— Il fait quoi ?

— Je ne sais pas, chef. Il chasse des types comme Danny Cooper, je suppose.

— Et il reçoit une Lexus en échange ?

Faraday laissa la question flotter entre eux. Voyant que Suttle ne voulait pas s'engager sur ce terrain, il passa en revue les inquiétudes de Willard. Selon le chef du CID, Winter travaillait ouvertement pour l'une des rares figures de la pègre de Pompey à figurer dans la liste SOCA[1] de Scotland Yard. Cette liste regroupait les noms de membres du crime organisé au Royaume-Uni, assez importants ou prospères pour faire l'objet d'une sérieuse attention. Peu importait qu'ils aient été condamnés ou pas. La fête de Sandown Road semblait avoir placé Mackenzie dans le bon camp, une fois n'était pas coutume, mais voilà que Paul Winter, un ex-officier du CID, et désormais l'un des principaux lieutenants de Mackenzie, se retrouvait impliqué dans une affaire criminelle.

Suttle fit remarquer que le terme « impliqué » était peut-être excessif.

— Tu penses que sa visite d'hier soir était une coïncidence ?

— Je ne sais pas, chef, mais on ne peut pas l'arrêter pour avoir frappé à la porte de Cooper.

— Même s'il ne veut pas nous dire pourquoi il était là ?

— On ne le lui a pas encore demandé. Pas en bonne et due forme.

— Je croyais que tu lui avais parlé ce matin.

— En effet.

— À quel titre ?

Suttle se figea. Il avait été fou de traiter sa rencontre avec Winter avec tant de désinvolture, et plus fou encore de la mentionner. Il rapprocha son siège du bureau et saisit la photo des gamins.

— Parfois, on emprunte des raccourcis, dit-il. C'est plus simple ainsi.

1. SOCA : *Serious Organised Crime Agency*.

— Je n'en doute pas. Pour toi, cette sortie à Bransbury Park en était un ?

— Je vous ai rendu service, chef.

— Et ce matin, avec Winter ? Tu lui rendais service à lui aussi ?

— Que voulez-vous dire ?

— En l'informant de ce qui s'était passé à Salcombe Avenue ? En le prévenant ? En lui accordant une longueur d'avance ?

— Il l'aurait découvert tôt ou tard, de toute façon.

— Bien sûr. Tu le sais, et moi aussi. Mais maintenant, il a la possibilité de s'inventer un alibi.

— À supposer qu'il lui en faille un.

— Ah oui ?

— Il est très futé. En fait, c'est même l'un des types les plus futés que j'aie jamais rencontrés.

— Et est-ce que cela faisait de lui un bon flic ?

— Un flic sacrément efficace, en tout cas.

— À quoi tu le mesures ?

— Aux gars qu'il coinçait. J'ai travaillé avec lui pendant plus d'un an. À la fin, j'avais perdu le compte.

— Génial. Alors comment se fait-il qu'il roule pour Mackenzie ?

Suttle se mordit la langue. Quelques jours plus tôt, il aurait posé la même question, mais après la soirée curry dans l'appartement de Gunwharf, il s'était rendu compte que Winter avait une autre facette, beaucoup moins honteuse celle-là.

Il affronta le regard de Faraday en se demandant ce qu'il savait au juste sur Paul Winter.

— Les apparences sont parfois trompeuses, chef,

déclara-t-il calmement. Winter n'a jamais été quelqu'un de facile à déchiffrer.

— Ça veut dire quoi ?

— Ici ? Maintenant ? dit Suttle en montrant les dossiers éparpillés sur son bureau. En ce qui concerne Mandoline ?

— Oui.

— Très bien. Selon moi, Winter est une source d'informations qu'on ne peut pas se permettre d'ignorer, pas si on veut faire avancer l'enquête. Il bosse pour Mackenzie, qui lui fait probablement confiance et qui a lui-même intérêt à ce que l'affaire soit résolue. Ces gamins sont morts à côté de sa piscine, ne l'oubliez pas. C'est sa réputation qui est en jeu. Je suppose donc qu'il laisse un peu de mou à Winter, qu'il lui accorde un peu plus de liberté.

— Dans quel but ?

— Trouver un nom ou deux.

— Au sujet de Rachel et Hughes ?

— Oui. Et peut-être de Danny Cooper aussi.

— Tu en es sûr ?

Suttle ne répondit pas. Faraday était intelligent. Déjà, il sentait qu'il en avait beaucoup trop dit.

— Willard et Parsons veulent agir selon les règles, dit Faraday. Ils ont toujours considéré Winter comme une planche pourrie et rien n'a changé à ce niveau-là. C'est même bien pire aujourd'hui. Il a retourné sa veste et il se fiche de savoir qui est au courant. Dans le même temps, ils sont du même avis que toi, et parce que ce ne sont que des êtres humains, ils veulent le beurre et l'argent du beurre.

— Que fait-on alors ?

— Ils suggèrent de le contacter officiellement et de lui proposer le statut d'indic.

— Il va être mort de rire.

— Et ensuite ?

— Il nous dira d'aller nous faire foutre.

— C'est exactement ce que je leur ai répondu.

— Et ?

— Ils exigent tout de même que ce soit fait. Fait et consigné.

— Dans les fichiers de la police ? Pour couvrir Parsons quand on sera dans la merde jusqu'au cou ?

— Évidemment.

— Et qui se chargera de le contacter officiellement ?

— Toi, Jimmy. Et ça, c'était mon idée, pas la leur.

Winter était toujours sur la plage. La perspective d'un après-midi au soleil avait attiré un petit nombre de nudistes et il admirait les jolies formes d'une rousse qui arborait un tatouage insolent sur les fesses lorsque Berriman mentionna le post de la veille sur Facebook.

Il avait le nez dans sa serviette et le front appuyé sur ses bras croisés. Nikki Dunlop était rentrée chez elle.

— Tu crois que Jax Bonner a vu le message ? demanda Winter.

— À mon avis, elle avait déjà des soupçons.

— Comment peux-tu en être aussi sûr ?

— Je n'en suis pas sûr. Mais je me suis renseigné et les gens qui la connaissent disent qu'elle ne parle que de ça. Le procès, tout le temps. Le juge. Les preuves foireuses. Danny Cooper.

Berriman roula sur le dos en souriant.

— Sans oublier ce qu'elle infligera à ce connard, ajouta-t-il.

— Qu'est-ce qui l'a retenue d'agir ?

— Mystère. Il paraît qu'elle est barje. Une vraie cinglée. Elle est capable de s'en prendre à un inconnu et de l'amocher salement, sans aucune raison. Et après, quand elle a en face d'elle quelqu'un qui l'a vraiment cherché, quelqu'un comme Danny Cooper, elle ne bouge pas. À moins qu'elle n'attende son heure.

— Et Rachel ?

— Rachel n'a jamais rien cherché. Rachel, c'était différent.

— Mais tu penses que Bonner l'a tuée ?

— Je le sais.

— Tu l'as vue ? Tu as vu Bonner le faire ?

— Non.

— Comment le sais-tu, alors ?

Berriman s'appuya sur un coude pour se gratter. Puis il s'allongea de nouveau et ferma les yeux.

— Parce que ça ne peut être qu'elle. Il y avait bien des façons de s'en prendre à Ault, mais Rachel était de loin la meilleure. Bonner est complètement dingue et elle avait sniffé un max de coke.

— La cocaïne de Cooper.

— Ouais. Bizarre, hein ? Il lâchait des sachets d'un gramme à vingt-cinq livres, ce soir-là. *Vingt-cinq livres.* Bonner en a acheté. J'étais témoin.

— Où s'est-elle procuré l'argent ?

— Bonner ? Elle a l'air d'être pleine aux as. Enfin,

pas à ce point, mais elle ne manque pas de thunes. Maintenant que son frère est derrière les barreaux, elle encaisse tous les loyers de ses garages. On parle de centaines de dollars par semaine, là. Facile.

— En liquide ?

— Possible.

— Comment elle les collecte ? Tout le monde ou presque la recherche.

— Bonne question. Si je le savais, j'aurais été le premier à mettre la main sur elle.

— Et ?

— Danny Cooper serait toujours en vie.

Les techniciens de scène de crime quittèrent le 11, Sandown Road à 16 heures. Au terme de cinq jours de travail intensif, ils avaient amassé des plateaux entiers de prélèvements ADN, des tonnes d'objets et assez d'empreintes de doigts et de paumes pour occuper les spécialistes de Netley des mois durant. Avec le temps, comme le fit remarquer Proctor lors d'un échange acerbe avec Parsons, il y aurait suffisamment de preuves médico-légales corroborées par recoupement pour déterminer de façon quasi inattaquable qui s'était trouvé à tel ou tel endroit. En y ajoutant les centaines d'images prises par les portables, ils auraient peut-être même une chronologie détaillée des faits. En quoi cela les aiderait-il à avancer dans la recherche du ou des assassins de Rachel et Gareth, ça c'était une autre histoire, mais en attendant la maison pouvait être restituée à ses légitimes propriétaires.

Ce fut Jessie Williams qui appela les amis des

Ault à Denmead pour leur transmettre le message. Elle s'entretint avec Belle. Son mari, lui apprit celle-ci, était allé se coucher après avoir avalé deux puissants somnifères. Elle téléphonerait à leur médecin de famille le lendemain matin pour lui prendre un rendez-vous. Peter soutenait que ce n'était pas nécessaire, mais elle y tenait. Les prochaines semaines ne seraient pas faciles. La dernière chose dont il avait besoin à ce stade, c'était d'une crise cardiaque.

Jessie Williams rapporta cette conversation à Faraday. Elle supposait que les Ault voudraient avoir accès à leur maison dès le lendemain matin. La serrure de la porte d'entrée ayant été changée, il fallait que quelqu'un soit là avec la clé. Dans l'intervalle, comme on le lui avait demandé, elle s'était arrangée pour qu'un agent de Netley vienne récupérer l'ordinateur de Rachel et le mette sous scellé. Le contenu du disque dur serait copié et analysé. Étant donné le temps que cela prendrait, ajouta-t-elle, il serait sans doute bienvenu d'acheter au juge un ordinateur de rechange.

Faraday refusa.

— Il ne veut pas d'un ordinateur de rechange. Il veut celui qu'on a saisi. Pour l'heure, c'est ça qui lui permet de se sentir le plus proche de sa fille.

— Il devra donc attendre ?

— J'en ai peur.

— Il n'aimera pas.

Elle avait raison. Quelque chose dans le trajet effectué ce matin-là entre l'aéroport et Denmead commençait à troubler Faraday. Peter Ault, il s'en rendait compte, était un personnage très intimidant.

Pour des jurés au tribunal, pour un homme potentiellement innocent dans le box des accusés… et peut-être aussi pour Rachel elle-même.

Jusqu'à ce matin, il ignorait qu'elle n'était pas la fille du juge, mais une enfant de deux ans dont celui-ci avait hérité lorsqu'il avait rencontré et épousé Belle. En un sens, cela n'avait pas d'importance. Ault avait élevé la fillette. Sans doute l'avait-il couverte d'attentions. Et pourtant, sa femme et lui n'avaient pas eu d'autres enfants qu'ils auraient pu appeler *leurs* enfants, et Faraday se demandait si le juge ne s'était pas trop projeté dans la fille de Belle. À côté de la fierté justifiée qu'il éprouvait pour elle, pour ses réalisations, ses prouesses en natation, sa réussite aux examens d'Oxford et de Cambridge, il y avait une autre facette de sa personnalité qui semblait beaucoup plus sombre.

Même lorsque la fête était devenue incontrôlable, Rachel n'avait pas alerté la police. Durant leur interrogatoire, ses amis proches avaient expliqué qu'elle avait peur de la réaction de son père si de la drogue était découverte chez lui et des conséquences que cela aurait. Parler de peur était excessif, mais M. Ault, disaient-ils, pouvait être vraiment terrifiant. Sur le coup, Faraday n'avait pas accordé beaucoup de crédit à ces commentaires, mais à présent qu'il avait rencontré Ault, il révisait son jugement. L'attitude de cet homme, la manière dont il avait choisi d'affronter la mort de sa fille, déclenchait dans son crâne une sonnette d'alarme.

Il réfléchit encore un peu, puis chercha le numéro

de Jessie Williams. Elle confirma qu'elle détenait la nouvelle clé du 11, Sandown Road.

— Il y a un problème, chef?

— Pas du tout. Prévenez-moi juste si les Ault veulent voir la maison demain.

— Pourquoi?

— J'irai moi aussi.

XIX

Jeudi 16 août 2007, 18 h 56

Winter retrouva Mackenzie dans un café de Southsea. Il avait tenté toute la journée de le joindre, sans succès. Marie pensait qu'il était peut-être parti à Londres et les employés du Royal Trafalgar ne l'avaient pas vu depuis ce matin-là de bonne heure, lorsqu'il s'était servi une assiette au buffet du petit déjeuner avant de se retirer dans son bureau pour passer des appels. À présent, il lisait le *Daily Express*, assis à une table d'angle.

— Elle n'a jamais fait ça, mon vieux. Ces couillons de flics pigent que dalle.

Il tapota une photo de Kate McCann[1] posant à côté d'un inspecteur de Praia de Luz.

— Comment on dit flic en portugais ?

Le café se remplissait. Winter resta debout.

1. Allusion à l'affaire McCann, du nom d'une fillette britannique disparue en 2007 au Portugal, et dont les parents, la mère en particulier, ont été un temps soupçonnés de l'avoir tuée.

— Tu ne veux pas aller dans un coin plus tranquille, Baz ?

— Pourquoi ?

— Parce qu'il y a deux ou trois trucs dont on devrait parler, répondit Winter en se fendant d'un sourire crispé. *Comprende ?*

Ils longèrent Palmerston Road à pied. Le Range Rover était garé près du grand terrain municipal. Le garagiste avait diagnostiqué un problème de piston, raconta Mackenzie. Il avait besoin d'un nouveau moteur. Encore cinq mille livres foutues en l'air.

Il tourna à gauche en direction de Craneswater, mais Winter déclara qu'il préférait faire une plus longue balade.

— Jusqu'où, vieux ?

— Le bord de mer, dit-il en pointant les remparts herbeux du château de Southsea. Ça te fera du bien.

Sur la défensive, Mackenzie demanda ce qu'il y avait de si important que cela ne puisse attendre le lendemain. Marie organisait un barbecue ce soir-là et elle avait acheté des tonnes de crevettes tigrées chez le poissonnier. Il avait déjà écopé d'un carton jaune pour être rentré bourré la veille. Elle allait lui pourrir la vie s'il arrivait en retard ce soir-là.

— Justement, où es-tu allé hier soir, Baz ?

— Qu'est-ce que ça peut te foutre ?

— J'ai besoin de savoir.

— Pourquoi ?

Winter perdait rarement son sang-froid.

— *Pourquoi ?* tonna-t-il. J'ai rejoint ton équipe pour veiller sur tes intérêts, Baz. C'est pour ça que tu as misé sur moi. C'est pour ça que tout s'est bien passé et que tu me paies un max de fric. Alors je vais te reposer la question. Où es-tu allé hier soir ?

Mackenzie lui jeta un coup d'œil. Personne ne lui parlait jamais ainsi.

— Je suis sorti.

— Où ?

— À Gunwharf. Ça rime à quoi, cet interrogatoire ?

— Et ensuite ?

— Comment ça, et ensuite ? Puisque tu y tiens, j'étais avec Mist. On a dîné, on s'est marrés et j'ai probablement trop bu. Après je suis rentré et Marie m'a passé un savon. Pas de quoi en faire un plat. C'était juste un mercredi soir comme un autre, OK ?

— Ben voyons, dit Winter en évitant une merde de chien. Quelqu'un a réglé son compte à Danny Cooper hier soir. Je pense que tu es au courant.

— Ouais. Le petit con.

— Ce quelqu'un s'est bien lâché. Cooper a pissé le sang partout.

— Comment tu le sais ?

— Je le sais, c'est tout. C'est pour ça que tu me paies.

— Bon, d'accord, dit Mackenzie en s'arrêtant. Le garçon s'est fait buter. Et moi, je devine par qui.

— Ah ouais ?

— Tu ne vois pas ?

— Voir quoi, Baz ?

— Qui l'a poignardé. Après tout ce merdier au tribunal et les années de taule que Scott Giles va devoir purger parce que Danny l'a piégé… Tu m'inquiètes, vieux. Il faut que je te fasse un dessin ?

— Tu crois que c'est Jax Bonner.

C'était une affirmation, pas une question.

— Putain, oui !

— Elle se serait introduite chez lui pour l'égorger ?

— Ouais, ça tient la route.

— Et tu penses que c'est elle aussi qui a posté le message sur Facebook ? Juste pour lancer la machine ?

— J'en sais foutre rien.

Winter toisa Mackenzie, puis reprit sa marche vers le bord de mer. Bazza l'observa un moment avant de le suivre. Le temps qu'il le rattrape, il était hors d'haleine.

Aucun des deux ne parla. Ils gravirent le talus près du château et trouvèrent un banc. Winter ordonna à Mackenzie de s'asseoir. Pour une fois dans sa vie, celui-ci semblait écouter.

— Ault est rentré chez lui aujourd'hui ? demanda Winter.

— Non, ce sera demain. Belle a appelé Marie.

— Et que vas-tu lui dire ?

— Que je suis foutrement désolé.

— Pour Rachel ?

— Oui. Pour la maison aussi. Pour tout.

— Tu considères que c'est ta faute si elle est morte ?

— Bien sûr que non, vieux. Mais j'aurais dû avoir un peu plus de jugeote. Faire davantage gaffe. Expliquer deux ou trois trucs à Rachel.

— Par exemple ?

— Toute la racaille qui traîne dans cette ville de merde. Accueillir autant de monde chez soi, c'est les ennuis assurés. J'aurais dû m'en douter.

— Tu ne pouvais pas. Pas à moins de lire l'invitation sur Facebook.

— Oui, mais Aulty ne verra pas les choses ainsi, hein ? Il va bientôt découvrir sa maison transformée en musée des horreurs et sa fille chérie allongée quelque part dans un frigo en attendant que quelqu'un l'identifie. Il me faut un nom, vieux. Il me faut de quoi l'aider à se sentir mieux. Je dois lui montrer que j'ai pris cette affaire au sérieux. Il attend au moins ça. J'en suis certain.

— Et après, vous pourrez de nouveau être potes ?

— Oui, répondit Baz en se mordant la lèvre. Il n'y a pas de raison pour qu'on soit fâchés.

Winter détourna la tête. À des kilomètres de là, un énorme pétrolier remontait lentement le Solent en direction de Southampton. Il le suivit du regard, indécis. Jusqu'où devait-il pousser cette conversation ? Plus près d'eux, dans la mer peu profonde en contrebas du château, deux gamins se battaient sur un matelas pneumatique.

— J'ai essayé de trouver Westie aujourd'hui, reprit-il. Tu as une idée de l'endroit où il est ?

— Aucune. Pourquoi tu me demandes ça à moi ?

— Parce que tu dois le savoir.

— Ah ouais ?

— Oui. J'ai aussi téléphoné à Barbara. Elle a envoyé un taxi chez Westie la nuit dernière, à 3 heures du matin, pour se rendre à l'aéroport de Gatwick. Devine qui a commandé cette voiture ?

Mackenzie ne répondit pas, Barbara gérait pour lui la compagnie de taxis qu'il avait récemment achetée.

— Tu n'avais pas le droit, grogna-t-il.

— De lui téléphoner ? Tu te trompes, Baz.

— Tu fais chier. Tu n'es plus flic, coco.

— Si. Et encore une fois, c'est pour ça que tu me paies.

— Pour que tu me passes sur le gril ? Pour que j'aie l'air d'un con grâce à toi ?

— Pour te protéger contre toi-même, Baz. Ce n'est pas pareil.

— Ah ouais ? Explique-moi le principe.

Winter inclina la tête en arrière afin de profiter du soleil.

— Tu es allé voir Westie hier soir, dit-il doucement. Tu lui as ordonné de régler son compte à Danny Cooper. Pourquoi ? Parce que tu avais les jetons à l'idée que le petit Danny soit bientôt obligé de répondre à des questions gênantes sur la coke qui a circulé samedi chez Rachel. Cela va revenir aux oreilles de ton copain le juge et il ne sera pas franchement ravi. Je brûle, Baz ? Ou est-ce que je ne suis qu'un vieux flic pourri qui se fourre le doigt dans l'œil ?

Mackenzie fixait les enfants sur le matelas pneumatique.

— Ce n'est pas tout, continua Winter. Peut-être que tu as joué un rôle dans le piège que Cooper a tendu à Giles parce que tu estimais qu'il avait besoin d'encouragements. Un jeune prometteur. Ton digne rejeton. Ne me demande pas quel rôle au juste, parce que je n'en sais rien. Tout ce dont je me souviens, c'est de Westie quand il a versé de l'eau bouillante sur le gamin. Il n'agit pas ainsi sans qu'il y ait un sérieux problème. Mais cuisiner Cooper comme ça ne réglait rien. Pas dans ta tête. Pas avec Aulty de retour d'une minute à l'autre. Résultat, tu as décidé de lâcher la bride à Westie et là, bam, tu as reçu un appel de lui en pleine nuit et tu t'es retrouvé avec un autre putain de gros problème sur les bras.

— Ah ouais ? Tu crois vraiment ? Eh bien, laisse-moi te dire un truc sur Westie, mon vieux. Il a complètement disjoncté. C'est un boulet, maintenant. Je lui ai filé un paquet de pognon et il ne reviendra pas.

— Donc, tu l'as vu ?

— Oui.

— Tu lui as dit d'aller chez Danny ?

— Oui.

— Et de tuer le gamin ?

— Je lui ai dit de terminer le boulot.

— C'est la même chose, non ? Du point de vue de Westie.

— Aucune idée, répliqua Mackenzie avec indifférence, en détournant la tête. Westie a dégagé. Il est hors du coup maintenant. Bon débarras.

— D'accord. Et pour toi, l'affaire s'arrête là ?

— Évidemment. Westie est prudent. Il met des gants. Il ne bâcle rien. Je lui ai décrit la maison et je lui ai conseillé de passer par les jardins pour que personne ne l'aperçoive.

— Et le sol ? Ses baskets ? Les empreintes de pas ?

— Il porte des Gucci.

— Et sa voiture ? Tu veux me faire croire qu'il n'avait pas une goutte de sang sur lui après le meurtre ? Après ce qu'il a fait à Cooper ?

— Qu'est-ce que j'en sais, moi ? Si tu t'inquiètes pour Barbara, j'arrangerai ça. Elle est top, cette femme. Et le chauffeur de taxi, pareil. Il suffit d'allonger des billets, coco. Ce n'est quand même pas moi qui vais te l'apprendre.

Il y eut un long silence. Mackenzie voulait en finir avec cette conversation, Winter le sentait bien.

— Elle est toujours devant l'appart de Westie, dit-il au bout d'un moment. J'ai vérifié cet après-midi.

— De quoi tu parles ?

— Sa voiture. L'Alfa.

— Et alors ?

— C'est une pièce à conviction, Baz. Il doit y avoir le sang de Danny Cooper dedans, peut-être sur le siège si Westie en avait après son pantalon, ou sur le sol grâce à ses jolies chaussures Gucci. Et tu sais ce que les flics trouveront d'autre s'ils examinent la voiture à fond ?

Mackenzie regardait toujours les enfants. Il secoua la tête.

— Des empreintes, Baz. Les tiennes et les miennes. Des empreintes qui datent de la petite visite qu'on a rendue à Cooper l'autre jour. Tu te souviens ?

Durant le dîner, Faraday aborda de nouveau la question des gamins. Après leur discussion de la veille, il avait l'impression qu'il ne risquait rien à s'aventurer sur ce terrain-là. Gabrielle avait été effrayée, non seulement par l'agression elle-même, mais aussi par ce rappel brutal que personne n'était à l'abri d'une explosion de violence pareille, et surtout pas une anthropologue française un peu trop curieuse.

— Hier soir, tu m'as bien affirmé que tu connaissais le nom du garçon qui s'en est pris à toi ?

— *Oui.*

— Tu ne veux pas me le dire ?

— *Pourquoi ?*

— Parce que je pourrais peut-être intervenir.

Elle refusa et coupa la pointe d'une asperge.

— Non, ce n'est pas grave. Peut-être qu'il a besoin d'argent. Peut-être qu'il crève de faim. *Ça ne fait rien.* Moi, j'ai tout ce qu'il me faut.

Sa main se referma sur celle de Faraday et la pressa.

— Tu feras attention maintenant ? insista-t-il.

— *Oui, absolument*, l'assura-t-elle en souriant, touchée par son inquiétude. Dis-moi, cette soirée de samedi, celle où la fille est morte… Il y a une photo dans le journal. Je l'ai vue hier. Jax Bonner, c'est ça ?

Faraday sourit. Elle avait prononcé *bonheur*.

— Eh bien ?

— Tu crois vraiment que c'est elle la coupable ? Qu'elle a tué l'autre fille ?

— Je crois qu'il faut qu'on l'interroge.

— Mais elle aurait pu faire ça, selon toi ?

— À mon avis, elle est potentiellement dangereuse.

— *Chéri*… tu ne réponds pas à ma question.

— Parce que je ne peux pas.

— Quelle prudence.

— Bien sûr. Tu me connais.

— Et tu sais où elle habite ?

— On a une idée, oui.

— Vous l'avez vue ? Vous la surveillez ?

— Non. On a fouillé son appartement. Elle a disparu.

— *Alors...*

La mine soucieuse, Gabrielle soupesa sa question suivante. Faraday comprit soudain qu'elle était bien renseignée sur Jax Bonner. Peut-être même qu'elle l'avait rencontrée. Qu'elle lui avait parlé. Elle savait tout.

Il saisit de nouveau sa main et la sentit agripper la sienne.

— Quand je dis dangereuse, j'entends par là qu'elle blesse les gens. Je suppose qu'elle a plein de raisons pour se justifier, mais je suis flic, pas psychiatre, et c'est mon boulot de la trouver avant qu'elle recommence. Parce qu'elle recommencera. Sauf si on l'arrête.

— Pour toi, elle a vraiment tué cette fille, alors ?

Faraday avait l'habitude de ne pas se précipiter pour répondre à ce genre de question. Au fond de lui, il avait conscience de ne pas être sûr, mais ce n'était pas le moment de l'avouer.

— Oui, dit-il, je pense que oui.

Il faisait nuit lorsque Winter et Bazza se retrouvèrent sur le front de mer, juste devant l'immeuble de Westie. Mackenzie s'arrêta près de l'Alfa Romeo. Il conduisait le cabriolet Peugeot de Marie, son dernier cadeau de Noël. Il abaissa la vitre et attendit que Winter traverse la route.

— Ça va, vieux ?

Winter renifla l'air nocturne en se demandant si Marie cuisinait les crevettes avec de l'ail. Mackenzie avait la bouche et la mâchoire encore luisantes de graisse.

— Nickel, Baz. Prêt pour un vol de voiture ? Montre-moi tes talents.

L'idée était téméraire, mais pour l'heure, il ne voyait aucune alternative. Il suffisait d'un seul indice, d'une seule négligence de la part de Westie pour faire sauter de joie tous ses anciens collègues. Quelqu'un qui aurait aperçu par hasard un grand Noir traversant une enfilade de jardins ouvriers. Quelque chose que Westie aurait oublié dans la maison de Cooper. Peu importait. Dès que les enquêteurs de la brigade auraient un nom, ils se mettraient en quête d'une vieille Alfa Romeo. Et Winter frémissait rien que de penser à ce qu'ils ne manqueraient pas de trouver à l'intérieur.

Mackenzie sortit de la Peugeot avec un tournevis dans une main et un démonte-pneu dans l'autre. Ce n'était pas très élégant, mais quelques secondes plus tard, après avoir fait un cran dans le cadre de la portière, il était assis au volant de l'Alfa.

— Éteins cette putain de lumière, Baz. Je suis sûr que tu n'as pas oublié comment faire.

Mackenzie tenta d'éteindre l'éclairage intérieur, mais sans succès. Puis il se pencha vers le tableau de bord et commença à farfouiller dessous. Winter avait des doutes sur sa capacité à faire démarrer une voiture à l'aide des fils de contact, mais finalement, le moteur démarra. La lumière s'était enfin éteinte.

— Et voilà ! dit Mackenzie, l'air très content de lui.

Pendant qu'il remontait dans la Peugeot, Winter s'installa confortablement et régla le siège et le rétroviseur. Baz lui avait indiqué le chemin jusqu'à une zone industrielle de Portchester, plus à l'intérieur des terres. Il le suivrait à distance, histoire de surveiller ses arrières, et si jamais la circulation les séparait, ils se retrouveraient là-bas.

— Cherche une boîte qui s'appelle Perfect Glazing, répéta-t-il. Le patron s'appelle Barry.

Winter recula prudemment et attendit que deux jeunes le doublent sur leur scooter pétaradant avant de prendre la direction de Bradford Junction. Cela faisait un moment qu'il n'était plus informé de toutes les caméras de surveillance installées aux carrefours, et sans doute y en avait-il eu de nouvelles depuis qu'il avait quitté la police, mais l'itinéraire choisi pour quitter la ville lui semblait tout de même assez sûr.

Il jeta un coup d'œil dans le rétroviseur. Le visage de Bazza lui apparaissait à chaque fois qu'ils passaient sous un réverbère. Ses doigts tambourinaient sur le volant et Winter se demanda quelle musique il écoutait. De temps à autre, la lumière intérieure de l'Alfa s'allumait.

Après Bradford Junction, il s'engagea dans Fratton Road et tourna à droite vers un dédale de ruelles qui le feraient sortir de la ville par le nord. La plupart de ces rues étaient à sens unique et des voitures y stationnaient des deux côtés. Winter roulait à faible allure. Le jeudi soir, il n'y avait pas beaucoup de circulation. L'une des artères les plus fréquentées qu'il devait traverser était Stubbington Avenue. Il s'arrêta pour céder le passage à un véhicule — en fait, une voiture de patrouille, il s'en aperçut quelques secondes plus tard. Deux agents en uniforme le dévisagèrent, jusqu'à ce que le chauffeur pile net. Winter écrasa aussitôt l'accélérateur. Les policiers firent demi-tour en mettant leur gyrophare, puis la sirène. Merde.

Winter regarda le compteur. Rouler à 80 kilomètres à l'heure dans ces rues, c'était de la folie. Il tenta de se détendre, de se persuader qu'il prenait la bonne décision. Avec sa réputation, il ne risquait sûrement pas qu'un simple contrôle de ses papiers. Les flics sauteraient sur cette occasion pour le conduire au poste et le coffrer. Et après ? Une fois qu'ils auraient bien examiné l'Alfa chérie de Westie ?

Il bifurqua à l'intersection suivante, sans lever le pied. Par chance, la voie était dégagée dans les deux sens. Bazza le suivait toujours, silhouette trapue penchée sur son volant, et Winter se fit la réflexion qu'il devait bien s'amuser. Être un homme d'affaires raisonnable comportait certes des avantages, mais rien ne valait la poussée d'adrénaline que procurait une course-poursuite en voiture. Pourquoi les flics s'étaient-ils arrêtés ? Il secoua la tête. Les explications possibles ne manquaient pas. Quelqu'un avait dû les repérer sur le front de mer et prévenir la police. Deux types louches autour d'une Alfa. Putain, oui, c'était ça.

Ils se trouvaient dans le North End à présent et Winter savait que les échappatoires se réduisaient. Le prochain croisement les ferait déboucher sur l'un des grands axes menant vers le continent. S'ils poussaient jusque-là, ils étaient foutus.

Il se demandait encore s'il devait tourner à pleine vitesse dans l'une des rues secondaires sur sa gauche lorsqu'il entendit un bruit de frein derrière lui. Une fraction de seconde plus tard, un fracas de tôle froissée et de verre brisé retentit — la voiture de patrouille venait de s'encastrer dans la Peugeot toute neuve de Marie. Déjà, l'accident disparaissait dans son rétroviseur. Tout en bifurquant pour rejoindre la route principale, Winter se mit à rire. Bazza, pensa-t-il. Quel as, ce type !

Le grand rond-point au nord de l'île le fit accéder à la quatre-voies qui menait au pied de Portsdown Hill. Encore quelques minutes et toutes les voitures de patrouille de la ville se lanceraient à ses trousses. Il monta à 110 et ralentit au niveau du nouveau carrefour près de l'hôtel Marriott. Heureusement, le feu était au vert. Il traversa avant que la circulation ne l'oblige à freiner une fois de l'autre côté. En temps normal, aller du Marriott à Portchester prenait cinq minutes. Ce soir-là, après avoir doublé quelques lambins, il n'en mit que trois. Il connaissait bien la zone industrielle pour avoir passé des heures là-bas au cours des dix années précédentes, planqué avec une demi-douzaine d'autres gars, à guetter un voyou ou un autre. L'entreprise Perfect Glazing était située derrière le bâtiment qui jouxtait la voie ferrée.

Il s'avança dans la cour et éteignit les phares.

Au bout d'un moment, une silhouette émergea de l'ombre et se dirigea vers l'Alfa. Winter baissa sa vitre. Barry Cassidy. Un ancien de la bande des 6.57. Au loin résonna le hurlement d'une sirène. Puis une autre, beaucoup plus proche. Souriant de toutes ses dents, Barry montra l'entrée ouverte du bâtiment.

— Rentre là, mon gars. À la vitesse qui te plaira.

Jimmy Suttle renonça à joindre Winter peu après 23 heures. Il avait passé la majeure partie de la soirée dans un restaurant de Gunwharf. L'un des assistants des Crimes graves ne tarissait pas d'éloges sur le Loch Fyne, situé dans un bâtiment historique de la ville, et Lizzie Hodson avait été ravie de l'accompagner.

Ils se promenaient à présent le long du bord de mer. Suttle marqua une pause près de Blake House. Il était toujours curieux de savoir pourquoi Winter s'intéressait tant à Berriman. *Quelqu'un à qui je dois parler*, avait-il dit. Il leva les yeux vers l'appartement de l'ancien flic. Les lumières étaient éteintes derrière les fenêtres du salon et, lorsqu'il tourna à l'angle de l'immeuble, il ne vit aucun signe de vie dans la cuisine et les deux chambres. Il avait prévenu Lizzie qu'il risquait de devoir abréger leur soirée, mais cela lui semblait désormais inutile.

Il revint vers le quai, s'arrêtant pour observer un grand ferry à destination d'Ouistreham. Lizzie et lui avaient discuté plus tôt d'une offre promotionnelle du *News*. Vingt livres tout compris pour deux traversées de nuit et une journée à terre. Devant l'énorme masse blanche du bateau, il se demanda si elle avait été sérieuse.

— Ça te tente ? dit-il en montrant l'embouchure du port.

— La France ? Et comment !

— Sans blague ?

— Je t'assure.

— Tu parles français ?

— Pas trop mal, répondit-elle en glissant son bras sous le sien. Peut-être qu'on devrait d'abord s'entraîner.

XX

Vendredi 17 août 2007, 08 h 46

Faraday reçut l'appel de Jessie Williams alors qu'il se rendait en voiture au travail. Les Ault venaient de téléphoner. Une amie avait proposé de les emmener à Southsea et ils seraient à Sandown Road vers 9 heures. Jessie devait les retrouver devant chez eux. Faraday souhaitait-il toujours l'accompagner ?

Il regarda l'heure. Presque 8 h 50.

— Je vous rejoins là-bas, dit-il. Attendez-moi.

Il fut en fait le premier sur les lieux. Il se gara en face de la maison des Ault et descendit de voiture. Après une semaine de soleil, le temps commençait à changer. Le bulletin météo annonçait de la pluie avant midi. Déjà, un petit vent faisait frissonner les arbres le long de la rue.

Les Ault arrivèrent quelques minutes plus tard. Leur amie les déposa et Faraday écouta d'une oreille distraite les deux femmes s'arranger pour le retour.

Belle n'envisageait clairement pas de retourner chez elle, du moins pour l'instant.

La voiture repartit, laissant Faraday et les Ault de chaque côté de la rue. À cet instant, le portail électrique voisin bourdonna et une autre personne apparut. Faraday ne reconnut pas tout de suite Mackenzie, qui portait une minerve et boitait fortement. La tête inclinée, il s'avança vers les Ault et les gratifia de son large sourire et d'une vigoureuse poignée de main.

Belle demanda ce qui lui était arrivé.

— Accident de voiture, répondit-il. Je me suis fait emboutir. Si vous trouvez que j'ai mauvaise mine, vous devriez aller voir la Peugeot. Marie en est malade. Moi, j'estime que le conducteur qui roulait derrière moi est responsable.

Belle compatit à son sort, mais Mackenzie ne quittait pas le juge des yeux et cela rappela à Faraday la scène dans la salle d'interrogatoire, quelques instants après que Dawn Ellis lui eut annoncé la mort de Rachel Ault. Mackenzie avait sûrement répété cet accueil toute la semaine. Que dit-on à un homme qui vient de tout perdre ?

— Peter ? Ça va ?

— Si ça va ? répéta Ault, l'air accablé. Pas vraiment.

— Je suis désolé. Sincèrement désolé. S'il y a quoi que ce soit… enfin, tu vois…

— Merci.

— Je suis sérieux. Et cela vaut aussi pour Marie. Elle vous a préparé notre meilleure chambre, au cas où vous auriez envie de vous installer chez nous… le temps de régler la situation. Ce serait pratique d'être juste à côté.

— Merci.

— Ce n'est pas une blague, insista Baz. Je suppose que vous n'allez pas crécher chez vous avant un moment, hein ?

Ault le toisa sans un mot. Le terme « glacial » ne rendait pas justice à l'expression de son visage. Mackenzie enfonça les mains dans ses poches en faisant de son mieux pour réchauffer cet échange par un sourire, mais Ault secoua la tête et se détourna.

Quelques instants plus tard, la Fiesta de Jessie Williams s'arrêta près d'eux. Elle s'excusa de son retard. La faute à la circulation.

Faraday les suivit jusqu'au perron pendant que Peter Ault se débattait avec la nouvelle clé. Mackenzie avait battu en retraite.

À l'intérieur, Faraday fut assailli par la puanteur, mélange infâme des produits chimiques de la police scientifique, de la fumée des cigarettes, de l'alcool renversé et des tapis détrempés, auxquels s'ajoutait une odeur plus infecte, plus humaine. Ault se figea sur le seuil et Faraday crut qu'il allait faire demi-tour pour repartir à l'aéroport et prendre le premier avion à destination de l'Australie. Au vu des circonstances, il n'aurait pas pu le lui reprocher.

— Chérie, dit-il à sa femme. Tu y tiens vraiment ?

Elle acquiesça en se bouchant le nez. Elle semblait avoir envie de vomir.

— Tu en es sûre ?

— S'il te plaît, Peter, marmonna-t-elle. Finissons-en.

Faraday et Jessie Williams les suivirent dans l'entrée. La police avait tenu parole. Les techniciens avaient touché à tout, sans rien déplacer. La maison était dans l'état où Faraday l'avait découverte le dimanche matin précédent. Il ne manquait plus que les cris de guerre de l'Unité d'appui de la police quand elle avait coincé les derniers jeunes les plus récalcitrants, songea-t-il lugubrement.

Ault contemplait les restes d'une bouteille de vin. Il la ramassa, la renifla et examina l'étiquette.

— Ils ont tout vidé ?

— J'en ai bien peur, monsieur Ault, répondit Jessie.

Il hocha la tête en silence. Une porte cadenassée près de l'escalier menait à une pièce en sous-sol qu'il utilisait comme cave. Elle avait été défoncée, puis arrachée de ses gonds. Ault se pencha pour ramasser un Post-it. Il le montra à sa femme. L'avertissement avait été rédigé à la main : *Fermé. Défense d'entrer*.

— C'est l'écriture de Gareth, remarqua Belle. Au moins, il a essayé.

Ault haussa un sourcil, toujours sans souffler mot. Après avoir rapidement balayé du regard ce qui avait autrefois été son salon, il monta l'escalier. Faraday lui emboîta le pas. À gauche sur le palier, une porte était demeurée ouverte. Ault s'attarda sur le seuil. Des cadres de photos brisés recouvraient le bureau. Une âcre odeur d'urine flottait dans l'air et le sol était jonché de débris de verre qui crissèrent lorsque le juge s'approcha de la fenêtre. Accrochée à côté, une vieille gravure du chantier naval de Portsmouth avait été taguée de noir. Le message était on ne peut plus simple : *Putain de salope.*

Quelque chose d'autre avait attiré son attention. Il fixa l'ordinateur sur son bureau. Quelqu'un avait brisé l'écran d'un coup de pied.

— Où est l'unité centrale ? demanda-t-il.

— Nous l'avons saisie.

— Dans quel but ?

— Pour copier le disque dur. Il est possible que Rachel s'en soit servie pour envoyer son invitation sur Facebook. Il nous faudra la preuve.

— Quand pourrai-je la récupérer ?

— Je ne m'avancerai pas pour le moment. Je vous donnerais une date si je le pouvais, mais nous sommes submergés de travail. Je pense que vous comprenez pourquoi, expliqua Faraday en montrant le bureau.

— Bien sûr, inspecteur, intervint Belle avec diplomatie.

Ault avisa les deux tiroirs du bureau, retournés sur la moquette.

— Ils étaient fermés à clé, déclara-t-il froidement. Je suppose qu'ils ont été forcés.

— Hélas oui. C'est le même spectacle dans toutes les pièces. Dans le salon, dans les chambres. Partout.

Belle parut alarmée à ces mots. Faraday l'informa que Jessie Williams dresserait une liste de tous les objets précieux qui lui sembleraient avoir disparu. C'était en partie la raison pour laquelle ils étaient venus tous les deux.

— En partie ? dit Ault, qui s'était affaissé dans le

fauteuil pivotant derrière le bureau. Pour quelle autre raison êtes-vous là ?

— Pour vous soutenir moralement, monsieur Ault. Dans des instants pareils, nous avons constaté que cela procurait un certain réconfort.

— Ah oui ?

Ault poussa sa chaise à gauche, puis à droite, comme pour la tester. Enfin, il se redressa. L'un des tiroirs avait renfermé une collection de pièces anciennes. L'autre, si ses souvenirs étaient bons, contenait son carnet d'adresses.

— Ces pièces ont de la valeur ?

— Oui, monsieur Faraday. Mais pas autant que le carnet d'adresses. Quand on perd ça, on perd une partie de sa vie.

Ault contempla la pièce autour de lui.

— Je vous avoue que je trouve ce spectacle terrifiant, reprit-il. Nous avons quitté cet endroit en toute confiance. C'était notre maison. Peut-être que Rachel a été stupide de faire ce qu'elle a fait, d'organiser une fête pareille, mais jamais… *jamais*… on ne se serait attendus à découvrir les choses dans un tel état à notre retour. Je me sens… souillé. Sali. Ces gens doivent nous haïr.

Faraday opina. Il n'y avait rien à ajouter. Ault avait raison.

Ils poursuivirent leur inspection de la maison avec la chambre des Ault. La vue des excréments qui avaient séché sur les oreillers du grand lit arracha un cri d'horreur à Belle. Elle s'approcha de la coiffeuse, dont les tiroirs avaient été vidés sur la moquette. Elle s'apprêtait à s'agenouiller pour chercher certaines affaires quand le juge la retint.

— Ne te donne pas cette peine. Ils ont dû emporter le plus précieux.

Elle leva les yeux vers lui, muette, obéissante, choquée.

— Oui, bien sûr, murmura-t-elle. Je suis bête.

Ils terminèrent par la chambre de Rachel. Jessie les devança, munie du plan que la Scientifique avait dressé de la maison. S'il y avait bien un endroit où les Ault allaient avoir besoin d'un soutien, c'était celui-là. Elle ouvrit la porte et recula respectueusement d'un pas. Une fois de plus, Ault entra le premier.

Depuis le couloir, Faraday apercevait une grande partie de la pièce. La couette du lit avait disparu et Ault voulut savoir pourquoi.

— Pour être analysée, monsieur. Nous avons retrouvé des traces de sang dessus.

— Le sang de qui ?

— C'est une question à laquelle nous n'avons pas encore de réponse.

— Celui de Rachel ?

— Possible. Mais ce n'est pas certain.

— Vous suggérez qu'elle a pu s'en prendre à quelqu'un ?

— Je suggère qu'elle n'est peut-être pas venue ici. La maison était ouverte aux quatre vents, comme vous pouvez le constater.

Une affiche pour une compétition de natation à Düsseldorf pendait au mur au-dessus du lit. Elle était couverte de signatures. Ault les examina jusqu'à ce qu'il repère ce qu'il cherchait.

— Là, dit-il en pointant un long doigt osseux vers un nom griffonné à l'encre rouge. C'est la signature de Matt. Si Rachel était restée avec lui, rien de tout ça ne serait arrivé.

Faraday perçut la colère dans sa voix.

— Mais il était là, monsieur Ault. Et tout ça est quand même arrivé.

Winter fut réveillé par le bip-bip de son interphone. Il roula sur le ventre et chercha sa montre à tâtons. Presque 9 h 30. La personne qui appuyait sur le buzzer ne semblait pas prête à renoncer. Il enfila un peignoir et gagna le vestibule. En découvrant le visage qui s'affichait sur le petit écran, il hésita. C'était Jimmy Suttle, qui tentait de se protéger contre une nouvelle averse.

— Tu es là, chef ?

Pour une fois, Winter ne sut pas du tout quoi faire. La veille au soir, il avait pris un taxi pour rentrer de Portchester et n'avait pas eu de nouvelles de Bazza depuis. L'un des agents en uniforme l'avait-il identifié avant la course-poursuite ? Ou bien la visite de Jimmy était-elle purement amicale ?

— Putain, vieux…

Winter haussa les épaules et pressa le bouton pour faire entrer Suttle. Advienne que pourra, se dit-il. Il préférait se faire pincer par Jimmy et ses semblables que par une bande de flicaillons triomphants.

Suttle arriva trempé quelques instants plus tard. Il avait envie de papoter devant un thé et une tranche de pain grillé. Au grand soulagement de Winter, il ne prononça pas le mot « arrestation ».

Ils discutèrent dans la cuisine pendant que Winter cherchait du pain.

— Alors, qu'y a-t-il ?

— Je te raconterai ça dans une minute. On a interpellé ton patron hier soir. Il t'a prévenu ?

— Baz ? dit Winter, feignant la surprise. Pourquoi donc ?

— Conduite dangereuse. Une de nos voitures poursuivait une Alfa volée et Mackenzie nous a mis des bâtons dans les roues. D'après lui, tout ce cirque l'a fait paniquer. Il a détruit la voiture de patrouille et bien amoché celle de sa femme. Du beau boulot, vraiment.

— Ah ouais ? Et c'est quoi, cette histoire d'Alfa ?

— Difficile à dire. Aucun des agents n'a réussi à relever la plaque, parce que la Peugeot de Mackenzie était toujours entre elle et eux.

— Impossible de vérifier à qui elle appartient, si je comprends bien ?

— C'est sûr.

— Il s'en est sorti comment, Baz ?

— Avec le coup du lapin, apparemment. Plus une petite blessure à la jambe. Les flics ont dû l'emmener au QA Hospital. Mackenzie les menaçait de toutes sortes de poursuites, sinon.

— Ne me dis pas qu'il a invoqué la législation sur la santé et la sécurité ? fit Winter, amusé cette fois.

Suttle voulait de la pâte à tartiner Marmite sur son toast. À défaut, il accepta de la confiture. Il lorgnait le peignoir sur le canapé lorsque Winter apporta le tout sur un plateau.

— Où as-tu déniché ça ?

— Dans un hôtel à Dubai.

— On dirait de la soie.

— C'en est, fiston. Quand tu claques deux milles livres la nuit, personne ne t'en veut de le piquer.

— Tu as payé avec ton argent ?

— Tu rigoles ? J'achète mes fringues dans les grandes surfaces.

— Je parlais de la chambre d'hôtel.

— Je sais. Mange, tu veux ?

Suttle engloutit le toast et expliqua à Winter qu'il avait une dette envers lui.

— Une dette ?

— Lizzie Hodson.

— Elle s'est manifestée ?

— En effet. Je crois qu'on est amoureux.

— Il était temps, répliqua Winter en tendant un doigt mouillé vers l'assiette de Suttle pour ramasser les miettes. Mais tu n'as pas fait tout ce chemin pour m'annoncer ça, quand même ?

— Non. J'ai discuté avec Faraday…

— Et ?

— Nos chefs sont très énervés contre toi.

— Parce que… ?

— Tu t'es pointé chez la mère de Berriman avant nous. Tu t'intéresses à ce garçon. Tu es allé à Salcombe Avenue une heure environ avant que Cooper se fasse trucider. Tu as resquillé un transat sur la plage des nudistes pour attendre Berriman.

— Tu leur as raconté tout ça ?

— Pas avec autant de détails. Pas encore. Mais il se trame un truc, c'est sûr. Les gens comme Willard appellent ça un schéma.

— Willard est contrarié ? À cause de moi ?

— Oui, mon vieux. Ce qui rend en quelque sorte ma visite officielle.

— Ils sont au courant que tu es là ?

— Ce sont eux qui m'ont envoyé.

— Pourquoi ?

— Bonne question.

Suttle s'échauffait, Winter le voyait bien.

— Pour dire les choses franchement, continua Suttle, ils ne savent pas quoi faire de toi.

— De moi ou avec moi ?

— C'est pareil. Disons qu'il y a une école de pensée selon laquelle il vaudrait mieux te donner du mou et voir où tu vas…

— Et l'autre ?

— Voudrait te coffrer.

— Vous aurez besoin d'une sacrée bonne raison. Aux dernières nouvelles, les arrestations arbitraires sont toujours illégales.

— Justement. L'idée consiste donc…

— À me donner du mou.

— C'est à peu près ça, oui.

— Mais qu'est-ce que ça veut dire ?

— Tu deviens un indic. On t'enregistre dans le fichier PIMS. On te rémunère. On pourrait même envisager une immunité limitée, si nécessaire.

— Si nécessaire ?

— Au cas où on découvrirait que tu es… impliqué d'une façon ou d'une autre.

— Impliqué dans quoi, fiston ? De quoi tu parles, à la fin ?

Suttle le dévisagea longuement. Puis il sourit.

— Je prends ça pour un refus.
— Un refus de quoi ?
— D'être enregistré dans le fichier des indics. De mettre à profit ton incomparable réseau de contacts.
Son sourire s'élargit et il poursuivit :
— D'avoir beaucoup de mou.
Winter commençait enfin à comprendre. Était-ce une blague ? Sans doute que non.
— Et comment, que je refuse ! Je bosse, fiston. J'ai une carrière devant moi. Je gagne bien ma vie. J'ai des perspectives d'avenir, un bel appart, un employeur qui veille sur moi, qui me traite bien. Pigé ? Tu t'en souviendras ? Ou tu veux que je te l'écrive noir sur blanc pour le rapport que tu feras à tes supérieurs ?
— Je leur ai déjà dit.
— Mot pour mot ?
— Presque. Je leur ai expliqué que tu allais te marrer et que tu nous enverrais nous faire foutre.
— Et qu'ont-ils répondu ?
— Ils s'imaginent que tout le monde voit les choses à leur façon. Bienvenue au pays des rêves.
— Tu parles de Faraday ?
— Non, de Willard, de Gail Parsons.
— C'est une tueuse, celle-là.
— Je sais, je travaille pour elle. Faraday aussi.
— Aux Crimes graves ? Elle a réussi à devenir inspecteur-chef ?
— Oui, et elle n'a pas l'intention de s'arrêter en si bon chemin. Raison de plus pour qu'elle veuille t'associer à nous.
— Tu déconnes ? Vous espérez que je vais risquer

une nouvelle fois ma peau ? Que je vais aider cette salope à lécher encore plus le cul de Willard ?

— C'est joliment dit. Je transmettrai le message.

— Vas-y, fiston. Ne te gêne pas. Tout le plaisir sera pour moi.

— Je peux utiliser tes toilettes ?

— Fais comme chez toi.

Suttle quitta la pièce, conscient que Winter secouait la tête derrière lui. Il avait énormément apprécié cet échange et éprouvait une curieuse satisfaction à voir que son ancien chef était resté fidèle à lui-même.

Après son passage aux toilettes, il se lava les mains et inspecta son visage dans le miroir au-dessus du petit lavabo. La nuit précédente avait été une révélation. Il ignorait ce qu'avait fait Lizzie Hodson depuis la dernière fois qu'ils avaient tenté leur chance ensemble, mais il ne s'en plaignait pas du tout.

Alors qu'il s'essuyait les mains, il repéra un bout de papier froissé dans la poubelle. Un papier orange vif. Curieux, il le lissa. C'était un Post-it portant le même logo hôtelier que le peignoir en soie de Winter. Quelques mots avaient été rédigés dessus : *Devine qui m'a fait oublier la soirée merdique de mercredi ?* Le nom qui suivait lui était familier. *Je t'embrasse. Mist.*

Il jeta un nouveau coup d'œil dans le miroir, sans en revenir de sa chance. Il connaissait Misty Gallagher. Des années plus tôt, il avait été assez fou ou courageux pour sortir durant plusieurs mois avec sa fille Trudy. À l'époque, Bazza la traitait comme si elle faisait partie de sa famille et cette liaison avait envoyé Suttle à l'hôpital avec de sévères contusions et quelques côtes cassées*. Trudy en avait presque valu la peine, pourtant. Et visiblement, c'était aussi le cas de sa mère.

Il glissa le Post-it dans sa poche et regagna le salon. L'écran plasma géant était allumé et Winter, qui n'avait pas bougé du canapé, regardait avec attention une émission sur l'immobilier à l'étranger.

— Pourquoi tu t'intéresses à Berriman ? lui demanda Suttle.

— Mon patron a une dette envers lui. Il veut le remercier comme il faut.

— Et combien de fois, au juste ?

— Autant de fois que nécessaire, fiston. Les gamins d'aujourd'hui n'écoutent rien, dit Winter en se tournant vers lui.

Suttle comprit que Winter n'était pas d'humeur à lâcher le moindre renseignement sur Berriman. Il ramassa son assiette et la porta dans la cuisine. Avant de partir, il s'arrêta près du canapé.

— Au fait, mon vieux, j'ai oublié une chose. Au sujet de mercredi soir. Quand Danny Cooper s'est fait taillader.

— Eh bien ?

— La police veut t'interroger. Attends-toi à avoir de la visite.

Il sourit en repensant au Post-it.

— Un alibi pour ce soir-là pourrait t'être utile, ajouta-t-il.

* Voir *Du sang et du miel* (Folio Policier nº 595).

XXI

Vendredi 17 août 2007, 10 h 31

Presque une heure plus tard, Faraday fut convoqué dans le bureau de Martin Barrie. Il savait déjà que Willard avait fait le déplacement depuis Winchester et que Parsons avait prévu une réunion en milieu de journée. Le meurtre de Danny Cooper semblant désormais s'insérer dans l'affaire Mandoline, il se demanda qui allait redistribuer les cartes en prévision du retour de Martin Barrie. Ce dernier devait revenir le lundi suivant de deux semaines à Minehead, une station balnéaire du Somerset, et il était inconcevable qu'il ne joue pas un rôle majeur dans une enquête qui portait maintenant sur un triple homicide.

Parsons partageait visiblement cet avis. Faraday sentit la tension qui régnait dans le bureau, lorsqu'il y entra. La grande table de conférence pouvait accueillir sans problème huit personnes. À trois, il était impossible de se cacher.

Par courtoisie, dans ce genre d'occasion, Willard

laissait Parsons prendre les choses en main. C'était son terrain de chasse, son initiative. Au-dessus d'une petite pile de papiers posée près d'elle, Faraday reconnut un plan du quartier de Salcombe Avenue qui avait dû être établi par la Scientifique. En temps normal, ces documents étaient parsemés de symboles indiquant des trouvailles intéressantes : empreintes de pas, dommages physiques, objets étrangers potentiellement oubliés par un intrus. Mais cette carte-là semblait nue, ce qui n'était pas bon signe.

Parsons n'y alla pas par quatre chemins. L'enquête était en cours depuis près d'une semaine, il était temps de faire le point. Pour progresser, dit-elle, la brigade avait besoin de repères clairs. Lors de la prochaine réunion rassemblant toute l'équipe, elle indiquerait les pistes les plus prometteuses. Mais avant cela, en tant que responsable en second de l'enquête, l'inspecteur Faraday avait sans nul doute une contribution à apporter.

— Alors, dit-elle avec un sourire glacial. Commençons par la fête. Où en sommes-nous, Joe ?

Faraday prit son temps. Mandoline comportait un enjeu caché, chacun à la brigade en avait conscience. Selon toute vraisemblance, à moins qu'une avancée ne se produise durant les trois jours suivants, Parsons serait remplacée par Martin Barrie à la tête des opérations. D'ici là, dans l'intérêt de son précieux CV, elle devait tout mettre en ordre.

— De mon point de vue, chef, il faut qu'on soit absolument sûrs de nous. Rachel Ault a-t-elle été assassinée ? Oui. Gareth Hughes l'a-t-il été lui aussi ? Probablement.

— *Probablement ?* intervint Willard.

— Il est évident qu'il a participé à une bagarre, monsieur. Le rapport d'autopsie suggère qu'il s'est brisé le crâne en tombant en arrière. Et quelqu'un lui a marché sur la figure. Il y a beaucoup de zones d'ombre ici, n'importe quel avocat de la défense vous le dira. On peut avoir affaire à une mort par accident. Ou à un homicide involontaire. Cela dépend du moment précis où il est décédé.

Willard acquiesça et prit un biscuit dans une assiette près de lui. Parsons n'avait pas quitté Faraday des yeux.

— Mais Rachel ne s'est pas poignardée elle-même, n'est-ce pas ?

— Bien sûr que non.

— Alors que vous disent vos tripes ?

Le choix du mot « tripes » était malencontreux. Faraday hésita au souvenir des photos prises près de la piscine. La pâleur du visage de Rachel contre la dalle froide, ses yeux grands ouverts… Si seulement son nouveau petit ami et elle étaient allés passer la soirée au pub. Si seulement.

— Il y a trois possibilités, commença-t-il. Je vous les donne en vrac. La première, c'est que Jax Bonner les a traqués tous les deux jusque chez leurs voisins. Quand ? Les occasions n'ont pas manqué. Elle a pu remarquer que Rachel avait bu, que cela la rendait vulnérable, comme servie sur un plateau. Ou bien elle l'a vue quitter la maison, elle l'a suivie et elles se sont affrontées. Bonner avait un couteau — la scène filmée dans l'escalier nous le montre. Et elle s'est envolée avant qu'on arrive et qu'on boucle les lieux.

D'un autre côté, Rachel était avec Hughes. Faut-il alors supposer que Bonner leur a réglé leur compte à tous les deux ?

— Elle n'était peut-être pas seule, Joe, dit Willard.

— En effet. Nous pouvons d'ailleurs le prouver.

— Vraiment ?

— Oui. Tout d'abord, nous savons qu'elle est venue avec plusieurs personnes. L'une d'elles l'a filmée dans l'escalier. Des témoins ont aussi affirmé qu'elle était accompagnée d'un garçon plus jeune qu'elle. C'est lui l'auteur des tags. Mais il y a un problème.

— Lequel ?

— L'empreinte sur le visage de Hughes. C'est celle d'une Reebok Classic de pointure 43 à 45. Un grand pied, donc. Il ne peut pas s'agir de Jax Bonner parce que les chaussures retrouvées dans sa chambre étaient du 39. Et le gamin avec qui elle vivait faisait du 41.

— Du 42, ça pouvait lui aller. Surtout si les baskets ont été empruntées ou volées. C'est envisageable, Joe. Sans compter que des Reebok Classic, on en voit partout.

Faraday en convint.

— Je passe en revue les possibilités, chef. Les éléments à charge s'accumulent contre cette fille, je ne le nie pas. Elle devra répondre à beaucoup de questions.

— Pourquoi elle se terre, par exemple.

— Exactement. Les relevés bancaires saisis chez son frère montrent que quelqu'un a effectué trois retraits sur son compte cette semaine à partir de distributeurs automatiques. J'ai parlé à un employé de la banque concernée ce matin.

— Des distributeurs locaux ?

— Un à Cosham, un à Drayton et un en ville.

Drayton, comme Cosham, se trouvait dans les terres.

— Où habite-t-elle, alors ?

— Très bonne question. Nous avons inspecté tous les garages de son frère, juste au cas où, et on a pisté des gamins qui la connaissaient probablement. Aucun d'eux n'a la moindre idée de l'endroit où elle se cache.

— Vous parlez d'une surprise.

— Certes.

— Mais elle ne passe pas vraiment inaperçue, protesta Willard, qui perdait patience. Malgré tout le battage médiatique autour de cette affaire et l'appel que j'ai lancé à la télévision, vous dites que personne ne l'a vue ?

— Je vous dis ce que je sais, monsieur. « Se terrer » est le mot juste. Je suppose qu'elle a un toit au-dessus de la tête. Tout ce qu'il nous faut, c'est une adresse.

— Rien de plus.

— Oui.

Parsons consulta sa montre. Faraday comprit le message. Il était temps de leur soumettre l'hypothèse suivante.

— L'autre personne qui nous intéresse, c'est Matt Berriman. Il a un mobile en ce qui concerne Hughes et il chausse la bonne pointure.

— On a saisi les chaussures qu'il portait samedi soir ?

— Oui. Des Nike Air Max 95. La pointure correspond, mais le motif des semelles est complètement différent.

— Et le reste de ses affaires ?

— D'après le rapport de Newbury, il n'y avait aucune tache flagrante sur son jean et son tee-shirt, mais les analyses sont en cours et les résultats devraient nous parvenir aujourd'hui ou demain.

— Pour autant, on n'exclut pas qu'il soit coupable ? Il a pu se rendre dans la maison voisine, non ?

— En théorie, oui. Une fille pense l'avoir vu sortir par la porte de devant, mais elle ne se rappelle pas quand exactement.

— Que dit Berriman ?

— Qu'il est allé prendre l'air. C'était avant que Mackenzie ne débarque. Apparemment, la situation était incontrôlable. On a cru comprendre qu'il ne raffolait pas non plus de la musique.

— Il s'est absenté longtemps ?

— Quelques minutes, d'après lui.

— Quelqu'un l'a vu revenir ?

— Non, mais il était bien sur place au moment du saccage du bureau, et aussi après, quand il a entraîné Rachel dans la salle de bains. Et il était de retour le temps que Mackenzie commence à se friter avec les jeunes.

— Il a donc pu aller dans la maison d'à côté, c'est bien ce que vous laissez entendre ?

— Possible, oui. Mais cela soulève une autre question. Berriman est sorti des années avec Rachel. Aux dires de tous, il voulait renouer avec elle. Pourquoi lui aurait-il planté un couteau dans le ventre alors qu'ils venaient de s'envoyer en l'air dans la salle de bains ? Gareth Hughes, je peux comprendre. Le scénario tiendrait la route : une dispute, Hughes qui tombe en arrière…

— Et Berriman qui lui écrase ensuite la figure ? Avec la mauvaise basket ?

— Non. Vous avez raison, ça ne colle pas. Pas en ce qui concerne Hughes. Quant à Rachel, je mettrais ma main à couper qu'il ne l'a pas tuée.

— Super, lâcha Parsons. Quelle est la troisième possibilité ?

Elle s'était adressée à Faraday, mais ce fut Willard qui répondit :

— Mackenzie. Il part après s'être fait tabasser. Il rentre chez lui, bien énervé, découvre deux inconnus sur sa propriété et se défoule sur eux… Non ?

— Mais ils n'étaient pas des inconnus pour lui, monsieur, objecta Faraday en essayant de ménager son supérieur. Pas du tout, même. Rachel Ault était la fille sur laquelle il avait promis de veiller et Gareth Hughes, le nouvel homme dans sa vie. Il les avait déjà vus tous les deux. Pourquoi voulez-vous…

Il haussa les épaules sans finir sa phrase.

Willard repoussa l'assiette de biscuits vers Parsons. Faraday observa celle-ci. La réunion tournait au vinaigre.

— Venons-en à Danny Cooper, dit-elle. Vous pensez vraiment que les deux affaires sont liées ?

— Oui.

— Pourquoi ?

— Un, parce qu'il est venu à la soirée. Deux, parce qu'il y était quelqu'un d'important. Trois…

— Pourquoi important ?

— Il fournissait de la coke bon marché. Imaginez des abeilles et un pot de miel.

— Et il serait mort à cause de ça ? Quatre jours plus tard ?

— Je n'en sais rien, chef. Mais…

— Quel est le point numéro trois ? les coupa Willard.

— Le post sur Facebook adressé à Jax Bonner : « Danny Cooper a piégé ton frère. » On n'a aucune indication sur l'auteur du message, pas encore du moins, mais il place Cooper au centre de tout ce bazar. Les plus gros dégâts causés pendant la fête ont été l'œuvre des gamins qui accompagnaient Bonner. Elle éprouve de la rancœur contre Ault. Cooper était là avec ses petits sachets de came et le bruit court qu'il a envoyé le frère de Bonner derrière les barreaux en mettant de la drogue dans son garage.

— Bonner aurait donc tué Cooper ?

— Au vu des circonstances, la réponse est oui.

— Mais la Scientifique n'a rien trouvé, si je ne m'abuse.

— Les gars ont relevé des traces de sang — vraisemblablement celui de Cooper. Et la porte de derrière a été forcée.

— Aucune arme ?

— Non, monsieur.

— Aucune empreinte ? Aucune trace de pas ? Rien dans les jardins ou sur le terrain de foot près de la maison ?

— Rien. Pour l'instant.

— Aucun témoin ? Personne qui n'ait été repéré ?

— Non.

— Et vous prétendez qu'une fille a fait ça ? Elle serait aussi douée, selon vous ?

Faraday dut reconnaître que Willard marquait un point.

— Je vous parle de mobile, monsieur. Pas de mode opératoire.

— Je le vois bien. Mais c'est un peu facile, non ? Ce message sur Facebook, vous ne trouvez pas ça grossier ? « *Cui bono* », Joe ? À qui profite la mort de Cooper ? Qui ne voulait peut-être plus de lui dans les parages ?

Bonne question, Willard n'était pas devenu responsable du CID pour rien. Il y eut un échange de regards, puis Parsons s'interposa.

— Il faut qu'on discute de Winter, dit-elle. Il doit être interrogé ce matin, si je ne me trompe ?

— Exact, chef. Il cherchait Cooper mercredi soir.

— On sait pourquoi ?

— Pas encore.

— Et Suttle ? dit Willard. Il lui a touché un mot de notre conversation de l'autre jour ?

— Oui. Il l'a vu tout à l'heure.

— Et ?

— Sans succès, j'en ai peur. Winter lui a dit d'aller se faire foutre. Ce sont les mots de Suttle, pas les miens.

— Aucun deal possible ? Il refuse de jouer ?

— Il a été catégorique.

— Il me déçoit. J'attendais mieux de sa part, commenta Willard. Que fait-on de lui maintenant ?

— On attend, monsieur, répondit Parsons en soupirant. On verra ce qui se passe.

Faraday sentit que la réunion était terminée. Dans quelques heures, ils se rassembleraient sans doute de nouveau et il était curieux de voir comment Parsons réussirait à puiser de quoi être un peu optimiste dans la frénésie des six derniers jours. Au moins les médias semblaient-ils se désintéresser de l'affaire. Il n'avait pas entendu parler d'un reporter ou d'une équipe de télévision depuis vingt-quatre heures et il était ravi de voir que le monde passait à autre chose.

L'inspecteur-chef se levait lorsque quelqu'un frappa à la porte. Jerry Proctor venait tout juste de recevoir un appel d'un de ses contacts aux services médico-légaux.

— Alors ? demanda Parsons d'une voix où perçait l'espoir.

— Ils ont analysé les prélèvements de sperme effectués sur Rachel Ault. Je ne sais pas vraiment où cela va nous mener, chef, mais j'ai pensé qu'il fallait vous prévenir.

— Allez-y.

— Le sperme dans son vagin était celui de Matt Berriman. Et celui dans sa gorge appartenait à Gareth Hughes.

Parsons encaissa la nouvelle, tout comme Willard.

— Mais les photos prises dans la salle de bains…

— En effet, monsieur. Tout portait à croire qu'il s'agissait de Berriman.

— Alors comment se fait-il... ? dit Willard en consultant Parsons.

— Aucune idée, répliqua celle-ci. Les résultats sont sûrs, Jerry ?

— Oui. La probabilité d'une erreur est d'une sur un milliard. J'ai moi-même posé la question.

— On ne peut pas envisager que les échantillons aient été mal étiquetés ? Par nos gars ? Après l'autopsie ?

— C'est très improbable. Jenny Cutler est la meilleure.

Un silence s'ensuivit. Parsons se tourna vers Faraday.

— Joe ?

— Je ne vois pas d'explication, chef. Mais c'est intéressant.

Suttle aussi avait appris la nouvelle. Quelques minutes plus tard, il était assis devant le bureau de Faraday, lequel croulait sous de hautes piles de papiers à remplir. Cette fois, ce fut son supérieur qui alla fermer la porte.

— À ton avis, avons-nous intérêt à parler de nouveau à Berriman, Jimmy ?

— Pourquoi ferions-nous ça, chef ?

— À cause du résultat des analyses.

— Mais à quoi ça nous avancerait ? On le soupçonnait déjà d'avoir eu un rapport sexuel avec Rachel en voyant les photos sur le portable de Hughes. Maintenant, on sait qu'il l'a sautée proprement après ce hors-d'œuvre. De mon point de vue, il s'est montré bien élevé.

— Il nous a menti pendant son interrogatoire.

— Non, chef. J'ai vérifié la retranscription. Nous lui avons demandé s'ils avaient baisé ensemble dans la salle de bains et il a refusé de répondre au motif que cela ne nous regardait pas. Dans tous les cas, s'envoyer en l'air avec une ancienne petite amie n'a rien d'illégal, non ?

— Certes, répondit Faraday, avant d'enchaîner sur un autre sujet. Je viens d'avoir une réunion avec Parsons et Willard. C'était chaleureux comme tout. On a évoqué le cas de Winter.

— Et ?

— Pour être franc, Jimmy, on ne sait pas quoi faire de lui. C'est plus qu'embarrassant.

— Parce qu'il fouine partout ?

— Bien sûr. Étant donné ses rapports avec Mackenzie, je ne peux pas lui en vouloir. Loin de là. Je regrette juste qu'on n'ait pas plus de prise sur lui.

— Personne n'en a jamais eu. Sa réaction n'est guère surprenante.

— Tu as raison, mais il n'y a pas que ça. Malgré toutes nos ressources, tous les hommes à notre disposition, tous nos efforts, toutes les ficelles qu'on peut tirer, Winter a probablement l'avantage sur nous. Pourquoi ? Parce qu'il n'a pas à se coltiner cette merde chaque matin.

Faraday eut un geste désespéré en direction du désordre sur son bureau. Chose inhabituelle, Suttle balaya cet argument.

— C'est vrai, chef, mais cette merde, il n'a pas non plus à la présenter au tribunal, non ?

XXII

Vendredi 17 août 2007, 11 h 47

Les Ault passèrent la majeure partie de la matinée à Sandown Road. Belle Ault commença non sans réticence à nettoyer la cuisine, mais son mari lui dit de ne pas se donner cette peine. Ayant réussi à dénicher un annuaire récent, il contacta plusieurs sociétés de nettoyage industriel jusqu'à ce qu'il en trouve une en mesure d'intervenir immédiatement. Les employés — deux femmes d'âge mûr et un adolescent polonais qu'elles appelaient Jozef — se présentèrent dans l'heure qui suivit dans une camionnette neuve. Jozef ouvrit de grands yeux devant l'état de la maison.

— Que s'est-il passé ? demanda-t-il à l'une des femmes.

— La jeunesse, mon chéri.

Ils se mirent au travail sous les ordres de Peter Ault, qui avait déjà empilé des affaires brisées ou dont il ne voulait plus près de la porte d'entrée. Il leur montra la maison, pièce par pièce, en leur indiquant précisément ce qu'il fallait jeter. Quelques minutes plus tard, le rugissement d'un moteur annonça l'arrivée du petit camion-benne qu'il avait également commandé. Le chauffeur fit basculer le conteneur dans l'allée, laissant Belle redouter que ce dernier ne soit pas assez gros. Déjà, il était évident qu'elle en avait assez. Lorsque Marie lui téléphona pour lui proposer de venir prendre un café chez elle, elle accepta volontiers. Son mari refusa quant à lui d'un signe de tête.

À midi, la cuisine était impeccable. Pendant que Jozef allait chercher de quoi déjeuner pour tout le monde sur Albert Road, les deux femmes partirent avec leur véhicule refaire le plein de produits désinfectants au dépôt de leur société. Resté seul chez lui, Peter Ault se retrancha dans son bureau. Il balaya les débris de verre en direction de la porte et, lorsqu'il eut fini, se planta près de la fenêtre, les mains enfoncées dans les poches de son jean, à regarder la pluie tomber au-dehors. Le bureau se trouvait sur le côté de la maison et dominait le jardin. Au-dessous, légèrement sur la gauche, se dressait la gloriette. Elle figurait en bonne position sur la liste des travaux à réaliser, qu'il avait établie en emménageant l'année précédente. Le bois pourrissait autour du rebord des fenêtres et le toit fuyait. La construction réclamait beaucoup de soins, ainsi qu'une couche ou deux de peinture. Quelque chose de joyeux, avait-il pensé à l'époque. Peut-être du bleu ciel et du jaune. Des couleurs de bord de mer.

— Je peux entrer ?

Ault n'avait pas entendu le bruit de pas dans

l'escalier. Mackenzie se tenait sur le seuil de la pièce, les yeux baissés sur le tas de verre brisé à ses pieds. Sa minerve lui donnait une allure quelque peu comique.

— Fais comme chez toi, dit Ault. Tu m'excuseras pour le désordre.

Mackenzie ne put déterminer s'il plaisantait ou pas. Il était venu le soutenir, expliqua-t-il. Et aussi s'excuser.

— Inutile.

— Mais je suis sincère, Peter.

— Inutile, répéta Ault. C'est terminé. Fini. Il faut tourner la page.

— Oui, mais… ta maison… revenir dans de telles conditions… et ta jolie petite Rachel…

Ault hocha la tête. Il avait étalé sur son bureau des photos sorties de leurs cadres brisés. Rachel apparaissait sur la plupart d'entre elles.

Mackenzie lui renouvela sa proposition de l'héberger pour la nuit. Et les suivantes s'il le désirait. Aussi longtemps que Belle et lui le souhaiteraient. Dans ce genre de situation, dit-il, on avait besoin d'amis autour de soi, de soutien, de quelqu'un pour discuter.

— Nous avons déjà tout ça.

— Évidemment. Mais je voulais dire… tout près de vous… à portée de main… pour que vous puissiez avoir l'œil sur ce qui se passe…

C'était une remarque malheureuse. Ault n'avait pas été juge pour rien.

— Depuis la maison d'à côté, c'est ça ? Par-dessus le mur du jardin ?

— Oui.

— Comme tu avais promis de le faire avant qu'on parte en voyage ?

Mackenzie tenta d'opiner, mais grimaça de douleur.

— Je suis désolé, murmura-t-il. Vraiment.

— Je n'en doute pas. Mais ça ne sert pas à grand-chose, non ? Tu étais au courant de ce projet de fête ?

— Non. Rachel n'en a jamais parlé.

— Tu étais là quand c'est arrivé ?

— Seulement à la fin. J'ai fait ce que j'ai pu. J'ai pris une dérouillée, pour ma peine.

— Oh ? Je ne le savais pas.

— Ouais. C'est Matt, l'ex de Rachel, qui a viré ces chiens.

— Matt ?

Encore un détail dont le juge n'avait pas eu connaissance.

— Oui. Matt Berriman. J'ai une dette envers lui.

Ault redevint silencieux. Il souleva une photo, puis la laissa retomber sur le bureau. Au bout d'un moment, il questionna Mackenzie sur la drogue.

— Quelle drogue ?

— La police a l'air de penser qu'il y avait de la cocaïne sur place. En grande quantité.

— Ah oui ?

— Ça aussi, tu l'ignorais ?

— Putain, oui ! répliqua Mackenzie en s'efforçant de garder son calme. Si je n'étais pas informé de la soirée, comment veux-tu que je sache que de la coke a circulé ? Tu crois que c'est moi qui suis derrière toute cette came bradée ?

— Cette came bradée ? répéta Ault, dont les yeux

brillèrent derrière ses épaisses lunettes. Et tu prétends n'avoir été au courant de rien ?

C'était un piège habile et Mackenzie le comprit d'emblée.

— La police me l'a dit, avoua-t-il, sur la défensive.

— Vraiment ?

— Oui. Écoute, j'en ai assez de ce merdier. Je suis venu te dire que je suis désolé. Pense ce que tu veux, mais j'étais sincère quand je t'ai proposé de rester chez nous. Là d'où je viens, on sait reconnaître un pote. Le mot est un peu fort ? Ou est-ce que tu comprends le message ?

Les deux hommes se fixèrent un long moment, jusqu'à ce que le juge s'écarte de son bureau.

— Vous voudrez bien m'excuser, monsieur Mackenzie, déclara-t-il avec un sourire glacial. J'ai beaucoup à faire.

En début d'après-midi, Suttle intercepta Winter au moment où il s'apprêtait à quitter Gunwharf pour se rendre au Royal Trafalgar Hotel. Winter le fit monter et l'attendit dans le couloir.

— Tu as une minute ? demanda Suttle.

— Encore ? Je vais bientôt vous facturer des heures.

— Tu as déjà été interrogé ?

— Ce matin. Un vrai plaisir.

— Et ?

— Vous devriez vous dégoter des enquêteurs dignes de ce nom. De préférence des types assez vieux pour se raser.

Il s'avéra que le Bureau des incidents graves avait chargé deux jeunes constables de recueillir une déposition en bonne et due forme sur ses faits et gestes pendant la soirée de mercredi. Étant donné le passif de Winter auprès de la brigade, quelqu'un avait visiblement évalué les risques, d'où le choix de deux hommes qui ne l'avaient jamais rencontré. Ainsi, lui avait affirmé le plus culotté des deux, ils ne pourraient pas être soupçonnés de partialité.

— Et ça a donné quoi ? demanda Suttle en s'installant sur le canapé.

— Lis la déclaration. Ce n'est pas long.

— Le contraire m'aurait étonné. Tu leur as dit quoi ?

— La même chose qu'à toi. Il fallait que je voie Cooper pour affaires. Il semblait n'y avoir personne, alors j'ai fait le tour de la maison, au cas où, mais il n'était pas chez lui. Ça vous donne un point de départ chronologique, non ? La porte de la cuisine était intacte à ce moment-là, le meurtre a donc dû se produire après que j'ai quitté les lieux. C'est une belle info, ça, fiston. Et pour répéter ce que j'ai dit à vos gars, je vous la file gratos.

Il se fendit d'un sourire.

— Ça ne va pas comme tu veux ?

Winter avait raison, même si Suttle ne lui fit pas le plaisir de répondre. La réunion du midi n'avait pas duré une demi-heure. Parsons s'était déclarée très heureuse des progrès accomplis, mais aucun des enquêteurs n'avait été dupe. Elle fait son nid, avait grogné Proctor après coup. Elle maquille du mieux qu'elle peut une semaine merdique en priant pour que Martin Barrie s'accorde un mois de vacances supplémentaire à Minehead.

— Qu'est-ce que tu cherches au juste, fiston ? Parce qu'il y en a qui doivent bosser, ici.

— Je m'intéresse à la cuisine de Mackenzie. Tu te souviens de l'allusion que tu as faite ? Sur la nécessité d'accélérer les analyses ?

— J'ai dit ça, moi ?

— Oui. Et va savoir pourquoi, je t'ai écouté, pour une fois.

— Et ?

— Cela en valait la peine. Deux séries d'empreintes ont été identifiées comme étant celles de Rachel et de Hughes. Les premières sur un verre, les autres sur le frigo. Regarde…

Suttle alla dans la cuisine, où il s'appuya contre le frigo en faisant porter son poids sur ses paumes. Winter l'observa depuis la porte ouverte.

— Leurs empreintes ont été relevées à l'autopsie ?

— Oui.

— En clair, nos deux tourtereaux sont entrés dans la cuisine de Bazza, c'est ça ?

— Oui.

— Qu'est-ce qui prouve que leur visite remonte à cette nuit-là ?

Suttle s'écarta du frigo avec une impression de déjà-vu. Faraday lui avait posé quasiment la même question.

— Rachel a laissé du sang sur le verre, en plus de ses empreintes — le résultat des analyses nous l'a aussi confirmé. Quelqu'un a dû la frapper. Dans tous les cas, ils sont forcément venus ce soir-là.

Winter plissa le front.

— Rachel savait où Marie cachait la clé. Elle vérifiait parfois que tout était en ordre lorsque les Mackenzie s'absentaient. J'ai entendu Marie en parler un jour. Donc, Rachel entre dans la cuisine. Elle est bourrée. Hughes est là, lui aussi. Deux amoureux perdus. Ils ont fugué de la maison d'à côté et ils sont seuls. Et après, que se passe-t-il ?

La réponse ne coulait pas de source. Suttle savait que Winter aimait faire monter la pression, sauter d'une supposition à une autre, exploiter au maximum les faits connus. C'était sa manière de travailler quand il était enquêteur. Certains de ses anciens collègues se moquaient de ses conclusions les plus ambitieuses, mais Suttle avait vu par lui-même à quoi il aboutissait parfois.

— Il y a autre chose…

— Oui ?

— On a envoyé des prélèvements de sperme au labo. Ils provenaient du vagin et de la gorge de Rachel.

— Vous avez pu mettre un nom dessus ?

— Matt Berriman pour le sperme dans son vagin, et Hughes pour celui dans sa gorge.

— Sérieux ?

— Ouais.

— C'était une fille très occupée.

— On dirait bien.

— Berriman le sait ?

— Je suppose qu'il s'en souvient.

— Te fous pas de ma gueule, fiston. Je te demande si tu l'as interrogé à ce sujet.

— Non, répliqua Suttle en regardant l'heure. Mais on ne le voit sans doute pas aussi souvent que toi.

Gabrielle appelait très rarement Faraday durant ses heures de travail. Il n'avait jamais pu déterminer si c'était un choix délibéré, une manière instinctive de respecter son territoire ou si elle n'avait tout simplement rien à dire qui ne puisse attendre.

— Où es-tu ?

— Aucune importance. Tu as de quoi écrire, *chéri* ?

Elle lui dicta un numéro de portable.

— Qu'est-ce que j'en fais ?

— C'est le numéro d'un garçon qui se prénomme Connor. Il a des infos sur la fête.

— Il y était ?

— Pendant un petit moment, oui. Mais tu as raison au sujet de la fille. Elle lui fait peur. À lui et aussi à une bonne partie des gamins avec qui je m'entretiens. Tu devrais parler à Connor, *chéri.*

— Il sait que je suis flic ?

— Il ne sait rien, à part que je te fais confiance.

— Et ça suffit ?

— C'est à toi de voir. *À bientôt.*

Elle raccrocha.

Faraday fixa le numéro quelques instants. Son instinct lui soufflait de le transmettre à Jimmy Suttle. C'était lui qui s'occupait de la Cellule de renseignement. Traiter des tuyaux comme celui-là faisait partie de son travail. Ou, pour être plus honnête, il était plus jeune que Faraday et, si la semaine précédente lui avait bien appris une chose, c'était l'ampleur du fossé qui s'était creusé entre sa génération et la suivante. Récemment encore, il s'imaginait qu'il comprenait les enfants. Désormais, il n'en était plus du tout certain.

Dans le même temps, Gabrielle lui avait donné ce numéro à lui et à personne d'autre. La confiance comptait beaucoup pour elle. Elle venait juste de le lui dire. Ce qui signifiait que Faraday, à son tour, devait se conformer aux règles.

Il décrocha le téléphone sur son bureau, puis changea d'avis. Mieux valait utiliser son portable.

La sonnerie retentit et se prolongea.

— Ouais ? murmura une voix à peine audible.

À l'arrière-plan, Faraday perçut la voix d'une adulte qui résonnait faiblement. Connor devait être à l'école.

— Qui êtes-vous, monsieur ?

— Joe.

— Qui ça ?

— Joe.

— Merde, dit la voix, un ton encore plus bas. Le copain de Gabby ?

Winter était dans son bureau du Royal Trafalgar lorsque Mackenzie entra en boitant. Winter avait essayé plusieurs fois de joindre son patron pendant la journée et il le crut d'abord ivre. Il contempla la silhouette trapue et raide dont le menton était soutenu par quelque chose de blanc.

— Ça va, Baz ?

— Très drôle, répondit Mackenzie en s'affaissant

sur le fauteuil que Winter gardait pour les visiteurs occasionnels. Crois-moi, vieux, si je pensais que j'avais encore de la place pour un autre antalgique…

Winter se leva. L'une des femmes de ménage passait l'aspirateur sur la fine bande de moquette dans le couloir. Il la salua et ferma la porte.

— Vas-y, raconte, dit-il ensuite à Mackenzie.

— Tu sais déjà tout.

— J'ai vu le crash. J'aurais dû traîner dans les parages, selon toi ?

— Fais pas ton petit con. Je n'ai rien trouvé de mieux sur le coup et je me suis bien marré, surtout quand je leur ai dit que c'était leur faute.

Les flics avaient été nuls. Aucun sens de l'humour. Pas même une excuse.

— La nouvelle caisse de Marie était en miettes sur la route, leur radiateur fuyait de partout, moi je sautillais en me tenant la nuque, et ils n'ont fait que me casser les couilles avec des histoires de limitation de vitesse et d'obstruction de la voie publique. Putain, ils m'ont entendu. Faire peur aux gens comme ça, avec leurs lumières bleues, leurs sirènes… Et moi qui ai le double de leur âge…

Ils avaient voulu l'emmener au poste en l'accusant de conduite dangereuse et d'entrave au cours de la justice, mais il ne s'était pas laissé faire. Au bout du compte, ils avaient admis qu'il était peut-être blessé. Mais lorsqu'il leur avait demandé de le conduire aux urgences, ils avaient refusé. Le règlement en matière de santé et de sécurité leur imposait d'appeler une ambulance. Les passants avaient cru au tournage d'un film ou d'une émission pour la télé. Une petite vieille s'était même entichée de lui.

— Après deux tasses de thé, une part de gâteau de Savoie et un peu de repos en position assise, je leur ai dit que j'avais la tête qui tournait. Les secouristes de l'ambulance m'ont expliqué que je m'en étais bien tiré. Les cous se brisent plus facilement qu'on ne pourrait le penser.

— Et comment tu te sens, maintenant ?

— Démoli. Mes jambes me font un mal de chien. Même Marie a de la peine pour moi.

Mackenzie voulut pivoter et dut pour cela bouger tout son corps. Il vérifiait la porte, comprit Winter.

— Elle est bien fermée, Baz. C'est quoi, le problème ?

— Toute cette affaire.

— Quelle affaire ?

— La fête. Ce qui s'est passé. Rachel et son copain près de la piscine. Ault…

— Oui ?

— Oublions ça. Pour tout te dire, vieux, je me suis fourré le doigt dans l'œil en ce qui concerne ce type. C'est un fumier, en fait.

Winter était perdu.

— Qui ça ?

— Ault. Il est revenu aujourd'hui avec sa femme. Moi, normal, je fais un saut chez lui. Je lui dis qu'on est désolés de voir tout ce chantier dans sa maison, qu'il peut rester aussi longtemps qu'il veut chez nous. Je n'aurais pas pu être plus gentil avec lui. Et tu sais quoi ? Il m'a juste ignoré.

— Il vient de perdre sa fille, Baz. Et il n'en avait qu'une. Il doit être bouleversé.

— Bouleversé ? Évidemment, qu'il l'est. Tout le monde le serait à sa place. Mais il m'a traité comme si on était au tribunal. Il pense que c'est moi le coupable, vieux. Il pense que c'est ma faute. Je le voyais bien. Ça se lisait sur son visage. *Monsieur* Mackenzie ? Merde, mais pour qui il se prend ?

Winter se cala contre le dossier de son siège. Les implications étaient claires. Il pouvait tirer un trait sur son enquête. Il avait fini de jouer les détectives.

— Ce n'est peut-être pas aussi simple que ça, Baz. Pas de mon point de vue. Tu as raison de vouloir élucider cette histoire, et tu sais pourquoi ? Parce que Rachel et Hughes ont fini dans ton jardin.

— C'est du passé, vieux.

— Non.

— Non ?

— J'en ai peur. Tu te souviens des techniciens de la police scientifique ? Ceux qui ont fouiné chez toi pendant quelques jours ?

— Oui ? dit Mackenzie, oubliant soudain sa douleur.

— Ils ont retrouvé des empreintes dans ta cuisine. Les premières étaient celles de Rachel. Les autres appartenaient à Hughes.

— Il n'est jamais entré chez moi.

— Si, Baz. La nuit où il est mort.

— Comment le sais-tu ?

— Je viens de te le dire. Grâce aux empreintes.

— Mais comment tu as découvert ça ?

— De la même façon que j'ai été informé de la

mort de Danny Cooper et du sang qui recouvrait les murs de sa chambre. Je parle à certaines personnes, Baz. Des personnes de confiance.

— Des flics ?

— Bien sûr. Tu crois que je suis le seul à contourner les règles ? Ce sont les gars comme moi qui font que les braves gens de ton espèce peuvent dormir en paix. Si tu t'en remettais aux autres crétins, tu ne fermerais plus l'œil de la nuit.

— Qui c'est, ce type ?

— Un ami. Il a un nom, mais je ne te le dirai pas. Fais-moi confiance, c'est tout. Tu peux l'accepter ?

Mackenzie voulut répondre non, mais Winter le devança. Les flics risquaient de revenir, l'informa-t-il. Ils étaient encore loin de coincer l'assassin et ils avaient difficilement surmonté la tempête médiatique du week-end. Si on ajoutait à ça l'exaspération de l'Association des riverains de Craneswater et la prochaine réunion extraordinaire de la Haute Autorité de police, ils n'allaient pas tarder à reprendre les premières pistes de leur enquête.

— C'est-à-dire toi, Baz. Ou plutôt nous. La voiture de la nuit dernière, l'Alfa, qu'est-ce qu'elle devient ?

— Un gars va l'emmener dans un endroit que je connais pour la nettoyer à la vapeur. De fond en comble. Tu n'auras jamais vu une caisse aussi propre.

Winter s'exhorta à ne pas perdre patience.

— Non, Baz. Il est hors de question qu'elle quitte l'entreprise de Barry. Il faut que tu envoies quelqu'un ôter les plaques d'immatriculation, le numéro du moteur, tout ce qui peut lier cette caisse à Westie. Ensuite, soit tu refais tout l'intérieur — nouveaux tapis de sol, nouveaux sièges, la totale — et tu repeins la carrosserie avant d'expédier l'Alfa à l'étranger pour lui trouver un acheteur, soit tu investis dans un bidon d'essence et tu la crames. Personnellement, j'opterais pour la seconde solution, mais c'est toi qui vois.

— Tu es sérieux ?

— Oui, et tu le serais aussi si tu avais été flic. On arrive à faire parler une simple molécule d'ADN de nos jours. Westie a dû en laisser des tonnes. Crois-moi, Baz, c'est une évidence.

Mackenzie eut le bon goût de paraître impressionné.

— Bon, alors qu'est-ce que je dois faire ? Moi, j'en ai marre de ramper devant Ault.

Winter savoura ce rare moment d'autorité.

— Je te dis — enfin, je te suggère — de faire ce que tu voulais au début.

— Rappelle-moi quoi.

— Identifier celui qui a laissé ces cadavres chez toi, répondit Winter en souriant. Dans l'intérêt de tout le monde.

XXIII

Vendredi 17 août 2007, 15 h 35

Connor affirma qu'il avait quatorze ans, mais Faraday n'en crut rien. Le garçon avait la maigreur des gamins de Pompey, les cheveux coiffés avec du gel, les ongles rongés et de grands yeux bleus au regard perpétuellement angoissé. Un polo bleu pendait sur ses épaules osseuses. Un pied dans l'enfance et l'autre dans l'adolescence, il parlait en marmonnant et en ponctuant ses paroles d'un éclat de rire, chaque fois que quelque chose lui semblait drôle.

Il avait accepté de venir à condition que Faraday lui achète un Big Bucket chez KFC. Ce ne pouvait être que le KFC situé au centre-ville, près de Fratton Park, parce que Connor était sous le coup de multiples ordonnances judiciaires qui l'empêchaient de circuler dans les autres quartiers.

À vrai dire, Faraday prenait un risque en le rencontrant dans ces conditions. Le code des bonnes pratiques exigeait la présence d'officiers spécialisés qui travaillaient en permanence avec des jeunes, et peut-être aussi d'un adulte pour conseiller Connor. Mais la paperasse à elle seule aurait pris des heures.

— Qu'est-ce que tu as fait pour récolter autant d'ordonnances judiciaires ? demanda Faraday en prenant une frite.

Connor examina les lieux, déçu par l'absence de public. La pluie martelait les grandes baies vitrées et le KFC était désert.

— Des coups et blessures, des passages à tabac filmés avec mon portable, quelques vols de voitures. Ah ouais, et j'ai piqué un hors-bord, aussi.

— Pourquoi ça ?

— Chais pas. Il était là.

Le bateau, dit-il, était attaché à une bouée d'amarrage au port de Langstone et il le matait depuis un moment avec quelques potes. À marée haute, ils s'étaient avancés dans l'eau et étaient montés à bord, juste pour s'amuser, mais ensuite la mer était redescendue et ils avaient dérivé hors du port. Seule l'alerte lancée par un garde-côte leur avait épargné une nuit sur la Manche.

Faraday se rappela vaguement un article du *News* à ce sujet. TROIS GARÇONS DANS UN BATEAU.

— Et ensuite ?

— Les flics nous attendaient à l'arrivée. Cinq au total. Qu'est-ce qu'on s'est marrés !

En plus de ses ordonnances judiciaires, Connor devait respecter un couvre-feu. Il repoussa sa chaise en arrière, remonta une jambe de son pantalon de jogging Adidas et insista pour que Faraday jette un œil sur son bracelet électronique. Le couvre-feu avait été fixé au départ à 22 heures. Dorénavant, c'était 19 heures.

— Comment se fait-il que tu aies pu aller à la soirée de samedi avec ça ?

— J'ai jamais dit que j'y étais allé.

— Mais tu es au courant de ce qui s'est passé ?

— Bien sûr. Comme tout le monde. Putain, quelle rigolade !

L'un de ses frères s'y était rendu. Lui, il était resté à la maison pour regarder le foot à la télé avec sa daronne.

— Ta daronne ?

— Ma mère. Mon frère, il était avec un autre type, et ils ont trouvé plein de pinard. Il n'y connaît rien, Clancy, alors il a appelé la daronne pour savoir si les bouteilles valaient quelque chose.

— Il ne l'a pas goûté ?

— Non, mec, c'était une bouteille, pas ouverte ni rien, et il y en avait des tas d'autres à côté. Clancy, il ne boit pas de vin. Mais il veut se faire un peu de blé, vous pigez ?

— Et ta mère ?

— Elle aussi, elle y connaît que dalle. Du coup, Clancy a dit qu'il allait quand même en rapporter un bon chargement à la maison, parce que tous les trucs sympas étaient déjà partis.

— Par exemple ?

— Chais pas, moi, répliqua Connor en glissant ses mains sous ses fesses. Des iPod ? Des téléphones ? Des appareils photo ? Des bijoux ? Du fric ? De la reniflette en rab ?

— De la reniflette ?

— De la blanche. De la coke, quoi.
— Et y en avait ?
— Aucune idée, mec. J'y étais pas.
— Et le vin ?
— Clancy a piqué un max de bouteilles.
— Comment il les a transportées ?
— Avec des taies d'oreiller. Prises sur le lit. Il s'est tapé quelqu'un là-bas. Avec lui, toutes les occasions sont bonnes. Il a chouré les taies, après.
— Et le vin ? Il l'a vendu ?
— Je sais pas. Peut-être. La vieille a goûté une bouteille et dit qu'il était pas mauvais.

Faraday se demanda ce que Peter Ault penserait de cette conversation. Des grands vins conservés durant des années, sifflés par une vieille daronne…

Connor ayant à peine touché à sa nourriture, il lui fit remarquer qu'elle refroidissait. Le garçon fixa son plateau un moment avant de le repousser.
— J'ai pas faim, mec. Pourquoi on est là ?

Faraday évoqua la fête un peu plus en détail, tout en sachant que rien de ce qu'il disait ne serait un scoop pour Connor et ses semblables. Il y avait eu beaucoup de dégâts. Deux personnes étaient mortes.
— Et vous voulez des infos sur une fille qui s'appelle Bonner, c'est ça ?

La franchise de la question surprit Faraday.
— Oui.
— Pourquoi ?
— Il faut que je lui parle.
— De ces cadavres ?
— Oui. Et d'une ou deux autres choses.
— D'accord, mais c'est les macchabées qui vous

intéressent surtout, hein ? Parce que mes potes et moi, on peut vous dire qu'elle est cinglée, cette fille. Je me suis frité avec elle, une fois. Elle m'a craché dessus, genre, pour rien. Et vous savez quoi ? J'avais une clope et je la lui ai foutue dans la tronche... bang... Comme ça, dit-il en levant brusquement un bras maigrelet. Elle a piqué une crise. La salope.

— C'est tout récent ?

— Ouais.

— Et tu l'as revue depuis ?

— Ça va pas, non ? Elle se trimballe avec une lame.

— Tout le temps ?

— Ouais. C'est une psychopathe, aussi. Attention, mec, je me battrais avec elle s'il le fallait. Pas question que je me laisse cogner par une nana. Mais quand on peut, on évite les ennuis, hein ? En tout cas, dans cette ville de merde. Dans ces conditions-là. Il y a des gens qui n'attendent qu'une occasion de vous amocher, ici. Sans déc'. Et elle en fait partie. Elle est carrément dangereuse, mec. Cinglée, je vous dis.

— Tu sais où la trouver ?

La question fit briller une lueur dans les yeux de Connor.

— Pourquoi ? Vous voulez lui parler ?

— Oui. Je viens de te l'expliquer.

— Mais c'est sérieux ? Vous voulez vraiment faire ça ? L'arrêter ? L'envoyer en taule ?

— On verra.

— On verra que dalle, oui. C'est une teigne, cette fille.

— Bon, où je peux la trouver ?

Connor plissa le front, ce qui le fit soudain paraître bien plus âgé. Tandis qu'il saisissait une cuillère en plastique pour remuer ses haricots surgelés, Faraday se demanda s'il n'avait pas, en fait, plus de quatorze ans.

— Vous voulez une adresse ?

— Oui.

— Ça risque d'être difficile.

Faraday comprit. Il savait exactement vers quoi tendait cette conversation.

— Très difficile ?

— Foutrement, oui. Et chelou, aussi. Un peu comme elle.

— Qu'est-ce qui te retient ?

— Rien, mec, répliqua Connor, de nouveau assis sur ses mains. Mais faut bien se faire un peu de blé, hein ?

Au téléphone, Matt Berriman avait dit qu'il était occupé. Devant l'insistance de Winter, cependant, il finit par céder. Il travaillait à la bibliothèque de l'université. Vers 17 h 30, si Winter le proposait, il ne refuserait pas d'être reconduit à Eastney.

Il sortit un quart d'heure en retard en compagnie d'une superbe brune aux longues jambes halées. Il la salua sur le trottoir près de la Lexus. Avec un rire rauque, elle se dressa sur la pointe des pieds pour l'embrasser sur la bouche avant de s'éloigner.

— Une Italienne, déclara-t-il en calant son grand corps sur le siège passager. Elle est là pour l'été.

Il voulut ensuite savoir ce qu'il y avait de si

important pour que Winter attende ainsi au bord du trottoir. Aucune excuse ne filtra dans ses paroles.

— Il faut qu'on discute. C'est au sujet de la fête. Les flics commencent à s'échauffer. Mieux vaut parler avec moi maintenant… non ? dit Winter en prenant la direction du bord de mer.

La pluie avait enfin cessé, mais un vent froid avait laissé la plage presque déserte. Il trouva une place de parking après la jetée. Deux femmes s'essayaient au roller sur la promenade et il se fit la réflexion que, passé quarante ans, les jupes de skating n'étaient pas une bonne idée.

— Alors ? dit Berriman en les observant lui aussi.

— C'est au sujet de Rachel, fiston.

Winter ne l'avait jamais appelé « fiston » auparavant et Berriman n'apprécia guère.

— Matt suffira. Si ça ne vous ennuie pas.

— Pas de problème, fiston. Y a pas de mal. Écoute, il faut qu'on mette deux ou trois trucs au clair. Je ne suis pas flic, quoi que tu en penses. Ça, c'est le premier point. Le deuxième, c'est que je suis payé par Mackenzie. Tu crois peut-être que ça n'a rien à voir avec toi, mais tu te trompes. Pourquoi ? Parce qu'il t'aime bien. Et parce qu'il a une dette envers toi. Il ne veut pas que tu aies des ennuis et cela vaut donc pour moi aussi.

— Quel genre d'ennuis ?

— Les pires. De grosses emmerdes.

— En rapport avec Rachel ?

— Ouais. Et Hughes. Tu m'écoutes, maintenant ?

Berriman acquiesça, puis inclina légèrement son siège en arrière et ferma les yeux.

— Allez-y.

— Tu as baisé Rachel dans la salle de bains pendant la soirée. Elle t'a d'abord accordé une ou deux petites gâteries, mais ensuite, tu as fait les choses proprement, comme tu en avais l'habitude, et comme elle préférait. Et tu as envoyé à Hughes les photos que tu avais prises au début. Je me trompe ?

— Continuez.

— Rachel est partie avec Hughes peu après ça. Sa bouche saignait, preuve qu'elle avait dû être mêlée à une bagarre quelconque. Peut-être que Hughes a vu les photos et qu'il s'est vexé. Pourquoi ? Parce que Rachel ne raffolait pas des fellations, pas des fellations complètes en tout cas. Quand ils se sont retrouvés dans la cuisine de Bazza, rien que tous les deux, Rachel était bourrée et lui fou de rage. Elle voulait se faire pardonner, il savait exactement comment elle pouvait y parvenir. Je brûle ?

Cette fois, Berriman ne réagit pas. Son visage n'était plus qu'un masque impassible. La tête appuyée contre le moelleux rembourrage du siège, il aurait tout aussi bien pu dormir.

— Tu les as suivis, fiston. J'ignore à quel moment exactement, mais je suppose que tu les as surpris en pleine action dans la cuisine. La lumière était allumée. Hughes s'appuyait contre le frigo. De l'extérieur, tu distinguais la pièce par la porte de service, mais tu n'as pas pigé tout de suite ce qui se passait parce que Hughes bloquait ton champ de vision. Seulement tu t'es vite demandé pourquoi son short était descendu sur ses chevilles et pourquoi Rachel était à genoux devant lui. Et là, tu as compris. Tu ne pouvais pas faire semblant de ne rien voir. Et la situation a empiré quand Hughes est allé jusqu'au bout. C'est le signe que tout déraillait. Pourquoi ? Parce qu'elle détestait ça. Parce qu'elle a toujours détesté ça. Ce qui signifiait qu'il avait l'avantage sur toi… et ce n'est pas une chose que tu pouvais supporter, fiston. Pas alors que tu venais juste de lui envoyer ces photos.

— Et qu'est-ce que j'ai fait ensuite ? dit Berriman, les yeux toujours fermés. À supposer que tout ça ne soit pas qu'un gros tas de foutaises ?

— Je pense que tu as attendu un peu. Que tu ne savais pas quoi faire. Au bout d'un moment, Hughes a dû se diriger vers la porte. Rachel était devant l'évier, prise de nausée. Après, elle a bu un verre d'eau ou deux. Hughes sentait qu'il n'avait pas de quoi être fier, mais il avait la certitude d'avoir repris le dessus. Il est sorti. À ce moment, tu avais eu le temps de bien examiner Rachel. Quelqu'un l'avait frappée. C'était évident. Et cela ne pouvait être que Hughes. Il a quitté la cuisine. Pour rejoindre la fête, il devait passer près de la piscine. C'est là que tu l'as intercepté. Je n'ai aucune idée de ce que tu lui as dit. Rien, peut-être. Quoi qu'il en soit, tu l'as frappé. Il est tombé à la renverse, s'est fracassé le crâne et a perdu connaissance. Pour faire bonne mesure, tu lui as écrasé ton pied sur la joue. *Bam.* Parce que c'était une ordure. Et à cause de ce qu'il avait fait dans cette cuisine. N'est-ce pas ?

Pas de réponse. Pas tout de suite. Puis Berriman ouvrit un œil.

— Et Rachel ?

— Je sèche. Est-ce que tu lui as planté un couteau dans le ventre ? J'en doute. Mais as-tu réglé son compte à Hughes comme je viens de le décrire ? Oui… assurément. Au tribunal, tu auras besoin d'un bon avocat, fiston. Sinon, tu peux t'attendre à croupir longtemps en mauvaise compagnie.

Berriman paraissait contrarié.

— Cette histoire de pied écrasé sur la figure… Ça aurait pu laisser une marque ?

— Oui. C'est quasi certain.

— Mais les flics ont pris mes baskets. En fait, ils ont pris toutes mes affaires. Alors pourquoi je n'ai pas été arrêté ? Si ce que vous dites est vrai ?

— Très bonne question, fiston. J'espère que tu m'aideras à y répondre.

— Sinon ?

— Sinon on sera de retour à la case départ. Les gens avec qui je bossais avant ne sont pas stupides. Ils sont lents, mais pas stupides.

Berriman hocha la tête. Il y eut un long silence. Les femmes sur leurs rollers n'étaient plus que des points au loin. Enfin, le jeune homme se redressa, baissa le miroir de courtoisie pour vérifier sa coiffure et ouvrit la portière.

— Vous avez toujours mon téléphone, dit-il.

— Je sais, fiston. Tu devrais réfléchir à ça aussi.

La nouvelle apportée par le Bureau des incidents graves parvint à Suttle quelques instants avant qu'il ne parte. Glen Thatcher, en charge des Enquêtes extérieures, avait parlé à l'un des agents qui travaillaient sur le meurtre de Danny Cooper. Il avait cherché à en savoir plus sur un appel reçu d'un gérant de GA Day, un grand magasin de bricolage sur Burrfields Road. L'homme était resté à son bureau le mercredi soir pour boucler un inventaire avant la date limite fixée par son comptable au jeudi matin. À 3 heures, il était sorti se dérouiller les jambes et fumer une clope. Debout près de la porte principale, il avait remarqué une voiture garée à proximité. Elle avait attiré son attention parce que la lumière intérieure ne cessait de s'éteindre et de se rallumer.

— Le gérant a pris contact avec nous ce matin. Sa femme lui a raconté les événements de Salcombe Avenue et il s'est rappelé la voiture.

— À quelle heure a-t-il quitté son boulot ?

— Vers 5 h 30. Il faisait jour et, quand il s'est engagé dans Burrfields Road, la caisse avait disparu.

— Son magasin est situé à l'extrémité des jardins ouvriers.

— Gagné.

— Et Salcombe Avenue est de l'autre côté.

— Tu as tout pigé.

— Le type a distingué quelque chose ?

— Oui. C'est un mordu de voitures. D'après lui, il s'agissait d'une Alfa Romeo.

— Il a pu relever la plaque ?

— Malheureusement non… mais voilà la bonne nouvelle… L'une des filles chargées de l'indexation des infractions a un petit ami dans la police de la route. Apparemment, une voiture de patrouille a été impliquée dans une collision, la nuit dernière. Elle est rentrée dans une Peugeot pas très loin de Hilsea.

Les gars pourchassaient une caisse volée et la Peugeot les gênait. Le petit ami a juré que la voiture cible était une Alfa.

Suttle en prit note. La coïncidence était intéressante, mais sans plus. Thatcher n'en avait cependant pas encore fini.

— Le conducteur de la Peugeot a été identifié. Devine qui c'était.

La fille avait laissé un numéro où joindre son petit ami au cas où quelqu'un voudrait lui parler. Suttle retourna à la Cellule de renseignement et prit son téléphone. L'agent s'appelait Grant. Il se trouvait au rez-de-chaussée du même bâtiment, dans les locaux de la police de la route, et se préparait à partir en patrouille. Suttle dévala les marches quatre à quatre pour le rejoindre.

Grant vivait à Pompey depuis moins d'un an. La veille au soir, son coéquipier et lui avaient reçu une alerte du centre opérationnel au sujet d'un véhicule qui aurait peut-être été volé. Quelqu'un avait téléphoné pour signaler deux types qui se comportaient bizarrement sur le bord de mer à Southsea. La voiture concernée avait été identifiée comme étant une Alfa.

— D'où vient cette info ?

— Aucune idée. Il faudra vérifier.

— Et après ?

— Sur Stubbington Avenue, on a repéré une Alfa qui attendait de sortir de Randolph Road. On avait reçu l'alerte quelques minutes plus tôt seulement. Question timing, ça s'annonçait prometteur.

Il raconta leur marche arrière pour s'engager dans Randolph Road et le début de la course-poursuite.

— Le problème était qu'il y avait une voiture entre nous. Une Peugeot. OK, le conducteur ne pouvait pas nous laisser passer parce que la voie était trop étroite avec toutes les voitures garées de chaque côté, mais il a eu au moins deux occasions de s'arrêter quand on est arrivés à des intersections et il n'en a jamais profité. Ensuite, sans qu'on comprenne rien, il a pilé net. On n'avait aucune chance de l'éviter. Il devait s'en douter.

— Et c'était Mackenzie ?

— Oui. Je ne le connaissais pas du tout, mais mon coéquipier m'a parlé de lui après. Une figure locale, si je comprends bien ?

Suttle acquiesça. Une figure locale. Grant avait tapé dans le mille.

— Et l'Alfa ?

— Disparue.

— Ils se suivaient peut-être ? C'est ce que vous voulez dire ?

— Sans aucun doute. Mais ce Mackenzie n'a rien voulu entendre. Il a menacé de nous envoyer son avocat, de porter plainte pour harcèlement.

Grant jeta un coup d'œil à sa montre.

— C'est bon ? demanda-t-il. Mon coéquipier va attendre, sinon.

Suttle retourna dans son bureau. Le superviseur du centre opérationnel à Netley consulta le registre des activités de la nuit précédente. L'appel concernant l'Alfa à Southsea avait été reçu à 22 h 21. La personne avait laissé un nom et un numéro. Dermott

Callaghan, 02392 348567. Suttle décrocha de nouveau son téléphone. Durant une longue minute, rien ne se produisit. Puis un homme répondit. Sa voix à l'accent irlandais semblait âgée et incertaine. Suttle se présenta, exposa la situation et ajouta qu'il souhaitait venir le voir.

— Quand ?

— Maintenant.

— Pourquoi ?

— Pour vous remercier, monsieur Callaghan.

Il nota l'adresse, ramassa un calepin et récupéra son Impreza sur le parking. Le bord de mer de Southsea se trouvait à cinq minutes. Il se gara en face de la série de bâtiments convertis en hôtels et en pensions et repéra l'immeuble de Callaghan, lequel le fit monter avec empressement.

Il n'y avait pas d'ascenseur et Suttle dut emprunter l'escalier jusqu'au quatrième étage. Callaghan l'attendait près de la dernière marche. Il devait avoir au moins quatre-vingts ans. Le dos courbé, vêtu d'un gilet taché de soupe, il avait des doigts de fumeur et des petites mèches de cheveux blancs. L'effort qu'il avait fait pour aller jusque sur le palier se lisait sur son visage et il se tenait à la rampe en cherchant son souffle.

Son appartement sentait la cigarette et l'urine. Suttle se demanda si ce type sortait quelquefois de chez lui. Un amas de journaux encerclait un fauteuil près de la fenêtre, à côté d'un téléphone posé par terre et d'un cendrier débordant de mégots. À l'autre bout de la pièce, un téléviseur à l'air neuf diffusait les infos du soir.

— Je joue aux courses presque tous les jours, dit le vieillard en s'affaissant sur son fauteuil. Ça m'évite de faire des bêtises.

Suttle baissa les yeux sur les journaux, tous ouverts à la page des courses hippiques. Certains noms étaient entourés en vert.

— Et vous avez parfois de la chance ?

— Vous parlez à un Irlandais, jeune homme. La chance n'a rien à voir là-dedans. Les chevaux et moi…

Une quinte de toux l'interrompit. Il y avait une boîte de mouchoirs en papier près de lui, ainsi que des Kleenex roulés en boule à ses pieds.

— Comment est-ce que vous touchez vos gains ?

— Grâce à Brett.

— Brett ?

— Oui. Un charmant jeune homme. Il va les chercher pour moi. Il me rend plein d'autres services aussi. C'est la gentillesse même, ce garçon.

Dermott Callaghan montra la vue depuis sa fenêtre.

— Appeler vos collègues, c'était la moindre des choses, ajouta-t-il.

Suttle le dévisagea, puis s'avança vers la fenêtre. Il aperçut sa propre voiture garée de l'autre côté de la route et la vaste étendue de la pelouse publique, toute verte après les dernières pluies.

— Vous parlez de la voiture d'hier soir ?

— Oui. C'était celle de Brett. Raison pour laquelle je savais que c'était une Alfa. Une voiture noire. La lumière de sa vie.

— Quel est le nom de famille de ce Brett ?

— West.

— De quel couleur est-il ? Si cela n'est pas indiscret.

— Pas du tout, jeune homme. Il est noir. Comme sa voiture.

Callaghan marqua une pause et leva vers Suttle des yeux que l'âge avait rendus laiteux.

— Vous l'avez retrouvée ? J'aimerais bien le lui annoncer moi-même.

Suttle appela Faraday en dévalant l'escalier pour sortir de l'immeuble.

— Chef ? Où êtes-vous ?

— Au parking. Je rentre chez moi. Pourquoi ?

— Il y a du nouveau. Je serai là dans cinq minutes.

Il roula rapidement en surveillant son rétroviseur. Il connaissait Brett West depuis longtemps. C'était le malabar qui l'avait attendu devant un club à Gunwharf un soir où il y était allé avec la fille de Misty Gallagher. Il avait surgi devant lui et l'avait poussé dans les bras de deux autres types, avant de lui briser la mâchoire. Et surtout, il travaillait pour Mackenzie.

Le temps que Suttle revienne aux Crimes graves, Faraday était de retour dans son bureau. Un coup d'œil à sa mine lui fit comprendre que son supérieur aurait préféré reporter cette conversation au lundi.

— Mon fils est arrivé tôt, dit Faraday. Qu'y a-t-il ?

Suttle lui raconta l'appel de Callaghan au 999, l'Alfa sur le bord de mer, la collision entre une voiture de patrouille et la Peugeot de Mackenzie quelques minutes plus tard. Il n'avait jamais cru aux coïncidences. Faraday non plus.

— On en déduit quoi ?

— Le type qui a téléphoné a remarqué deux hommes près de l'Alfa. Il est vieux et sa vision laisse à désirer, si bien qu'on n'a aucun détail sur eux. En revanche, il connaît la voiture et il pense se rappeler qu'il y en avait une autre à côté. Un modèle qu'il n'avait encore jamais vu, et d'une couleur plus claire, selon lui. Le gars qui patrouillait ce soir-là dit que la Peugeot était bleu ciel. Et on sait que c'était Mackenzie qui la conduisait.

— Qui était au volant de l'Alfa, alors ? En supposant qu'on ne se trompe pas ?

— Quelqu'un qui travaille pour Mackenzie, répondit Suttle. Quelqu'un qui avait intérêt à déplacer cette foutue caisse.

— Winter ?

Suttle opina en silence.

Il y eut un long silence, jusqu'à ce qu'un coup soit frappé à la porte et que Gail Parsons fasse son apparition. Elle portait un imperméable et s'apprêtait à partir en week-end.

— Entrez, chef, dit Faraday d'un ton morose. Venez prendre part à la fête.

XXIV

Vendredi 17 août 2007, 21 h 35

L'autorisation de perquisitionner l'appartement de Brett West fut accordée dans l'heure. Suttle prépara les papiers et Faraday se rendit dans la vieille ville, où le magistrat de permanence recevait des amis à dîner. Tous deux s'entretinrent dans un petit bureau à l'avant de la maison. Faraday lui exposa la situation. Les tentatives pour retrouver Brett West n'avaient rien donné. Ils avaient son adresse et son numéro de portable grâce au vieil homme qui vivait au dernier étage de son immeuble, mais West n'ouvrait pas et ne répondait pas non plus au téléphone. On pouvait donc supposer qu'il avait fui la ville.

— Ou qu'il s'est simplement absenté ?

— En effet. Mais nous avons le témoignage d'une personne qui affirme qu'une Alfa était garée à proximité de Salcombe Avenue mercredi soir.

— Le soir du meurtre de Danny Cooper ?

— Oui.

— Et vous dites que West roule en Alfa ?

— Oui.

— Et que la voiture impliquée dans l'accident d'hier soir…

— … était une Alfa.

— Je vois, dit le magistrat en saisissant le stylo que lui tendait Faraday.

Muni du mandat de perquisition, Faraday retourna sur le front de mer. Parsons était déjà là. Des techniciens de scène de crime devaient arriver de Cosham d'une minute à l'autre et elle voulait les briefer avant qu'ils ne se mettent au travail.

Faraday s'approcha de l'Audi de l'inspecteur-chef. La fraîcheur de l'air semblait annoncer de nouvelles pluies et il s'arrêta un instant en surprenant deux cygnes qui volaient bas en direction du château de Southsea.

Parsons sortit de sa voiture. Suttle l'accompagnait.

— Joe ? dit-elle d'un ton plein d'espoir, euphorique à la perspective d'une avancée majeure dans l'enquête.

Faraday contemplait l'immeuble de l'autre côté de la route. West vivait au troisième étage, dans l'appartement n° 11. Les techniciens devraient collecter en priorité tous les éléments les plus évidents, puis entamer une recherche d'indices susceptibles de lier West au meurtre de Cooper. Une enquête complète suivrait plus tard, une fois qu'ils auraient terminé.

— Des portables, des papiers, des documents relatifs à des projets de voyages, des notes près du téléphone, dit-il en réfléchissant à voix haute. Mais sauf erreur de notre part, je dirais qu'il est sans doute déjà parti.

— Parti ?

— Envolé. En passant par Gatwick ou Heathrow, qui sait ? Il peut être n'importe où à l'heure qu'il est.

Suttle était d'accord avec lui. Il avait déjà contacté les services de l'immigration pour que des vérifications soient faites dans les deux aéroports. Dès qu'il aurait l'ordonnance requise, il pourrait se pencher sur les cartes de crédit de West. Une transaction concernant un billet d'avion lui fournirait un numéro de vol et une destination. Enfin, en supposant que leur homme ait bien quitté le pays.

Des phares qui approchaient annoncèrent l'arrivée de la fourgonnette de la Scientifique. Elle se gara sur une place de parking libre. Parsons paraissait de plus en plus joyeuse. Il ne nous manque plus que Willard, pensa-t-il. Peut-être l'avait-elle déjà prévenu. Peut-être espérait-elle que les rebondissements de ce soir la protégeraient des conséquences du retour de Martin Barrie, et qu'elle pourrait rester responsable de l'enquête, en fin de compte.

Suttle parlait à un enquêteur de la Scientifique qui enfilait sa combinaison. Faraday les rejoignit et expliqua en détail ce dont ils avaient besoin. Une autre camionnette arriva alors — plus grosse, avec le logo de Hantspol. Netley leur envoyait un spécialiste en imagerie.

À présent équipé, l'enquêteur sortit du matériel de l'arrière de son véhicule. Il allait traverser la rue, les bras chargés de dalles pour protéger le sol, lorsqu'une Lexus noire arriva. Elle passa près d'eux et Faraday entraperçut le conducteur au moment où il découvrait la scène sur le trottoir.

Suttle aussi l'avait remarqué.

— Winter, murmura-t-il en agitant la main.

L'invitation à dîner était venue de Marie. Elle avait espéré que les Ault se joindraient à eux, mais Belle l'avait appelée tardivement pour s'excuser. Peter avait un affreux mal de tête et prévoyait de se coucher tôt. Ils étaient toujours chez leurs amis à Denmead. Une autre fois, peut-être.

Ce dîner posait aussi un problème à Winter. Il devait aller boire une bière avec un de ses contacts professionnels à 20 heures et il ne serait pas libre avant… disons, 21 h 30. À l'autre bout du fil, Marie avait consulté son mari, puis repris le combiné pour lui dire que cela irait très bien.

— À 21 h 30, donc, avait-elle conclu d'un ton sans appel.

Winter se gara dans la rue et fit le tour de la maison pour entrer par la cuisine. Bazza s'était débarrassé de sa minerve, mais il semblait toujours souffrir. Winter n'aurait su dire cependant si cela expliquait ou non sa mauvaise humeur.

— Je viens d'avoir des nouvelles de Westie, d'Espagne, déclara Bazza en montrant son portable, abandonné sur la table. Tu sais combien je lui ai filé mercredi soir ? Avant qu'il monte dans son taxi ? Quinze mille livres. En liquide, mec. Ça fait une somme. Et devine combien il m'en réclame maintenant ? Cent de plus.

— Cent *mille* livres ?

— Ouais. J'ai l'impression que ce n'est qu'un début. Il veut s'installer là-bas pour de bon et s'acheter un logement.

— Et alors ? Il a raison, non ?

— Évidemment, qu'il a raison. Mais depuis quand est-ce que je suis son putain de banquier ?

— Depuis mercredi soir, Baz.

— Ah ouais ? Qu'il aille se faire foutre. Il peut voler des crèmes glacées sur la plage, pour ce que j'en ai à battre. Il n'a qu'à se dégoter un vrai boulot, ça le changera. Tu sais ce qu'il vient de me sortir ? Quand je lui ai proposé un des apparts de Marie ? Il a dit qu'il refusait de finir coincé au milieu d'une bande de vieux schnocks.

— Je ne peux pas le lui reprocher. J'y suis allé, rappelle-toi. Il tricoterait des gilets d'ici à Noël s'il emménageait là-bas.

— Très drôle. Je te sers un verre ?

Baz quitta la cuisine sans attendre sa réponse. Winter se tourna vers Marie. Elle vérifiait la cuisson d'un plat au four et était visiblement au courant de tout.

— Que s'est-il passé mercredi soir, Marie ?

— Brett a téléphoné à une heure pas possible — 3 heures du matin, peut-être plus tard encore.

— Et ?

— Baz est descendu donner quelques coups de fil dans son bureau. Ensuite, il a disparu pendant une heure environ.

— Tu as une idée de l'endroit où il est allé ?

— Non.

Winter prit une poignée de noix de cajou dans un sachet sur la table en se demandant où Baz avait trouvé ces quinze mille livres. Il ne gardait sûrement pas une telle somme chez lui, pas alors que les flics risquaient de lui rendre à nouveau visite.

— Tu sais pourquoi Westie est parti ?

— Plus ou moins.

— Baz ne te l'a pas expliqué ?

— Il n'a pas eu à le faire. Je ne suis pas stupide. Je me doutais bien que ça se finirait mal entre lui et Danny Cooper.

Elle soupira en refermant la porte du four.

— Il a porté ce garçon aux nues et il lui a laissé beaucoup trop de liberté.

— Comment ça ?

— Il l'a aidé. Conseillé. Soutenu, je suppose.

— Financièrement ? s'enquit Winter, qui avait besoin d'être sûr.

— Pas à ma connaissance. Baz est très vigilant sur ces questions-là. Pas radin, juste prudent.

Elle se tut et se mordit la lèvre tout en vérifiant un détail dans un livre de recettes.

— Mais ce qui est arrivé à Danny, reprit-elle, ça passe les bornes.

Winter ne put qu'en convenir. Il se rappela le jeune garçon dans la chambre d'amis de sa tante Doris. Dire à Westie de retourner dans son arbre n'avait pas été très malin de sa part.

— À mon avis, c'est Westie qu'il a contrarié, Marie. Pas Baz. Westie prend parfois les choses au premier degré. Il n'aimait pas Cooper et si Baz lui a donné carte blanche l'autre jour, il a dû foncer et se faire plaisir.

— C'est ce qui s'est produit ? Baz lui a donné carte blanche ?

— Je suppose.

— Sans penser aux conséquences ?

— Westie ? Les conséquences ? Tu plaisantes ? Ce type est une bombe ambulante. Comme Baz. Il y a beaucoup de mots pour décrire mon état d'esprit en ce moment, Marie, mais « surpris » n'en fait pas partie.

— Mais pourquoi ? Pourquoi Baz en voulait-il tellement à ce gamin ?

— C'est compliqué. Là, je te parle comme le ferait un flic. Cette histoire avec Ault rendait Baz malade. Il craignait que le juge l'asticote sur toute la drogue qui a circulé pendant la fête. Danny Cooper l'a vendue à un prix ridicule et Ault pourrait ne pas mettre longtemps à établir un lien entre Baz et lui. Le maître et l'apprenti.

— Baz l'a donc fait tuer ?

— Il a lâché Westie après lui. Il l'avait déjà fait et, cette fois-là, il tenait vraiment à l'effrayer, pour être sûr que Cooper ne le dénoncerait jamais. Mais quand Westie a une sérieuse raison d'en vouloir à quelqu'un, et quand en plus il est de mauvais poil… Cela équivaut à une condamnation à mort.

— C'est de la folie.

— En effet.

Mackenzie revint avec du champagne et trois

verres. Il s'apprêtait à déboucher la bouteille lorsque Winter lui dit de s'asseoir. Il leva la tête, contrarié.

— Tu quoi ?

— Il faut qu'on parle, Baz. Tous les trois.

— Pourquoi ?

Winter lui décrivit la scène devant l'appartement de Westie. La police scientifique. Le CID. Faraday. Tout le bataclan.

— Aujourd'hui ?

— À cet instant même, Baz. Tu es allé chez Westie récemment ? Mercredi soir, par exemple ?

— Non.

— Où tu lui as donné rendez-vous, alors ?

— Chez Sloppy Joe.

— Il y avait du monde ?

— Pas un chat. On était rien que tous les deux.

— Quelle chance.

Sloppy Joe était un bar ouvert jusque tard dans la nuit. Westie y allait lorsqu'il avait envie de s'encanailler dans les bas-fonds de Portsea. Jamais le propriétaire et les employés ne rendraient le moindre service aux flics.

— Bon, c'est quoi, l'embrouille ? demanda Bazza en tenant toujours sa bouteille de Krug. Quelqu'un a les couilles de me le dire ?

Winter montra la chaise vide. Bazza consentit enfin à s'asseoir, de même que Marie. Il les dévisagea tous les deux. C'était le moment ou jamais de mériter l'argent que Mackenzie lui versait.

— Commençons par l'Alfa, Baz.

— Elle a été déplacée dans un garage derrière

l'entreprise de Barry, répondit aussitôt Mackenzie. Il est le seul à détenir la clé.

— Tu prévois de la cramer ?

— Oui. Plus tard. Mais c'est quoi, cette histoire au sujet de l'appart de Westie ?

— La police doit être en train de le fouiller et ils vont tout passer au peigne fin. S'il a laissé le moindre indice — une trace du sang de Danny, de la terre en provenance de son jardin, n'importe quoi —, ils le trouveront. Ils se renseigneront, aussi. Ils voudront savoir ce qu'est devenu Westie, où il est parti, comment il s'est déplacé, qui a payé son billet, etc. Il suffit d'une seule erreur, Baz, d'un seul élément qui permette d'établir un lien entre lui et toi mercredi soir. C'est ça qu'ils chercheront, crois-moi. Et s'ils mettent la main dessus, on est tous dans la merde.

Mackenzie hocha la tête. La raideur dans son cou semblait s'être estompée.

— Il m'a appelé mercredi soir, dit-il. À 3 heures du matin, putain.

— Où était-il ?

— Il revenait de Salcombe Avenue.

— Il utilisait un portable ?

— Oui.

— Tu sais s'il a souscrit un abonnement quelconque ?

— Non, il a des cartes prépayées. Il se prend pour un gangster — il trouve ça cool.

— Super ! Que t'a-t-il raconté ?

— Qu'il avait réglé son compte à Danny Cooper.

— En le tuant ?

— Oui. Et que l'endroit était dans un sale état. Il

a aussi dit qu'il aimerait s'éloigner quelque temps. J'ai pensé que c'était une riche idée.

— Et ?

— Il a évoqué l'Espagne. Je te le répète, il avait besoin d'argent.

— Vous vous êtes renseignés sur les vols ?

— Pas à une heure aussi matinale. Je lui ai juste dit que j'appellerais un taxi. Gatwick paraissait la meilleure option. Il y a des tas de vols pour l'Espagne qui décollent de là.

— Tu lui as ensuite filé de l'argent ?

— Ouais. Avec quinze mille livres, on peut se payer un joli billet d'avion.

— D'où venait ce fric ?

— D'une cachette.

— Ça t'ennuie de préciser ?

— Oui, ça m'ennuie. C'est un endroit top. Y a pas plus sûr, vieux. Tu n'as pas besoin d'en savoir plus.

— Très bien, céda Winter, conscient de la présence de Marie à côté de lui. Westie est parti à Gatwick, c'est bien ça ?

— Ouais. Doux comme un agneau.

— Et toi ?

— Je lui ai ordonné de ne plus refoutre les pieds ici. Jamais.

— Tu n'étais pas ravi, si je comprends bien.

— En ce qui concerne Danny Cooper ? Et comment ! Cogner quelqu'un, c'est une chose, mais l'égorger comme ça, c'est inadmissible. Tu sais ce qu'il a fait d'autre ? Il a pris une photo. Et il a insisté pour me la montrer. Dégoûtant. Qu'est-ce qui ne tourne pas rond, chez ce type ?

L'air consterné, Baz tendit la main vers la bouteille de champagne. De son point de vue, il était temps de boire un coup. Danny Cooper était hors jeu. Westie, envolé. Il n'y avait aucun indice. Aucune facture de téléphone. Aucun appel à des compagnies aériennes. Problème réglé.

Winter attendit que les verres soient pleins. Lorsque Mackenzie proposa un toast, il refusa.

— On n'en a pas fini, Baz. Loin de là.

— Ah non ?

— Impossible. Je parie qu'ils feront une découverte. Ne me demande pas quoi, mais Westie n'est pas infaillible. Il a eu une heure pour laisser toute sa vie derrière lui. Il y aura forcément quelque chose dans cet appart, quelque chose qui le reliera à nous. Tu l'as déjà payé par chèque ?

— Uniquement en liquide.

— Il existe des photos ? Des occasions où vous avez été pris ensemble ? Des soirées ?

— À la pelle. Ce n'est pas un crime de se bourrer la gueule à deux, si ?

— Bien sûr que non, mais les flics cherchent un prétexte, Baz. Tout sera bon pour te conduire au poste. Compte là-dessus dès demain, je te le garantis. Et d'ici là, il faut que tu sois en mesure de rendre compte de tout ton emploi du temps pendant la nuit de mercredi à jeudi. Imagine que je sois flic et que je sache un truc ou deux sur la manière de mener un interrogatoire. Tu piges ?

Mackenzie regarda sa femme. Elle n'avait pas touché à son champagne.

— Tu veux qu'on répète ? Ici ? Maintenant ?

— Pourquoi pas ?

— Parce que je n'en ai pas envie, vieux. Voilà pourquoi.

Il y eut un long silence. Marie s'agita.

— C'est mercredi soir que tu es rentré bourré, dit-elle.

— J'étais avec Westie. Je te l'ai dit.

— Je sais, j'étais là. C'est à moi que tu as fait respirer ton haleine imbibée de scotch, rappelle-toi.

— Alors pourquoi cet interrogatoire en règle ?

— Ce n'est pas un interrogatoire. Paul a raison. Il faut qu'on soit préparés.

— Préparés, mon cul ! J'ai une avocate. Elle les taillera en pièces. Elle n'échoue jamais.

— Et Paul ?

— Elle le défendra lui aussi, si c'est nécessaire.

Il s'interrompit, soudain frappé par cette perspective.

— Tu crois que ça peut arriver, vieux ? Tu crois qu'ils viendront t'arrêter, toi aussi ?

Winter hocha la tête. La question des alibis devenait un problème. Lui aussi avait vu Misty. Toute la soirée. Il était temps de changer de sujet.

— Les flics sont des connards, Baz. Ils feront ça par dépit.

Puis il saisit son verre.

— Au crime ! conclut-il.

XXV

Vendredi 17 août 2007, 22 h 31

Ce fut Parsons qui eut l'idée de fêter cette percée dans l'enquête autour d'un curry. Une première recherche dans l'appartement de Brett West avait permis aux enquêteurs de récolter un certain nombre d'éléments et les lieux étaient désormais sécurisés pour la nuit, avec un agent en uniforme posté à la porte en attendant que les techniciens de scène de crime reviennent le lendemain matin effectuer une nouvelle fouille plus complète. Parsons réunit ses modestes troupes sur le trottoir devant l'immeuble. Suttle et Faraday voulaient rentrer chez eux, mais elle s'en moquait. Il fallait qu'ils discutent, il y avait des problèmes à régler d'ici au lendemain. Elle commanderait un curry à emporter pour le dîner. C'était elle qui invitait, insista-t-elle. Et il y aurait une petite surprise pour eux à la Section des crimes graves.

Comme Faraday le soupçonnait à moitié, la surprise avait pour nom Willard. Alerté par un appel triomphant de Parsons, il était venu en voiture de

Winchester. Il avait déniché un pack de Stella et, assis à la table de conférence dans le bureau de Martin Barrie, il lisait un vieux numéro du *News* avec une bouteille à moitié vide près de lui.

Pendant que Parsons passait la commande du curry, il se tourna vers Faraday.

— Eh bien, Joe ?

— On a surtout des éléments circonstanciels, monsieur. West avait laissé son ordinateur connecté à Internet et l'écran montrait des vols easyJet pour l'Espagne. On a également retrouvé un atlas de Pompey ouvert à la page de Salcombe Avenue sur la petite table près de son téléphone, ainsi qu'un tas de clichés dans un tiroir, dont certains de West en compagnie de Mackenzie. Et il y a aussi…

Suttle attendait ce signal. Il se pencha sur son sac, qu'il avait posé par terre, et en sortit un livre semblable à un album photos enfermé dans un sachet en plastique.

— On vous épargne le contenu, monsieur. Pour être honnête, nous ne l'avons pas vu nous-mêmes. Les techniciens nous l'ont décrit et ce n'est pas quelque chose que vous pouvez souhaiter voir avant de manger.

— C'est-à-dire ? demanda Willard, qui n'avait guère de patience pour ce genre de jeu.

Faraday vint à son secours :

— Des rumeurs ont toujours circulé sur Brett West, monsieur. Mackenzie l'a employé comme homme de main durant des années en le payant au résultat. Brett prenait des photos pour preuve de son travail et il a gardé cette habitude. Ce qu'on a là, c'est le fruit de toutes ses années de services, non censuré.

— Des noms ?

— Des noms et des dates, selon les techniciens.

— Et on peut relier ça à Mackenzie ?

— Ça risque d'être délicat. Parmi les gens photographiés, peu seront disposés à nous parler. On peut toujours essayer, cependant.

— Absolument.

Parsons revint et s'assit à côté du chef du CID, qui distribua les Stella. Elle-même semblait ne jamais en avoir assez.

— Bravo, Gail, dit Willard en vidant le contenu de sa propre bouteille avant d'en ouvrir une autre. Bravo à tous. Quelle est la suite des opérations ?

— Jimmy interrogera les compagnies aériennes dès que possible, en commençant évidemment par easyJet, répondit Parsons. Si on n'obtient rien, on cherchera ailleurs. Et une fois qu'on aura la destination de West, on s'adressera à Interpol pour solliciter un mandat d'arrêt.

Elle donne l'impression que c'est facile, songea Faraday. Willard approuva et voulut en savoir plus sur Mackenzie. Parsons renvoya la balle à Faraday.

— Il faut qu'on prouve son implication dans les événements de mercredi soir, monsieur. Pour moi, cela veut dire retrouver l'Alfa. Ils l'ont déplacée hier, c'est certain. La question est de découvrir ce qu'ils en ont fait.

— Ils ?

Jusqu'alors, Willard n'avait eu qu'une version

embrouillée de la course-poursuite à travers les rues de la ville.

— Mackenzie conduisait la Peugeot de sa femme. L'Alfa était devant et personne ne l'a revue depuis.

— Qui était au volant ?

— On pense qu'il s'agissait de Winter. D'abord, parce qu'il est bien informé. Si West s'est servi de l'Alfa la nuit d'avant, ce qui est probablement le cas, Winter sait à quel point cette voiture nous intéresse. Ensuite parce que Mackenzie lui fait confiance.

— Comment le savez-vous ?

Faraday jeta un coup d'œil à Suttle.

— Il a ses entrées chez lui, monsieur. Il semble que Mackenzie soit très content de ses services.

— Mais d'où tenez-vous ça ?

— C'est logique, dit Suttle en se risquant à plaisanter. Mackenzie ne lui aurait pas acheté une Lexus, sinon.

— Et c'est tout ? Vous n'avez pas d'autre preuve ?

— Si, bien sûr. Je lui ai parlé ce matin. On a papoté.

— Vous avez quoi ?

— Nous le lui avons demandé, monsieur, s'interposa Faraday. Suttle a travaillé avec Winter pendant deux ans. Si quelqu'un sait par quel bout le prendre, c'est lui.

— Je vois, dit Willard en avalant une gorgée de bière. Alors, par quel bout le prend-on ?

La question était injuste et tous en avaient conscience. Dans le même temps, la réponse intéressait même Faraday. Suttle refusa cependant d'être bousculé. Pour une fois, il sentait qu'il avait le loisir de s'exprimer.

— Il est très difficile de lire dans les pensées de Winter, déclara-t-il. Mais je dirais qu'on l'a trahi.

Willard et Parsons échangèrent un regard. Faraday, qui était au courant de l'opération clandestine sabotée par ces deux-là, applaudit Suttle en silence. Après tant de bla-bla sur la transparence et l'investissement personnel, il entrevoyait l'éclat d'une importante vérité. Oui, ils avaient trahi Winter. Et pas qu'un peu.

— Comment est-ce qu'on l'a trahi, au juste? s'enquit Willard, une petite veine palpitant à sa tempe.

— Je ne connais pas les détails, monsieur, mais je sais ce qu'il ressent. Trahir était ma façon de le décrire. Je ne suis pas sûr que vous ayez envie d'entendre sa version.

— Si.

— Je préfère la taire, monsieur.

— Dites-le-moi. C'est un ordre.

Parsons posa une main apaisante sur le bras de Willard, mais celui-ci la repoussa.

— Alors?

Suttle n'avait pas bougé. Il avait un peu pâli, mais son regard resta fixe.

— Il m'a raconté que vous aviez tous les deux foiré votre coup. Que vous aviez failli le faire tuer. Et que travailler pour Mackenzie était la décision d'un être sain d'esprit comparé à ce que vous lui aviez fait subir. Peut-être est-ce pour cette raison que Mackenzie le traite si bien et que Winter adore sa Lexus.

Willard affichait une expression indéchiffrable. Pour finir, il demanda à revoir le livre.

— Le livre ?

— Celui avec les photos.

— Les clichés souvenirs de West ?

— Oui.

Suttle sortit l'album, que Willard effleura à travers le sachet en plastique.

— J'imagine ce qu'il y a à l'intérieur, dit-il doucement. Des individus abîmés. Meurtris. Pas des anges, à n'en pas douter, mais des personnes qui n'auraient jamais cru croiser un jour la route d'un Brett West. Pensez-y un instant. Demandez-vous quel genre de salopard gagne sa vie en blessant les autres. Ensuite, demandez-vous quel genre de salopard paie des types comme West pour faire ça. Et enfin, si vous suivez toujours mon raisonnement, demandez-vous une dernière chose : si Mackenzie est ce genre d'homme, qui peut choisir de bosser pour lui ? D'encaisser son argent ? De rompre le pain avec lui ? De se soûler avec lui ? Et de finir par aider Brett West et ses semblables à égorger un pauvre petit con ?

— Aider me paraît un peu fort, monsieur. À ce stade, ce n'est qu'une supposition.

— Bien sûr. Mais quand Winter chutera, ce qui se produira tôt ou tard, que direz-vous à ce moment-là ? Que Mackenzie l'a berné ? Que Winter ne savait pas où il mettait les pieds ? Il a porté un insigne pendant vingt ans. Toutes sortes de gens l'ont sorti du pétrin. Et maintenant, il nous fait ça. Cet homme est une honte. Il l'était autrefois et il l'est toujours. Grâce à vous, grâce à vous tous, nous sommes à deux doigts d'envoyer cette ordure de Mackenzie là où est sa place. Si tout va bien, Winter tombera avec lui. Rien ne me fera plus plaisir. Et j'espère que cela vaut pour vous aussi.

Sur ce, Willard vida sa bouteille et quitta la pièce. Faraday écouta le claquement de ses pas qui s'éloignaient dans le couloir. Puis vint le bruit des portes battantes tout au bout, tandis que le superintendant se dirigeait vers le parking. Quelques secondes plus tard, Parsons se leva. Faraday n'aurait pu le jurer, mais il eut l'impression qu'elle courait après lui.

— Merde, lâcha Suttle. Quelqu'un peut me dire à quoi ça rimait, tout ça ?

Faraday lui pressa le bras.

— Tu n'avais pas le choix, Jimmy. Pour moi, il l'a cherché.

— Ah ouais ? Vous pensez ?

— Oui. Maintenant, tu assumes ou pas. Lui en tout cas, il ne l'a pas fait. C'est dommage.

— Génial, répliqua Suttle en contemplant l'album resté posé sur la table. Qu'est-ce que je dirai au moment de mon évaluation ? En supposant que je fasse toujours partie des forces de police ?

Winter rentra à Gunwharf peu après 23 heures. Il avait abrégé le dîner en prétextant un mal de tête. La moussaka de Marie était délicieuse, mais il savait qu'elle avait compris. L'imprudence de Westie, ajoutée à sa détermination à se venger, les avaient conduits en terrain inconnu. Et le temps pressait.

Il devait partir du principe que les flics frapperaient à sa porte dans les prochains jours, peut-être même dans les prochaines heures. Ils débarqueraient avec un mandat de perquisition et fouilleraient son appartement. Avec un peu de chance, ils oublieraient l'Alfa, du moins pour le moment, et ce dont ils l'accuseraient durant son interrogatoire dépendrait de ce qu'ils trouveraient chez Westie. Il n'osait pas imaginer ce que cela serait au juste, mais il ne servait à rien de s'en inquiéter. Chaque chose en son temps.

Ayant à l'esprit les caméras présentes dans le parking souterrain, il verrouilla la Lexus et se dirigea vers l'ascenseur en sifflotant un air atone. Parvenu à son étage, il entra chez lui. Il avait déjà établi une liste des affaires qu'il devait cacher. Elle n'était pas longue. En fait, s'il se mettait à la place des flics, elle se résumait à un objet.

Il avait déjà pris la précaution de l'envelopper dans un sac de chez Waitrose et de le glisser dans l'un des chaussons en cuir qu'il avait rapportés du Burj al-Arab. Il le récupéra, prit un tournevis dans sa boîte à outils et ressortit dans le couloir. Il était sûr qu'il n'y avait aucune caméra à cet endroit, et si quelqu'un arrivait, il entendrait l'ascenseur.

Tout au bout, près du sol, se trouvait une grille de ventilation. Il la défit en veillant à ne pas écailler la peinture sur les deux vis. Elle se détacha facilement, dévoilant une cavité assez grande pour accueillir son petit paquet. Il le posa là et remit la grille en place. La couche de peinture s'était fendue sur le pourtour, mais il aurait fallu l'examiner de très près pour repérer cette ligne toute fine.

Satisfait, il retourna chez lui et ferma la porte à

clé. Bien que la vue depuis la fenêtre de sa chambre ne lui permît pas d'en être sûr, il devait partir du principe qu'on l'avait mis sous surveillance. Il scruta les ombres dans la semi-obscurité en se demandant où il se serait posté si ce rôle lui était échu, mais il y avait des dizaines de planques possibles et, au bout du compte, il tira les rideaux et revint dans le salon. Par-delà la grande baie vitrée, le panorama qui faisait désormais partie de sa vie exerçait toujours le même attrait sur lui. Il ouvrit la porte du balcon, huma l'air salé de la nuit et regarda un couple s'embrasser près de la rambarde de la promenade du Millénium. Plus loin, quelques bateaux heurtaient à petits coups le ponton. Venaient ensuite l'étendue noire du port, ponctuée par les lumières de Gunwharf, et la tour Spinnaker, pâle et menaçante. Tout cela lui manquerait, il le savait. Il médita encore un peu cette perspective avant de rentrer.

Pour la première fois, il s'inquiéta des messages qui l'attendaient sur son répondeur. Le premier était de Misty. Elle voulait lui faire coucou après leur soirée de mercredi. Elle avait passé un bon moment. Très bon, même. La deuxième voix lui était tout aussi familière. Jimmy Suttle. Il avait appelé quelques minutes plus tôt seulement et semblait avoir un verre ou deux dans le nez. Le message était on ne peut plus clair :

— Fais gaffe à toi, vieux.

Il était près de minuit lorsque Faraday regagna enfin Bargemaster's House. Parsons partie, Suttle et lui avaient emporté les currys dans le nouvel appartement de Jimmy, où ce dernier avait fait un sort à une bouteille de vodka avant de sortir le poulet jalfrezi du micro-ondes et de le verser sur une assiette de riz tiède.

Son échange avec Willard avait plongé le jeune homme dans un sombre abattement. Il aimait bien Winter. À ses yeux, l'homme avait été un très bon enquêteur. Il comprenait pourquoi il avait envoyé promener l'opération clandestine de l'année précédente et ne lui reprochait pas vraiment d'avoir rejoint le camp de Mackenzie. En plus du reste, dit-il à Faraday, Winter semblait s'être trouvé une famille. Il pensait que les Mackenzie se souciaient de lui et, dans ce domaine, Suttle se fiait à son jugement.

Faraday était d'accord, mais le problème n'était pas Winter. Pour ce qu'il en voyait, Mandoline ne concernait plus seulement une soirée qui avait dérapé, ni les deux corps près de la piscine des voisins, ni même Danny Cooper. L'enquête visait maintenant Mackenzie. Elle devait faire oublier l'opération Tumbril, vieille de plusieurs années, qui avait totalement échoué à faire tomber le principal criminel de la ville. Ça, et aussi la tentative d'infiltrer Winter dans son organisation l'année précédente, et toutes les autres occasions où Mackenzie avait étalé sa fortune et son influence grandissante, énervant Willard et consorts au passage. Le chef du CID n'aimait pas ça du tout. Un jour, affirmait-il, Mackenzie finirait au tribunal. Et ce jour-là, de l'avis de Willard, était probablement arrivé.

— Winter est donc foutu ?

— Ça m'en a tout l'air.

Suttle attrapa ce qui restait de vodka. Quelques minutes plus tard, Faraday le laissa allongé sur le canapé, la bouteille à la main, les yeux rivés sur le téléphone.

À présent devant Bargemaster's House, il pila net. Il lui semblait déjà entendre le rire fou de son fils. Lorsqu'il avait appelé Gabrielle un peu plus tôt, elle lui avait dit que J-J était à l'étage, en train d'essayer de retrouver un jeu qu'il aimait étant enfant. Mauvais signe.

Tous deux disputaient une partie de Monopoly, étendus sur la moquette du salon. À l'évidence, J-J gagnait. Il avait placé des maisons sur Leicester Square, Bond Street et Old Kent Road, ainsi que deux hôtels à Mayfair et Islington, tout en amassant un joli magot. Des billets voletèrent lorsque Faraday franchit la porte. Sentant le courant d'air, son fils leva la tête. La surprise se lut dans ses yeux. Il trouve que j'ai changé, pensa Faraday. Il se demande pourquoi j'ai pris un tel coup de vieux.

J-J se redressa. La bouteille de vin près du canapé était presque vide. Ce devait être un cadeau de sa part car Faraday ne buvait jamais de vin bulgare.

Père et fils s'embrassèrent. Faraday huma l'odeur familière des cigarettes roulées dans la masse de cheveux emmêlés de J-J. Celui-ci les portait longs, bien plus longs qu'avant, et cela lui allait bien. Il s'écarta pour l'examiner pendant que Gabrielle s'éclipsait discrètement vers la cuisine. J-J aurait bientôt trente ans et un regard attentif permettait de déceler chez lui les premiers attributs de l'âge mûr. Pour Faraday, cependant, il resterait toujours l'adolescent gauche et bouillonnant qui avait illuminé les années passées ensemble dans cette maison. Sourd depuis la naissance, J-J communiquait par une avalanche de signes, ses mains s'agitant confusément, et à chaque relation importante de sa vie, il apportait une variation particulière à ce langage éminemment personnel. Avec Faraday, il entamait toujours la conversation, comblant ainsi le fossé physique entre eux, de même que l'on partage une confidence ou une plaisanterie — ce qui était le cas à cet instant.

— Tu as une sale tête, dit-il dans la langue des signes. Que s'est-il passé ?

— Comme d'habitude. Désolé d'être aussi en retard.

— Tu veux finir la partie avec moi ?

— Pourquoi pas ?

Faraday s'agenouilla près du plateau. Le modeste empire immobilier de Gabrielle était sur le point de se désagréger et, en trois coups de dés, Faraday fut acculé à la faillite. Il perdit Whitehall, revendit deux précieuses gares pour une misère et termina avec juste une poignée de billets.

— Interroge-le sur son exposition.

Il sentit le souffle de Gabrielle à son oreille. Elle avait ramené une nouvelle bouteille de vin, un cru décent cette fois. Faraday posa la question. J-J comptait son argent.

— J'ai obtenu une bourse, expliqua-t-il. D'une fondation londonienne.

Au début, le but de cette bourse n'apparut pas très clair. Il y a des limites aux nuances traduisibles par la langue des signes et Faraday eut du mal à saisir ce que voulait dire son fils. Il avait pris des photos de gamins dans une école spéciale. Des gamins handicapés.

— Sourds ? demanda Faraday en touchant son oreille.

J-J secoua la tête. Pour lui, les sourds n'étaient pas des handicapés. Il se mit à osciller bizarrement d'avant en arrière. Même Gabrielle, restée près de Faraday, sembla amusée.

Il tenta alors un autre geste, en agitant les mains, puis un troisième, en serrant ses bras sur lui. Il ne voulait pas s'abaisser à épeler le mot. C'était comme jouer aux charades. Pour finir, son répertoire s'épuisant, il montra la cuisine à Gabrielle. Elle revint avec une brochure qu'elle tendit à Faraday. Joe Faraday Jr présenterait ses photos lors d'une exposition privée dans une galerie de Chiswick quelques mois plus tard. Son travail, qui consignait une semaine passée en compagnie de jeunes handicapés dans un centre à Hammersmith, lui avait déjà valu les éloges d'un certain nombre de magazines spécialisés.

Faraday comprit enfin. Comment exprimer le mot « autisme » par des signes ?

— Ils étaient chouettes, ces gosses, ajouta J-J en dévidant le fil de cette semaine à Hammersmith de ses longs doigts osseux. Quand on devient proche d'eux, vraiment très proche, ils réagissent.

Le regard fiévreux, il illustra son propos en écartant son pouce et son index d'un millimètre.

— Les gens disent qu'on ne peut pas communiquer avec eux. C'est faux, affirma-t-il avec énergie.

Il reprit la brochure des mains de Faraday et tourna les pages jusqu'à ce qu'il retrouve le cliché qu'il cherchait. Un enfant à la mine inexpressive levait la tête vers l'objectif. La lumière qui tombait d'une fenêtre à proximité jetait des ombres sur son visage. Faraday n'aurait su dire si c'était un garçon ou une fille, mais il y avait quelque chose de profondément obsédant dans son regard. Ses yeux étaient ceux d'un chat, mystérieux, beaux, vides, et J-J avait réussi à les capturer à la perfection.

Janna avait eu le même talent, le même don pour capter un message brouillé par tous les bruits ambiants. Faraday l'avait aimée pour ça et il s'était efforcé — souvent sans succès — de lui témoigner son admiration.

— Cette photo aurait pu être prise par ta mère, dit-il en serrant son fils contre lui.

Puis il pointa le menton vers la brochure.

— On est invités ?

Bien plus tard, après que J-J eut fini la deuxième bouteille et fut parti se coucher, Faraday entraîna Gabrielle vers le canapé. Les jours précédents, en proie à une bouffée d'optimisme, ils avaient planifié leur week-end sur l'île de Wight, mais le moment était venu de lui annoncer qu'il ne pourrait pas y aller. Comme tant d'autres opérations, Mandoline sabotait sa vie privée.

Il fut surpris lorsque Gabrielle répondit que ce n'était pas grave. La météo annonçait un temps pourri, dit-elle. De la pluie, du vent, et encore de la pluie. Mais surtout, elle avait reçu un appel.

— De qui ?

— Connor.

— Le garçon que j'ai rencontré hier ? Ce Connor-là ?

— Oui.

— Et ?

— Il a trouvé ta fille. Il veut de l'argent, *chéri*.

— Combien ?

— Cinquante livres. Et il y a autre chose. Il pense que tu es flic.

— Comment il a deviné ?

— Je ne sais pas. Il a dit que c'était évident. Mais il refuse de te révéler où elle vit. Pas à toi.

— Qu'est ce qu'il compte faire, alors ? Pour mériter ses cinquante livres ?

— Il me donnera l'adresse de Jax, répondit Gabrielle en souriant. Et c'est moi qui irai la voir.

XXVI

Samedi 18 août 2007, 06 h 49

Après une très mauvaise nuit, Winter se leva tôt. Il déambula dans son grand salon, vêtu de son peignoir en soie, s'arrêtant de temps à autre pour regarder tomber la pluie. Il hésitait à passer son appel. Huit heures, ce serait sans doute trop tard. Sept heures, en revanche, c'était beaucoup demander, surtout le week-end. Tant pis.

La personne mit du temps à décrocher. Aucun doute, il l'avait réveillée.

— Lizzie ? C'est Paul. Écoutez, j'ai besoin d'un service…

Il voulait la nouvelle adresse de Jimmy. Au bout du fil, le silence se prolongea et Winter songea soudain que la journaliste était peut-être couchée avec lui à cet instant et qu'elle le maudissait de gâcher le début d'une grasse matinée prometteuse.

— 119a, Eastfield Road.

— À Milton ? Je connais. Merci.

Il raccrocha et se dirigea vers la salle de bains.

Quelques minutes plus tard, douché et rasé, il prenait l'ascenseur pour descendre au parking.

Eastfield Road était l'une des rues qui quadrillaient la partie sud-est de l'île. Longtemps auparavant, des rangées sans fin de maisons mitoyennes y avaient été construites pour les ouvriers du chantier naval. Des générations de familles avaient grandi dans des rues pareilles à celle-là, mais une petite armée de marchands de biens les avaient récemment investies après avoir flairé le profit à tirer d'une division des lots.

Les maisons étaient peu à peu découpées en deux appartements exigus. Des hommes solitaires d'un âge indéterminé y fermaient leur porte au monde extérieur pendant que, au-dessus d'eux, des groupes d'étudiants faisaient de leur vie un enfer. Lorsque Winter était encore dans la police, les rues comme Eastfield Road figuraient en bonne place sur le répertoire des nuisances sociales et il soupçonnait que la situation ne s'était pas arrangée depuis.

Jimmy Suttle occupait le rez-de-chaussée d'une de ces maisons. Un vélo attaché à un arbre rabougri rouillait dans le minuscule jardin à l'avant. Winter boutonna son imperméable et s'approcha de la porte d'entrée. Aucun nom ne figurait sur la sonnette.

— Jimmy ?

Suttle mit une éternité à lui ouvrir. Nu à l'exception d'un boxer short, il parut ébloui par la lumière grise du matin. Il avait les yeux injectés de sang et se détourna avec une grimace lorsqu'un jeune passa en faisant rugir le moteur de sa Suzuki.

Winter entra. La porte de l'appartement était ouverte et il suivit Suttle le long d'un étroit couloir, jusqu'à la cuisine où son ancien protégé lui demanda de préparer du thé.

Le temps que Jimmy revienne, habillé cette fois, Winter avait déniché une demi-miche de pain et des œufs périmés depuis une semaine.

— Cuits dur ou à la poêle ?

Suttle refusa d'un signe de tête. Il se sentait dans un état pitoyable. La veille, il avait vidé la moitié d'une bouteille de vodka et n'avait pas touché à l'eau laissée près de son lit. Grave erreur.

Winter inspectait les plats en aluminium qui s'entassaient sur le plan de travail. Quelqu'un avait tenté sans conviction de les empiler, mais du curry s'en échappait encore. Il en compta onze.

— La fête était sympa ?

— Merdique. Je t'ai dit que j'avais passé des examens pour passer sergent ? Je n'aurais pas dû me donner cette peine.

— Qui as-tu contrarié ?

— Devine.

Suttle regarda Winter verser du sucre dans une tasse de thé. De fines gouttes de pluie mouillaient son imperméable.

— Bois. Ça te fera du bien.

— Merci.

— Tu veux que je demande à Baz s'il a quelque chose sous le coude en ce moment ?

— Quoi par exemple ?

— Du boulot.

— Quelle brillante idée.

— Tu es sérieux ?

— Bien sûr que non, répliqua Suttle, avant de passer une main sur son visage pour tenter de s'éclaircir les idées. Pourquoi cette visite ? À une heure pareille, en plus ?

— On est dans la merde, fiston. Comme tes collègues et toi vous le savez sans doute. J'ai besoin d'un tuyau, c'est tout.

— Sur quoi ?

— Westie. Vous allez nous arrêter, j'en suis certain. Probablement aujourd'hui, au plus tard demain. Quelques infos sur son appart seraient les bienvenues.

— Tu veux que je te dise ce qu'a découvert la Scientifique ?

— Oui.

— Aucune idée. Les techniciens attaqueront leur boulot ce matin.

— Je ne parlais pas de ça, mais de la première fouille qui a été menée après qu'ils ont forcé la porte.

— Hier soir, donc ?

— Oui. Ne prétends pas qu'ils n'ont rien trouvé, parce que je ne te croirai pas.

Suttle avala une gorgée de thé, puis s'essuya la bouche du revers de la main. Winter devina que son cerveau se mettait en branle.

— Il nous faut l'Alfa, déclara enfin Suttle. Si tu nous l'offres…

— L'Alfa ? répéta Winter en faisant de son mieux pour paraître perplexe.

— Celle que tu as piquée jeudi soir. Dis-moi où tu l'as mise et je te brieferai en détail sur l'appart de

Westie. Je pourrai même obtenir du juge qu'il passe un accord avec toi si tu plaides coupable. Marché conclu ? lança Suttle en esquissant avec peine un sourire.

— Tu déconnes.

— Mais tu sais où elle est ?

— Pas du tout. La dernière fois que j'ai vu l'Alfa de Westie, c'était la semaine dernière. Il s'est bourré la gueule chez Bazza et a failli renverser un type dans la rue après ça. J'ai dû le ramener chez lui et le mettre au lit.

— Joli.

— Quoi ?

— Tu me renseignes utilement, hein ? En prévision du moment où on retrouvera tes empreintes dessus ?

— Sur quoi ?

— L'Alfa… et peut-être dans l'appart de Westie aussi. Tu es fiché, vieux. Depuis ta conduite pour état d'ivresse l'année dernière.

— Tu crois que je bluffe ?

— Évidemment. J'ai travaillé avec toi, Paul, tu l'as déjà oublié ?

Winter hocha la tête et se resservit du thé.

— Il y avait donc bien quelque chose…, déclara-t-il au bout d'un moment.

— Où ça ?

— Chez Westie.

— Tu m'étonnes, qu'il y avait quelque chose. Et ce truc est maintenant rangé dans une vitrine, comme tu peux l'imaginer.

Winter se baissa pour chercher du lait dans le

frigo. La vue d'un cube de résine noire enveloppé dans du film alimentaire le fit sourire.

— On pourrait presque prendre ça pour un cube de bouillon de bœuf.

— C'en est.

— Ouais, et je parie que son fumet est un régal, hein ?

Il versa du lait dans sa tasse et tendit la main vers la théière.

— La jeune Rachel et son copain Hughes..., reprit-il.

— Oui ?

— Mon petit doigt me dit que l'enquête n'avance pas. Vous avez mis la main sur Jax Bonner ? Après tout le battage qui a été fait autour d'elle ?

— Non, mais ce n'est qu'une question de temps.

— Et ensuite ?

— On lui parlera.

— Mais tu la crois vraiment coupable ?

— C'est une possibilité.

— Elle est votre meilleure piste ? Votre principal suspect ?

— Oui, répondit Suttle, le front barré d'un pli. Je dirais que oui.

— Dommage.

— Pourquoi ?

— Parce que tu te trompes, fiston. Et après tout ce cirque médiatique et toutes les plaintes de l'association des petits péteux de Craneswater, vous allez vous couvrir de honte. Pas toi, fiston. Pas toi personnellement. Mais d'autres peut-être.

Suttle le fixa en essayant de faire la part des

choses entre les foutaises et un élément qui, il le sentait, pouvait être important.

Winter s'approcha et baissa la voix :

— Reste en contact avec moi. Cela en vaudra peut-être la peine.

— Tu es sérieux ?

— Oui.

— Tu veux que je transmette un message ?

— Oui.

— À quel sujet ? Rachel ? Hughes ?

— Oui.

— Tu veux me faire croire que tu sais qui les a tués ?

— Oui.

— Tu as des preuves ? Des indices ?

— Les deux.

Winter reposa sa tasse sur l'égouttoir, regarda Suttle droit dans les yeux, puis tendit la main pour lui presser l'épaule. Quelques secondes plus tard, il était parti.

Faraday était à son bureau à la Section des crimes graves depuis 8 h 30. Il avait appelé deux fois Gabrielle, parlé longuement à un enquêteur de la Scientifique qui commençait à travailler dans l'appartement de Brett West et essayé en vain de joindre Jimmy Suttle. Ce dernier entra alors, trempé, avec des nouvelles qui laissèrent Faraday incrédule.

— Il bluffe, selon toi ?

— Non, chef.

— Il pourrait tenir parole ?

— Oui, répondit Suttle en essuyant la pluie sur

son visage. Je suppose. Même Winter sait qu'on ne peut pas pousser le bouchon trop loin.

— Mais comment ? Comment a-t-il fait ?

— Pour arriver à un résultat, contrairement à nous ? Je n'en sais foutre rien. Peut-être qu'il est simplement plus doué ?

— C'est inconcevable, Jimmy. Inacceptable.

Il fallut un moment à Suttle pour s'apercevoir que Faraday plaisantait. La soirée de la veille l'avait visiblement affecté lui aussi.

— Vous avez eu des nouvelles de Parsons ? demanda-t-il.

— Aucune.

— Willard ?

— *Nada.*

— Alors comment gère-t-on ça, chef? Juste par curiosité.

— On ne fait rien, Jimmy. Je m'en occupe.

Faraday le chargea des appels téléphoniques. Il leur fallait la confirmation que West avait pris un taxi pour Gatwick. Quelques coups de fil aux compagnies aériennes devraient par ailleurs leur fournir un numéro de vol et une destination. D'ici là, l'inspecteur-chef serait peut-être en mesure de parler à Interpol et d'obtenir un mandat d'arrêt international.

— Et Mackenzie ? Et Winter ?

— Je viens de te le dire, Jimmy. Je m'en occupe.

À ces mots, il fit un petit geste vers la porte. Suttle comprit le message et quitta le bureau. Faraday appuya sur le bouton de rappel automatique de son téléphone. Cette fois, il tomba directement sur la messagerie de Gabrielle.

Bazza Mackenzie prenait son petit déjeuner lorsque Winter arriva à Sandown Road. Marie fit de la place à la table de la cuisine et cassa quelques œufs de plus dans la poêle. L'odeur du bacon fit prendre conscience à Winter qu'il mourait de faim.

Il secoua son imperméable et ferma la porte. Bazza était plongé dans les pages sportives du *Daily Mirror*.

— Alors, vieux, t'as pas été arrêté ?

— Pas encore, Baz. Il est tôt.

— Tu crois qu'ils vont démêler toute cette histoire ?

— Ils essaieront, en tout cas.

— Il n'y a rien qu'on puisse faire à part poireauter, alors. Ou est-ce qu'on a un plan ? demanda Bazza en levant enfin la tête de son journal.

— Pas de plan, Baz. Sauf la caisse.

— L'Alfa ? Qu'est-ce qu'elle a ?

— Je pense qu'ils vont passer au crible toutes les infos qu'ils détiennent sur les 6.57. Des anciens de la bande, n'importe qui susceptible d'avoir un lien avec toi. Ton copain Barry en fait partie.

— Barry est sûr, vieux. Je mettrais ma vie entre ses mains.

— Le problème est bien là, Baz. C'est ce que tu viens de faire et les flics n'en attendaient pas moins. Raison pour laquelle ils iront frapper à sa porte à lui aussi.

— Sérieux ?

— Oui. On appelle ça le renseignement, Baz. Ils sont très bien tuyautés et, dans des moments pareils, crois-moi, ça sert. D'où l'intérêt de se préoccuper de l'Alfa avant qu'ils rappliquent.

Mackenzie acquiesça et réprima un bâillement.

— L'Alfa est partie à la première heure ce matin, dit-il. Un copain dirige un dépôt de ferraille à Swindon. Il a une broyeuse capable de transformer n'importe quelle bagnole en un tas de cuillères à café. On ne peut pas faire mieux, si ?

— Partie, Baz ? Tu veux dire que quelqu'un l'a conduite là-bas ?

— En quelque sorte, ouais.

Il adressa un sourire carnassier à Winter. Brian Tallow était un autre fidèle de la bande des 6.57. Il dirigeait une entreprise de déménagement spécialisée dans les expéditions à l'étranger et possédait trois camions de seconde main aux flancs frappés du drapeau anglais. Winter avait fait appel à ses services pour Mackenzie Poolside.

— Brian l'a emmenée là-bas ?

— Ouais. On a chargé l'Alfa très tôt ce matin. Tout va bien, vieux. Tu fais quelque chose aujourd'hui ? Parce qu'on a prévu une petite virée avec quelques potes. Aéroport de Southampton. Midi trente.

Mackenzie lui adressa un large sourire.

— C'est moi qui invite.

Parsons eut du mal à croire Faraday. Perchée sur un coin de son bureau, elle venait de l'écouter lui parler de Winter.

— Il se fout de nous, Joe. Je ne vois que ça. Quand une personne a recours à de telles extrémités, c'est qu'elle est désespérée.

— Et si ce n'était pas le cas ?

— S'il n'était pas désespéré ?

— S'il ne se foutait pas de nous ? S'il avait fouiné, posé des questions, fait des rapprochements, bavardé peut-être avec certains gamins ? S'ils lui avaient raconté des choses qu'ils refusent de nous dire ? De quoi le mener à un nom ou deux, par exemple ? Il travaille pour Mackenzie, rappelez-vous. Cela lui donne accès à des formes de pression qui nous sont interdites.

— Je ne vous suis pas, Joe.

— Vous avez regardé l'album souvenir de Brett West ?

— Non.

— Vous devriez. En matière de pression, il s'y connaissait.

Faraday avait enfilé une paire de gants pour feuilleter l'album, ce matin-là. Des visages tailladés. Des rotules perforées. Des blessures qu'aucun chirurgien esthétique ne pourrait jamais réparer. Willard avait raison, en un sens. Ce n'était pas simplement l'œuvre d'un psychopathe. Mackenzie était responsable de tout ça au bout du compte.

— Vous dites que cela servira la justice ?

— Je ne vous dis rien, chef. Sauf qu'il est tout à fait concevable que Winter soit allé plus vite que nous.

— Ce n'est qu'une question de temps avant qu'on le rattrape, alors.

— Pas nécessairement. Supposons qu'il ait mis la main sur une pièce à conviction capitale. Un élément dont nous aurions besoin pour étayer nos conclusions. Que se passera-t-il ?

— On l'arrête.

— Mais s'il s'était donné la peine de cacher cet élément, quel qu'il soit ?

Parsons le dévisagea longuement.

— Vous suggérez de conclure un marché avec lui ?

— Je suggère qu'on étudie la situation. La donne a changé, chef. Winter est malin. Il sait qu'on en a après lui. Il sait qu'on a toutes sortes de gens influents sur le dos, qui exigent des résultats. Les médias ont toujours la police dans leur viseur. On a déjà dépensé une fortune et il y aura des tas d'autres factures. Cela fait une semaine qu'on enquête, et qu'est-ce qu'on a à montrer ? Rien de rien.

— On a Mackenzie. Et Winter aussi.

— C'est une supposition.

— Vous pensez qu'on n'arrivera pas à les faire tomber ?

— Pas pour le meurtre de Rachel et de Hughes. Peut-être pour celui de Danny Cooper, mais même là, il faut qu'on fasse apparaître le lien entre Mackenzie et Brett West. Vous savez qu'ils ont été proches. La moitié de cette foutue ville est au courant que West travaille pour Bazza, seulement ça ne prouve rien. Pas devant un tribunal. Les gens ne se bousculeront pas pour témoigner contre Mackenzie. Et si vous vous demandez pourquoi, vous n'avez qu'à feuilleter cet album.

Parsons détestait reconnaître la pertinence des

arguments d'autrui. À regret, elle fit un geste vers le téléphone.

— Vous vous chargez du coup de fil ou je le fais ?

— Quel coup de fil ?

— À Willard. Cela ne relève pas de ma responsabilité, Joe. Et, pour être honnête, cela ne relève probablement pas de la sienne non plus.

Misty Gallagher arriva avec dix minutes d'avance au rendez-vous fixé à Gunwharf. Elle appela Winter devant le parking souterrain pour lui demander le code de la barrière et, quelques minutes plus tard, émergea de l'ascenseur en soufflant un baiser vers lui depuis l'extrémité du couloir.

— C'est du café que je sens ?

— Un autre jour, Misty. Je suis déjà en retard.

Elle entra dans l'appartement et remarqua un sac fourre-tout à moitié rempli sur le canapé. Winter disparut sur le palier avec un tournevis.

— Tu bricoles, Paulie ? lança-t-elle.

— Ne pose pas de question.

Peu après, il revint avec un petit paquet enveloppé dans un sac en plastique.

— Garde ça précieusement, Mist. Comme je te l'ai dit, ça ne regarde personne.

— Pas même Baz ?

— Pas même lui. Et planque ça dans un endroit sûr. Juste au cas où.

— Au cas où quoi ?

— Au cas où les flics débarqueraient. On ne peut pas compter sur leur connerie en permanence, hein ?

Il la fixa droit dans les yeux.

— Tu es de mon côté, Mist ?

— Bien sûr, répondit-elle en soupesant le petit paquet dans sa main. Il vaut mieux que je ne laisse pas ça chez moi, si je comprends bien ?

— Laisse-le là où personne ne le dénichera. Tu fais ce que tu veux, Mist, mais à ta place, je creuserais un trou dans ton jardin et je l'enterrerais là. Et je le ferais de nuit.

— Tu voudras le récupérer ?

— Évidemment. Mais pas tout de suite, ma belle.

Il s'assit à côté du sac et commença à y fourrer une petite pile d'habits. Misty l'observa, intriguée.

— Tu vas dans un coin sympa ?

— Je l'ignore, Mist. Mais ça, c'est Bazza tout craché, n'est-ce pas ? Il suffit qu'une accusation de complicité soit brandie devant lui pour qu'on file tous en vacances. S'agissant de n'importe qui d'autre, je dirais que le type débloque complètement.

— Complicité de quoi ?

— De meurtre.

— Tu plaisantes ?

— Putain, non, répliqua Winter, avant de montrer le petit paquet. Tu es sûre de toi ? Pas de remords ?

Misty digérait encore la nouvelle concernant Bazza. Il était venu chez elle très tôt ce matin-là et avait farfouillé bruyamment au rez-de-chaussée sans même lui dire bonjour.

— Tu l'as vu ?

— J'ai fini par crier quelque chose. Il a dit qu'il repartait tout de suite.

— Que voulait-il ?

— Mystère. Il agit comme ça parfois.

Elle haussa les épaules et glissa le paquet dans son sac. Puis elle se pencha pour embrasser Winter sur les lèvres.

— Tu as une dette envers moi, tu le sais ?

— Super, dit-il en souriant. Mais un autre jour, OK ?

XXVII

Samedi 18 août 2007, 11 h 43

Gabrielle et J-J prirent le bus jusqu'à Drayton. Comme promis, Connor les attendait dans le *fish and chips* en face de l'arrêt. Dès l'instant où il aperçut J-J, il sortit sous la pluie et s'éloigna.

Gabrielle le rattrapa plus loin, le long des boutiques bordant la rue. Son cou chétif arborait une nouvelle chaîne en or qui disparaissait sous un pli de son tee-shirt.

— Vous aviez pas parlé d'un autre mec.

— Pas de souci, c'est juste un ami.

— Pourquoi vous l'avez amené ?

— Parce que j'étais obligée.

— Par qui ?

— Mon autre ami.

— Le type que j'ai rencontré ? Il est bien flic, hein ? J'avais raison… Et lui, là, ce serait encore un de vos potes ? On me la fait pas, à moi.

Il voulut tourner les talons, mais elle le retint, avec une force qui le surprit.

— C'est pas une nana qui va faire la loi avec moi, dit-il en se dégageant et en époussetant sa manche. Pas question.

— Je suis désolée. Je m'excuse.

— Ah ouais ? dit-il, l'air incertain à présent.

La pluie dégoulinait sur son visage. Gabrielle lui montra une supérette à côté, dont l'auvent en plastique laissait le trottoir au sec. Connor examinait plus attentivement J-J, qui s'était abrité à l'entrée d'une agence immobilière. Quelque chose en lui le rendait perplexe.

— Qu'est-ce qu'il a, ce type ?

— Il est sourd.

— Sourd ? Sans déc ? Comment il fait pour entendre, alors ?

— Il n'entend pas. Raison pour laquelle il est sourd. Sourd et muet.

— Il ne peut pas parler non plus ?

— Non.

— Et vous croyez que je vais gober ça ? J'ai l'air d'un con ou quoi ?

Gabrielle fit signe à J-J et lui expliqua par une série de gestes que Connor s'inquiétait de la voir accompagnée.

J-J acquiesça, puis se tourna vers Connor. Il inclina la tête, leva les mains en un geste de désespoir et roula de gros yeux. Même Connor ne put s'empêcher de rire.

— Il est carrément neuneu, votre copain. Trop cool. Refaites-le.

— *Quoi ?*

— Ce truc avec les mains. Comme à l'instant.

Gabrielle s'exécuta. Cette fois, elle indiqua que Connor avait besoin de sortir davantage. J-J marqua son accord en faisant un clin d'œil à celui-ci et en levant les pouces.

— Alors ?

— Je lui ai dit que tu allais nous aider. En nous donnant l'adresse.

— Ah ouais ?

Connor fronça les sourcils et ses doigts aux ongles rongés se portèrent vers la petite croix en or accrochée à sa chaîne.

— Vous avez le fric ?

— *Oui.*

— Montrez-le-moi.

Gabrielle sortit de son sac une enveloppe contenant des billets de dix livres. Elle les compta et les remit à l'intérieur.

Connor se tourna vers J-J.

— Il ira avec vous ?

— *Oui.*

— Et vous dites qu'il est vraiment sourd ? Il entend rien ?

— *Oui.*

— Très bien, dit-il en tendant la main vers l'argent.

Gabrielle refusa. Elle exigeait d'abord l'adresse. C'était le marché conclu. Pas d'adresse, pas d'argent.

Connor parut contrarié. Il observa de nouveau J-J avant de désigner la vitrine de l'agence immobilière.

— Par là.

Ils quittèrent l'abri de l'auvent. Jax Bonner avait

un demi-frère, expliqua-t-il, le fils que son père avait eu avec sa deuxième femme. Il travaillait comme agent immobilier et avait plein de propriétés vides en stock. Jax vivait dans l'une d'elles. Personne n'avait affiché le moindre intérêt pour la maison depuis des mois, alors il lui avait filé la clé en douce.

— Et quelle est l'adresse ?

— Ici. C'est celle-là.

Ils se tenaient devant l'agence et Connor montrait du doigt un pavillon délabré qu'aucun angle de prise de vue ne pourrait jamais mettre en valeur. Il se trouvait à Wymering. Walton Road.

— Quel numéro ?

— Le 7.

— Elle y est, en ce moment ?

— Ouais. Elle n'en bouge pas, répondit Connor en empochant les billets. Il va lui plaire, ton copain, ajouta-t-il en regardant J-J. Il la fera marrer.

Winter prit un taxi jusqu'à l'aéroport de Southampton et arriva peu après 12 h 30. Bazza était déjà là, près d'un kiosque à journaux dans le hall principal, en compagnie de trois hommes que Winter identifia tout de suite. Deux d'entre eux étaient des vieux copains de son patron, de bons castagneurs passionnés de football. Lui-même les employait pour son service d'expédition depuis février et il savait qu'ils aimaient faire la fête. Le troisième était petit, trapu, vêtu d'un jean, de baskets neuves et d'un tee-shirt. Son crâne rasé luisait sous les lumières artificielles et, en se voyant dans ses lunettes de soleil réfléchissantes, Winter constata qu'il était encore plus gros qu'il ne voulait bien l'admettre.

Bazza effectua les présentations.

— Tommy Peters, dit-il. De Londres. Je ne pense pas que vous vous connaissiez.

— Erreur, Baz. On s'est rencontrés il y a plusieurs années.

— À Albany, confirma Peters. Je purgeais une peine de cinq ans pour tentative de meurtre. Ce connard est venu me voir un après-midi pour me persuader de devenir une sorte de super-taupe.

— Ça n'a jamais marché, hein, Tommy ? dit Winter en lui tendant la main. Sans rancune.

Peters refusa la poignée de main. Il ne s'attendait visiblement pas à voyager avec Winter. Bazza les entraîna tous les deux à l'écart.

— Paul travaille pour moi maintenant, Tommy. Depuis presque un an.

— Tu n'as pas confiance en lui, quand même ?

— Si, Tommy. Et laisse-moi te dire autre chose : fais comme moi. Sinon, tu es bon pour reprendre le train.

Peter ôta ses lunettes. L'espace d'un instant, Winter se demanda si cette petite scène allait mal se terminer.

— Donne-moi une raison valable, dit Peters. Je suis quelqu'un de sage. Une seule suffira.

— Très bien. Ce matin, on a dû envoyer une bagnole à la casse. Une Alfa. J'ai dit à Paul ici présent qu'elle irait dans un dépôt de ferraille à Swindon. J'ai choisi cet endroit parce que c'est le seul dépôt dans le coin et que je connais le proprio.

Je ne rentrerai pas dans les détails, Tommy, mais cette bagnole peut m'expédier en taule. Eh bien ce cher Paul a eu la moitié de la matinée pour passer quelques appels, s'arranger pour que la caisse soit interceptée, faire mettre le dépôt sous surveillance, que sais-je encore. À supposer que je me sois trompé sur son compte après tout ce temps. Eh bien devine. Aucun connard ne s'est pointé. J'ai vérifié auprès du proprio il y a une demi-heure. Tout est nickel.

Winter avait écouté ce récit avec un intérêt grandissant. Les implications sautaient aux yeux.

— Où est partie l'Alfa ? demanda-t-il.

— À Basingstoke, ducon, répondit Bazza avec un grand sourire. Tu me prends pour un idiot ?

Mackenzie avait loué un jet privé. Après un contrôle expéditif des passeports, toute la bande y monta. Les sept sièges en cuir positionnés de chaque côté du petit appareil laissaient bien assez de place à une hôtesse, aussi Winter fut-il déçu lorsque Bazza s'autoproclama maître de cérémonie. Le vol à destination de Malaga, déclara-t-il, durerait trois heures. Il leur servirait du champagne et des hamburgers à l'aller, et quelque chose d'un peu plus festif au retour.

— Justement, quand est-ce prévu, Baz ? demanda Peters, qui avait un rendez-vous important avec un avocat le mardi suivant à Slough.

— Demain, Tommy. Ou peut-être lundi, ça dépend.

L'avion décolla et s'éleva rapidement au-dessus du centre de Southampton. À travers les nuages bas qui morcelaient le paysage, Mackenzie entrevit le stade St Mary, lieu d'entraînement de l'équipe de foot de la ville.

— Putain de Scummers[1], marmonna-t-il sans s'adresser à quiconque en particulier.

Quand ils eurent atteint leur altitude de croisière, il se dirigea vers le minuscule office. Le bruit sec d'un bouchon annonça la première bouteille de Krug et une salve d'applaudissements salua Bazza lorsqu'il réapparut avec un plateau en argent et quatre flûtes remplies à ras bord.

L'année précédente, Winter avait participé à un voyage similaire — pour voir Pompey affronter l'équipe de Middlesbrough — et la folie de ce week-end l'avait profondément marqué. Pas parce que Bazza s'autorisait à devenir le jouet des millions qu'il avait amassés grâce au trafic de cocaïne, mais parce qu'il adorait fêter l'influence et le statut que cet argent lui avait conférés. Douze mois plus tard, cet instinct qui le poussait à se faire une place dans la hiérarchie sociale était toujours aussi fort. En fait, étant donné les conséquences possibles de l'imprudence de Westie, il l'était sans doute davantage encore. Personne, pensa Winter, ne pouvait être assez stupide pour sous-estimer Bazza Mackenzie. Surtout à présent.

Il se cala sur son siège avec son verre vide et le soleil sur le visage. Ses yeux se fermèrent. Il

1. Scummers : surnom des supporters de Southampton. « Scum » désigne un minable, un moins que rien.

savourait la perspective d'un petit somme lorsqu'il sentit quelqu'un lui tapoter le bras.

C'était Bazza. Il brandissait une autre bouteille de Krug et s'était perché sur le bras du siège vide, de l'autre côté de l'allée.

— Encore un peu, vieux ?

— Non, merci, Baz.

— Quelle sagesse.

Winter rouvrit un œil. Il avait déjà vu Bazza dans cette humeur et reconnaissait le ton de sa voix.

— Il ne s'agit pas d'une simple petite virée, hein ?

— J'en ai peur.

Winter se tordit sur son siège pour balayer du regard l'arrière de l'avion.

— Westie, je parie ?

— Gagné.

— C'est pour ça que Tommy boit du Coca ?

La pluie battante qui était tombée toute la matinée n'avait pas donné meilleure allure au 7, Walton Road. Gabrielle poussa le portail et se fraya un chemin sur les dalles brisées de l'allée. L'eau qui dégoulinait en continu d'une gouttière cassée éclaboussait un matelas taché abandonné sous une fenêtre, et un mot délavé sur la porte mettait en garde les intrus contre le berger allemand qui vivait là. J-J le lut avec appréhension. Il n'avait jamais aimé les chiens.

Gabrielle frappa à la porte. Une tête apparut peu après à la fenêtre juste à côté — celle d'une fille lourdement maquillée et coiffée d'une casquette. Elle était belle, songea Gabrielle. Ses lèvres pleines dessinaient un éclair d'un rouge profond sur son visage au teint très clair.

Elle disparut et, quelques secondes plus tard, la porte s'ouvrit.

— Jax Bonner ?

La fille acquiesça. Elle observait J-J.

— C'est votre ami ?

— *Oui.* Connor t'a téléphoné ?

— Ouais. Entrez.

La maison sentait l'humidité. J-J parcourut chaque pièce prudemment.

— Qu'est-ce qu'il a ?

— Il déteste les chiens.

— Mais pourquoi il est sourd ? Pourquoi il n'entend rien ?

— *Sais pas.* Certaines personnes sont comme ça depuis la naissance et le restent à jamais.

— Bizarre.

— On apprend à s'y faire.

— Il a quel âge ?

— Presque trente ans.

— Il paraît plus jeune, dit Jax en plissant le front. Bizarre, répéta-t-elle ensuite.

J-J les avait rejointes, rassuré après avoir constaté que le chien était enchaîné à un tuyau de descente dans le petit jardin à l'arrière de la maison. Il s'assit sur un canapé, qui constituait, avec une chaise, tout le mobilier de la pièce.

— Tu vis ici depuis longtemps ? demanda-t-il dans la langue des signes.

Gabrielle traduisit. Jax ne pouvait détacher son

attention des mains de J-J, toujours actives, toujours occupées à donner forme à de nouvelles pensées.

— Presque une semaine.

— C'est merdique.

— Et comment. Mais ça vaut mieux que la taule.

Gabrielle ne put traduire le mot en signes. Les yeux toujours rivés sur J-J, Jax tenta de représenter une cellule en effectuant des mouvements de haut en bas pour les barreaux, en faisant mine de tourner une clé dans une serrure et en ouvrant une porte imaginaire d'un grand geste théâtral. J-J la fit recommencer, puis leva les deux pouces.

— Prison, signa-t-il à Gabrielle.

Cette petite pantomime brisa la glace entre eux. Pour la première fois, Jax sourit. Au milieu de son visage parfait, ses dents étaient tachées et cassées.

— Vous êtes la Française qui travaille avec les gamins, c'est ça ?

— Oui.

— C'est quoi, le but ?

Gabrielle déplaça la chaise de manière à voir J-J et s'assit à son tour. Elle expliqua qu'elle planchait sur un projet pour une université française. Son étude portait sur les gangs de jeunes et leur structure, en Angleterre et en France. Un jour, elle en ferait peut-être un livre. En attendant, c'était son boulot d'écouter les autres.

— Et qu'est-ce qu'ils vous racontent, ces gamins ?

— Beaucoup de choses.

— Ils vous disent à quel point ce pays est à chier ?

— Parfois, ils me disent à quel point leur vie est merdique.

— C'est pareil. Un pays de merde. Des vies de merde. Sauf que les gosses que vous voyez sont trop jeunes pour le piger.

— Connor ?

— Il est trop con. Et il fume trop d'herbe. Son frangin aussi, d'ailleurs. Vous connaissez Clancy ? Je l'ai hébergé jusqu'à ce qu'on soit obligés de partir. Question beuh, il est comme Connor. Il prétend qu'il ne peut pas dormir sans. Le crétin.

Elle marqua une pause et observa Gabrielle.

— Bon, qu'est-ce que vous voulez ?

Ce n'était pas qu'une simple question. C'était un défi. Vous m'avez trouvée, semblait-elle dire. Vous avez franchi ma porte. Vous avez envahi mon espace. Il y a intérêt à ce que ça en vaille la peine.

— Il faut qu'on parle de la fête.

— Pourquoi ? Parce que votre copain vous l'a demandé ?

— Oui. D'une certaine façon.

— Connor dit que c'est un keuf.

— *Comment ?*

— Un flic. Un policier.

— Oui, c'est vrai.

— Pourquoi il n'est pas là ?

— Parce qu'il ignore où tu habites.

— Mais vous lui direz, non ? Forcément.

— Non. Sauf si tu le souhaites.

— Si je le souhaite ? Putain, pourquoi est-ce que j'en aurais envie ? Les keufs sont comme tous les autres. Dès qu'ils vous voient, ils montent une accusation contre vous.

— Tu le crois vraiment ?

— Je le sais. Ils ont piégé mon frère. C'est pour ça qu'il est en taule. C'est pour ça que je claque une fortune en allant lui rendre visite chaque fois que ces connards veulent bien l'autoriser.

— Et la fête ? Celle de samedi ?

— Elle leur servira de prétexte pour me foutre au trou. Je le sais. Ça, et aussi les deux jeunes près de la piscine. Je suis la principale suspecte. Ils me colleront tout ce bordel sur le dos. Pourquoi ? Parce que ce sont des salauds et des flemmards. Vous dites que vous vivez avec ce type ? Ce flic ? Vous mangez avec lui ? Vous couchez avec lui ? Si vous pensez que c'est un être humain, si vous pensez qu'il a un chouïa de décence en lui, regardez un peu mieux. Ça crève les yeux. Putain… Pourquoi est-ce que je m'emmerde avec tout ça ? Hein ?

Gabrielle éprouva un premier frisson de peur. Les gamins avaient raison au sujet de Jax Bonner. Dans des moments pareils, elle était incontrôlable, dérangée, *complètement folle*.

Faites gaffe, lui avaient-ils dit. Elle se promène avec une lame. Elle s'en prend aux gens en se foutant bien de savoir qui elle blesse.

Gabrielle jeta un coup d'œil à J-J. Elle lui avait expliqué sommairement la situation dans le bus : la fête, les deux cadavres, Faraday qui essayait comme toujours de tout démêler. Cette fille est leur piste la plus sérieuse, avait-elle dit. Elle déteste le monde entier et ne s'en cache pas.

J-J signa une question. Jax voulut que Gabrielle la lui traduise.

— Il demande si tu as tué Rachel Ault.

— Non. C'est pas moi.

Une autre question suivit, plus complexe :

— Tu aurais aimé le faire ?

— Je sais pas.

— Mais ça aurait pu se produire ?

— Peut-être.

— Pourquoi ?

— Parce que c'était une petite fille riche et pourrie gâtée. Parce que la vie l'avait protégée. Parce qu'elle avait tout. Et parce que son père était ce connard de juge. Mais tu sais quoi ? lança Jax en regardant directement J-J. Elle était paumée. Ça se voyait. Pas seulement parce qu'on s'est pointés chez elle. Je l'ai observée. Je l'ai observée plusieurs fois au cours de la soirée. Elle était complètement pétée, rétamée, mais ses yeux… putain. Vous voulez que je vous dise ? J'ai sans doute été plus heureuse qu'elle dans la vie. Je déconne pas.

Elle s'interrompit et se tourna vers Gabrielle.

Celle-ci fit de son mieux pour transmettre cette tirade à J-J. Il avait l'air pensif.

— Tu es sérieuse ? demanda-t-il.

— Ouais. À fond. J'en ai bavé, croyez-moi. Je peux être mauvaise aussi. Je fais des trucs horribles, je blesse les gens. Et parfois, j'y prends même du plaisir parce que je trouve qu'ils le méritent, parce que je prends mon pied en les voyant souffrir, mais au fond de moi, je sais qui je suis. Elle, non. Pas cette fille. Pas cette Rachel. Elle était pas bien dans sa tête. Maintenant que j'y pense, ça n'aurait eu aucun sens.

— De faire quoi ? s'enquit Gabrielle.

— De la blesser. De la tuer. Ce que vous voulez. Ça n'aurait servi à rien du tout.

Jax regarda J-J comme si elle venait de trébucher sur une petite vérité importante. J-J indiqua qu'il la croyait. Cela la fit éclater de rire.

— Tu parles qu'on est d'accord ! dit-elle, avant de s'adresser à Gabrielle. Vous allez faire quoi, maintenant ?

Gabrielle la fixa un long moment, puis se leva.

— Je vais retourner voir mon ami. Et je lui traduirai ça à lui aussi.

XXVIII

Samedi 18 août 2007, 15 h 41

Willard rapporta la nouvelle de Netley. Les services de renseignement avaient eu vent de rumeurs sur une veillée aux bougies en l'honneur de Rachel Ault et Gareth Hughes. Leurs amis prévoyaient de se réunir à Sandown Road à la tombée de la nuit. Il y aurait peut-être de la musique et des lectures. Des larmes aussi, à n'en pas douter. Voire de nouvelles fleurs.

Le chef du CID s'était trouvé un siège dans le bureau de Faraday. Suttle était là, lui aussi.

Faraday voulut savoir d'où venait l'info.

— Facebook, l'informa Suttle. C'est sur la page de Rachel depuis hier.

Faraday sourit. La folie commençait là. Il n'y avait plus de secrets. Les gens avaient oublié ce qu'était l'intimité, la discrétion. Le monde du bouche-à-oreille, des invitations murmurées ou des cartes glissées sous la porte avait disparu. Chaque vie était désormais un bien public, diffusé, vanté, exhibé.

Comme ça, on avait une chance d'accéder à la célébrité.

— Le bureau chargé des questions d'ordre public est en train d'évaluer les risques, dit Willard. Pas question que les événements de la semaine dernière se reproduisent. Le directeur de la police envisage sérieusement de faire interdire la manif.

— Ce n'est pas une manif, fit remarquer Faraday. C'est une veillée, un adieu.

— Ce n'est pas ainsi qu'il le voit. Et nos amis de Craneswater seront sûrement d'accord avec lui.

Faraday secoua la tête. Folie était un mot trop faible. La perspective de chasser une bande de jeunes munis de bougies sous prétexte de défendre l'ordre public était surréaliste.

— Et Ault ? C'est sa fille, après tout.

— Ault refuse de se prononcer. Nous avons cru comprendre qu'il mettait sa maison en vente.

La nouvelle n'était pas une surprise. Aussi dévasté que la demeure qu'il avait autrefois considérée comme son foyer, le juge n'était plus que l'ombre de lui-même.

Ault s'était-il allié à l'Association des riverains du quartier ? s'enquit Suttle. Si quelqu'un avait des raisons de se plaindre de la police, c'était bien lui.

— Pas du tout. Je vous l'ai dit, il semble en avoir assez… ce qui nous arrange, pour être franc. La dernière chose dont on a besoin, c'est d'un adversaire aussi influent que lui. Surtout si ce fichu rassemblement est maintenu.

L'idée de devoir donner une nouvelle série d'interviews dans la presse et à la télévision paraissait assombrir l'humeur de Willard — ce qui amusa beaucoup Faraday. Une semaine plus tôt, leur supérieur n'avait pas perdu de temps pour chercher à faire la une des journaux. Mais maintenant que l'enquête piétinait, il s'agaçait de ces distractions inutiles. Ceux qui vivent par les médias périront par les médias, songea Faraday.

— Parsons vous a-t-elle parlé de Winter ? demanda-t-il.

— Oui.

— Et ?

— Et quoi ? Vous voulez mon avis personnel ? Moi, je l'aurais arrêté ce matin même.

— Pour quel motif, monsieur ?

— Pour s'être foutu de nous. Je ne sais pas qui a eu cette conversation avec lui, mais c'est du Winter tout craché. Il doit nous prendre pour des débiles.

— C'était moi, monsieur, déclara Suttle, qui se trouvait là pour informer Faraday des déplacements de Brett West. C'est moi qui ai eu cette conversation avec lui.

— Tiens, ça ne m'étonne guère. Vous êtes censé vous occuper de la Cellule de renseignement, Suttle, pas d'histoires à dormir debout. Winter est dans une situation difficile. Il sait que la partie est terminée pour lui. Personnellement, je l'ignorerais, mais la suite des opérations n'est pas de mon ressort. D'ailleurs, Suttle, où est-il ? Quelqu'un veut bien me le dire ?

Le jet privé atterrit à l'aéroport de Malaga à 17 h 23, heure locale, après avoir été ralenti par des vents contraires au-dessus des Pyrénées. Il s'arrêta à distance des avions remplis de vacanciers en attendant le représentant local de la compagnie aérienne. Celui-ci arriva dans un minibus de luxe et transporta Bazza et sa bande vers la fraîcheur de l'espace affaires de l'aéroport. Les formalités furent expédiées en quelques minutes. Bazza avait loué une berline Mercedes noire et, avant de s'asseoir avec le représentant pour remplir les formulaires, il tendit une besace en cuir brun à Winter.

— Il y a vingt-cinq milles livres là-dedans, murmura-t-il. Ne les paume pas.

Une fois sorti de l'aéroport, Bazza suivit les panneaux indiquant Malaga. Un kilomètre et demi plus loin environ, il s'engagea sur une aire de repos au bord de l'autoroute. Une camionnette blanche était garée à l'extrémité. Il s'en approcha et coupa le contact. Tommy Peters descendit tandis que le conducteur de l'autre véhicule se penchait pour lui ouvrir la portière du côté passager. Peters monta sans un regard en arrière. Peu après, la camionnette quitta l'aire de repos pour rejoindre l'autoroute.

Bazza reprit la route derrière eux. Winter était impressionné. Son patron s'était toujours présenté comme le maître de l'improvisation, un homme capable de réagir rapidement, d'enchaîner les coups bas, d'arracher la victoire jusque dans la gueule de la défaite, mais ce scénario-là était très différent. Quelqu'un l'avait réfléchi, planifié, préparé. Sûrement Tommy Peters, avec ses contacts sur la Costa del Sol, supposa-t-il. D'où l'argent.

— On va sur la côte, vieux, chuchota Bazza d'une

voix rauque à peine audible. Tommy m'a indiqué un nouveau site en construction là-bas. Un coin privé, désert, le top. Il connaît les gens qui sont sur l'affaire. On va te déposer devant un bar qu'ils ont commencé à monter à l'arrière du chantier. Tu entreras et tu auras l'endroit pour toi tout seul. Il manque encore du mobilier, mais il y aura une table, de quoi boire, et peut-être un truc à manger si le type sur place te le propose. Ensuite, tu appelleras Westie.

Winter prit le portable que lui tendait Bazza. Il était accompagné d'un bout de papier avec un numéro de téléphone.

— Où est-il ?

— Quelque part à Malaga. Tu lui diras où tu es. Tu lui raconteras que je viens d'investir un paquet de pognon dans ce projet immobilier et tu lui donneras l'impression que je vais devenir un cador ici. Les directions à suivre seront notées sur la table. Ensuite, tu expliqueras à Westie que tu disposes de quelques heures grand max avant de reprendre l'avion.

— Et s'il veut qu'on se retrouve ailleurs ?

— Ça n'arrivera pas. Parce que tu lui diras aussi que tu as l'argent.

— Les vingt-cinq milles livres ? demanda Winter en regardant le sac. Je croyais qu'il en voulait cent.

— Aucune importance, vieux. Tout est en billets de dix. Ça donne l'impression qu'il y a beaucoup plus. Ne le laisse pas les compter, c'est tout. Il n'aura pas le temps, de toute façon.

— Ah oui ?

— Oui. Ton boulot à toi, c'est de servir un verre

à ce con, de le faire asseoir et de papoter avec lui. Après, ce sera fini.

— Fini ?

— T'inquiète. Laisse faire Tommy.

Winter acquiesça et prêta une plus grande attention à la camionnette. Elle ressemblait à celle d'un artisan du bâtiment. Le pare-chocs en plastique à l'arrière était cabossé et les portières maintenues par une corde. Une grande partie de l'Espagne étant transformée en chantier de construction, il devait y avoir des milliers de camionnettes comme celle-ci le long de la côte. À bien des égards, c'était un choix parfait.

Ils étaient arrivés au centre-ville et longeaient à présent une quatre-voies près du port. La camionnette se faufila entre les voitures, toujours suivie par Bazza. Un grand panneau indiquant Almeria les fit bifurquer vers l'est, sous les remparts d'un château. Par-delà un carrefour, Winter entrevit un bâtiment circulaire à moitié caché par des immeubles plus petits.

— Les arènes, l'informa Bazza. Marie et moi, on est allés là-bas voir une corrida, un jour. Quels putains de chiens, ces Espagnols.

La camionnette accéléra, profitant d'une succession de feux verts. Les habitations s'espaçaient peu à peu, mais la vue sur la mer était barrée par une rangée continue de bars, de boutiques et d'immeubles à l'air plus ou moins neufs. Soudain, cette étendue urbaine disparut et la Mercedes passa devant une énorme usine de ciment. Winter contempla les camions qui faisaient la queue. Le côté pittoresque laissait à désirer…

La route descendait ensuite pour les conduire au terme de leur voyage. Rincon de la Victoria était une station balnéaire prospère coincée entre les montagnes et la mer. Le début de soirée avait atténué la chaleur infernale du jour et les cafés-bars le long de la rue principale se remplissaient. La camionnette tourna à gauche. Un nuage de fumée bleue s'éleva du pot d'échappement lorsque le conducteur rétrograda pour attaquer une côte. Ils traversèrent un quartier résidentiel — hauts murs blanchis à la chaux, portails lourdement sécurisés, piscines entraperçues çà et là — et débouchèrent sur le flanc nu de la montagne. Sur la gauche, un nouveau projet immobilier. La camionnette ralentit, mit son clignotant. Winter découvrit un énorme panneau sur le bord de la route. *Las Puertas del Paraiso.* Les portes du paradis.

À ce moment de la journée, comme Mackenzie l'avait promis, l'endroit était désert. La Mercedes avança en cahotant sur le chemin qui traversait le complexe à moitié achevé. Au bout, les pelleteuses avaient nivelé un espace un peu plus large devant un petit bâtiment de deux étages plus avancé que les autres. Derrière ne s'étendaient que de la roche et des broussailles.

La camionnette avait effectué un demi-tour serré. Bazza s'arrêta devant le bâtiment.

— C'est là que tu descends, vieux. Le type qui tient le bar s'appelle Hernandez. N'oublie pas le téléphone.

En sortant de la voiture, Winter perçut l'odeur de la mer dans la chaleur du vent. Bazza fit rugir le moteur et le planta là dans un nuage de poussière. Le Far West, songea Winter. Le charme en moins.

Sa besace en bandoulière, il gravit les marches de béton nu menant à deux imposantes portes vitrées. Rien n'était terminé, mais elles s'ouvrirent doucement à la première poussée. À l'intérieur, dans la semi-obscurité, il sentit la poussière de ciment et l'humidité du plâtre qui séchait. Une ouverture donnait devant lui sur une sorte de salon meublé d'une table avec deux chaises. Sur la table, deux bouteilles de San Miguel. Derrière, la longue courbe d'un bar recouvert d'une bâche bleue.

— *Buenos noches.*

Un homme maigre au dos voûté, habillé d'un jean et d'une chemise blanche sale, avait émergé de l'ombre derrière le bar. Il paraissait proche de la retraite. Lorsque Winter lui demanda s'il était Hernandez, il haussa les épaules comme s'il l'ignorait et lui fit signe de s'avancer.

— Un verre ? proposa-t-il dans un anglais à l'accent très marqué en montrant les bières sur la table.

— Oui.

— Je vous en prie. Asseyez-vous là, au bout.

La table avait été dressée pour deux personnes assises perpendiculairement l'une à l'autre. Chacune disposait juste d'une fourchette et d'une assiette. Winter les examina, puis les replaça face à face, conscient qu'Hernandez l'observait. Près de son couvert se trouvait une feuille avec les directions à suivre de Malaga jusqu'à *Las Puertas del Paraiso.* Elles étaient rédigées en anglais et il les étudia un moment avant de prendre l'une des bouteilles de bière. Elle était glacée. Il apprécia.

Hernandez disparut et revint avec deux verres. Winter avala rapidement une première bière et en ouvrit une autre. Ensuite, il reporta son attention sur le téléphone.

Westie décrocha à la troisième sonnerie. À l'évidence, il attendait son appel.

— Tu es bien arrivé ?

— Oui, répondit Winter, qui lui expliqua comment rejoindre le chantier à Rincon.

Il y eut un silence.

— Qu'est-ce que tu fous là-bas ? demanda enfin Westie.

— Ne pose pas de question. J'ai ce que tu veux. Ramène tes fesses et tu l'auras.

— Fixons un rendez-vous plus près.

— Impossible. Je dois être à l'aéroport à 19 heures. C'est ça ou *adiós*. À toi de voir.

Nouveau silence. Winter tenta d'imaginer l'environnement dans lequel se trouvait Westie. Avait-il un endroit où loger ? Était-il dans un café ? Ou bien marchait-il sur la plage en matant les jolies filles ? Et comment allait-il se rendre dans ce trou perdu au milieu de nulle part, lui qui était quasiment étranger à sa nouvelle vie ?

Westie répondit enfin que *Las Puertas* lui disait quelque chose. Qu'est-ce que Bazza avait à voir avec ce projet immobilier ?

— C'est lui le putain de proprio.

— Ah ouais ?

Westie se mit à rire. Il serait là dans une demi-heure. Ce serait sympa de revoir Winter.

Celui-ci raccrocha et vida son verre. Le barman était presque invisible dans la pénombre. Winter pointa les bouteilles vides.

— Il serait possible d'en avoir une autre, monsieur H ?

Suttle avait rapidement obtenu des infos auprès d'easyJet. Faraday, qui remplissait petit à petit la paperasse encombrant son bureau, voulut connaître les détails.

— Brett West a pris l'avion jeudi matin pour Malaga, dit Suttle en consultant ses notes. Il a voyagé sous son vrai nom. Il n'y a pas eu de retard et à 14 heures, il était sur place. Après ça, j'ai peur qu'on ne sache plus rien.

— Comment est-il allé à l'aéroport ?

— Avec un taxi de chez Speedycab.

— C'est la boîte de Mackenzie, n'est-ce pas ?

— Yep. J'ai le nom et le numéro du chauffeur. Quand voulez-vous qu'on l'interroge ?

— Dès que possible.

— Alors je le ferai moi-même. Qu'est-ce qu'on cherche ?

— Un lien avec Mackenzie. Utiliser un de ses taxis ne suffit pas. Il nous faut une trace de paiement. Si West a effectué le trajet gratuitement, cela pourrait être intéressant. Qu'est-ce qu'on a d'autre ?

Suttle lui communiqua les dernières nouvelles. Il avait obtenu une ordonnance qui lui permettrait de contacter la banque de West le lundi suivant pour éplucher les transactions de ses deux comptes bancaires. Il ferait de même avec sa carte de crédit. Le service d'identification téléphonique à Netley était en contact avec Orange et les factures de son téléphone portable seraient disponibles avec un peu de chance sous quelques jours.

Faraday hocha la tête. Il s'agissait là d'enquêtes de routine, de simples mailles dans le filet que les Crimes graves jetaient sur des vies, l'une après l'autre. En temps normal, quand le placement d'un suspect en garde à vue était envisageable, ce genre de données pouvait amener la personne à s'enferrer dans ses mensonges et, à l'occasion, ouvrir la voie à des aveux. Mais cela n'arriverait pas cette fois-ci, il le sentait. Pas avant un moment, en tout cas.

— Tu penses qu'il va revenir ? demanda-t-il.

— Sûrement pas, chef. Pas tant qu'on ne l'aura pas retrouvé.

Winter en était à sa troisième San Miguel lorsqu'il entendit la pétarade d'un diesel. Peu après, une portière claqua et des pas résonnèrent sur les marches au-dehors. Il repoussa sa chaise et se retourna. Deux silhouettes, et non une, se détachaient dans la lumière flamboyante du soleil couchant.

Westie entra dans le bar, en jean et tee-shirt blanc. Près de lui, plus petite mais tout aussi fine, se tenait une femme. Il était difficile de le jurer dans la pénombre, mais Winter lui donna à première vue une vingtaine d'années. Elle avait de longues jambes bronzées, des cheveux blonds qui tombaient en cascade autour de son large et joli visage et un sourire très nature.

— Je te présente Renate, dit Westie.

Winter se leva et offrit la chaise libre. Sans y être invité, Westie s'arrogea l'autre. Hernandez en apporta une troisième qu'il plaça en bout de table.

— C'est quoi tout ça… ? commença Westie en montrant la salle autour d'eux, avec ses câbles électriques qui pendaient du plafond, ses ouvertures dépourvues de fenêtres et son sol recouvert de poussière de ciment.

— J'aime bien, moi, déclara Renate dans un anglais quasi parfait. On croirait un décor de cinéma. C'est sympa.

Elle se pencha sur la table et posa une main sur le bras de Westie. Un bracelet en argent ornait son fin poignet bronzé.

— Vous connaissez Westie depuis longtemps ? s'enquit Winter.

— Depuis hier. Il est venu dans ma galerie et il a aimé mes photos. Il a du goût, votre ami. Il sait quoi dire et comment le dire. On peut boire un verre, ici ?

Elle montra les bouteilles vides sur la table, puis enroula une mèche de cheveux autour de son doigt.

Winter fit signe à Hernandez. Deux San Miguel supplémentaires firent leur apparition.

— Ça y est, alors ? demanda Winter à Westie, empli d'admiration. Fini les filles de Pompey ?

— Fini, mec. Pas question de repartir là-bas.

— Et ton appart ?

— Il est à vendre. Tu n'as qu'un mot à prononcer et l'hypothèque est à toi. Bon débarras.

— Pas de regrets ? Pas même un ?

— Tu es aveugle ou quoi ? rétorqua Westie en lançant un coup d'œil à Renate. Ou t'as passé l'âge ?

Il l'interrogea ensuite sur l'argent. De plus en plus mal à l'aise, Winter nota qu'Hernandez avait disparu.

— Il est là, Westie. Dans le sac.

— Tu l'as compté ?

— Non, mais Baz l'a fait. À la première heure ce matin. Avant que je prenne l'avion.

— À quelle heure ?

— Tôt.

— C'est-à-dire ?

— Foutrement tôt.

— Quel aéroport ?

Winter s'adossa à son siège. Même la fille sentit l'hésitation dans sa voix.

— C'est soirée Trivial Pursuit, Westie ? T'as une autre question en réserve ? N'importe laquelle ?

— Pas du tout, vieux. Ici, on appelle ça bavarder. Je demande juste de quel aéroport tu es parti ce matin. Gatwick ? Le gros près de la M23 ? Bournemouth ? Heathrow ? Tu me rends nerveux, mec.

Ses yeux se posèrent sur le sac. Dans le même temps, Winter perçut un infime bruit de pas dans la pénombre derrière le bar.

C'était Tommy Peters, surgi de nulle part et armé d'un pistolet automatique. Avec le silencieux, l'arme semblait énorme et la fille, qui l'avait vue aussi, porta une main à sa bouche. Le dos au bar, Westie commit la grosse erreur de se retourner.

Il voulut se mettre debout, mais il était trop tard.

La première balle l'atteignit à la poitrine avec un *pfuitt* très doux. La deuxième se logea dans sa mâchoire inférieure, envoyant une giclée de sang sur Winter. Celui-ci eut juste le temps de voir le pistolet pivoter vers la fille. L'impact du corps de Westie contre la table l'avait fait tomber par terre. Recroquevillée, un bras levé pour protéger son visage, elle suppliait qu'on la laisse en vie.

— Attends, Tommy…

Winter tenta de s'interposer, mais Tommy Peters ne lui concéda qu'un bref regard à peine irrité avant de se baisser vers la fille et de lui coller trois balles dans la tête. Deux inconnus émergèrent alors de derrière un rideau au fond de la salle. Tommy leur marmonna quelque chose au sujet de la camionnette et les aida à sortir le corps de Westie par l'arrière. Tandis que leurs grognements s'estompaient dans les profondeurs du bâtiment, Winter s'affaissa sur sa chaise. Le bruit d'une porte coulissante métallique lui parvint de l'extérieur.

Hernandez était réapparu avec un balai et un seau. Winter contempla la fille. Une balle avait brisé une de ses pommettes et un de ses yeux pendait tout luisant dans un rayon de soleil qui entrait par une fenêtre à proximité. Il n'avait jamais rien vu de si horrible. Tout s'était produit si rapidement, se dit-il. Il n'aurait rien pu faire pour l'empêcher.

Tommy revint avec ses deux acolytes. Ils rigolaient d'une remarque qu'il avait faite au sujet de Westie.

La fille était bien plus légère. Ils la sortirent à son tour, suivis par Hernandez qui nettoya la traînée de sang laissée derrière elle parmi les copeaux de bois et la poussière grise.

Tommy Peters ramassa le sac et compta l'argent. Il s'arrêta à vingt mille, posa avec soin les liasses de billets d'un côté et préleva encore sept cent cinquante livres.

— Notes de frais, déclara-t-il. Dis à Mackenzie que je reste en contact.

Winter acquiesça et se rassit en fixant la table, trop choqué pour mener la moindre conversation. Il ne cessait de revoir le bracelet au poignet de Renate. Son sourire. La manière dont elle avait enroulé une mèche de cheveux autour de son doigt. Envolée. *Bam.* Quel gâchis.

Tommy partit après avoir fourré l'argent dans un sac en plastique. Quelques instants plus tard, au moment où la camionnette démarrait en trombe, Winter entendit un toussotement quelque part au fond du bar. Puis il sentit quelqu'un pousser la table. Il leva les yeux, encore engourdi, et découvrit Bazza occupé à compter le reste des billets. Les gars étaient dehors avec la Mercedes, l'informa-t-il. Ils retournaient tous à Malaga boire un verre ou deux.

Il regarda Winter se redresser lentement.

— Tu es dans un sale état, vieux, dit-il à la vue des taches de sang sur sa chemise. Tommy fait du meilleur boulot, d'habitude.

XXIX

Samedi 18 août 2007, 21 h 34

Suttle emmena Lizzie Hodson à Sandown Road alors qu'un froid soleil jetait ses derniers feux sur le petit renflement noir de l'île de Wight. Après une série de réunions d'urgence, le responsable de l'Unité de commandement opérationnel avait conseillé d'autoriser la tenue d'une veillée en l'honneur de Rachel. Il avait cependant assuré ses arrières en mettant en place un dispositif préventif impressionnant. Un cordon de sécurité barrait la rue à ses deux extrémités et quelques Transit de l'Unité d'appui des forces de police étaient arrivés. Des équipes chargées du maintien de l'ordre au niveau local étaient présentes elles aussi, garées discrètement à l'angle de la rue. Suttle n'avait pas le souvenir d'une telle mobilisation depuis que les supporters de Pompey et des Saints[1] s'étaient affrontés à Fratton Park. La police avait réussi ce jour-là à contenir une véritable

1. Surnom du club de Southampton.

émeute. Mais ce soir, ils assistaient à une manifestation pacifique et affectueuse.

Des centaines d'ados semblaient s'être réunis là. Suttle renonça à compter les bougies. Grâce à son badge et à la carte de presse de Lizzie, son amie et lui avaient pu passer sous le ruban tendu par la police. Postés sur le trottoir en face de la maison des Ault, ils écoutèrent les jeunes éplorés chanter en oscillant. De temps à autre, les voix se taisaient pendant que quelqu'un racontait une anecdote larmoyante ou un souvenir personnel. Des allusions au rôle qu'avait récemment joué Rachel dans une version de *Cabaret* montée par leur école déclenchèrent une vague d'applaudissements. Des cris joyeux saluèrent un énigmatique aparté sur le potentiel récréatif du sucre d'orge trempé dans la vodka. La moitié du monde paraissait avoir été intime avec la défunte et, lorsque le rassemblement commença à se disperser, même Suttle eut l'impression de l'avoir connue durant presque toute sa courte vie.

Faraday lui avait demandé de l'appeler avant de quitter les lieux. Il voulait savoir comment s'était passée la soirée. Suttle le trouva chez lui, visiblement seul.

— Des nouvelles des Ault ?

— Rien de rien, chef. J'ai gardé un œil sur leur maison. Tout est fermé, y compris le portail, et aucune lumière ne filtre. Je doute qu'il y ait quelqu'un.

— Et à côté ? Chez Mackenzie ?

— J'ai aperçu sa femme. Elle est sortie et a échangé

quelques mots avec un ou deux jeunes, à un moment donné, mais je n'ai pas vu Bazza.

— Winter ?

— Non plus.

— Où en est-on maintenant ?

— Lizzie et moi, on va boire un verre.

— Ah oui ?

Quelque chose dans la voix de Faraday, comme une plainte, poussa Suttle à lui proposer de se joindre à eux. Ils pouvaient choisir un pub près de chez lui, pour lui éviter de prendre la voiture.

— Où par exemple ?

Suttle consulta Lizzie. Elle connaissait un bar au bout de Locksway Road. The Oyster House. Faraday semblait indécis.

— De toute façon, on sera là-bas, chef. La promenade nous fera du bien.

Suttle rangea son téléphone. Les derniers jeunes se dirigeaient vers le bord de mer. Un léger parfum de marijuana flottait dans l'air nocturne, sans que les agents en uniforme paraissent s'en formaliser outre mesure. De l'autre côté de la rue, Suttle reconnut la haute silhouette de Matt Berriman. Il ne l'avait pas remarqué jusqu'alors, mais il supposa qu'il était là depuis le début. Si quelqu'un avait dû allumer une bougie en mémoire de Rachel Ault, c'était bien lui.

Il le signala à Lizzie, qui fut intriguée par la personne accompagnant le jeune homme.

— Là, dit-elle en montrant une femme que Berriman cachait à moitié.

Les cheveux noirs coupés court, élancée et plus âgée que lui, elle le tenait par le bras et appuya la tête sur son épaule après avoir calé son pas sur le sien.

Suttle avoua qu'il ne la connaissait pas.

— Mais vous êtes détective, monsieur Suttle. Vous savez tout.

— Si seulement.

— Qui est-ce, à ton avis ?

— Aucune idée.

— Sa mère ?

— C'est vache, ça. Elle a l'air appétissante.

— Mais plus vieille que lui. Bien plus vieille.

Le couple marqua une pause au bout de la rue, où un sergent en uniforme avait stoppé la circulation pour laisser traverser les jeunes. Berriman et son amie tournèrent à gauche — justement la direction que voulaient prendre Suttle et Lizzie. La journaliste pressa l'allure et Suttle accepta à contrecœur de les rattraper. Il n'avait croisé Berriman qu'une fois, quelques jours plus tôt sur la plage. En dehors de ça, ce qu'il savait de lui se limitait à son dossier de garde à vue et aux déclarations qu'il avait signées à la fin de ses deux interrogatoires.

Comme on pouvait s'y attendre, sa compagne et lui discutaient de Rachel. La conversation portait essentiellement sur la natation. La femme s'interrogeait. Matt aurait-il repris sérieusement l'entraînement si Rachel avait toujours été là ?

— Et si on s'était remis ensemble, tu veux dire ?

— Oui.

— Tu penses qu'on l'aurait fait ?

— J'en suis certaine. Tu prétends le contraire ?

— Peut-être. Ça dépend.

— De quoi ?

— De ce que tu…

La suite se perdit dans le vrombissement d'une moto qui passait là. La femme se mit à rire. Puis Berriman et elle bifurquèrent vers la gauche et le dédale des rues menant à Eastney. Quelque chose dans son attitude, dans ses longues enjambées, titilla la mémoire de Suttle. Il comprit soudain et attrapa Lizzie par le bras pour l'obliger à s'arrêter à l'angle de la rue. Les yeux rivés sur l'amie de Berriman, il était sûr de lui à présent.

— Je l'ai vue il y a quelques jours, dit-il. Sur la plage d'Eastney.

— Ah oui ?

— Ouais. Elle était avec lui aussi ce jour-là. Et tu sais quoi ? Elle était à poil.

Faraday était déjà au pub avec une pinte de Guinness presque finie lorsqu'ils entrèrent. Il ne restait plus qu'une demi-heure avant que le propriétaire ne prenne les dernières commandes, aussi Suttle allat-il chercher directement leurs boissons au bar. Faraday avait rencontré Lizzie Hodson à plusieurs reprises, mais jamais hors du cadre professionnel. Avec une franchise qu'il jugea plutôt séduisante, elle lui demanda ce qu'il faisait d'habitude le samedi soir.

— C'est selon. Normalement, j'ai de la compagnie. Ce soir, il se trouve que je suis seul.

Suttle se rappela la petite silhouette de Gabrielle au Bransbury Park. Était-elle au courant pour les photos ? S'étaient-ils disputés ? Il n'osa pas aborder le sujet.

— Et votre garçon ? s'enquit-il plutôt. Je croyais qu'il devait venir ce week-end.

— Oui, il est bien arrivé.

— Mais il n'est pas chez vous ?

— Pas ce soir.

— Et Gabrielle ?

— Elle non plus. Ils sont sortis ensemble et rentreront je ne sais pas quand.

Faraday tendit la main vers son verre pour clore le sujet. Suttle mentionna alors Berriman.

— Il était accompagné, chef. Une femme plus âgée. Je les avais déjà vus ensemble.

— Ils auraient une liaison ?

— C'est évident.

Faraday enregistra l'info. La semaine écoulée semble l'avoir complètement vidé, songea Suttle.

— Il y a du nouveau, dit-il enfin. Peut-être que vous pourriez m'appeler plus tard.

Lizzie saisit le message. Elle mourait d'envie d'aller aux toilettes, elle revenait tout de suite.

Suttle la regarda se frayer un chemin dans le pub bondé. Faraday et lui n'avaient pas beaucoup de temps.

— Jax Bonner ? hasarda-t-il.

— Non.

— Quoi alors ?

— Ault. J'ai eu un appel de Netley ce soir. Deux gars du département informatique font des heures sup pour nous. Le premier étudie l'ordinateur de Rachel et l'autre analyse le disque dur du juge.

— Et ?

— Ault avait téléchargé des tas de fichiers pornographiques. Ils sont cachés, mais ils sont bien là. Des jeunes filles surtout. De l'âge de Rachel.

Lorsque la soirée à Malaga commença à prendre une tournure ingérable, Winter s'excusa et partit. Ils étaient d'abord allés dans un bar près de leur hôtel. C'était Bazza qui régalait et il avait acheté à la chaîne des bouteilles d'un mousseux très frais, ainsi qu'assez de tapas pour recouvrir les tables qu'ils s'étaient appropriées. Ses deux copains, Tosh Chatterly et Rob Simpkins, avaient bâfré les calamars marinés et les boulettes de pomme de terre au cumin, déterminés à apporter une touche de bonne humeur à cette journée par ailleurs merdique. Aucun d'eux n'avait assisté aux meurtres à *Las Puertas del Paraiso*, mais ils avaient compris à la tête de Winter que quelque chose de moche s'était produit. Leur rôle était maintenant évident. Ils étaient les fous du roi.

Tommy Peters, désormais plus riche de vingt mille livres, n'avait pas réapparu. Bazza expliqua qu'il lui avait offert son billet retour sur le vol charter du lendemain, mais que Tommy préférait rentrer chez lui par ses propres moyens. Pressé par Winter de justifier les risques qu'ils prenaient — un double meurtre devant un témoin —, Bazza avait affirmé que tout allait bien. Quand on aligne les billets, avait-il dit, on a le top du top. Tommy était une ordure doublée d'un sadique, mais il possédait un charmant réseau de connaissances. À cette heure, les corps avaient déjà été enterrés dans les fondations d'un chantier quelconque le long de la côte. S'il n'avait pas une totale confiance en cet homme, il aurait repris l'avion sur-le-champ.

Dans l'intimité de la chambre d'hôtel de Bazza, Winter avait été obligé de se faire une raison. Westie avait gagné sa vie en usant de violence et il en avait payé le prix. C'était ainsi. Personne ne prétendait que le résultat était joli-joli, mais bon, ce type avait été une brute, sinon pire. Le risque de sollicitations financières incessantes, sollicitations que Westie pouvait appuyer en menaçant de dénoncer Bazza, rendait la rupture de leur association tout à fait logique d'un point de vue commercial. Ainsi que Bazza le déclara lui-même, les vingt mille livres versées à Tommy Peters n'étaient rien, comparées à la facture que Westie aurait pu lui présenter un jour.

Winter avait juste opiné. Westie, il comprenait. Il l'avait cherché. Mais la fille ? Alors qu'elle n'était avec lui que depuis la veille ? Bazza était-il fier de ça ? La question l'avait clairement embarrassé, mais au bout du compte, il s'était contenté de hausser les épaules. Il avait versé une belle somme d'argent à Tommy pour qu'il règle un problème. Confronté à un témoin, l'homme avait dû prendre une décision immédiate et, quand on y réfléchissait bien, il avait sans doute eu raison. Dans tous les cas, il était beaucoup trop tard pour le critiquer. Les merdes, ça arrive. *Qué será.*

— Et le vieux barman ? Hernandez ?

— Il roule pour les copains de Tommy. Il fait ce qu'ils lui disent de faire. Pas de *problema.*

À présent, Bazza et ses amis parlaient d'aller dans un casino qu'il connaissait. Il y avait des putes de luxe là-bas, des Russes avec le sens de l'humour et de gros nichons, et la vie leur devait bien un ou deux paris suivis d'une bonne partie de jambes en l'air. Après une journée en enfer, une nuit au paradis. *Qué será.*

Comme les bulles d'une énième bouteille de cava n'avaient eu aucun effet sur sa morosité, Winter s'éclipsa hors du bar et fendit la foule des passants jusqu'à ce qu'il repère un sentier en zigzag qui montait vers les remparts du château. Il savait qu'il n'avait pas signé pour ça. La description de son emploi n'avait jamais inclus un triple meurtre — d'abord Danny Cooper, ensuite Westie et sa malheureuse copine. En un sens, tout cela avait été une terrible erreur, une succession de plus en plus rapide d'événements devenus incontrôlables. Mais d'un autre côté, il ne pouvait pas se leurrer.

À l'époque où il était encore dans la police, il avait coffré des tas de types qui lui avaient sorti plus ou moins la même excuse. Ça ne devait pas se passer comme ça, monsieur W. Je n'ai jamais voulu être mêlé à cette histoire. Mais quand on regardait de plus près ce qu'ils avaient fait au juste et, plus important encore, ce qu'ils n'avaient *pas* fait, on parvenait vite à une conclusion qui échappait rarement à des jurés à peu près dignes de ce nom. Les merdes arrivaient parce qu'on les laissait arriver. Les coupables ne se donnaient jamais la peine de dire non.

Winter s'arrêta pour reprendre son souffle et contempla la ville en contrebas. Par-delà les docks s'étendait la masse noire de la Méditerranée. Sur sa gauche, derrière l'hôtel où ils logeaient, se trouvaient les arènes. Depuis le sentier, la vue plongeait à l'intérieur. Il constata avec surprise que les gens qu'il avait croisés se dirigeaient là. Les gradins étaient pleins à craquer de spectateurs et il perçut un mouvement soudain sur le sable jaune de la piste.

Il avait déjà assisté à une corrida avec Joannie, des années plus tôt, et il n'y avait pris aucun plaisir. Les mises à mort rituelles lui semblaient cruelles et inutiles. Ces types se repaissaient de sang et de massacres. Ils se glorifiaient d'aiguillonner des taureaux et ensuite de les abattre pour éprouver un petit frisson machiste. Il y avait beaucoup de blabla sur le danger de ces combats, beaucoup de gros titres lorsqu'un grand torero se faisait embrocher, mais au fond, les choses étaient simples. On mettait toutes les chances du même côté. On lâchait un pauvre animal dans l'arène. Et après, on le tuait.

Le son d'une trompette et les cris des spectateurs annoncèrent la parade qui marquait le début de chaque combat. La vue de Winter n'était pas excellente et il eut du mal à distinguer en détail les taches de couleur qui se déplaçaient dans l'arène, mais il sentit l'excitation grandissante de la foule. Alors qu'il attendait l'entrée du premier taureau, il lui fut impossible de ne pas penser à Tommy Peters. L'homme connaissait les ficelles du métier. Il se faisait payer cher. Il mettait toutes les chances de son côté. Et il échouait rarement à remplir sa mission.

Winter cligna des yeux en essayant de se concentrer sur la corrida, mais c'était sans espoir. *Toujours la fille. Son innocence. La carte pourrie que la vie avait glissée dans son jeu. Sa voix suppliante. Ses yeux qui fixaient la mort en face. Ses jolis doigts, soudain inertes. Son beau visage massacré. Aurait-il pu faire plus ? Aurait-il dû faire plus ?*

Winter l'ignorait. Et cela rendait bien pire encore cette soirée irréelle.

Le temps que Faraday revienne chez lui, les lumières étaient allumées à Bargemaster's House. Il entra et reconnut la voix aux intonations familières, la guitare qui jouait seule. Lorsqu'elle était particulièrement contente, Gabrielle écoutait ses CD préférés de Georges Brassens et dansait sur ses chansons. Comme à cet instant. Serrée contre J-J, elle tanguait de-ci de-là dans le salon, les pieds nus, les yeux fermés, ses lèvres suivant sans bruit les paroles. À les voir ainsi, Faraday se demanda ce que son fils sourd comprenait du *Parapluie*.

Très lentement, un pas après l'autre, J-J tournoyait. Il avait la maladresse de son père, mais aussi la faculté inestimable de s'abandonner. Il pouvait lâcher prise, s'oublier complètement, laisser l'instant présent l'emporter n'importe où. Faraday l'avait déjà constaté lorsque son fils n'était encore qu'un enfant errant dans un monde de silence et il avait toujours été émerveillé par la foi que cela supposait — et le courage aussi. À l'occasion, cela avait viré à la témérité. J-J prenait des risques qui glaçaient le sang de son père. Mais les compensations, les récompenses étaient flagrantes. Quel garçon extraordinaire, pensa Faraday. Il danse sur une musique qu'il n'entend pas.

— *Chéri...*

Gabrielle, qui l'avait enfin aperçu, se détacha de J-J pour venir l'embrasser. Faraday se laissa conduire dans la cuisine, soulagé sans savoir pourquoi. Elle le fit asseoir, alla chercher du vin et lui demanda s'il avait mangé. Il ne l'avait pas vue depuis ce matin-là, n'avait eu aucune nouvelle depuis qu'elle lui avait téléphoné dans le bus qui la menait chez Jax Bonner.

Il inclina la tête et leva son verre sans formuler sa question. Elle sourit.

— Oui, je l'ai trouvée, dit-elle.

— Vous avez discuté ?

— Oui.

— Toute la journée ?

— Non. On est allés sur l'île. On a marché et regardé les oiseaux.

Elle s'interrompit. J-J était appuyé contre l'embrasure de la porte. Gabrielle fit allusion dans la langue des signes à un endroit qu'ils avaient dû dénicher. Il hocha la tête, se tourna vers son père et lui parla du marais salant au sud de Bembridge, d'un sentier qui serpentait entre les joncs, de la vitesse à laquelle ils avaient distancé les gamins et les touristes et de la chance qu'ils avaient eue quelques heures plus tard de tomber sur une spatule.

Gabrielle, expliqua-t-il, avait d'abord cru à une grande aigrette. Même couleur, même taille. L'oiseau volait bas au-dessus du marais, à bonne distance d'eux, mais quelque chose dans la vitesse de ses battements d'ailes avait indiqué à J-J que ce n'était pas une aigrette. Plus tard, ils en avaient croisé un autre, bien plus proche, et son long bec au bout aplati avait confirmé ses suppositions. Pour la deuxième fois de sa vie seulement, il avait observé une spatule et il était heureux que Gabrielle ait été là pour partager ça avec lui.

Faraday laissa la scène l'envahir : la musique, la robe profonde du vin, les deux personnes qu'il aimait le plus réunies tout près de lui. J-J le comprenait, il en avait la certitude. Il comprenait ses humeurs sombres, son isolement, les moments où il était submergé par un désarroi quasi absolu qui le paralysait. Il avait toujours traversé de telles périodes depuis que J-J était tout petit, mais à présent, lors de ses visites, son fils lui apportait un nouvel éclairage sur les choses. La surdité, par une étrange ironie du sort, lui avait conféré une certaine sagesse. En le rendant plus curieux, en l'obligeant à être plus attentif, elle lui avait offert un accès unique à la vie des autres, à leur tête, à leur cœur. J-J ouvrait l'œil. Il savait.

— Toi aussi, tu as rencontré cette fille ? demanda Faraday.

— Oui.

— Tu lui as parlé de Rachel ? De son petit ami ?

— Oui.

— Et qu'a-t-elle dit ?

— Qu'elle détestait Rachel. Elle est pleine de haine. Elle déteste tout.

— Mais l'a-t-elle tuée ?

— Non, répondit J-J en balayant cette hypothèse d'un mouvement sec de sa main osseuse. Impossible.

XXX

Dimanche 19 août 2007, 7 h 26

Jimmy Suttle abandonna Lizzie au lit. 7 h 30 un dimanche matin, avait-il décidé avec Faraday, c'était le moment idéal pour aller secouer un chauffeur de taxi de Pompey. De plus, cela prouverait le sérieux de la situation.

La compagnie de taxis leur avait donné le nom de Grant Mason. Il travaillait de nuit pendant la semaine et se retirait ensuite dans l'appartement qu'il occupait à l'étage d'une maison mitoyenne à Milton. Il pleuvait de nouveau quand Suttle se gara dans la rue. Le taxi de Mason, orné du logo rouge écarlate de la compagnie, était garé devant la maison. Suttle jeta un œil à l'intérieur. Le support du GPS sur le tableau de bord était vide.

Lorsqu'il descendit bruyamment l'escalier pour lui ouvrir, Mason sortait tout juste de la douche. Suttle lui montra sa carte et s'avança pour se protéger de la pluie. Le chauffeur ne parut pas du tout surpris par cette soudaine visite. Il fit un signe en direction des marches et dit à Suttle de faire chauffer la bouilloire. Il avait passé la moitié de la nuit à ramener chez eux des gamins qui s'étaient biturés dans les boîtes de Guildhall Walk et cela lui avait donné un peu soif.

Les cheveux encore mouillés, il rejoignit Suttle après avoir enfilé un jogging. L'homme était petit et mince, proche de la cinquantaine, et son visage à la peau parcheminée, jaunissante et creusée de rides profondes, était celui d'un fumeur. Il versa trois cuillerées de sucre dans son thé et invita Suttle à prendre un toast s'il le désirait.

Suttle voulut savoir s'il avait bossé le mercredi soir précédent.

— Ouais, bien sûr. Je roule toutes les nuits.

— Vous souvenez-vous de celle-là en détail ?

— Oui, j'ai regardé. Barbara, la fille du centre d'appels, m'avait prévenu que ça vous intéressait.

Suttle avait parlé à cette Barbara au téléphone. Elle travaillait pour Mackenzie.

— Alors racontez-moi tout, Grant.

— C'est Westie, hein ? C'est après lui que vous en avez ?

Devant tant de franchise, Suttle comprit qu'il allait devoir se méfier. Les choses étaient rarement aussi simples.

— Qu'est-ce qui vous fait dire ça ?

— Parce que c'est un sale type. Pas juste une racaille, mais une véritable ordure. Depuis toujours.

— Vous le connaissez bien ?

— Je lui ai servi de chauffeur à l'occasion — quoi de plus normal, hein ? ironisa Grant. Je pensais que c'était juste une grande gueule, mais quand on entend certaines rumeurs, on se pose des questions. Vous voyez ce que je veux dire ?

— Quel genre de rumeurs ?

— Des histoires atroces. Westie ramène parfois des vidéos. Des scènes violentes, toujours. Il m'explique ce qui se passe, ce que mijotent les gars, ce qu'on peut faire avec une perceuse à percussion, des trucs du genre. Il m'a déjà proposé de les lui emprunter si je voulais. Sur ce point, il est généreux. Il a été un assez bon footballeur aussi, à sa grande époque. Mais ça reste un fou, c'est sûr. Moi, je préfère les dessins animés, surtout les *Simpson*. Quand je lui ai dit ça, il a cru que je me foutais de lui.

Mason fixa Suttle à travers la fumée d'une cigarette roulée.

— Vous aimez les *Simpson*, vous ?

Suttle commençait à y voir clair. Il a répété, songea-t-il. Il a appris toutes ces salades par cœur.

— Il n'y a pas que les vidéos, pas vrai ?

— Putain, non. Il suffit d'écouter les gens dans cette ville. Westie a une sacrée réputation.

— Plus précisément ?

— Il tabasse les gens.

— Pour de l'argent ? Parce que quelqu'un d'autre le paie ?

— Nan, vieux. Parce qu'il aime ça. Parce que c'est sa nature. Parfois, quand vous êtes avec lui dans le taxi, il tape la discute comme un vrai gentleman et vous vous marrez bien. Il vous raconte des histoires de l'ancien temps, quand il jouait encore à Aston Villa. Deux ou trois fois, même, il m'a filé des billets pour aller voir un match à Fratton Park. Ne me demandez pas où il se les procurait. Sans doute auprès des joueurs. Il boit dans les mêmes bars à Gunwharf et connaît bien quelques-uns d'entre eux. Enfin, c'est ce qu'il prétend.

— D'où vient son argent, alors ?

— Aucune idée. Moi, je l'ai toujours pris pour un gangster. Peut-être qu'il trafique de la coke. Peut-être qu'il fait bosser des prostituées pour gagner sa vie. Je sais qu'il tire sans arrêt des coups à droite et à gauche parce qu'il s'en vante devant moi, et j'ai droit à tous les détails, putain. Les étrangères sont censées rapporter un max de fric, surtout les Chinoises. Ça ne m'étonnerait pas du tout.

— Et mercredi soir ?

— Ouais, dit Mason en ôtant un bout de tabac de sa lèvre inférieure. C'était bizarre, cette fois-là.

— Comment ça, bizarre ?

Le chauffeur fronça les sourcils et prit son temps avant de répondre :

— On parle toujours de Westie, hein ?

— Oui.

— Bon. À 3 heures du matin, on me file une course. L'adresse, c'est celle de Westie, sur le front de mer. Je m'y rends, je frappe à sa porte et il en sort comme une balle, *bang*, à croire qu'il a poireauté toute la nuit. Il a deux sacs avec lui, pas des petits, et il transpire à mort. Ça ne lui ressemble pas, ça. Ce n'est pas le Westie habituel. Westie, il est toujours calme. Un vrai bloc de glace.

— Pourquoi ce changement, alors ?

— Je me l'explique pas. Pas sur le coup, en tout cas. Enfin bref, il veut aller à Gatwick. Je lui dis que c'est pas un problème vu que je passe la moitié de ma vie à aller là-bas. Je pourrais rester assis dans la voiture et fermer les yeux que cette foutue caisse m'y emmènerait. Vous voyez le topo ?

— Revenons-en à Westie.

— Il est dans tous ses états, ne sait même plus quel jour on est.

— Comment ça ?

— Ben, on est assis dans la voiture, on quitte la ville et je lui demande où il va. Il y a une heure et demie de route jusqu'à l'aéroport. Il faut bien causer un peu, trouver un sujet de conversation. D'abord il me sort l'Espagne. Après, l'Italie. Puis la Grèce. Et de nouveau l'Espagne. Je lui réponds que c'est sympa, l'Espagne. Où ça, au juste ? Et vous savez quoi ? Il n'en a pas la moindre idée. Tout ce qu'il veut, c'est arriver là-bas, et fissa. Moi, je me fais la réflexion qu'il ne part pas en vacances, mais qu'il est dans la merde jusqu'au cou.

— Il vous l'a dit ?

— C'était pas la peine, vieux. Ça se voyait. On le sentait presque sur lui. Westie, c'est pas quelqu'un qui se laisse facilement effrayer. Là, il se chiait dessus.

— Mais pourquoi ?

— Mystère. Je n'ai pas réussi à comprendre. Je ne l'ai plus entendu pendant un petit moment. On était au niveau d'Arundel et, à cette heure de la nuit, je prends les routes de campagne. Bref, on avance, et tout d'un coup, il me demande de m'arrêter. On est au milieu de nulle part, dans le noir complet, et il veut que je me range sur le bas-côté. Je suppose qu'il a besoin de pisser, alors bien sûr, j'obéis. Il descend de la voiture, et là, il disparaît.

— Où ?

— Qu'est-ce que j'en sais, moi ? Il porte un imper blanc. Un moment, je le vois près de l'accotement, et celui d'après, il n'est plus là. J'imagine qu'il a trouvé un trou dans la haie.

— Il a disparu combien de temps ?

— Difficile à dire… Cinq minutes ?

— Pour faire quoi ?

— Aucune idée, vieux.

— Mais vous lui avez posé la question, non ? Lorsqu'il est revenu ?

— Évidemment.

— Et ?

— Rien. Il m'a juste ordonné de repartir. Il était presque 4 heures. C'est une drôle d'heure pour être pressé, mais je ne suis pas payé pour faire des histoires, surtout à quelqu'un comme Westie.

— Vous pensez qu'il a laissé quelque chose derrière la haie ? Qu'il l'a enterré ?

— Je ne sais pas. Il avait les mains mouillées et n'arrêtait pas de les frotter sur son pantalon.

— Vous vous souvenez à quel endroit c'était ?

— Grosso modo, ouais. Sur la route entre Slindon et Storrington.

— Grosso modo… vous pouvez être plus précis ?

— À un bon kilomètre près. Peut-être moins. Encore une fois, il faisait nuit noire.

— Mais vous aviez vos phares allumés.

— Oui.

— Et vous allez souvent à Gatwick. Vous me l'avez dit vous-même.

— Ouais, mais aux heures normales, avec des clients normaux. Quand il y a de la circulation, je prends l'autoroute. Les petites routes de campagne peuvent être dangereuses.

Mason leva la tête en esquissant un léger sourire.

— Si vous voyez ce que je veux dire, ajouta-t-il.

Il lui racontait des bobards, Suttle en était certain. Des bobards futés, mais des bobards quand même. Quelqu'un l'avait rencardé, avait discuté avec lui, avait convenu d'un scénario. Westie était une brute épaisse. Il travaillait en free-lance. Il s'était enrichi en faisant bosser des prostituées étrangères. Il menait une vie tumultueuse, faisait parler de lui, tabassait les gens quand ça le chantait. Et mercredi soir, sans prévenir, il avait agi de façon tout à fait stupide. Soudain, il fallait qu'il quitte le pays — mais pas avant un arrêt imprévu sur une petite route tranquille, loin de tout. En temps normal, Grant Mason n'aurait jamais osé livrer ce genre de détails sur Westie. Pas à moins qu'on ne le lui ait demandé. Et pas sans être sûr que Westie ne reviendrait pas.

— Il vous a confié autre chose ?

— Juste qu'il était vachement content de foutre le camp.

— Il n'a rien dit au sujet de mercredi soir et de ce qu'il tramait ?

— Non. Et je ne l'ai pas interrogé.

— Avez-vous déjà entendu le nom de Danny Cooper, par hasard ?

— Ouais, j'ai lu l'article du *News*. Un petit dealer, c'est ça ? Enfin, à ce qu'on m'a raconté.

Mason secoua la tête et tendit la main vers sa tasse.

— Faut vraiment faire gaffe dans cette ville, vieux, reprit-il. Je l'ai toujours dit.

Suttle chercha un détail oublié, n'importe quel élément susceptible d'être mis de côté pour plus tard.

— Comment vous a-t-il payé ?

— En liquide, comme toujours. Avec un putain de pourboire.

— Combien ?

— Vingt livres. Alors que ce salaud est radin d'habitude.

— Vous lui avez donné une facture ?

— Vous plaisantez ? Westie, les factures, c'est pas son truc.

— Il donnait l'impression de transporter beaucoup d'argent ?

— Je ne sais pas. Et là encore, c'est une question qu'on ne pose pas à Westie, répondit Grant en bâillant. Qu'est-ce que vous allez faire de tout ça ? Vous ne notez rien ? Parce que je retournerais bien me coucher, moi.

Suttle fit non de la tête. Quelqu'un reviendrait peut-être prendre une déposition en bonne et due forme, dit-il, mais pas avant quelques jours. Mason se leva. Il semblait plutôt déçu.

— Et l'endroit où on s'est arrêtés ? Vous voulez que j'essaie de le retrouver ?

— Peut-être. Ça dépend.

— Ah oui ? Vous n'avez qu'un mot à dire, vieux.

Tout en examinant le petit salon, Suttle demanda à Grant s'il utilisait un GPS.

— Ouais. Comme tous mes collègues. Mon GPS, c'est mon meilleur pote.

— Où est-il ?

— Dans ce tiroir. Pourquoi ?

— J'ai besoin de l'emporter. Je suis sûr que votre société vous en fournira un en remplacement en attendant qu'on vous rende celui-ci. Ça vous pose un problème ?

Pendant un instant, Suttle crut déceler une petite lueur de panique chez Grant Mason.

— Allez-y, répondit finalement celui-ci avec indifférence. Servez-vous.

Suttle prit le GPS dans le tiroir. C'était un TomTom dernier cri. Une analyse de la mémoire interne permettrait de récupérer le détail des dernières courses effectuées par le chauffeur de taxi. Suttle le glissa dans sa poche et suivit son hôte le long du petit couloir menant à l'entrée. Mason lui ouvrit la porte et s'écarta. Au moment de ressortir sous la pluie, Suttle se retourna vers lui.

— Vous avez vu Bazza récemment ? s'enquit-il.

— Non, vieux, répondit Mason en lui retournant son sourire. C'est un plaisir rare, croyez-moi.

Bazza et sa troupe arrivèrent à l'aéroport de Southampton à 10 h 30. Leur départ matinal de Malaga ne les avait pas rendus bavards. Tosh et Rob luttaient contre une méga gueule de bois tandis que Bazza lui-même semblait curieusement préoccupé.

Lorsque Winter lui demanda s'il s'était bien amusé, il afficha une mine exaspérée.

— Tu as été bien inspiré de te casser, coco. Je deviens trop vieux pour des types comme eux. Des gamins qui ne pensent qu'à se cuiter, des chattes russes… Le cauchemar.

Winter dormit durant presque tout le trajet et se réveilla lorsque l'avion fendit les nuages pour procéder à un atterrissage cahoteux. Après avoir cherché le sommeil en vain dans sa chambre d'hôtel, il avait passé une bonne partie de la nuit à errer dans les rues de Malaga. Il s'était arrêté devant toutes les galeries et toutes les boutiques de bibelots en scrutant leur vitrine pour tenter d'y trouver le nom de Renate, sans avoir la moindre idée de ce qu'il ferait s'il découvrait une peinture d'elle ou toute autre fantaisie artistique. Devait-il honorer sa mémoire en s'enquérant du prix ? Dépenser son argent apaiserait-il un tant soit peu la douleur qu'il éprouvait ?

À l'aéroport, Bazza régla la note pour la location du jet et se dirigea ensuite vers le parking avec Winter. Tosh et Rob, revigorés par le champagne servi durant le vol, partirent assister à un match de cricket.

— N'y pense pas, Paul.

Ils faisaient route vers Pompey dans la nouvelle Mercedes de Bazza. Celui-ci appelait rarement Winter par son prénom.

— À quoi ?

— À hier. À ce bar merdique. Au petit numéro de Tommy. C'est le business, vieux. On ne peut pas gagner à tous les coups.

— Elle, elle a perdu.

— Ouais, ouais. On ne s'est pas couverts de gloire, mais tu veux que je te dise ? Ça vaut beaucoup mieux que l'autre solution.

— Qui est… ?

— Qu'elle soit restée en vie avec toujours sa langue dans la bouche.

— Elle a juré qu'elle la fermerait. En fait, ce sont même ces dernières paroles.

— Ouais, mais ils prétendent tous ça. Va savoir si elle ne s'est pas entichée de Westie. Elle ne le connaissait que depuis quelques heures et elle n'a pas forcément deviné quel clown c'est.

— Était, Baz. Au passé.

— Oui, enfin, tu vois où je veux en venir. Imagine que Tommy l'ait laissée filer. Elle rentre chez elle. Elle ne ferme pas l'œil de la nuit, pense à Westie, quel bon coup c'était, quel mec super elle avait rencontré, quel bel avenir ils auraient peut-être eu… toutes ces foutaises… et là, *bam*, elle se pointe au poste le lendemain matin pour vider son sac. Un type gros et chauve. Il m'a payée une bière. Le sac était censé contenir plein d'argent. Des livres sterling. Il est arrivé en avion hier. A sans doute déjà filé. Il semblait connaître Westie. Tu peux écrire toi-même le scénario, vieux. Et il se termine par un coup frappé à ta porte. Tu n'as fait que te protéger. Vois les choses sous cet angle. Et rien ne t'oblige à avoir encore affaire à Tommy jusqu'à la fin de tes jours. C'est pas génial, ça ?

Winter garda le silence. Bazza avait raison. Bien sûr qu'il avait raison.

— Qu'est-ce qu'on fait pour l'album de Westie ? demanda-t-il.

— Je m'en occupe.

— Ce n'est pas une réponse, Baz. J'ai besoin de savoir. On est déjà suffisamment dans la merde.

— Comment ça ?

— Les flics ne vont pas renoncer à découvrir qui a tué Cooper. Et ils n'ont toujours pas élucidé les meurtres de Rachel et de son petit copain.

— Cooper ? répéta Bazza, qui avait l'air d'avoir du mal à se rappeler son nom. Quel rapport avec nous ? L'Alfa, c'est de l'histoire ancienne. J'ai vérifié hier soir. Elle a été proprement broyée et envoyée dans une fonderie. La piaule de Westie ne contient rien qui puisse mettre les flics sur notre piste. Je l'ai toujours payé en liquide. Il n'y a jamais eu de chèque ni de virement bancaire. *Nada.*

— Et l'album, alors ?

— On s'en fout ! Je connais tous les types qui y figurent. Tous. Et eux aussi me connaissent. Des gars comme Westie, ça court les rues. Je peux en retrouver un d'ici l'heure du déjeuner si je veux. Et les autres le savent. Ils ne se risqueront pas à parler.

— C'est aussi simple que ça ?

— Et même plus simple encore. Quand on cherche les emmerdes, on se prépare des vieux jours difficiles.

Bazza klaxonna un lambin et se rabattit sur la voie de gauche.

— Mais tu n'as pas tort en ce qui concerne Rachel, ajouta-t-il. J'aimerais que tu me règles cette histoire, vieux. *Pronto.*

Parsons convoqua les principaux responsables de l'opération Mandoline le dimanche à l'heure du déjeuner. Contrairement au vendredi soir, il n'y avait rien à manger.

Cinq personnes étaient réunies autour de la table de conférence dans le bureau de Martin Barrie. Ce dernier devait rentrer de congé le lendemain matin et Parsons avait déjà commencé à ramasser les petits objets qu'elle avait semés çà et là pour rendre la pièce plus accueillante. Les fleurs, sentit Faraday, seraient les dernières à partir. Peut-être même qu'elle aurait le cran de les laisser.

Elle demanda à Proctor où en étaient les analyses. Concernant les meurtres commis lors de la fête, il put lui confirmer que le sang près de la piscine appartenait à Gareth Hughes et Rachel Ault. Aucune trace n'avait été relevée sur Matt Berriman, en revanche.

— Aucune ?

— Rien, chef. Que dalle.

— Vous pensez que cela n'aurait pas été le cas s'il avait tué Gareth et Rachel ?

— C'est certain. Rachel a été poignardée à plusieurs reprises. Elle n'a pas perdu beaucoup de sang, mais assez tout de même pour qu'on s'attende à en retrouver un peu sur son assassin.

— Et Mackenzie ? Lorsqu'il a tenté de s'interposer ? dit Parsons en s'adressant cette fois à Faraday.

— Il avait du sang sur la tête à la suite du coup qu'il a reçu, et peut-être aussi sur le visage, mais ça ne signifie pas qu'il aurait dû tacher les affaires de Berriman.

— Son témoignage tient la route, alors ?

— Oui.

Rien n'indiquait non plus que Berriman se soit rendu chez Mackenzie, continua Faraday. Le jeune homme était intervenu dans le cabinet de travail du juge pour faire sortir les gamins de son bureau. Ensuite, il avait eu un rapport sexuel avec Rachel dans la salle de bains, avant de sortir prendre l'air et de rentrer quelques minutes plus tard pour sauver Mackenzie d'un lynchage. Il avait remis ses vêtements à la police, comme on le lui demandait, et il s'était montré modérément disposé à les aider durant ses deux interrogatoires.

— Quelqu'un a quelque chose à redire à tout ça ? lança Parsons en scrutant les visages autour de la table.

— On n'a pas mis la main sur son portable, intervint Suttle.

— Exact.

— Et pourtant, il s'en est servi dans la salle de bains. C'est obligé. Sinon, il n'y aurait pas eu de photos.

— Bien vu, approuva Parsons, qui fixa la montagne de déclarations près de Suttle. On a dû le sommer de s'expliquer, non ?

— Oui, chef.

— Rappelez-moi ce qu'il a répondu.

— Qu'il avait emprunté le téléphone d'un gamin exprès pour prendre des photos dans la salle de bains.

— Et il le lui a rendu ?

— Oui.

— On a le nom de ce gamin ?

— Non. Berriman nous a dit qu'il ne l'avait jamais vu et qu'il ne pourrait pas le reconnaître.

— C'est crédible, selon vous ?

— Non.

— Où est ce téléphone, alors ?

— Aucune idée, chef. S'il l'avait laissé dans le jardin des Ault, on l'aurait retrouvé.

— Mais vous pensez qu'il l'a planqué quelque part ?

— Oui.

— Pourquoi aurait-il fait ça ?

— Parce qu'il flairait les ennuis. La fête avait dérapé et on allait forcément débarquer à un moment ou à un autre. Il a deviné qu'on saisirait tous les téléphones à cause des dégâts causés dans la maison et il n'a pas voulu prendre le risque de perdre le sien. Ces photos comptaient beaucoup pour lui. Il a donc laissé son portable dans un endroit sûr où il pourrait venir le chercher plus tard.

— Il utilisait des cartes prépayées, n'est-ce pas ?

— Oui.

— Mais s'il tenait tant à ces photos et à son téléphone, pourquoi est-il resté sur place ?

— À cause de Rachel, chef. Il l'avait marquée de son odeur. Il l'avait récupérée. Il n'était pas question pour lui de la perdre une deuxième fois.

Parsons acquiesça, l'air pensif. Puis elle se tourna vers Faraday.

— Joe, vous êtes d'accord ?

— Oui.

— Où cela nous mène-t-il, alors ? À cette fille, Jax Bonner ?

Faraday anticipait cette question depuis vingt-quatre heures. À ce jour, malgré tout le battage autour d'elle, Bonner n'avait été vue nulle part. Et lui, il vivait avec une femme qui savait où la trouver. Non seulement ça, mais Gabrielle l'avait rencontrée, elle lui avait parlé, elle s'était fait une opinion, de même que son fils. Le moment était-il bien choisi pour mettre sur la table ces nouvelles infos ? Il décida que non.

— Bonner reste notre principal suspect, dit-il prudemment. On remue ciel et terre pour la localiser. Elle finira par réapparaître. Ces gens-là le font toujours.

Quelque chose dans sa voix alerta Parsons. Comme une prudence inhabituelle. Faraday le sentit à l'expression de son visage, à son infime haussement de sourcil, à la manière dont elle se raidit sur sa chaise. Merde, pensa-t-il.

— Que voulez-vous dire, Joe ?

— Qu'il faut attendre, chef.

— On n'a vraiment aucune idée de l'endroit où elle est ? Ou même dans quelle partie du pays ?

— Les retraits effectués sur le compte professionnel de son frère l'ont été dans la région. On peut en tirer une conclusion raisonnable.

— Mais qui retire cet argent ?

— Ce pourrait être n'importe qui. Seuls la carte bleue et le code sont nécessaires. Si Bonner est un peu informée, elle doit savoir que la plupart des distributeurs sont équipés de caméras de surveillance. On contactera de nouveau les banques demain.

— Elle se cache peut-être dans le coin, alors ?

— Oui, c'est ce que je viens de vous dire.

— Et on ignore toujours où ?

— Évidemment.

Parsons le dévisagea un moment, avant de griffonner une note sur son calepin. Vint ensuite le tour de Suttle.

— Étant donné qu'on n'a toujours pas interpellé Bonner, que peut-on espérer de cette piste, Jimmy ?

— Je suis d'accord avec l'inspecteur Faraday, répondit-il aussitôt. Elle est notre principal suspect. Elle détestait les Ault. Elle part en vrille pour un rien. Elle est connue pour des faits de violence. Elle portait un couteau. Tout ça me fait penser qu'elle doit répondre à quelques questions.

— Très bien, dit Parsons d'un ton animé.

Elle cherchait un moyen de sortir de cette impasse. La dernière chose dont elle avait besoin, c'était d'un entretien lundi matin avec un Martin Barrie incrédule devant leur absence de résultats. La fille est dans les parages. Elle se repère de loin. Pourquoi ne l'avez-vous toujours pas arrêtée ?

— Glen ? Les Enquêtes extérieures ? Aucune trace d'elle ?

— Aucune, chef. Elle se terre.

— Et les gamins, Jimmy ? Vous les avez interrogés, non ?

— Bien sûr.

— Et ?

— Personne ne lâche rien. Bonner les terrifie.

— Mais certains d'entre eux savent où elle est, à votre avis ?

— Possible.

— On peut agir à ce niveau-là ?

— Comment, chef ? En allant parler gentiment à leurs parents ? En entraînant les gosses à l'écart pour les matraquer ? S'il s'agissait des amis de Rachel, on aurait une chance, mais Bonner est de l'autre côté de la barrière. On est en territoire ennemi avec elle. Ces jeunes nous haïssent. C'est triste à dire, chef, mais c'est la vérité.

La véhémence de cette petite tirade parut choquer Parsons. Elle ouvrit un dossier posé près d'elle.

— Voici une partie de la couverture médiatique sur le rassemblement d'hier soir, déclara-t-elle. M. Willard m'a transmis les articles les plus importants par mail.

Elle fit passer des photocopies autour de la table. Bien que la veillée ait eu lieu à une heure tardive, la plupart des journaux dominicaux l'avaient évoquée. Certains textes s'accompagnaient de photos aussi, de jeunes visages éclairés à la bougie qui se détachaient dans l'obscurité. Si quelqu'un cherchait un symbole de l'époque dans laquelle nous vivons, il en trouverait un là, avait écrit le rédacteur en chef de l'*Observer*. L'obscurité et la lumière, séparées par une simple bougie.

L'attention de Faraday fut attirée par un paragraphe dans le *Sunday Telegraph*. Le journaliste avait grossièrement additionné les coûts engendrés par l'enquête. Ces derniers incluaient les factures du département médico-légal, celles soumises par les forces de l'ordre des juridictions voisines dans le cadre des accords d'entraide, les heures supplémentaires et d'autres frais divers. L'homme devait avoir une source en interne parce que les sommes semblaient exactes. Jusque-là, selon ses estimations, la fête de Craneswater avait occasionné des dépenses de près d'un demi-million de livres, le tout sans aucune interpellation en vue. Des rumeurs circulaient à présent sur un troisième meurtre lié à ceux commis pendant la fête, mais là encore, il n'y avait toujours pas d'arrestation.

Parsons s'était dispensée d'imprimer les articles pour elle. Elle les avait probablement déjà mémorisés.

— Ce n'est pas notre heure de gloire, messieurs, dit-elle. Pour être honnête, je suis déçue.

Faraday jeta un coup d'œil à Suttle. Comme leurs collègues assis autour de la table, il s'était habitué à voir l'inspecteur-chef de cette humeur.

— Un dernier point, intervint Suttle. Ce qui a été retrouvé sur le disque dur du juge… cela ne soulève-t-il pas de nouvelles questions ?

Parsons secoua la tête.

— Aucun crime n'a été commis. J'ai vu les images. Ce n'est pas de la pédophilie. Il n'y a pas d'abus sexuel, pas de violence. Les scènes paraissent impliquer des personnes consentantes.

— Mais ces filles sont jeunes, tout de même. N'ont-elles pas l'âge de Rachel ?

— Difficile à dire. Du point de vue de M. Willard, c'est une bénédiction. Il se demandait pourquoi Ault n'avait pas critiqué davantage nos performances le week-end dernier.

Elle adressa un sourire morne à Suttle.

— Maintenant nous avons la réponse, conclut-elle.

XXXI

Dimanche 19 août 2007, 14 h 28

Winter n'avait jamais été si heureux de retrouver son appartement. Il laissa tomber son sac dans l'entrée, fit le tour du salon et ouvrit grand les portes-fenêtres pour sortir sur le balcon. Le temps s'était enfin amélioré et le soleil réchauffa son visage. Malaga sans les désagréments, pensa-t-il en observant avec attendrissement une jeune maman qui tentait d'apprendre à son bébé à tenir debout. Pas de Westie. Pas de tueur à gages londonien payé dix mille livres le cadavre. Juste une heure ou deux à tenter de remettre un peu d'ordre dans sa vie.

Il se prépara un thé avant de prendre l'annuaire de Pompey caché sous une pile de numéros du *Telegraph*, près du canapé. Nikki Dunlop figurait dedans. Il l'appela, prêt à raccrocher si elle répondait. Au bout d'un moment, sa voix enregistrée l'invita à laisser un message. Il regarda l'heure, avala son thé et repartit.

Il était impossible de se garer dans Adair Road. Il

trouva une place non loin de là, sur le front de mer, et rebroussa chemin à pied. Même si elle n'avait pas décroché son téléphone, Nikki était peut-être chez elle. Elle pouvait aussi être revenue entre-temps. Dans tous les cas, il était prêt à prendre le risque. Il voulait régler cette affaire.

Il essaya de visualiser sa toute petite cuisine. Les pleurs de bébé qu'il avait entendus à travers la cloison émanaient du côté de la maison donnant sur la mer. Il traversa la rue et frappa chez les voisins. Au bout d'un moment, un rideau s'agita. Il frappa une deuxième, puis une troisième fois. Enfin, la porte s'ouvrit. Une jeune femme en short et tee-shirt sale cligna des yeux dans la lumière de l'après-midi. Elle avait des cheveux bruns bouclés et le teint brouillé.

— S'il vous plaît ? dit-elle avec l'air de se réveiller.

Elle est étrangère, pensa Winter.

— Je travaille pour la mairie, déclara-t-il en montrant son permis de conduire. Je peux entrer ?

Il avança sans attendre sa réponse. Le temps que la porte se referme derrière lui, il s'était faufilé devant une poussette et avait trouvé un espace libre dans le salon près d'une pile de linge. Un radiateur soufflant ronronnait sous un étendoir et un matelas gisait derrière, retourné contre le mur. Il faisait chaud comme dans un four dans la pièce.

— La mairie ? répéta-t-elle d'un ton indiquant qu'elle ne le croyait pas.

— Oui. Désolé de venir un dimanche. Vous êtes… ?

Elle garda le silence. Elle ne lui devait rien, et surtout pas son nom.

— Que voulez-vous ?

— Je travaille pour la Section de lutte contre les nuisances sonores. Nous avons reçu une plainte de vos voisins, dit-il en montrant le mur mitoyen à la maison de Nikki Dunlop.

— Une plainte ?

— Au sujet du bruit. La dame d'à côté… affirme que vous êtes très bruyante.

— Moi ?

— Oui.

— Elle dit ça ? Sur moi ? Que je fais du bruit beaucoup ? Elle, elle dit ça ?

— Malheureusement oui, répondit Winter d'une voix plus douce, en regrettant de ne pas avoir apporté une tablette à pince, pour jouer son rôle à fond. Je sais que c'est parfois difficile avec un nouveau-né, ajouta-t-il. Je ne vous reproche rien, ma petite dame. Je suis juste là pour établir les faits.

— Nadja a un an. Peut-être elle pleure un peu, mais seulement quand elle a mal. Ou quand elle ne pas dormir. Vous savez où nous couchons maintenant ? Toutes les deux ? Ici. Dans cette pièce. Et pourquoi ? Parce que cette femme fait du bruit. Elle, pas moi. La dame à côté. Pourquoi vous n'allez pas la voir plutôt ?

Winter examinait l'unique fauteuil de la pièce. L'armature et le tissu paraissaient en piètre état, mais la fille avait fait de son mieux pour l'embellir avec quelques coussins.

— Vous permettez ? dit-il en s'asseyant dessus.

Il ne s'était pas trompé. Le fauteuil était bosselé de partout.

— Parlez-moi d’elle.

La jeune femme n’avait pas besoin d’encouragement. D’abord il y avait le chiot qui aboyait tout le temps. Puis, parce que les murs étaient fins, elle pouvait suivre toute la vie privée de sa voisine.

Winter, qui avait trouvé une facture de gaz dans la poche de son blouson, commença à prendre des notes au dos de l’enveloppe.

— Tout ? C’est-à-dire ?

— Ce qu’elle fait, ce qu’elle dit. Il y a un homme qui vit avec elle. Un homme plus jeune. Parfois, ils crient. La nuit aussi.

— Ils se disputent ? Ils crient l’un après l’autre ?

— *Da.*

— Que disent-ils ?

— Ce qu’ils disent ?

— Il me faut des détails. Pour mon rapport.

— Vous faites un rapport ?

— Bien sûr.

— Mais je ne peux pas vous aider. Mon anglais… pas si bon.

Elle leva les mains, en colère contre elle-même.

— Tout ce que je sais, reprit-elle, c’est qu’ils crient. Et après, mon bébé, Nadja, elle pleure.

Winter hocha la tête, fit mine de se sentir concerné et écrivit encore quelques mots.

— Quoi d’autre ?

— Tout. La télévision. La musique. Si fort. Et même la machine à laver.

— La machine à laver ?

— *Da.* Elle est à l’étage, peut-être la salle de bains. Ça fait un gros bruit, un très gros bruit.

L'autre jour, elle lave son linge à 1 h 30 du matin. Vous me prenez pour une folle ? Je vous dis non, moi. Je regarde l'heure. 1 h 30. Il fait nuit dehors. Quand la machine…

Elle fronça les sourcils et décrivit un cercle avec son doigt.

— Tourne ?

— *Da.* Quand elle tourne pour sécher le linge, la maison… elle tremble. 1 h 30. La nuit. Et vous venez frapper chez moi ?

— Quand était-ce ? Vous vous en souvenez ?

— La machine à laver ?

— Oui.

— C'est important ?

— Très.

— Pour le rapport ? demanda-t-elle en lorgnant l'enveloppe.

— Bien sûr.

Elle réfléchit un instant.

— La nuit d'hier. La semaine d'avant.

— Samedi dernier ?

— *Da.* Samedi. Je vous dis vrai. 1 h 30. Quand il devient nuit, dit-elle en faisant de nouveau tourner son doigt. Tout tremble, comme pendant une tempête. Tout est fou.

Tout est fou. Winter sourit intérieurement. Le nom de la femme, avait-il enfin découvert, était Jenica. Elle était roumaine. Son statut d'immigrante était incertain, mais elle avait un petit ami anglais, le père de sa fille. Il travaillait dans le pétrole. Elle l'avait rencontré en Roumanie, à Ploesti. Maintenant, il bossait sur une plate-forme au large de la côte sud de l'Irlande. Ils économisaient pour déménager dans un endroit plus joli. Un jour, elle espérait qu'ils auraient une maison en Roumanie.

Avant qu'il ne parte, elle lui servit du jus de fruits qu'elle gardait au frigo pour le bébé. Elle s'inquiétait au sujet du rapport et de ce que sa voisine allait dire, mais lorsque Winter expliqua que la municipalité appliquait des procédures spéciales dans des cas pareils, elle parut le croire. En sortant, il se retourna et la vit se signer et faire une génuflexion devant une photo plissée punaisée au mur du salon. Il l'avait remarquée avant, mais sans se rendre compte qu'il s'agissait de la Vierge Marie.

Il réfléchit à ce qu'il devait faire à présent. Il était presque 15 h 30. Planté sur le front de mer, il se demanda si Nikki Dunlop était retournée à la plage. Sous ce ciel sans nuages ou presque, la mer était plutôt engageante et il s'attarda quelques instants pour observer un groupe d'étudiants qui se défiaient les uns les autres de se jeter à l'eau. Après quoi, il tourna les talons. Direction Hayling Island, songea-t-il.

Misty Gallagher était installée sur un transat près de sa piscine lorsqu'il arriva. Il avait garé la Lexus devant chez elle et suivi le chemin qui contournait la maison. Il entendit la radio avant de passer le jardin d'hiver — Céline Dion à pleins tubes — et fut sidéré qu'elle puisse somnoler avec un bruit pareil. Elle ne portait que son slip de bikini. Quelques gouttes d'huile solaire à la noix de coco parsemaient le sol près d'elle et son corps nu luisait sous le soleil de l'après-midi. Il la contempla longuement.

— Mist ?

La voix la fit sursauter. Elle se redressa en couvrant sa poitrine et ramassa son peignoir.

— Ne fais jamais ça, dit-elle. Tu téléphones d'abord…

Elle n'était pas ravie de le voir. Il se déplaça jusqu'à ce que son ombre tombe sur ses yeux, et quand elle lui demanda ce qu'il voulait, se pencha pour baisser le son de la radio.

— Le truc que je t'ai donné l'autre jour.

— Tu le veux maintenant ?

— Oui.

Elle le dévisagea un instant, avant de se lever et de quitter le patio. Pieds nus, elle traversa la pelouse. Au fond du jardin, niché sous une treille au bord de l'eau, se trouvait une resserre. Elle disparut à l'intérieur et en ressortit peu après avec une bêche et une paire de bottes en caoutchouc qu'elle laissa tomber sur le gazon. Elle lui fit signe ensuite de s'approcher, d'un geste impatient.

— Elles appartiennent à Baz, dit-elle en poussant l'une des bottes du bout d'un orteil. Le sol est encore détrempé après toute cette pluie. Pas question que je déterre ça moi-même.

Elle le guida vers un coin du jardin situé plus près de la maison, examina un endroit, puis un autre, puis un troisième. Winter, qui s'interrogeait encore sur les raisons de son hostilité, commença à la soupçonner d'avoir oublié l'emplacement exact de sa cachette.

— Tu peux toujours appeler ce machin, dit-elle enfin.

— Tu as regardé à l'intérieur du sac, alors ?

— Évidemment. Je pense que c'est là.

Elle lui indiqua un carré de terre récemment retourné près d'un rosier. Winter ôta ses chaussures et enfila les bottes avec peine. Elles étaient très serrées.

— Baz a téléphoné il y a deux heures environ, l'informa-t-elle.

— Et ? dit-il en donnant quelques coups de bêche dans le sol.

— Il est passé mercredi soir. Tu te souviens de cette soirée ?

— Bien sûr.

— Apparemment, il est venu tard. Très, très tard. 3 h 30 du matin.

— Il a expliqué pourquoi ? demanda Winter, qui s'était figé.

— Non, mais le problème n'est pas là, n'est-ce pas ? Je n'étais pas chez moi. Je n'étais pas dans mon lit. Je n'étais pas là où j'aurais dû me trouver. La dernière fois qu'il m'a vue ce soir-là, c'était au restaurant, bourrée. Il n'est pas stupide. Il est parfois dingue, mais il lit en moi comme dans un livre.

— Qu'a-t-il dit ? Au téléphone ?

— Il voulait savoir où j'étais allée.

— Et qu'est-ce que tu as répondu ?

— Chez Trude.

— Ta fille est aux Canaries, putain !

— J'avais oublié.

— Bravo, Mist. Comme si j'avais besoin de ça.

Winter fixa le sol, conscient du regard de Misty

sur lui. Puis il haussa les épaules et se remit au travail, creusant avec soin.

— À quelle profondeur ? Donne-moi une idée.

Il se retourna en attendant la réponse, mais elle avait déjà traversé la moitié de la pelouse pour regagner la piscine. Le cliquetis de son briquet retentit lorsqu'elle reprit place sur le transat. Cette fois, elle garda son peignoir.

Mandoline était au point mort et le retour de J-J à Londres trop imminent, aussi Faraday rentra-t-il chez lui, juste à temps pour voir son fils débattre avec Gabrielle d'un changement de programme. La veille au soir, il avait eu l'intention de repartir en train en fin d'après-midi, mais en vérifiant les horaires, Gabrielle avait découvert que des portions du trajet s'effectuaient en bus. Au vu de la météo, J-J avait décidé de rester jusqu'au lundi. Un train tôt le matin serait parfait, dit-il à son père.

Ravi à la perspective de passer une autre soirée avec lui, Faraday proposa une balade à la campagne. Il y avait quelques arbres sur l'île de Thorney qui chaque jour offraient un perchoir à des centaines d'aigrettes. J-J, comme Gabrielle, avait toujours adoré ces petits oiseaux majestueux. La marée haute était prévue à 19 heures. Ils pouvaient se rendre en voiture à Thorney, se garer et longer la digue jusqu'au port de Chichester. Avant 19 heures, les arbres seraient couverts d'aigrettes blanches. Gabrielle ne les avait pas observées depuis l'année précédente. Après la confusion de la veille au sujet de la spatule, elle en verrait cette fois des vraies de vraies. Qu'en pensait-elle ?

J-J arborait un large sourire.

— Parfait, dit-il pour la deuxième fois.

Bazza Mackenzie nettoyait sa piscine lorsque Winter arriva. Selon Marie, il avait été de mauvais poil presque tout l'après-midi.

Winter le regarda par la fenêtre de la cuisine. Quand Bazza était en colère, il avait pour habitude de tout faire très vite. Là, il se déplaçait comme un dératé, longeant le bassin dans un sens puis dans l'autre, ramassant des feuilles éparses avec un filet spécial, s'arrêtant pour étudier de minuscules taches sur le liner. En short et en tongs, il affichait un début d'embonpoint, nota Winter.

Marie voulut qu'il lui raconte leur virée en Espagne. Bazza avait essayé de lui faire croire qu'il avait payé du bon temps à quelques amis, mais elle savait que Westie s'était enfui le mercredi soir et elle était bien trop fine pour ne pas en avoir tiré la conclusion qui s'imposait.

— Tout s'est bien passé, Paul ?

— Ouais, j'imagine.

— Un voyage pour affaires ?

— Oui.

— Westie se tiendra à carreau maintenant ?

— C'est certain, répondit Winter, avant de s'éloigner, méfiant devant la tournure que prenait cette conversation.

— Tu ne veux pas m'en dire plus ? Je ne peux rien tirer de Bazza.

Winter refusa d'un signe de tête et sortit en plein soleil. Bazza s'était agenouillé pour frotter un côté de la piscine. Il lui accorda à peine un regard en l'entendant approcher.

— J'ai parlé à Mist tout à l'heure, lâcha-t-il au bout d'un moment.

— Je sais.

— Tu es un salopard. Ne prétends pas le contraire, parce que c'est vrai. Te servir comme ça, c'est pas réglo, vieux. Ni maintenant, ni jamais. Quand je dis que c'est OK, là, d'accord. Sinon tu touches pas à la fille. Je me fous de savoir à quel point elle était bourrée. Tu me dégoûtes.

Bazza s'activait avec encore plus d'énergie, le teint rougi par l'effort.

— Te donne pas la peine de nier, non plus, continua-t-il. Y a que les ordures pour faire des coups pareils. Je devrais régler ça ici, tout de suite, non ? Je devrais te foutre dehors.

Winter ignora la menace et réclama plus de détails sur la soirée de mercredi.

— Ben voyons. C'est quoi, le problème, vieux ? Tu étais pété, toi aussi ? Tellement que tu ne te souviens de rien ?

— Qu'est-ce que tu foutais là-bas, Baz ?

— Où ça ?

— Chez Mist. Dans la nuit de mercredi à jeudi. À 3 heures du matin.

— C'est pas tes oignons.

— Tu caches ton argent chez elle, hein ? C'est de là que venaient les quinze mille livres que tu as filées à Westie ?

— Et alors ? répliqua Bazza en frottant un peu moins vite.

— C'est important. Réponds-moi, bordel.

Mackenzie leva enfin les yeux vers lui. Il était toujours livide, mais quelque chose d'autre se lisait sur son visage.

— Ouais. Quinze mille livres. Cash.

— Et Westie ?

— Il est passé les prendre.

— Chez Mist ?

— Ben oui.

— Il y est allé en taxi ?

— Ouais.

— Génial.

Winter enfonça les mains dans ses poches et se mit à faire les cent pas.

— C'est quoi le problème ? demanda Bazza. Le chauffeur de taxi bosse pour moi. Je le connais. C'est moi qui le paie. Il ne me balancera jamais.

— Tu as son nom ?

— Ouais.

— Donne-le-moi.

— Pourquoi ça t'intéresse ?

— Parce qu'il faut qu'on ait une petite conversation avec lui.

— C'est déjà fait, vieux. Je lui ai parlé il y a quelques jours. Jeudi. Je lui ai dit que les flics allaient rappliquer et je lui ai expliqué ce qu'il devait raconter.

— Super. Tu ne veux pas le rappeler ? Et lui demander s'il a un GPS ?

— Bien sûr qu'il en a un. Tous mes gars en ont. Tu nous prends pour des nazes ou quoi ?

Winter baissa les yeux sur lui en secouant la tête. Puis la porte de la cuisine s'ouvrit et Marie s'avança sur le patio.

— Quelqu'un veut du thé ?

Il était plus de 18 heures, le temps que Winter rentre à Gunwharf. Jimmy Suttle décrocha à la première sonnerie.

— C'est moi, fiston. Il faut qu'on se voie.

— Quand ?

— Maintenant. Aussi vite que tu pourras.

Suttle commença à protester. Il avait des spaghettis à la bolognaise sur le feu. Après ça, Lizzie et lui devaient aller au cinéma. *Casino royal* passait ce soir-là et elle ne se lassait pas de Daniel Craig.

— Chez moi, dit Winter. OK ?

Suttle arriva une demi-heure plus tard, furieux. Il avait jeté les pâtes et déposé Lizzie dans un bar de Gunwharf. Le film débutait à 20 heures, il n'était pas question qu'il le rate.

— Assieds-toi, fiston. Tu veux une bière ?

— Non. Dis-moi ce qu'il y a.

— Ta Mandoline.

— Tu n'as rien à voir avec cette enquête.

— Faux. J'ai tout à voir avec elle.

Winter désigna le canapé.

— Tu vas m'écouter, oui ou non ? demanda-t-il.

À contrecœur, Suttle accepta de s'asseoir.

— Tu as intérêt à ne pas me raconter d'histoires.

— Tu me fais confiance ?

— Jamais.

— Je suis sérieux.

— Ah ouais ? Continue.

Winter revint sur la soirée chez les Ault. À un moment donné, vers minuit, la jeune Rachel s'était disputée avec son nouveau petit copain. Hughes avait vu les photos prises dans la salle de bains et l'avait sans doute cognée un peu. Elle était partie chez ses voisins. Elle savait où trouver la clé parce qu'elle gardait un œil sur la maison de Bazza quand sa femme et lui s'absentaient. Elle était entrée dans la cuisine, avait bu un verre d'eau. Hughes l'avait suivie. Elle s'était fait pardonner. Le service complet. À genoux.

— On est déjà au courant de tout ça, le coupa Suttle, qui s'impatientait.

— Écoute-moi. Tu te rendras service. Je te demande juste d'écouter, putain. D'accord ?

Suttle acquiesça en silence.

— Jusque-là, tout baigne. Elle a fait ce qu'il voulait et je te parie qu'elle est retournée devant l'évier se rincer la bouche. Ce qu'elle ignore, ce qu'*il* ignore, c'est que Matt Berriman est dehors, en train de les épier. C'est le type avec qui elle a baisé pendant des années. C'est le type qui sait exactement ce qu'elle aime et ce qu'elle n'aime pas. C'est le type qui a eu droit à une petite pipe dans la salle de bains et qui ensuite a sauté Rachel proprement. Il a été témoin de son petit jeu avec Hughes. Pourquoi a-t-elle fait ça ? Parce que Hughes le veut. Il l'exige. Comme si c'était le prix à payer pour elle. Comme si c'était une sorte de punition. Mets-toi à la place de Berriman. La scène doit s'apparenter à un viol. Sans compter que la jeune Rachel est bien amochée. La dernière fois qu'il l'a vue, dans la salle de bains, elle était présentable. Là, elle a du sang sur la figure. Ça aussi, Hughes doit en être responsable. Forcément.

— Et ?

— Berriman attend dehors. C'est un gars costaud. Il est en rogne. En fait, il est fou de rage. Tu me suis ?

— Continue.

— Notre don Juan sort. Il n'y a pas grand-chose à dire dans cette cuisine, pas après ce qu'il a fait. Il regrette probablement cette fellation. Il sait qu'il ne sera pas élu saveur du mois. Et il regrette sûrement aussi d'avoir frappé Rachel. Mais là n'est pas la question parce que, juste à côté de la piscine, il tombe sur Berriman. Matt n'est pas du genre à s'embarrasser de bavardages. Il a vu ce qui s'est passé. Il a vu dans quel état était Rachel. Il faut qu'il se défoule sur quelqu'un. Il le frappe donc. Fort. Hughes bascule en arrière, se fracasse le crâne. Fin de l'histoire.

— Il est mort ?

— Ouais.

— Tué par Berriman ?

— Ouais. Un bon avocat pourra sans doute aider Matt à s'en tirer avec un homicide involontaire. Mais quoi qu'il en soit, Hughes est mort.

— Tué par Berriman.

— Oui. Comme je te l'ai dit.

Suttle fixa longuement Winter, puis secoua la tête.

— Ça ne tient pas la route.

Il lui décrivit l'empreinte sur la joue de Hughes. Le motif de la semelle correspondait à une Reebok Classic. Or Berriman portait des Nike Air Max 95.

Winter commençait à s'agacer.

— Tu vas m'écouter, à la fin ?

— Je t'explique simplement que ça ne colle pas. On parle de preuves matérielles, de faits. Tout le monde peut inventer ce genre de scénario, mais qu'est-ce qu'on dira au juge, nous ? C'est du pipeau, vieux.

Il se mit à rire.

— Bientôt, tu vas affirmer que Berriman a poignardé Rachel. Qu'il a tué la fille qu'il aimait.

Rire ainsi était une erreur. Winter pointa un doigt vers le nez de Suttle.

— Tes copains et toi, vous avez eu une semaine pour faire avancer cette enquête et, pour ce que j'en vois, vous n'avez rien foutu. Ça vous ferait du bien d'apprendre à poser les bonnes questions. Et aussi à dire merci.

— Tout ça, c'est des conneries, déclara Suttle en se levant. Pour les histoires à dormir debout, je vais m'en tenir à *Casino royal.*

— Vas-y, fiston. Tu connais la sortie, répliqua Winter, avant de l'attraper par le bras. Sergent Suttle, ça sonne bien à ton oreille ? Ou est-ce que tu as renoncé à cette putain de promotion ?

Suttle se dégagea.

— Je ne sais pas à quoi tu joues, dit-il. Ni où tu veux en venir.

— Alors écoute-moi. Et fais-moi confiance.

Tout en sentant que c'était une erreur, Suttle se rassit.

— Hughes est mort, OK ? Ou agonisant. Maintenant, Berriman a laissé un énorme indice sur sa figure. Le garçon n'est pas stupide. Il sait qu'il est dans la merde. À qui téléphone-t-il ?

— Aucune idée. Un copain ? Sa mère ? Pourquoi est-ce qu'il ne fout pas simplement le camp ?

— Parce qu'il ne peut pas. Rachel est là, dans un sale état. Jamais il ne la laissera tomber. Alors je te repose la question : à qui téléphone-t-il ?

— Je passe.

— Je te donne un indice. C'est quelqu'un qu'il connaît depuis très longtemps. Quelqu'un qui l'a aidé à devenir le type qu'il est. Quelqu'un qui l'a poussé durant des années à trimer dans cette foutue piscine. Quelqu'un en qui il a entièrement confiance.

Suttle le dévisagea. La femme qui était avec Berriman hier soir, pensa-t-il. La femme plus âgée. Celle qui appuyait la tête sur son épaule. Celle qu'il avait aperçue sur la plage nudiste. Tout commençait à faire sens.

— Un rapport avec la natation ?

— Gagné, fiston. Elle s'appelle Nikki Dunlop et habite à cinq minutes de là. Il lui téléphone après minuit pour tout lui raconter — Hughes, l'empreinte, les baskets. Il a sans doute du sang sur son jean et il a besoin de se changer très vite.

— Comment réussit-elle à l'aider ?

— Facile. Berriman vit chez elle par intermittences depuis un moment. C'est la BM de Dunlop qu'il a empruntée le soir où il a été arrêté sur la M27. Il lui laisse une partie de ses affaires. Interroge sa mère. La maison de Nikki est son deuxième chez-lui.

— Elle se pointe donc avec une paire de baskets, des affaires, un jean ?

— Oui.

— Et ensuite ?

— Il se produit un truc avec Rachel, j'en mettrais ma main au feu. Elle aussi connaît très bien Nikki Dunlop. Pourquoi ? Parce que Dunlop l'entraîne également. Depuis des années. Rachel sait tout d'elle, et en particulier qu'elle a toujours flashé sur Matt. On appelle ça la jalousie, fiston. Et quand on est dans une humeur appropriée, avec un couteau à portée de main, on peut pousser les choses un peu plus loin.

— Tu veux me faire croire que Rachel a essayé de poignarder cette femme, Nikki Dunlop ?

— C'est plus que possible. Mais Nikki est grande, forte, et elle n'est pas bourrée, elle. Sans compter qu'il est dans son intérêt de se débarrasser de Rachel.

— En la tuant ?

— En la poignardant dans un geste d'autodéfense. En l'éliminant par accident. Quoi qu'il en soit, Nikki Dunlop est de retour chez elle à 1 heure du matin, et devine ce qu'elle fait ? Une lessive.

— Comment tu le sais ?

— Parce que je suis détective, fiston. Et parce que je ne renonce jamais.

Suttle hocha la tête. Il avait complètement oublié l'heure.

— Tu as des preuves ?

— Pour le coup de fil, oui. Pour le couteau aussi. Et j'ai un témoin qui te dira que la machine à laver de Dunlop tournait à faire trembler les murs au beau milieu de la nuit.

— Tu as l'arme ?

— Non, mais va voir Marie, la femme de Bazza. Il lui manque un couteau.

— Le téléphone de Berriman…

— Je sais où il est.

— Tu y as accès ?

— Oui.

— Et le dernier appel ?

— A été passé à Nikki Dunlop. Après minuit. Comme je viens de te le dire.

Winter recula, secoua un mouchoir et s'essuya le visage.

— Je poursuivrais volontiers mon enquête, mais je ne peux pas. Il faut que tu sécurises la maison de Dunlop. Je doute qu'elle ait changé le filtre de sa machine à laver, ça va être le pied pour la Scientifique. Après, tu devras interroger cette femme.

— Cela semble évident.

— Yep. Bon, et maintenant, on fait quoi ?

— On ?

— Ouais. Toi et moi.

La question resta en suspens. Au bout d'un moment, Suttle lorgna le sac de Winter, abandonné près de la porte. Une étiquette de la compagnie de jets privés Executive Air était collée dessus.

— Où es-tu allé ?

— En Espagne. C'était sympa. Juste deux jours, aller et retour.

— Tout seul ?

— Pas vraiment, non.

— Un succès ?

— Certains pourraient le penser.

— Un déplacement productif ? Mission accomplie ?

— Tu brûles, fiston, répliqua Winter, qui se pencha pour arracher l'étiquette de son sac. Je viens de parler à un type du nom de Grant Mason. Je crois que tu as eu le plaisir de faire sa connaissance.

— En effet. À la première heure ce matin.

— Tu as saisi son GPS ?

— Oui.

— Tu l'as déjà donné à analyser ?

Suttle ne répondit pas tout de suite. Pour finir, il se leva.

— Il nous faudra le téléphone de Berriman.

— Évidemment.

— Et je dois consulter quelqu'un.

— Bien sûr, répliqua Winter en souriant. Salue-le de ma part.

Le portable de Faraday était en mode silencieux lorsqu'il reçut l'appel. Gabrielle, J-J et lui se tenaient à l'ombre de la digue. Tout revêtu de blanc, le bouquet d'arbres se dressait à cinquante mètres d'eux, peut-être moins. Les aigrettes remuaient et marmottaient dans la chaleur immobile du soir. J-J était hypnotisé.

Faraday tourna le dos à la scène et se pencha sur son téléphone.

— Oui ? chuchota-t-il.

Il resta silencieux une minute ou deux et hocha

la tête, conscient que Gabrielle l'observait. Enfin, il regarda l'heure.

— Donnez-moi quarante minutes, dit-il sèchement, avant de raccrocher.

Les aigrettes s'agitèrent. Quelques-unes s'envolèrent et J-J s'en étonna.

Suttle regagna l'appartement de Winter juste avant l'arrivée de Faraday. Lizzie était partie voir *Casino royal* toute seule. Il lui avait dit qu'il l'appellerait plus tard, mais il n'espérait guère réussir à aller boire un verre avec elle après la séance de ciné. Lorsqu'elle lui avait demandé pourquoi d'un ton glacial, il avait invoqué le travail.

Il fit entrer Faraday dans l'appartement. Winter buvait un scotch dans la pièce à côté, près de la fenêtre. Au téléphone, Suttle avait donné très peu de détails à son chef. Il lui apprit le reste dans le vestibule.

— Redites-moi le nom de cette femme ?

— Nikki Dunlop.

— Elle est fichée ?

— Non, chef.

— On n'a jamais enquêté sur elle ?

— Non.

— Et Winter ? Vous pensez qu'il peut étayer tout ça ?

— Oui. Probablement.

— Très bien, dit Faraday, avant de réfléchir un instant. Il faut que j'en touche un mot à Jerry Proctor. Et à Parsons aussi, si j'arrive à la joindre.

— Vas-y, sers-toi du téléphone, lança Winter.

Faraday le remercia, mais il avait déjà commencé à appeler Proctor sur son portable.

— Il y a un endroit tranquille ici ?

— Le balcon.

Il s'éloigna et ferma la porte vitrée derrière lui. Il se mit à parler presque aussitôt, le dos à moitié tourné vers eux, sa main droite dessinant des mouvements brusques de haut en bas. Suttle ne l'avait pas vu aussi excité depuis plusieurs jours.

Winter aussi l'observait. Il était passé par là des centaines de fois, avant, sonnant le clairon, donnant l'alerte, convoquant la Scientifique, prenant des dispositions pour que des agents en uniforme viennent boucler une rue ou un immeuble. Cela lui manquait, il le savait.

Faraday coupa la communication. Il tenta ensuite de contacter Parsons, mais tomba sur son répondeur. Il laissa un message pour lui demander de le rappeler de toute urgence. Il envisagea aussi de téléphoner à Willard, mais il se ravisa. Il avait d'abord besoin de certitudes concernant Nikki Dunlop.

Il rouvrit la porte et revint dans le salon. Winter patientait avec son verre vide.

— Elle n'a aucune raison d'anticiper notre visite, n'est-ce pas ? s'enquit Faraday.

— Qui ?

— Dunlop.

— Aucune, chef. Je lui ai parlé à deux ou trois reprises. Elle sait que je bosse pour Mackenzie et qu'on s'intéresse à ce qui s'est passé, mais je l'ai joué très cordial, à ta manière.

Le mot « chef » fit sourire Faraday. Rien n'a changé, songea-t-il.

— Et Berriman ? Il risque d'être là, lui aussi ?

— Je ne sais pas. C'est quoi, le plan ?

— On les arrête tous les deux en tant que meurtriers présumés. Cela dit, il faut qu'on les fasse sortir de la maison.

— Sage décision.

Faraday pensait déjà à la stratégie à adopter pour l'interrogatoire. Il supervisait ceux de l'enquête depuis le début et, en l'absence de Parsons, il était ravi de s'en charger.

— Tu es libre, ce soir ? demanda-t-il à Suttle.

— Bien sûr, chef. Vous voulez que je fasse équipe avec Dawn Ellis ? Sauf qu'elle a déjà questionné Berriman la dernière fois.

Faraday ne répondit pas. Il scrutait Winter.

— Qu'est-ce que je raconte à Parsons, alors ? Et à Willard ?

— Je ne te suis pas.

— Ils doivent s'attendre à recevoir une facture ? Pour services rendus ? Ou quelque chose d'autre ?

Winter jeta un coup d'œil à Suttle, qui avait baissé le nez. Ce fut Faraday qui brisa le silence :

— Ils parleront d'entrave à la justice. Tu t'en doutes, non ?

— Bien sûr, dit Winter en allant remplir son verre. C'est normal.

— Ils voudront aussi t'interroger au sujet du téléphone de Berriman.

— Je m'en doute.

— Où est-il, au fait ?

— Pas très loin.

— Tu l'as depuis longtemps ?

— Il vaut mieux que tu ne le saches pas.

— Il est quand même préférable que ce soit moi qui te cuisine plutôt que quelqu'un d'autre, rétorqua Faraday. Tu ne crois pas ?

Winter acquiesça, puis sourit et leva son verre pour porter un toast.

— Où est ce téléphone ? insista Faraday.

— Je l'ai sous la main.

— Tu veilleras à ce qu'il parvienne à Jimmy ?

— Oui.

Winter soutint longuement le regard de Faraday, jusqu'à ce que celui-ci adresse un signe de tête à Suttle et se dirige vers la porte. Ils étaient convenus de se retrouver aux Crimes graves une demi-heure plus tard.

Suttle guetta le grondement étouffé de l'ascenseur avant de se tourner vers Winter. Il tenait un GPS à la main.

— Il a oublié de te dire merci, lança-t-il en jetant l'appareil sur le canapé. Marché conclu ?

— Avec plaisir, fiston, répondit Winter en sortant un téléphone portable de sa poche.

Suttle l'examina. Il voulut interroger Winter sur les petites traces de terre noire qui le maculaient, mais l'ancien flic avait lui aussi une question à poser.

— Faraday est au courant, pour le GPS ?

— Non.

— Il le sera un jour ?

— Non.

XXXII

Dimanche 19 août 2007, 20 h 39

Faraday eut le sentiment que l'opération se déroulait avec une facilité qui s'était fait désirer au cours de cette brève enquête.

La fourgonnette de la Scientifique se gara le long du bord de mer au moment où les premiers barbecues du soir s'allumaient sur la plage. Une voiture de patrouille l'accompagnait. Faraday et Suttle, déjà présents sur place, annoncèrent par radio que la cible venait tout juste de rentrer au 81, Adair Road. Le feu vert pour leur intervention, suggéra Faraday, serait le mot *aigrette*.

Ils attendirent que les agents en uniforme soient en vue avant de traverser la rue et de frapper à la porte. Un chien aboya à l'intérieur. Quelques instants plus tard, une grande silhouette se dessina derrière le verre cathédrale.

— Nikki Dunlop ? dit Faraday en lui présentant sa carte.

— C'est moi.

— Je vous arrête. Vous êtes soupçonnée de meurtre.

Il l'informa de ses droits, conscient de ses yeux qui suivaient les agents dans la rue. Si elle était surprise, elle n'en montra rien.

Lorsqu'il eut terminé, un silence incongru s'installa, jusqu'à ce que Nikki leur demande s'ils souhaitaient entrer.

— Il y a quelqu'un d'autre avec vous ?

— Non. Vous voulez vérifier ?

Elle s'écarta pour laisser passer Suttle. Il revint dans la minute qui suivit.

— Rien à signaler, chef.

Faraday opina. Si Nikki avait besoin de certaines affaires pour les prochains jours, c'était l'heure d'aller les chercher.

— Les prochains jours ? dit-elle avec l'air de mesurer pour la première fois que tout ça était bien réel. Vous êtes sérieux ?

Les agents emmenèrent Nikki Dunlop au poste pour la placer en garde à vue. Elle se soumit à toutes les formalités et appela son avocat. Faraday réussit pendant ce temps à joindre Parsons au téléphone. Il lui expliqua la situation et proposa de commencer le premier interrogatoire dès qu'il aurait notifié à l'avocat les soupçons pesant sur sa cliente. Suttle et Ellis seraient présents. Berriman n'avait toujours pas donné signe de vie, mais l'agent qui surveillait la maison avait été prévenu de son possible retour.

— Et ensuite ?

— On l'arrêtera, chef. Et on le conduira ici.

Parsons dînait à Londres avec un ami — Willard ? se demanda fugacement Faraday. De plus en plus joyeuse, elle réclama davantage de détails sur Nikki Dunlop.

— C'était l'entraîneuse de Rachel au Northsea Club. Et celle de Berriman aussi. Elle les connaît tous les deux depuis des années.

— Et elle serait impliquée dans ces meurtres ?

— Nous pensons qu'elle a pu tuer Rachel Ault. Dans quelles circonstances au juste, cela reste à déterminer. Je vous tiens au courant, chef.

— D'accord, Joe. Bon boulot.

L'interrogatoire débuta à 21 h 50. L'avocat, un vétéran du barreau, était une vieille connaissance de Nikki Dunlop. Faraday crut comprendre qu'il l'avait aidée à se sortir d'un divorce et de plusieurs transactions immobilières. Elle le traitait comme un ami proche, en tout cas. En les regardant sur l'écran de contrôle dans la pièce voisine, il ne put qu'admirer le sang-froid de cette femme.

Dawn Ellis dirigea la première partie de l'interrogatoire. Nikki pouvait-elle expliquer la nature de sa relation avec Rachel et Matt ?

— Bien sûr. Depuis quand ?

— Depuis le début, si ça ne vous ennuie pas. Imaginez que nous ne savons rien.

— Très bien. C'était deux jeunes, des gosses en réalité. Ils fréquentaient des écoles différentes, venaient de milieux différents. Ils m'avaient été fortement recommandés et ils se sont révélés tous les deux très doués. C'est là que ça a commencé. C'est là que ça commence toujours. On les teste. On leur explique à quel point ils vont en baver, à la fois physiquement et mentalement. On les soumet à de premières petites épreuves pour voir comment ils réagissent et s'ils sont à la hauteur. Ils ont été excellents. Un bon comportement. Du talent à revendre. Et de l'humour aussi.

— Vous étiez amis, tous les trois ?

— Bien sûr.

— Comment cela marchait-il ?

Nikki Dunlop fronça légèrement les sourcils.

— C'est-à-dire ?

— Votre amitié. N'y avait-il pas parfois des problèmes de discipline ?

— Oui, mais j'étais comme une mère pour eux, en plus d'être leur entraîneuse. Mon rôle était de veiller sur eux tout en les faisant souffrir. Ils étaient jeunes, rappelez-vous. Onze ans à l'époque. Des gosses, encore une fois.

Elle poursuivit son récit. Comment elle les avait vus s'étoffer. Comment ils avaient pris confiance en eux. Comment ils avaient fini par dépendre un peu l'un de l'autre.

— Est-ce inhabituel ?

— Pas du tout. La natation est un sport extrêmement physique, surtout les compétitions. Les nageurs se côtoient presque nus six heures par jour. Ils sont super-bien foutus. La plupart du temps, ils sont affamés. Si vous voyez un schéma dans tout ça, une issue possible, vous visez juste.

— Une issue ?

— Rachel et Matt s'entendaient bien. Une fille, un garçon… Je vous apprends quelque chose, là ?

— Pas du tout. Quel âge avaient-ils alors ?

— Quatorze, quinze ans. Les nageurs sont au top niveau très jeunes, en particulier les filles. Matt était à deux doigts d'intégrer l'équipe nationale et Rachel n'était pas loin derrière. On les emmenait s'entraîner à l'extérieur le week-end. Au centre Ponds Ford, à Sheffield… parfois au Crystal Palace. Quand on donne un doigt à la plupart des gamins, ils vous prennent un bras.

— En clair ? demanda Suttle.

— Cela signifie que Matt était insatiable. Il grandissait à toute vitesse. Il a toujours été intrépide. Lui, c'est le genre de gars qui provoque les événements. Voilà pourquoi il disputait des épreuves sur de courtes distances. Il débordait d'énergie, d'ambition. Elles étaient nichées au fond de lui et mon boulot consistait à libérer toute cette puissance pile au bon moment.

— Le jour de la compétition, vous voulez dire ?

— Oui.

Dawn Ellis la questionna sur Rachel. Avait-elle le même tempérament ?

— Pas du tout. Elle avait le talent, et certainement aussi l'envie, mais elle était beaucoup plus équilibrée. Vous croyez un peu à l'astrologie ?

— De temps en temps, répondit Ellis. Quand ça m'arrange.

— Rachel était balance et Matt scorpion. C'est en partie la raison pour laquelle ils allaient si bien ensemble. Ils se complétaient et formaient un couple parfaitement assorti. Il y avait juste le frère de Matt qui posait un petit problème. Il est très handicapé et Matt n'a jamais été très à l'aise avec ça.

Un couple parfaitement assorti. Faraday observait Nikki Dunlop avec une fascination grandissante. Elle était mesurée. Intelligente. Elle s'était visiblement souciée de ses deux jeunes recrues. Et, surtout, elle introduisait un rare souci de cohérence dans l'anarchie de cette fameuse soirée.

Suttle s'intéressa aux derniers mois de la relation entre Rachel et Matt. Quel jugement Nikki portait-elle sur leur rupture ?

— Elle ne m'a pas du tout surprise.

— Ah non ? Après tout ce que vous venez de nous raconter ?

— Non. Les enfants changent. *Les gens* changent. Les entraînements ont commencé à s'estomper. On le remarque à de petits détails au début. Une excuse par-ci, un mal de tête par-là, trop de devoirs à la maison, que sais-je encore. Et puis les kilos se sont accumulés, surtout pour Rachel. Matt avait un problème avec certaines substances — une tentation à laquelle il ne pouvait pas résister.

— Certaines substances ?

— L'alcool, essentiellement. Quand on a besoin d'être aussi en forme que lui, on fait un peu attention. Il fumait de l'herbe aussi. Et vu sa personnalité, je me doute qu'il a testé un ou deux autres trucs. Ne vous méprenez pas. C'est quelqu'un qui a une très grande force de caractère et qui en impose. Sans ça, on ne nage pas comme il l'a fait. Mais il voulait toujours aller plus loin. Il était ainsi. Il ne pouvait pas s'en empêcher.

— Raison pour laquelle ils ont rompu ?

— En partie. Le reste est dû à… je ne sais pas… la vie. Ils se sont éloignés l'un de l'autre. Ils avaient des buts différents. Des valeurs différentes. Cela arrive, vous devez bien l'imaginer.

Ellis jeta un coup d'œil à Suttle. L'interrogatoire prenait des allures de séminaire, il fallait qu'ils se ressaisissent.

— Vous-même, intervint-elle, qu'éprouviez-vous pour Matt ?

— J'étais fière de lui. Immensément fière. Mais je m'inquiétais aussi.

— Pourquoi ?

— D'après ce que j'ai compris, c'est Rachel qui avait décidé de rompre. Matt accusait le coup.

— Durant cette période, vous avez continué à le voir en dehors de la piscine ?

— Oui. C'était il y a quelques mois seulement. Il ne s'entraînait plus du tout.

Elle l'avait croisé dans la rue à deux ou trois reprises, dit-elle, et une fois dans un café-bar. Ils avaient bavardé, comme au bon vieux temps. Et puis il y avait eu ce matin où il s'était pointé chez elle pour lui emprunter sa voiture.

— Et ?

— J'ai accepté. Il avait son permis et m'a affirmé qu'il était assuré. Il devait aller dans un coin paumé du Dorset et c'était apparemment un casse-tête en train. Je me suis dit, pourquoi pas.

— Mais il s'est fait arrêter.

— En effet.

— À plus de 210 kilomètres à l'heure !

— Oui, confirma-t-elle en souriant. Ma vieille BM. Qui l'aurait cru ?

— Et après ?

— On a eu une petite conversation. Normal, quoi. Pour être franche, j'étais très remontée contre lui. Pas à cause de la voiture, mais parce qu'il avait menti. Son comportement était stupide et ne témoignait d'aucun respect. Ce n'était pas le Matt que je connaissais et que j'aimais.

— Que vous aimiez ?

— Oui. Je l'aimais comme un protégé. Comme un fils. Matt était un garçon très attachant. Et qui l'est toujours.

Ellis prit quelques notes pendant que Suttle demandait à Nikki où logeait le jeune homme.

— Avec sa mère, quand il arrive à supporter Ricky. Avec moi le reste du temps.

— Entretenez-vous une relation avec lui ?

— Oui. La même que depuis toujours. Je fais attention à lui. Je veille à ce qu'il n'oublie pas les petits riens et à ce qu'il comprenne les choses importantes. J'essaie de l'empêcher de se faire du mal.

— Ce n'était pas vraiment ma question.

— Je sais.

— Couchez-vous avec lui ?

— Je ne suis pas disposée à vous répondre.

Nikki Dunlop s'interrompit pour consulter son avocat. Elle opina deux fois en l'écoutant, puis se tourna vers Suttle.

— Aucun commentaire.

— Êtes-vous attachée à lui ?

— Évidemment.

— Savez-vous où il se trouve en ce moment ?

— Non.

— Quand l'avez-vous vu pour la dernière fois ?

— Cet après-midi. Il est parti à l'heure du déjeuner.

— Mais vous n'avez pas la moindre idée de l'endroit où il a pu aller ?

— Non. C'est Matt tout craché, ça. Il mène sa vie. Il ne m'appartient pas et, avant que vous ne me le demandiez, il ne m'appartiendra jamais. Vivre à plein temps avec lui serait un cauchemar. Je l'aime parce qu'il est tel qu'il est. Mais cela exclut presque toute raison.

Dawn Ellis aborda la fête de Sandown Road. Berriman était-il venu chez elle ce jour-là ?

— Oui. Il faisait un temps magnifique. Nous nageons souvent, comme vous pouvez vous en douter.

— Dans la mer ?

— Oui.

— Et ce soir-là ?

— Je suis allée boire un verre avec une amie. J'ignorais complètement ce que Matt avait en tête. Je vous le répète, je ne suis pas sa nounou.

— Il n'a jamais mentionné un message sur Facebook ? Au sujet de Rachel ?

— Non. Mais cela n'a rien d'étonnant. Il adore agir sans réfléchir. Il suit son instinct, en fait.

— Et que s'est-il passé ?

— Je vous l'ai dit, je suis allée boire un verre avec une amie.

— Et après ?

— Je suis rentrée me coucher. Tout simplement.

— Vous n'avez pas eu de ses nouvelles ?

— Quand ?

— Cette nuit-là. Samedi dernier.

Pour la première fois, elle cilla, et Faraday sentit que cet instant marquait peut-être un tournant dans l'enquête. Jusque-là, Nikki Dunlop avait été un témoin classique, mais le moment était venu pour elle de prendre une lourde décision.

— Oui, lâcha-t-elle en regardant Ellis droit dans les yeux. Il m'a téléphoné. Tard. Très tard. Je suppose que vous avez les moyens de vérifier l'heure exacte, non ?

Ellis répondit à sa question par une autre :

— Qu'a-t-il dit ?

— Il était bouleversé, ce qui ne lui ressemble pas. Il m'a expliqué que quelque chose de terrible s'était produit et, au ton de sa voix, je l'ai cru.

— Qu'avez-vous fait ?

— Il m'a indiqué une adresse à Craneswater. À moins d'un kilomètre d'ici. Il voulait que je lui apporte un jean, un tee-shirt et des baskets.

— Vous avez accepté ?

— Oui.

— En lui demandant pourquoi ?

— Non. Je l'ai fait, c'est tout.

— Combien de temps avez-vous mis pour vous rendre là-bas ?

— J'ai enfilé une tenue à la va-vite et j'ai foncé. Il m'a fallu, quoi… cinq minutes ? Allez savoir.

L'adresse était celle d'une maison à Sandown Road. Elle devait entrer dans le jardin du numéro 11 et grimper par-dessus le mur qui séparait la propriété du numéro 13.

— Je connaissais le numéro 11. J'y étais déjà allée pour rencontrer les parents de Rachel. Ils tenaient beaucoup à ce qu'elle reprenne l'entraînement.

— Et ?

— Ça ne l'intéressait pas.

— Je voulais parler de samedi soir.

— J'ai fait ce que voulait Matt. Sur place, il y avait cette fête démente, un bruit pas possible, des tas de trucs louches. J'ai franchi le mur. Matt attendait de l'autre côté. Il m'a dit qu'il avait du sang sur ses baskets et ses vêtements. Il les a enlevés, me les a confiés, et ensuite il a mis les affaires que je lui avais apportées.

— Vous l'avez interrogé sur ce qui s'était passé ?

— Oui.

— Et ?

— Il n'a pas répondu. Il m'a juste demandé de lui faire confiance et a ajouté que ce serait pour le mieux.

— Qu'est-ce qui serait pour le mieux ?

— Bonne question. Je n'en savais rien.

— Vous en êtes sûre ? C'est important, Nikki.

— Oui. Je n'ai qu'une certitude : il était complètement déboussolé. Je ne l'avais jamais vu dans cet état, avant. Il tremblait et ne se contrôlait plus. Il n'arrêtait pas de secouer la tête. Pour le mieux, répétait-il sans cesse. C'est pour le mieux. On aurait cru un mantra, une sorte de prière.

— Vous avez aperçu Rachel ?

— Non, mais j'aurais été étonnée de la croiser.

— Vraiment ? Vous n'avez pas fait de rapprochement entre elle et le sang ?

— Impossible. Il aimait cette fille.

— D'où venaient ces taches, alors ? Selon vous ?

— Aucune idée. Ça peut paraître incroyable, mais la situation l'était vraiment. Un instant je dormais dans mon lit, et le suivant je me retrouvais avec les affaires de Matt couvertes de sang. J'ai juste supposé qu'il s'était battu.

Elle était repartie avec les vêtements. Le bruit chez les Ault était encore plus assourdissant à ce moment-là. Une fois chez elle, elle avait tout mis dans la machine à laver.

— À 1 heure du matin ?

— Quelque chose comme ça. Si Matt était bouleversé, je l'étais moi aussi. Je ne pigeais rien à rien. J'ai veillé toute la nuit en attendant qu'il rentre, mais j'ai dû finir par m'endormir parce qu'il a soudain fait jour. Peu de temps après, les infos ne parlaient plus que des meurtres.

— Quelle a été votre réaction ?

— J'étais effondrée. Incrédule. Le nouveau petit copain, je pouvais comprendre. Peut-être que Matt l'avait frappé trop fort — il est brutal quand ça le prend. Mais *Rachel* ? Non… pour moi, c'était impossible.

— Quand l'avez-vous revu ? demanda Suttle.

— Le dimanche soir. Il a débarqué, tout tranquille. C'est moi qui ai pété un câble, pas lui. Pas Matt.

— Qu'a-t-il dit ?

— Rien. Il a refusé d'aborder le sujet. Comme si rien ne s'était passé.

— Le coup de fil en pleine nuit ? Les vêtements ? Le sang ?

— Je lui ai tout rappelé, mais il s'est contenté de hausser les épaules. Les merdes, ça arrive.

— Ce sont ses propres mots ?

— Oui.

— Qu'avez-vous éprouvé ?

— J'ai pensé qu'il avait perdu la tête. Qu'il était en plein déni. On s'est beaucoup disputés à ce sujet. J'ai hurlé après lui, j'ai tout tenté pour lui arracher une explication. Mais les jours ont passé. Vous aviez l'air satisfait de votre côté, lui aussi, et j'imagine que j'ai tiré un trait dessus. C'était plus simple ainsi. Ça a toujours été plus simple ainsi.

— Vous n'avez plus jamais abordé la question ? Les articles dans la presse, les infos à la télé… Vous n'en avez jamais discuté avec lui ?

— Bien sûr que si. Beaucoup même, au début. Mais il ne voulait rien lâcher. Il faut que vous compreniez quelque chose au sujet de Matt. Il est jusqu'au-boutiste. Tout est noir ou blanc pour lui. On me fait confiance ou pas. Au final, je n'ai pas eu le choix.

— Vous auriez pu vous adresser à nous.

— Oui…

Elle acquiesça, puis leva la tête en contemplant le plafond.

— Vous avez raison, j'aurais pu.

— Cela aurait été sympa pour Rachel, non ?

— Oui, oui, bien sûr. Mais vous seriez ensuite venus fourrer le nez chez moi, n'est-ce pas ? Et nous nous serions probablement séparés.

— Nous ? Vous voulez dire, Matt et vous ?

Ses traits se figèrent en un masque. Les lèvres pincées, elle affronta le regard de Suttle en s'efforçant de rester maîtresse d'elle-même. Faraday perçut soudain ce qu'avait dû être l'investissement physique de cette femme, les efforts écrasants consentis des heures et des heures durant afin de faire de Matt Berriman le géant qu'il était devenu — tout ça pour voir ses rêves s'évaporer. Le tee-shirt ensanglanté durant le cycle de rinçage, pensa-t-il. À 1 heure du matin.

Ellis demanda ce qu'elle avait fait des vêtements de Berriman, après les avoir lavés.

— On les a jetés.

— On ?

— Moi.

— Où ?

— À la poubelle. Le ramassage des ordures se fait le lundi.

Ellis en prit note. Cela promettait encore une longue expédition à la décharge municipale.

— Vous ne voyez vraiment pas où peut se trouver Matt ?

— Non. D'habitude, on mange ensemble le dimanche soir. Je l'attends vers 18 heures. Peut-être que vous lui avez fait peur.

Dans la pièce voisine, Faraday fut d'accord avec

elle. Il y avait un agent en uniforme sur son perron et une fourgonnette de la Scientifique garée en face. Matt Berriman ne devait certes pas être pressé de rentrer dîner.

Ellis proposait à Nikki de faire une pause lorsque le téléphone de Faraday sonna. Parsons venait aux nouvelles. Ils n'avaient pas encore eu de retour des techniciens de scène de crime, lui expliqua-t-il, mais il était encore tôt. En raison de ses aveux, Nikki pouvait déjà être accusée de complicité de meurtre. La procédure leur imposait de l'inculper formellement dans les vingt-quatre heures suivantes. Faute de quoi, ils devraient soit obtenir la prolongation de sa garde à vue, soit la libérer.

— Que fait-on, chef ?

Parsons prit le temps de la réflexion. Faraday entendait le brouhaha des conversations et, de temps à autre, le tintement des verres à l'arrière-plan. Un restaurant chic de Londres, sans doute. Elle devait s'apprêter à sabrer le champagne.

— Cuisinez-la, Joe. D'après ce que vous me dites, Berriman et elle ont une liaison.

— Exact, chef, mais je doute que ce soit aussi simple que ça.

— Ils ne coucheraient pas ensemble, selon vous ?

— Je l'ignore. Peut-être, peut-être pas. Tout bien pesé, je pense que non. Mais elle le protège, c'est certain. Comme elle l'a toujours fait.

— En clair, elle sait où il est ?

— En clair, c'est possible.

— Alors ne la lâchez pas, Joe. Secouez-la. Il faut qu'on mette la main sur Berriman le plus vite possible et elle a l'air d'être notre meilleur atout pour y parvenir, OK ?

— Oui, répondit-il avant de raccrocher.

Suttle entra dans la pièce. Dawn Ellis était partie aux toilettes pendant que l'avocat de Nikki allait leur chercher des cafés. Faraday félicita le jeune homme pour l'interrogatoire.

— Ce n'est pas tout à fait ce qu'on nous avait promis, chef. Winter semble persuadé qu'elle a tué Rachel.

— Il peut se tromper.

— Oui, mais faut-il la croire, elle ? Elle est folle de ce type, ça crève les yeux.

— Tu crois ?

— J'en suis certain. Il est jeune, baraqué. Il est beau gosse. Mais il est aussi amoureux de son ex-petite amie. Peut-on sérieusement envisager qu'il l'ait poignardée ?

Le regard de Faraday revint se poser sur l'écran. Nikki Dunlop était toujours seule dans la salle d'interrogatoire.

— Il y a cette expression qu'elle a utilisée, murmura-t-il. On la retrouvera avec l'enregistrement. Mince, j'aurais dû la noter… « Matt était du genre à provoquer les événements. » Il contrôle tout, Jimmy. Toute sa vie, il n'a fait que ça. C'est un gagnant. Il est le plus rapide, le plus fort, le plus courageux. Il sait que rien ne lui est impossible. Et puis soudain, sa petite amie le quitte, il ne nage plus et la vie n'est plus si rose. Certaines personnes l'acceptent. D'autres non. Moi, je te parie qu'il ne l'a pas supporté.

— Il l'aurait donc poignardée ? À cinq reprises ?
— Ce n'est pas à exclure. Tu le sais bien.
— Vous y croyez vraiment ?
— Oui.

L'interrogatoire reprit, non sans que l'avocat exprime son inquiétude devant l'heure tardive. Après l'avoir assuré que cette seconde session ne durerait pas longtemps, Suttle demanda à Nikki s'il était envisageable que Matt ait porté des coups de couteau à Rachel.

— Je ne pense pas qu'il en aurait été capable.
— Qu'il aurait été capable de le faire ou qu'il l'aurait fait ?
— Les deux. Mais « être capable », c'est plus fort, non ? Il aimait cette fille. Il en était fou.
— Il aurait tué pour elle ?
— C'est trop facile de suggérer ça. On n'assassine pas quelqu'un qu'on aime.
— Qui d'autre que lui aurait pu la poignarder, alors ?
— Je ne sais pas.
— Vous lui avez posé la question ?
— Bien sûr, je viens de vous le dire. Je vis avec cet homme. Je l'ai côtoyé durant la moitié de son existence. Il était forcément là-bas. Il a dû tout voir.
— Et ?
— Rien. *Nada.* Et ce serait pareil s'il était ici, là maintenant. Vous ne pourriez rien tirer de lui. Il y a des choses trop privées pour être partagées. Avec un peu de chance, vous le pousseriez jusque-là, mais à part ça… *nada.*

— Il a dit ça ? Il a dit que certaines choses étaient trop privées pour être partagées ?

Nikki fixa Suttle un moment, puis baissa la tête sans un mot. Il reposa la question et laissa le silence se prolonger avant de lui donner une chance d'arranger un peu son cas. Après tout, reprit-il, elle devrait répondre d'une accusation extrêmement grave. La complicité de meurtre pouvait l'envoyer croupir des années en prison.

— Complicité de quoi ?

— De meurtre, madame Dunlop. Nous avons deux cadavres sur les bras. Matt Berriman vous a téléphoné à 1 heure du matin en vous réclamant une tenue de rechange. Selon vous, il n'a offert aucune explication satisfaisante sur ce qui s'était passé. Vous prétendez avoir essayé de lui arracher la vérité — sans succès. Dans l'intérêt de tous, il faut qu'on lui parle et nous pensons que vous savez probablement où il est. Ou, du moins, où il pourrait être. Aidez-nous et nous porterons ce geste à l'attention du juge.

— Vraiment ?

— Oui.

L'avocat de Nikki lui effleura le bras et Faraday observa leur petit conciliabule. Enfin, elle se retourna vers Suttle.

— Aucun commentaire.

— Ce qui signifie que vous ne savez pas ? Ou que vous refusez de nous le dire ?

— Aucun commentaire.

— Très bien.

Suttle consulta Ellis Dawn du regard. Elle secoua

la tête. Il fit une dernière tentative pour soutirer des informations à Nikki Dunlop, puis renonça.

— L'interrogatoire s'est terminé à 22 h 16, déclara-t-il, avant de presser le bouton « Stop » du magnétophone.

Faraday vit Nikki Dunlop se lever, l'air épuisé. En contournant la table, elle trébucha et tendit instinctivement la main pour se rattraper à quelque chose. Suttle l'aida à reprendre son équilibre. Lorsqu'il lui demanda si tout allait bien, elle acquiesça, reconnaissante, et s'enquit de la suite des événements.

— Nous allons vous garder ici cette nuit, madame Dunlop. Nous reprendrons demain matin.

— Ici ? Dans une cellule ?

— J'en ai peur.

Elle resta un moment silencieuse.

— Merde, murmura-t-elle.

Winter était encore debout et s'attendait plus ou moins à recevoir un appel de la police quand le visage de Suttle apparut sur l'écran de son interphone. Le temps que le jeune homme franchisse la porte de l'appartement, il lui avait déjà sorti une bière fraîche.

Suttle ouvrit la canette et avala quelques gorgées. Winter lui demanda comment s'était passé l'interrogatoire.

— Dunlop a avoué avoir apporté une tenue de rechange à Berriman.

— Un jean et des baskets ?

— Oui. Et un tee-shirt. Matt et elle se sont parlé

près du mur qui sépare les deux maisons. Elle dit qu'elle n'a jamais vu aucun des deux corps.

— Tiens, tiens. Que sont devenus les autres vêtements ?

— Elle les a lavés.

— Et ensuite ?

— Elle dit qu'elle les a jetés. C'est probablement vrai. On se rendra à la décharge demain. Il nous faudra peut-être une semaine ou deux, mais on y arrivera.

Il raconta la fin de l'interrogatoire. Nikki n'avait rien pu tirer de Berriman et n'avait aucune idée de l'endroit où il se trouvait.

— Tu la crois ?

— Non. Faraday pense qu'elle le protège.

— Et toi ?

— Je lui donne raison. Il semble aussi convaincu que Berriman a tué Rachel.

— Tu es d'accord avec lui ?

— Je penche plutôt pour Nikki. Elle a sûrement rapporté le couteau chez elle et s'en est débarrassée. Mais où…

— Qu'en conclut-on sur Faraday ? À part qu'il se plante ?

— La question est injuste, Paul. Faraday est un type bien. Tu as une sacrée dette envers lui. La plupart des inspecteurs que je connais t'auraient déjà conduit au poste.

— Oui, mais il a besoin de moi, n'est-ce pas ? Parce qu'il s'avère que j'avais foutrement raison.

— Au sujet de la fille ? De Rachel ?

— Ouais. Dunlop finira par cracher le morceau.

Winter prit la canette de Suttle, but à son tour et s'essuya la bouche du revers de la main.

— Et la Scientifique ?

— Rien pour le moment.

— Tu veux un autre tuyau ?

— Vas-y.

— Dunlop a un petit bureau à la piscine. J'irais y faire un tour, si j'étais toi.

Le second interrogatoire de Nikki Dunlop débuta à 10 heures le lendemain matin. Arrivé sur place dès 7 heures, Suttle épluchait des dépositions, en quête du moindre indice pouvant lui être utile. Il espérait que cette nuit derrière les barreaux délierait la langue de Nikki, mais il en douta en la voyant arriver.

Étant donné les circonstances, constata également Faraday dans la salle de contrôle, elle affichait une mine remarquablement sereine. Il s'installa et régla le volume. La rumeur s'était répandue que l'enquête approchait de sa conclusion et le sergent de garde avait eu la gentillesse de lui apporter une assiette de biscuits fourrés avec son café.

L'interrogatoire durait depuis un moment lorsque le téléphone de Faraday se mit à sonner. Jusque-là, Nikki ne leur avait fourni que des réponses évasives en répétant simplement ses propos de la veille. Son ami avait des ennuis. Elle lui était venue en aide. Elle avait fait de son mieux. La suite ne dépendait pas d'elle.

Faraday prit l'appel. C'était l'enquêteur de la police scientifique à qui Proctor avait demandé d'inspecter le bureau de Nikki à la piscine Vitoria. Il avait trouvé une paire de baskets dans une boîte au fond d'un placard. Des Reebok Classic, plutôt grandes.

— Du sang ?

— Séché. On le voit dans les œillets, dans les coutures, partout.

— Sérieux ?

— Oui. Question ADN, on va se régaler.

Faraday le remercia. Sur le point de raccrocher, l'enquêteur annonça qu'il avait autre chose pour lui. Un truc qui l'intéresserait peut-être.

— Quoi donc ?

— Un couteau, chef. Une lame de dix centimètres à peu près. Enveloppé dans du papier de soie et rangé dans la même boîte.

— Putain.

— Exactement. Il y a vraiment des cons, hein ?

Faraday le remercia de nouveau. Quelques instants plus tard, il interrompit brièvement l'interrogatoire pour transmettre la nouvelle à Suttle et Dawn Ellis.

Suttle secoua la tête. Winter n'avait pas fini de fanfaronner.

— Et maintenant, chef? dit Ellis. Dunlop ne lâchera rien sur Berriman. Je ne suis même pas sûre qu'elle sache où il est.

— Insistez encore. Mais commencez par les baskets.

L'interrogatoire reprit. Confrontée aux pièces à conviction découvertes dans son bureau, Nikki Dunlop se contenta de hocher la tête. Elle avait dû sentir l'étau se resserrer en voyant les hommes en combinaison grise remonter Adair Road, songea Faraday. Elle se doutait bien que cet instant arriverait.

Ellis voulait que les choses soient claires. Les preuves ne pouvaient souffrir aucune ambiguïté.

— Ces baskets appartiennent à Matt ?

— Oui.

— Ce sont celles qu'il portait samedi soir ?

— Oui.

— Vous avez pourtant affirmé les avoir lavées.

— C'est vrai. Mais je ne l'ai pas fait.

— Pourquoi ? Et pourquoi les avoir gardées, aussi ?

— Je ne sais pas. J'aurais dû les jeter, j'en ai bien conscience. Mais depuis le week-end dernier, je n'ai pas arrêté de me dire que, tôt ou tard, on aurait une vraie discussion à ce sujet. Crier ne suffisait pas. Peut-être qu'il me faudrait lui extorquer la vérité. Lui mettre ces foutues chaussures sous le nez, l'obliger à les regarder, à se souvenir.

— Et le couteau ?

— Lui aussi. En fait, surtout lui.

— Vous avez donc supposé… ?

— Je n'ai rien supposé.

— Vous n'avez pas pensé qu'il avait tué Rachel ?

— Je n'ai rien pensé. Je voulais savoir. J'en avais besoin.

— Bien. Imaginons qu'il vous ait raconté ce qui s'était passé. Et qu'il les ait tués tous les deux.

— Dans ce cas, on aurait dû régler ça.

— On ?

— Oui.

— Comment ?

— Je n'en ai aucune idée. Mais on aurait trouvé un moyen, je le sais, parce qu'il en a toujours été ainsi. Quand on vit les années qu'on a passées ensemble, on s'engage en quelque sorte l'un envers l'autre. Il s'établit une dépendance totale. Une confiance totale. Dans les moments difficiles, on tient bon. On ne baisse jamais les bras.

— Où cela vous aurait-il menée ? Juste par curiosité.

— Je ne sais pas, dit Nikki en balayant la pièce du regard, les yeux soudain dans le vague. Ici, je suppose.

ÉPILOGUE

Conformément aux instructions de Parsons, Nikki Dunlop fut inculpée de complicité de meurtre. Les magistrats refusèrent la demande de remise en liberté sous caution faite par son avocat et elle fut incarcérée à la prison de Winchester.

Plus tard ce matin-là, un baigneur signala un tas d'habits abandonnés sur la plage, à proximité du port de Langstone. Ils étaient encore mouillés par les averses de la nuit. Dans la poche arrière du jean, l'agent venu sur place trouva un message rédigé sur du papier bleu.

Tu es une âme bienheureuse, mais moi je suis lié
Sur une roue de feu, en sorte que mes propres larmes
Me brûlent comme du plomb fondu…

Ce fut Suttle, quelques heures plus tard, qui se rappela la citation. *Le Roi Lear*, dit-il. Acte IV, scène 7.

Les garde-côtes ordonnèrent des recherches qui durèrent jusqu'à la tombée de la nuit. Elles reprirent le mardi, à l'aube, mais cessèrent en l'absence de tout cadavre.

Ce soir-là, lors d'une réunion extraordinaire, Willard félicita le sergent par intérim Jimmy Suttle d'avoir si bien dirigé la Cellule de renseignement tout au long de cette enquête particulièrement difficile. La mission n'avait pas duré longtemps et, au bout du compte, n'avait pas été très complexe, dit-il, mais chacun avait subi la pression des médias et lui-même espérait ne plus jamais voir une équipe de télévision de sa vie. Passé les rires suscités par sa remarque, il adressa ses louanges à l'inspecteur-chef Parsons. Elle avait piloté leur navire dans des eaux agitées avec talent et détermination, et tous lui devaient une fière chandelle.

La semaine suivante, Bazza Mackenzie annonça la création d'un fonds en mémoire de Rachel Ault. Il l'avait personnellement doté de cent mille livres et en avait proposé la direction à Paul Winter, un collègue et un ami sûr. La mission de celui-ci serait d'explorer des voies permettant d'intégrer les enfants dans la culture globale d'une ville aussi densément peuplée et instable que Portsmouth. Le mot qu'il utilisa, après un coup d'œil à ses notes, fut « interface ».

Marie et lui organisèrent un dîner à Gunwharf pour quelques dizaines de personnalités incontournables de la lutte contre la délinquance juvénile à Portsmouth. Des assistants sociaux, des universitaires, des psychologues, des responsables sportifs et un prêtre furent conviés. La discussion porta sur les pistes à suivre et chacun s'accorda à penser que la soirée avait été un succès.

Plus tard, une fois seul avec Winter, Bazza avoua qu'il se sentait coupable de la disparition de Berriman. En obéissant à ses ordres, Winter avait déclenché la succession d'événements qui avaient conduit à la découverte des vêtements sur la plage. Pas un instant il n'avait cru le garçon capable d'avoir tué son ex-petite amie et, à présent encore, il avait du mal à l'accepter. Seuls les fous font des choses pareilles, dit-il. Et il n'avait jamais considéré Berriman comme un cinglé.

Les Ault vidèrent leur maison de ses derniers objets. La propriété — nettoyée, réparée et redécorée — fut mise en vente au prix de 899 000 livres, mais un mois s'écoula sans qu'elle suscite le moindre intérêt. Lors d'un appel à Belle Ault, Faraday s'était enquis de la santé du juge. Peter était soigné pour une dépression nerveuse, lui expliqua-t-elle. Il s'en sortirait, mais il était encore tôt. Ils chercheraient un autre endroit où s'installer, une fois qu'il irait un peu mieux. Sa préférence à elle allait à la Nouvelle-Zélande. Pour le calme, en premier lieu. Et le silence.

Cinq semaines après la découverte des vêtements sur la plage d'Eastney, le corps d'un homme fut récupéré par des pêcheurs au large de Selsey Bill. Des analyses ADN confirmèrent qu'il s'agissait de Matt Berriman et le médecin légiste attribua son décès à un suicide. Ses funérailles attirèrent encore plus de monde que celles de Rachel Ault, dont de nombreux journalistes.

Le lendemain, Faraday ramena un exemplaire du *News* à la maison. Parmi les photos publiées par le journal figurait un cliché pris au moment où des jeunes sortaient de l'église St Stephen, et l'attention de Gabrielle fut attirée par un visage à l'arrière-plan. Une fille qui fixait l'objectif. Elle portait une cape noire boutonnée au cou et la lumière faisait ressortir la pâleur de son crâne rasé.

— *C'est Jax*, murmura-t-elle. C'est elle.

Tandis que la fin de l'été cédait la place aux premiers frimas de l'automne, Paul Winter attendait toujours une visite de ses ex-collègues. Rien ne se passant, il appela Jimmy Suttle, qui lui confirma que l'enquête sur la mort de Danny Cooper se poursuivait. Des renseignements leur étaient parvenus d'Espagne sur la disparition d'une jeune artiste allemande à Malaga à la mi-août. Elle avait été vue pour la dernière fois en compagnie d'un homme d'origine afro-caraïbéenne dont la description correspondait à celle de Brett West. Le couple avait pu partir ensemble, mais la police espagnole jugeait l'affaire suspecte. Au cas où un rebondissement quelconque entraînerait de nouvelles investigations au Royaume-Uni, Winter avait peut-être intérêt à se tenir informé.

Tout en digérant la nouvelle, Winter questionna Suttle sur sa promotion.

— C'est officiel depuis la semaine dernière, répondit celui-ci. À partir de maintenant, appelle-moi *sergent* Suttle…

Deux jours plus tard, Bazza Mackenzie reçut un coup de fil d'Alice Berriman, la mère de Matt. Elle voulait discuter en privé avec lui. Mackenzie l'invita à déjeuner au Royal Trafalgar. Ils parlèrent du bon vieux temps, de Matt et des événements survenus durant la fête.

Alice lui montra une lettre qu'elle avait découverte dans sa cuisine le matin où son fils avait disparu. Matt y expliquait en détail ce qui s'était passé la nuit où Hughes et Rachel étaient morts. Winter avait eu raison. Matt et Gareth s'étaient bien affrontés. Le second était sorti de la cuisine avec un couteau. Ils avaient beaucoup crié, et puis Matt l'avait frappé, juste une fois, mais assez fort pour le faire tomber.

Rachel était accourue afin de venir en aide à son petit ami et de tenter de le ranimer. Voyant qu'il ne respirait plus, elle avait disjoncté et, l'instant d'après, Matt s'était retrouvé avec le couteau sous le nez. Tuer Gareth marquait la fin de tout, avait-elle déclaré. La phrase était soulignée dans la lettre. *La fin de tout*. Matt savait qu'elle disait vrai. S'il n'y avait aucune issue, aucun moyen pour eux d'être de nouveau ensemble, alors soit.

Lorsqu'elle avait voulu l'attaquer, il lui avait arraché le couteau et l'avait poignardée à plusieurs reprises. Il voulait la mettre hors de portée et avait enfoncé la lame profondément, en ayant bien conscience de ce qu'il faisait. Parfois, avait-il écrit, la vie est toute noire ou toute blanche. C'est tout ou rien. À présent qu'il avait le sang de Rachel sur les mains, son existence se résumait précisément à rien. La souffrance serait bientôt terminée. Pour eux deux.

En post-scriptum, Matt avait griffonné quelques mots supplémentaires qui, selon Alice, offraient un léger réconfort. Pas parce qu'ils atténuaient l'écrasante impression de gâchis, mais parce qu'ils étaient si beaux dans leur genre. Elle ignorait si Matt les avait recopiés quelque part ou s'il les avait composés lui-même, mais cela n'avait pas d'importance. *On meurt pour ce qu'on aime*, avait conclu son fils. *Il n'y a pas de plus jolie mort au monde.*

À la table du déjeuner, embarrassée par les larmes qui coulaient sur ses joues, Alice avait voulu savoir ce qu'elle devait faire de la lettre. Mackenzie l'avait saisie et déchirée en petits morceaux, avant de faire signe à un serveur de tout mettre à la poubelle. Le même soir, Alice l'avait rappelé pour le remercier. Ce n'était pas ce qu'elle avait espéré, dit-elle, mais enfin, la vie ne lui avait jamais fait de cadeaux.

À la mi-octobre, une fois le dossier *Mandoline* soumis au procureur de la Couronne, Faraday profita d'un répit dans la guerre qui faisait rage au sein de la Section des crimes graves pour réserver un hôtel à Londres le temps d'un week-end. Le samedi après-midi, Gabrielle et lui assistèrent à l'inauguration de l'exposition de J-J à Chiswick. Ses photos lui avaient valu une critique dans le *Guardian* et il disposait d'une petite pile de photocopies pour les visiteurs intéressés. Faraday en glissa une dans sa poche. Quelques phrases de l'article avaient éveillé son attention. Selon le journaliste, le travail de J-J ouvrait une porte sur le mystère de l'autisme. Voilà quelqu'un qui comprenait le handicap de l'intérieur.

Ce soir-là, ils fêtèrent le succès de J-J dans un restaurant chinois à Parson's Green. La conversation tourna autour du travail de Gabrielle sur les quartiers difficiles de Pompey. Elle avait presque terminé, expliqua-t-elle. Restait la partie la plus délicate : établir un compte rendu cohérent de tous ces entretiens. Fasciné, J-J lui demanda ce que ses mois de recherches lui avaient appris. Elle s'accorda un temps de réflexion. Après toutes ces questions, toutes ces heures d'écoute et toutes ces soirées passées à retranscrire ses notes, le seul mot qui lui venait à l'esprit était celui-ci : la folie.

Le lundi, de retour au travail, Faraday leva le nez du tableau des heures supplémentaires hebdomadaires et découvrit devant lui Jimmy Suttle. Lui aussi rentrait d'une petite escapade. Une semaine en Crète avec Lizzie Hodson lui avait procuré un bronzage décent.

Le jeune homme sortit deux tirages couleur d'une enveloppe en papier kraft. Faraday fit de la place sur son bureau.

— J'ai repensé à l'affaire Mandoline, commença Suttle.

— En vacances ?

— Oui. J'ai compris ce qui nous avait échappé.

Il posa les tirages côte à côte. L'un était une photo

de Matt Berriman datant de sa garde à vue à Newsbury. L'autre était l'un des meilleurs clichés pris pendant la fête. Faraday ne lui concéda qu'un bref regard.

— C'est encore Berriman.

— En effet, chef. Vous avez noté la différence ?

Faraday réexamina les deux clichés, avant de fermer les yeux et de se laisser aller en arrière sur sa chaise. Durant la fête, Berriman avait porté un tee-shirt rose de surfeur. Quelques heures plus tard, au poste de Newbury, son tee-shirt était blanc.

— Merde, jura-t-il doucement.

— Exactement. Qu'est-ce que cela fait de nous ?

Faraday recula son siège, noua les mains derrière sa nuque et leva les yeux au plafond. En vérité, avec une enquête aussi complexe que Mandoline, il pouvait penser à un nombre incalculable d'excuses, mais au fond de lui, il savait qu'aucune d'entre elles ne suffisait.

— Cela fait de nous des idiots, dit-il enfin. Des paresseux. Des types dépassés par les événements. Tu es d'accord ?

— Oui. Et Winter ?

Encore une bonne question. Faraday prit son temps. Dans une liste de plusieurs adjectifs, il choisit le moins désespérant.

— Un veinard.

— Vous le croyez ?

— Non…, dit Faraday en secouant la tête. Hélas, non.

REMERCIEMENTS

Je remercie les personnes suivantes pour leur temps et leur patience : Rory Beard, Klone Boams, Dorothy Bone, Theo Chadna, Martin Chudleigh, Dr Debbie Cook, Nigel Crockford, Shirley Dinnell, Robert Doolan, John Hamer, Mark Harper, Martin Harrison, Jack Heasman, Barry Hill, Jack Hurley, Cheryl Jewitt, Neil Keeping, William Lambert, Terry Lowe, Tina Lowe, Jane Moody, Simon Parker, Lara Pechard, Jennifer Pollitt, Kevin Prior, Dave Sackman, Katie Sage, Christine Searle, Danielle Stoakes, Tony Tipping, Scott Whiffing, Nathalie West, Jessica Wretlind et Charles Wylie.

Bruce Marr et Paul O'Brien, du Programme pour la prévention de la délinquance juvénile de Portsmouth, m'ont apporté des renseignements précieux sur la culture de la jeunesse à Pompey, tandis que James Priory, directeur de la Grammar School de Portsmouth, s'est montré extrêmement généreux en me prêtant temporairement quelques élèves de son lycée.

Viv Ferman a partagé ses secrets d'entraîneuse de natation et m'a introduit dans le monde sidérant du sport de haut niveau. Parler de dévouement, à ce stade, est une litote.

Une mention spéciale à l'inspecteur John Ashworth. Avec Roly Dumont et Steve Watts, il suit Faraday depuis le début. Si la série est réputée pour son authenticité, c'est en grande partie à leur expérience collective, à leur sagesse et à leur confiance qu'elle le doit.

Et comme d'habitude, je remercie également mon éditeur, Simon Spanton, qui a aidé la série à fendre les eaux houleuses de la fiction, et ma femme, Lin, comme toujours responsable du matériel de survie.

Retrouvez les enquêtes de **l'inspecteur Faraday** dans la collection **Folio Policier**

Joe Faraday, inspecteur tenace de la brigade criminelle de Portsmouth, aurait bien aimé oublier un instant la folie de son métier pour observer les oiseaux dans la baie, se consacrer à son fils né sourd et muet qui s'éloigne peu à peu… Mais comment laisser en plan une fillette de huit ans alors que l'affaire sent le meurtre à plein nez ?

Disparu en mer

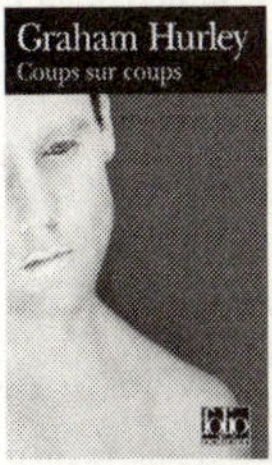

La perte brutale d'une amie proche tuée par un chauffard plonge Joe Faraday dans une peine indicible. Toujours aussi tenace, l'inspecteur doit de nouveau faire face à la solitude, aux enquêtes qui s'enchevêtrent, mais aussi à la fronde de ses subordonnés. Comment s'y retrouver et garder l'équilibre entre présomption d'innocence, intime conviction et violence des faits ?

Coups sur coups

Joe Faraday n'en peut plus de la violence qui secoue Portsmouth. Cette gosse est tombée du toit d'un immeuble de vingt-trois étages. Suicide ? Accident ? Le pire est que le principal suspect semble bien être un môme introuvable de dix ans…

Les anges brisés de Somerstown

Promu aux Crimes graves, Faraday est sur tous les fronts : sa ville mérite désormais le surnom de Port du crime. Ses investigations et son intuition le mènent du côté de la guerre oubliée des Malouines. Portsmouth y a perdu bien des siens. Ce qui est arrivé sur la frégate *Accolade* a laissé des souvenirs indélébiles dans la mémoire de certains, et la mémoire, ce n'est pas toujours le pardon…
La nuit du naufrage

Dans une ville gangrenée par l'héro, le monde du crime tue d'une main et fournit du travail de l'autre. La loi du silence se plie à celle du talion. Un flic est dans le coma après qu'un chauffard s'est amusé à lui rouler dessus. Faraday le remplace au pied levé dans une opération bizarre où ils ne sont que quatre, confinés dans le plus grand secret. Ce qui se dresse devant eux se nomme apocalypse…
Les quais de la blanche

Un cadavre ballotté par la mer au pied d'une falaise ramène l'inspecteur Faraday sur les lieux de son enfance. L'identité du corps reste incertaine mais la piste la plus sérieuse s'oriente vers une maison de retraite tenue par un ancien soldat de l'ex-Yougoslavie marié à une réfugiée bosniaque. Cet homme serait-il le seul à se souvenir de cette guerre récente survenue au cœur de l'Europe ?
Du sang et du miel

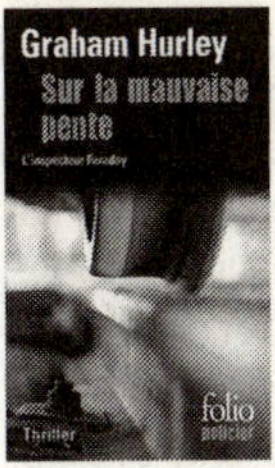

Le corps d'un homme nu, ligoté aux rails, déchiqueté par un train, a été retrouvé dans un tunnel près de Portsmouth. Qui est cet homme ? Qu'a-t-il fait pour mériter une mort aussi épouvantable ? Appelé sur les lieux du crime, l'inspecteur Faraday doit répondre à ces questions…

Sur la mauvaise pente

Le duo formé par l'inspecteur Faraday et le constable Winter semble s'être finalement disloqué. Winter travaille désormais pour le caïd Bazza Mackenzie et tente de trouver ses marques dans ce milieu d'argent facile et de violence. Joe Faraday, quant à lui, doit enquêter sur le meurtre d'un promoteur immobilier…

L'autre côté de l'ombre

DU MÊME AUTEUR

Aux Éditions du Masque

Les enquêtes de l'inspecteur Faraday :

LE PARADIS N'EST PAS POUR NOUS, 2014.

UNE SI JOLIE MORT, 2012, Folio Policier n° 731.

L'AUTRE CÔTÉ DE L'OMBRE, 2011, Folio Policier n° 673.

SUR LA MAUVAISE PENTE, 2009, Folio Policier n° 624.

DU SANG ET DU MIEL, 2008, Folio Policier n° 595.

LES QUAIS DE LA BLANCHE, 2007, Folio Policier n° 518.

LA NUIT DU NAUFRAGE, 2006, Folio Policier n° 485.

LES ANGES BRISÉS DE SOMERSTOWN, 2004, Folio Policier n° 431.

COUPS SUR COUPS, 2003, Folio Policier n° 389.

DISPARU EN MER, 2002, Folio Policier n° 344.

Composition IGS-CP
Impression Novoprint
le 25 avril 2014
Dépôt légal : avril 2014

ISBN 978-2-07-045225-5/Imprimé en Espagne.

250516